한유산문역주 5

韓愈散文譯注

잡문(雜文) · 표장(表狀)

The Prose Works of Han Yu — A Korean Translation with Annotations

지은이 **한유**(韓愈, 768-824)는 중국의 중당(中唐) 시기를 산 사상가요 정치가인 동시에 걸출한 산문 작가며 특색 있는 시인으로, 사상계·정계·문단 등 다방면에서 뚜렷한 발자취를 남긴 인물이다. 자가 퇴지(退之)고 하양(河陽 : 지금 河南省 孟州市) 사람이다. 본인이 자칭한 본관 및 사후의 시호와 마지막 관직인 이부시랑을 따서 세상에서 '한창려(韓昌黎)', '한문공(韓文公)', '한이부(韓吏部)'로도 부른다. 그는 사상적으로 위진남북조(魏晉南北朝)를 거치면서 쇠퇴한 유학을 부흥시키고 불교와 도교를 배척하는 주장을 견지했다. 정치적으로 군벌들의 지방 할거를 반대해 모반한 번진(藩鎭)세력의 토벌 전쟁에 참여해 공을 세웠고 당시의 정치적 폐단을 공격하는 데 매우 용감했으며, 특히 지방관으로 있을 때 백성들을 위해 괄목할 많은 치적을 남겼다. 산문 방면에서 그는 육조(六朝) 이래 문단을 풍미해 온 변문(騈文)의 폐단을 통렬하게 지적하고, 선진(先秦)과 양한(兩漢) 이전의 고문 전통을 회복할 것을 힘써 주장하면서 유종원(柳宗元) 등 뜻을 같이하는 무리들을 이끌고 당대(唐代) 고문운동(古文運動)을 주도했다. 이론상으로 문장의 내용인 '도(道)'와 형식인 '문(文)'의 합일을 기조로 문체 개혁에 특히 주목할 만한 주장을 내놓아 진부함을 거부하고 참신하면서도 어법 규범에 합치하는 새로운 고문의 표준을 제시했다. 그는 이런 주장을 창작을 통해 몸소 실천해 기세가 분방하고 변화가 다양한 각종 체제의 명문장을 남김으로써 당송팔대가(唐宋八大家)의 으뜸으로서 '백대문종(百代文宗)'이라는 독보적 추앙을 받았다. 시가 방면에도 창조 정신을 발휘해 신기하고 웅건한 풍격의 독창적인 일가의 경지를 이룩했다. 그는 산문 혁신을 제창하는 동시에 시가에서도 전위적인 변혁을 주장해 당시 일군의 작가들에게서 보이는 평범하고 용렬한 시풍(詩風)을 바로잡고자 했다.

옮긴이 **이종한**(李鍾漢)은 1958년 경북 영천에서 태어나 1981년 계명대학교 한문교육과를 졸업하고, 1983년과 1992년에 서울대학교 대학원 중어중문학과에서 문학석사 학위와 문학박사 학위를 받았다. 1984년부터 계명대학교 중국어문학과 교수로 재직하고 있으며, 1990년과 1997년에 국립대만사범대학(國立臺灣師範大學)과 미국 미네소타대학교(University of Minnesota)에서 객원 연구교수를 지냈다. 일찍이 시로써 시를 논한 비평 양식에 관심을 기울이다가 중국문학에서 연구가 미진한 분야인 산문 연구로 방향을 전환한 바 있으며, 중국 고전산문과 경서를 주로 강의하고 있다. 『두보시선』(2000), 『한문 문법의 분석적 이해』(2001), 『당송산문선』(2003), 『한유 산문의 분류와 의론산문』(2005), 『중국산문간사』(공역, 2007), 『한유 서간문』(2010) 등의 저·역서와 「역대논시절구연구(歷代論詩絶句硏究)」(1983), 「한유 산문의 분석적 연구」(1992), 「한국에서의 한유 평가에 관한 연구」(1995), 「한유의 논시시(論詩詩)에 관하여」(1996), 「한유 산문의 시적 특징에 관하여」(1998), 「전문 문인으로서의 한유」(2007), 「한유 '전(傳)'의 장르 성격에 관한 검토」(2008) 등 다수의 논문이 있다.

한유산문역주 韓愈散文譯注 5 — 잡문(雜文)·표장(表狀)

1판 1쇄 인쇄 2012년 6월 15일 **1판 1쇄 발행** 2012년 6월 25일

지은이 한유 **옮긴이** 이종한 **펴낸이** 박성모 **펴낸곳** 소명출판
등록 제13-522호 **주소** 137-878 서울시 서초구 서초동 1621-18 (란빌딩 1층)
대표전화 (02) 585-7840 **팩시밀리** (02) 585-7848
이메일 somyong@korea.com **홈페이지** www.somyong.co.kr

ISBN 978-89-5626-715-9 94820   값 29,000원   ⓒ 2012, 한국연구재단
ISBN 978-89-5626-710-4 (전 5권)

이 번역도서는 2007년 정부재원(교육인적자원부 학술연구사업비)으로 한국연구재단의 지원을 받아 연구되었음.
(KRF-2007-421-A00063)

한유 사당(韓文公祠) 패방(牌坊) 중국(中國) 조주(潮州)

한유 사당(韓文公祠) 내부 중국(中國) 조주(潮州)

한유 사당(韓文公祠) 입구 중국(中國) 조주(潮州)

2009한유국제학술대회 중국(中國) 조주(潮州)

昌黎先生集卷第三十六

雜文

瘞硯銘〔或作文〕

隴西李觀元賓，始從進士貢在京師〔公與元賓皆貞元八年進士也〕，或貽之硯。既四年，悲歡窮泰，未嘗廢其用。凡與之試藝春官，實二年，登上第。行于襄谷〔此下或有間　字襄斜地名〕，劉胤誤墜之地，毀焉。乃匣歸埋于京師里中。昌黎韓愈，其友人也，贊且識云：

土乎質，陶乎成器，復其質，非生死類。全斯用，毀不忍棄〔斯閣作期非是〕，埋而識之，仁之義。硯乎硯乎，與瓦礫異。

毛穎傳

〔公作此傳，當時有非之者。張籍書所謂戲謔之言，謂亦指此。舊史亦從而為之言曰：譏戲不近人情，是豈有識書者哉。柳子厚豈下人者，乃獨以為奇。既書，其後又答楊誨之書云：足下所持韓生毛穎傳來，僕甚奇其書，恐世人非之，今〕

예연명(瘞硯銘)

取公孫弘（公或無字）清閑之餘，時賜召問，必能輔宣王化，銷沴旱災（王化或作主化）。臣雖非朝官，月受俸錢，歲受祿粟。苟有所知，不敢不言，謹詣光順門奉狀以聞。伏聽聖旨。

御史臺上論天旱人饑狀（公時為監察御史。皇甫湜作神道碑曰：貞元十九年關中天旱饑，人死相枕籍，吏刻取怨，先生列言天下根本，民急如是，請寬民徭役而免田租，專政者惡之，出為連州陽山令，蓋謂此也。公二十一年赴江陵，途中寄三學士言詩，歷言得罪之緣。湜言無冀史以為言。宮市出陽山，誤矣。）

右臣伏以今年已來，京畿諸縣夏逢亢旱，秋又早霜，田種所收，十不存一。陛下恩踰慈母，仁過春陽，租賦之閑，例皆蠲免，所徵至少，所放至多。上恩雖弘，下困猶甚。至聞有棄子逐妻以求口食，坼屋伐樹以納稅

錢，寒餒道塗（餒或作餧），斃踣溝壑。有者皆已輸納，無者徒被追徵。臣愚以為此皆羣臣之所未言，陛下之所未知者也。臣竊見陛下憐念黎元，同於赤子，至或犯法當戮，猶且寬而宥之，況此無辜之人，豈有知而不救。又京師者，四方之腹心，國家之根本，其百姓實宜倍加憂恤。今瑞雪頻降，來年必豐，急之則得少而人傷，緩之則事存而利遠。伏乞特勅京兆府，應今年稅錢及草粟等在百姓腹內徵未得者（腹或作復。德宗十四年，詔諸道州府，貞元八年至十一年兩稅及榷酒錢在百姓腹內應納而未納者並除放。〇今按：腹內謂應納而未納者。嘗見國初時官文書猶有此語，如今言名下也。），並且停徵，容至來年蠶麥庶得少有存立。臣至陋至愚，無所知識（知或無字），輒言無任懇款慙懼之至，謹錄奏聞。謹奏。

請復國子監生徒狀（貞元十九年公為四門館博士，時奏請也。）

어사대상론천한인기장
（御史臺上論天旱人饑狀）

한유산문역주 5

잡문(雜文)·표장(表狀)

한유 지음 | 이종한 옮김

韓愈散文譯注

소명출판

1. 이 책은 동성파(桐城派) 학자 마기창(馬其昶, 1855-1930)의 『한창려문집교주(韓昌黎文集校注)』(上海古籍出版社, 1986)를 저본으로 삼았다. 이 저본은 마기창이 교주한 유고를 그의 장손 마무원(馬茂元, 1918-1989)이 정리해 1957년에 상해(上海) 고전문학출판사(古典文學出版社)에서 간행한 단구본(斷句本)에 따라 분단(分段)과 표점(標點)을 가해 출판한 것이다. 『한창려문집교주』는 마기창이 요영중(廖瑩中)의 주(注)를 저본으로 삼아 명청대(明淸代) 20여 주석가의 평어와 주석을 채록해 보주(補注)로 삼아 엮은 한유의 산문에 대한 가장 완비된 주석본으로, 그 속에는 문집 8권 외에 문외집(文外集) 2권, 유문(遺文) 1권, 집외문(集外文) 3편과 집전(集傳)이 부록으로 들어 있다.

2. 이 책에서는 한국연구재단과 맺은 2007년도 명저번역연구 지원 약정에 따라 문외집과 유문 및 집외문을 제외하고, 한유 산문의 정집(正集)인 8권의 문집에 들어 있는 320편의 산문 작품을 역주의 대상으로 삼았다. 독자의 참고 편의를 위해 저본의 순서에 따라 작품에 HS-001~320까지의 일련번호를 붙였는데, 한 편 속에 둘 이상의 작품이 들어 있는 경우는 동일번호 내에서 재차 하위 일련번호를 부여했다.

3. 각 작품은 번역문, 해제, 원문과 주석의 순으로 배열했다. 번역문은 가급적 원문의 틀을 유지하고 저본의 단구와 표점에 나타난 호흡을 살려 한유 산문의 기세등등한 특징을 최대한 드러낼 수 있도록 하되, 의미가 충분히 창달되도록 하기 위해 우리말의 어순에 부합하게 옮기려고 했다. 다만 저본의 단구 단위가 너무 긴 경우에는 간혹 그대로 따르지 않고 중간에 끊은 경우도 없지 않다. 해제에서는 각 작품의 창작 시기와 동기 및 배경, 주제 및 핵심 내용, 형식 및 문체의 특징, 관련 작품 간의 상호관계 등을 중심으로 비교적 상세한 해설을 덧붙였다. 원문은 저본을 따라 단락별로 구분해 나열하되 극소수지만 단락 조정을 한 경우가 있으며 주석은 같은 작품 내에서는 일련번호를 붙였다. 주석에서는 괄호 속에 한국 한자음으로 독음을 달고, 어구의 의미 풀이와 출전 및 관련 고사의 규명은 물론 인명·지명·관직명 등을 밝히는 데도 중점을 두었으며, 번역문만 읽고 미진한 작품의 내용 파악을 돕기 위해 보충 설명을 가한 경우도 있다. 해제의 연월 표시는 음력이고, 주석의 우리말 독음은 어구의 내적 끊어 읽기 호흡을 포함해 두음법칙을 적용했다.

4. 독자의 이해와 사용 편의를 위해 이 책의 서두에 역자 서문 외에 이한(李漢)의 「창려선생집 서문(昌黎先生集序)」을 국역해 싣고, 말미에 한유의 생애와 성취, 한유 산문의 분류, 한유에 대한 평가, 한유 산문 국역의 의의 및 기여도 등에 대한 해설 및 작품 '원문 제목'과 '번역문 제목'의 두 가지 찾아보기를 덧붙였다.

5. 번역문과 해설 및 주석에서 한자는 가급적 적게 쓰고 반복 사용을 피하려고 했지만, 의미 전달의 명확성을 높이고 한자 학습의 필요성을 환기한다는 점에서 고유명사나 주요 용어를 중심으로 필요하다고 생각되는 경우에 괄호 속에 병기했다.

6. 이 책에 쓰인 주요 부호는 다음 원칙에 따랐다.
   ' ' 중요한 의미를 지닌 어구나 용어를 강조할 때
   " " 인용할 때
   ( ) 인용 원문을 제시하거나 한자를 병기할 때
   『 』 책이름을 표기할 때
   「 」 책의 편명 또는 작품 이름을 표기할 때

7. 이 책에서 주로 참고한 비중 있는 주석본과 교감본은 다음과 같다.
   朱熹, 『昌黎先生集考異』(文淵閣四庫全書本); 王伯大, 『別本韓文考異』(文淵閣四庫全書本); 廖瑩中, 『東雅堂昌黎集註』(文淵閣四庫全書本); 魏仲擧, 『五百家注昌黎文集』(文淵閣四庫全書本); 陳景雲, 『韓集點勘』(文淵閣四庫全書本); 蔣箸超, 『註釋評點韓昌黎文全集』(再版; 上海 : 會文堂), 1925; 童第德, 『韓愈文選』(北京 : 人民文學出版社), 1980; 童第德, 『韓集校詮』(北京 : 中華書局), 1986; 淸水茂, 『韓愈』 I·II(東京 : 筑摩書房), 1986-1987; 張淸華, 『韓愈詩文評注』(鄭州 : 中州古籍出版社), 1991; 錢伯城, 『韓愈文集導讀』(成都 : 巴蜀書社), 1993; 屈守元·常思春, 『韓愈全集校注』(成都 : 四川大學出版社), 1996; 李道英, 『唐宋八大家文集·韓愈文』(北京 : 人民日報出版社), 1997; 高海夫, 『唐宋八大家文鈔校注集評·昌黎文鈔』(西安 : 三秦出版社), 1998; 周啓成·周維德, 『新譯昌黎先生文集』 上·下(臺北 : 三民書局), 1999; 羅聯添, 『韓愈古文校注彙輯』(臺北 : 國立編譯館), 2003; 孫昌武, 『韓愈詩文選評』(西安 : 三秦出版社), 2004; 閻琦, 『韓昌黎文集注釋』 上·下(西安 : 三秦出版社), 2004.

8. 각 권의 앞에 실은 원전 자료는 『한창려문집교주』의 저본으로 중화서국(中華書局)에서 간행한 동아당본(東雅堂本) 『창려선생집(昌黎先生集)』에서 스캔해온 것이다.

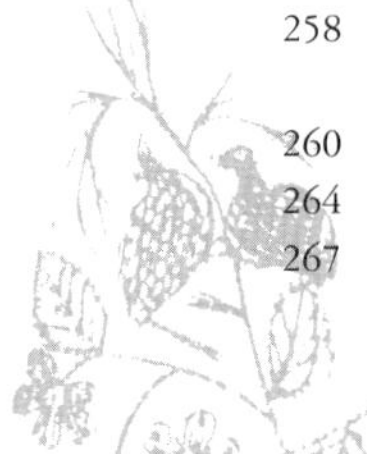

한유산문역주 전체 차례

제8권

잡문(雜文)

장(狀)

표장(表狀)

　농서(隴西) 사람 원빈(元賓) 이관(李觀)이 처음 향공진사(鄕貢進士)로 천거되어 진사과에 응시하기 위해 도성에 와 있을 때 어떤 사람이 그에게 벼루를 하나 선물로 주었는데, 그는 4년이 지나도록 슬플 때나 기쁠 때나 곤궁할 때나 영달할 때나 그 벼루를 버려두고 쓰지 않은 적이 없었다. 언제나 그 벼루를 가지고 예부(禮部)에서 문예를 시험 보았는데 실로 2년 만에 좋은 성적으로 급제했다. 포곡(襃谷)을 지나다가 일꾼 유윤(劉胤)이 실수로 땅에 떨어뜨리는 바람에 깨지고 말았다. 그리하여 그것을 상자에 잘 담아 가지고 와서 도성의 어느 마을에 묻었다. 창려(昌黎) 사람 한유는 이관의 친구다. 벼루의 공덕을 기리는 글을 지어 다음과 같이 적는다.

　흙이 본바탕이고
　질그릇이 완성된 기물이다.

그 본바탕으로 돌아갔으니
살거나 죽는 것과 같은 게 아니다.
온전할 때 잘 사용하던 것이라
깨졌다고 차마 버릴 수 없도다.
땅에 묻고 그 유래를 적으니
어질고 의로운 일이다.
벼루여, 벼루여!
기와나 자갈 따위와는 다르도다!

해제

　정원 9년(793) 또는 10년(794)경 박학굉사과 응시를 위해 장안에 체류할 때 지은 것으로 추정되는 글. 제목이 「예파연문(瘞破硯文)」으로 된 판본도 있다. 작자와 이관(李觀)은 각각 25세와 24세이던 정원 8년(792)에 진사에 급제한 동년이자 절친한 친구였다. 이에 작자는 친구가 일꾼의 실수로 파손된 벼루를 묻어주자 그 일의 내력을 적고 벼루의 공덕을 칭송했다. 즉 작자는 이관이 여러 해 동안 잠시도 벼루를 멀리하지 않고 애지중지한 사실을 기록하고, 나아가 그 벼루를 도구로 삼아 학문과 과거고시에서 분투노력한 충정을 잘 드러내었다. 장지교(蔣之翹)는 벼루를 묻어준 사실 자체가 퍽 기이한 일이므로 이는 진(晉)나라 승려 지영(智永)이 못쓰게 된 붓을 묻고 나서 쓴 「퇴필총(退筆冢)」이나 당나라 때에 유태(劉蛻)가 글의 초고(草稿)를 버리지 않고 모아 묻어 준 뒤에 쓴 「문총명(文冢銘)」과 같은 부류로 호사가들의 소행이라고 했다. 그렇지만 벼루가 문방사보(文房四寶)의 하나로 문인들에게는 생명과 같은 존재일 수도 있으므

로 단순히 호사가로서의 기이한 성벽 탓만으로 돌릴 수는 없다고 생각
된다. 다른 한편으로는 유희적 창작이라는 의미를 넘어, 중당(中唐)의 고
문(古文)이 다루는 제재의 범위가 확대되어 사회생활에 가깝게 다가간
결과라고도 할 수 있다. 매우 짤막한 글이지만 세목을 포착해 작자의
생각을 잘 표현한 점이 돋보인다. 저흔(儲欣)은 젊은 시절에 쓴 글이면서
도 속기(俗氣)가 없다고 했으며, 모곤(茅坤)은 벼루를 묻는 단락의 모습은
자못 기이한 기운이 감돈다고 평했다.

원문 및 주석

隴西李觀元賓[1]始從進士貢[2]在京師[3], 或貽之硯, 旣四年, 悲歡窮泰, 未嘗廢
其用。凡與之試藝春官[4], 實二年登上第[5]。行于褒谷[6], 役者劉胤誤墜之地,
毀焉。乃匣歸埋于京師里中。昌黎[7]韓愈, 其友人也。贊且識[8]云 :

1　李觀元賓(이관원빈) : 이관은 한유와 동년 진사로 농서(隴西) 사람이고 원빈은
　　그의 자다. 그에 대한 자세한 정보는 「이원빈묘명(李元賓墓銘)」(HS-194) 참조.
2　從進士貢(종진사공) : 향공진사(鄕貢進士)로 천거되어 진사과에 응시하다.
3　在京師(재경사) : 이관은 정원 5년(789)에 처음으로 진사과 응시 차 장안에 입성
　　했다. 이관은 그로부터 4년차 되던 해인 정원 8년(792)에 진사에 급제했다.
4　試藝春官(시예춘관) : 예부(禮部)에서 문예를 시험보다. 예부 주관의 진사과에
　　응시한 것을 말한다. 측천무후 광택(光宅, 684) 때에 예부를 '春官'으로 개명한
　　바 있으며, 그 후로 춘관은 예부의 별칭으로 쓰였다.
5　實二年登上第(실이년등상제) : 이관은 정원 6년 진사고시에 낙방한 뒤, 7년에 좋
　　은 성적으로 진사과에 급제했다. 그런데 시험은 정원 7년 겨울에 있었고, 합격
　　자의 방은 8월 봄에 나붙었다.
6　褒谷(포곡) : 한(漢)나라 이후로 진령(秦嶺)을 남북으로 내왕할 때 포수(褒水)와
　　사수(斜水) 두 강 골짜기로 난 포사도(褒斜道)라는 길을 거쳐야 하는데, 길의 남
　　쪽 입구가 지금 섬서성 한중시(漢中市) 포성현(褒城縣) 북쪽 10리쯤 되는 곳에
　　있어 '褒谷'으로 불려졌다.

土乎質, 陶乎成器。復其質[9], 非生死類。全斯用, 毀不忍棄。埋而識[8], 之仁之義。硯乎硯乎, 與瓦礫[10]異!

9 復其質(복기질) : '흙으로 돌아가는' 것을 말한다.
10 瓦礫(와력) : 기와와 자갈. 가치 없는 물건을 비유한다.

HS-270 「모영 전기」

毛穎傳

모영(毛穎)은 중산(中山) 사람이다. 그의 선조 '명시(明視)'는 우(禹)임금을 보좌해 동방의 토지를 다스리고 만물을 양육함에 공이 있었으므로 묘(卯) 땅에 봉해졌고, 죽은 뒤에 12가지 지신(地神)의 하나가 되었다. 명시가 일찍이 말했다.

"나의 자손들은 신명의 후예인지라 다른 보통 동물들과 같게 할 수는 없으니, 마땅히 입으로 토해내서 새끼를 낳도록 할 것이다."

후에 과연 말한 것과 같았다. 명시의 8대손은 누(𪚮)인데, 세상에 전해 오기로 은(殷)나라 때에 중산 땅에 거주하다가 신선의 술법을 터득해 백주대낮에 몸을 숨기고 귀신을 부릴 수 있었는지라, 항아(姮娥)를 꾀어내어 두꺼비를 타고 달 속으로 들어가 버린 뒤에 그의 후손들은 마침내 은거하고 다시는 세상에 나와 벼슬하지 않았다고 한다. 성의 동쪽 교외에 사는 자는 준(鵔)으로 약삭빠르고 뜀박질을 잘 하여 한로(韓盧)와 솜씨를 겨루었는데 한로가 따라가지를 못했다. 그러자 한로가 화가 난 나머지 송작(宋鵲)과 짜고 그를 죽인 다음 그의 전 가족을 소금에 절여 육장을 담가버렸다.

진시황(秦始皇) 때에 몽염(蒙恬) 장군이 남쪽으로 초(楚)나라를 정벌하려고 중산(中山)에 주둔하던 중, 대규모로 사냥을 해서 초나라를 두렵게 하려고 했다. 그가 좌서장(左庶長)과 우서장(右庶長) 및 중하급 장교들을 불러다놓고 『연산(連山)』으로 길흉을 점치게 하여, 하늘이 인류 문명을 도울 것이라는 점괘를 얻었다. 점을 친 사람이 하례해 말했다.
"오늘 사냥해서 잡을 것은 뿔도 나지 않고 송곳니도 없으며 거친 털옷을 입고 있는 무리입니다. 언청이 입에 긴 수염이 달리고, 몸에 8개의 구멍이 있으며 책상다리를 하고 쪼그려 앉습니다. 다만 가장 뛰어난 것을 고른다면 죽간(竹簡)과 목독(木牘)의 모든 문서 작업이 그것에 의지합니다. 온 천하 사람들이 아마도 다 함께 글을 쓸 수 있으면, 진나라가 장차 결국 제후들을 아우를 수 있겠나이다!"
마침내 사냥을 시작해 모씨(毛氏)의 가족을 포위해서 그 중 호걸스러운 놈을 사로잡고, 모영(毛穎)을 수레에 태워 돌아와서는 장대궁(章臺宮)에서 포로로 바치고 그 일족들도 한데 모아 묶어 놓았다. 진시황(秦始皇)이 몽염으로 하여금 모영에게 봉지(封地)를 하사해 관성(管城) 땅에 봉해주도록 하고, 관성자(管城子)라고 부르고는 날로 더 가까이하고 총애하면서 일을 맡겼다.

모영은 사람 됨됨이가 기억력이 아주 뛰어나며 재빠르고 민첩해 결승(結繩)으로 사실을 기록하던 상고시대로부터 진(秦)나라에 이르기까지의 사적들을 편찬해 기록하지 않은 것이 없었다. 음양, 거북점과 시초(蓍草) 점, 자연현상 관찰과 관상, 의약과 방술, 족보, 산맥, 지리, 자전, 지도와 회화, 아홉 부류의 학술 유파, 제자백가, 천도(天道)와 인사(人事)의 관계 등을 다룬 것, 불교와 도가(道家), 외국의 학설에 이르기까지 다 자세하게 알고 있었다. 또 당대의 사무에도 정통해 관청의 대장과 문서, 시장의 재화와 금전 출납부를 사용한 대로 기록해 올렸다. 그리하여 진시황제와 황태자 부소(扶蘇) 및 호해(胡亥), 승상 이사(李斯), 중거부령(中車府令) 조고(趙高)로부터, 아래로는 일반 백성에 이르기까지 애지중지하지 않는 자가 없었다. 또 사람의 뜻을 잘 따랐는데 바르고 곧은 것과 삐뚤고 굽은 것, 교묘하고 졸렬한 것을 막론하고 한결같이 그 사용자의 뜻대로 따랐으며, 비록 폐기되어 쓰이지 않게 되더라도 끝내 입을 다물고 기밀을 누설하지 않았다. 오직 무사(武士)만은 좋아하지 않았지만, 초청을 받으면 때맞추어 가기도 했다. 여러 차례 승진을 거듭해 중서령(中書令)에 임명되자 황제와 더욱 허물없이 가까워져서, 황제는 일찍이 그를 중서군(中書君)으로 불러왔던 터다. 황제가 직접 정사를 처결할 때는 하루에 120근에 해당하는 문서를 처리하도록 하는 규정을 두었고 비록 궁중의 처첩들이라 하더라도 좌우에 설 수가 없었는데, 유독 모영만이 촛불을 밝히고 있는 이와 함께 항상 곁에서 시중들며 황제가 쉴 때가 되어서야 비로소 업무가 파했다. 모영은 강주(絳州) 출신 진현(陳玄)과 홍농(弘農) 출신 도홍(陶泓) 및 회계(會稽)의 저(褚)선생과 친분이 두터웠는데, 서로 밀어주고 끌어주며 나가 벼슬하거나 물러나 있을 때나 반드시 함께했다. 임금이 모영을 부르면 세 사람이 임금의 칙령을 기다리지 않고 늘 함께 나아갔는데, 임금은 일찍이 한 번도 이를 이상하게 여긴 적이 없었다.

훗날 모영이 입궁해 임금을 알현한 기회에, 임금께서 장차 일을 맡겨 부리고자 하여 모영을 발탁하자 모영이 붓에 털이 다 빠져 일을 감당할 수 없어 관을 벗고 사죄했다. 임금께서 그의 털이 다 빠져 대머리가 된 것을 보고, 또 본떠서 그려놓은 글자가 자기 뜻에 맞지 않자 어이쿠 하고 웃으며 말했다.

"중서군이 늙고 털이 다 빠져 대머리가 되어버려서 내가 중용하는 것을 감당하지 못하는구나. 내가 일찍이 그대를 글 쓰는 일에 적합하다고 했는데, 그대가 지금은 글 쓰는 데 적합하지 못하게 된 것이란 말인가?”

그러자 모영이 대답해 말했다.

“신은 이른바 마음을 다 바친 자이옵니다.”

이 일로 인해서 다시는 불려 들어가지 못하고 봉읍으로 되돌아가 관성(管城)에서 일생을 마쳤다. 그의 자손이 매우 많아서 중원 지방과 소수민족이 사는 변경 지역에 흩어져 거처하며 모두 관성 출신임을 사칭했지만, 오직 중산(中山)에 거처하는 이들만이 조상의 가업을 계승할 수 있었다.

태사공(太史公)이 말한다.

모씨(毛氏)에는 양대 족속이 있다. 그 중의 하나가 희성(姬姓) 문왕(文王)의 자손으로 모(毛) 땅에 봉해졌으니, 이른바 노(魯)·위(衛)·모(毛)·담(聃)이라고 하는 모(毛)다. 전국(戰國)시대에는 모공(毛公)과 모수(毛遂)가 있었다. 오직 중산 모씨 일족들은 그들의 근본이 나온 곳을 모르긴 하나, 자손이 수가 가장 많이 늘고 번성했다. 『춘추(春秋)』가 완성된 뒤에 공자(孔子)에 의해 폐기되어 끊어져버렸지만 그들의 죄는 아니다. 몽염 장군이 중산의 호걸을 사로잡고 진시황이 그 모영을 관성에 봉한 데 이르러 마침내 세상에 명성이 났으나, 희성(姬姓)의 모씨(毛氏)는 후세에 소문이 나지 않게 되었다. 모영이 처음에는 포로로서 황제를 알현했지만 마침내는 임무를 맡아 부려졌다. 진나라가 제후를 멸망시킬 때 모영이 참여해서 공이 있었거늘, 상이 그 공로에 해당할 정도로 보답하기는커녕 늙었다고 소원해짐을 당하고 말았으니, 진나라는 참으로 각박하고 박정하다고 하겠구려!

해제

　원화 3년(803) 또는 4년(804) 경 국자박사 재직 시에 모영(毛穎) 곧 붓을 의인화해 쓴 전기. 표면적으로 보면 한 편의 '토끼전' 내지 '붓의 전기'지만, 실은 이를 빌려 작자의 마음속에 맺힌 울분을 토로한 것이다. 모영이 젊은 시절 요긴하게 쓰이다가 늙어서 내버려지는 사실을 빌려 고위 통치자들이 공신을 각박하게 대하는 현실을 들추어냄으로써, 인재를 중시하는 작자의 사상을 피력하고 벼슬살이에서의 부침을 통해 느낀 자신의 감개와 불평을 기탁하고 있다. 이는 당시 사대부 지식인들이 공통적으로 맞닥뜨리는 문제라는 점에서 사회적 의의를 지닌다.

　이 글은 작자 주위의 장적(張籍)과 배도(裴度) 같은 인물로부터 '실속이 없고 잡다해 순정하지 못한 언설'(駁雜無實之說)이라는 비난을 받기도 했지만, 유종원(柳宗元)으로부터는 전폭적인 지지와 칭송을 받았다. 글의 구성이나 언어 및 체제 등에서 『사기』의 인물 전기 서술방식을 본떠 겉으로는 모씨의 선조 및 모영의 일생 경력과 자손 등을 쓰고 있지만, 실은 붓의 원료 산지, 발명, 광범위한 용도, 그것과 관련한 신화 전설들을 한데 엮어 써낸 것이다. 게다가 전문에 걸쳐 의인법을 구사하고 유희적이고 해학적인 필치로 쌍관어를 적재적소에 두루 활용해 사물을 의인화한 최초의 전기라는 의의를 지닌다. 혹자는 이를 전기소설(傳奇小說)로 간주하고 있으나 이야기 줄거리, 세부 묘사 및 문체 등에서 소설과는 다른 특징을 지니고 있으므로 허구적 필치로 써낸 우언체(寓言體) 고문(古文)으로 보는 것이 옳다.

원문 및 주석

毛穎[1]者, 中山人[2]也。其先明眡[3], 佐禹治東方土[4], 養萬物有功[5], 因封於卯地, 死爲十二神[6]。嘗曰：“吾子孫神明[7]之後, 不可與物同, 當吐而生[8]。”已而果然。明眡八世孫䨲[9], 世傳當殷時居中山, 得神仙之術, 能匿光[10]使物[11], 竊姮娥[12], 騎蟾蜍[13]入月, 其後代遂隱不仕云。居東郭[14]者曰䨲[15], 狡[16]而善走, 與韓盧[17]爭能, 盧不及, 盧怒, 與宋鵲[18]謀而殺之, 醢[19]其家。

1 　毛穎(모영) : 붓을 의인화한 성명. ‘毛’는 토끼털이고, ‘穎’ 사물의 뾰족한 끝으로 붓끝을 뜻한다.

2 　中山人(중산인) : 중산은 전국(戰國)시대의 나라 이름으로 조(趙)나라에 멸망당했는데, 지금 하북성(河北省) 정현(定縣) 일대다. 이곳에서 나는 토끼털은 길고 끝이 뾰족해 붓을 만들기에 매우 적합했으므로 모영을 중산 사람이라고 한 것이다. 일설에 의하면 ‘中山’은 지금 강소성(江蘇省) 율수현(溧水縣) 남쪽에 있는 산 이름으로 붓의 재료인 양질의 토끼털이 났다고 하기도 하지만, 이렇다면 군현이나 나라 이름으로 관향을 말하는 관례에 맞지 않는다. 이 설이 성립하려면 ‘中山人’이 아니라 ‘溧水人’이라고 해야 한다.

3 　明眡(명시) : 토끼의 별명으로 ‘눈이 밝다’는 뜻이다. ‘眡’는 ‘視’의 옛글자인데, 『예기·곡례하(曲禮下)』에 “토끼는 명시라고 한다(兔曰明眡)”라는 말이 보인다.

4 　東方土(동방토) : 옛 사람들은 12지지(地支)로 방위를 구분했는데, 띠로는 토끼인 묘(卯)가 동방에 해당한다.

5 　養萬物有功(양만물유공) : 사계절 중에서 봄이 동방에 속하는데, 봄에 만물이 자라나므로 토끼가 만물의 생장에 공이 있다고 한 것이다.

6 　十二神(십이신) : 12가지 띠의 하나. 당(唐)나라 때에 12지지(地支)를 12신으로 만들었는데, 그 모양이 사람의 몸에 쥐, 소, 호랑이, 토끼, 용, 뱀, 말, 양, 원숭이, 닭, 개, 돼지 12가지 동물의 머리를 하고 있었다.

7 　神明(신명) : 토끼가 12신의 하나에 속하므로 이렇게 말했다.

8 　吐而生(토이생) : 『박물지(博物志)』 권2와 왕충(王充)의 『논형(論衡)·기괴(奇怪)』편 등에 의하면 토끼는 달을 쳐다보며 입으로 털을 핥아 잉태를 하고 입을 통해 출산한다. 이는 물론 사실과 맞지 않는 비과학적인 전설에 불과하다.

9 　䨲(누) : 갓 태어난 토끼 새끼. 이를 모영의 8대손의 이름으로 차용한 것은 근거가 있어서가 아니라 한유가 마음대로 지어낸 것이다. 일설에는 어린 토끼라고도 한다.

10 　匿光(익광) : 햇빛 속에서 몸을 가리다. 백주대낮에 몸을 숨겨 사람의 눈의 띄지 않는 것으로 일종의 은신술을 부릴 줄 아는 것을 가리킨다.

11 使物(사물) : 귀신을 부리다. 신선술로 사람이나 귀신 및 동물 따위를 마음대로
부리는 것을 가리킨다.

12 竊姮娥(절항아) : 항아를 꾀어내다. 뒤에 '남의 마누라를 훔치다'는 뜻으로 쓰였
다. '姮娥'는 '恒娥'로도 적는데 한나라 문제(文帝) 유항(劉恒)을 피휘하기 위해
뒤에는 '嫦娥'로 썼다. 항아는 신화 전설상의 여인으로 『회남자(淮南子)・남명
훈(覽冥訓)』에 의하면 남편 예(羿)가 서왕모(西王母)에게서 얻은 불사약을 훔쳐
먹고 신선이 되어 토끼를 안고 달로 달아났다고 한다.

13 蟾蜍(섬여) : 두꺼비. 신화 전설에서 토끼와 함께 달 속에 산다는 동물. 토끼가
항아를 꾀어내어 두꺼비를 타고 달 속으로 들어갔다는 것은 한유가 고대 신화
전설을 참고해 꾸며낸 이야기다.

14 東郭(동곽) : 성의 동쪽 교외. '郭'은 본래 '외성(外城)'의 뜻이다.

15 魏(준) : 고대 전설 속에 나오는 제(齊)나라의 교활한 토끼의 이름으로 유향(劉
向)의 『신서(新序)・잡사(雜事)』에 의하면 하루아침에 5백리를 달렸다고 한다.

16 狡(교) : 교활하다. 약삭빠르다. '건장하다'는 뜻으로 풀이하기도 한다.

17 韓盧(한로) : 검정색 털을 가진 한(韓)나라의 명견으로 개 가운데서 가장 날쌘
놈이라고 한다. 한자로(韓子盧) 또는 한국로(韓國盧)라고도 한다. 일설에는 제
(齊)나라 한씨(韓氏)의 명견이라고도 한다.

18 宋鵲(송작) : 송나라의 명견. 한로와 송작이 짜고 동곽의 준을 죽였다는 말은 전
고를 찾을 수 없는 것으로 한유가 꾸며낸 이야기다.

19 醢(해) : 소금에 절여 육장을 담그다. 잔혹한 형벌에 처해 죽이는 것을 말한다.

秦始皇時, 蒙將軍恬²⁰南伐楚, 次²¹中山, 將大獵²²以懼楚, 召左右庶長²³與
軍尉²⁴, 以連山²⁵筮²⁶之, 得天與人文之兆²⁷。筮者賀曰 : "今日之獲, 不角不
牙²⁸, 衣褐²⁹之徒, 缺口³⁰而長鬚, 八竅³¹而趺居³², 獨取其髦³³, 簡牘³⁴是資³⁵。
天下其³⁶同書³⁷, 秦其³⁶遂兼諸侯³⁸乎!" 遂獵, 圍毛氏之族, 拔其豪³⁹, 載穎
而歸, 獻俘⁴⁰于章臺宮⁴¹, 聚其族⁴²而加束縛⁴³焉。秦皇帝使恬賜之湯沐⁴⁴,
而封諸⁴⁵管城⁴⁶, 號曰管城子⁴⁷, 日見親寵⁴⁸任事⁴⁹。

20 蒙將軍恬(몽장군염) : 진나라 때 흉노 정벌에 공을 세운 명장 몽염으로 그가 처
음 붓을 만들었다는 설이 있다. 그러나 전국시대의 분묘에서 이미 붓이 출토되
고 있는 것으로 보아 붓의 제작은 이보다 훨씬 이전이다. 그런데도 몽염이 붓의
제작자로 전해지는 것은 그가 붓의 제작 기법을 정밀하게 하는 데 크게 기여한
때문일 것이다.

21 次(차) : 주둔하다. 주희(朱熹)는 『한문고이(韓文考異)』에서 중산(中山)이 진나라
의 동북방에 있으므로 남쪽으로 초나라를 정벌할 때 군대를 주둔할 수 있는 곳
이 아니라고 하면서 이 글이 우언인 점을 고려하더라도 잘못이라고 했다. 그런

데 동제덕(童第德)은 중산이 조나라에 멸망을 당했고 진시황 19년에 진나라가
조나라를 멸망시킨 뒤 21년에 초나라를 정벌했으므로 중산에서 군대를 이동시
켜 남으로 내려간 사실을 들어 잘못이 아니라고 했다.

22 大獵(대렵) : 대규모로 사냥을 하다. 실은 군사 훈련을 실시하는 것을 말한다.

23 左右庶長(자우서장) : 좌서장과 우서장. 진나라 때에 상앙(商鞅)이 제정한 관리
    의 작위는 20등급으로 되어 있었는데, 좌서장은 제 10급이고 우서장은 제 11급
    이다.

24 軍尉(군위) : 좌우서장 휘하의 중하급 장교.

25 連山(연산) : 고대의 점에 관한 책. 전하는 바에 의하면 하(夏)나라 때는 『연산』,
    상(商)나라 때는 『귀장(歸藏)』, 주(周)나라 때는 『주역(周易)』에 있어 이를 합쳐
    '삼역(三易)'이라고 불렀다고 한다. 『연산』은 제 1편이 간괘(艮卦)인데, 간(艮)은
    산이고 두 산이 연이어 있는 관계로 '연산'이라고 불렀다.

26 筮(서) : 시초(蓍草)로 점을 치다.

27 天與人文之兆(천여인문지조) : 하늘이 인류 문명을 도울 것이라는 점괘. '與'자를
    '돕다'는 뜻의 동사로 풀이하지 않고 병렬접속사로 보아 자연현상과 인류 문명
    에 관한 조짐으로 옮기기도 하는데 여기서는 취하지 않는다. '兆'는 일이 발생하
    기 이전에 나타나는 어떤 징조 내지 조짐을 뜻한다. 여기서는 그런 징조를 담은
    점괘로 옮겼다.

28 不角不牙(불각불아) : 뿔도 나지 않고 송곳니도 없는 것으로 토끼를 가리킨다.

29 衣褐(의갈) : 거친 삼베옷을 입다. '衣'는 동사로 쓰여 '입다'는 뜻이고, '褐'은 '거
    친 삼베로 지은 옷'이다. '褐'은 일반 평민들이 입던 것으로 지배 계층에서는 천
    한 옷으로 여겼다. 토끼는 온몸에 털이 나 있으므로 이렇게 표현했다.

30 缺口(결구) : 언청이. 토끼는 위 입술이 함몰되어 있으므로 이렇게 표현했다.

31 八竅(팔규) : 사람은 몸에 9개의 구멍이 있는 반면에 토끼는 이목구비와 항문의
    8개뿐이다.

32 跗居(부거) : 책상다리를 하고 쪼그려 앉다. '跗'는 책상다리를 하다는 뜻으로 '跗'
    와 같고, '居'는 '쪼그려 앉다'는 뜻으로 '踞'와 같다.

33 取其髦(취기모) : 가장 긴 목털을 취하다. '髦'는 '긴 머리털'로 준걸스런 인재를
    비유하는 쌍관어(雙關語)로 쓰였다. 『이아(爾雅)』의 주에 "선비 가운데 준걸은
    터럭 가운데 긴 머리와 같다(士中之俊, 如毛中之髦)"라는 말이 보인다.

34 簡牘(간독) : 죽간(竹簡)과 목독(木牘). '簡'은 긴 것은 2자 4치, 짧은 것은 1자 2치
    인 대나무 조각이고, '牘'은 길이가 1자 되는 나무판대기다. 종이가 발명되기 이
    전에 그 위에 글을 썼다. 여기서는 글을 쓰는 것 곧 모든 문서 작업을 가리킨다.

35 資(자) : 의지하다.

36 其(기) : 아마도. 추측을 나타내는 어기부사.

37 同書(동서) : 다 함께 글을 쓸 수 있다. 이 역시 쌍관어로 진나라가 '서동문(書同
    文)' 곧 문자를 통일한 것을 뜻하기도 한다.

38 兼諸侯(겸제후) : 진(秦)나라가 제(齊)·초(楚)·연(燕)·한(韓)·조(趙)·위(魏)의

육국을 병합해 중국을 통일한 것을 가리킨다.

39 拔其豪(발기호) : 그 중 호걸스러운 놈을 사로잡다. '拔'은 본래 '점거하다'는 뜻 인데 여기서는 '사로잡다'는 뜻으로 쓰였다. '豪'는 '毫'와 통하는바 실은 붓을 만 드는 재료로 쓰일 만한 긴 토끼털을 가리키는 쌍관어다.

40 獻俘(헌부) : 포로를 바치다. 전쟁에서 승리하고 돌아온 뒤 포로를 종묘사직에 바치는 의식을 가리킨다.

41 章臺宮(장대궁) : 진(秦)나라 때 수도 함양(咸陽)의 위수(渭水) 남쪽에 있는 궁전 이름.

42 聚其族(취기족) : 그 일족들을 한데 모으다. 토끼털을 한데 모으는 것을 말한다.

43 加束縛(가속박) : 속박을 가하다. 묶다. 토끼털을 묶어 붓을 만드는 것을 가리키 는 쌍관어다.

44 湯沐(탕목) : 탕목읍(湯沐邑). 이는 고대에 군주가 준 봉지(封地)를 부르던 말인 데, 봉건 지주가 해당 봉지의 백성들로부터 거둬들이는 세금이 뜨거운 물로 목 욕이나 할 정도 밖에 되지 않는다는 데서 나온 것이다. 여기서는 뜨거운 물로 토끼털을 깨끗이 씻어 붓을 만드는 것을 뜻하는 쌍관어로 쓰였다.

45 諸(저) : 지어(之於)의 합음 겸사(兼詞).

46 管城(관성) : 주(周)나라 문왕(文王)의 아들 관숙(管叔)의 봉지로 지금 하남성(河 南省) 정주시(鄭州市) 일대다. 여기서는 대나무 관(管)으로 만든 '붓대'를 성(城) 에 빗대어 말한 쌍관어다.

47 管城子(관성자) : 붓을 의인화한 별칭. 작호의 형식을 본떠 붓을 가리키는 것으 로 썼다.

48 親寵(친총) : 가까이하고 총애하다.

49 任事(임사) : 일을 맡기다.

潁爲人强記[50]而便敏[51], 自結繩之代[52]以及秦事, 無不纂錄[53]。陰陽[54]、卜筮[55] 、占相[56]、醫方[57]、族氏[58]、山經[59]、地志[60]、字書[61]、圖畵[62]、九流[63]、百家[64]、天人[65] 之書, 及至浮圖[66]、老子[67]、外國之說, 皆所詳悉[68]。又通於當代之務, 官府簿 書、市井[69]貨錢注記[70], 惟上所使。自秦皇帝[71]及太子扶蘇[72]、胡亥[73]、丞相斯[74] 、中車府令高[75], 下及國人, 無不愛重。又善隨人意, 正直、邪曲、巧拙, 一隨 其人, 雖見廢棄, 終默不洩。惟不喜武士, 然見請亦時往[76]。累拜[77]中書令[78], 與上益狎[79], 上嘗呼爲"中書君"。上親決事, 以衡石自程[80], 雖宮人不得立左 右, 獨潁與執燭者[81]常侍, 上休方罷。潁與絳人陳玄[82]、弘農陶泓[83]及會稽褚 先生[84]友善, 相推致[85], 其出處[86]必偕。上召潁, 三人[87]者, 不待詔[88]輒[89]俱往, 上未嘗怪焉。

50 强記(강기) : 기억력이 아주 뛰어나다.

51 便敏(편민) : 재빠르고 민첩하다. 문장 구상이 민첩함을 말한다.

52 結繩之代(결승지대) : 새끼줄을 묶어 사실을 기록하던 문자 발명 이전의 상고시
대.

53 纂錄(찬록) : 모아 기록하다. 모아 편찬하다.

54 陰陽(음양) : 음양의 변화와 해와 달 등 천체의 운행 법칙에 관한 학문. 뒤에 미
신적인 음양오행설로 변했다.

55 卜筮(복서) : 고대에 길흉이나 화복을 예측하기 위해 친 점. '卜'은 거북점이고,
'筮'는 시초(蓍草) 점을 가리킨다.

56 占相(점상) : 자연현상을 관찰하거나 사람의 관상을 보고 길흉화복을 추측하는
것.

57 醫方(의약) : 의약과 방술.

58 族氏(족씨) : 씨족의 족보.

59 山經(산경) : 산맥의 지형에 관한 서적.『산해경(山海經)』을 가리킨다는 설도 있
으나, 문맥상 일반명사로 보는 것이 더 타당한 것으로 여겨져 취하지 않는다.

60 地志(지지) : 지리, 물산, 역사, 풍속 등을 기록한 책.

61 字書(자서) : 한자의 형태와 음운 및 뜻을 풀이한 사전. 고대의 한자 학습 교본
을 가리키기도 한다.

62 圖畵(도서) : 지도와 회화.

63 九流(구류) : 유가(儒家), 도가(道家), 음양가(陰陽家), 법가(法家), 명가(名家), 묵
가(墨家), 종횡가(縱橫家), 잡가(雜家), 농가(農家) 등 선진(先秦)의 아홉 개 학술
유파. 잡가 대신에 소설가(小說家)를 넣기도 하며, 굳이 9개 학파에 국한되지
않고 학술 유파가 매우 많은 것을 가리키기도 한다.

64 百家(백가) : 제자백가.

65 天人(천인) : 천도(天道)와 인사(人事). 자연과 인간.

66 浮圖(부도) : 산스크리트어 붓다(Buddha) 곧 불타(佛陀)의 다른 음역으로 여기서
는 불교를 가리킨다. 그런데 한유도 「논불골표(論佛骨表)」에서 "후한 이후에 중
국으로 흘러들어왔다(自後漢始流入中國)"라고 한 대로 진나라 때는 아직 불교
가 중국에 전래되기 이전임을 분명히 알고 있었다. 여기서 이렇게 말한 것은 작
자의 착오라기보다는 붓 가는 대로 익살스럽게 쓴 결과라 생각된다.

67 老子(노자) : 도가 학파의 창시자로 여기서는 도가를 가리킨다.

68 詳悉(상실) : 자세히 알다.

69 市井(시정) : 고대 도시의 상업지구. 고대의 상업지구는 우물 정자 모양의 네모
꼴로 되어 있었으므로 이런 명칭이 붙여졌다.

70 貨錢注記(화전주기) : 재화의 금전 출납을 기록한 장부.

71 秦皇帝(진황제) : 진시황(秦始皇, B.C. 259-B.C. 210). 성명은 영정(嬴政)으로 중국
최초의 중앙집권적 통일 국가를 이룩했다.

72 扶蘇(부소) : 부소(B.C. ?-B.C. 210)는 진시황의 장자로 원래 태자였지만, 진시황

사후에 조고와 이사 등이 황제의 칙령을 위조해 자살하게 만든 뒤 호해를 황제로 세웠다.

73 胡亥(호해) : 호해(B.C. 230-B.C. 207)는 진시황의 차자로 후에 이세(二世)황제가 되었다가 환관 조고의 핍박을 이기지 못하고 자살했다.

74 丞相斯(승상사) : 이사(李斯, B.C. ?-B.C. 208). 진시황이 천하를 통일한 뒤에 승상을 맡아 문자 통일 작업을 주관하고, 서예에도 뛰어나 전서(篆書)를 잘 썼으며, 진시황이 각지를 다니며 남긴 비문도 모두 그가 썼다고 한다. 『창힐편(蒼頡篇)』이라는 자전의 전반부 일곱 장을 편찬하기도 했다.

75 中車府令高(중거부령고) : 조고(趙高, B.C. ?-B.C. 207). 중거부령은 황제가 타는 수레와 말을 관장하는 관직 이름. 조고는 환관으로 이사와 공모해 호해를 이세황제로 세운 뒤 낭중령(郎中令)을 맡았다가 이사를 살해하고 승상의 자리에 올랐다. 또 이세황제마저 시해하고 자영(子嬰)을 진나라 왕으로 세웠다가 자영에게 피살되었다. 진나라의 문자 통일 작업에도 관여한 바 있고, 『원력편(爰歷篇)』이라는 자전을 편찬하기도 했다.

76 時往(시왕) : 때맞추어 가다.

77 累拜(누배) : 여러 차례 관직에 임명되다. 여러 차례 승진을 거듭하다.

78 中書令(중서령) : 중서성의 장관인 고위 관직 이름으로 조정의 주소(奏疏)와 기밀 문건을 관장하고 황제의 조서를 기초했다. 진나라 때에는 아직 설치되지 않은 관직이지만, 이 글의 성격을 고려할 때 그런 사실에 너무 구애될 것은 없다고 본다. 아래에 나오는 '中書君', '中書', '不中書'와 마찬가지로 '中書'는 붓이 '글쓰기에 적합하다'는 뜻을 나타내는 쌍관어다.

79 益狎(익압) : 더욱 허물없이 가까워지다.

80 以衡石自程(이형석자정) : 무게를 달아 하루에 120근에 해당하는 문서를 처리하도록 하는 한도를 그어 두다. 이는 『사기 · 진시황본기(秦始皇本紀)』에 보이는 말로 진시황이 매일 최소한 중량 120근에 해당하는 문서를 점고하기 전에는 쉬지 않도록 스스로 규정해 놓은 것을 말한다. '衡'은 '무게를 달다', '石'은 중량 단위로 120근이며, '程'은 '한도 또는 기준을 정해 놓다'는 뜻이다. 당시에는 문서가 죽간 또는 목독 위에 쓰였기 때문에 무게로 양이 얼마인지를 헤아릴 수 있었다.

81 執燭者(집촉자) : 촛대를 가리킨다.

82 絳人陳玄(강인진현) : 먹(墨). 강주(絳州) 곧 지금 산서성 신강현(新絳縣)은 질 좋은 먹이 나던 곳으로 당나라 때 조정에 1,470개의 먹을 공물로 바쳤다. 오래 묵을수록 좋고 검정색이므로 '陳玄'이라고 했다.

83 弘農陶泓(홍농도홍) : 벼루(硯). 홍농은 당나라 때 괵주(虢州) 홍농군 곧 지금 하남성 영보현(靈寶縣)으로 질 좋은 벼루 산지인데, 당나라 때 조정에 벼루를 공물로 바쳤다. 벼루는 도기로 만들고 움푹해 먹물을 담아놓을 수 있으므로 '陶泓'이라고 했다.

84 會稽褚先生(회계저선생) : 종이(紙). 회계 곧 지금 절강성 소흥현(紹興縣)은 질 좋은 종이 산지로 당나라 때 종이를 공물로 바쳤다. '褚'는 '楮'와 통하는데, '楮'

곧 닥나무는 종이를 만드는 재료이므로 '楮先生'이라고 했다. 또 진나라 때는 아직 종이가 사용되기 이전이고, 한(漢)나라 때의 역사가 저소손(楮少孫)이 『사기』에 보완 작업을 한 적이 있기 때문에 한유가 익살스런 필치로 종이를 '楮先生'으로 불렀다고 볼 수도 있다.

85 相推致(상추치) : 서로 밀어주고 끌어주다. 붓이 먹과 벼루 및 종이와 협동해 같이 일하는 것을 가리킨다.
86 出處(출처) : 나가 벼슬하거나 물러나 있을 때. 붓이 쓰이거나 쓰이지 않을 때를 가리킨다.
87 三人(삼인) : 먹, 벼루, 종이를 의인화한 것으로 붓과 함께 문방사우를 가리킨다.
88 待詔(대조) : 임금의 조칙을 기다리다.
89 輒(첩) : 늘. 매번.

後因進見, 上將有任使, 拂拭⁹⁰之, 因免冠謝⁹¹. 上見其髮禿⁹², 又所摹畫⁹³
不能稱⁹⁴上意, 上嘻笑⁹⁵曰 : "中書君⁹⁶, 老而禿, 不任吾用. 吾嘗謂君中書,
君今不中書邪?" 對曰 : "臣所謂盡心⁹⁷者." 因不復召, 歸封邑, 終于管城.
其子孫甚多⁹⁸, 散處中國夷狄⁹⁹, 皆冒¹⁰⁰管城 ; 惟居中山者, 能繼父祖業.

90 拂拭(불식) : 먼지를 털어내다. 쓰기 위해 그릇에 묻은 때나 먼지를 털어내는 것과 같이 인재를 식별해 발탁하는 것을 말한다.
91 免冠謝(면관사) : 머리에 쓴 관을 벗고 사죄하다. 옛 사람들은 거상 중이거나 과오를 저지른 경우 이외에는 모자를 벗지 않았다. '冠'은 '管'과 통하는 글자로 글씨를 쓰기 위해 붓두껍을 열자 붓의 털이 듬성듬성해 시키는 일을 잘 감당할 수 없기 때문에 사죄한다고 했다.
92 髮禿(발독) : 머리가 벗겨지다. 대머리가 되다. 붓의 털이 닳아빠진 것을 뜻하는 쌍관어다.
93 摹畫(모화) : 본떠서 그리다. 글을 쓰는 것을 말한다.
94 稱(칭) : 어울리다. 들어맞다.
95 嘻笑(희소) : 어이쿠 하고 웃다.
96 中書君(중서군) : 붓을 의인화한 미칭. '中書'는 관직명인 동시에 '글쓰기에 적합하다'는 뜻을 나타내는 쌍관어로 쓰였다.
97 盡心(진심) : 마음을 다 바치다. 심력을 다 기울이다. 붓의 가운데 부분의 긴 털이 닳아버린 것을 뜻하는 쌍관어다.
98 子孫甚多(자손심다) : 붓이 도처에 깔려 있는 것을 뜻한다.
99 中國夷狄(중국이적) : 중원 지방과 사방의 소수민족 지역.
100 冒(모) : 사칭하다.

太史公曰¹⁰¹ : 毛氏有兩族 : 其一姬姓, 文王之子, 封於毛, 所謂魯衛毛聃¹⁰²

者也, 戰國時有毛公[103]、毛遂[104] ; 獨中山之族不知其本所出, 子孫最爲蕃昌[105]。春秋之成, 見絶於孔子[106], 而非其罪[107]。及蒙將軍拔中山之豪, 始皇封諸管城, 世遂有名, 而姬姓之毛無聞。潁始以俘見, 卒見任使[108], 秦之滅諸侯, 潁與[109]有功, 賞不酬勞, 以老見疎, 秦眞少恩[110]哉!

101 太史公曰(태사공왈) : 『사기』의 매 편 맨 마지막에 나오는 것으로 역사적 사실을 보충하거나 논평을 가한 내용으로 되어 있다. 태사공은 사마천이다. 한유의 이 글이 『사기』의 체제를 본뜬 관계로 이 말을 말미에 덧붙이고 있다.

102 魯衛毛聃(노위모담) : 주(周)나라 문왕의 네 아들이 받은 봉국(封國)으로 모두 희성(姬姓)의 제후국들이다. '魯'는 주공단(周公旦)의 봉국으로 지금 산동성(山東省) 곡부현(曲阜縣)이고, '衛'는 강숙(康叔)의 봉국으로 지금 하남성(河南省) 기현(淇縣)이며, '毛'는 모백정(毛伯鄭)의 봉국으로 지금 하남성 의양현(宜陽縣)이고, '聃'은 담계대(聃季戴)의 봉국으로 지금 하남성 개봉시(開封市)다.

103 毛公(모공) : 전국(戰國)시대 조(趙)나라의 은사로 이름은 미상이다. 위(魏)나라 공자 신릉군(信陵君)이 조나라에 머무르고 있을 때 그의 문객이 되었는데, 신릉군에게 귀국해 국난을 구하라는 권유를 함으로써 당시에 이름이 알려졌다.

104 毛遂(모수) : 전국시대 조나라 평원군(平原君)의 문객으로 평원군이 초(楚)나라에 사신으로 나갈 때 수행을 자청해 회의석상에서 초나라 왕을 감복시킴으로써 맹약을 성사시키는 외교적 공을 세운 바 있다.

105 蕃昌(번창) : 수가 늘어나고 번성하다.

106 見絶於孔子(견절어공자) : 이상 두 구절은 노(魯) 애공(哀公) 14년(B.C. 481)에 서쪽으로 수렵을 나갔다가 기린을 사로잡는 일이 발생하자, 공자가 그것을 상서롭지 못하다고 여기고 자신의 도가 궁해졌음을 탄식하며 『춘추』의 집필을 그만둔 것을 가리킨다.

107 非其罪(비기죄) : 공자가 『춘추』의 집필을 그만두었지만, 춘추시대에는 아직 붓이 나오기 이전이었으므로 그것은 붓의 죄가 아니라는 쌍관어로 일종의 익살스런 필치의 소치다.

108 任使(임사) : 신임하고 사용하다. 일설에는 두 글자를 같은 뜻으로 보고 '임용하다'로 풀이하기도 한다.

109 與(여) : 참여하다.

110 少恩(소은) : 각박하고 박정하다. 진나라가 공리와 형법을 숭상하는 법가 사상을 통치 이념으로 삼아 유가의 인의예교(仁義禮敎) 사상과 대립각을 이루었으므로 이런 평가를 했다.

「곤궁 귀신을 떠나보내는 글」

送窮文

원화 6년(811) 정월 을축일(乙丑日, 30일) 그믐날에 주인이 하인 성(星)을 시켜 버들가지를 엮어서 수레를 만들고 풀을 묶어 배를 만들어 건량과 양식을 수레와 배에 싣고서, 소에 멍에를 씌우고 돛을 당겨 돛대에 걸쳐놓게 한 뒤에 곤궁 귀신에게 세 번 읍하고 고했다.

"들자하니 그대가 떠날 날이 되었다고 하기에 비루한 사람이 감히 가는 길을 묻지는 못하겠고, 가만히 배와 수레를 마련해 건량과 양식을 충분히 실었습니다. 마침 날이 길하고 때가 좋아 사방 어디로 가시든 이로울 테니, 그대는 밥 한 사발 들고 술 한 잔 마신 뒤에 친구들 손잡고 무리들 이끌고서 예전 살던 데를 떠나 새로운 곳으로 가시되, 먼지 휘날리며 수레를 달리고 질풍 타고 배를 몰아서 번개와 앞서기를 다투십시오. 그러면 그대에게는 이곳에 멈추어 지체했다는 원망이 없을 테고, 나에게는 그대에게 떠날 밑천을 마련해주었다는 은혜가 돌아올 텐즉 그대들은 떠날 의향이 있사옵니까?"

숨을 죽이고 가만히 들어보니 마치 무슨 음성이 들리는 듯한데, 휘파람 소리인 듯 눈물 흘리며 흐느껴 우는 소리인 듯 휘이익 윙윙 한다. 터럭과 머리카락이 다 쭈뼛쭈뼛 서며 어깨가 으쓱해지고 목이 쑥 움츠려들었다. 무슨 소리가 있는 듯도 하고 아무 소리가 없는 듯도 하더니 한참 지나서야 비로소 똑똑히 들렸다. 마치 누군가가 다음과 같이 말하는 것 같았다.

"내가 그대와 함께 지낸 것이 40여 년이 되었다오. 그대가 어린아이일 적에 나는 그대를 우둔하다고 여기지 않았다오. 그대가 공부하고 농사를 지으며 관직과 명예를 구할 때도, 오직 그대만을 좇으면서 초심을 변치 않았다오. 대문을 지키는 신과 방문을 지키는 신령이 나를 꾸짖고 호통 치기도 했다오. 그래도 부끄러움을 참고 맹목적으로 따라다니며 다른 생각 품지 아니했다오. 그대가 남쪽 변방으로 좌천되었을 때 그곳 불볕더위에 그을리고 찌는 듯한 습기에 시달린 데다가, 나는 그곳 출신이 아니어서 온갖 현지 귀신들의 기만과 능멸을 받았다오. 태학(太學)에 있은 4년 동안 먹을 거라곤 아침에는 채소 부스러기 저녁에는 소금뿐이었는데도, 오직 나만이 그대를 보호했고 남들은 모두 그대를 혐오했다오. 처음부터 끝까지 여태껏 그대를 등진 적이 없었으며, 마음에 다른 생각 품어본 적 없고 입에 떠나간다는 말을 담은 적이 없었다오. 어디서 무슨 말을 듣고 내가 마땅히 떠나가야 한다고 하는지, 이는 필시 그대가 참언을 믿고 나와 틈이 벌어진 탓 때문이라오. 나는 귀신이지 사람이 아니니 수레와 배는 어디다 쓰겠소? 코로 냄새만 맡을 뿐이니 건량과 양식이랑 다 버려도 된다오. 혈혈단신 외톨이니 뉘라서 벗과 짝이 되겠소? 그대가 만약 전부 다 안다면 우리가 몇인지 일일이 셀 수가 있겠소? 그대가 다 말해낼 수 있다면 지혜로움이 발군이라고 할 만한데, 우리들의 진상이 다 드러나 버린다면 어찌 감히 회피하지 않을 수 있겠소?"

주인이 곤궁 귀신에게 대답해 말했다.

"그대는 내가 정말 알지 못한다고 생각하십니까? 그대의 벗과 짝은 여섯도 아니고 넷도 아니며, 열에서는 다섯을 빼고 꽉 찬 일곱에서는 둘을 제한 숫자인데, 제각기 주관하는 일이 있고 나름대로 이름도 갖고 있으면서 내 손을 비틀어 국그릇을 뒤엎어버리며 내 입을 열어 말해 남들이 꺼리는 일을 저지르게 하십니다. 내 모습을 가증스럽게 만들고 내 말을 맛깔스럽지 못하게 하는 것은 다 그대들의 뜻입니다. 그 첫째는 이름이 '지혜 곤궁 귀신'인데 굳세고 오만해 둥글둥글한 것은 싫어하고 모난 것은 좋아하나, 간사하고 속이는 짓을 부끄럽게 여기고 남을 해치거나 상하게 하는 일을 차마 하지 못합니다. 그 다음은 이름이 '학문 곤궁 귀신'인데 기예나 법률 제도를 우습게 여기며 심오하고 은미한 도리만 캐어내고, 고답적으로 제자백가의 학설은 사양하며 천지간의 신묘불측한 기밀만을 파악하려 합니다. 또 그 다음은 이름이 '문장 곤궁 귀신'인데 어느 하나에도 제대로 전문적인 능력을 갖추지 못하면서, 글을 쓰면 괴상하고 기이해서 당시 세상에 쓰이지 못하고 다만 스스로 즐기기나 할 따름입니다. 또 그 다음은 이름이 '운명 곤궁 귀신'인데 그림자로 찍힌 겉모양이 내면의 본모습과 다르고, 얼굴은 추하나 마음은 고우며 이익을 챙길 때는 뭇사람들의 뒤에 서고, 책망을 받을 때는 다른 사람보다 앞에 섭니다. 또 그 다음은 이름이 '교제 곤궁 귀신'인데 돋아나는 살갗을 갈아내고 뼈도 깎아내며 심장과 간장을 다 꺼내주며 진심을 다해 대하고서 발돋움을 한 채 보답을 기다리지만 남들은 나를 원수로 여깁니다. 무릇 이 다섯 귀신이 나의 다섯 가지 우환거리로 나를 배고프게 하고 추위에 떨게 하며, 유언비어를 날조해 나를 헐뜯는 말을 하도록 하며, 나를 멍청하게 만들어 사람들 중에 아무도 나를 너희들과 떼어놓지 못하게 하며, 아침에 내가 한 행동을 후회했다가도 저녁이 되면 다시 똑같은 잘못을 되풀이하니 파리처럼 윙윙 날아다니고 개처럼 구차하게 살면서 아무리 몰아내버려도 다시 되돌아오곤 합니다."

주인의 말이 미처 끝나지도 않았는데 다섯 귀신이 함께 눈을 부릅뜨고 혀를 내밀며 펄쩍펄쩍 뛰다가 자빠지기도 하고, 손뼉을 치다가 발을 구르기도 하면서 실소를 하고 서로서로 돌아보았다. 그러다가 천천히 주인에게 일러 말했다.

"그대가 우리의 이름과 우리가 한 일을 모두 안다고 해서 우리들을 내몰아 쫓아내려 하는 짓은 똑똑하지 못하고 크게 어리석은 것이라오. 사람이 한 세상을 살아가는데 오래 살아야 얼마나 되겠소? 우리들은 그대가 명성을 세우도록 해주었으니 백 대가 지나도 닳아 없어지지 않을 것이오. 소인과 군자는 마음 자체가 같지 않고, 시속과 어긋나야만 비로소 하늘의 대도와 통할 수 있다오. 아름다운 옥을 가져다가 양가죽 한 장과 바꾸고, 맛있는 음식을 실컷 먹다 물려서 저 쌀겨로 쑨 죽을 부러워하고 있는 격이라오. 온 천하에 그대를 알아주는 자 중에 어느 누구도 우리보다 더 잘 알지 못하기에, 비록 버림받아 쫓겨날지라도 차마 그대를 멀리하지는 못할 것이라오. 우리들의 말이 미덥지 못하다고 여겨진다면 『시경』과 『서경』에다 물어 보라오."

그러자 주인은 고개를 떨어뜨리고 맥이 딱 풀린 채 손을 들어 사죄하고 수레와 배를 불사르면서 그 곤궁 귀신들을 상석에 맞이했다.

해제

원화 6년(811) 정월 30일 하남현령(河南縣令) 재직 시에 쓴 글. '송궁(送窮)'은 '가난 귀신을 떠나보내는 의식'으로 제량(齊梁) 이후에 유행한 중국 민간 풍속의 하나다. 전설에 의하면 고양씨[高陽氏 : 일설에는 '고신씨(高

辛氏)'라고도 함)의 아들이 다 떨어진 옷을 입고 죽 먹기를 좋아하는 등 갖은 궁상을 떨며 살자 궁중 사람들이 그를 '곤궁한 아들(窮子)'로 불렀는데, 정월 그믐날에 길거리에서 죽자 후대에 사람들이 그날 그를 떠나보내는 제사를 지내주며 그것을 '송궁' 또는 '제빈(除貧)'이라고 불렀다고 한다. 당나라 때도 '송궁'의 풍속은 매우 성행해 정월 그믐날이면 가가호호에서 이를 행했다. 동도유수(東都留守) 정여경(鄭餘慶)과 정치적 견해를 달리한 연유로 하남현령으로 좌천되어 있던 작자는 낙양에서 이 풍속을 보면서 곤궁 귀신을 떠나보내려다 도리어 상석으로 모셔 머무르게 하는 기이하고 익살스러운 글을 쓴 것이다.

이 글은 주인과 곤궁 귀신 사이에 주고받은 각각 두 차례의 문답이 근간을 이루고 있다. 즉 주인이 자신에게 달라붙어 떨어지지 않는 지혜, 학문, 문장, 운명, 교제의 다섯 곤궁 귀신들의 훼방으로 말미암아 세상 사람들과 둥글둥글 어울려 살아가지 못하고 온갖 곤궁에 처하게 된다고 하소연하며 그들을 떠나보내려 하자, 다섯 곤궁 귀신들은 한 목소리로 세상 사람들과 영합하지 않아야 하늘의 대도와 통하고 천추만대에 이름을 남길 수 있다고 하며 주인을 반박한다. 그러자 주인은 본래의 마음을 바꾸어 다섯 곤궁 귀신을 상석으로 모실 수밖에 없었다는 것이 이 글의 주요 골자다. 물론 이 글에서 작자가 말하는 곤궁은 경제적 가난이 아니라 정치적 불운으로 인해 처한 곤경을 주로 말한다.

이 글은 역대의 많은 평론가들로부터 예술성이 풍부한 산문 작품이라는 칭송을 받아왔다. 우선 작품구상과 창작기교면에서 양웅(揚雄)의 「축빈부(逐貧賦)」와 반고(班固)의 「답빈희(答賓戲)」 및 왕연수(王延壽)의 「몽부(夢賦)」와 유준(劉峻)의 「절교론(絶交論)」 등을 본떠 문답의 방식으로 글을 전개한 것은 마찬가지지만, 개인의 곤궁함에 대한 불평의 토로와 불합리한 사회현상에 대한 풍자를 곁들여 "군자는 본래 곤궁하기 마련이다(君子固窮:『논어·위령공(衛靈公)』)"라는 결론을 끌어낸 솜씨가 이전의 수준을 훨씬 뛰어넘는다. 그 속에 곤궁 귀신을 떠나보내려다가 돌연 문장의 흐름을 완전히 뒤집어 곤궁함을 자부하는 익살스러우면서도 장엄한 반전의 묘미가 살아 움직인다. 다음으로 글의 묘사가 매우 생동적이고 언어도 세련되게 다져져 있다. 이를테면 곤궁 귀신들의 추태를 묘사한 대목은 다섯 귀신들의 특기를 잘 드러낼 수 있는 세목을 포착해 그것을 각각 4언의 운문체 네 구절로 압축적으로 표현했다. 이로써 글이 예스럽고 질박하면서도 전아하고 장중해 유희적인 글의 어조와 극명한 대비를 이룸으로써 문장 전체의 풍자 효과와 예술적 감화력을 배가시키고 있다. 또한 이 글 속에 쓰인 많은 어구가 지금까지도 사자성어로 쓰일 정도로 잘 다져져 있다.

원문 및 주석

元和六年正月乙丑晦, 主人[1]使奴星結柳作車, 縛草爲船, 載糗[2]輿粮[3] ; 牛繫軛[4]下, 引帆上檣[5] ; 三揖[6]窮鬼而告之曰 : "聞子行有日矣, 鄙人[7]不敢問所塗[8], 竊具船與車, 備載糗粮。日吉時良, 利行四方, 子飯[9]一盂, 子啜[10]一觴, 攜朋挈儔[11], 去故就新[12], 駕塵[13]彍風[14], 與電爭先。子無底滯[15]之尤[16], 我有資送[17]之恩 ; 子等有意於行乎?"

1　主人(주인) : 작자 자신을 가리킨다.
2　糗(구) : 건량. 볶은 쌀 또는 말린 밥.
3　粮(창) : 양식. 식량.
4　軛(액) : 멍에. 수레를 끌 때 마소의 목에 얹는 가로나무.
5　檣(장) : 돛대. 이상 두 구절은 수레와 배의 출발 준비가 이미 완료되었음을 말한다.
6　三揖(삼읍) : 세 번 읍하는 것은 송별할 때의 예절이다.
7　鄙人(비인) : '主人'이 자기를 낮추어 한 말. 식견이 모자라는 사람이라는 뜻이다.
8　所塗(소도) : 가는 길. 어느 길로 가는지. '塗'는 '途'와 같다.

9   飯(반) : '먹다'는 동사로 쓰였다.

10 啜(철) : 마시다.

11 攜朋挈儔(휴붕설주) : 친구들을 손잡고 무리들을 이끌다. 동료들을 이끌다.

12 去故就新(거고취신) : 예전 살던 데를 떠나 새로운 곳으로 가다.

13 駕塵(가진) : 먼지 휘날리며 수레를 달리다. 소가 끄는 수레가 가니 먼지가 일어
    나다.

14 壙風(확풍) : 질풍을 타고 배를 몰다. '壙'은 '빨리 달리다'는 뜻이다.

15 底滯(저체) : 멈추어 체류하다. '底'는 '멈추다', '정지하다'는 뜻이다.

16 尤(우) : 원망. 잘못.

17 資送(자송) : 떠날 밑천을 마련하다.

屏息[18]潛聽, 如聞音聲 ; 若嘯若啼, 耒欻[19]嚶嚶[20]。毛髮盡竪, 竦肩縮頸[21]。
疑有而無, 久乃可明。若有言者曰 : "吾與子居, 四十年餘 ; 子在孩提[22], 吾
不子愚。子學子耕, 求官與名 ; 惟子是從, 不變于初。門神戶靈[23], 我叱我
呵[24]。包羞[25]詭隨[26], 志不在他。子遷南荒[27], 熱爍[28]濕蒸, 我非其鄉, 百鬼欺
陵[29]。太學四年[30], 朝齏暮鹽[31] ; 惟我保汝, 人皆汝嫌[32]。自初及終, 未始背
汝, 心無異謀, 口絶行語。於何聽聞, 云我當去, 是必夫子[33]信讒[34], 有間[35]
於予也。我鬼非人, 安用車船? 鼻齅[36]臭香, 糗粻可捐[37]。單獨一身, 誰爲朋
儔? 子苟備知, 可數已不[38]? 子能盡言, 可謂聖智 ; 情狀旣露, 敢不迴避?"

18 屏息(병식) : 숨을 죽이다.

19 耒欻(획흘) : 휘이익. 의성어로 가냘프게 흔들리는 소리를 형용한다.

20 嚶嚶(우앵) : 윙윙. 의성어로 나지막하면서 어지러운 소리를 형용한다.

21 竦肩縮頸(송견축경) : 어깨가 으쓱해지고 목이 움츠려들다. 두려워하는 모양.

22 孩提(해제) : 웃을 줄 알고 손으로 끌고 다닐 수 있는 어린아이. '孩'는 '어린이가
    방글방글 웃는 것'으로 '咳'와 같고, '提'는 '손에 끌다'는 뜻이다.

23 門神戶靈(문신호령) : 대문을 지키는 신과 방문을 지키는 신령. 옛 사람들은 대
    문과 방문에 모두 신령이 지키고 있는 것으로 여겼다. 이하 두 구절은 한유가
    관직을 구하려고 고관대작들의 집을 드나들 때 그 집을 지키는 문의 귀신들이
    한유를 따라다니는 궁귀를 질타한 것을 말한다.

24 我叱我呵(아질아가) : 나를 꾸짖고 나를 호통 치다. 나를 질타하다. '叱我呵我'의
    도치다.

25 包羞(포수) : 부끄러움을 참다. 부끄러운 일을 참고 용인하다. 이 구절은 무조건
    적으로 따르는 것을 말한다.

26 詭隨(궤수) : 맹목적으로 따라다니다. 본의 아니게 남을 따르는 것을 말한다.

27 子遷南荒(자천남황) : 한유가 정원 19년(803)에 양산현령(陽山縣令)으로 좌천된 일을 가리킨다. '南荒'은 '남방의 황량한 땅'을 뜻한다.

28 熱爍(열삭) : 불볕더위에 그을리다. '爍'은 '열기 때문에 녹아내리다'는 뜻으로 '鑠'과 같다.

29 欺陵(기릉) : 기만하고 능멸하다. 업신여기고 억압하다.

30 太學四年(태학사년) : 한유가 원화 원년(806)에서 4년(809)년까지 4년간 국자박사를 역임한 것을 말하는데, 그 속에는 동도 낙양에서 근무한 2년도 포함되어 있다. '太學'은 진한(秦漢) 때의 최고 고등교육기관으로 당나라의 '국자학(國子學)'에 해당한다. 고대의 명칭을 사용한 예다.

31 朝齏暮鹽(조제모염) : 박사의 생활이 매우 곤궁함을 나타낸다. '齏'는 '채소 부스러기'다.

32 汝嫌(여혐) : 그대를 혐오하다. '嫌汝'의 도치다.

33 夫子(부자) : 타인에 대한 경칭.

34 讒(참) : 참언. 참소.

35 有間(유간) : 틈이 벌어지다. 틈이 생기다.

36 齅(후) : 냄새 맡다. '嗅(취)'와 같다.

37 捐(연) : 버리다.

38 已不(이부) : '與否(여부)'와 같다.

主人應之曰 : "子以吾爲眞不知也邪? 子之朋儔, 非六非四, 在十去五, 滿七除二 ; 各有主張³⁹, 私立名字, 捩手覆羹⁴⁰, 轉喉觸諱⁴¹。凡所以使吾面目可憎, 語言無味者, 皆子之志也。其名曰'智窮' : 矯矯亢亢⁴², 惡圓喜方⁴³ ; 羞爲姦欺, 不忍害傷。其次名曰'學窮' : 傲數與名⁴⁴, 摘抉杳微⁴⁵ ; 高把塵言⁴⁶, 執神之機⁴⁷。又其次曰'文窮' : 不專一能⁴⁸, 怪怪奇奇⁴⁹ ; 不可時施⁵⁰, 祇⁵¹以自嬉⁵²。又其次曰'命窮' : 影與形殊⁵³, 面醜心妍 ; 利居衆後, 責在人先。又其次曰'交窮' : 磨肌憂骨⁵⁴, 吐出心肝⁵⁵ ; 企足以待, 寘我讎寃⁵⁶。凡此五鬼, 爲吾五患 ; 飢我寒我, 興訛造訕⁵⁷ ; 能使我迷, 人莫能間⁵⁸ ; 朝悔其行, 暮已復然 ; 蠅營狗茍⁵⁹, 驅去復還。"

39 主張(주장) : 주재. 소관 사무. 관할 업무.

40 捩手覆羹(열수복갱) : 손을 비틀어 국그릇을 뒤엎다. '손을 대어 도리어 화를 불러오다'는 것을 말한다.

41 轉喉觸諱(전려촉휘) : 입을 열어 말해 남들이 꺼리는 일을 저지르다. '轉喉'는 '입을 열어 말을 하다'는 뜻이다.

42 矯矯亢亢(교교항항) : 굳세고 오만한 모양. 한유의 지조를 형용한다.

43 惡圓喜方(오원희방) : 둥글둥글한 것은 싫어하고 모난 것은 좋아하다.

44 傲數與名(오수여명) : 기예나 법률 제도를 우습게 여기다. 오만할 정도로 자부심
   이 강해 형이하학적인 학문은 경시함을 말한다. 이하 네 구절은 자기의 분수에
   맞고 현실의 명분에 맞는 학문을 해서 시세에 영합하도록 해야 하는데 그런 것
   은 다 무시해버리고, 성인의 학문 곧 이 시대에 맞지 않는 아득하고 은미한 학
   문을 하는 것을 말한다.

45 摘抉杳微(적결묘미) : 심오하고 은미한 도리를 캐내다. 형이상학적인 학문 연찬
   에 몰두함을 말한다.

46 高抴羣言(고읍군언) : 고답적으로 제자백가의 학설은 사양하다. '抴'은 '揖'과 통
   해 '사양하다'는 뜻이고, '羣言'은 '제자백가의 언론'을 뜻한다. 이 구절은 한유가
   유가(儒家)의 학술만을 존중하는 것을 말한다.

47 執神之機(집신지기) : 천지간의 신묘불측한 기밀을 파악하다. '執'은 '파악하다'는
   뜻이다.

48 不專一能(불능일전) : 실제로는 다방면의 문학 재능에 정통함을 말한다.

49 怪怪奇奇(괴괴기기) : 문장이 진부한 전통적 관습에 얽매이지 않고 변화가 많으
   며 독창적인 것을 말한다.

50 不可時施(불가시시) : 당시 세상에 쓰이지 못하다. 한유는 문학이 당시 세상에
   유용해야 한다는 견해를 지녔음에도 불구하고, 자신의 문장은 당시 사람들의
   입맛에 맞지 않았음을 말한다. 한유가 제창한 고문이 그 시대에 영합되지 못했
   음을 말한다.

51 秖(지) : 다만. 단지.

52 自嬉(자희) : 스스로 즐기다.

53 影與形殊(영여형수) : 그림자로 찍힌 겉모양이 내면의 본모습과 다르다. 겉모양
   은 비뚤지만 속마음은 정직해 양자가 완전히 다른 것을 말한다. 이하 두 구절은
   자신의 재능과 미덕이 겉으로 드러나지 않았음을 말한다.

54 磨肌戞骨(마기알골) : 살갗을 갈아내고 뼈도 깎아내다. 이하 두 구절은 사귀는
   친구를 위해 자신의 살갗과 뼈 및 심장과 간장을 조금도 남김없이 바치며 진심
   과 성의를 다하는 것을 말한다.

55 吐出心肝(토출심간) : 심장과 간장을 다 꺼내주며 진심을 다해 대하다.

56 寘我讎寃(치아수원) : 나를 원수로 여기다. '寘'는 '置'와 같다.

57 興訛造訕(흥와조산) : 유언비어를 날조해 헐뜯는 말을 하다.

58 間(간) : 이간시키다.

59 蠅營狗苟(승영구구) : 파리처럼 윙윙 날아다니고 개처럼 구차하게 살다. 본래 파
   리가 분주하게 이리저리 윙윙 날아다니듯이 사소한 이익을 얻으려고 악착같이
   살고, 개와 같이 주인의 뜻에 영합하기 위해 구차하게 행동하는 것을 뜻하는데,
   여기서는 다섯 곤궁 귀신을 아무리 쫓아내려 해도 쫓아낼 수 없듯이 자신의 바
   탕이나 지조를 변하게 할 수 없음을 비유한다.

言未畢, 五鬼相與張眼吐舌, 跳踉[60]偃仆[61], 抵掌[62]頓脚[63], 失笑相顧[64]。徐謂主人曰："子知我名, 凡我所爲, 驅我令去, 小黠[65]大癡[66]。人生一世, 其久幾何；吾立子名, 百世不磨。小人君子, 其心不同；惟乖於時[67], 乃與天[68]通。攜持[69]琬琰[70], 易一羊皮[71]；飫[72]於肥甘[73], 慕彼糠糜[74]。天下知子, 誰過於予；雖遭斥逐, 不忍子疎。謂予不信, 請質[75]詩書。"

60　跳踉(도량) : 펄쩍펄쩍 뛰어오르다. 날뛰다.
61　偃仆(언부) : 자빠지고 고꾸라지다. '偃'은 '뒤로 넘어지는 것'이고 '仆'는 '앞으로 고꾸라지는 것'을 말한다.
62　抵掌(지장) : 손뼉을 치다.
63　頓脚(돈각) : 발을 구르다.
64　失笑相顧(실소상고) : 어처구니가 없어 저절로 웃음이 터져 나오며 서로 돌아보다. 이상 네 구절은 다섯 곤궁 귀신이 주인의 말을 듣고 너무 기뻐서 주체를 못하고 한 갖가지 동작을 말한다.
65　小黠(소할) : 작은 똑똑함. 자그마한 총명. 이 구절은 『포박자(抱朴子)‧도의(道意)』에 보이는 "대체로 사람들은 대부분 작은 데 똑똑하지만 큰일에는 어리석다(凡人多以小黠而大愚)"라는 것에 근거한 표현이다.
66　大癡(대치) : 큰 어리석음.
67　乖於時(괴어시) : 시속과 어긋나다. 시대와 맞지 않다.
68　天(천) : 자연의 도리. 자연 법칙.
69　攜持(휴지) : 휴대하다. 가지다.
70　琬琰(완염) : 아름다운 옥. 보물로 '소중한 학문'을 비유한다.
71　羊皮(양피) : 양가죽. 관복을 비유한다.
72　飫(어) : 실컷 먹다. 배불리 먹다 물리다.
73　肥甘(비감) : 맛있는 음식.
74　糠糜(강미) : 쌀겨로 쑨 죽. 쌀겨로 끓인 죽.
75　質(질) : 묻다. 질문하다.

主人於是垂頭喪氣, 上手[76]稱謝, 燒車與船, 延[77]之上座[78]。

76　上手(상수) : 손을 들다.
77　延(연) : 맞이하다. 청하다.
78　上座(상좌) : 빈객의 자리. 상석.

鰮魚文

아무 해 아무 달 아무 날에 조주자사(潮州刺史) 한유가 군사아추(軍事衙推) 진제(秦濟)를 파견해 양 한 마리와 새끼 돼지 한 마리를 악계(惡谿)의 깊은 물속에 던져 넣어 악어에게 먹이고 고하게 했다.

옛날에 상고의 성왕들은 천하를 다스릴 때 산과 못의 초목을 불태우고 줄로 그물을 엮어 잡아들이거나 칼날로 찔러 죽임으로써 백성들의 해가 되는 맹수나 독사 따위의 흉악한 동물을 제거하고 그것들을 몰아내어 사해의 밖으로 나가게 하시었다. 후대의 왕들에 이르러서는 덕이 부족해 먼 곳까지 통치할 수 없었기에 장강과 한수(漢水) 유역마저도 그대로 다 내버려 두어서 남방과 동방의 소수민족이나 초(楚)나라와 월(越)나라에게 넘겨주고 말았으니, 하물며 조주(潮州)는 오령(五嶺)과 남해 사이에 있어 도성으로부터 만 리나 멀리 떨어져 있음에야 오죽했겠는가! 악어가 이곳에 숨어 들어와 알을 낳고 새끼를 기르는 것은 또 그놈들이 서식하기에 적합한 곳일 테다. 지금 천자께서 당(唐)나라 황제의 자리를 계승하시어 신령스럽고 영명하시며 자애롭고 위무 당당하신 모습으로 사해의 밖과 천지 사방의 안을 모두 어루만지며 다스리고 계시는데, 하물며 조주는 우(禹)임금의 발자취가 닿은 곳이고 옛날 양주(揚州)에 속하는 중원에 가까운 지역으로 자사(刺史)와 현령(縣令)이 다스리면서 조정에 공물과 조세를 바쳐 천지신명과 종묘 및 온갖 신들에게 제사지내는데 필요한 물자를 공급해주는 땅임에 있어서야 오죽하겠는가! 그러니 악어는 절대로 자사와 함께 이 땅에서 섞여 살 수 없느니라!

자사는 천자의 명을 받들어 이 땅을 지키며 이곳 백성들을 다스리는데, 악어는 눈이 불쑥 튀어나온 흉측한 놈으로 계곡 깊은 물속에서 분수를 지키며 살지 않고 이 지역을 점거해 백성들의 가축과 곰이나 멧돼지나 사슴이나 노루 따위를 잡아먹어 제 몸집을 살찌우고 새끼를 퍼뜨리며 자사와 맞서 이곳의 호걸 자리를 다투려 하고 있으니, 자사가 비록 노둔하고 유약하지만 어찌 악어에게 머리를 숙이고 굴복하리오? 두려움에 덜덜 떨며 똑바로 쳐다보지도 못하고 힐끔거려 백성과 관리들에게 수치를 당하면서 구차하게 이곳에서 살 것인가! 게다가 천자의 명을 받들어 파견되어 온 관리인지라 형세로 보건대 본디 악어와 누가 옳고 누가 그른지를 분명히 가리지 않을 수 없나니, 악어는 지각이 있거든 자사의 다음과 같은 말을 들을지어다!

조주 지방은 큰 바다가 그 남쪽에 있어 고래와 붕새 같이 큰 것이나 새우와 게처럼 작은 것이 모두 받아들여져 번식하지 않음이 없으니, 악어는 아침에 이곳을 출발하면 저녁이면 그곳에 도달할 수 있을 것이다. 지금 악어와 약조하노니, 사흘 안으로 네 추악한 무리를 이끌고 남쪽 바다로 옮겨가서 천자의 명을 받고 온 관리를 피하도록 하라. 사흘에 안 되면 닷새까지 연장하고, 닷새에 안 되면 이레까지 연장하는데, 이레

에도 안 되면 이는 끝내 옮겨가지 않으려는 셈이고 자사가 안중에 없어
서 그의 말을 따르려 하지 않은 것이요, 그것이 아니라면 이는 악어가
사리에 어둡고 완고해 민첩하지 못한 탓에 자사가 말을 해도 들으려고
도 알려고도 하지 않는 것이다. 대체로 천자의 명을 받은 관리를 업신
여겨 그의 말을 따르지 않고 옮겨가서 피하지 않는 것이나, 사리에 어
둡고 완고해 민첩하지 못한 탓에 백성의 재산에 해를 끼치는 것은 모두
죽이겠노라. 자사는 재능 있고 솜씨 좋은 관리와 백성을 뽑아 강한 활
과 독화살을 가지고 악어와 상대해, 반드시 모조리 다 죽인 뒤에라야
그만둘 것이다. 후회 없기를 바라노라!

해제

　원화 14년(819) 4월 24일 조주자사 재직 시에 쓴 글로 제목 앞에 '제
(祭)'자가 붙은 판본도 있다. 다만 글의 내용이나 성격상 제문이라기보다
는 백성들에게 해를 끼치는 악어를 몰아내기 위해 일전을 불사하겠다
는 결연한 의지를 밝힌 격문(檄文)에 가깝다. '鱷'자는 '鰐'으로도 쓴다.
작자는 부처 사리를 영입하는 의식에 반대하는 상소 때문에 헌종(憲宗)
의 역린을 건드려서 조주자사로 좌천되었다. 작자는 조주에 부임한 뒤
현지 방문을 통해 백성들의 고통을 살피는 과정에서 악계(惡谿)의 악어
가 백성들의 생명과 재산에 해를 끼치는 사실을 발견하고, 진제(秦濟)라
는 부보좌관을 파견해 악어를 몰아내는 포고를 했다. 즉 악어에게 7일
안으로 악계를 떠나 남해로 옮겨가도록 경고하고, 그렇게 하지 않으면
천자의 명을 받아 백성들의 생명과 재산을 지켜야 하는 자사로서 남김
없이 모조리 죽이겠다는 뜻을 피력했다. 작자가 이 글로 포고한 뒤에

악어가 다른 곳으로 옮겨가 다시는 백성들에게 해를 끼치지 않았다고 전해졌는데, 이는 한유의 치적을 칭송하기 위한 민간의 전설일 것이다. 실제 이 글의 진정한 의도는 사악한 무리와는 양립하지 않고 발본색원(拔本塞源)하겠다는 지방 목민관의 결연한 열정과 정의감 및 자신감을 표현한 데 있다. 그리하여 악어는 중앙 정부에서 파견한 관리의 시정 방침에 순응하지 않고 백성들의 재산을 약탈하는 토착 악당 세력의 상징으로 해석할 수도 있다.

악어를 몰아낸다는 소재 자체는 매우 간단하지만, 그것을 의인화해 표현한 글의 구상이 참신하고 상상이 풍부하며, 사악한 세력과 타협하지 않고 응징하려는 정의감과 자신감에 찬 열정 또한 작품 전체에 도도히 흐르고 있어 글의 기세가 웅건하고 드높다. 그리고 엄숙한 결의를 해학적인 필치로 차근차근 서술한 솜씨 또한 예사롭지 않다.

원문 및 주석

維年月日[1], 潮州[2]刺史韓愈, 使軍事衙推[3]秦濟, 以羊一豬一投惡谿[4]之潭水, 以與鱷魚食, 而告之曰:

---

1   維年月日(유연월일): '維元和十四年四月二十四日(유원화십사년사월이십사일)'로 된 판본도 있다. '維'는 발어사로 제문이나 축문 같은 글에 많이 쓰여 어기를 장중하거나 엄숙하게 한다.
2   潮州(조주): 영남도 소속으로 주청 소재지가 해양(海陽) 곧 지금 광동성 조주시 조안현(潮安縣)에 있었다.
3   軍事衙推(군사아추): 형옥(刑獄) 담당 부보좌관. '衙推'는 '牙推'라고도 하는데, 자사의 보좌관격인 추관(推官)보다 한 등급 낮은 부보좌관이다.
4   惡谿(악계): '鱷谿'・'惡溪' 또는 '惡水(악수)'로 된 판본도 있다. 한유가 남긴 영향으로 인해 조주 지역의 강산에 한(韓)자가 들어간 경우가 많아 지금 한강(韓

江)으로 불린다. 복건성 정강(汀江)에서 발원해 광동성 조주시(潮州市) 조안현
(潮安縣)과 산두시(汕頭市) 등을 거쳐 남해로 흘러 들어간다.

昔先王[5]旣有天下, 列[6]山澤, 罔繩[7]擉刃[8], 以除蟲蛇惡物爲民害者, 驅而出
之四海之外。及後王德薄, 不能遠有[9], 則江漢之間, 尙皆棄之以與蠻夷楚
越[10], 況潮嶺海[11]之間, 去京師萬里[12]哉? 鱷魚之涵淹[13]卵育[14]於此, 亦固其
所。今天子嗣唐位, 神聖慈武, 四海之外, 六合[15]之內, 皆撫而有之 ; 況禹
跡所揜[16], 揚州[17]之近地, 刺史縣令之所治, 出貢賦[18]以供天地宗廟百神之
祀之壤者哉? 鱷魚其不可與刺史雜處[19]此土也!

5   先王(선왕) : 고대의 이상적인 성왕. 요(堯)·순(舜)·우(禹)·탕(湯)과 주(周)나
     라 문왕(文王)·무왕(武王)을 가리킨다. 뒤에 나오는 '後王'과 대를 이룬다.
6   列(열) : 불태우다. 불사르다. '烈'과 같다.
7   罔繩(망승) : 줄로 그물을 엮어 잡아들이다. '罔'은 '網'과 같다.
8   擉刃(착인) : 칼날로 찔러 죽이다.
9   遠有(원유) : 먼 지방의 땅을 차지하다. 먼 곳까지 통치하다.
10   蠻夷楚越(만이초월) : 중원이 아닌 소수민족 지역을 널리 지칭한다. '蠻夷'는 남
     방과 동방의 소수민족을 가리키고, '楚越'은 남방의 두 제후국 이름이다.
11   嶺海(영해) : 오령(五嶺)과 남해(南海). 오령은 월성령(越城嶺), 도방령(都龐嶺),
     맹저령(萌渚嶺), 기전령(騎田嶺), 대유령(大庾嶺)이다. 오령 이남을 '嶺南'이라고
     불렀다.
12   萬里(만리) : 개략적인 숫자를 든 것으로 실제 정확히 말하면 7,667리 정도다.
13   涵淹(함엄) : 물속에 잠복하다. 숨어 살다.
14   卵育(난육) : 알을 낳아 새끼를 기르다. 부화(孵化)해 번식하다.
15   六合(육합) : 천지와 사방. 온 천하.
16   禹跡所揜(우적소엄) : 우임금이 치수 사업을 할 때 발자취가 닿은 곳. '揜'은 '掩'
     과 통해 '가리다', '덮다'는 뜻이다. 전하는 바에 의하면 우임금은 남쪽으로 창오
     (蒼梧) 곧 지금 광서성 오주시(梧州市) 창오현(蒼梧縣)까지 이르렀다고 한다.
17   揚州(양주) : 고대에 전국을 구주(九州)로 나누었을 때 남동쪽 지역을 총괄하는
     지명. 『서경·우공(禹貢)』에 처음 보인다. 조주 지역은 구주 중에서 양주에 속
     했다.
18   貢賦(공부) : 조정에 수송해 바치는 공물과 조세.
19   雜處(잡처) : 함께 섞여 살다.

刺史受天子命, 守此土, 治此民, 而鱷魚睅然[20]不安谿潭, 據處[21]食民畜熊

豕鹿麞[22], 以肥其身, 以種[23]其子孫, 與刺史亢拒[24], 爭爲長雄[25] ; 刺史雖駑弱, 亦安肯爲鱷魚低首下心[26]。伈伈[27]睍睍[28], 爲民吏羞, 以偸活於此邪! 且承天子命以來爲吏, 固其勢不得不與鱷魚辨[29], 鱷魚有知, 其聽刺史言 :

20	睅然(한연) :	불쑥 튀어나온 흉측한 모양.
21	據處(거처) :	지역을 점거하다.
22	鹿麞(녹장) :	사슴과 노루.
23	種(종) :	퍼뜨리다. 번식시키다.
24	亢拒(항거) :	맞서다. 대항하다. 항거하다. '亢'은 '抗'과 같다.
25	長雄(장웅) :	우두머리나 호걸.
26	低首下心(저수하심) :	머리를 숙이고 굴복하다.
27	伈伈(심심) :	두려워 덜덜 떠는 모양.
28	睍睍(사사) :	똑바로 쳐다보지도 못하고 힐끔거리는 모양.
29	辨(변) :	누가 옳고 누가 그른지를 분명히 가리다.

潮之州, 大海在其南, 鯨鵬之大, 蝦蟹之細, 無不容歸, 以生以食, 鱷魚朝發而夕至也。今與鱷魚約 : 盡三日[30], 其率醜類南徙于海, 以避天子之命吏。三日不能至五日, 五日不能至七日, 七日不能, 是終不肯徙也, 是不有刺史, 聽從其言也 ; 不然, 則是鱷魚冥頑[31]不靈[32], 刺史雖有言, 不聞不知也。夫傲[33]天子之命吏, 不聽其言, 不徙以避之 ; 與冥頑不靈而爲民物[34]害者 : 皆可殺。刺史則選材技[35]吏民, 操强弓毒矢, 以與鱷魚從事[36], 必盡殺乃止。其無悔!

30	盡三日(진삼일) :	사흘이 끝나는 때로 곧 사흘 안에.
31	冥頑(명완) :	사리에 어둡고 완고하다.
32	不靈(불령) :	민첩하지 못하다. 영민하지 못하다.
33	傲(오) :	오만하게 굴다. 업신여기다.
34	民物(민물) :	백성의 재산. 백성의 재물.
35	材技(재기) :	재능 있고 무예가 뛰어나다.
36	從事(종사) :	겨루다. 상대하다.

 「금자광록대부 검교상서좌복야 동중서문하평장사 겸
변주자사 선무군절도부대사 지절도사 관내지탁영전변송박
영등주관찰처치등사 상주국 농서군개국공으로
태부에 추증된 동공 행장」

**故金紫光祿大夫檢校尙書左僕射同中書門下平章事兼汴州刺史充宣武軍節度副大使知節度事
管內支度營田汴宋亳潁等州觀察處置等使上柱國隴西郡開國公贈太傅董公行狀**

　동공(董公)의 증조부 인완(仁琬)은 우리 당나라에서 양주박사(梁州博士)를
맡았다. 조부 대례(大禮)는 우리 당나라에서 우산기상시(右散騎常侍)에 추
증되었다. 부친 백량(伯良)은 우리 당나라에서 상서성 좌복야(左僕射)에 추
증되었다.

　공은 이름이 진(晉)이고 자가 혼성(混成)이며 하중부(河中府) 우향현(虞鄉
縣) 만세리(萬歲里) 사람이다. 소년 시절에 명경과에 우수한 성적으로 급
제했다. 선황제(宣皇帝) 숙종(肅宗)께서 원주(原州)에 계실 때 공도 원주에
있었기에, 재상께서 공이 문장에 뛰어나므로 한림원(翰林院)의 직무를 잘
감당할 인재를 선출해 조정에 상주하자 황제께서 공을 불러 만나보신
뒤 비서성교서랑(祕書省校書郎)에 임명하고 한림원에 들어가 학사(學士)가
되게 하셨는데, 3년간 황제의 좌우를 출입하는 동안 천자께서 공이 신
중하고 성실하다고 여기시어 붉은색 관복과 어대(魚袋)를 하사하시고 여

러 차례 승진시켜 위위시승(衛尉寺丞)이 되게 하셨다. 한림원에서 나오자 병으로 사직했다가 분주사마(汾州司馬)에 임명되었다. 최원(崔圓)이 양주(揚州)절도사가 되었을 때 조정에서 조칙을 내려 공을 최원의 절도판관(節度判官)으로 삼고 전중시어사(殿中侍御史)를 겸직하게 했다. 군대 업무로 도성에 가서 배알을 하자 천자께서 공을 기억하시고 전중시어사 내봉공(內供奉)에 임명하셨는데, 뒤에 전중시어사에서 시어사가 되고 상서성(尙書省)에 들어가 주객원외랑(主客員外郞)이 되었다. 다시 주객원외랑에서 사부낭중(祠部郞中)이 되었다.

선대 대종(代宗) 황제 때 병부시랑(兵部侍郞) 이함(李涵)이 당나라 공주를 모시고 회흘(回紇)로 가서 극한(可汗)의 왕비 극돈(可敦)으로 세우게 되었는데, 조정에서 조칙을 내려 공에게 시어사를 겸하게 하고 자주색 관복과 금어대(金魚袋)를 하사하면서 이함의 판관(判官)으로 삼았다. 회흘 사람들이 와서 말했다.

"당나라가 영토를 수복함에 있어 회흘의 힘을 이용했소. 우리와 무역을 하기로 약조했기에 말을 이미 당나라로 들여보냈건만 우리들에게 치룬 물품이 부족하니 우리들은 사신들에게 그 못 받은 물품을 받아야겠소."

이함이 두려워하며 감히 대답을 하지 못하고 공을 쳐다보았다. 공이 그들에게 말했다.

"우리들이 영토를 회복하는데 당신네들이 분명히 많은 도움이 되었소. 우리들은 말이 없는 것이 아닌데도 불구하고 당신네들과 무역을 하고 있으니 당신네들에게 하사해준 것이 이미 많지 않소? 당신네들이 보낸 말이 매년 도착하면 우리들은 생사에 관계없이 말가죽 수를 헤아려 물품을 치루고 있소. 변방의 관리들이 문제제기를 하며 거절하기를 요청하지만 천자께서는 당신네들의 공로를 생각하시어 조칙을 내려 당신네들을 침범하지 못하도록 금하셨소. 서북방의 다른 모든 소수민족 국

HS-273 「금자광록대부 검교상서좌복야 동중서문하평장사 겸 변주자사 선무군절도부대사 지절도사 관내지탁영전변송박영등주관찰처치등사 상주국 농서군개국공으로 태부에 추증된 동공 행장(故金紫光祿大夫檢校尙書左僕射同中書門下平章事兼汴州刺史充宣武軍節度副大使知節度事管內支度營田汴宋亳潁等州觀察處置等使上柱國隴西郡開國公贈太傅董公行狀)」 43

가들은 우리 대국이 당신네들과 우호적인 관계에 있는 것을 두려워해 당신네들과 맞서려 하지 않고 있소. 당신네들의 아버지와 아들이 편안하게 살면서 말을 사육해 번식시킬 수 있는 것은 우리 대국이 아니면 또 어느 나라가 그렇게 할 수 있단 말이오?"

그러자 회흘의 뭇사람들이 공을 둘러싸고 절을 올리고 나더니, 또 한 사람씩 남쪽을 향해 차례대로 절을 한 뒤에 모두 두 손을 들면서 말했다.

"감히 다시는 대국에 불평을 품고 침탈할 생각을 하지 않겠나이다."

회흘에서 돌아온 뒤에 사훈낭중(司勳郎中)에 임명되었다. 회흘에서 있었던 일에 대해서는 여태껏 입에 담은 적이 없었다.

비서소감(祕書少監)으로 승진하고 태부시(太府寺)와 태상시(太常寺)의 소경(少卿)을 역임한 뒤 좌금오위장군(左金吾衛將軍)이 되었다. 지금 황제께서 즉위하시어 막 붕어하신 대행황제(大行皇帝)의 능침을 조성하기 위해 재원을 조달해야 하므로 공을 태부경(太府卿)에 임명했으며, 태부경에서 좌산기상시(左散騎常侍) 겸 어사중승(御史中丞)이 되어 어사대(御史臺) 장관의 업무를 담당하고 삼사사(三司使)를 맡았다. 재능이 출중한 인재를 선발함에 있어 위풍당당했고, 당초 공이 좌금오위장군이 된 뒤에 한 달이 채 되지 않아 태부경이 되고 9일 만에 또 어사중승에 올라 아침저녁으로 조정에 들어가 국사를 논의했는데, 그러자 재상이 공을 화주자사(華州刺史)로 주청해 화주자사·동관방어진국군사(潼關防禦鎭國軍使)에 임명되었다. 주체(朱泚)의 난이 일어나자 어사대부(御史大夫)가 더해졌으며 조칙을 받고 황제가 계시는 행재소에 이르렀다가, 다시 국자좨주(國子祭酒) 겸 어사대부에 임명되어 항주(恆州)로 시찰 가서 정령을 선포하고 백성들을 위무했다. 이때 주도(朱滔)가 범양(范陽)에서부터 회흘의 군대를 이끌고 와서 반란군을 원조해 사람들이 크게 두려워하고 있던 차에, 공이 항주에 도착하자 항주에서 당일로 칙령을 받들어 군대를 출동해 주도와 전투를 벌인 끝에 그들을 크게 물리쳐 패주시키고 나서 하중부로 돌아왔다.

이회광(李懷光)이 반란을 일으켜 황제께서 양주(梁州)로 피신 가셨다. 이회광이 이끄는 무리들은 모두 삭방절도사(朔方節度使) 휘하의 병사들로 공은 이회광이 주체와 연합하기를 도모하고 있음을 알아차리고는 그 점을 걱정하고 있다가 이회광을 찾아가 말했다.

"그대의 공로는 천하에 필적할 자가 없는데, 그대의 잘못은 아직 사람들에게 알려지지 않았소이다. 내가 황제께서 계시는 행재소로 가서 그대의 사정을 말씀드린다면, 황제께서는 관대하고 현명하시니 사면하고 용서해주시지 않을 리가 없을 텐데 도대체 어떻게 주체의 신하가 된단 말입니까? 저자는 신하의 몸으로 자기 임금을 배반했거늘, 만약 저자가 뜻을 이룬다면 그대에게 이로울 게 무엇이 있겠소이까? 게다가 그대는 이미 태위(太尉)니 저자가 그대를 총애한다고 한들 이보다 높은 무슨 관직으로 더해주겠소이까? 저자는 임금도 섬기지 못했는데 신하의 예로써 그대를 섬길 수 있겠소이까? 그대가 저자를 섬길 수 있으면서 임금을 섬기지 못할 리가 있겠소이까? 저자는 온 천하 사람들이 자기를 노여워하고 있으므로 조만간에 처형되어 죽게 될 것임을 알고 있기 때문에, 자기와 같은 죄를 범한 사람을 찾아 함께 결탁하고자 하니 그대에게 이로울 게 무엇이란 말입니까? 그대에게는 저자와 대적하고도 남을 힘이 있으니 차라리 분명하게 절교하겠다고 통고하고 군사를 일으켜 저자들을 습격해 점령한 뒤에 궁궐을 깨끗하게 치우고 천자를 맞이하느니만 못할 것인즉, 그러고 나서 일반 백성의 복장을 하고 담당 관리에게 죄를 청한다면 비록 큰 잘못이 있더라도 덮어줄 텐데, 공과 같은 경우라면 누가 감히 왈가왈부하겠소이까?"

말을 마치자 이회광이 절하며 말했다.

"하늘이 공을 내리시어 저 회광의 목숨을 살리셨소이다."

HS-273「금자광록대부 검교상서좌복야 동중서문하평장사 겸 변주자사 선무군절도부대사 지절도사 관내지탁영전변송박영등주관찰처치등사 상주국 농서군개국공으로 태부에 추증된 동공 행장(故金紫光祿大夫檢校尙書左僕射同中書門下平章事兼汴州刺史充宣武軍節度副大使知節度事管內支度營田汴宋亳潁等州觀察處置等使上柱國隴西郡開國公贈太傅董公行狀)」 45

기뻐하고 눈물을 흘리며 우니 공도 같이 울었다. 그러고는 또 장교와 사병들에게도 이회광에게 했던 말과 똑같이 말하니 장교와 사병들이 소리를 지르며 말했다.

"하늘이 공을 내리시어 저희 삼군의 목숨을 살리셨소이다."

공에게 절하고 눈물을 흘리며 우니 공도 같이 울었는데, 그리하여 이회광은 마침내 주체와 연합하지 않았다. 이때 이회광은 모반하지 않게 되었다. 공은 기질이 인자해 평소 말할 때는 입 밖으로 말소리조차 꺼내지 못할 것 같더니만, 막상 일에 맞닥치자 뜻밖에도 활달하고 시원시원하며 민첩하게 달변을 늘어놓았다. 공의 말씀은 충성스럽고 용모는 온화했기 때문에 사람들에게 말을 하면 믿지 않는 이가 없었다.

그 이듬해에 황제께서 서울을 수복하시어 공을 좌금오위대장군(左金吾衛大將軍)에 임명하셨는데, 좌금오위대장군에서 상서좌승(尙書左丞)이 되었다가 다시 태상경(太常卿)이 되었으며, 태상경에서 문하시랑평장사(門下侍郎平章事)에 임명되었다. 재상의 자리에 도합 5년간 있었는데 어전에서 상주한 것이 모두 요순(堯舜) 두 임금과 하(夏)·은(殷)·주(周) 세 성왕의 도리였고 진한(秦漢) 이후의 일에 대해서는 입에 담은 적이 없었으며, 퇴청해 집으로 돌아온 뒤에는 황제에게 진언한 것을 다른 사람에게 말한 적이 없었다. 자제들 중에 개인적으로 묻는 이가 있으면 공은 다음과 같이 일러주었다.

"재상의 직무는 천하와 관계가 있다. 천하가 평화로운지 위태로운지는 재상이 능력이 있는지 없는지를 가지고 알 수 있고, 재상이 능력이 있는지 없는지를 알고자 하면 이와 마찬가지로 천하의 안위를 살피면 그런대로 괜찮을 것이다. 무릇 어전에서 도모하고 논의한 일은 입 밖으로 낼 것이 못 된다."

그리하여 공이 어전에서 나눈 이야기는 끝내 들을 수가 없었다. 어전에서 질병을 이유로 재상 자리를 사임하겠다고 한 횟수는 기록되어 있지 않지만, 퇴청한 뒤 표문(表文)을 올려 사직을 청원한 것이 여덟 차례나 되는데 그제야 비로소 황제께서 사임을 윤허하셨다. 그러고는 예부상서(禮部尚書)에 임명하셨다. 임명장에는 다음과 같이 적혀 있었다.

"황제를 섬김에 있어 대신으로서의 절개를 다했다."

또 다음과 같이도 적혀 있었다.

"한마음으로 공무를 받들었다."

이로 말미암아 천하 사람들은 공이 황제께 충직한 의견을 말씀드린 것이 있었음을 알게 되었다. 처음 공이 재상이 되었을 때였다. 5월 초하루에 뭇 신하들이 등청해 황제를 알현하는 조회가 열려 천자께서 자리에 앉으시고 공경대신과 문무백관이 조정에 모인 데서 시중(侍中)이 의식을 집전하고 백관들이 하례를 했는데, 중서시랑평장사(中書侍郎平章事) 두삼(竇參)이 중서령(中書令)을 대리해 황제의 조칙을 전해야 하지만 병이 나서 그 임무를 수행할 수 없었다. 대체로 조정에서 큰 조회가 있을 때에는 업무 담당자들이 미리 명령을 받아 모두 당일 전에 의식 예행연습을 했지만, 이때는 조칙이 하달되지 않는 바람에 공경대신들은 서로 쳐다보기만 했는데 공이 서두르지 않고 침착하게 앞으로 나아가더니 북쪽을 향해 말했다.

"중서령을 대리하고 있는 신 아무개가 병이 나서 임무를 수행할 수 없사오니 신 아무개의 일을 대신할 수 있게 해주시옵소서."

그러고는 남쪽을 향해 조칙의 내용을 선포했다. 그 일을 다 마치자 제 자리로 돌아갔는데 나아가고 물러나는 거동이 매우 익숙했다.

4년 동안 예부상서를 담당한 뒤에 병부상서(兵部尚書)에 임명되었는데, 감사의 예를 표하려고 입궐하자 황제께서 날이 저물도록 이런 저런 이야기를 주고받고 물어보기도 하셨다. 또 누군가가 감사의 예를 표하려고 입궐하자 황제께서 기뻐하시며 "동아무개 병이 거의 다 나은 것 같아!"라고 하셨다. 그 사람이 밖으로 물러 나와 사람들에게 "동공께서 곧 다시 재상이 되실 것이다"라고 했다. 이틀 뒤에 공은 동도유수(東都留守)에 임명되어 동도 상서성의 업무를 주관했으며, 동도기여주도방어사(東都畿汝州都防禦使) 겸 어사대부를 맡고 병부상서의 자리는 그대로 유지했다. 동도유수가 된 지 채 다섯 달이 지나지 않았을 때 검교상서좌복야(檢校尙書左僕射)·동중서문하평장사(同中書門下平章事)·변주자사(汴州刺史)·선무군절도부대사(宣武軍節度副大使)가 되어 절도사의 업무를 주관했으며, 관할 지역 내의 탁지사(度支使)·영전사(營田使)와 변주(汴州)·송주(宋州)·박주(亳州)·영주(潁州) 등지의 관찰처치사(觀察處置使) 등에 임명되었다.

변주는 대력(大曆) 연간 이후로 군사 반란이 많았다. 유현좌(劉玄佐)는 군대 병사의 수를 10만까지 늘렸으며, 유현좌가 죽자 아들 유사녕(劉士寧)이 직무를 대신했지만 무절제하게 사냥과 유흥에 빠졌다. 부하 장수 이만영(李萬榮)이 유사녕이 사냥 나간 틈을 타 그를 축출했다. 이만영이 절도사로 행세한 지 1년 만에 부하 장수 한유청(韓惟淸)과 장언림(張彦林)이 군란을 일으켜 죽이려고 했으나 성공하지 못했다. 절도사로 행세한 지 3년째 되는 해에 이만영이 중풍에 걸려 인사불성이 되자 아들 이내(李迺)가 다시 유사녕이 한 전례처럼 하고자 했지만, 감군사(監軍使) 구문진(俱文珍)과 이만영의 장수 등유공(鄧惟恭)이 이내를 체포해 도성으로 압송했고 이만영은 죽었다. 황제의 조칙이 도착하기 전까지 등유공이 잠시 군대 절도사의 직무를 대행했다. 공이 임명을 받고 마침내 변주로 출발했다. 유종경(劉宗經)·위홍경(韋弘景)·한유(韓愈)가 실제로 수행을 했지만 호위병을 대동하지는 않았다. 정주(鄭州)에 이르렀을 때 영접하는 사람들이 오지 않자, 정주 사람들은 공을 위해 두려워하며 간혹 공에게 이곳에 머무르며 기다리라고 권하기도 했다. 변주로부터 온 누군가가 공에게 말하기를 "들어가서는 아니 되옵니다!"라고 했다. 공은 대답하지 않고 바로 길을 나서 포전택(圃田澤)에서 유숙했다. 다음날 중모현(中牟縣)에서 식사를 하고 있는데 영접하는 사람들이 도착했고 팔각진(八角

鎭)에서 유숙했다. 또 그 다음날 등유공과 여러 장수들이 도착해서 마침내 공을 영접하고 변주로 들어갔다. 외성(外城)에 이르자 삼군(三軍)이 연도에서 환호성을 질렀으며, 백성들 중에 장정들은 소리치고 늙은이들은 눈물 흘리며 부녀자들은 소리 내어 울었는데 공은 마침내 변주에 들어가 거주했다. 당초 유현좌가 죽자 조정에서는 오주(吳湊)를 그의 후임으로 임명했는데 오주 일행이 공현(鞏縣)에 이르렀을 때 군사 반란이 일어났다는 소식을 듣고 도성으로 돌아가 버리자, 유사녕과 이만영은 둘 다 자력으로 유후(留後)가 되었다가 뒤에 정식으로 절도사에 임명된 사람들이고 군대의 병사들도 이런 방식에 익숙해져 당연시하고 있었기에 등유공도 이런 뜻을 품고 있었다. 공이 신속하게 도착했기 때문에 일을 도모해볼 틈도 없이 나가서 영접해왔던 것이다. 얼마 지나지 않아 등유공은 몰래 공의 수하를 자기 사람으로 끌어들여 공의 행동을 살핀 뒤에 보고하도록 했는데, 그자는 "공께서는 딱히 하시는 일이 없습니다"라고 했다. 등유공은 기뻐하며 공이 자기를 해칠 생각이 없음을 알고 마음으로 공에게 복종했다. 들어가 공을 만나본 사람들은 모두 물러나와 "공께서는 인자하신 사람입니다"라고 했고, 공이 하는 말을 들어본 사람들도 모두 "공께서는 인자하신 사람입니다"라고 했는데, 이처럼 돌아가며 주위 사람들에게 서로 고하니 변주가 크게 평화로워졌다.

처음에 유현좌는 군대의 병사들을 후하게 대우했는데, 유사녕도 두려워해 더더욱 후하게 대우했고, 이만영에 이르러서도 유사녕의 뜻과 같이 했으며, 한유청과 장언림이 반란을 일으켰을 때 또 더더욱 후하게 대우해 병사들을 회유했고, 등유공에 이르러서도 매번 더욱 더 후대했다. 그리하여 병사들은 교만해져 통제할 수 없는 지경에 이르렀기에 이전의 절도사들은 막부의 집무실 처마 아래에 장막을 치고 자신의 심복 병사를 배치해 손에 활과 칼을 들고서 기다리게 했다. 해가 떠서 들어가면 그 직전 당번이 떠나가고, 해가 져서 나오면 그 다음 당번이 들어

HS-273 「금자광록대부 검교상서좌복야 동중서문하평장사 겸 변주자사 선무군절도부대사 지절도사 관내지탁영전변송박영등주관찰처치등사 상주국 농서군개국공으로 태부에 추증된 동공 행장(故金紫光祿大夫檢校尙書左僕射同中書門下平章事兼汴州刺史充宣武軍節度副大使知節度事管內支度營田汴宋亳潁等州觀察處置等使上柱國隴西郡開國公贈太傅董公行狀)」 49

갔다. 춥거나 더운 계절이 닥치면 특별 위로로 술과 고기를 하사하곤
했다. 공이 부임한 다음날 이 모든 것들을 다 없애버렸다. 이는 정원 12
년(796) 7월에 있었던 일이었다.

　8월에 황제께서 여주자사(汝州刺史) 육장원(陸長源)을 어사대부(御史大
夫)·행군사마(行軍司馬)에 임명하고, 양응(楊凝)을 좌사낭중(左司郎中)에서
검교이부낭중(檢校吏部郎中)과 관찰판관(觀察判官)으로, 두윤(杜倫)을 전임 전
중시어사(殿中侍御史)에서 검교공부원외랑(檢校工部員外郎)과 절도판관(節度
判官)으로, 맹숙도(孟叔度)를 전중시어사에서 검교금부원외랑(檢校金部員外
郎)과 탁지사(度支使)·영전사(營田使) 판관으로 승진시키셨다. 직무 체제
가 정비되고 백성들의 풍속이 교화되자, 이삭이 많이 달린 좋은 벼가
자라고 흰 까치가 모여들며, 푸른 까마귀가 날아와 둥지를 틀고 좋은
오이가 한 꼭지에 줄줄이 달렸다. 사방의 인근 지역에서 변주로 와본
사람들이 돌아가 자신들의 절도사에게 고하자 고을이 크든 작든 할 것
없이 모두 공의 위엄을 두려워하고 은혜에 감격해했다. 미심쩍은 문제
가 있으면 바로 사신을 보내 공에게 물어오고, 쌍방 간의 관계가 나빠
진 경우에는 공이 나서서 중재해주었다. 여러 차례 황제를 알현하기 위
해 조정에 들어가기를 청했지만 윤허를 받지 못했다. 병에 걸리자 다시
청하며 또 말했다.
　"사람의 마음은 동요하기 쉽고 군대에는 우환거리가 많사오니, 신이
살아 있을 때 계획을 미리 정해놓지 않으면 후일의 일이 어떻게 될지
기약하기 어려울 것이옵니다."
　그렇지만 윤허를 받지 못했다. 정원 15년(799) 2월 3일 재임 중에 세상
을 떠났다. 황제께서는 사흘 동안 조회를 열지 않고 공을 태부(太傅)에
추증하고서, 이부원외랑(吏部員外郎) 양오릉(楊於陵)을 파견해 제사를 지내
고 공의 아들에게 조문을 하게 했으며, 베와 비단과 쌀을 하사한 것이
특히 많았다. 공이 임종 시에 아들에게 사흘 뒤에 염습을 하여 입관을

하라고 명했다. 염습을 하여 입관을 하고서 선영으로 길을 나섰는데, 출발한 지 나흘째 되던 날에 변주에서 군란이 일어났다. 그리하여 군자들은 공이 세상사 돌아가는 이치를 안다고 여겼다. 공이 세상을 떠나자 변주 사람들은 다음과 같이 노래를 불렀다.

"세차게 넘실대는 탁류
성곽을 뚫고 흘러가는데
백성들이 길을 가득 메우고 환호한 건
공께서 처음 오실 때 모습
지금 공께서 돌아가시어
공께서는 영구차에 실려 계신다."

또 다음과 같이 노래를 불렀다.

"공께서 오시어 머무신 덕에
동쪽 지방 백성들 목숨 부지할 수 있었는데
지금 공께서 돌아가셨으니
백성들 누구에 의지해 편안할 수 있으리!"

애당초 공이 화주자사로 재직할 때도 은혜와 사랑을 베풀었기에 백성들이 공을 그리워했다. 공은 평소에 몸가짐이 단정하고 엄숙해 첩을 두지 않고 술을 마시지 않았으며, 남의 비위를 맞추려고 우스갯소리를 하지 않았고 좋아하고 싫어가는 것에 치우침이 없었으며, 사람들과 사귈 때에 욕심을 부리지 않고 담백했다. 일찍이 군사에 관한 일을 입에 담은 적이 없었는데, 어떤 이가 묻자 "나는 교화에 뜻을 두고 있습니다"라고 했다. 향년 76세다. 관직의 품계는 마지막에 금자광록대부(金紫光祿大夫)까지 올랐고, 공훈도 마지막에 상주국(上柱國)까지 올랐으며, 작위도 마지막에 농서군개국공(隴西郡開國公)까지 올랐다. 처음 남양(南陽) 장씨(張氏) 부인을 아내로 맞이했고, 뒤에 경조(京兆) 위씨(韋氏) 부인을 재취로 맞이했는데 두 분 다 공보다 먼저 세상을 떠났다. 전도(全道)·계(溪)·전소

(全素)·해(瀣)의 네 아들을 두었다. 전도와 전소는 모두 황제께서 하사하신 이름이다. 전도는 비서성(祕書省) 저작랑(著作郎), 계는 비서성 비서랑(祕書郎), 전소는 대리평사(大理評事), 해는 태상시(太常寺) 태축(太祝)이 되었는데 모두 덕이 있는 훌륭한 선비로 학문과 품행이 뛰어나다.

삼가 공이 역임한 관직과 지내온 사적을 자세하게 진술해서 엎드려 고공사(考功司)에 이첩하고, 아울러 태상시(太常寺)에도 이첩해서 어떤 시호를 내릴지를 의논하도록 하며, 사관(史館)에도 이첩해서 국사에 편입해 후세에 전해지도록 해주기를 청합니다. 삼가 이상과 같이 진술해 올립니다.

정원 15년(799) 5월 8일 예전 부하 관리로 전임 변주(汴州)·송주(宋州)·박주(亳州)·영주(潁州) 등 관찰사 추관(推官)이었던 장사랑(將仕郎) 시비서성(試祕書省) 교서랑(校書郎) 한유가 행장을 적어 보고합니다.

해제

정원 15(799)년 5월 무녕군(武寧軍)절도사 장건봉(張建封)의 막부로 부임하기 직전에 쓴 동진(董晉, 723-799)의 행장으로 제목은 간단하게 「증태부동공행장(贈太傅董公行狀)」으로 줄여 부르기도 한다. 긴 제목에서 '金紫光祿大夫(금자광록대부)'는 문산관(文散官)의 칭호로 실제 직무가 없이 부가된 직함이고, '檢校尙書左僕射同中書門下平章事(검교상서좌복사동중서문하평장사)'는 지방관에게 보태준 중앙관직의 직함이고, '汴州刺史充宣武軍節度副大使知節度事管內支度營田汴宋亳潁等州觀察處置等使(변주자사충선무군절도부대사지절도사관내지도영전변송박영등주관찰처치등사)'가 실제 관직으로 '充(충)'은 겸임한다는 뜻이며, '上柱國(상주국)'은 훈계(勳階)고 '隴西郡開國公(농서군개국공)'은 작위(爵位)며 '太傅(태부)'는 사후에 추증된 관직이다. '副大使'인 것은 당시 통왕(通王) 이규(李珪)가 명목상 절도사였기 때문에 실제 직무를 담당한 동진의 호칭이 한 단계 강등된 결과다. '行狀(행장)'은 죽은 사람의 생애 사적을 기술하는 양식의 글로 보통 관리가 죽고 난 뒤에 조정에 보고해 국사에 편입하고 시호를 내려주도록 요청하는 용도로 쓰인다.

이 글은 2천여 자에 달하는 장편으로 역사인물 전기를 다룬 작자의 글 가운데서 길이가 가장 긴 대작이다. 따라서 서사가 매우 상세해 전문이 무려 13개 단락으로 이루어져 있지만, 희흘(回紇)로 사신 나간 일과 반역을 꾀한 이회광(李懷光)을 설득해 투항하도록 한 일 그리고 어명을 받들고 신속하게 변주(汴州)로 들어간 일의 세 가지 사건을 중점적으로 부각시키고 있다. 이를 제외한 나머지 사적 곧 역임한 관직과 재직 시의 치적 등 일반적인 것은 모두 간략히 소개하는 것으로 대신했다. 이처럼 소재의 취사선택에 공을 기울여 부각시킬 것은 상세하게 서술하고 나머지는 소략하게 요점만 기술함으로써 길면서도 질질 끌며 늘어놓았다는 느낌을 전혀 풍기지 않는다. 더군다나 세 가지 중점 사건의 서술에는 모두 첨예한 갈등 상황을 부각시켜 생동감 있는 대화를 통해 그 긴박감을 배가시켰다가 해소하는 솜씨도 발휘하고 있다.

동진의 사람됨과 관련해 '신중하고 성실하다'는 뜻의 '근원(謹願)'이라는 두 글자에 전체 문장의 강령과 같은 의미를 담은 것 이외에는 직접적으로 심도 있게 묘사한 것이 별로 없다. 다만 시첩을 가까이 하지 않고 술을 마시지 않으며 쓸데없는 우스개로 다른 사람의 환심을 사지 않고 개인적 호오에 관계없이 타인을 공평하게 대하며 별다른 욕심이 없다는 등의 몇 마디 언급과, 동진과 접촉한 사람들의 입을 통해 그가 어질고 의로운 사람으로 다른 사람과 잘 어울려 지냈다는 점을 표현하고

HS-273 「금자광록대부 검교상서좌복야 동중서문하평장사 겸 변주자사 선무군절도부대사 지절도사 관내지탁영전변송박영등주관찰처치등사 상주국 농서군개국공으로 태부에 추증된 동공 행장(故金紫光祿大夫檢校尙書左僕射同中書門下平章事兼汴州刺史充宣武軍節度副大使知節度事管內支度營田汴宋亳潁等州觀察處置等使上柱國隴西郡開國公贈太傅董公行狀)」 53

있을 뿐이다. 그런데 이처럼 산만하게 보이는 서술 속에 '신중하고 성실한(謹願)' 동진의 인품이 일관되게 나타나도록 한 점 또한 이 글의 돋보이는 대목이다. 작자는 동진이 변주절도사로 재직할 때 그의 막부에서 관찰추관으로 근무한 적이 있어 그의 사람됨을 잘 알고 있었기 때문에, 이처럼 독자의 피부에 와 닿도록 서술할 수 있었을 것이다. 물론 행장이라는 실용문의 양식적 요청 때문에 동진이 역임한 관직과 치적 등에 대해 다소간의 과장된 찬사나 칭송이 들어가지 않을 수는 없었겠지만, 전체적으로 보아 언어 표현이 시원시원해 거침없이 하고픈 소리를 다 내뱉었고 전체적인 글의 맥락 또한 분명하게 관통되어 있다. 아울러 동진이라는 인물의 행장을 통해 번진 할거를 반대하고 국가의 통일과 안정을 바라는 작자의 일관된 입장을 선명하게 전달하고 있는 점도 간과할 수 없다.

원문 및 주석

曾祖仁琬, 皇[1]任梁州博士[2]。祖大禮, 皇贈右散騎常侍。父伯良, 皇贈尙書左僕射。

1   皇(황) : 자기가 속한 왕조를 높여 부른 것으로 곧 당나라를 가리킨다.
2   梁州博士(양주박사) : 양주에서 설치한 학교에서 교수하는 관직. 『당육전(唐六典)』에 의하면 당나라 때에 상급 주에 정9품상의 경학박사(經學博士) 1명과 종9품하의 의학박사(醫學博士) 1인을 두었다. 박사 아래에 조교와 학생이 있었으며, 덕종(德宗) 때에 이르러 박사를 '문학(文學)'으로 개칭했다. 양주는 산남서도 소속으로 주청 소재지가 남정(南鄭) 곧 지금 섬서성 한중시(漢中市)에 있었다.

公諱晉, 字混成, 河中虞鄕萬里[3]人。少以明經上第[4]。宣皇帝居原州[5], 公在原州, 宰相以公善爲文, 任翰林之選聞, 召見, 拜祕書省校書郎, 入翰林爲學士, 三年出入左右, 天子以爲謹愿[6], 賜緋魚袋[7], 累升爲衛尉寺丞。出翰林, 以疾辭, 拜汾州[8]司馬。崔圓爲揚州[9], 詔以公爲圓節度判官, 攝[10]殿中侍御史。以軍事如京師朝, 天子識[11]之, 拜殿中侍御史內供奉；由殿中爲侍御史, 入尚書省爲主客員外郎。由主客爲祠部郎中。

3　河中虞鄉萬里(하중우향만리) : 하중부 우향현 만세리. 하중부 우향현은 지금 산서성 영제시(永濟市)에 있었다. '萬里'는 '萬歲里(만세리)'로 된 판본에 따라 옮겼다.

4　明經上第(명경상제) : 당나라 때 명경과 급제는 상상, 상중, 상하, 중하의 네 등급으로 나뉘어져 있었다.

5　宣皇帝居原州(선황제거원주) : 안사의 난 때 당나라 숙종(肅宗)이 원주에 피난살이하고 있었던 것을 말한다. 숙종의 시호가 문명무덕대성대효선황제(文明武德大聖大孝宣皇帝)고, '原州'는 관내도(關內道) 소속으로 주청 소재지가 평고(平高) 곧 지금 영하회족자치구(寧夏回族自治區) 고원현(固原縣)에 있었다. 그런데 『구당서·숙종기』에서는 동진이 숙종을 알현한 곳이 팽원(彭原)으로 되어 있는데, 팽원은 영주(寧州) 곧 지금 감숙성 영현(寧縣)이고 원주가 아니다. 한유 행장의 기록이 정확할 것으로 추측된다.

6　謹愿(근원) : 신중하고 성실하다. '愿'은 '慤'과 같다.

7　賜緋魚袋(사비어대) : 당나라 때의 복식 제도에 의하면 5품 이상의 관리들이 '緋' 곧 붉은색 관복과 어대를 착용했다. 5품 미만의 관리가 이를 착용한 것은 조정에서 특별 하사한 것이다. '魚'는 물고기 모양으로 새긴 부절로 주머니 안에 넣어 허리에 차도록 했기 때문에 어대(魚袋)로 불렸다. 어대는 관직의 차이에 따라 옥(玉)·금(金)·은(銀)의 세 종류로 나뉘었다.

8　汾州(분주) : 하동도 소속으로 주청 소재지가 습성(隰城) 곧 지금 산서성 분양현(汾陽縣)에 있었다.

9　崔圓爲揚州(최원위양주) : 최원이 상원(上元) 2년(761) 2월에 양주대독부장사(揚州大都督府長史)와 회남절도관찰사(淮南節度觀察使)가 된 것을 말한다. 양주는 회남절도사의 막부 소재지로 지금 강소성 양주시다. 최원은 자가 유유(有裕)고 패주(貝州) 무성(武城) 곧 지금 하북성 청하현(淸河縣) 서북 사람이다.

10　攝(섭) : 대리하다. 겸직하다.

11　識(지) : 기억하다.

先皇帝[12]時, 兵部侍郎李涵[13]如[14]回紇[15]立可敦[16], 詔公兼侍御史, 賜紫金魚袋[17], 爲涵判官。回紇之人來曰 : "唐之復土壃[18], 取回紇力[19]焉。約我爲市[20], 馬旣入而歸我賄不足, 我於使人乎取之。" 涵懼不敢對, 視公。公與之言曰

: "我之復土壃, 爾²¹信有力焉。吾非無馬, 而與爾爲市, 爲賜不旣多乎? 爾之馬歲至²², 吾數皮而歸資²³。邊吏請致詰²⁴也, 天子念爾有勞, 故下詔禁侵犯。諸戎²⁵畏我大國之爾與²⁶也, 莫取校²⁷焉。爾之父子寧而畜馬蕃²⁸者, 非我誰使之?" 於是其衆皆環公拜, 旣又相率南面²⁹序拜, 皆兩擧手曰 : "不敢復有意³⁰大國。" 自回紇歸, 拜司勳郎中。未嘗言回紇之事。

12 先皇帝(선황제) : 당나라 대종(代宗) 이예(李豫)를 가리킨다.

13 李涵(이함) : 『신당서·종실전(宗室傳)』에 의하면 이함은 사람됨이 간소하고 소박하며 충성스럽고 신중해 종실의 준재였던바 급사중(給事中)에 발탁되었다가 병부시랑으로 승진했다.

14 如(여) : 가다.

15 回紇(회흘) : 흉노(匈奴)의 후예로 중당(中唐) 때에 서북 변방에서 활약하다가 당나라 왕조에 복속되었다. 원화 4년(809)에 회골(回鶻)로 이름이 바뀌었는데, '송골매처럼 아주 민첩하게 빙빙 돈다'는 뜻에서 나온 말이다.

16 可敦(극돈) : 돌궐어(突厥語)로 회흘 추장 극한(可汗)의 왕비를 부르는 칭호. 이 구절은 복고회은(僕固懷恩)이 죽자 대종(代宗)이 그의 공을 가상히 여겨 그의 딸을 궁중에 머물게 한 뒤 양녀로 삼았는데, 대력(大曆) 4년(769) 5월에 숭휘공주(崇徽公主)로 책봉해 회흘국 극한의 왕비로 시집보내면서 이함을 파견해 그 임무를 맡긴 것을 말한다.

17 賜紫金魚袋(사자금어대) : 이는 3품 이상의 관리가 착용하는 복장을 특별히 하사한 것을 말한다.

18 土壃(토강) : 영토. 강토. '壃'은 '疆'과 같다.

19 取回紇力(취회흘력) : 『신당서·회골전(回鶻傳)』에 의하면 이는 안사의 난 때 삭방절도사(朔方節度使) 곽자의(郭子儀)가 장안과 낙양 수복을 위해 회흘 군대의 원조를 받은 것을 말한다.

20 約我爲市(약아위시) : 당나라 조정이 기미정책(羈縻政策)의 일환으로 회흘국과의 사이에 체결한 비단과 말 교역 무역으로 화시(和市)라고 불렀다. 회흘 말 한 필에 당나라 비단 40필을 교환해주었다고 한다.

21 爾(이) : 2인칭 대명사로 공손의 뜻 없이 직접 호칭한 것이다.

22 歲至(세지) : 회흘국의 말이 해마다 당나라로 들어온 것을 말한다.

23 數皮而歸資(수피이귀자) : 말의 생사 여부에 관계없이 숫자를 헤아려 그에 상응하는 비단을 보내주었음을 말한다.

24 致詰(치힐) : 질문하다. 여기서는 '거절하다'는 뜻을 지닌다.

25 諸戎(제융) : 기타 여러 소수민족으로 당나라 북부 변경지역에서 활동하던 해(奚)와 동라(同羅) 및 서부에서 활동하던 토번(吐蕃) 등을 가리킨다.

26 爾與(이여) : 당신네들과 친구로 사귀다. 당신네들과 우호적인 관계에 있다.

27 校(교) : 맞서다. 대항하다.

28 蕃(번) : 많이 번식하다.
29 南面序拜(남면서배) : 남방의 당나라 조정을 향해 차례대로 절하다.
30 有意(유의) : 불평을 품다. 여기서는 '침탈할 생각을 지니다'는 뜻이다.

遷祕書少監, 歷太府、太常二寺亞卿[31], 爲左金吾衛將軍。今上[32]卽位, 以大行皇帝[33]山陵[34]出財賦, 拜太府卿[35] ; 由太府爲左散騎常侍, 兼御史中丞, 知臺事[36]、三司使[37]。選擢才俊有威風, 始公爲金吾, 未盡一月拜太府, 九日又爲中丞, 朝夕入議事[38], 於是宰相請以公爲華州[39]刺史 ; 拜華州刺史, 潼關防禦鎭國軍[40]使。朱泚之亂[41], 加御史大夫, 詔至于上所, 又拜國子祭酒, 兼御史大夫, 宣慰恆州[42]。於是朱滔[43]自范陽[44]以回紇之師助亂, 人大恐 ; 公旣至恆州, 恆州卽日奉詔出兵與滔戰, 大破走[45]之, 還至河中[46]。

31 二寺亞卿(이사아경) : 태부시(太府寺)와 태상시(太常寺)의 소경(少卿) 곧 부장관
    으로 정4품상이다.
32 今上(금상) : 당나라 덕종(德宗) 이괄(李适)을 가리킨다.
33 大行皇帝(대행황제) : 붕어한 지 얼마 되지 않는 직전 황제의 호칭. 여기서는 대
    종(代宗)을 가리킨다.
34 山陵(산릉) : 대종 황제의 능침. 황릉.
35 太府卿(태부경) : 태부시(太府寺)의 장관. 태부시는 재정과 조세를 담당하는 기
    관이다.
36 知臺事(지대사) : 어사대(御史臺)의 차관인 어사중승의 신분으로 장관인 어사대
    부(御史大夫)의 직무를 대리하는 것을 말한다.
37 三司使(삼사사) : 당나라 제도에 의하면 중대 사안인 경우에 어사대와 형부(刑
    部)와 대리시(大理寺)의 세 부서가 연합해 공동 심의했는데, 이 임무를 맡은 사
    람을 '三司使'라 불렀다. 통상 매우 중대한 사안인 경우에는 어사중승과 형부시
    랑과 대리시경이 이 임무를 맡았는데, 삼사사의 구성이 달라지는 경우도 없지
    않은 듯하다. 즉 『당회요(唐會要)』 권60에 보면, 대력(大曆) 14년(779) 6월 3일에
    어사중승 동진(董晉)과 중서사인(中書舍人) 설파(薛播)와 급사중(給事中) 유내
    (劉迺)에게 조칙을 내려 삼사사를 담당하게 했다는 기록이 보인다.
38 朝夕入議事(조석입의사) : 상참관(常參官)이 되어 매일 조정에 들어가 정사를 논
    의하는 회의에 참여하는 것을 말한다. 당나라 제도에 의하면 일반적으로 중앙
    정부의 관리들은 초하루와 그믐날에만 조정의 회의에 참석한다.
39 華州(화주) : 관내도(關內道) 소속으로 주청 소재지가 정현(鄭縣) 곧 지금 섬서성
    화현(華縣)에 있었다.
40 鎭國軍(진국군) : 동관(潼關) 수비대의 이름으로 막부가 화주에 있었다.
41 朱泚之亂(주체지란) : 주체는 유주(幽州) 창평(昌平 : 지금 북경시) 사람으로 노룡

절도사(盧龍節度使) 재직 시에 도성으로 황제를 배알하러 갔을 때인 건중(建中)
3년(782)에 동생 주도(朱滔)가 그 자리에 올라 국호를 연(燕)이라 하고 반란을
일으킨 것 때문에 면직되어 장안에 머무르고 있었는데, 그 이듬해 10월에 경원
절도사(涇原節度使) 요영언(姚令言)이 도성에서 반란을 일으켜 덕종이 봉천(奉
川) 곧 지금 산서성 건현(乾縣)으로 피난 갔을 때 반란군에 의해 옹립되어 황제
를 칭하고 국호를 대진(大秦)이라 했다가 뒤에 전투에서 패하고 부하에게 피살
된 것을 말한다.

42 宣慰恆州(선위항주) : 항주로 시찰 가서 정령을 선포하고 백성들을 위무하다. 건
중 4년(783) 12월에 화주자사 동진이 어명을 받들고 항주로 가서 주체(朱泚) 등
반란군과 연합한 항기도단련관찰사(恆冀都團練觀察使) 왕무준(王武俊)을 위무
한 일을 말한다. 항주는 주청 소재지가 진정(眞定) 곧 지금 하북성 정정현(正定
縣)에 있었다.

43 朱滔(주도) : 주체(朱泚)의 동생으로 형을 이어 노룡절도사에 올라 건중 3년에
왕무준 등과 연합해 반란을 꾀했다가 병으로 투항했다.

44 范陽(범양) : 유주(幽州).

45 破走(파주) : 물리쳐 패주시키다.

46 還至河中(환지하중) : 현대에 나온 주석본의 경우 이 구절을 다음 단락에 붙여
읽는 경우가 대부분이지만, 여기서는 저본의 단구를 따라 옮겼다.

李懷光反[47], 上如梁州[48]。懷光所率皆朔方兵[49], 公知其謀與朱泚合也, 患
之, 造[50]懷光言曰 : "公之功, 天下無與敵[51] ; 公之過, 未有聞於人。某[52]至上
所, 言公之情, 上寬明, 將無不赦宥[53]焉 ; 乃能爲朱泚臣乎? 彼爲臣而背其
君, 苟得志, 於公何有[54]? 且公旣爲太尉[55]矣, 彼雖寵公, 何以加此? 彼不能
事君, 能以臣事公乎? 公能事彼, 而有不能事君乎? 彼知天下之怒, 朝夕戮
死者也, 故求其同罪而與之比[56], 公何所利焉? 公之敵彼有餘力, 不如明告
之絶, 而起兵襲取之, 淸宮[57]而迎天子, 庶人服[58]而請罪有司, 雖有大過, 猶
將揜焉 ; 如公則誰敢議?" 語已, 懷光拜曰 : "天賜公活懷光之命。" 喜且泣,
公亦泣。則又語其將卒如語懷光者, 將卒呼曰 : "天賜公活吾三軍[59]之命。"
拜且泣, 公亦泣, 故懷光卒不與朱泚。當是時, 懷光幾不反。公氣仁, 語若
不能出口 ; 及當事, 乃更踈亮[60]捷給[61]。其詞忠, 其容貌溫然, 故有言於人
無不信。

47 李懷光反(이회광반) : 이회광이 경원사진북정절도사(涇原四鎭北庭節度使)로 경
주(涇州) 안정(安定) 곧 지금 감숙성 경천현(涇川縣)에 있던 중 흥원(興元) 원년

(784)에 반란을 일으켰다가, 뒤에 이성(李晟)이 토벌해오자 경양(涇陽)으로 군대를 이동해 주체(朱泚)와 연합전선을 구축해 맞서려고 한 것을 말한다.

48   上如梁州(상여양주) : 덕종이 이회광의 반란을 피해 홍원 원년 2월 26일에 피난 길에 올라 3월 1일에 양주에 도착한 것을 말한다. 양주는 주청 소재지가 남정(南鄭) 곧 지금 섬서성 한중시(漢中市)에 있었다.

49   朔方兵(삭방병) : 이 구절은 덕종이 삭방절도사 곽자의(郭子儀)를 사직시킨 뒤에 그가 지휘하던 군대를 휘하 여러 장수들에게 나누어 편제한 일이 있었는데, 이회광이 일찍이 곽자의의 부장으로 삭방절도사의 군대를 일부 받아 통솔한 것을 말한다.

50   造(조) : 이르다. 가다.

51   敵(적) : 필적하다. 대적하다.

52   某(모) : 자기를 낮추기 위해 이름을 부르지 않고 아무개라 자칭한 것이다.

53   赦宥(사유) : 죄를 사면하고 용서해주다.

54   何有(하유) : 무슨 이로울 게 있겠는가? 아래에 나오는 '公何所利焉(공하소리언)'과 같은 뜻이다.

55   旣爲太尉(기위태위) : 홍원 원년 2월에 조정에서 이회광을 회유하기 위해 태위의 직함을 하사한 것을 말한다. '太尉'는 삼공(三公)의 하나로 정1품에 해당한다. 이때 조정에서는 이밖에 또 세 차례나 죄사함을 받을 수 있는 특별 효력을 가진 철권(鐵券)이라는 훈장을 이회광에게 수여했다.

56   比(비) : 결탁하다. 나란히 서서 한 패거리가 되다.

57   淸宮(청궁) : 궁궐을 깨끗하게 치우다. 반란을 평정하는 것을 말한다.

58   庶人服(서인복) : 일반 백성의 복장을 하다. 관직에서 물러나 죄를 기다리는 것을 말한다.

59   三軍(삼군) : 보병(步兵)·전차부대(車兵)·기병(騎兵) 또는 전군(前軍)·후군(後軍)·중군(中軍)을 가리킨다.

60   踈亮(소량) : 활달하고 시원시원하다.

61   捷給(첩급) : 민첩하게 달변을 늘어놓다. 막히지 않고 말을 썩 잘하다. '給'은 '말재주가 뛰어나다'는 뜻이다.

明年[62], 上復京師[63], 拜左金吾衛大將軍；由大金吾爲尚書左丞, 又爲太常卿；由太常拜門下侍郎平章事[64]。在宰相位凡五年[65], 所奏於上前者, 皆二帝三王之道[66], 由秦漢以降未嘗言；退歸, 未嘗言所言於上者於人。子弟有私問者, 公曰：“宰相所職繫天下。天下安危, 宰相之能與否可見；欲知宰相之能與否, 如此視之其可[67]。凡所謀議於上前者, 不足道也。” 故其事卒不聞。以疾病辭於上前者不記, 退以表辭者八, 方許之。拜禮部尚書。制[68]

曰：“事上盡大臣之節。” 又曰：“一心奉公。” 於是天下知公之有言於上也。

初，公爲宰相時。五月朔會朝，天子在位，公卿百執事[69]在廷，侍中贊[70]百僚賀，中書侍郎平章事竇參[71]攝中書令，當傳詔[72]，疾作，不能事。凡將大朝會，當事者旣受命，皆先日習儀[73]；于時未有詔，公卿相顧；公逡巡[74]進，北面言曰：“攝中書令臣某病不能事，臣請代某事[75]。” 於是南面宣致詔詞。事已，復位，進退甚詳[76]。

---

62 明年(명년)：흥원 원년(784)을 가리킨다. 덕종이 양주로 피난 간 것과 같은 해다. 이듬해라고 한 것은 동진이 어명을 받고 항주로 위무 나간 해를 기준으로 말한 때문이다.

63 上復京師(상복경사)：흥원 원년 5월에 관군이 장안을 수복하고 7월에 덕종이 장안성으로 환궁했다.

64 門下侍郎平章事(문하시랑평장사)：문하성의 장관은 시중이지만 대력 이후로 단독으로 임명하지 않고 차관인 시랑이 실제 장관의 직무를 담당했으며, ‘平章事’를 더해 재상의 역할을 하게 했다.

65 在宰相位凡五年(재재상위범오년)：당나라 때는 동중서문하평장사(同中書門下平章事)가 재상이었는데, 동진은 정원(貞元) 5년(789) 2월에 재상을 맡았다가 9년(793) 5월에 물러났다.

66 二帝三王之道(이제삼왕지도)：요순임금과 하(夏)·은(殷)·주(周) 세 성왕의 도리. 삼왕은 하의 우왕(禹王), 은의 탕왕(湯王), 주의 문왕(文王)·무왕(武王)을 가리킨다.

67 其可(기가)：그런대로 괜찮다.

68 制(제)：임명장. 관리 임용 문서.

69 執事(집사)：업무 담당 관리.

70 贊(찬)：의식을 집전하다. 의식의 진행을 주관하다. 의식의 순서를 선포함으로써 의식이 순조롭게 진행되도록 하다.

71 竇參(두삼)：자가 시중(時中)이고 공부상서(工部尙書) 두탄(竇誕)의 현손으로 덕종 때에 재상을 맡기도 했지만, 뇌물을 탐해 법을 위반한 죄목으로 사사(賜死)되었다.

72 傳詔(전조)：황제의 조칙을 전달하다.

73 習儀(습의)：의식의 예행연습을 하다.

74 逡巡(준순)：본래는 ‘머뭇머뭇 망설이며 앞으로 나아가지 못하는 모양’을 형용하는데, 여기서는 ‘거동이 서두르지 않고 침착한 모습’을 뜻한다.

75 事(사)：의식의 집전을 담당하는 일을 가리킨다.

76 詳(상)：익숙하다. 창졸간에 중서령의 일을 대리했지만 익숙하게 잘 담당했음을 말한다.

爲禮部四年, 拜兵部尚書, 入謝, 上語問[77]日晏[78]。復有入謝者, 上喜曰：
"董某疾且損矣!" 出語人曰："董公且復相。" 旣二日, 拜東都留守, 判東都
尚書省事, 充東都畿汝州[79]都防禦使, 兼御史大夫, 仍爲兵部尚書。由留守
未盡五月, 拜檢校尚書左僕射同中書門下平章事、汴州刺史、宣武軍節度副
大使、知節度事[80], 管內支度營田汴宋亳潁[81]等州觀察處置等使。

77　語問(어문)：서로 말을 주고받고 자문하다.

78　日晏(일안)：날이 저물다.

79　汝州(여주)：하남도 소속으로 주청 소재지가 양현(梁縣) 곧 지금 하남성 임여현
　　(臨汝縣) 서쪽에 있었다.

80　知節度事(지절도사)：절도사의 업무를 주관하다.

81　汴宋亳潁(변송박영)：네 주는 모두 하남도 소속으로 주청 소재지가 각각 준의
　　(浚儀) 곧 지금 하남성 개봉시(開封市), 송성(宋城) 곧 지금 하남성 상구시(商丘
　　市), 초현(譙縣) 곧 지금 안휘성 박주시(亳州市), 여음(汝陰) 곧 지금 안휘성 부
　　양시(阜陽市)에 있었다.

汴州自大曆來多兵事[82]：劉玄佐[83]益其師至十萬, 玄佐死, 子士寧[84]代之, 畋
遊[85]無度。其將李萬榮[86]乘其畋也, 逐之。萬榮爲節度一年, 其將韓惟清張
彦林[87]作亂, 求殺萬榮不剋[88]。三年[89], 萬榮病風, 昏不知事, 其子迺[90]復欲
爲士寧之故[91]；監軍使[92]俱文珍[93]與其將鄧惟恭[94]執之歸京師, 　而萬榮死。
詔未至[95], 惟恭權[96]軍事。公旣受命, 遂行。劉宗經[97]韋弘景[98]韓愈實從, 不
以兵衛。及鄭州[99], 逆者[100]不至, 鄭州人爲公懼, 或勸公止以待。有自汴州
出者, 言於公曰："不可入!" 公不對, 遂行, 宿圃田[101]。明日, 食中牟[102], 逆
者至, 宿八角[103]。明日, 惟恭及諸將至, 遂逆以入。及郛[104], 三軍緣道[105]讙
聲, 庶人壯者呼, 老者泣, 婦人啼, 遂入以居。初, 玄佐死, 吳湊代之[106], 及
翬[107]聞亂歸, 士寧萬榮皆自爲而後命[108], 軍士將以爲常, 故惟恭亦有志。以
公之速也, 不及謀, 遂出逆。旣而私其人[109], 觀公之所爲以告, 曰："公無
爲。" 惟恭喜, 知公之無害己也, 委心[110]焉。進見公者, 退皆曰："公仁人也",
聞公言者, 皆曰："公仁人也", 環以相告, 故大和。

82　汴州自大曆來多兵事(변주자대력래다병사)：대력 11년(776) 5월에 변주자사 겸
　　변송박영절도사 전신옥(田神玉)이 죽자 조정에서 영평군절도사(永平軍節度使)

이면(李勉)을 후임으로 임명했으나, 대장 이영요(李靈耀)가 변주를 거점으로 반란을 일으킨 이후 이곳에는 군사 반란이 끝이지 않았다. 아래 글에 군사 반란의 일부 사례가 보이며, 이곳에서 일어난 다섯 차례의 군란에 대해서는 한홍(韓弘)의 신도비명(HS-245) 주석 28 참조.

83 劉玄佐益其師至十萬(유현좌익기사지십만) : 한홍(韓弘)의 신도비명(HS-245)의 둘째 단락에 관련 내용이 보인다. 유현좌에 대해서는 그 글의 주석 9 참조.

84 士寧(사녕) : 유현좌의 장자 유사녕(劉士寧). 정원 8년(792) 유현좌 사후에 군대를 끼고 유후(留後)를 자처하자 조정에서 어쩔 수 없이 절도사에 정식 임명했다.

85 畋遊(전유) : 사냥과 유흥을 일삼다. 사냥 놀이에 빠지다.

86 李萬榮(이만영) : 유사녕의 부장이었는데 유사녕이 사냥 나간 틈을 타서 그를 축출하고 유후가 되었다.

87 韓惟清張彦林(한유청장언림) : 두 사람 모두 선무군(宣武軍)의 대장이다. 『구당서』와 『신당서』에는 모두 '林'이 '琳'으로 되어 있다.

88 不剋(불극) : 성공하지 못하다.

89 三年(삼년) : 절도사로 행세한 지 3년째 되던 해로 정원 12년(795)이다. 이만영이 정식으로 절도사에 임명된 것은 정원 11년 5월이다.

90 迺(내) : 이만영의 아들 이내(李迺).

91 故(고) : 고사(故事). 전례.

92 監軍使(감군사) : 당나라는 현종 때부터 환관을 파견해 군대를 감독하게 했는데 뒤에 이를 '監軍使'라고 불렀다.

93 俱文珍(구문진) : 덕종·순종·헌종 3대 황제를 모신 환관으로 헌종의 신임을 받아 관직이 우위대장군(右衛大將軍)·지내시성사(知內侍省事)까지 이르렀다.

94 鄧惟恭(등유공) : 이만영의 심복 부하 장수로 구문진과 함께 이내(李迺)를 체포해 장안으로 압송했다.

95 詔未至(조미지) : 후임 절도사를 임명하는 조칙이 아직 내려오지 않다.

96 權(권) : 잠시 대리하다. 임시로 권한대행을 하다.

97 劉宗經(유종경) : 대종 때에 재상을 지낸 유안(劉晏)의 아들로 비서랑(秘書郎)의 관직을 역임했다.

98 韋弘景(위홍경) : 정원 연간에 진사에 급제했고 예부상서(禮部尚書)와 동도유수(東都留守) 등을 역임했다.

99 鄭州(정주) : 하남도 소속으로 주청 소재지가 관성(管城) 곧 지금 하남성 정주시에 있었다.

100 逆者(역자) : 영접하러 온 사람.

101 圃田(포전) : 포전택(圃田澤)으로 지금 하남성 중모현(中牟縣) 동쪽에 있었다.

102 中牟(중모) : 중모현(中牟縣). 하남도 정주(鄭州) 소속이다.

103 八角(팔각) : 팔각진(八角鎭). 하남도 정주(鄭州) 중모현(中牟縣) 소속이다.

104 郛(부) : 외성(外城).

105 緣道(연도) : 큰 길을 따라. 연도에.

106 吳湊(오주): 숙종 장경황후(章敬皇后)의 동생으로 복주(濮州) 복양(濮陽) 사람인
데, 섬괵관찰사(陜虢觀察使)로 있다가 선무군절도사에 임명되었으나 군사 반란
으로 말미암아 부임하지 못했다.

107 鞏(공): 하남도 하남부 소속으로 지금 하남성 공현(鞏縣)이다.

108 自爲而後命(자위이후명): 자력으로 유후(留後)로 되었다가 뒤에 정식으로 절도
사에 임명되다.

109 私其人(사기인): 몰래 공의 수하를 자기 사람으로 끌어들이다.

110 委心(위심): 심복하다. 마음으로 복종하다.

初, 玄佐遇軍士厚; 士寧懼, 復加厚焉; 至萬榮, 如士寧志; 及韓張亂, 又
加厚以懷之; 至于惟恭, 每加厚焉。故士卒驕不能禦¹¹¹, 則置腹心之士幕¹¹²
於公庭廡下¹¹³, 挾弓執劍以須¹¹⁴。日出而入, 前者去; 日入而出, 後者至。
寒暑時至, 則加勞賜¹¹⁵酒肉。公至之明日, 皆罷之。貞元十二年七月也。

111 禦(어): 부리다. 자신의 의지대로 따르게 하다. 장악하다. '御'와 통한다.

112 幕(막): 장막을 치다. 텐트를 치다.

113 廡下(무하): 집무실 옥외 처마 아래.

114 須(수): 기다리다.

115 勞賜(노사): 위로해 하사하다.

八月, 上命汝州刺史陸長源¹¹⁶爲御史大夫, 行軍司馬; 楊凝¹¹⁷自左司郎中
爲檢校吏部郎中, 觀察判官; 杜倫¹¹⁸自前殿中侍御史爲檢校工部員外郎,
節度判官; 孟叔度¹¹⁹自殿中侍御史爲檢校金部員外郎, 支度營田判官。職
事脩¹²⁰, 人俗化, 嘉禾¹²¹生, 白鵲¹²²集, 蒼烏¹²³來巢, 嘉瓜¹²⁴同蔕聯實。四
方¹²⁵至者歸以告其帥, 小大威懷¹²⁶。有所疑, 輒使來問; 有交惡¹²⁶者, 公與
平之。累請朝¹²⁷, 不許。及有疾, 又請之, 且曰:"人心易動, 軍旅多虞¹²⁸,
及臣之生, 計不先定, 至于他日¹²⁹, 事或難期。" 猶不許。十五年二月三日,
薨于位。上三日罷朝, 贈太傅, 使吏部員外郎楊於陵¹³⁰來祭, 弔其子, 贈布
帛米有加。公之將薨也, 命其子三日歛¹³¹。旣歛而行, 於行之四日, 汴州亂¹³²
: 故君子以公爲知人。公之薨也, 汴州人歌之曰:"濁流洋洋¹³³, 有闕¹³⁴其
郛; 闔道¹³⁵謹呼, 公來之初; 今公之歸, 公在喪車。" 又歌曰:"公旣來止,
東人¹³⁶以完; 今公歿矣, 人誰與安!"

HS-273「금자광록대부 검교상서좌복야 동중서문하평장사 겸 변주자사 선무군절도부대사
지절도사 관내지탁영 전변송박영등주관찰처치등사 상주국 농서군개국공으로 태부에
추증된 동공 행장(故金紫光祿大夫檢校尙書左僕射同中書門下平章事兼汴州刺史充宣武軍節
度副大使知節度事管內支度營田汴宋亳潁等州觀察處置等使上柱國隴西郡開國公贈太傅董公行狀)」 63

116 陸長源(육장원) : 자는 영지(泳之)고 오군(吳郡) 곧 지금 강소성 소주시(蘇州市) 사람으로 강직한 성품의 소유자였는데, 선무군 행군사마로 있던 중 군란을 만나 살해되었다.

117 楊凝(양웅) : 자가 무공(懋功)이고 박주자사(亳州刺史) 대리를 역임했다.

118 杜倫(두륜) : 생애 미상이다.

119 孟叔度(맹숙도) : 동계(董溪) 묘지명(HS-229) 주석 18 참조.

120 脩(수) : 바로잡다. 정비하다.

121 嘉禾(가화) : 경사스러운 벼. 보통 잘 자라는 벼를 가리킨다. 옛 사람들은 길상의 징조로 간주했다. 이하 네 구절은 정치가 순탄하고 백성들이 화평해진 결과 하늘이 감동해 내려준 각종 길조를 말한다.

122 白鵲(백작) : 흰 까치. 옛날에 상서로운 새로 간주되었다.

123 蒼烏(창오) : 푸른 까마귀. 전설상의 상서로운 새.

124 嘉瓜(가과) : 경사스러운 오이. 옛날에 길상의 상징으로 간주되었다.

125 四方(사방) : 변주 주위의 인근 방진(方鎭)을 가리킨다.

126 威懷(위회) : 위엄에 두려워하고 은혜에 감격하다.

127 交惡(교악) : 관계가 악화되다. 쌍방의 관계가 나빠지다.

127 請朝(청조) : 조정으로 들어가 황제의 알현을 청하다. 당나라 때 방진(方鎭) 절도사들이 조정에 가서 황제를 만나려는 의도가 제각각 달랐기 때문에 반드시 사전 승낙을 받아야 했다. 여기서 동진은 사직을 요청하기 위해 황제의 알현을 신청했다.

128 多虞(다우) : 우환거리가 많다. 군대의 정세가 안정되지 않은 것을 말한다.

129 他日(타일) : 동진 사후에 통제할 사람이 없을 때를 가리킨다.

130 楊於陵(양오릉) : 독고욱(獨孤郁) 묘지명(HS-231) 주석 8 참조.

131 歛(염) : 시신을 염습해 입관하다. 자세한 설명은 「이원빈묘명(李元賓墓銘)」(HS-194) 주석 6 참조. 동진이 자기 아들에게 명한 유언을 다음 구절까지로 보고 단구하는 풀이도 많이 있으나 여기서는 저본의 견해를 따랐다.

132 汴州亂(변주란) : 『구당서·덕종기』에 의하면 정원 15년 2월 정축일(丁丑日, 3일)에 동진이 죽자, 을유일(乙酉日, 10일)에 조정에서 행군사마 육장원을 후임으로 임명했으나 그날 바로 군란이 일어나 육장원과 절도판관(節度判官) 맹숙도(孟叔度)·구영(丘穎) 등을 살해하고 심지어 반란을 일으킨 군인들이 그들의 인육을 저며 먹었다고 한다.

133 洋洋(양양) : 물이 세차게 넘실대는 모양.

134 有闢(유벽) : 뚫다. 여기서는 물이 외성을 뚫고 흘러가는 것을 말한다. '有'는 접두사로 별 뜻이 없다.

135 闐道(전도) : 길을 가득 메우다. 길을 꽉 채우다.

136 東人(동인) : 변주(汴州)가 동쪽에 있으므로 이렇게 표현했다.

始公爲華州¹³⁷, 亦有惠愛, 人思之。公居處恭¹³⁸, 無妾媵¹³⁹, 不飮酒, 不諂

笑[140], 好惡無所偏, 與人交泊如[141]也。未嘗言兵, 有問者, 曰 : "吾志於教化。" 享年七十六。階累升爲金紫光祿大夫, 勳累升爲上柱國, 爵累升爲隴西郡開國公。娶南陽[142]張氏夫人, 後娶京兆[143]韋氏夫人, 皆先公終。四子 : 全道、溪[144]、全素、澥。全道、全素皆上所賜名。全道爲祕書省著作郎, 溪爲祕書省祕書郎, 全素爲大理評事, 澥爲太常寺太祝 : 皆善士, 有學行。

137 華州(화주) : 관내도(關內道) 소속으로 주청 소재지가 정현(鄭縣) 곧 지금 섬서성 화현(華縣)에 있었다.

138 居處恭(거처공) : 평소에 몸가짐이 단정하고 엄숙하다. 이는 번지(樊遲)가 인(仁)에 대해 물었을 때 공자가 대답한 글 속에 보인다. 즉 『논어・자로(子路)』편에 "평소에는 몸가짐이 단정하고 엄숙하며, 일을 할 때는 신중하며, 다른 사람과 사귈 때는 진심을 다해 대하는 것이다(居處恭, 執事敬, 與人忠)"라는 글귀가 보인다.

139 妾媵(첩잉) : 첩. 시첩. '媵'은 본래 '시집갈 때 따라 보내는 시녀'를 가리킨다.

140 諂笑(첨소) : 남의 비위를 맞추려고 우스개를 하다. 억지로 우스개를 하여 비위를 맞추다.

141 泊如(박여) : 욕심을 부리지 않고 담백한 모양.

142 南陽(남양) : 산남도(山南道) 등주(鄧州) 소속 현으로 지금 하남성 남양시다.

143 京兆(경조) : 관내도 경조부(京兆府).

144 溪(계) : 동계(董溪). 동계에 대해서는 그의 묘지명(HS-229) 참조.

謹具歷官行事[145]狀, 伏請牒[146]考功[147], 幷牒太常[148]議所諡 ; 牒史館[149]請垂編錄。謹狀[150]。

145 行事(행사) : 행위. 사적(事迹).

146 牒(첩) : 이첩하다. 공문을 발송하다.

147 考功(고공) : 이부(吏部) 고공사(考功司). 관리의 인사고과를 담당하는 부서다.

148 太常(태상) : 태상시(太常寺). 시호 제정을 담당하는 부서다.

149 史館(사관) : 역사편찬 담당 부서로 당나라 때 중서성(中書省) 소속이었다.

150 謹狀(근장) : 고대 행장(行狀)의 마지막 부분에 쓰는 상투어.

貞元十五年五月八日, 故吏[151]前汴宋亳潁等州觀察推官將仕郎試祕書省校書郎韓愈狀。

151 故吏(고리) : 예전 부하 관리. 부하 관리의 명의를 썼기 때문에 동진의 막부에서 근무하던 때의 직책을 그대로 사용했다.

 「여주자사 노낭중에게 후희를 논해 보내는 추천장」

與汝州盧郞中論薦侯喜狀

진사고시 응시 자격을 가지고 있는 후희(侯喜)

　위의 사람은 문장을 지으면 매우 예스럽고, 뜻을 세운 것이 매우 굳세며, 말과 행동거지의 취사선택에도 사대부 군자의 절조가 있는데, 집안 형편이 가난하고 양친이 연로함에도 불구하고 조정에 끌어주는 유력 인사가 없어서 과거고시 고사장에서 십여 년을 보냈지만 여태껏 그를 제대로 알아주고 대우해주는 사람을 만나지 못했습니다. 저는 늘 그의 재능을 흠모하면서 그가 받고 있는 굴욕을 유감스럽게 생각하고 있습니다. 그와 교유한 세월이 이미 여러 해 된 터인지라 일찍이 그를 고시위원장에게 천거하고 높은 자리에 있는 분에게 말씀드리고 싶었지만, 저의 명성이 낮고 관직이 미천해 그렇게 할 길이 없었기 때문에 그가 지은 문장을 보고는 일찍이 책을 덮고 길게 탄식하지 않은 적이 없었습니다. 작년에 제가 이부(吏部) 주관의 관리전형에 참가하면서 본래 그를 데리고 함께 가려고 했지만, 마침 공교롭게도 그의 집안에 일이 생겨 처지가 곤궁해져 뜻대로 되지 않는 바람에 또 한 해를 허송했습니다. 올해 늦봄에 제가 도성에서 낙양(洛陽)으로 돌아와서는 그가 오랫동안 소식을 끊고 지낸 것을 의아하게 생각했습니다. 그러던 중 5월 초에 제가 있는 이곳으로 와서는 스스로 귀하로부터 인정을 받게 되었다고 하는데, 말투가 흥분되고 우렁차며 얼굴에 자랑스러운 표정을 하고서 다음과 같이 말했습니다.

"저 후희(侯喜)는 죽어도 여한이 없소이다! 제가 가족과 하직하고 관중(關中)으로 들어온 뒤 길에서 떠돌이 생활을 하면서 지체 높은 왕공들 수백 분을 만나 뵈었지만 여태껏 노공(盧公)처럼 저를 알고 인정해준 사람은 없었습니다. 이전에 저는 진흙탕 길에 버려져 초야에서 늙어죽을 운명인 것으로 짐작하고 있었지만, 지금은 가슴 속에 기운이 용솟음쳐 올라오고 있으니 다시 벼슬길로 나아갈 희망이 있는 것 같소이다!"

제가 그의 말을 듣고 감동해 술로 하례를 하고 그에게 다음과 같이 말했습니다.

"노공은 천하의 어진 고을 태수로 여태껏 어느 누구도 추천해 끌어준 적이 없다고 들었는데, 아마도 적합한 인재를 찾기가 어려워 그 일을 신중하게 하시기 때문일 터입니다. 그런데도 지금 그대가 추천 명단 중에 우뚝 첫 번째로 뽑혀 있으니 '죽어도 여한이 없다'고 한 것은 본래 마땅히 그렇게 해야 하는 것입니다. 옛 사람들이 자기를 알아주는 이라고 한 것은 바로 이와 같은 경우를 두고 하는 말입니다. 어떤 사람이 가난하고 비천한 가운데 있어서 천하 사람들의 인정을 받지 못하다가, 유독 위대한 현인의 특별한 대우를 받게 될 때라야 고귀하다고 할 수 있을 것입니다. 만약 본디 명성이 있었던 데다가 권세가 있는 유력자에게 의탁해 있다면, 이야말로 장사꾼이 이익을 좇는 일이니 고귀할 게 무에 있겠습니까? 그대가 노공으로부터 인정을 받은 것은 정말 자기를 알아주는 이를 만난 것입니다. 선비가 자기 몸을 수양하고 절조를 세우고도 끝내 자기를 알아주는 이를 만나지 못한 경우는 예로부터 이루다 헤아릴 수 없을 정도로 많은지라, 어떤 이들은 매일 무릎을 맞대고 있으면서도 서로 잘 알지 못하고, 어떤 이들은 다른 시대에 살면서도 서로 우러러 그리워합니다. 자기를 알아주는 이를 만나기가 어렵기 때문에 '선비는 자기를 알아주는 사람을 위해 목숨을 바친다'고 하는 것이니, 정말 그렇지 않소이까! 정말 그렇지 않소이까!"

귀하는 이미 후희 군을 잘 알고 있으신 데도 제가 다시 후희 군을 귀하에게 말씀 드리는 것은 후희 군을 위해 특별히 뭔가를 하려는 의도가 있는 것이 아니오라, 자기를 알아주는 이를 만나기가 어렵다는 점에 느낀 바가 많고 귀하의 미덕을 크게 드러내고자 하며 후희 군의 마음을 애석하게 생각하기 때문입니다. 따라서 그가 가는 편에 귀하의 좌우에 이 말씀을 전해 드리는 바입니다. 삼가 말씀드렸습니다.

해제

정원 17년(801) 여름에서 가을 사이 낙양에 머물면서 벼슬길로 나아가기를 기다리고 있던 중에 친한 벗 후희(侯喜)를 노건(盧虔)에게 천거한 추천장. 제목에서 노건을 '汝州盧郎中(여주노랑중)'으로 표현한 것은 그가 형부낭중(刑部郎中)을 역임한 바 있고 이때 여주자사(汝州刺史)로 재직 중이었기 때문이다. 후희는 뛰어난 재주와 덕을 겸비하고 있었지만 가정 형편이 어렵고 끌어주는 사람이 없어 중용되지 못하고 있었다. 작자는 이 점을 애석하고 여기던 중 노건에게 추천했을 뿐 아니라 그 다음해에는 육참(陸參)을 통해 고시위원장 권덕여(權德興)에게도 천거한 바 있다. 그 내용은 「여사부육원외서(與祠部陸員外書)」(HS-103)에 잘 나타나 있다.

　작자는 노건과 친분 관계를 유지하고 있던 차에 후희의 재능을 인정하고 있다는 사실을 알고 매우 기뻐했다. 다만 노건은 후희를 인정하는 정도였지 조정에 천거할 생각까지는 하고 있지 않았기 때문에, 작자는 뛰어난 재능을 지니고도 때를 만나지 못하고 있는 후희의 상황을 설명해 노건의 관심을 끌고자 이 글을 쓰게 되었다. 이 글은 우선 거침없고 유창한 언어로 노건이 후희를 인정하는 사실을 상세하고 생동감 있게 묘사한 뒤, 노건을 지체 높은 다른 수많은 왕공들과 대비해 인재를 예우하는 고귀한 인품을 돋보이게 했다. 작자는 천성에서 우러나온 진실한 마음으로 후희를 추천하고 있지만, 후희에 대한 노건의 관심 정도를 고려해 글의 전개를 매우 완곡하고 곡절하게 한 것이 이 글의 두드러지는 특징이다. 즉 직접적으로 후희를 추천한다는 말을 한 마디도 하지 않고 다시 벼슬길로 나아갈 뜻이 있다는 후희의 말을 중간에 끼워 넣고 자신의 뜻을 피력하고 있는 것이다. 또 감사한다는 말을 직접적으로 하지 않고 선비는 자기를 알아주는 사람을 위해 목숨을 바친다는 옛말을 끌어와 넣은 것도 훗날 반드시 은혜에 보답할 것임을 우회적으로 표현한 것이다. 그리고 길지 않은 글에 '지(知)'자를 12회나 써서 윗자리에 있는 사람들은 인재를 알아보는 안목이 필요하고, 초야에 묻힌 인재들은 자신의 재능을 알아주는 사람을 만나는 것이 필요하다는 뜻을 분명하게 드러내었다. 완곡하고 곡절한 의미 전달을 위해 '의(矣)'·'야(也)'·'이(耳)'·'호(乎)' 등의 어기사(語氣詞)를 연이어 많이 쓴 것도 눈에 띈다.

원문 및 주석

進士侯喜[1]。

1 進士侯喜(진사후희) : 당나라 때 인물을 논해 다른 사람에게 천거하는 추천장의
맨 앞에 쓰는 상투적 격식. 그리하여 옛날 책은 우에서 좌로 가는 세로쓰기였기
때문에 바로 이어 '右其人'이라는 표현이 나온다. 후희는 자가 숙기(叔起)고 상
곡上谷 : 지금 하북성 의현(義縣)] 사람으로 정원 19년(803)에 진사에 급제했으
며 관직이 국자주부(國子主簿)까지 이르렀다. 이때는 진사고시 응시 자격을 가
진 수험생 신분이었다.

右其人爲文甚古[2], 立志甚堅, 行止[3]取捨有士君子之操；家貧親老[4], 無援
於朝, 在擧場[5]十餘年, 竟無知遇。愈常慕其才而恨其屈[6]。與之還往, 歲月
已多, 嘗欲薦之於主司[7], 言之於上位, 名卑官賤, 其路無由；觀其所爲文,
未嘗不揜卷[8]長歎。去年, 愈從調選[9], 本欲攜持[10]同行, 適遇其人自有家事,
迍邅[11]坎軻[12], 又廢一年。及春末自京還, 怪其久絶消息。五月初至此, 自
言爲閤下[13]所知, 辭氣激揚[14], 面有矜色[15], 曰："侯喜死不恨矣！喜辭親入關[16],
羈旅[17]道路, 見王公數百, 未嘗有如盧公[18]之知我也。比者[19]分[20]將委棄[21]泥
塗[22], 老死草野；今胸中之氣勃勃然[23], 復有仕進之路矣！"

2 爲文甚古(위문심고) : 「여사부육원외서(與祠部陸員外書)」(HS-103)에 "후희의 문
장은 서한(西漢)의 글을 배워 지은 것이다(喜之文章, 學西京而爲也)"라는 내용
이 보인다.
3 行止(행지) : 말과 행동거지.
4 家貧親老(가빈친로) : 동제덕(童第德)은 『한집교전(韓集校詮)』에서 『한씨외전(韓
氏外傳)』을 인용해 "집안이 가난하고 부모가 연로하면 관직을 가리지 않고 벼
슬하러 간다(家貧親老, 不擇官而仕)"라고 했다.
5 擧場(거장) : 과거고시 시험장.
6 屈(굴) : 굴욕을 받다. 억압을 받다. 타고난 재능에 합당한 응분의 대우를 받지
못하는 것을 말한다.
7 主司(주사) : 과거고시를 주관하는 관리. 현대식으로 말하면 고시위원장에 해당
한다.
8 揜卷(엄권) : 책을 덮다. 주로 책을 읽다가 느끼는 바가 있을 때 하는 행동을 가
리킨다. '揜'은 '掩(엄)'과 통한다.

9 　調選(조선) : 당나라 때 이부(吏部)에서 주관하는 관리전형을 가리킨다. 한유는 이 글을 쓰기 한 해 전인 정원 16년(800) 5월에 서주(徐州) 장건봉(張建封)의 막부를 떠나 낙양으로 갔다가 겨울에 장안에 가서 이듬해 3월에 다시 낙양으로 갈 때까지 장안에 머물고 있으면서 이부에서 주관하는 신언서판과(身言書判科)를 통해 관리에 등용되기를 도모하고 있었다.

10 　攜持(휴지) : 인솔하다. 데리고 가다.

11 　迍邅(준전) : 본래 『역경·준괘(屯卦)』 육이(六二) 효사(爻辭) "앞으로 나아가려다가 뒤로 되돌아온다(屯如邅如)"에서 나온 말로 '길이 험해 나아가기 힘든 모양'을 가리키는데, 여기서는 '처지가 곤궁하다'는 뜻으로 쓰였다. '屯'은 '迍'과 통하고 '邅'은 '亶'으로도 쓴다.

12 　坎軻(감가) : 길이 울퉁불퉁한 모양을 가리키는데, 여기서는 '곤궁하여 뜻대로 되지 않는 것'을 비유한다. 보통 '坎坷'로 많이 쓴다.

13 　閤下(합하) : 상대방에 대한 경칭으로 현재의 '귀하(貴下)'에 가깝다.

14 　激揚(격양) : 흥분되고 우렁차다.

15 　矜色(긍색) : 자랑스러운 표정.

16 　入關(입관) : 관중(關中)으로 들어가다. 과거고시를 통한 출세 길을 찾아 수도 장안으로 들어간 것을 말한다.

17 　羈旅(기려) : 객지를 떠돌아다니다.

18 　盧公(노공) : 노건(盧虔).

19 　比者(비자) : 보통 '근래', '근자에'라는 뜻이지만, 여기서는 '이전에'라는 의미로 뒤에 나오는 '今'과 대를 이룬다.

20 　分(분) : 짐작하다. 헤아리다. 예측하다. 거성(去聲)으로 읽는다.

21 　委棄(위기) : 버려지다. 방치되다.

22 　泥塗(이도) : 진흙탕 길. '아주 미천한 지위'를 비유한다.

23 　勃勃然(발발연) : 왕성하게 용솟음쳐 오르는 모양.

愈感其言, 賀之以酒, 謂之曰 : "盧公天下之賢刺史也 ; 未聞有所推引[24] : 蓋難其人而重其事。今子鬱[25]爲選首[26], 其言'死不恨', 固宜也。古所謂知己者, 正如此耳。身在貧賤, 爲天下所不知, 獨見遇於大賢[27], 乃可貴耳。若自有名聲, 又託形勢[28], 此乃市道[29]之事, 又何足貴乎? 子之遇知於盧公, 眞所謂知己者也。士之脩身立節而竟不遇知己, 前古[30]已來, 不可勝數 : 或曰接膝[31]而不相知 ; 或異世而相慕。以其遭逢[32]之難, 故曰'士爲知己者死'[33], 不其然乎, 不其然乎!"

24 　推引(추인) : 추천해 끌어주다. 추천해 발탁되도록 하다.

25 　鬱(울) : 구름이 피어오르는 모양으로 '일어나다'는 뜻이다.

26 選首(선수) : 주현(州縣)에서 선발해 예부(禮部) 주관의 과거고시에 천거하는 향
    공진사(鄕貢進士) 중에서 수석으로 뽑힌 것을 말한다.

27 大賢(대현) : 위대한 현인. 재주와 덕이 출중한 사람.

28 形勢(형세) : 권세. 세력. 유력자.

29 市道(시도) : 장사꾼이 이익을 좇는 도리.

30 前古(전고) : 예전. 옛날.

31 接膝(접슬) : 무릎을 맞대다. 옛 사람들은 자리에 앉을 때 서로 마주보고 가깝게
    앉았기 때문에 서로의 무릎이 바싹 가깝게 닿아 있었다. '促膝(촉슬)'과 같은 뜻
    이다.

32 遭逢(조봉) : 만나다.

33 士爲知己者死(사위지기자사) : 『전국책·조책(趙策)』에서 예양(豫讓)이 한 말로
    "선비는 자기를 알아주는 사람을 위해 목숨을 바치고, 여자는 자기를 예뻐해 해
    주는 사람을 위해 용모를 꾸민다(士爲知己者死, 女爲悅己者容)"라고 한 글귀의
    한 부분이다. 사마천(司馬遷)은 「보임소경서(報任少卿書)」에서 '死'자를 '用'자로
    바꾸어 뒤 구절의 '容'자와 운을 맞추어 표현했는데, 그렇게 되면 '선비는 자기
    를 알아주는 사람을 위하여 힘을 쓴다'는 뜻이 된다.

閤下旣已知侯生, 而愈復以侯生言於閤下者, 非爲侯生謀也 ; 感知己之難

遇, 大閤下之德, 而憐侯生之心 : 故因其行而獻於左右³⁴焉. 謹狀.

34 左右(좌우) : 상대방을 직접 대하지 않고 그 사람의 좌우에서 시중드는 사람을
    통해 전달한다는 의미로 상대방에 대한 존칭이다. 앞에 나오는 '閤下(각하)'도
    같은 용법이다.

論今年權停擧選狀

위는 신이 엎드려 배독한 이달 10일에 내려주신 조칙으로 올해 각종
과거고시와 관리임용 전형을 임시로 중지해야 마땅하다는 내용이었습
니다. 길가는 사람들이 이 사실을 입에서 입으로 전하면서 모두 올해
가뭄이 들자 폐하께서 도성 안에 사는 사람들을 가련하게 여기시어 저
들이 먹을 양식이 부족할까봐 염려하신 까닭에, 임시로 과거고시와 관
리임용 전형을 중지해 서울로 응시하러 오는 사람들의 발길을 막음으
로써 경비를 절감해 도성 안에 사는 백성들의 먹을거리를 넉넉하게 해
주시고자 한 조치라고들 하고 있습니다.

신은 엎드려 다음과 같이 생각하옵니다. 제 나름대로 생각하기로는
열 식구가 있는 집에 한두 사람이 더 보태진다고 해서 양식이 더 많이
소비되지는 않습니다. 지금 도성 안에 사는 인구는 백만 명에 그치지
않는데 과거고시 응시생들은 도합 5천에서 7천명을 넘지 않으며, 그들

의 종들과 말들을 합치더라도 수도 인구의 백 분의 일도 되지 않습니다. 열 식구가 있는 집으로 계산해본다면, 진실로 별다른 인구수의 증감이 있지 않습니다. 게다가 올해 비록 가뭄이 들었기는 하지만 작년에 대풍이 들었기 때문에 필시 장사치의 집에는 쌓아둔 비축물량이 있을 것이며 과거고시나 관리임용 전형 응시생들은 모두 재물이나 비용을 가지고 와서 자기들이 가지고 있는 돈으로 갖고 있지 않는 물건과 바꿀 테니 폐단을 보게 될 리가 없습니다. 그런데 지금 만약 잠정적으로 과거고시와 관리임용 전형을 중지한다면 혹 그 폐해가 실로 크지 않을까 두렵습니다. 첫째로는 원근 각지의 사람들이 놀라 당황해할 것이고, 둘째로는 선비들이 생업을 잃게 될 것입니다. 신이 듣건대 옛날에 비가 내리기를 기원하면서 하는 말에 "백성들이 생업을 잃게 되었도다!"라고 했는데, 그러한즉 백성들이 생업을 잃게 되면 족히 가뭄을 불러오게 될 것입니다. 지금 가뭄 때문에 과거고시와 관리임용 전형을 중지한다면 이는 백성들에게 생업을 잃게 하고 재앙을 초래하게 될 것입니다.

신이 또 듣건대 임금은 양(陽)이고 신하는 음(陰)인데, 양만 홀로 있으면 가뭄이 들고 음만 홀로 있으면 홍수가 생긴다고 했습니다. 지금 폐하께서 성스럽고 영명하시게 위에 계시니 설령 요임금과 순임금이라 하더라도 이보다 더 나을 것이 없었습니다만, 뭇 신하들의 현명함은 옛사람들에게 미치지 못하는데다가, 나라를 위해 온 마음을 다 바쳐 폐하와 한 마음으로 폐하를 보필해 나라를 다스릴 줄도 모릅니다. 성명하신 임금은 계시지만 현명한 신하는 없기 때문에 오래 가뭄이 든 것입니다. 신의 어리석은 생각으로는 순수하고 신실한 선비와 굳세고 정직한 신하들 중에서 나라 걱정을 제집같이 하고 자기의 일신을 잊고 임금을 받들어 모실 줄 아는 이들을 찾아 저들의 작위를 높이시어 좌우 측근에 두시는 것이 마땅하다고 여깁니다. 말하자면 은(殷)나라 고종(高宗)이 부열(傅說)을 등용하고, 주(周)나라 문왕(文王)이 강태공(姜太公)을 발탁하며,

제(齊)나라 환공(桓公)이 영척(甯戚)을 뽑고, 한(漢)나라 무제(武帝)가 공손홍(公孫弘)을 채용했듯이 말씀입니다. 이렇게 뽑은 신하들을 한가한 여가에 수시로 불러 자문하신다면 저들은 반드시 천자의 교화를 보필해 크게 떨쳐서 가뭄의 재앙을 다 없앨 수 있을 것입니다.

신이 비록 조정에서 일하는 관리는 아니지만 다달이 봉급을 받고 해마다 조를 봉록으로 받고 있사오니, 진실로 알고 있는 바가 있으면서 감히 말씀드리지 않을 수 없습니다. 삼가 광순문(光順門)으로 나아가 의견서를 올리고 보고를 드렸습니다. 엎드려 성상(聖上)의 어지(御旨)를 든습니다.

해제

정원 19년(803) 가을 사문박사 재직 시에 관리 선발시험과 전형을 임시로 중지하려는 데 반대하는 뜻을 피력해 올린 의견서. 이해에는 정월부터 5월까지 가뭄이 지속되어 7월에는 도성과 경기 일대에 기근이 들었다. 이에 조정에서는 과거고시나 관리임용 전형 응시생이 몰려들어 도성에 사는 주민들에게 설상가상의 재앙을 미칠까봐 우려해 이들 시험의 실시를 일시 중지한다는 조칙을 내렸다. 작자는 이에 대해 분명히 반대하는 뜻을 가지고 그 의견을 조정에 올려 항의하기 위해 이 글을 썼다.

이 글은 이들 시험을 일시 중지할 때 예상되는 폐해와 국가를 위해 인재 발탁이 필요한 점의 두 가지 면을 들어 자신의 주장을 피력했다. 우선 도성의 양식 부족에 대한 우려 때문에 이들 시험을 중지할 실질적인 필요가 없다는 점을 구체적인 수치를 제시해 밝히고, 인재 선발을 하지 않을 경우 그 폐해가 막심해 성명하신 임금은 계시지만 현명한 신하는 없는 상황이 올 것임을 경고했다. 그리고 국가에는 순수하고 신실하며 굳세고 정직한 신하가 있어서 천자의 교화를 보좌해 크게 떨쳐야 하므로 인재 선발을 잠시라도 멈추어서는 안 된다는 점을 논증했다. 국가가 올바르게 돌아가기 위해서 인재가 필요하다는 것은 작자의 일관된 정치 주장인바, 논리적 근거가 충분하므로 말에 기세가 흘러넘친다. 또한 문장이 간결하고 글의 전개 또한 분명하며 논점도 명확하다. 그런데 조정에 현명한 신하가 없다는 것은 젊은 시절 작자의 기개가 담긴 과감한 발언이지만, 이로 인해 자기 주변에 적을 만들고 비방을 불러오는 화근이 될 법도 하다. 그리고 목전에 닥친 가뭄의 재해를 극복하기 위해 제시한 작자의 해법은 현실과 거리가 멀었기 때문에 과거고시와 관리임용 전형의 일시 중지를 주장한 작자의 의견은 받아들여지지 않았다.

원문 및 주석

右[1]臣伏見今月十日敕[2], 今年諸色[3]擧選[4]宜權停[5]者。道路相傳, 皆云以歲之旱, 陛下憐憫京師之人, 慮其乏食, 故權停擧選以絶[6]其來者[7] ; 所以省費而足食也。

1   右(우) : 우에서 좌로 세로쓰기하는 옛 문서에서 본래 우측에 의견서를 올리는 연유와 글 쓰는 사람의 관직 등에 대한 설명이 있었음을 나타내준다.

2   今月十日敕(금월십일칙) : 정원 19년(803) 7월 10일자 황제의 조칙. 『구당서 · 덕종기(德宗紀)』에 의하면 이해 정월부터 5월까지 비가 내리지 않자 산천에 기도하도록 명했으며, 7월 무오일(戊午日, 10일)에 관중(關中)과 경기(京畿) 지방에

기근이 들자 이부의 관리임용 전형과 예부의 과거고시를 중지하는 조치를 취했
다.

3 諸色(제색) : 각종. 여러 가지 종류. 예부 주관의 진사과(進士科)와 명경과(明經
  科), 이부 주관의 박학굉사과(博學宏辭科)·현량방정과(賢良方正科)·능직언극
  간과(能直言極諫科) 등을 말한다.
4 擧選(거선) : 예부 주관의 과거고시와 이부 주관의 관리임용 전형.
5 權停(권정) : 임시로 중지하다. 잠정적으로 정지하다.
6 絶(절) : 두절시키다. 막다.
7 來者(내자) : 각 지방에서 도성으로 과거고시와 관리임용 전형에 응시하기 위해
  오는 사람.

臣伏思之 : 竊[8]以爲十口之家益之一二人, 於食未有所費。今京師之人, 不
啻[9]百萬 ; 都計擧者不過五七千人, 幷其僮僕畜馬, 不當[10]京師百萬[11]分之
一。以十口之家計之, 誠未爲有所損益。又今年雖旱, 去歲大豐, 商賈[12]之
家, 必又儲蓄, 擧選者皆齎持[13]資用[14], 以有易無[15], 未見其弊。今若暫停擧
選, 或恐所害實深 : 一則遠近驚惶[16] ; 二則人士失業。臣聞古之求雨之詞[17]
曰 : "人[18]失職[19]歟!" 然則人之失職, 足以致旱。今緣[20]旱而停擧選, 是使人
失職而召災也。

8 竊(절) : 제 나름대로는. 자기 겸양을 표시하는 정태부사다.
9 不啻(불시) : ~에 그치지 않는다. ~이상이다.
10 不當(부당) : 감당하지 못하다.
11 百萬(백만) : ‘萬’자 없이 ‘百’으로만 된 판본이 많은데, 장안의 인구와 응시생들
   및 종들과 마필의 수를 비교해볼 때 ‘百’이 타당한 것으로 보여 그렇게 옮겼다.
12 商賈(상고) : 상인. 구분하자면 ‘행상(行商)’을 ‘商’, ‘좌상(坐商)’을 ‘賈’라고 한다.
13 齎持(재지) : 휴대하다. 가지고 오다.
14 資用(자용) : 재물과 비용.
15 以有易無(이유역무) : 응시생들이 자기가 가지고 있는 돈으로 수중에 없는 필요
   한 물건과 바꾸다.
16 驚惶(경황) : 놀라고 당황해하다.
17 求雨之詞(구우지사) : 비를 기원하며 하는 말. 『공양전(公羊傳)·환공(桓公) 5
   년』에 보이는 “대우는 무엇인가? 가뭄이 들 때 지내는 제사다(大雩者何? 旱祭
   也)”라는 구절에 하휴(何休)가 주석을 달아 “임금께서 몸소 남쪽 교외로 가시어
   여섯 가지 일로 잘못을 사죄하고 스스로를 책망해서 ‘정치가 통일되지 못했도
   다! 백성들이 생업을 잃게 되었도다!'(君親之南郊, 以六事謝過自責曰 : ‘政不一與!
   民失職與!')”라고 풀이한 바 있다.

18 人(인) : 백성. 당나라 태종(太宗)의 이름 '세민(世民)'의 '民'자를 피휘해 쓴 것이다.

19 失職(실직) : 생업을 잃다. 일상생활의 근거를 잃다.

20 緣(연) : ~때문에.

臣又聞君者陽[21]也, 臣者陰也, 獨陽爲旱[22], 獨陰爲水。今者陛下聖明[23]在上, 雖堯舜無以加[24]之；而羣臣之賢, 不及於古, 又不能盡心於國, 與陛下同心, 助陛下爲理[25]：有君無臣, 是以久旱。以臣之愚, 以爲宜求純信[26]之士, 骨鯁[27]之臣, 憂國如家、忘身奉上者, 超其爵位, 置在左右：如殷高宗之用傳說[28], 周文王之擧太公[29], 齊桓公之拔甯戚[30], 漢武帝之取公孫弘[31]。清閒[32]之餘, 時賜召問, 必能輔宣[33]王化[34], 銷殄[35]旱災。

21 君者陽(군자양) : 굴원(屈原)의 「구장(九章)·섭강(涉江)」에 있는 "음양이 자리를 바꾸었으니 때가 좋지 않다(陰陽易位, 時不當兮)"라는 구절에 왕일(王逸)이 주석을 달아 "음은 신하고 양은 임금이다(陰, 臣也; 陽, 君也)"라고 한 풀이가 보인다.

22 獨陽爲旱(독양위한) : 음양은 우주간의 만물이나 인간사에 관통하는 서로 반대되는 두 가지 기운으로서 이원적 대립 관계를 나타낸다. 이를테면 하늘과 불과 더위는 양이고, 땅과 물과 추위는 음이다.

23 聖明(성명) : 성스럽고 영명해 알지 못하는 것이 없는 것을 말한다. 제왕이나 후비의 덕을 칭송할 때 쓰는 말이다.

24 加(가) : 초과하다. 더 낫다.

25 理(이) : 다스리다. 당나라 고종(高宗)의 이름 '治(치)'자를 피휘해 쓴 글자다.

26 純信(순신) : 순수하고 신실하다.

27 骨鯁(골경) : 물고기의 뼈로 굳세고 정직한 것을 비유한다.

28 殷高宗之用傳說(은고종지용부열) : 은나라 고종 무정(武丁)이 꿈에 본 사람을 그림으로 그려서 천하에 그 사람을 찾게 하여 부암의 들판에서 담을 쌓는 일을 하고 있던 노예인 부열을 발견해 재상에 등용한 일을 말한다. 『서경·열명상(說命上)』, 『사기·은본기(殷本紀)』, 『여씨춘추·구인(求人)』 등에 관련 기록이 보인다.

29 周文王之擧太公(주문왕지거태공) : 주나라 문왕이 세상을 피해 위수(渭水) 가에서 낚시를 하고 있던 80세의 태공을 발견하고 승상에 임명한 것을 말한다. 문왕이 태공을 발견한 뒤에 "내가 태공 당신을 기다린 지 오래되었다(吾太公望子久矣)"라고 했다고 해서 '태공망'으로도 불린다. 본성은 강(姜)이고 여씨(呂氏)며 이름이 망(望)이고 자가 자아(子牙)다. 후에 무왕(武王)을 보좌해 은을 무찌른 공으로 제후(齊侯)에 봉해졌다. 『사기·제태공세가(齊太公世家)』에 관련 기록

이 보인다.

30 齊桓公之拔甯戚(제환공지발영척) : 영척은 원래 위(衛)나라 사람으로 수레 끄는 일을 업으로 하다가 제나라로 가서 동문 밖에서 소를 먹이며 살았는데, 환공이 출타할 때 소의 뿔을 두드리며 노래를 부르니 환공이 그 소리를 듣고 특이하게 여기고 관중(管仲)을 시켜 맞이해 상경(上卿)에 임명했다가 뒤에 재상으로 발탁한 것을 말한다. 『여씨춘추·거난(擧難)』에 관련 기록이 보인다.

31 漢武帝之取公孫弘(한무제지취공손홍) : 공손홍(B.C. 200-B.C. 121)은 자가 계(季)고 치천[菑川 : 지금 산동성 수광현(壽光縣) 남쪽] 사람으로 젊을 때는 옥리(獄吏)를 지내다가 40여세에 『공양전』을 배워 박사가 되었는데, 뒤에 현량대책(賢良對策)으로 무제에게 발탁되어 승상에까지 오르고 평진후(平津侯)에 봉해진 것을 말한다. 『한서·공손홍전』에 관련 기록이 보인다.

32 淸閒(청한) : 청정하고 한적하다. 한가한 때를 가리킨다.

33 輔宣(보선) : 보필해 크게 떨치다.

34 王化(왕화) : 천자의 교화.

35 銷殄(소진) : 다 없애다.

臣雖非朝官[36], 月受俸錢[37], 歲受祿粟[38], 苟有所知, 不敢不言。謹詣[39]光順門[40]奉狀[41]以聞。伏聽聖旨。

36 朝官(조관) : 내외 조관으로 나눌 수 있는데, 통상 외조관(外朝官)은 승상 계통에 속하는 조정의 정규 관직이고 내조관(內朝官)은 임금의 측근신하를 가리킨다. 한유는 이때 사문박사(四門博士)로 학관(學官)이지 조관이 아니었다. 당나라 때에 상서성(尙書省)의 회의에는 조관만 참석할 수 있었다.

37 俸錢(봉전) : 관리가 받는 봉급. 급여.

38 祿粟(녹속) : 봉록으로 받는 조. 옛날에는 봉록으로 조나 쌀을 지급했다.

39 詣(예) : 나아가다.

40 光順門(광순문) : 대명궁(大明宮) 선정전(宣政殿) 서쪽에 있는 문.

41 奉狀(봉장) : 의견서를 올리다. '狀'은 의견이나 사실을 진술해 상급 기관에 보내는 문서.

 「어사대에서 가뭄으로 백성들이 기근에 시달리는 것을
논해 올리는 의견서」

御史臺上論天旱人饑狀

위에 적힌 간단한 사항에 대해 신이 엎드려 생각건대, 금년 이래로
경기 지방의 모든 현(縣)들은 여름에 극심한 가뭄을 만나고 가을에 또
일찍 서리가 내려 논밭에 심은 곡물의 수확량이 십분의 일도 되지 않습
니다. 폐하께서는 은덕이 자애로운 어머니를 능가하시고, 인자하심이
봄날의 햇살보다 더 따스하시어 각종 조세를 전례에 따라 다 감면해주
셨습니다. 징수하는 조세는 지극히 적고 감면하는 세금은 지극히 많아
서 폐하께서 베푸신 은덕이 비록 크시지만 백성들의 곤궁함은 아직도
심하며, 심지어 자식을 버리고 아내를 내쫓으면서 입에 풀칠할 음식을
구하고, 집을 헐고 나무를 베어서 세금을 납부하며, 길에서 추위에 떨고
굶주림에 시달리다가 도랑이나 산골짜기에서 쓰러져 죽는 일까지 있다
는 말을 들었습니다. 가진 것이 있는 사람들은 모두 이미 세금을 납부
했지만 가진 것이 없는 사람들만 한갓 추징을 당하고 있습니다. 신의
어리석은 소견으로 이런 일들을 뭇 신하들이 다 미처 보고 드리지 않았

기에 폐하께서 아직 알지 못하고 계시는 것으로 여겨집니다!

신이 제 나름대로 살피건대 폐하께서 백성을 불쌍히 여기심이 부모가 갓난아이를 대하는 것과 같으니, 심지어 어떤 자는 법을 어겨 마땅히 죽여야 하는데도 불구하고 너그럽게 관용을 베풀어 용서하시는데, 하물며 이런 무고한 백성들의 처지를 아시면서도 어찌 구하지 않으시겠습니까? 게다가 수도 지역은 천하 사방의 배와 심장과 같은 중심이요 국가의 근본이니, 그곳 백성은 실제 갑절로 더 걱정하고 구제해주어야 마땅합니다. 지금 서설이 빈번하게 내리니 내년에는 반드시 풍년이 들 터인즉, 당장 급하게 세금을 징수하면 걷는 것은 적고 백성들은 고생하게 되지만, 기한을 늦추어 징수하면 백성들에게 베푼 선정의 사례는 남고 이익은 오래 갈 것입니다. 엎드려 청하건대 경조부(京兆府)에 특별 조칙을 내리시어 금년에 백성들의 명의로 마땅히 납부해야 할 것으로 되어 있는 세금과 여물이나 곡물 중에서 아직 징수하지 못한 것은 모두 잠정적으로 징수를 중지하게 하시고, 내년에 누에고치가 출시되고 보리가 수확될 때까지 연기하도록 관용을 베푸시어 저 백성들이 조금이나마 살아나갈 수 있게 해주시기 바라나이다.

신은 지극히 비루하고 지극히 어리석어 알고 있는 지식도 없사오나, 폐하로부터 받은 은혜에 보답할 것만을 생각해 눈으로 본 것이 있으면 바로 다 말씀드리오니, 간절하고 정성스러우며 부끄럽고 두려운 마음이 지극함을 감추지 못하옵고 삼가 기록해 보고 드리나이다. 삼가 아뢰옵나이다.

해제

　정원 19년(803) 12월 감찰어사 재직 시에 조정에 올린 의견서. 감찰어사는 정8품상에 불과한 말단관직이지만 민정을 시찰하고 관리의 비행을 탄핵할 수 있는 권한을 가졌다. 그리하여 작자는 이해 수도권 일대에 닥친 엄중한 가뭄으로 인해 고통 받고 있는 민초들의 삶을 목도하고 황제에게 이 글을 올려 해당 지역의 세금 징수를 잠시 중단하도록 요청한 것이다. 그런데 관할 부서인 경조부(京兆府)의 부윤(府尹) 이실(李實)은 왕실의 먼 친척으로 폭정을 일삼고 불법을 저지르며 백성들의 재산을 긁어모으는 데 혈안이 된 인물이었다. 그는 덕종(德宗)이 경기 지방의 재해 상황을 물었을 때 "올해 비록 가뭄이 들기는 했지만 농작물의 작황은 매우 좋습니다(今年雖旱, 穀田甚好: 『舊唐書·李實傳』)"라고 허위 보고를 하고, 조세 감면 명령을 실행하지 않고 세금 징수를 원래대로 강행했다. 작자는 진상을 은폐하지 않고 민초들의 고통과 참상을 있는 그대로 서술해 조정의 폐단을 대담하게 폭로함으로써, 정도를 견지하고 불의와 맞서는 불굴의 정신을 표현했다. 이 때문에 작자는 이실의 박해를 받아 관직생활에서 처음으로 먼 변방인 연주(連州) 양산현령(陽山縣令)으로 유배 길에 오르게 되었다.

　정치의 폐단을 폭로해 황제에게 올리는 건의서는 완곡한 필치로 빠져나갈 구멍을 남기는 것이 보통이지만, 이 글에서 작자는 시작부터 신하들이 사실을 말하지 않아 황제께서 진상을 모르고 있다고 직격탄을 날리고 있다. 그런 뒤에 어투를 자못 공손하게 가다듬어 황제가 백성을 불쌍히 여긴다고 말함으로써 고통에 시달리는 민초들을 도탄에서 건져 올려주도록 건의했다. 전편에 걸쳐 백성들을 걱정하는 작자의 진지한 감정이 넘쳐흐르고 언어가 소박 간결하면서도 유창해 황제에게 올린 건의서 중에 명작으로 손꼽힌다.

원문 및 주석

右臣伏以今年已來, 京畿諸縣[1]夏逢亢旱[2], 秋又早霜, 田種所收, 十不存一。 陛下恩踰慈母, 仁過春陽[3], 租賦之間, 例[4]皆蠲免[5]。所徵至少, 所放[6]至多; 上恩雖弘, 下困猶甚, 至聞有棄子逐妻以求口食, 坼[7]屋伐樹以納稅錢, 寒餒[8]道塗, 斃踣[9]溝壑。有者皆已輸納[10], 無者徒被追徵[11]。臣愚以爲此皆羣 臣之所未言, 陛下之所未知者也!

1　京畿諸縣(경기제현) : 수도 장안 부근 경조부(京兆府) 관할 하의 여러 현으로 만 년(萬年), 장안(長安), 신풍(新豐), 위남(渭南) 등 22개 현이 있었다.
2　亢旱(항한) : 극심한 가뭄. 큰 가뭄.
3　春陽(춘양) : 봄볕 곧 봄날의 햇살로 만물을 자라게 한다.
4　例(예) : 관례. 선례.
5　蠲免(견면) : 면제하다. 감면하다.
6　放(방) : 방면하다. 면제하다. 당시 조정의 관리들이 진상을 숨긴 채 이름만 세금 을 면제한다고 하고 실제로는 원래대로 징수했다.
7　坼(탁) : 터지다. 헐다. '拆(탁)'과 통한다.
8　寒餒(한뇌) : 춥고 배고프다.
9　斃踣(폐부) : 넘어져 엎어지다. 쓰러져 죽다.
10　輸納(수납) : 납부하다.
11　追徵(추징) : 재촉하며 징수하다.

臣竊見陛下憐念黎元[12], 同於赤子[13]; 至或犯法當戮, 猶且寬而宥[14]之: 況 此無辜之人[15], 豈有知而不救? 又京師者, 四方之腹心[16], 國家之根本, 其百 姓實宜倍加憂恤[17]。今瑞雪頻降, 來年必豐, 急之則得少而人傷, 緩之則事 存而利遠。伏乞特敕[18]京兆府[19]: 應今年稅錢及草粟等在百姓腹內[20]徵未得 者, 並且停徵; 容至來年蠶麥[21], 庶得少有存立。

12　黎元(여원) : 백성. 중국의 역대 왕조에서 백성을 나타내는 말이 많았는데 '黎元' 외에 대표적인 것으로 포의(布衣), 검수(黔首), 여민(黎民), 생민(生民), 서민(庶 民), 여서(黎庶), 창생(蒼生), 맹(氓) 등이 있었다.
13　赤子(적자) : 갓난아이. '赤'은 '尺(척)'과 통하는데, 아이가 막 태어났을 때 얼굴이 붉고 신장이 겨우 한 자 정도 되기 때문에 이렇게 불렀다. 『서경・강고(康

誥)』에 "갓난아이를 보호하듯 하면 백성들이 편안하게 다스려질 것이다(若保赤
子, 惟民其康乂)"라는 표현이 보인다.

14 宥(유) : 용서하다.

15 無辜之人(무고지인) : 죄 없는 사람. 여기서는 자신의 잘못 없이 가뭄의 재해에
    시달리는 백성을 가리킨다.

16 腹心(복심) : 배와 심장. 중심 지역을 비유한다.

17 憂恤(우휼) : 걱정하고 구휼하다.

18 特敕(특칙) : 특별 조칙을 내리다.

19 京兆府(경조부) : 수도 및 그 주변 현을 관할하는 행정 단위.

20 腹內(복내) : 명의(名義). 당시의 속어로 공문에서 널리 쓰였다고 한다. 주희(朱
    熹)의 견해에 의하면 후대의 '명하(名下)' 곧 명의와 같다고 한다.

21 蠶麥(잠맥) : 누에고치가 출시되고 보리가 수확될 때. 이 두 글자를 다음 구절에
    붙여서 '누에와 보리가 조금이라도 살아남을 수 있기를 바란다'로 풀이하는 견
    해도 있다. 이는 관리들이 세금 납부를 독촉하는 성화에 못 이겨 백성들이 아직
    덜 자란 누에와 보리까지 내다주는 상황을 고려한 풀이다.

臣至陋至愚, 無所知識 ; 受恩思效, 有見輒言, 無任懇款慚懼之至²², 謹錄
奏聞。謹奏。

22 無任懇款慚懼之至(무임간관참구지지) : 간절하고 정성스러우며 부끄럽고 두려
    운 마음이 지극한 데까지 이르는 것을 이기지 못하다. 당시 신하가 황제에게 올
    리는 공문에 널리 쓰인 상투적 표현이다. '之'는 '이르다'는 뜻이다.

국자감(國子監) 관할 세 학관(學館)의 학사(學士) 등은 마땅히 『당육전(唐六典)』의 다음 규정에 따라야 한다. 국자관(國子館)의 학생 3백 명은 모두 3품 이상의 문무 관리 및 국공작(國公爵)의 아들과 손자 그리고 종2품 이상의 증손자 중에서 선발해 충원하고, 태학관(太學館)의 학생 5백 명은 모두 5품 이상 및 군공작(郡公爵)과 현공작(縣公爵)의 아들과 손자 그리고 종3품 이상의 증손자 중에서 선발해 충원하며, 사문관(四門館)의 학생 5백 명은 모두 7품 이상의 후작(侯爵)·백작(伯爵)·자작(子爵)·남작(男爵)의 아들 중에서 선발해 충원한다.

위의 내용은 국가의 법률에서 학교를 숭상하고 존중한 것인데, 요즈음 시대에는 명예나 이익을 좇기에 급급해 학교 본연의 모습으로 돌아가지 못하고 있습니다. 그리하여 심지어 공경(公卿) 등 고관의 자손들은 태학에서 공부하는 것을 부끄럽게 여기고, 수공업자나 장사치 따위의

하찮은 자들이 더러 상급 학교에 재학하고 있는 실정입니다. 지금 성인의 도가 대대적으로 밝게 드러나 유학의 기풍이 다시 떨쳐지고 있으니, 모름지기 개혁하고 바로잡아서 국가의 대업을 보좌할 수 있도록 해야 할 것입니다. 지금 청원하기로는 국자관은 원래대로『당육전』에 따르시고, 태학관은 헤아려 보시고 8품 이상 상참관(常參官)의 자제들로 선발해 충원하도록 헤아려 허락하시며, 사문관도 신분상의 자격은 없지만 재주나 학문이 있는 사람을 선발해 충원하도록 헤아려 허락해주시되, 만약 신분상의 자격이 있으면서 학생으로 입학하지 않고 과거고시에 응시하려는 자가 있으면 예부(禮部)에 요청해 응시자격 범위 내에 포함시키지 말도록 하시며, 새로 보충된 사람 중에 신분상의 자격을 사칭하는 자가 있으면 문서로 사법기관에 이송해 그 죄를 묻도록 요청하십시오. 올해 과거고시 실시 날짜가 이미 가까워졌기 때문에 엎드려 청원하기로는 수도 장안에서 오백 리 안에 대해서는 특별히 임시로 충원하도록 허락하시고, 오백 리 밖의 지역에 대해서는 잠시 지방에서 천거하도록 맡겨 내년 봄에 한꺼번에 선발해 충원하도록 하십시오. 필요한 양곡과 경비는 먼저 274명에게 지급하고, 새로 보충하는 인원수에 따라 추가로 지급해주시기를 지금 청원합니다. 삼가 위와 같이 갖추어 보고하고 엎드려 처분을 듣고자 합니다.

해제

　　장경 원년(821) 국자좨주 재직 시에 국자감에 받아들이는 학생 수와 조건을 원래대로 회복시켜 주기를 청원한 의견서. 국자감의 총수인 국자좨주로서 고관의 자제들이 태학에서 공부하는 것을 부끄럽게 여기는 기풍에 대한 불만과 국자감의 인재 양성에 대한 관심을 표명하고 있다. 이 글의 창작시기에 대해서는 정원 19년(803) 사문박사 재직 시라는 견해와 원화 원년(805)이라는 견해도 있으나, 글 속에서 다루고 있는 문제의 비중을 고려할 때 국자좨주라는 지위에서 제기할 수 있는 성격의 것이라는 점이 훨씬 이치에 와 닿는다. 같은 해에 쓴 「처주공자묘비(處州孔子廟碑)」(HS-241)에도 학교 교육을 제대로 시켜야 한다는 일관된 취지가 담겨 있다.

원문 및 주석

國子監¹應三館²學士³等準六典⁴ : 國子館學生三百人, 皆取文武三品已上及國公⁵子孫從三品⁶已上曾孫補充 ; 太學館學生五百人, 皆取五品已上及郡縣公⁷子孫從三品已上曾孫補充 ; 四門館學生五百人, 皆取七品已上及侯伯子男⁸子補充。

1　國子監(국자감) : 수(隋)나라 때 창설되어 청(淸)나라까지 존속한 중국의 최고 국립교육기관으로 당나라 때는 산하에 일곱 학관을 설치 관할했다.
2　三館(삼관) : 국자관(國子館)·태학관(太學館)·사문관(四門館)의 세 학관(學館). 본래 국자감은 이 세 학관 이외에 광문관(廣文館)·율관(律館)·서관(書館)·산관(算館)까지 일곱 학관을 관할했지만, 광문관은 국자학 소속 학생 중에서 진사과 준비생들을 가르치는 업무를 담당하고 나머지 율학·서학·산학은 당시에 중시 받지 못했으므로 위의 세 학관만 언급한 것이다.
3　學士(학사) : 학생. 생도. '學生(학생)'으로 된 판본도 있다.
4　六典(육전) : 『당육전(唐六典)』. 정식 명칭은 『대당육전(大唐六典)』인데, 당나라 개원(開元) 26년(738)에 출간된 중국 최초의 행정 법전. 당나라 현종(玄宗)이 짓고 이임보(李林甫) 등이 주석을 달았다고 되어 있지만 실제로는 장열(張說)·장구령(張九齡) 등이 편찬했다. 총 30권으로 되어 있다.
5　國公(국공) : 당나라 때 아홉 봉작(封爵) 중에서 국왕(國王)과 군왕(郡王) 다음 서열의 세 번째 봉작으로 식읍(食邑) 3천호에 종1품이었다.

6 從三品(종삼품) : 『당육전』 권21의 원문에는 '從二品(종이품)'으로 되어 있다. 다음 구절에 나오는 태학관의 입학자격을 보더라도 '從二品'으로 쓰는 것이 옳다.

7 郡縣公(군현공) : 네 번째 봉작인 개국군공(開國郡公)과 다섯 번째 봉작인 개국현공(開國縣公). 개국군공은 식읍 2천호에 정2품이고, 개국현공은 식읍 1천 5백호에 종2품이었다.

8 侯伯子男(후백자남) : 여섯 번째에서 아홉 번째까지의 봉작으로 개국현후(開國縣侯)는 식읍 1천호에 종3품, 개국현백(開國縣伯)은 식읍 7백호에 정4품상, 개국현자(開國縣子)는 식읍 5백호에 정5품상, 개국현남(開國縣男)은 식읍 3백호에 종5품상이었다.

右國家典章[9], 崇重庠序[10]; 近日趨競[11], 未復本源。至使公卿子孫, 恥遊太學; 工商凡冗, 或處上庠[12]。今聖道大明, 儒風復振, 恐須革正, 以贊鴻猷[13]。今請國子館並[14]依六典; 其太學館量許取常參官[15]八品已上子弟充; 其四門館亦量許取無資廕[16]有才業人充; 如有資廕不補學生應擧者, 請禮部不在收試限; 其新補人有冒廕[17]者, 請牒送[18]法司科罪[19]。緣今年擧期已近, 伏請去上都五百里內, 特許非時收補; 其五百里外, 且任鄕貢[20], 至來年春一時收補。其廚糧度支, 先給二百七十四人, 今請準新補人數量加支給。謹具如前, 伏聽處分。

9 典章(전장) : 법률. 법령 제도의 총칭.

10 庠序(상서) : 학교. 『맹자·등문공상(滕文公上)』에 "상·서·학·교를 설치 운영해 백성들을 가르칩니다. 상은 기른다는 뜻이고, 교는 깨우친다는 뜻이며, 서는 활을 쏜다는 뜻입니다. 이런 지방의 교육기관을 하나라에서는 교, 은나라에서는 서, 주나라에서는 상이라 했고, 대학은 하·은·주 삼대에서 모두 학이라는 이름으로 같이 불렀는데, 모두 인륜을 밝히기 위한 것이었습니다(設爲庠序學校以敎之. 庠者, 養也; 校者, 敎也; 序者, 射也. 夏曰校, 殷曰序, 周曰庠; 學則三代共之, 皆所以明人倫也)"라는 글귀가 보인다.

11 趨競(추경) : 다투듯이 명예와 이익을 좇다.

12 上庠(상자) : 상급 학교. 태학. 요사이의 대학에 가깝다.

13 鴻猷(홍유) : 국가의 대업. 국가의 위대한 사업.

14 並(병) : 원래대로.

15 常參官(상참관) : 매일 황제를 알현하는 관리로 5품 이상의 문무 관리 및 중서성(中書省)과 문하성(門下省)의 감찰어사(監察御史)·원외랑(員外郞)·태상박사(太常博士) 등의 봉공관(供奉官)을 가리킨다.

16 資廕(자음) : 본래 선조의 훈공이나 관작에 힘입어 관직이나 작위를 수여받는 것

을 말하는데, 여기서는 이런 신분상의 자격을 가리킨다. '廕'은 '蔭'으로도 쓴다.

17   冒廕(모음) : 신분상의 자격을 사칭하다.
18   牒送(첩송) : 문서로 이송하다. 문서로 보내다.
19   科罪(과죄) : 정죄하다. 죄를 묻다.
20   鄕貢(향공) : 주군(州郡)에서 심사해 선발한 뒤 중앙의 진사고시에 참가하도록
      천거한 응시생.

 「당나라 강주자사에 추증된 고 마부군 행장」
唐故贈絳州刺史馬府君行狀

군은 이름이 아무개고 자가 아무개다. 선조는 성이 영씨(嬴氏)인데 주(周)나라가 쇠락했을 때 진(晉)나라에 살면서 조씨(趙氏)가 되었고, 진나라가 멸망하고 나서 조씨는 제후가 되고 그 뒤에 더욱 강대해져 제(齊)·초(楚)·한(韓)·위(魏)·연(燕)과 전국(戰國)시대 육국의 반열에 들어 함께 왕을 칭했다. 그 일족의 한 분파 사람 조사(趙奢)가 조나라에 있을 때 어여(閼與)에서 진(秦)나라 군대를 격파하는데 큰 공을 세워 마복군(馬服君)으로 불린 뒤로부터는 자손들이 마씨(馬氏)를 성씨로 삼았다. 양(梁)나라 때에는 안주자사(安州刺史)와 시중(侍中)을 지내고 태위(太尉)에 추증된 마수(馬岫)라는 사람이 있었다. 마수는 교경(喬卿)을 낳았는데 마교경은 양주주부(襄州主簿)에 임명되었지만, 나라가 혼란스러웠기 때문에 사직하고 벼슬하지 않았다. 마교경은 군재(君才)를 낳았는데 마군재는 수(隋)나라 말에 계현(薊縣)의 현령이 되었고, 연왕(燕王) 나예(羅藝)가 그를 스승으로 받들어 유도(幽都)의 군대를 다스리도록 했으며, 무덕(武德) 초에 도성에 들어가 고조를 배알한 뒤 무후대장군(武候大將軍)에 임명되고 남양군공(南陽郡公)에 봉해졌으며, 사후에 대량(大梁)의 신리현(新里縣)에 안장되자 조군(趙郡) 사람 이화(李華)가 비문을 지어 그를 칭송했다. 마군재는 민(珉)을 낳았는데, 마민은 옥령위창조참군사(玉鈐衛倉曹參軍事)를 지내고 상서좌복야(尙書左僕射)에 추증되었다. 마민은 계룡(季龍)을 낳았는데 마계룡은 남주자사(嵐州刺史)을 지내고 사공(司空)에 추증되었으며 청하(淸河) 사람 최원한(崔元翰)이 비석에 그의 공덕을 새겼는데 그 비석이 신리현에 있다. 사공 마계룡은 수(燧)를 낳았는데, 마수는 사도(司徒)·시중(侍中)·북평왕(北平王)을 지내고 태부(太傅)에 추증되었으며 시호가 장무(莊武)다. 장무왕 마수의 무훈(武勳)과 공로는 조정의 역사책에 기록되어 있으며, 선생은 그 분의 장자다.

　선생은 소싯적에 명경과에 천거된 바 있으며, 사도공(司徒公)께서 태원부(太原府)의 절도사가 되었을 때 하남부참군(河南府參軍)에 임명되었다. 건중(建中) 4년(783)에 사도공이 선생을 시켜 무관의 자제로 재능과 역량을 갖춘 인재 3백 명을 거느리고 행재소(行在所)로 가서 황제를 배알하고 호위하도록 하자, 황제가 쓸 의복이며 물품이며 활과 갑옷이며 취사도구며 천막을 바치고 위급한 국난 중에 분주하게 대응했다. 황제께서 그 근면함을 가상히 여기시어 파격적으로 태상시(太常寺)의 승(丞)에 임명하고 관복을 하사하셨으며, 소부소감(少府少監)과 태복시(太僕寺)의 소경(少卿)으로 승진시키셨다. 사도공께서 돌아가시자 팔뚝을 칼로 찔러 그 피를 가지고 천여 자에 달하는 불경을 써서 부친의 은덕에 보답할 것을 맹세하고, 무덤 곁에 여막을 짓고 살면서 주위에 소나무와 측백나무를 심었다. 부친상을 마친 뒤에 또 태복시 소경에 임명되었다. 1년 간 중병을 앓다가 정원(貞元) 18년(802) 7월 25일 자택에서 세상을 떠났다. 향년은 45세였다. 동생 소부감(少府監) 마창(馬暢)이 인장과 인끈을 진상하며 관직을 추증해줄 것을 요청했다. 그러자 조정에서 강주자사(絳州刺史)에 추증하고 베와 비단 100필을 하사했다.

선생은 가정에서 부모에 대한 효도와 동기간의 우애를 행했고, 빈객이나 벗을 대할 때 신의를 지켰으며, 관리로 근무할 때 공손하고 신중하게 직무를 완수했으며, 행재소를 배알하고 진상품을 바칠 때 부친의 명을 받들어 위난을 피하지 않았고, 부친상 중에도 남다른 행실을 보였다. 애초 사도공께서는 하남(河南) 원씨(元氏)를 아내로 맞이했는데, 원씨는 영천군부인(潁川郡夫人)에 봉해지고 허국부인(許國夫人)에 추증되었다. 허국부인 원씨가 세상을 떠났을 때 소부감 마창은 막 어린아이였는데, 원씨가 유언으로 자신이 친정에서 데려온 일가붙이에게 후처로 들어오도록 부탁했으니 그가 곧 진국부인(陳國夫人)이다. 진국부인은 자식이 없었지만 마휘 선생과 소부감 마창을 자신의 친자처럼 애지중지했다. 진국부인이 세상을 떠나자 마휘 선생과 소부감 마창은 친모처럼 상을 치렀고 몸소 흙을 등에 지고 무덤의 봉분을 만들기 위해 성토했다. 선생의 부인은 형양(榮陽) 정씨(鄭氏)인데 왕옥현령(王屋縣令) 정황(鄭況)의 딸로 현숙한 행실을 갖추었다. 선생의 병간호를 하느라 한 해가 넘도록 집에서 나오지 않았고, 야채만 먹고 물만 마시면서 선생의 탕약은 반드시 몸소 가려서 선생께 올리기 전에 먼저 맛을 보았으며, 『본초(本草)』와 같은 의약서적을 늘 몸 가까이에 두었다. 아들 둘을 두었는데 마사(馬赦)는 전에 좌위창조참군(左衛倉曹參軍)을 지냈고, 마양(馬敭)은 우청도솔부주조참군(右淸道率府冑曹參軍)이다. 딸 둘은 아직 집에 있는데 비록 모두 어렸지만 부친의 질병에 시중들고 상을 치름에 있어 성인과 같았다.

나는 마씨와 대대로 한 집안처럼 교분을 유지해 그 집안의 계보며 사적이며 공적을 소상히 들어 알고 있다. 지금 장례를 치를 날짜가 정해졌기에 소부감 마창의 요청에 따라 선생의 주요 사적을 가려 행장을 지어서 문장에 뛰어난 분에게 의뢰해 선생의 명성이 후세에 길이 불후하게 전해지기를 기대한다.

해제

정원 18년(802) 7월 사문박사 재직 시에 쓴 마휘(馬彙) 행장. 마휘는 북평왕(北平王) 마수(馬燧)의 장자인데, 작자는 이 집안의 3대와 교분을 쌓은 관계로 이 글을 써준 것으로 보인다. 작자와 마씨 3대의 교분에 대해서는 「전중소감마군묘지(殿中少監馬君墓誌)」(HS-254)를 참조하기 바란다. 마휘의 선조와 관직 및 덕행 그리고 모친과 아내 및 자식 등을 두루 망라해, 글 마지막 구절에 보이는 대로 비문이나 묘지명을 쓸 문장가에게 밑 자료로 제공하고자 했다. 행장으로서는 선조에 대한 언급이 비교적 상세하다고 할 수 있다. 작자의 다른 글에서 나타나는 웅장하고 기이한 모습은 완전히 자취를 감추고, 순전히 소박하고 꾸밈이 없는 것으로 일관한 보기 드문 글의 하나라는 평을 받는다.

원문 및 주석

君諱某[1], 字某。其先爲嬴姓[2] ; 當周之衰, 處晉爲趙氏[3] ; 晉亡而趙氏爲諸侯, 其後益大, 與齊楚韓魏燕爲六國[4], 俱稱王。其別子趙奢[5], 當趙時, 破秦軍關與[6], 有功, 號馬服君[7], 子孫由是以馬爲氏。梁有安州[8]刺史侍中贈太尉岫[9]。岫生喬卿, 任襄州[10]主簿, 國亂去官不仕。喬卿生君才, 隋末爲薊[11]令, 燕王藝[12]師之, 以有幽都之衆, 武德初, 朝京師[13], 拜武候[14]大將軍, 封南陽郡公, 卒葬大梁新里[15], 趙郡李華[16]刻碑頌之。君才生珉, 爲玉鈐衛倉曹參軍事, 贈尙書左僕射。生季龍, 爲嵐州[17]刺史, 贈司空, 淸河崔元翰[18]銘其德於碑, 在新里。司空生燧[19], 爲司徒侍中北平王, 贈太傅, 諡莊武。莊武之勳勞在策書, 君其長子也。

---

1 諱某(휘모) : ‘諱彙(휘휘)’로 된 판본도 있다.

2 嬴姓(영성) : 백익(伯益)의 후손. 백익은 ‘백익(柏益)’·‘백예(伯翳)’·‘백예(柏翳)’·‘백예(伯鷖)’로도 적으며, ‘대비(大費)’라고도 한다. 오제(五帝)의 한 사람인 전욱(顓頊)의 후손이다.

3 處晉爲趙氏(처진위조씨) : 이하 두 구절은 『사기·조세가(趙世家)』에 의하면 대략 다음과 같다. 즉 백익의 아들 대렴(大廉)의 4대손이 중연(中衍)이고, 중연의 4대손 중휼(中滴)이 비렴(飛廉)을 낳고 비렴의 아들 계승(季勝)이 조씨가 되었다. 계승의 10대손 숙대(叔帶)가 주(周)나라를 떠나 진(晉)나라를 섬겼다. 숙대의 5대손이 숙(夙)이고 숙의 9대손 완(浣)이 스스로 제후의 자리에 올라 조헌후(趙獻侯)가 되었다.

4 六國(육국) : 동방(東方) 육국의 반열에 들어가 진(秦)과 함께 전국(戰國) 칠웅(七雄)을 구성하는 강대국이 되었음을 말한다.

5 趙奢(조사) : 전국시대 동방 육국 8대 명장의 한 사람으로 진(秦)나라와의 전쟁에서 큰 공을 세우고 마복군(馬服君)에 봉해진 뒤 그의 후손이 마씨(馬氏)의 시조가 되었다.

6 閼與(어여) : 지금 산서성 화순현(和順縣) 서북에 해당하는 지명으로 ‘閼’는 독음이 ‘어’다.

7 馬服君(마복군) : ‘馬服’은 본래 산(山) 이름인데 그것이 조사(趙奢)의 호가 되었다. 마복산은 조나라 수도 한단(邯鄲) 서북쪽 10리쯤 되는 곳에 있다.

8 安州(안주) : 회남도(淮南道) 소속으로 주청 소재지가 안륙 곧 지금 호북성 안륙시(安陸市)에 있었다.

9 岫(수) : 마수(馬岫). 자가 자악(子岳)이고 조사(趙奢)의 24대손이다.

10 襄州(양주) : 산남동도(山南同道) 소속으로 주청 소재지가 양양 곧 지금 호북성 양양시(襄陽市)에 있었다.

11 薊(계) : 하북도(河北道) 유주(幽州)의 주청 소재지로 지금 북경시 서남쪽에 있었다.

12 藝(예) : 나예(羅藝). 나예는 자가 자세(子世)고 경조부 운양(雲陽) 사람으로 수(隋)나라 대업(大業) 12년(616) 12월에 군사를 일으켜 유주총관(幽州總管)을 자칭했다. 『구당서』와 『신당서』에 그의 전기가 실려 있다.

13 朝京師(조경사) : 손여청(孫汝聽)의 견해에 의하면 나예(羅藝)가 무덕(武德) 2년

(619) 10월에 표문(表文)을 올리고 유주를 당나라에 바친 뒤에 연군왕(燕郡王)에 봉해지고 이씨(李氏) 성을 하사받았으며 무덕 6년 2월에 장안으로 배알하러 가기를 청한 것을 말한다.

14 武候(무후) : 당나라 초에 좌우무후부(左右武候府)를 설치했고 고종(高宗) 용삭(龍朔) 2년(662)에 좌우금오위(左右金吾衛)로 바뀌었다. '候'를 '侯'로 쓴 판본은 잘못이다.

15 大梁新里(대량신리) : 변주(汴州) 신리현으로 지금 하남성 개봉시(開封市) 동쪽 30리쯤 되는 곳에 있었다.

16 李華(이화) : 자가 하숙(遐叔)이고 조주(趙州) 찬황(贊皇) 사람이며 당나라 때 고문(古文)을 창도한 선구자의 하나다. 생몰년은 715-766년이다.

17 嵐州(남주) : 하동도(河東道) 소속으로 주청 소재지가 의방(宜芳 : 지금 산서성 남현(嵐縣) 북쪽에 있었다.

18 崔元翰(최원한) : 박릉(博陵) 안평[安平 : 지금 하북성 정주시(定州市)] 사람으로 이름이 붕(鵬)인데 '元翰'이라는 자로 행세했다. 고문가(古文家)의 한 사람이다. 생몰년은 729-795년이다.

19 燧(수) : 마수(馬燧). 마수에 대해서는 「전중소감마군묘지(殿中少監馬君墓誌)」(HS-254) 주석 1 참조.

少擧明經, 司徒公作藩太原²⁰, 授河南府參軍。建中四年, 司徒公使將武人子弟才力之士三百人朝行在²¹扞衛²², 獻御服、用物、弓甲、煮器、幄幕, 奔走危難。上嘉其勤, 超拜太常丞, 賜章服²³, 遷少府少監、太僕少卿。司徒公之薨也, 刺臂出血, 書佛經千餘言, 期以報德; 廬墓側, 植松栢。終喪又拜太僕少卿。疾病一年, 貞元十八年七月二十五日終于家。凡年四十有五。其弟少府監暢上印綬求追贈。贈絳州²⁴刺史, 布帛百匹。

20 司徒公作藩太原(사도공작번태원) : 대력(大曆) 14년(779) 윤5월에 하양삼성진알사(河陽三城進謁使) 마수(馬燧)가 검교공부상서(檢校工部尙書)로서 태원윤(太原尹), 어사대부(御史大夫), 북도유수(北都留守), 하동절도사(河東節度使)를 겸한 것을 말한다. 『구당서·덕종기(德宗紀)』에 관련 기록이 보인다.

21 行在(행재) : 행재소(行在所). 임금이 궁전을 떠나 나들이할 때 임시로 머무르던 곳.

22 扞衛(한위) : 건중(建中) 4년(783) 10월에 주체(朱泚)가 장안(長安)을 거점으로 반란을 일으키자 덕종(德宗)이 봉천(奉天)으로 피난을 갔는데, 주체의 군대가 봉천까지 포위해 들어왔다. 이때 신책장군(神策將軍) 이성(李晟)이 위교(渭橋)에 진을 치고 반란군과 맞서고 있었는데, 마휘와 대장의 자제 3백 명이 이성과 연합해 봉천 행재소를 방어했다.

23　章服(장복) : 관리의 복장. 엄밀히 말하면 자색(紫色) 또는 비색(緋色) 의복을 입고 어대(魚袋)를 찬 경우를 이렇게 불렀다. 3품 이상의 관리가 자색, 5품 이상의 관리가 비색 관복을 입었다.

24　絳州(강주) : 하동도 소속으로 주청 소재지가 정평(正平) 곧 지금 산서성 신강시(新絳市)에 있었다.

君在家行孝友, 待賓客朋友有信義, 其守官恭愼擧職^{25}, 其朝獻奉父命不避難, 其居喪有過人行。初, 司徒公娶河南元氏, 封潁川郡夫人, 贈許國夫人。許國薨, 少府始孩, 顧託以其姪^{26}爲繼室^{27}, 是爲陳國夫人。陳國無子, 愛君與少府如己生。其薨也, 君與少府喪之猶實生己, 親負土封其墓。夫人滎陽鄭氏, 王屋縣令況之女, 有賢行。侍君疾, 逾年不下堂 ; 食菜飮水, 藥物必自擇, 將進輒先嘗 ; 方書^{28}本草^{29}, 恒置左右。子男二人 : 赦, 前左衛倉曹參軍 ; 敦, 右淸道率府胄曹參軍。女子二人在室, 雖皆幼, 侍疾居喪如成人。

25　擧職(거직) : 직무를 완수하다.

26　姪(질) : 질제(姪娣). 예전에 제후의 부인이 친정에서 함께 데리고 오던 일가붙이가 되는 여자로 잉첩(媵妾)이라고 했다.

27　繼室(계실) : 후처. 예전에 제후의 부인을 원비(元妃)라 했는데, 원비가 죽으면 차비(次妃)가 집안일을 담당하는 것을 '繼室'이라고 불렀다. 후대에는 시첩이 정실을 이어 후처가 되는 것도 이렇게 불렀다.

28　方書(방서) : 의약 처방 전문 서적.

29　本草(본초) : 한약재에 관한 서적으로 당나라 때는 고종(高宗) 현경(顯慶) 연간(656-661)에 소공(蘇恭)과 장손무기(長孫无忌) 등이 『본초(本草)』를 편찬하고 약초 140종을 더해 『당본초(唐本草)』라고 했다.

愈旣世通家^{30}, 詳聞其世系事業。今葬有期日, 從少府請, 掇其大者爲行狀, 託立言之君子而圖其不朽^{31}焉。

30　世通家(세통가) : 대대로 교분을 나누는 집안으로 양대 이상 서로 깊은 교분을 나누며 한 집처럼 지내는 것을 말한다.

31　不朽(불후) : 『좌전·양공(襄公) 24년』에 보이는 것으로 입덕(立德), 입공(立功), 입언(立言)의 세 가지를 영원토록 없어지거나 변하지 않는 것이라고 했다.

HS-279 「복수에 관한 의견서」

復讎狀

위의 사유와 관련해 엎드려 다음과 같은 이달 5일자 조칙을 받들어 보았습니다.

"복수는 『예경(禮經)』에 따르면 쌍방이 도의상 같은 하늘 아래 살 수 없는 것이라고 하고, 법령을 찾아보면 살인자는 사형에 처한다고 되어 있다. 예법과 법령 이 두 가지는 모두 제왕이 교화를 하는 단초인데 이처럼 서로 다르니 반드시 논쟁해 분변할 필요가 있다. 상서성에 명하노니 함께 모여 논의한 뒤에 황제에게 보고함이 마땅하다."

조의랑(朝議郎)·상서직방원외랑(尙書職方員外郎)·상기도위(上騎都尉) 한유가 다음과 같이 논의해 아룁니다.

엎드려 생각건대 아들이 아버지를 위해 복수한 일은 『춘추(春秋)』에 보이고 『예기(禮記)』에 보이고 또 『주관(周官)』에도 보이고 또 제자서(諸子書)와 역사서에도 보여 이루 다 헤아릴 수도 없지만 그것을 그르다고 하고 죄를 물은 경우는 없는지라, 가장 마땅하기로는 법률에 상세하게 규정되어 있어야 하지만 법률에 그런 조문이 없는데 조문이 빠진 것이 아니라 아마도 복수를 허락하지 않자니 효자의 마음을 상하게 하고 고대 성왕의 가르침에서 어긋나게 되고, 복수를 허락하자니 사람들이 합법적으로 마음대로 살인을 자행하게 되어 그 발단을 금지시킬 수가 없었기 때문이라고 생각합니다. 일반적으로 말해서 법률이 비록 성인에게 근본을 두고 나온 것이기는 하지만 그것을 집행하는 자는 담당 관리입니다. 경전에서 밝히고 있는 도리는 담당 관리를 제약합니다. 경전에서 효자가 복수할 수 있다는 도리를 재삼 언급하면서 법률에 그 조문을 깊숙이 숨겨놓은 것은, 법관들이 오로지 법에 의거해 판단하게 하고 경학을 공부한 선비들이 경전을 인용해 그 판단에 대해 의논하려는 의도입니다.

『주관』에 이런 구절이 보입니다.

"무릇 살인을 했으나 의로운 경우라면 복수하지 말지니 복수하면 사형에 처한다."

'의롭다(義)'는 것은 '이치에 마땅하다(宜)'는 뜻입니다. 이는 살인을 했는데 이치에 마땅하지 않는 경우라면 피살자의 아들이 아버지를 위해 복수를 할 수 있음을 설명해주는 것이니, 이 때문에 백성들 간에 서로 복수가 벌어지는 것입니다. 『공양전(公羊傳)』에는 다음과 같이 말했습니다.

"아버지가 주살을 당한 경우가 아니라면 그 아들이 복수를 해도 된다."

'주살을 당한 경우가 아니다(不受誅)'는 것은 '죄가 주살되어야 할 경우는 아닌데도 살해되었다(罪不當誅)'는 뜻이고, '주살(誅)'은 윗사람이 아랫사람에게 행하는 것이지 백성들 간에 서로 죽이는 것이 아닙니다. 또 『주관』에 이런 구절이 보입니다.

"무릇 복수를 하려는 사람이 형벌 담당 관리에게 문서로 알린 경우라면 죽여도 죄가 없다."

이는 복수를 하려는 사람이 사전에 담당 관리에게 알렸다면 죄가 없다는 뜻입니다.

지금 폐하께서는 법률과 제도에 관심을 기울여 변치 않을 명확한 규정을 제정하고자 하시는데, 담당 관리의 직책을 소중하게 생각하고 효자의 심정을 딱하게 여기시어 독단적으로 처리하지 않을 것임을 표하고 뭇 신하들에게 자문을 구하고 계십니다. 신의 어리석은 소견으로는 복수라고 하는 명칭은 비록 같으나 그 속사정은 제각각 다르다고 생각합니다. 혹 백성들끼리 서로 복수한 경우로 『주관』에서 말한 것과 같다면 지금 논의해볼 만하고, 혹 관리에 의해 주살된 경우로 『공양전』에서 말한 것과 같다면 지금 그런 복수를 행해서는 안 되며, 또 『주관』에서 말한 대로 복수를 하려는 사람이 형벌 담당 관리에게 사전에 알리면 무죄인 경우에 있어서는, 어린 고아나 약자는 은밀한 뜻을 품고 있다가 적에게 복수하기 적합한 때를 노릴 텐지라 아마도 관가에 가서 스스로 알릴 수는 없을 것이니 지금에 와서 사전 고지 여부로 판결을 해서는 안 됩니다. 이와 같기 때문에 사형에 처할 것인지 사면할 것인지를 일률적으로 처결해서는 안 되며, 마땅히 다음과 같은 관련 법률 규정을 제정해야 할 것입니다.

"무릇 아버지의 원수를 갚은 자가 있으면 사안이 발생한 뒤에 그 일의 시말을 갖추어 상서성에 신고하고, 상서성에서는 함께 모여 논의한 뒤 황제께 보고하고 타당성 여부를 참작해 처리를 하면 경전과 법률의 본뜻에 위배되지 않게 될 것입니다."

삼가 논의했습니다.

해제

　원화 6년(811) 9월 직방원외랑 재직 시에 부친을 살해한 자에게 개인적으로 복수하는 문제에 관한 견해를 올린 의견서. 이달에 부평현(富平縣: 지금 섬서성 중부 소재) 사람 양열(梁悅)이 아버지의 복수를 하기 위해 진고(秦杲)를 살해하고 관가에 자수하자, 특별 조칙을 내려 사형을 면하고 곤장 1백 대를 친 뒤 순주[循州: 지금 광동성 혜주시(惠州市) 동쪽]로 유배 보냈다. 그런 뒤에 헌종(憲宗)은 상서성에 명해 경전과 법률에 따라 이 문제를 논의하고 관련 규정을 제정하도록 명했다. 작자는 우선 역사상 아들이 아버지의 복수를 하기 위해 개인적으로 사람을 죽인 사례가 매우 많은데, 경전에서 그런 행위를 잘못이라고 하고 처벌한 경우가 없고 법률에도 관련 명문 규정이 없다는 문제점을 적시했다. 그러고 나서 복수를 허용하지 않을 경우 효자의 심정을 상하게 하고 고대 성왕의 가르침에 위배될 것이며, 허용할 경우 합법적으로 사람을 죽이는 행위가 빈번하게 발생할 가능성이 있음을 밝혀 양자가 일견 상호모순적인 관계에 있음을 언급했다. 그런데 작자는 경전과 법률이 양립 가능한바 양자를 병용할 수 있다고 보고, 경전에서 효자가 복수할 수 있다는 도리를 밝히고 법률에서 그런 조문을 명확히 규정하지 않은 의도가 있다는 점을 파악해 문제 해결의 대안을 제시했다. 즉 사안이 발생할 경우 법관들이 법에 의거해 판단하게 하고 경학을 공부한 선비가 사례의 마땅함을 면밀하게 따져 심의하도록 하는 의견을 피력한 것이다. 이는 너무 세밀한 법률 규정을 정해놓고 그에 따라 처리하는 법치(法治)의 관점보다, 법률은 큰 틀에서 다소 여유 있게 열어두고 사안의 합리성을 따져 관련부서에서 공동 심의하는 인치(人治)의 필요성을 강조한 것으로 생각된다. 이 작품은 경전에 근거한 글의 전개가 매우 논리적이고 상세하며 언어 표현도 간결하고 명쾌해, 유종원(柳宗元)의 「박복구의(駁復仇議)」와 쌍벽을

이루는 것으로 평가받는다. 둘째 단락에서 종결어기사 '也'자를 일곱 차
례나 반복적으로 써서 자신의 주장을 차분하게 설명한 것도 눈에 띈다.

원문 및 주석

右伏奉今月五日敕[1]：“復讎：據禮經[2]，則義不同天[3]；徵[4]法令，則殺人者死。
禮法二事，皆王敎[5]之端，有此異同，必資論辯。宜令都省[6]集議聞奏[7]者。”
朝議郎行[8]尚書職方員外郎上騎都尉韓愈議曰：

1   今月五日敕(금월오일칙)：『구당서·헌종기(憲宗紀)』에 “원화 6년(811) 9월 무술
     일(6일)에 부평현 사람 양열이 아버지의 복수를 하기 위해 진고를 살해하고 옥
     리를 찾아가 죄를 청했다. 특별 조칙을 내려 사형을 면하고 곤장 1백 대를 친
     뒤 순주로 유배 보내도록 결정했다. 직방원외랑 한유가 이를 논의해 상주했다
     (元和六年九月戊戌, 富平縣人梁悅爲父復仇, 殺秦杲, 投獄請罪. 特赦免死, 決杖
     一百, 配流循州. 職方員外郎韓愈獻議執奏之)”라는 기록이 보인다.
2   禮經(예경)：예에 관한 경전. 『예기·곡례상(曲禮上)』에 “아버지의 원수는 같은
     하늘 아래 살 수 없다(父之讎, 弗與共戴天)”라는 기록이 보인다.
3   不同天(부동천)：불구대천(不俱戴天). '같은 하늘 아래 살 수 없다'는 뜻으로 원
     한이 극심함을 비유한다.
4   徵(징)：검증하다. 찾아보다.
5   王敎(왕교)：제왕의 교화.
6   都省(도성)：상서성(尙書省). 상서성 장관이나 상서성의 회의실을 가리키기도
     한다.
7   聞奏(문주)：황제에게 상주하다. 황제에게 보고하다. '奏聞(주문)'으로도 쓴다.
8   行(행)：품계는 높은 사람이 낮은 관직에 임명되는 것을 말한다. 자세한 설명은
     「체협의(禘祫議)」(HS-067) 주석 4 참조.

伏以子復父讎，見於春秋[9]，見於禮記[10]，又見周官[11]，又見諸子史，不可勝
數，未有非而罪之者也，最宜詳於律，而律無其條，非闕文也；蓋以爲不許
復讎，則傷孝子之心，而乖[12]先王[13]之訓；許復讎，則人將倚法專殺，無以禁

止其端矣。夫律雖本於聖人, 然執而行之者, 有司也。經之所明者, 制[14]有司者也。丁寧[15]其義於經, 而深沒[16]其文於律者, 其意將使法吏[17]一斷[18]於法, 而經術之士得引經而議也。

9　春秋(춘추) : 『공양전(公羊傳)』을 가리킨다.
10　禮記(예기) : 『예기‧단궁상(檀弓上)』에 "자하가 공자에게 물어 '부모의 원수를 어떻게 대해야 합니까? 하니 선생님께서 '거적자리에 잠을 자고 방패를 베개로 하고 벼슬하지 않으며, 같은 하늘 아래 살지 않는다. 저자나 조정에서 만나게 되더라도 병기를 되돌리지 않고 싸워야 한다'고 하셨다(子夏問於孔子曰 : '居父母之喪如之何? 夫子曰 : '寢苫枕干不仕, 弗與共天下也')"라는 내용이 보인다.
11　周官(주관) : 『주례(周禮)』.
12　乖(괴) : 어긋나다. 위배되다.
13　先王(선왕) : 고대의 성왕(聖王).
14　制(제) : 제약하다. 제약을 가하다.
15　丁寧(정녕) : 재삼 당부하다.
16　深沒(심몰) : 깊숙이 숨겨놓다. 깊이 은폐하다.
17　法吏(법리) : 법관. 사법 관리.
18　一斷(일단) : 완전히 결단하다. 오로지 결단하다.

周官[19]曰 : "凡殺人而義者, 令勿讎, 讎之則死。" 義, 宜也。明殺人而不得其宜者, 子得復讎也 ; 此百姓之相讎者也。公羊傳[20]曰 : "父不受誅, 子復讎可也。" 不受誅者, 罪不當誅也 ; 誅者, 上施於下之辭, 非百姓之相殺者也。又周官[21]曰 : "凡報仇讎者, 書於士[22], 殺之無罪。" 言將復讎, 必先言於官, 則無罪也。

19　周官(주관) : 인용문은 『주례‧지관(地官)‧조인(調人)』에 보이는 글귀다.
20　公羊傳(공양전) : 인용문은 『공양전‧정공(定公) 4년』에 보이는 글귀다.
21　周官(주관) : 『주례‧추관(秋官)‧조사(朝士)』에 보이는 글귀다.
22　士(사) : 형벌 담당 관리.

今陛下垂意[23]典章, 思立定制[24], 惜有司之守[25], 憐孝子之心, 示不自專[26], 訪議[27]羣下。臣愚以爲復讎之名雖同, 而其事各異 : 或百姓相讎, 如周官所稱, 可議於今者 ; 或爲官所誅, 如公羊所稱, 不可行於今者 ; 又周官所稱, 將復讎, 先告於士則無罪者 ; 若孤稚羸弱[28], 抱微志[29]而伺[30]敵人之便[31], 恐不能自言於官, 未可以爲斷[32]於今也。然則殺之與赦, 不可一例[33] ; 宜定其制曰 : "凡有復父讎者, 事發, 具其事申尚書省, 尚書省集議奏聞, 酌其宜而處之, 則經律無失其指[34]矣。" 謹議。

23 　垂意(수의) : 유의하다. 관심을 기울이다.
24 　定制(정제) : 변치 않을 명확한 규정.
25 　守(수) : 직책. 직분.
26 　自專(자전) : 자기 마음대로 독단적으로 처리하다.
27 　訪議(방의) : 의견을 구하다. 협의하다.
28 　羸弱(이약) : 약자. 신체가 허약한 사람.
29 　微志(미지) : 은밀한 뜻. 밖으로 드러내지 않고 속에 감추고 있는 뜻.
30 　伺(사) : 엿보다. 노리다. 기다리다.
31 　便(편) : 적합한 시기.
32 　斷(단) : 판결하다.
33 　一例(일례) : 일률적으로 처리하다. 동등하게 취급하다.
34 　指(지) : 뜻. 취지. '旨'와 통한다.

 「동화 가치가 비싸고 물가가 싼 것에 관한 의견서」

錢重物輕狀

위의 사유와 관련해 신이 엎드려 어사대(御史臺)의 통첩에 따르고 중서문하성(中書門下省)의 통첩에 따라 황제의 명령을 받드는데, 동화(銅貨)의 가치가 비싸고 물가가 싸기 때문에 폐해가 매우 심하니 변화에 적응할 수 있는 방법을 소상히 찾아 백성들을 편하게 하고자 합니다. 가치가 올라간 동화가 유통되어야 민간에 여유가 생겨 백성들이 원기를 회복할 수 있습니다. 백관들로 하여금 각자 소견에 따라 이해득실을 진술하는 의견서를 만들어 올리게 하는 것이 마땅할 터입니다.

신의 어리석은 소견으로 동화의 가치가 비싸고 물가가 싼 문제를 해결하는 방법은 네 가지가 있습니다.

첫째, 각지의 토산품을 공물로 바치게 하는 데 있습니다. 대체로 오곡과 면직물이나 견직물은 농민이 생산하는 것이거나 수공업자가 제조할 수 있는 것입니다. 백성들은 동화를 주조할 수 없는데도 그들로 하여금 면직물이나 견직물과 미곡을 팔아 돈으로 바꾸어 관가에 납부하게 하니, 이 때문에 물가는 갈수록 더 떨어지고 동화의 가치는 갈수록 더 올라가는 것입니다. 지금 만약 면직물을 생산하는 지방에는 조세를 모두 면직물로 납부하게 하고, 면화나 비단을 생산하는 지방에는 조세를 모두 면화나 비단 또는 그것으로 만든 온갖 물품으로 납부하게 하며, 서울에서 백 리 떨어진 곳에서는 모두 건초를 생산하고 3백 리 떨어진 곳에서는 곡물을 생산하니 5백 리 이내 지역과 황하나 위수(渭水)를 통해 배로 운반해올 수 있는 곳에서 건초나 곡물로 조세를 납부하고자 할 경우 모두 허가해주신다면, 백성들은 갈수록 더 농사에 힘써서 동화의 가치는 갈수록 더 떨어지고 미곡과 면직물이나 견직물의 가격은 갈수록 더 오르게 될 것입니다.

둘째, 빈틈을 막아서 새어나가는 것이 없도록 하는 데 있습니다. 백성들이 구리로 기물이나 식기를 만들지 못하도록 금지시키고 구리로 불탑이나 불상과 종(鐘)이나 경(磬) 따위를 주조하는 것을 금하게 하며, 집에 구리를 모아둔 양이 일정 이상의 근(斤)을 초과하는 자나 동전으로 다른 물건을 주조하는 자는 모두 사형에 처하고 사면해주지 마시며, 동전이 오령(五嶺)을 넘어가지 못하도록 금지하며, 매매는 모두 은(銀)을 사용하도록 하고, 동전을 밀수해 오령을 넘어가거나 법령을 위반하고 구리를 매매하는 자는 모두 사형에 처하며, 오령 이남 지방에서 사용하는 옛 동전은 백성들이 수레에 실어 반출해가도록 맡길 것이니 이와 같이 하면 동전의 가치는 반드시 떨어질 것입니다.

셋째, 동화에 새겨진 글자를 바꾸어 그 액면가를 높이는 것입니다. 동화 한 개의 금액을 다섯 개에 상당하게 하고 신구 동화를 동시에 쓸 수 있도록 하십시오. 대체로 동화 천원을 주조하는데 비용도 천원이 소요되는데, 지금 한 개를 주조하여 5원을 얻게 되므로 천원의 비용으로 5천원을 얻게 되니 즉시 돈의 액수가 많아지도록 할 수 있습니다.

넷째, 결점을 보완해 법률이 반드시 바로 서도록 하는 것입니다. 대체로 법률이 제정되어 처음 시행될 때는 필시 결점이 있기 마련입니다. 지금 백성들로 하여금 각자 토산품을 조세로 납부하도록 하면 주현(州縣)에 현금이 없게 되고 주현에 현금이 없고 미곡과 면직물이나 견직물의 가격이 비싸지 않으면 비용이 부족하게 될 것이니 관리의 봉급은 매달 전에 비해 삼분의 일을 줄이고, 각각 주전사(鑄錢使)를 두어 새로 주조한 동화 한 개의 금액을 예전 다섯 개의 금액에 상당하게 한 뒤 봉급을 지급해 동화와 물가의 균형이 바로 잡히게 될 때 폐지하면 됩니다. 네 가지 방법이 실행되게 되면 동화는 반드시 가치가 떨어질 것이고, 미곡과 면직물이나 견직물은 필시 가격이 올라가게 될 것이며, 백성들은 반드시 공평한 부담을 지게 될 것입니다.

삼가 기록해 보고하고 엎드려 폐하의 고견을 듣고자 합니다. 삼가 아뢰었습니다.

해제

장경 원년(821) 병부시랑 재직 시에 쓴 것으로 추정되는 동화(銅貨)의 가치와 물가의 관계 문제를 논해 조정에 상주한 의견서. 중국의 조세제도는 균전제(均田制)라는 자급자족적인 소농경제(小農經濟)의 토지제도에 근거해 수당(隋唐) 시대에 조용조법(租庸調法)으로 자리 잡았다. 그러나 당나라가 중기에 이르면 상품경제의 발달로 군벌 중심의 무인국가에서 재정국가로 왕조의 성격이 바뀌면서 대토지 소유자가 등장하고 농민층은 유산자와 무산자로 분해되는 등 급격한 사회분화가 진행되었다. 이런 사회구조의 변화에 적용될 수 없게 된 조용조법을 폐지해서 신설한 것이 양세법(兩稅法)인데, 안사(安史)의 난 이후 국가의 재정회복을 꾀하던 덕종(德宗)은 780년 양염(楊炎, 727-781)의 건의에 따라 세제(稅制)의 전면적 개혁을 단행했다. 이로써 농민은 공전에 대해서도 토지소유를 인정받고, 종전의 조용조 대신에 각 호(戶)의 자산 등급에 따라 봄과 가을 두 차례 현금으로 세금을 납부해야 되었다. 이 때문에 현금 수입원이 없는 농민이나 영세 수공업자들의 경우 돈으로 세금을 납부하기가 어려운데다가, 구리 본위의 화폐 부족으로 동화의 가치는 날로 올라가는 반면에 상대적으로 물가는 매우 싼 편이어서 그들의 고통이 배가되었다. 이 글은 이 문제를 해결하기 위한 방안으로 지역에 따라 현물로 세금 납부를 하도록 허용하고, 은(銀)과 동(銅)의 사용을 오령을 중심으로 구분하며, 신구 동화를 함께 사용하고, 관리의 봉급을 대폭 삭감하는 등의 대안을 제시했다. 작자의 이 주장은 호부시랑(戶部侍郞) 양오릉(楊於陵, 753-830)의 견해와 유사하다는 평가를 받는다. 작자의 이런 주장이 농민이나 영세 수공업자들에게는 숨통이 트이는 방안이기도 하지만, 물물교환을 전제로 하고 있는바 이미 재정국가로 진입한 당시의 문제해결에 별다른 도움이 된 것으로 보이지는 않는다. 특히 동화의 액면가를 다섯 배 올려서 문제를 해결하려는 정도의 화폐개혁 발상은 역사적으로도 성공 사례를 찾아보기 힘든 주장이라고 할 수 있다. 다만 글의 논리 전개는 매우 조리정연하고 명쾌하며, 마지막 문장에서는 '必(필)'자를 세 차례 연속적으로 써서 자신의 주장을 확신에 찬 어조로 잘 표현하고 있다.

원문 및 주석

右臣伏準御史臺牒[1] : 準中書門下帖[2]奉進止[3], 錢重物輕, 爲弊頗甚, 詳求適

變⁴, 可以便人⁵。所貴緡貨⁶通行, 里閭寬息⁷。宜令百寮⁸隨所見作利害狀
者。

1　牒(첩) : 원래 작고 얇은 죽간(竹簡)을 뜻하는데 여기서는 공문서를 가리킨다.
2　帖(첩) : 원래 비단이나 베 위에 글씨를 쓰는 것을 뜻하는데 여기서는 공문서를
　　가리킨다. '牒'으로 된 판본도 있다.
3　奉進止(봉진지) : 황제의 명령을 받들다. 성지(聖旨)를 받들다. 호삼성(胡三省)의
　　주석에 의하면 이는 황제의 뜻을 받드는 것은 황제의 뜻이 나아가라는 것이면
　　나아가고 멈추라는 것이면 멈추는 데서 나온 표현으로 당나라 이후 쓰이기 시
　　작했다.
4　適變(적변) : 변화에 적응하다.
5　便人(편인) : 사람들에게 유리하다. 여기서는 '백성들에게 편의를 제공하다'는 뜻
　　으로 쓰였다. '人(인)'은 당 태종의 이름 '民(민)'을 피휘한 것이다.
6　緡貨(민화) : 꿰미에 꿴 동전(銅錢).
7　寬息(관식) : 여유가 생겨 원기를 회복하다.
8　百寮(백료) : 백관(百官). 모든 관료. '寮'는 '僚'와 같다.

臣愚以爲錢重物輕, 救之之法有四。一曰在物土貢⁹ : 夫五穀布帛, 農人之
所能出也, 工人之所能爲也。人不能鑄錢, 而使之賣布帛穀米以輸錢¹⁰於
官, 是以物愈賤¹¹而錢愈貴¹²也。今使出布之鄕, 租賦¹³悉以布 ; 出縣絲百
貨之鄕, 租賦悉以縣絲¹⁴百貨 ; 去京百里, 悉出草 ; 三百里以粟 ; 五百里之
內, 及河渭可漕入, 願以草粟租賦, 悉以聽之 : 則人益農, 錢益輕, 穀米布
帛益重。二曰在塞其隙, 無使之洩 : 禁人無得以銅爲器皿 ; 禁鑄銅爲浮屠
佛像鐘磬者 ; 蓄銅過若干斤者, 鑄錢以爲他物者, 皆罪死不赦, 禁錢不得出
五嶺¹⁵, 買賣一以銀, 盜以錢出嶺, 及違令以買賣者, 皆坐死 ; 五嶺舊錢, 聽
人載出¹⁶, 如此則錢必輕矣。三曰更其文貴之 : 使一當¹⁷五, 而新舊兼用之。
凡鑄錢千, 其費亦千 ; 今鑄一而得五, 是費錢千, 而得錢五千, 可立¹⁸多也。
四曰扶其病, 使法必立 : 凡法始立必有病。今使人各輸其土物以爲租賦,
則州縣無見錢¹⁹ ; 州縣無見錢, 而穀米布帛未重, 則用不足 ; 而官吏之祿
俸, 月減其舊三之一 ; 各置鑄錢使²⁰新錢一當五者以給之, 輕重平乃止。四
法用, 錢必輕, 穀米布帛必重, 百姓必均矣。

9　物土貢(물토공) : 각 지방의 토산품을 공물로 바치게 하다. 이는 『한서(漢書)』·

흉노전하(匈奴傳下)』에 보이는 말인데, 안사고(顏師古)가 "각각 그 땅에서 생산
되는 물품에 따라 공물로 바치게 한다(各因其土所生之物而貢之也)"라는 주석을
달았다.

10 輸錢(수전) : 세금으로 돈을 납부하다.

11 賤(천) : 값이 싸다. 가치가 떨어지다.

12 貴(귀) : 값이 비싸다. 가치가 올라가다.

13 租賦(조부) : 조세의 통칭. 원래 토지세와 군납물품세를 가리키는 말이다.

14 縣絲(면사) : 무명과 비단. '縣'은 '綿'과 같다.

15 五嶺(오령) : 「당고감찰어사위부군묘지명(唐故監察御史衛府君墓誌銘)」(HS-234)
    주석 18 참조.

16 載出(제출) : 수레에 실어 반출하다.

17 當(당) : 상당하다.

18 立(입) : 그 자리에서. 당장. 즉시.

19 見錢(현전) : 현금.

20 鑄錢使(주전사) : 관직 이름. 현종 개원(開元) 2년(714)에 설치해 화폐의 주조를
    담당했는데 통상 다른 관리가 겸임했다.

謹錄奏聞, 伏聽敕旨。謹奏。

爲韋相公讓官表

신 아무개가 아룁니다. 엎드려 오늘 칙령에 신을 상서우승(尚書右丞)·동중서문하평장사(同中書門下平章事)에 임명한다는 것을 받들어 읽었습니다. 특별하신 은총이 홀연히 하늘로부터 내려오고 평상적인 절차를 뛰어넘는 황은이 갑자기 범상한 사람의 것이 되었습니다. 칙령을 받들고 나서 깜짝 놀라 마음과 정신이 편치 않고 스스로를 돌아보니 부끄러워 얼굴이 붉어지고 수족을 어디 다 두어야 할지를 몰랐습니다. 신 아무개는 진실로 황공해 머리를 조아리고 또 조아립니다.

신은 본래 우수한 재능을 가진 사람도 아니고 명민한 식견도 부족해 학문은 경전의 훈고를 통달하지 못했고 문장은 관리의 사무를 우아하게 꾸며내기에 많이 모자랍니다. 한갓 청렴하고 신중하게 살아가기로 뜻을 세워 붕당이나 세력을 결집하는 교제를 끊고, 관직생활에서 처신을 삼가고 공손하게 하여 지위를 이용해 다른 사람의 청탁을 받는 일에 연루되는 것을 면했습니다. 역임한 직무의 중요도와 관직 수에 따라 갑자기 중앙정부의 요직에 올랐지만, 하늘의 은혜로 이 땅에 태어났으면서도 물 한 방울이나 티끌만큼도 보탬이 되지 못한 채 아무 하는 일 없이 자리만 차지하고 있으니 분수가 이미 극에 달했습니다. 늘 가득 차 넘치는 것으로 스스로를 경계해 이제 막 관직에서 물러나 초야에 묻혀 살 생각을 하고 있는 중이었는데, 뜻밖에도 폐하의 은택이 더욱 깊어서 외람되게 분에 넘치도록 재상의 자리에 참여하도록 명하셨나이다. 제 나름대로 생각하고 헤아려보아도 실로 감당할 수 없나이다. 신 아무개는 황공해 머리를 조아리고 또 조아립니다.

　신이 듣건대 재상은 위로는 폐하께서 덮어주고 비춰주는 은혜를 넓히고 아래로는 뭇 백성들이 생명의 이치를 다 누리도록 유도해, 온갖 제도를 바로잡고 사계절의 운행을 조화롭게 만들어서 물의 원천을 깨끗하게 하고 그 흐름을 맑게 하며 하나로 통합시키되 만물에 두루 응용될 수 있도록 합니다. 지극히 미세한 차이가 온 나라에 폐해를 끼치게 할 수도 있고, 아주 짧은 시간의 오차가 여러 해에 걸친 재앙을 남길 수도 있습니다. 그러므로 의당 은둔해 드러나지 않은 선비를 널리 찾으신다면 필시 능력 있는 사람을 발견할 수 있을 터인즉 그 사람에게 재상의 직권을 수여하실 것이지, 경솔하게 신에게 그 자리를 맡겨 다른 사람들을 실망시켜서 위로는 성군께서 사람을 알아보는 명철하신 안목에 누를 끼치고 아래로는 미천한 신하가 자신을 헤아릴 줄 아는 도의에 어긋나게 하여 나라를 다스리는데 보탬이 되지 않고 현인에게 방해를 놓도록 해서는 아니 되옵니다. 하물며 지금은 준걸스러운 인물이 지극히 많고 덕망이 높은 원로가 모두 건재하니, 그들을 등용하신다면 모두 신보다 훨씬 나을 것입니다. 이에 임명하신 명령을 특별히 철회하시어 지극히 공평한 도리를 드러내 보이시므로 천하 사람들이 그로 말미암아 매우 행복할 수 있게 되기를 엎드려 간구하옵나이다.

해제

　원화 9년(814) 12월 고공낭중・지제고 재직 시에 위관지(韋貫之)의 대필로 관직을 사양해 지어 올린 표문. 『구당서・헌종기(憲宗紀)』에 의하면 이해 12월 무진일(戊辰日, 25일)에 헌종이 위관지를 상서우승(尚書右丞)・동중서문하평장사(同中書門下平章事)에 임명하자 위관지는 재주와 덕이 재상의 직위를 감당하기에 부족하다는 점을 들어 사양하고자 한유에게 부탁해 이 표문을 짓게 했다. 위관지는 본명이 순(純)이었는데 헌종을 피휘하기 위해 자로 행세했고, 『구당서』와 『신당서』에 모두 전기가 실려 있다. 위관지는 부친 위조(韋肇) 및 아들 위환(韋澳)과 함께 삼대가 모두 시호를 ‘정(正)’으로 받았을 정도로 권세가에 아부하지 않고 정도를 지킨 것으로도 유명하다. 표(表)는 임금에게 올리는 산문 양식의 하나로 다양한 내용을 담을 수 있었는데, 한(漢)나라와 진(晉)나라 때는 산체(散體)의 문장을 주로 사용했으나 당송(唐宋)에 들어와서는 사륙(四六) 변려체(駢儷體)를 주로 썼다. 이 글은 바로 변체문으로 된 표문으로 고문가(古文家)가 쓴 변려문답게 화려한 수식의 흔적이 없고, 속자(俗字)를 한 자도 섞어 넣지 않아 구양수(歐陽修)와 왕안석(王安石) 등이 본받음으로써 송대(宋代) 표문의 청신하고 진솔한 기풍을 열었다는 평을 받는다. 자신의 한계와 분수를 알고 그것을 벗어나지 않으려는 옛 사람들의 기상을 생각하고, 재상이라는 자리가 갖는 의미와 무게에 대한 성찰을 하게끔 한다.

臣某言：伏奉今日制命[1]，以臣爲尙書右丞，同中書門下平章事。非常之寵，
忽降於上天；不次[2]之恩，遽屬於庸品[3]：承命震駭，心神靡寧，顧己慚靦[4]，
手足失措。臣某誠惶誠恐[5]，頓首頓首。

1　制命(제명)：칙령. 임명장. 황제가 대신을 임명할 때는 문장으로 시중드는 신하
　　에게 명해 임명장을 쓰게 했다. '制書(제서)'라고도 한다.
2　不次(불차)：평상적인 절차를 뛰어넘다. 특별한 은총을 가리킨다. 『한서·동방
　　삭전(東方朔傳)』에 "무제가 처음 즉위했을 때 천하에서 품행이 방정하고 재주
　　와 덕을 겸비하며 문학과 재능이 뛰어난 인재를 불러들여 평상적인 절차를 뛰
　　어넘는 지위로 대우했다(武帝初卽位, 徵天下擧方正賢良文學材力之士, 待以不次
　　之位)"라는 글귀가 보인다.
3　庸品(용품)：범상한 사람. 사람이나 물건의 등급을 매길 때 '극품(極品)'·'정품
　　(精品)'·'묘품(妙品)' 등으로 나누는데, '庸品'은 보통 평범한 수준을 가리킨다.
4　慚靦(참전)：부끄러워 얼굴이 붉어지다.
5　誠惶誠恐(성황성공)：뒤의 '頓首頓首(돈수돈수)'와 함께 황제에게 올리는 상주문
　　에 쓰이는 상투적 표현이다.

臣本非長才[6], 又乏敏識, 學不能通達經訓, 文不足緣飾[7]吏事。徒知立志廉
謹, 絶朋勢之交；處官恪恭, 免請託之累。因緣[8]資序[9], 驟[10]歷臺閣[11], 蒙生
成於天地, 無裨補於涓塵[12]；忝冒[13]以居, 涯分[14]遂極。常以盈滿[15]自誡, 方
思退處里閭；何意恩澤益深, 猥令超參鼎鉉[16]：竊自惟度[17], 實不堪任。臣
某誠惶誠恐, 頓首頓首。

6　長才(장재)：우수한 재능.
7　緣飾(연식)：우아하게 꾸미다.
8　因緣(인연)：～에 따라.
9　資序(자서)：역임한 직무의 중요도와 관직 수.
10　驟(취)：갑자기.
11　臺閣(대각)：한(漢)나라 때 상서대(尙書臺)를 지칭한 데서 유래해 후에 중앙정부
　　의 기구를 널리 가리키는 것으로 확대 사용되었다.
12　涓塵(연진)：물 한 방울이나 티끌. 극도로 미세함을 비유한다. 「위배상공양관표
　　(爲裴相公讓官表)」(HS-285) 주석 16의 '涓埃(연애)'와 같은 뜻이다.

13 忝冒(첨모) : 능력이나 하는 일 없이 자리만 채우고 있다.

14 涯分(애분) : 본분. 한도.

15 盈滿(영만) : 부귀 권세나 죄과 따위가 지극히 높거나 많아 흘러넘치다.

16 鼎鉉(정현) : 재상. 조정 중신. '鼎'은 세 발이 달려 삼공(三公)의 모양을 나타내
    고 '鉉'은 '솥귀'로서 세발 달린 솥을 대신하므로 조정의 중신을 비유한다.

17 惟度(유탁) : 생각하고 헤아리다.

臣聞宰相者：上熙¹⁸陛下覆燾¹⁹之恩, 下遂羣生²⁰性命之理, 以正百度²¹, 以
和四時, 澄其源而淸其流, 統於一而應於萬。毫釐²²之差, 或致弊於寰海²³；
晷刻²⁴之誤, 或遺患於歷年。固宜旁求隱士, 必得能者, 然後授之；不可輕
以付臣, 使人失望, 上累聖主知人之哲, 下乖微臣量己之義, 無補於理, 有
妨於賢。況今俊乂²⁵至多, 耆碩²⁶咸在, 苟以登用, 皆踰於臣：伏乞特迴²⁷所
授, 以示至公之道, 天下幸甚。

18 熙(희) : 넓히다.

19 覆燾(부도) : 덮어 가리다. '은혜를 두루 베풀다'는 뜻이다. '燾'는 '幬(도)'와 같다.
    「중용(中庸)」에 "비유하자면 마치 하늘과 땅이 잡아주고 실어주고 하지 않는 것
    이 없고 덮어주고 감싸주고 하지 않는 것이 없음과 같다(辟如天地之無不持載,
    無不覆幬)"라는 글귀가 보인다.

20 羣生(군생) : 뭇 백성. 억조창생.

21 百度(백도) : 모든 일. 『서경·여오(旅獒)』에 "귀와 눈에게 부림을 당하지 않으면
    모든 일이 올바르게 될 것입니다(不役耳目, 百度惟貞)"라는 글귀가 보인다.

22 毫釐(호리) : 지극히 미세한 것. 길이 단위로 볼 때 '釐'는 한 자(尺)의 천분의 일,
    '毫'는 '釐'의 십분의 일이다.

23 寰海(환해) : 해내(海內). 전국(全國).

24 晷刻(구각) : 아주 짧은 시각.

25 俊乂(준예) : 뛰어난 사람. 현재(賢才).

26 耆碩(기석) : 나이가 많고 덕망이 높은 사람. 덕망이 높은 원로.

27 特迴(특회) : 특별히 철회하다. 특별 사례로 철회하다.

爲宰相賀雪表

신 아무개가 말씀 드립니다. 신이 엎드려 생각건대 지난 해 겨울에는 강설량이 너무 적어서 올해 봄 초에 월동한 밀이 아직 제대로 자라지를 못했습니다. 폐하께서 백성들을 몹시 걱정하시어 여러 차례 말로 뜻을 나타내시니, 천지신명이 감찰하고 분명하게 알아차려서 황제의 심정이 하늘과 교감하고 소통하게 되었습니다. 그리하여 봄에 구름이 차츰 빽빽해지기 시작하더니 마침내 때에 맞은 눈이 내렸는데, 이는 실로 풍년을 알리는 상서로운 조짐으로 새로운 한 해에 온갖 전염병이 없어지도록 해줄 것이니 봄 농사를 기약할 수 있고 농토에도 희망이 생기게 되었습니다. 이는 모두 폐하께서 하늘과 덕을 같이해 백성들을 다친 사람 돌보듯이 하시어 성스러운 말씀을 공포하실 때마다 영험한 보답을 받은 결과이니, 하늘과 사람이 서로 잘 감응하는 것임을 알 수 있고 조정과 재야가 함께 기뻐하는 것임을 알 수 있습니다. 신등의 직무는 나라가 조화롭고 화평케 하는 데 있는데도 아무 한 일이 없음을 부끄럽게 여기던 차에 이런 경사스런 은택을 목도하고는 실로 큰 길상(吉祥)에 감사드리나이다.

해제

원화 10년(815) 봄 고공낭중·지제고 재직 시에 재상의 대필로 눈이 내린 것을 하례해 지어 올린 표문. 이때 재상은 무원형(武元衡)·장홍정(張弘靖)·위관지(韋貫之)였다. 『구당서·헌종기』에 의하면 지난해 겨울부터 내리지 않던 눈이 이해 2월 병오일(丙午日, 4일)에 내렸다고 한다. 당시의 수리시설을 고려할 때 농업을 기반으로 하는 나라에 오랜 겨울가뭄 끝에 내린 눈은 농사짓기와 소생의 희망 그 자체였다. 지성(至誠)이면 감천(感天)이라는 생각과 인간과 자연의 조화를 바라는 마음을 친밀하고 절실한 언어에 담아내었다. 구구절절이 경전의 글귀를 끌어다 썼지만 그런 흔적이 보이지 않고 세련되게 다듬어져 있다는 느낌이 든다.

원문 및 주석

臣某言：臣伏以去歲冬間, 雨[1]雪頗少；今年春首, 宿麥[2]未滋。陛下深念黎甿[3], 屢形詞旨, 神監昭達, 皇情感通；春雲始繁, 時雪[4]遂降, 實豐穰[5]之嘉瑞, 鎖癘疫[6]於新年, 東作[7]可期, 南畝[8]有望：此皆陛下與天合德[9], 視人如傷[10],

每發聖言, 則獲靈貺[11] ; 見天人之相應, 知朝野之同歡。臣等職在燮和[12], 慚無效用, 覩斯慶澤, 寔荷鴻休[13]。

1 雨(우) : 내리다.
2 宿麥(숙맥) : 월동한 밀.
3 黎甿(여맹) : 여민(黎民). 주로 농민을 가리킨다. '甿'은 '氓'과 같다.
4 時雪(시설) : 때에 맞게 내리는 눈.
5 豐穰(풍양) : 풍년이 들다. 풍성하게 거둬들이다.
6 癘疫(여역) : 전염병. 돌림병. 염병.
7 東作(동작) : 봄갈이하다. 『서경 · 요전(堯典)』에 "해가 뜨는 것을 공손하게 맞이해 봄 농사를 고르게 다스리도록 했다(寅賓出日, 平秩東作)"라는 글귀가 보이는데, 세성(歲星)이 동쪽에서 시작하므로 농사를 시작하는 것을 '東作'이라고 했다. 오행설(五行說)에서도 동쪽은 봄에 해당한다.
8 南畝(남묘) : 농토를 가리킨다. 남향 비탈이 햇빛을 향하고 있어 농작물이 자라기에 유리하기 때문에, 옛 사람들은 대부분 남향 양지 비탈에 농토를 개간했다. 『시경 · 빈풍(豳風) · 칠월(七月)』에 "아내가 자식들과 같이 저 농토로 점심을 날라 오면 권농(勸農)은 이를 매우 기뻐한다네(同我婦子, 饁彼南畝, 田畯至喜)"란 시구가 보인다.
9 合德(합덕) : 덕을 같이하다. 『역경 · 문언전(文言傳)』에 "대체로 대인은 천지와 덕을 같이한다(夫大人者, 與天地合其德)"란 글귀가 보인다.
10 視人如傷(시인여상) : 백성들 보기를 다쳐서 상한 사람 돌보듯이 하다. 윗자리에 있는 사람이 백성들에게 관심을 기울이는 것을 형용한다. 『맹자 · 이루하(離婁下)』에 "문왕은 백성들 보기를 상한 사람 돌보듯이 하고 도를 바라보기를 여태껏 그것을 보지 못했던 것 같이 했다(文王視民如傷, 望道而未之見)"라는 글귀가 보인다.
11 靈貺(영황) : 영험한 하사. 신령스러운 내려주심.
12 燮和(섭화) : 나라가 조화롭고 화평하게 하다. 『서경 · 고명(顧命)』에 "큰 법도를 지키고 따라 천하를 조화롭고 화평하게 함으로써 문왕과 무왕의 빛나는 교훈에 보답하고 드날리소서(率循大卞, 燮和天下, 用答揚文武之光訓)"라는 글귀가 보인다.
13 鴻休(홍휴) : 큰 길상(吉祥). 큰 복. 상급자나 어른의 보살핌이나 관심 따위를 칭송할 때 쓰는 표현이다.

 「순종황제실록을 진상하며 올리는 표문과 보고서」
進順宗皇帝實錄表狀

　　신 한유 아룁니다. 현재에서 고대에 대해 알 수 있는 근거와 후세에서 현재에 대해 알 수 있는 근거는 말로 전해 내려오는 것만으로는 안 되므로 반드시 여러 가지 역사기록에 의지해야 합니다. 설령 요순(堯舜) 두 임금과 하(夏)의 우왕(禹王), 은(殷)의 탕왕(湯王), 주(周)의 문왕(文王)과 무왕(武王) 등 세 성왕의 성대한 사적이라고 하더라도, 만약 연대기나 기록이 남아 있지 않다면 그들의 이름과 성씨나 연대는 현재로서는 알 수가 없고, 공적이나 덕행 및 사적과 위업도 지금 칭송할 수 없을 것입니다.

　　순종(純宗) 황제는 지극히 성스러운 자태를 갖추시고 일찍부터 황태자의 지위에 오르신 뒤 아침저녁으로 폐하께 문안 인사를 올릴 때에는 반드시 자신의 의견을 말씀하시어 일찍이 이십여 년 간 나태하신 적이 없으셨던 터라, 드러나지 않은 이면의 공적과 숨겨진 덕행으로 끼친 이로움이 온 나라에 미치고 있었습니다. 황제의 자리를 이어받으신 뒤에는 들어 알고 계시던 것을 실행에 옮기고, 하늘의 뜻에 순응하며 다른 사람들의 의견을 받아들이시다가 성명하신 폐하께 전수하셨습니다. 폐하께서는 삼가 공경스럽게 선왕의 유지를 계승해 이어서 천하를 태평성대에 이르게 하셨는데, 폐하의 위대하심과 공적의 근원을 찾아내기 위해서는 실로 역사 편찬에 바탕을 두어야 할 것입니다.

지난 원화 8년(813) 11월에 신은 사관(史官)의 직무를 맡고 있었는데, 사관감수(史館監修) 이길보(李吉甫)가 신에게 전임 사관 위처후(韋處厚)가 편찬한『선제실록(先帝實錄)』3권을 건네면서 아직 주도면밀하지 못하고 빠진 것이 많다고 하며 신에게 다시 고쳐 쓰도록 명했습니다. 저는 사관수찬(史館修撰)·좌습유(左拾遺) 심전사(沈傳師)와 직관(直館)·경조부(京兆府) 함양현위(咸陽縣尉) 우문적(宇文籍) 등과 함께 자료를 수집하고 현장을 방문하며 또 조서(詔書)나 칙령을 찾아 점검해『순종황제실록(順宗皇帝實錄)』5권을 편찬 완료했습니다. 일상적인 자질구레한 사건은 삭제하고 나라 정치와 관계있는 것만을 저록해 원래의『선제실록』에 비해 분량이 열에 예닐곱은 더 늘어났는데, 충성스럽고 선량한 사람이나 간사하고 영악한 사람들 할 것 없이 빠짐없이 자세히 적었고 현 시대에 관계되는 일이라면 기록하지 않은 것이 없습니다. 이길보는 이 일에 신중을 기하느라 다시 연구와 검토를 더하고자 했지만, 세상을 떠날 때까지 미처 그 작업을 다 완성하지 못했습니다. 신은 이길보의 집에서 제가 전에 올린 그 책을 그대로 가지고 돌아와, 지난 겨울에서 올 여름까지 잘못된 것을 바로잡아 이제 겨우 마무리가 되었습니다. 문장이 거칠고 서툴러서 원 모습을 손상시켜 더럽힌 것이 아닐지 실로 두렵사오나, 삼가 이 표문과 함께 진상하나이다. 신 한유는 황공해 머리를 조아리고 또 조아립니다. 삼가 아뢰나이다.

위는 신이 지난달 29일에 진상한바 앞서 이미 언급한『순종황제실록』에 관한 일입니다. 이 달 4일 재상이 황제의 명령을 선포해 앞서 진상한『실록』중에 잘못된 것이 있다고 하며 신에게 개정해 마무리하게 하시고, 그『실록』을 다시 진상하지 못하도록 하셨습니다. 신이 편찬할 때 사관 심전사 등이 사료를 모음에 있어 떠도는 소문을 통해 얻은 것이 있었고, 사료의 선택과 편성 또한 정밀하지를 못해 오류를 저지르고 말았는데, 성명하신 폐하께서 털끝만큼의 누락도 없이 검정하시어 신이 직무를 다하지 못한 것을 용서하고 다시 개정하도록 명하셨습니다. 지금 첨가하고 개정하는 작업이 모두 마무리되었습니다. 선대 덕종(德宗) 황제께서 봉천현(奉天縣)으로 피난 가셨을 때 있었던 공적은 신이 다시 현장을 방문한 뒤 이미 들은 것에 근거해 제1권에 기록해놓았습니다. 만약 논의하거나 기재한 내용에 아직 주도면밀하지 않고 상세하지 못한 곳이 있다면 신이 몰랐던 바니, 아무쪼록 폐하께서 가르쳐 선포해주시기를 간구하며 편집해 넣어서 영원무궁토록 전해질 수 있기를 바라나이다. 삼가 기록해 보고하나이다. 삼가 아뢰었습니다.

해제

원화 10년(815) 여름에서 가을 사이 고공낭중·지제고 재직 시에『순종실록(純宗實錄)』을 편찬한 뒤 헌종 황제에게 진상하면서 올린 표(表)와 장(狀). 작자는 원화 8년 봄에서 9년 12월까지 사관수찬(史館修撰)으로 있을 때 당시 재상으로 사관감수(史館監修)를 맡고 있던 이길보(李吉甫)의 명을 받들어『순종실록』5권을 편찬한 뒤 이길보에게 올렸다. 이길보가 감수를 마치기 전에 세상을 떠나자 작자는 이길보의 집에서 그것을 되찾아 와서 직접 수정을 가하기 시작해 원화 10년 여름에 그 작업을 마치고 헌종에게 진상했다. 이때 첫 번째 '표문(表)'을 지었는데 작자가 고공낭중·지제고로 자리를 옮긴 지 이미 반년이 지난 뒤였다. 그런데 헌종이 오류가 있다며 개정을 요구했기 때문에 작자는 다시 보완한 뒤 원화 10년 가을에 개정본을 진상하면서 두 번째 '보고서(狀)'를 썼던 것이다. 따라서 일부 판본에는 제목 끝에 '二首(이수)'가 붙어 있기도 하다. 이 글은 먼저 『순종실록』 편찬의 필요성을 언급한 뒤, 『순종실록』을 편찬하고 다시 수정을 한 경과를 차분한 필치로 적고 있다. 수정에 수정을 거듭하고 현지답사와 자료 조사 등에 신중을 기한 역사 편찬의 근엄한 태도를 엿볼 수 있기도 하다.

실록은 고대 역사문헌의 한 양식으로 당나라 이후에 황제가 붕어하면 다음 보위를 이은 황제가 사관에게 명해 편찬하도록 하는 것이 관례가 되었다. 따라서 본래 당나라 20여 황제의 실록이 편찬되었겠지만, 현존하는 것은 이 『순종실록』 5권이 유일하다. 아마 이것이 대문호인 한유의 손에서 나왔고, 또 『창려선생외집(昌黎先生外集)』에 수록되어 전해진 연유에서 일 것이다. 물론 작자와 당시 실세 환관이었던 구문진(俱文珍) 등의 사이가 밀접했기 때문에 이 실록에서 환관을 두둔한 기록이 많다는 주장도 있긴 하지만, 『구당서·순종기(順宗紀)』보다 세 배나 많은 분량으로 순종 재위 8개월 간의 사적과 태자 시절의 상황까지 기록하고 있는데다가 특히 왕비(王伾)·왕숙문(王叔文) 집정 시기 영정혁신(永貞革新) 정치의 조치에 대해 소상하게 언급하고 있어 매우 진귀한 사료로서의 가치가 있다.

원문 및 주석

臣愈言 : 今之所以知古, 後之所以知今, 不可口傳, 必憑諸史。自雖二帝三王[1]之盛, 若不存紀錄, 則名氏年代, 不聞于玆, 功德事業, 無可稱道[2]焉。

1   二帝三王(이제삼왕) : 동진(董晉) 행장(HS-273) 주석 66 참조.
2   稱道(칭도) : 칭송하다.

順宗皇帝以上聖[3]之姿, 早處儲副[4], 晨昏進見, 必有所陳, 二十餘年, 未嘗懈倦[5], 陰功隱德, 利及四海。及嗣守大位[6], 行其所聞, 順天從人, 傳授聖嗣[7]。陛下欽承[8]先志, 紹致太平, 原大推功, 實資撰次。

3   上聖(상성) : 도덕과 지혜가 특출한 사람. '至聖(지성)'과 같다.
4   儲副(저부) : 나라의 부군(副君)으로 태자(太子)를 가리킨다. 대력(大曆) 14년(779) 5월에 덕종(德宗)이 즉위한 뒤, 12월에 장자인 선왕(宣王) 송(誦)을 태자로 삼았는데 그때 태자 나이 19세였다. 이송(李誦)은 숙종(肅宗) 상원(上元) 2년(761) 정월 12일생이다.
5   懈倦(해권) : 나태하다. 게으름피우다.
6   大位(대위) : 황제의 지위. 순종(純宗)이 정원(貞元) 21년(805) 정월 26일에 즉위했는데 그때 나이 45세였다. 순종은 황태자로 있는 기간이 무려 26년에 달한다.
7   聖嗣(성사) : 성스러운 후계자로 헌종(憲宗)을 가리킨다. 정원 21년 3월에 광릉왕(廣陵王) 순(淳)을 태자로 삼았는데 그 뒤에 이름을 순(純)으로 바꾸었다.
8   欽承(흠승) : 공경스러운 태도로 계승하거나 이어받다.

去八年十一月, 臣在史職[9], 監脩[10]李吉甫[11]授臣以前史官韋處厚[12]所撰先帝實錄三卷, 云未周悉, 令臣重脩。臣與脩撰左拾遺沈傳師[13], 直館[14]京兆府咸陽縣尉宇文籍[15]等共加採訪, 幷尋檢詔敕, 脩成順宗皇帝實錄五卷 : 削去常事[16], 著其繫[17]於政者, 比之舊錄, 十益六七, 忠良姦佞, 莫不備書, 苟關於時, 無所不錄。吉甫愼重其事, 欲更硏討, 比及身歿[18], 尚未加功。臣於吉甫宅取得舊本, 自冬及夏, 刊正方畢。文字鄙陋, 實懼塵玷[19], 謹隨表獻上。臣愈誠惶誠恐, 頓首頓首, 謹言 :

9   臣在史職(신재사직) : 한유는 원화 8년(813) 정월에 사관수찬(史館修撰)이 되었다.

10 監脩(감수) : 당나라 때 국사관(國史館)에는 수찬(修撰) 여러 명이 있었고 재상이
   감수(監修)를 맡았다. '脩'는 '修'와 같다.
11 李吉甫(이길보) : 자가 홍헌(弘憲)이고 원화 6년에서 9년까지 중서시랑(中書侍
   郎)으로 동중서문하평장사(同中書門下平章事)의 재상을 맡았다.
12 韋處厚(위처후) : 자가 덕재(德載)인데 자세한 사항은 「위시강성산십이시서(韋侍
   講盛山十二詩序)」(HS-155) 해제 참조.
13 沈傳師(심전사) : 자가 자언(子言)이고 진사과 출신이며, 한유와 함께 『순종실
   록』 편찬에 참여했다.
14 直館(직관) : 다른 관직에 있으면서 사관(史官)의 직무를 겸해 처음 국사관(國史
   館)에 들어온 사람을 지칭한다.
15 宇文籍(우문적) : 자가 하구(夏龜)고 진사과 출신이며 한유와 함께 『순종실록』
   편찬에 참여했다.
16 常事(상사) : 늘 있는 일. 평상적인 일. 아래 구절로 보건대 정치적으로 별 의미
   가 없는 자질구레한 사건을 가리킨다.
17 繫(계) : 관계되다. 관련이 있다.
18 比及身歿(비급신몰) : 이길보는 원화 9년 10월에 세상을 떠났다.
19 塵玷(진점) : 더럽히다. 면목을 손상시켜 욕보이다. '塵點'으로도 쓴다.

右臣去月二十九日進前件實錄[20]。今月四日，宰臣宣進止[21]，其間有錯誤，
令臣改畢，却[22]進舊本[23]者。臣當脩撰之時，史官沈傳師等採事得於傳聞，
詮次[24]不精，致有差誤；聖明所鑒，毫髮無遺，恕臣不逮[25]，重令刊正。今並
添改訖。其奉天功烈[26]，更加尋訪，已據所聞，載於首卷。儻[27]所論著，尚未
周詳，臣所未知，乞賜宣示，庶獲編錄，永傳無窮。謹錄奏聞。謹奏。

20 前件實錄(전건실록) : 한유 등이 편찬해 앞서 헌종 황제에게 올린 『순종실록』 5
   권. '前件'은 '앞서 언급한 건' 곧 '위에서 언급한 것'이라는 뜻으로 지금의 '상술
   (上述)'과 같다.
21 進止(진지) : 황제의 뜻. 성지(聖旨).
22 却(각) : 물리치다. 거절하다.
23 舊本(구본) : 앞의 '前件實錄'을 가리킨다.
24 詮次(전차) : 사료를 선택해 편성하다.
25 不逮(불태) : 이르지 못하다. 목표에 도달하지 못하다. 직무를 완수하지 못하다.
26 奉天功烈(봉천공렬) : 건중(建中) 4년(783) 10월에 주체(朱泚)가 장안(長安)을 거
   점으로 반란을 일으켜 덕종(德宗)이 봉천[지금 섬서성 건현(乾縣)]으로 피난 갔
   을 때, 당시 황태자이던 순종이 몸소 활과 화살을 들고 어가를 호위하느라 온갖
   고생을 다한 것을 말한다.
27 儻(당) : 만약.

爲裴相公讓官表

　　신 아무개 아룁니다. 엎드려 금일의 칙서를 받들어 보았더니 신을 조의대부(朝議大夫)·수중서시랑(守中書侍郞)·동중서문하평장사(同中書門下平章事)로 임명하셨는데, 칙령을 받들고 나서 놀랍고 당황해 혼백이 몸에서 빠져 하늘로 날아올라간 것 같아 하늘을 우러러보고 땅을 굽어보아도 이 몸을 받아줄 만한 곳이 없는 것 같습니다. 신 아무개는 진실로 황공하기 그지없어 머리를 조아리고 또 조아립니다.

　　신은 어려서부터 경서와 사서를 두루 섭렵했고 고금의 사정에 대해 대략적으로 알고 있으며, 하늘이 신에게 소박하고 성실하며 충성스러운 품성을 부여해 성격이 우매하고 강직한 편입니다. 임금을 섬김에 있어서는 성인의 도에 따라야 한다는 것을 알고 목숨을 바치는 것마저 꺼려하지 않았으며, 관직은 직무에 합당하게 행하기를 열망하고 사사로운 이익을 도모하지 않았습니다. 사람들은 이런 처세가 우둔한 것이라고 여겼지만, 신은 그대로 실행하고 의문을 품지 않았습니다. 원화 초에 처음 감찰어사로 임관했다가 얼마 안 있어 당시의 나라 일에 대한 논평이 너무 격렬하다는 이유로 재상의 비난을 받고, 하남부윤(河南府尹)의 수하 관리로 전출되었다가 또 서천절도사(西川節度使) 막부의 보좌관으로 옮겨 가게 되었습니다. 폐하는 신의 죄를 용서하시고 신의 마음을 가련히 여기시어 측근 신하로 발탁해 가까이에 두시고는 조정의 조칙을 기초하는 중임을 관장하게 하시니, 성은을 입은 것이 크면 클수록 스스로를 돌볼 여지는 더욱 희박해졌습니다. 이에 신의 눈이나 귀로 들어 알고 있는 것과 마음이나 힘이 미치는 것으로 조금이라도 정치와 관계되는 것이라면 매번 바로 제 생각을 진술하고 보고 드렸습니다만 나라 일에 물 한 방울이나 티끌만큼도 도움이 되거나 보탬이 되지 못했고, 다른 사람들의 신에 대한 참언이나 비방은 언덕이나 산만큼이나 높이 쌓였습니다. 폐하께서는 신이 고립된 것을 아시고 신의 보잘것없는 성심을 칭찬하셨으며, 다른 신하들과 상의하지 않고 홀로 결단을 내리시어 분에 넘치게 신을 격려하고 우대해주셨습니다. 진실로 신이 보기에 폐하께서는 문무의 덕을 겸비하시고 신령하고 성스러운 용모를 지니셨으며, 대당 제국 중흥의 큰 그림을 펼치시고 천하태평의 흥성하는 때를 만나셨는데도, 검약함으로 몸소 근면하게 일하시고 모든 것에 대해 공평무사하시며, 진노하실 때는 우레와 벼락과 같으나 관용하고 포용하실 때는 하늘과 대지와도 같사옵니다. 그러니 지금이야말로 모든 신하들이 폐하를 위해 충절을 다해야 하는 날이요, 재능과 지혜 있는 사람들이 나라를 위해 자신이 가진 능력을 최대한으로 발휘해야만 할 때입니다. 성스러운 임금은 만나기 어렵고 폐하의 크신 은덕은 마땅히 보답해야 하겠기에 마음을 쓰며 애를 태우느라 밤낮을 가리지 않고 노력해, 나라에 이롭기만 하다면 못 본 체하지 않고 신이 알고 있는 대로 행하지 않은 것이 없었는데 한갓 어리석은 지혜를 있는 대로 다 바치려는 욕심이 앞서 불가피해 함부로 경망스럽게 행한 것도 없지 않았습니다. 폐하께서는 신을 처벌하거나 문책하지 않으시고 한층 더 은총과 영광을 극진하게 더해주시어, 어사대(御史臺)를 총괄하는 어사중승(御史中丞)을 맡게 하시더니 또 국가의 법령을 집행하는 장관인 형부상서(刑部尚書)를 보좌하게 하셨습니다. 이처럼 신은 성스러운 폐하로부터 두터운 대우를 받았지만 흉악한 반역자들에게는 원수로 여겨져, 예기치 못한 우환에 대비를 허술하게 하던 차에 하마터면 생명을 잃어버릴 뻔도 했습니다. 특별한 은총이 구석까지 두루 미치어 다행히 생명은 보전했지만 조상에게 누를 끼치고 조정을 더럽혔기에 어찌 하면 좋을지 몰라 단지 마음속으로 부끄럽게 여기고 있는데, 뜻하지 않게도 폐하께서는 부상당한 패잔병임에도 불구하고 신을 발탁하시어 국정을 조화롭게 끌어나가야 할 재상의 임무를 맡기시고는 신의 식견이 천박하고 혼탁하다는 사실을 잊으시고 성명한 폐하를 보좌하도록 하셨습니다. 이것은 비록 은(殷)나라의 탕왕(湯王)이 요리하는 부엌에서 이윤(伊尹)을 발탁하고, 은나라 고종(高宗)이 담을 축조하는 노예들 틈에서 부열(傳說)을 등용하며, 주(周)나라 문왕(文王)이 고기를 장만하고 낚시를 드리우고 있는 곳에서 여망(呂望)을 발탁하고, 제(齊)나라 환공(桓公)이 소를 먹이고 있는 데서 영척(甯戚)을 기용한 것과 흡사해 신이 치욕을 씻고 영광스러운 은총을 입어 미천한 지위를 떠나 존귀한 자리에 오른 것이라고 하더라도, 지금의 이 일을 옛날의 기준에 비추어 비교해본다면 함께 헤아려 논할 격이 못 됩니다. 폐하께서는 옛날 네 임금의 영명함을 지니시고 네 임금께서 하신 일을 행하셨지만, 미천한 신은 옛날 네 분의 미덕이 없으면서 네 분의 영광스러움을 얻었습니다. 어찌 외람되게 재상의 지위에 올라 분수에 맞지 않게 그 자리를 차지하고 있음을 분명히 드러내 보여서야 되겠습니까?

지금은 아직 전쟁이 완전히 종식된 것도 아니고, 사방의 외족들이 다 조공을 바치며 복종하는 것도 아니며, 기린이며 봉황이며 거북이며 용과 같은 신령스러운 동물들이 모두 교외의 들판이나 습지에 뛰어 놀고 있는 것도 아니고, 풀이며 나무며 물고기며 자라가 다 화평하고 빛나는 은택을 받고 있는 것도 아닙니다. 크게 일을 벌이기에 좋은 이때에 비범한 인재의 보좌를 받아야 폐하께서는 성덕을 펼치시어 천하를 다스리는 하늘의 일을 대신하실 수가 있을 터인즉, 신과 같은 사람은 실로 그 직책을 감당할 수 없습니다. 엎드려 바라옵건대 조정의 신하들 중에서 널리 고르시고 바위 동굴에 숨어 사는 은자에까지 두루 미치신다면, 하늘이 영명한 군주를 낳으셨기 때문에 틀림없이 현명한 신하가 나타날 것이니 그런 인재를 발견해 재상의 직무를 맡기셔야 비로소 천하태평의 경지에 이를 수 있을 것입니다. 아무쪼록 임명장을 철회하시어 뭇사람들의 여망에 부응하실 수 있기를 앙망하면서 간절한 심정이 지극함을 감당하지 못하겠나이다.

해제

원화 10년(815) 6월 고공낭중·지제고 재직 시에 배도(裴度, 765-839)를 대신해 황제가 내린 관직을 사양하는 뜻을 피력한 표문. 배도는 자가 중립(中立)이고 하동(河東) 문희(聞喜 : 지금 산서성 문희현 동북) 사람으로 정원(貞元) 연간에 진사에 급제한 뒤 감찰어사(監察御史)에서 시작하여 어사중승(御史中丞)에 오르고 다시 재상의 지위에까지 승진한 인물이다. 원화 9년(814) 9월에 창의군절도사(彰義軍節度使) 오소양(吳少陽)이 죽고 난 뒤 아들 오원제(吳元濟)가 그 자리를 이어받으려고 했으나 조정에서 동의하지 않자 반란을 일으켰다. 그해 10월에 배도가 어사중승 겸 형부시랑(刑部侍郎)이 되어 어명을 받들고 채주(蔡州)로 파견되어 반란군을 정벌하는 모든 군대를 위문했다. 원화 10년 5월에 배도가 재차 채주로 나가 작전 상황을 둘러보니 반란군들이 두려움을 느꼈다. 그해 6월에 절도사 왕승종(王承宗)과 이사도(李師道)가 재상 무원형(武元衡)과 어사중승 배도를 해치려고 자객을 보내어, 무원형은 살해하고 배도는 머리 부분에 상처를 입혔다. 헌종이 칙령을 내려 배도를 재상에 임명하자, 이때 고공낭중·지제고로 있던 한유가 배도의 요청을 받고 이 글을 쓰게 되었다. 헌종은 이 요청을 받아들이지 않았고, 배도는 재상에 임명된 뒤에 회서의 반란 정벌에 전력투구해 그 일을 이루었다. 그 전쟁에 대한 자세한 내용은 「평회서비(平淮西碑)」(HS-239)를 참조하기 바란다.

이 글은 기법면에서 언어표현이 매우 유창하고 감정이 진지하며 기세가 드높은 것으로 유명하다. 아울러 사륙(四六) 변려문(騈儷文)의 기본 형식을 따르고 있으면서도, 경서와 역사서의 어구를 끌어오되 흔적이 잘 드러나지 않게 용해시켜 놓음으로써 화려한 수사에 치우친 육조(六朝) 시대의 기풍을 일소했기 때문에, 송대(宋代) 구양수(歐陽修), 소식(蘇軾), 증공(曾鞏), 왕안석(王安石) 등이 모두 표문을 지을 때 이를 모범으로 삼았다는 평을 받는다.

원문 및 주석

臣某言 : 伏奉今日制書[1], 以臣爲朝議大夫, 守[2]中書侍郎同中書門下平章事 ; 承命驚惶, 魂爽飛越[3], 俯仰天地, 若無所容. 臣某誠惶誠恐, 頓首頓首.

1   制書(제서) : 고대 제왕이 내리는 명령의 일종. 여기서는 임명장을 가리킨다.
2   守(수) : 품계는 낮은 사람이 높은 관직에 임명되는 것을 말한다. 자세한 설명은 「체협의(禘祫議)」(HS-067) 주석 4 참조.
3   魂爽飛越(혼상비월) : 깜짝 놀라 혼비백산하는 것을 형용한다. '魂爽'은 '혼백', '정신'의 뜻이다.

臣少涉⁴經史, 粗知古今, 天與朴忠, 性惟愚直。知事君以道, 無憚殺身；慕當官⁵而行, 不求利己。人以爲拙, 臣行不疑。元和之初⁶, 始拜御史；旋以論事過切⁷, 爲宰臣⁸所非, 移官府廷⁹, 因佐戎幕¹⁰。陛下恕臣之罪, 憐臣之心, 拔居侍從¹¹之中, 遂掌絲綸¹²之重, 受恩益大, 顧己益輕：苟耳目所聞知, 心力所逮及¹³, 少關政理, 輒以陳聞¹⁴, 於裨補¹⁵無涓埃¹⁶之微, 而讒謗¹⁷有丘山之積。陛下知其孤立, 賞其微誠¹⁸, 獨斷¹⁹不謀, 獎待踰量²⁰。臣誠見²¹陛下具文武²²之德, 有神聖之姿, 啓中興²³之宏圖²⁴, 當太平之昌曆²⁵；勤身以儉, 與物無私, 威怒²⁶如雷霆, 容覆²⁷如天地：實羣臣盡節²⁸之日, 才智效能²⁹之時。聖君難逢, 重德³⁰宜報, 苦心焦思³¹, 以日繼夜³²；苟利於國, 知無不爲³³, 徒欲竭愚³⁴, 未免妄作³⁵。陛下不加罪責, 更極寵光³⁶, 旣領臺綱³⁷, 又毗邦憲³⁸。聖君所厚, 兇逆所讎³⁹, 關於防虞⁴⁰, 幾⁴¹至斃踣⁴²。恩私⁴³曲被⁴⁴, 性命獲全, 忝累⁴⁵祖先, 玷塵⁴⁶班列⁴⁷, 未知所措, 秪⁴⁸自內慚；豈意陛下擢臣於傷殘之餘, 委臣以燮和⁴⁹之任, 忘其陋汙⁵⁰, 使佐聖明：此雖成湯擧伊尹於庖廚⁵¹, 高宗登傅說於版築⁵², 周文用呂望於屠釣⁵³, 齊桓起甯戚於飯牛⁵⁴；雪恥⁵⁵蒙光⁵⁶, 去辱居貴, 以今準古, 擬議⁵⁷非倫⁵⁸。陛下有四君⁵⁹之明, 行四君之事；微臣無四子⁶⁰之美, 獲四子之榮：豈可叨居⁶¹, 以彰非據⁶²。

---

4   涉(섭)：섭렵하다. '책을 읽고 배우다'는 뜻이다.

5   當官(당관)：관직에 있으면서 직무에 합당하게 하다.

6   元和之初(원화지초)：이하 두 구절은 배도(裴度)가 원화 초에 감찰어사(監察御史)가 된 것을 말한다.

7   過切(과절)：분에 넘치게 너무 격렬하다. 배도가 감찰어사 재직 시에 은밀하게 상소해 황제가 총애하는 신하에 대해 논한 언사가 매우 과격했던 것을 가리킨다.

8   宰臣(재신)：재상. 제왕의 중신.

9   府廷(부정)：부윤(府尹)의 관아(官衙). 이 구절은 배도가 황제의 총신을 탄핵한 상소 때문에 하남부윤(河南府尹)의 속관인 공조참군(功曹參軍)으로 전임한 것을 말한다.

10   佐戎幕(좌융막)：무원형(武元衡)이 서천절도사가 되었을 때 배도가 그의 막부에서 장서기(掌書記)가 된 것을 말한다. '戎幕'은 절도사의 막부를 가리킨다.

11   侍從(시종)：제왕의 가까이에서 시중드는 측근 신하를 가리킨다.

12   掌絲綸(장사륜)：조정의 조직을 기초하는 일을 관장하다. 지제고(知制誥)나 중

서사인(中書舍人)과 같은 관직의 직무를 말한다. '絲綸'은 『예기・치의(緇衣)』의 "왕의 말은 가는 비단실 같으나 그것이 밖으로 나오면 굵은 밧줄과 같다(王言如絲, 其出如綸)"라는 데서 유래한 말로 '제왕의 명령' 곧 '조칙'을 뜻한다.

13 迨及(태급) : 미치다.

14 陳聞(진문) : 황제에게 자신의 의견을 진술해 보고하다.

15 裨補(비보) : 도움이 되고 보탬이 되다.

16 涓埃(연애) : 물 한 방울이나 티끌. 극도로 미세함을 비유한다. 「위위상공양관표 (爲韋相公讓官表)」(HS-281) 주석 12의 '涓塵(연진)'과 같은 뜻이다.

17 讒謗(참방) : 참언과 비방.

18 微誠(미성) : 보잘 것 없는 성심.

19 獨斷(독단) : 홀로 결단을 내리다.

20 踰量(유량) : 한도를 초과하다. 분수에 넘치다. '逾量'으로도 쓴다.

21 誠見(성견) : 진실로 보다.

22 文武(문무) : 일설에는 주(周)나라 문왕과 무왕으로 보는 견해도 있으나 취하지 않는다.

23 中興(중흥) : 중도에서 떨쳐 일어나다. 쇠미한 국면에서 성대함으로 전환하는 것을 말한다. 헌종이 안사의 난 이후에 번진 세력에 대한 토벌전쟁 등을 통해 침체한 당나라의 국운을 일시적으로 진작시킨 것을 겨냥해 한 말이다.

24 宏圖(굉도) : 큰 그림. 원대한 계획.

25 昌曆(창력) : 번창하는 시대.

26 威怒(위로) : 진노하다. 대단히 노하다.

27 容覆(용부) : 관용하고 포용하다. 용납하고 두루 뒤덮다.

28 盡節(진절) : 충절을 다하다. 심력을 다해 절조를 지키다.

29 效能(효능) : 능력을 다 바치다. 능력을 최대한으로 발휘하다.

30 重德(중덕) : 큰 은덕. 두터운 은덕.

31 苦心焦思(고심초사) : 마음을 쓰고 애를 태우다. 노심초사하다.

32 以日繼夜(이일계야) : 밤낮을 이어가다. 밤낮을 가리지 않고 노력하다. '日以繼夜 (일이계야)' 또는 '夜以繼日(야이계일)'로도 쓴다.

33 知無不爲(지무불위) : 알고 있는 것을 행하지 않은 것이 없다. 아는 대로 하지 않은 것이 없다. '진심진력(盡心盡力)하다'는 뜻이다. 『좌전・희공(僖公) 9년』에 "나라에 이익이 된다면 못 본 체하지 않고 아는 대로 행하지 않은 것이 없는 게 충이다(公家之利, 知無不爲, 忠也)"라는 글귀가 보인다.

34 竭愚(갈우) : 어리석은 지혜를 있는 대로 다 바치다.

35 妄作(망작) : 함부로 경망스럽게 행하다.

36 寵光(총광) : 황제가 내려준 은총과 영광.

37 領臺綱(영대강) : 어사대(御史臺)를 총괄하다. 어사대의 장관을 맡다. 배도가 원화 9년(814)에 어사중승(御史中丞)이 된 것을 말한다.

38 毗邦憲(비방헌) : 국가의 법령을 집행하는 장관 곧 형부상서(刑部尚書)를 보좌하

다. 배도가 원화 10년(815)에 형부시랑(刑部侍郎)이 된 것을 말한다. ‘邦憲’은 ‘국가의 법령’인데 여기서는 ‘법을 집행하는 관리’의 우두머리인 장관을 가리킨다.

39 兇逆所讎(흉역소수) : 흉악한 반역자들에게 원수로 여겨지다. 『구당서・배도전(裴度傳)』에 “원화 10년 6월에 왕승종과 이사도가 함께 자객을 보내어 재상 무원형을 찌르고 배도도 찌르게 했다. 이날에 배도는 통화리로 외출 중이었는데 도적이 세 차례 칼로 배도를 공격해 처음에는 가죽 신발 끈을 끊었고, 다음에는 등을 겨누었으나 홑옷만 베었으며, 뒤에는 머리에 경미한 상처를 입혀 배도가 말에서 떨어지게 했다. 마침 배도는 솜털로 만든 모자를 쓰고 있어서 창상이 깊은 데까지 미치지는 않았다. 도적이 또 칼날을 휘두르며 배도를 쫓아오자 배도를 수행하던 왕의가 도적을 붙잡고 매우 다급하게 연달아 소리 지르므로 도적은 칼날을 돌려 왕의의 손을 베고 갈 수가 있었다. 배도는 도랑 속에 떨어져 있었는데 도적은 배도가 이미 죽었다고 여기고는 버려두고 떠나갔다. 사흘 뒤에 황제의 조칙이 내려와 배도를 문하시랑・동중서문하평장사로 삼았다(元和十年六月, 王承宗・李師道俱遣刺客刺宰相武元衡, 亦令刺度. 是日, 度出通化里, 盗三以劍撃度, 初斷鞾帶, 次中背, 纔絶單衣, 後微傷其首, 度墮馬. 會度戴氈帽, 故創不至深. 賊又揮刃追度, 度從人王義乃持賊連呼甚急, 賊反刃斷義手, 乃得去. 度已墮溝中, 賊謂度已死, 乃捨去. 居三日, 詔以度爲門下侍郎・同中書門下平章事)”라는 글이 보인다.

40 防虞(방우) : 예기치 못한 우환에 대비하다.

41 幾(기) : 거의. 하마터면.

42 斃踣(폐부) : 넘어지고 엎어지다. 쓰러져 죽다.

43 恩私(은사) : 은혜. 은총.

44 曲被(곡피) : 구석까지 두루 미치다.

45 忝累(첨루) : 누를 끼치다.

46 玷塵(점진) : 더럽히다. 욕보이다.

47 班列(반열) : 조정의 대열. 조정 또는 조정의 관리를 가리킨다.

48 秖(지) : 단지. 다만. ‘祇(지)’와 같다.

49 爕和(섭화) : 조화롭게 하다. 재상이 국정을 조화롭게 끌어나가는 것을 가리킨다.

50 陋汙(누오) : 비천하다 더럽다. 식견이 천박하고 혼탁하다.

51 成湯擧伊尹於庖廚(성탕거이윤어포주) : ‘成湯’은 무도한 하(夏)나라의 걸왕(桀王)을 물리치고 상(商) 곧 은(殷)나라를 세운 임금으로 성(姓)이 자씨(子氏)고 이름이 이(履)며 천을(天乙)로도 불린다. ‘伊尹’은 이름이 이(伊) 또는 지(摯)고 ‘尹’은 관직명이다. 그는 본래 탕왕의 아내가 시집갈 때 데리고 간 노예로 요리에 능했는데, 뛰어난 요리 솜씨로 탕왕에게 접근하여 하나라 걸왕을 정벌하도록 권유해 아형(阿衡) 곧 재상으로 발탁되어 하나라를 멸하고 상나라를 세우는데 큰 공을 세웠다. 『묵자(墨子)・상현(尙賢)』과 『맹자・만장상(萬章上)』 및 『여씨춘추・본미(本味)』 등에 관련 사적이 보인다.

52 高宗登傅說於版築(고종등부열어판축) : 「논금년권정거선장(論今年權停擧選狀)」
　　(HS-275) 주석 28 참조.

53 周文用呂望於屠釣(주문용여망어도조) : 「논금년권정거선장(論今年權停擧選狀)」
　　(HS-275) 주석 29 참조.

54 齊桓起甯戚於飯牛(제환기영척어반우) : 「논금년권정거선장(論今年權停擧選狀)」
　　(HS-275) 주석 30 참조.

55 雪恥(설치) : 치욕을 씻다.

56 蒙光(몽광) : 영광스러운 은총을 입다.

57 擬議(의의) : 헤아려 논하다. 비교하다.

58 非倫(비륜) : 같은 부류가 아니다. 격이 다르다.

59 四君(사군) : 은(殷)나라 탕왕(湯王)과 고종(高宗), 주(周)나라 문왕(文王), 제(齊)
　　나라 환공(桓公).

60 四子(사자) : 이윤(伊尹), 부열(傅說), 여망(呂望), 영척(甯戚).

61 叨居(도거) : 외람되게 거하다.

62 非據(비거) : 분수에 맞지 않게 차지하다. 자기 몫이 아니면서 점유하다. 『역
　　경 · 계사전하(繫辭傳下)』에 "차지할 곳이 아닌데도 차지하고 있으니 몸이 반드
　　시 위태할 것이다(非所據而據焉, 身必危)"라는 글귀가 보인다.

方今干戈⁶³ 未盡戢⁶⁴, 夷狄未盡賓⁶⁵；麟鳳龜龍⁶⁶, 未盡游郊藪⁶⁷；草木魚鼈,
未盡被雍熙⁶⁸：當大有爲之時, 得非常人之佐, 然後能上宣聖德, 以代天工⁶⁹,
如臣等類, 實不克堪⁷⁰。伏願博選周行⁷¹, 旁及巖穴⁷², 天生聖主, 必有賢臣,
得而授之, 乃可致理⁷³。乞迴所授, 以叶⁷⁴羣情, 無任懇欵之至。

63 干戈(간과) : 전쟁. 여기서는 회서(淮西) 지방의 반란을 평정한 전쟁을 가리킨다.

64 戢(집 / 즙) : 그치다. 멈추다.

65 賓(빈) : 조공을 바치며 복종하다. 귀순하다.

66 麟鳳龜龍(인봉귀룡) : 기린, 봉황, 거북, 용. 중국인들이 예로부터 신령스런 동물
　　로 여기고 사령(四靈)으로 부르며 상서로운 것의 상징으로 삼은 영물들이다.

67 郊藪(교수) : 교외의 들판이나 습지. 민간 또는 초야(草野)를 가리킨다.

68 雍熙(옹희) : 화평하고 빛나다.

69 天工(천공) : 하늘의 일 곧 '천하를 다스리는 일'을 말한다. 『서경 · 고요모(皐陶
　　謨)』에 "여러 벼슬에는 그 자리에 어울리지 않는 사람들을 임명하지 마소서. 하
　　늘의 일을 사람이 대신해야 합니다(無曠庶官, 天工人其代之)"라는 글귀가 보인
　　다.

70 克堪(극감) : 감당할 수 있다.

71 周行(주행) : 사방의 행렬로 여기서는 '조정의 관리'를 뜻한다. 『시경 · 주남(周
　　南) · 권이(卷耳)』에 "아! 그리운 님 생각에 저 한길 위에 놓아둔다(嗟我懷人, 寘

彼周行)"라는 시구가 보이는데, 『모시전(毛詩傳)』에서는 "군자가 어진 인재를 관리로 임용해 주위의 여러 자리에 두려는 생각을 한다(思君子官賢人置周之列位)"라고 풀이했고, 정현(鄭玄)은 『모시전(毛詩箋)』에서 "주위의 여러 자리는 조정의 신하를 말한다(周之列位, 謂朝廷臣也)"라는 주석을 단 바 있다.

72 巖穴(암혈) : 바위 동굴. 여기서는 바위 동굴 속에 숨어 사는 은자를 가리킨다.

73 致理(치리) : 천하태평의 경지에 이르다. 나라가 정치적으로 안정되고 단결되도록 하다.

74 마(협) : 부응하다. 화합하다.

爲宰相賀白龜狀

악악관찰사(鄂岳觀察使)가 진상한 흰 거북

위는 오늘 아무개가 황제의 뜻을 선포해 신에게 위에서 언급한 흰 거
북을 보여준 것에 관한 일입니다. 엎드려 생각하기에 경사스러운 징표
가 나타나는 데에는 반드시 그 유래가 있는바, 어떤 현상이 나타났다면
그 유래를 미루어 궁구할 수가 있습니다. 옛날에 거북을 '채(蔡)'라고 불
렀는데, '채'는 '거북'이라는 뜻입니다. 지금 막 반도들이 반란을 일으킨
지역에 들어가 거북을 붙잡은 것은 채주(蔡州)를 점유하게 될 것임을 나
타내줍니다. 흰색은 서방의 색깔이요 형벌과 살육의 상징입니다. 이는
반드시 반란군의 괴수를 사로잡고 그 지역을 점령하는 것일 터입니다.
흰 거북을 잡아끌고 와서 산 채로 대궐 아래로 보내어 왔으니, 이 징표
가 나타났기 때문에 그 감응 또한 머지않을 것입니다. 이는 모두 폐하
의 성스러운 덕이 베풀어졌기에 신령스러운 짐승이 그것에 대한 효험

으로 나타난 것이니, 천하태평의 큰 운수가 아마도 지금 세상에 있는 것입니다. 신등은 분에 넘치게 잘못 재상의 자리에 늘어 서 있는 덕분에 경사스러운 징표를 눈으로 직접 볼 수 있었던 터인지라, 손뼉 치고 뛰면서 몹시 좋아하지 않을 수 없는 지경입니다.

해제

원화 11년(816) 중서사인 재직 시에 재상을 대신해 흰 거북의 포획을 하례하여 올린 의견서. 이때 재상은 배도(裴度)·장홍정(張弘靖)·위관지(韋貫之)였다. 원화 11년에 악악관찰사(鄂岳觀察使) 이도고(李道古)가 회서(淮西) 지방을 평정하던 차에 흰 거북을 포획해 조정에 진상하자, 작자는 회서 토벌의 승부가 헌종 황제의 결단과 상하 장수들의 합심을 통한 일사불란한 전투 수행에 달려 있음을 흰 거북을 빌려 천인(天人) 감응의 견지에서 예단해 이 글을 쓴 것이다. 작자는 원화 12년 8월에 배도를 따라 토벌전쟁에 참여한 바 있고, 토벌군은 그해 10월에 채주(蔡州)를 점령하고 반란의 괴수 오원제(吳元濟)를 체포해 조정으로 압송했으니, 이 글의 예측은 거의 그대로 실현되었다. 토벌전쟁 관련 사실은 「평회서비(平淮西碑)」(HS-239)에 자세히 보인다.

원문 및 주석

鄂岳觀察使所進白龜。

右今日某宣進止, 示臣前件白龜者。伏以禎祥之見[1], 必有從來, 物象旣呈, 可以推究。古者謂龜爲"蔡[2]", "蔡"者, 龜也。今始入賊地[3]而獲龜者, 是獲蔡也。白者, 西方之色, 刑戮之象[4]也。是必擒其帥而得地也。提挈[5]而來, 生致闕下, 此象旣見[1], 其應不遙。斯皆陛下聖德所施, 靈物來效, 太平之運, 其在於今。臣等謬列台衡[6], 親覿嘉瑞, 無任抃躍[7]之至。

1　見(현) : 나타나다. 출현하다. '現'과 같다.
2　蔡(채) : 채(蔡) 지방에서 나는 '큰 거북'으로 길이가 '한 자 두 치(一尺二寸)'나 된
　　다고 한다. 『논어・공야장(公冶長)』편에 "장문중은 채 지방에서 나는 큰 거북을
　　집에 보관했다(臧文仲居蔡)"라는 구절이 보인다.
3　賊地(적지) : 회서(淮西) 지방을 말한다. 회서군(淮西軍)의 막부는 원래 예주(豫
　　州)에 있었는데, 대종(代宗) 보응(寶應) 초에 채주(蔡州)로 개칭했다.
4　刑戮之象(형륙지상) : 이상 세 구절은 고대 음양가들이 오행(五行)・사방(四方)・
　　사시(四時)・오색(五色) 및 천간(天干)・지지(地支) 등을 결합시켜 사회현상을
　　미리 알린 데서 나온 것인데, 흰색이 서방의 색깔로 형벌과 살육을 주관한다는
　　견해는 『예기』와 『여씨춘추』의 「월령(月令)」편에 보인다.
4　提挈(제설) : 손으로 잡아끌다.
5　台衡(태형) : 삼태성(三台星)과 옥형(玉衡)으로 자미궁(紫微宮)의 제왕좌(帝王座)
　　앞에 위치하는 별자리로 '삼공(三公)의 재상'을 비유한다. 옥형은 북두칠성의 다
　　섯 번째에서 일곱 번째까지의 세 별이다. 의미는 마찬가지지만, 삼태성은 삼공
　　을 본뜬 것으로 보되 '衡'은 아형(阿衡)으로 보고 은(殷)나라 탕왕(湯王)의 재상
　　인 이윤(伊尹)으로 풀이하는 견해도 있다.
6　抃躍(변약) : 손뼉을 치고 좋아하며 뛰다. '기뻐하며 뛰다'는 뜻인 '忭躍(변약)'으
　　로 된 판본도 있다.

冬薦官殷侑狀

전임 천덕군도방어판관(天德軍都防禦判官)·승봉랑(承奉郎)·시대리평사(試大理評事) 겸 감찰어사(監察御史) 은유(殷侑)

위는 정원 5년(789) 6월 11일의 칙령에 따라서 현직에 있지 않은 낭관(郎官)과 어사(御史)로 도성 안에 있는 사람들을 상참관(常參官)에게 위임해 매년 겨울에 추천하도록 한 것에 관한 일이옵니다. 상기 관리는『춘추』삼전(三傳)에 모두 통달하고 다른 모든 경서도 널리 학습해 주(注)와 소(疏)를 단 것 외에 나름대로 스스로 터득한 견해도 가지고 있으며, 오랫동안 지방 군대의 막부에 근무하면서 성실하고 정직한 것으로 이름이 난데다가 성품이 소박하고 후덕하며 단정하고 틀림없어서 비길 만한 사람을 찾아보기 어렵습니다. 신의 소견으로는 어사나 태상박사(太常博士)를 잘 감당할 수 있다고 여겨집니다. 신이 잘 알고 있는 것을 추천하지 않을 수 없습니다. 삼가 기록해 보고 드리며, 엎드려 폐하의 뜻을 들고자 합니다.

해제

　원화 11년(816) 겨울 태자우서자 재직 시에 은유(殷侑)를 관직에 천거한 추천서. 당나라에서는 관리의 추천과 관련해 정관(貞觀) 5년(631)의 조칙에 봄과 가을에 하도록 했다가 8년(634)의 조칙에서 매년 겨울에 하는 것으로 변경한 뒤로 겨울 추천이 관례로 정착되었다. 작자는 은유의 학문적 성취와 절도사 막부에서의 근무 성적 및 사람됨에 대한 분명한 이해에 근거해 어사(御史) 또는 태상박사(太常博士)의 자리에 적합한 인재임을 확신에 찬 언어로 천거하고 있다. 한 글자도 허투루 쓰지 않고 짤막한 문장 속에 자신의 뜻을 분명하게 표현한 필치가 돋보인다. 은유에 대해서는 「답은시어서(答殷侍御書)」(HS-108)와 「송은원외서(送殷員外序)」(HS-146)를 참조하기 바란다.

원문 및 주석

前天德軍[1]都防禦判官承奉郎試大理評事兼監察御史殷侑

右伏準貞元五年六月十一日敕：停[2]使郎官御史在城者, 委常參官[3]每年冬季

聞薦者。前件官[4]兼通三傳[5], 傍習諸經, 注疏之外, 自有所得 ; 久從使幕[6],
亮直著名, 朴厚端方, 少見倫比 : 以臣所見, 堪任御史、太常博士。臣所諳
知[7], 不敢不擧。謹錄奏聞, 伏聽敕旨。

---

1   天德軍(천덕군) : 정원(貞元) 12년(796)에 풍주[豐州 : 지금 내몽고 하투(河套) 지
    역 일대]에 막부를 두고 설치되었으며, 풍주와 회주(會州) 및 중(中)·동(東)·
    서(西)의 세 수항성(受降城)을 관할했다.

2   停(정) : 전에 관직에 있었다가 현직 없이 쉬고 있는 자를 말한다. 임기 만료 뒤
    에 새로운 관직에 임명되지 못했거나 절도사의 전임(轉任) 또는 사망 이후에 아
    직 초빙을 받지 못한 경우 등이 이에 해당한다.

3   常參官(상참관) : 「청복국자감생도장(請復國子監生徒狀)」(HS-277) 주석 15 참조.

4   前件官(전건관) : 은유(殷侑)를 가리킨다.

5   三傳(삼전) : 『춘추』 삼전(三傳) 곧 『춘추좌전(春秋左傳)』·『춘추공양전(春秋公
    羊傳)』·『춘추곡량전(春秋穀梁傳)』. 지금은 전하지 않지만 「답은시어서(答殷侍
    御書)」(HS-108)에 의하면 은유는 『공양춘추신주(公羊春秋新注)』를 저술했다.

6   使幕(사막) : 절도사의 막부.

7   諳知(암지) : 잘 알고 있다.

進王用碑文狀

전임 검교좌산기상시(檢校左散騎常侍) 겸 우금오위대장군(右金吾衛大將軍)으로 공부상서(工部尚書)에 추증된 왕용(王用)의 신도비문

위는 경조윤(京兆尹) 이소(李愬)가 왕용의 인척이라서 왕용의 아들 왕소(王沼) 등의 뜻을 전해, 신에게 고인이 된 부친 왕용을 위해 위에서 언급한 비문을 지어 달라고 청해 온 것에 관한 일입니다. 엎드려 생각건대 왕용은 폐하의 외숙으로 지위와 명망이 매우 높으니, 어찌 신의 짧은 재능으로 칭송할 수 있는 분이겠습니까? 감히 사양하지 못하고 바로 완성했습니다. 비문은 삼가 필사본 한 부를 만들어 보고서와 함께 봉함해 진상하며 엎드려 폐하의 분부를 듣고자 합니다. 왕용의 아들이 신에게 준 말 한 필 그리고 안장과 재갈 및 백옥 혁대 하나는 신이 어느 것도 감히 수령하지 않고 있습니다. 삼가 아뢰옵니다.

해제

　원화 11년(816) 11월 태자우서자 재직 시에 왕용(王用)의 신도비를 지어 바칠 때 헌종 황제에게 올린 보고서. 왕용은 자가 사유(師柔)고 순종(順宗) 장헌황후(莊憲皇后)의 동생이며 헌종(憲宗)의 외숙이다. 왕용에 대한 좀 더 자세한 설명은 그의 신도비명(HS-223)에 나타나 있다. 아울러 왕용의 신도비명을 써준 대가로 받은 물품의 수령을 윤허해준 것을 감사하며 올린 다음 글 「사허수왕용남인사물장(謝許受王用男人事物狀)」(HS-289)도 참고하기 바란다. 왕용의 비문을 쓰게 된 연유와 자기 겸양 및 사례로 갖고 온 물품을 함부로 수령하기 어렵다는 생각 등을 간결하게 기록한 표장(表狀)이다.

원문 및 주석

故檢校左散騎常侍兼右金吾衛大將軍贈工部尚書王用神道碑文

右京兆尹李傃[1], 是王用親表[2], 傳用男沼等意, 請臣與亡父用撰前件碑文者。伏以王用國之元舅[3], 位望[4]頗崇, 豈臣短才, 所能襃飾[5]? 不敢辭讓, 輒以撰託。其碑文謹錄本隨狀封進, 伏聽進止。其王用男所與臣馬一匹, 幷鞍銜[6]白玉腰帶一條, 臣並未敢受領。謹奏。

1　李傃(이소) : 왕용의 손위 매부로 원화 11년 7월에 경조윤이 되었다. 본래 미천한 출신이지만 장헌황후 여동생의 남편인 연고로 원화 연간에 들어와 급속 승진을 했다. 『구당서』와 『신당서』에 모두 전기가 실려 있다.
2　親表(친표) : 본래 어머니 쪽 친척을 뜻하는 말이지만 뒤에 널리 친척을 가리켰다.

3   元舅(원구) : 황제의 큰 외숙. 『시경·대아(大雅)·숭고(崧高)』에 "왕의 큰 외숙
　　　이시니 문무백관이 모두 그를 법도로 받든다(王之元舅, 文武是憲)"라는 구절이
　　　보인다.

4   位望(위망) : 지위와 명망.

5   褒飾(포식) : 크게 찬미하다. 칭송하다.

6   鞍銜(안함) : 말안장과 말재갈.

謝許受王用男人事物狀

아무 관직의 아무개

위는 오늘 환관 당국진(唐國珍)이 신의 집으로 찾아와서 신에게 폐하
의 뜻을 전달하는 말을 들었더니, 신이 왕용(王用)에게 신도비문을 지어
준 연유로 왕용의 아들 왕소(王沼)가 신에게 준 말 한 필 그리고 안장과
재갈 및 백옥 혁대 하나를 신이 수령하도록 하신 것에 관한 일입니다.
신은 재능과 식견이 부족하고 모자라며 글 솜씨도 거칠기 짝이 없어,
지은 비문은 왕용의 사적을 충분히 다 담아내지도 못했습니다. 그런데
도 성은으로 크게 격려하시는 뜻으로 특별히 환관을 사자로 보내 폐하
의 뜻을 분명히 알리도록 하시고, 아울러 신에게 사례의 물품 등을 수
령하도록 하셨습니다. 칙령을 받들고 난 뒤 놀라 황송해하고, 또 한편
기뻐 춤을 추면서 너무나 영광스럽고 손뼉 칠 정도로 기쁨이 극에 달함
을 감당하지 못하겠습니다. 삼가 보고서를 첨부해 올려 성은에 사례하

는 마음을 적어 폐하께 아뢰나이다. 삼가 아뢰옵니다.

해제

　원화 11년(816) 11월 태자우서자 재직 시에 왕용(王用)의 신도비를 지어준 대가로 가져온 물품을 수령하도록 헌종 황제가 허락하자 이에 감사의 뜻을 표하기 위해 올린 보고서. 왕용의 비문을 써준 사례품의 수령을 윤허해준 것에 대한 감사의 정이 문면에 흘러넘친다. 「진왕용비문장(進王用碑文狀)」(HS-288)을 참조하기 바란다.

원문 및 주석

某官某乙

右今日品官¹唐國珍到臣宅, 奉宣進止, 緣臣與王用撰神道碑文, 令臣領受用男沼所與臣馬一匹, 幷鞍銜及白玉腰帶一條者。臣才識淺薄, 詞藝荒蕪, 所撰碑文, 不能備盡事跡。聖恩弘獎², 特令中使³宣諭⁴, 幷令臣受領人事物⁵等。承命震悚⁶, 再欣再躍, 無任榮抃⁷之至。謹附狀⁸陳謝⁹以聞。謹狀。

1　品官(품관) : 당나라 때 환관을 부르던 호칭.
2　弘獎(홍장) : 대대적으로 장려하다. 크게 격려하다.
3　中使(중사) : 환관. 환관 사자(使者).

4 宣諭(선유) : 명령을 선포하다. 분명히 깨우쳐 알리다.

5 人事物(인사물) : 인사로 보낸 물품. 사례품. 예물. '人事' 두 글자로도 쓴다. 「주
한홍인사물표(奏韓弘人事物表)」(HS-293) 주석 3 참조.

6 震悚(진송) : 놀라거나 과도하게 흥분한 때문에 몸이 떨리다. 놀랍고 황송하다.

7 榮抃(영변) : 영광스럽고 기뻐서 박수치고 춤을 추다. '榮忭(영변)'과 통한다.

8 附狀(부장) : 당시의 제도에 표장(表狀)만을 올리기 위해 전담 특파원으로 보내
지 않고 다른 공문을 보낼 때 함께 첨부해 역참을 통해 조정에 전달했다.

9 陳謝(진사) : 감사의 뜻을 표시하다.

薦樊宗師狀

산남서도절도부사(山南西道節度副使) 대리, 조의랑(朝議郎), 전임 검교수부원외랑(檢校水部員外郎) 겸 전중시어사(殿中侍御史)로 비색(緋色) 관복과 어대(魚袋)를 하사받은 번종사(樊宗師)

위에 서술한 관직의 사람은 부모에 효도하고 형제간에 사이가 좋고 성실하고 신의가 있으며 종친들과 벗들로부터 칭찬이 자자해 풍속을 돈후하게 할 수 있고, 기예며 학문 연마에 부지런해 다방면에 두루 통달해 알고 있는데다 의론이 공평하고 올바르며 경전에 근거하고 있어서 그에게 나라 정치에 대한 의견을 자문할 수 있으며, 신중하고 결백하고 친화력이 있고 영민한데다 자신의 몸가짐에 대한 요구는 매우 엄했지만 다른 사람이나 사물을 대할 때에는 인자하고 관대하며 재능도 있고 식견도 뛰어나 직무를 맡길 수 있습니다. 지금 좌사(左司)와 우사(右司)에 모두 원외랑(員外郎)이 결원이고, 시어사(侍御史)도 정원이 다 차지

않았으니 만약 발탁해 그에게 직무를 수여하시면 틀림없이 보좌를 받
고 이로움을 얻으실 수 있을 것입니다. 분에 넘치게도 조정에서 관직
자리를 차지하고 있으면서 현명한 인재를 알면서 말씀드리지 않을 수
없습니다. 삼가 추천장을 써서 올리며 엎드려 분부를 받들고자 합니다.

해제

　원화 13(818)년경 형부시랑 재직 시에 쓴 것으로 추정되는 번종사(樊宗
師, 766?-824) 추천장. 작자는 번종사가 효우충신(孝友忠信)을 근본으로 하고
기예와 학문으로 자신의 식견을 충실하게 하며 인자함과 관용으로 자
신의 식견을 선하게 한 군자라는 점을 들어 소신껏 추천하고 있다. 작
자 자신의 개인적인 애호에서가 아니라 국가를 위해 어진 인재를 힘껏
추천한 까닭에 구구절절이 마음속에서 우러나온 진심이 배어 있다는
평을 받는다. 번종사에 대한 자세한 사항은 「남양번소술묘지명(南陽樊紹
述墓誌銘)」(HS-255)을 참조하기 바란다.

원문 및 주석

攝[1]山南西道節度副使朝議郎前檢校水部員外郎兼殿中侍御史賜緋魚袋樊
宗師

1　攝(섭) : 대리하다. 대행하다.

右件官孝友忠信, 稱於宗族朋友, 可以厚風俗；勤於藝學[2], 多所通解, 議論平正有經據, 可以備顧問；謹潔和敏, 持身[3]甚苦, 遇物[4]仁恕, 有材有識, 可任以事。今左右司[5]並闕員外郞, 侍御史亦未備員；若蒙擢授[6], 必有補益。忝在班列, 知賢不敢不論。謹錄狀上, 伏聽處分。

2　藝學(예학) : 기예와 학문. 기예는 문장과 음악을 가리킨다. 한유는 「남양번소술묘지명(南陽樊紹述墓誌銘)」(HS-255)에서 번종사를 평해 "배우지 않은 것이 없었으며 문장과 음악에 천부적 소질을 타고났다(無所不學, 於辭於聲天得)"라고 했다.

3　持身(지신) : 자신의 언행을 다져잡다. 자기 몸가짐을 절제하다. 자신을 수양하다.

4　遇物(우물) : 사람이나 사물을 대하다. '待人接物(대인접물)'의 의미다. '사람이나 사물을 공평하게 대한다'는 사자성어 '遇物持平(우물지평)'으로 널리 쓰인다.

5　左右司(좌우사) : 상서성(尙書省) 소속 기구. 좌승(左丞)과 우승(右丞) 각 1인이 있어 좌승은 이부(吏部)·호부(戶部)·예부(禮部)를, 우승은 병부(兵部)·형부(刑部)·공부(工部)를 관장했고, 아래 각부에 낭중(郎中)과 원외랑(員外郎) 각 1인이 있어 좌승과 우승을 보좌했다.

6　擢授(탁수) : 발탁해 임무를 수여하다. 진급시키다.

조산대부(朝散大夫)・수태자우서자(守太子右庶子)・비기위(飛騎尉) 전휘(錢徽)

위는 신이 엎드려 건중(建中) 원년(780) 정월 5일의 조칙을 받들어 보고, 상참관(常參官)은 전임 발령을 받고 부임한 뒤 사흘 이내에 자신을 대신할 한 사람을 천거하라는 것에 관한 일입니다. 상기 관리는 도량과 자질이 단정하고 반듯하며 성품이 담백해 욕심이 없고 밖으로는 온화하고 안으로는 명민해 깨끗하고 고요하고 정밀하고 은미한바, 형법을 다루는 부서를 전담하게 하여 사안의 경중을 논의하는 데에 참여시키는 것이 옳다고 생각합니다. 더욱이 지금의 평판이며 연령이며 서열도 모두 신보다 앞서기 때문에 발탁하시어 신의 후임으로서 하신다면, 반드시 사람들의 기대에 부응할 것이라고 생각합니다. 엎드려 폐하께서 성은을 베풀어 신의 정성된 요청을 거두어 주시기를 간절히 바라옵니다. 삼가 문서로 적어서 올립니다. 삼가 아뢰옵니다.

해제

　원화 12년(817) 12월에 태자우서자로 배도(裵度)의 행군사마(行軍司馬)가 되어 회서(淮西)의 반군 토벌 전쟁에 참가해 세운 공적으로 형부시랑에 임명된 뒤 전휘(錢徽, 755-829)를 자신을 대신한 적임자로 천거한 추천장. 전휘는 자가 위장(蔚章)이고 오흥[吳興 : 지금 절강성 호주시(湖州市)] 사람으로 진사를 거쳐 중서사인(中書舍人)과 한림학사(翰林學士)에까지 올랐으며, 『구당서』와 『신당서』에 모두 전기가 실려 있다. 그의 부친은 유명 시인이고 당시의 십재자(十才子)의 한 사람으로 불리며 관직이 상서랑(尙書郎)까지 오른 전기(錢起)다. 전휘가 "도량과 자질이 단정하고 반듯하며 성품이 담백해 욕심이 없고 밖으로는 온화하고 안으로는 명민해 깨끗하고 고요하고 정밀하고 은미한(器質端方, 性懷恬淡, 外和內敏, 潔靜精微)" 인물이라는 추천 사유는 사사로운 욕심에 이끌리지 않고 형부의 업무를 담당하기에 매우 적절한 덕목으로 여겨진다.

　작자는 이 글을 포함해 자신을 대신할 인물을 천거한 6편의 추천장을 남기고 있는데, 추천된 전휘, 한태(韓泰), 장유소(張惟素), 위의(韋顗), 마총(馬摠), 장정보(張正甫) 등이 모두 당시의 현명한 인재들이었다는 평을 받고 있다. 일부 판본에 이 글의 제목 아래에 '상서형부(尙書刑部)' 네 글자가 적혀 있고, 여타 자대장(自代狀)에 모두 새로 임명받은 부서가 적혀 있는 것으로 보아 여기서는 누락된 것으로 보인다.

원문 및 주석

朝散大夫守太子右庶子飛騎尉錢徽

右臣伏準建中元年正月五日敕[1], 常參官授上[2]後三日內擧一人以自代者。前件官器質[3]端方, 性懷恬淡[4], 外和內敏, 潔靜精微[5] ; 可以專刑憲[6]之司, 參輕重之議。況時名年輩, 俱在臣前, 擢以代臣, 必允衆望。伏乞天恩, 遂臣誠請[7]。謹錄奏聞。謹奏。

1 建中元年正月五日敕(건중원년정월오일칙) : 『구당서·덕종기(德宗紀)』에 건중 원년 정월 신미일(辛未日, 5일)에 황제께서 단봉문(丹鳳門)에 납시어 천하에 대사면령을 내리고 "상참관과 각 도의 절도사·관찰사·방어사 등과 도지병마사, 각 주의 자사·소윤·적현령(赤縣令)·기현령(畿縣令) 및 대리사직평사 등은 발령을 받고 부임해 인수인계를 마친 뒤 3일 이내에 사방관에 표문을 올려 한 사람을 천거해 자신을 대신하도록 하라(常參官·諸道節度觀察防禦等使·都知兵馬使·刺史·少尹·畿赤令·大理司直評事等, 授訖三日內, 於四方館上表, 讓一人以自代)"라는 칙령을 내렸다.
2 授上(수상) : 발령을 받고 부임하다.
3 器質(기질) : 도량과 자질.
4 恬淡(염담) : 욕심에 휘둘리지 않고 담박하다. 『장자·천도(天道)』에 "대체로 텅 비고 고요하며 담백하고 적막하게 무위로 있는 것은 천지의 공평한 기준이고 도덕의 지극한 본질이다(夫虛靜恬淡寂寞無爲者, 天地之平而道德之至)"라는 글귀가 보인다.
5 潔靜精微(결정정미) : 『예기·경해(經解)』에 "깨끗하고 고요하며 정밀하고 은미한 것이 역경의 가르침이다(潔靜精微, 易敎也)"라는 글귀가 보인다.
6 刑憲(형헌) : 형법.
7 誠請(성청) : 정성스런 청원. 간절한 요청.

進撰平淮西碑文表

신 아무개 아룁니다. 엎드려 정월 14일자 조칙의 통첩을 받들고 보니 회서(淮西) 지방을 수복하고 나자 조정의 뭇 신하들이 비석에 새겨 공적을 기념하고 온 천하에 밝게 드러내 보여서 앞날의 법도로 삼아야 한다고 주청함에, 폐하께서 그 일을 신하에게 돌리고 뭇 신하들의 뜻을 윤허하시어 신에게 회서 평정 기념비문을 짓도록 명하신 것이었습니다. 신은 칙령을 받들고 나자 몹시 놀랍고 떨려서 신의 지각과 이성이 완전히 뒤집혀지는 것 같았는데, 그 일은 신이 감당할 수 있는 임무가 아니라는 생각에 부끄럽고 황송한 나머지 한 달이 다 지나가도록 감히 손도 대지 못했습니다.

제 나름대로 생각건대 예로부터 신성한 군주가 특별한 공적과 남다른 덕행과 탁월한 행적을 세우면, 반드시 기발한 재능과 박식한 언변을 가진 인물이 때맞추어 나타나 손에 죽간(竹簡)과 붓을 들고 군주의 사적에 따라 써내니 각기 저마다의 규격이나 격식과 일관된 조리를 갖추고 있었는데, 그런 연후에 제왕의 아름다운 점이 우뚝 높고 밝게 빛나며 천지에 가득 찰 수 있었던 것입니다. 『서경』에 실려 있는 것으로는 「요전(堯典)」과 「순전(舜典)」, 하(夏)나라의 「우공(禹貢)」과 은(殷)나라의 「반경(盤庚)」 및 주(周)나라의 다섯 「고(誥)」가 있습니다. 『시경』에 실린 것으로는 「현조(玄鳥)」와 「장발(長發)」이 은나라의 종실을 찬미했고, 「청묘(淸廟)」와 「신공(臣工)」 및 「소아(小雅)」와 「대아(大雅)」에서 주나라 제왕들을 노래하고 있습니다. 언어 표현과 사적이 서로 잘 어울리고 선함과 아름다움이 갖추어져 있어서 이들을 '경(經)'이라 부르며 학교에 늘어놓고 스승과 제자를 두어 읽고 풀이하도록 하고 있는데, 애초부터 지금까지 이러쿵저러쿵 입을 대는 자가 아무도 없었습니다. 만약 당초에 제왕의 사적을 찬술할 때 그 임무에 어울릴 만한 사람을 찾지 못해 글이 애매해 명확하지 않다면, 비록 아름다운 사적이 있었다고 한들 후세에 그 누가 그것을 보려고 했겠습니까? 글도 사적도 모두 사라져 없어지고 선과 악이 하나가 되어버리고 말았을 터인즉, 이 일은 지극히 중요한 사안이니만큼 가벼이 아무에게나 맡겨서는 아니 될 것입니다.

엎드려 생각건대 우리 당나라는 폐하 때에 이르러 다시금 태평성대에 올라서 간악한 무리들을 일망타진하고 강토를 깨끗하게 소제하신 덕분에 하늘 아래 어느 누구라도 복종해 귀순해오지 않는 자가 없습니다. 그렇지만 회서 지방을 평정한 공적은 특히 다른 어떤 것보다도 더욱 위대하고 비석에 새긴 글은 억만 년 동안이나 전해지는 법이기에, 필시 글쓰기에 적합한 사람을 찾아야만 그 임무를 제대로 완수할 수 있을 것입니다. 지금 문학에 뛰어난 영재들이 도처에 삼대처럼 늘어서 있고, 유학 대사와 문인 대가들이 무수히 뒤섞여 서로 마주보고 있으며, 밖으로는 재상과 공경대신과 낭관(郎官)과 박사가 있고 안으로는 한림(翰林)과 궁정 내에서 폐하와 한담을 나누고 글로 시중을 드는 신하들이 있어서 일일이 한꺼번에 헤아릴 수 없을 정도로 많사오니, 그들을 불러와 이 일을 시키신다면 해내지 못할 자가 없을 것입니다. 신으로 말하자면 학식이 가장 모자라고 뒤떨어지는 줄 스스로 잘 알면서도 폐하의 은혜로우신 대우를 탐해 무턱대고 달려가 그 일을 맡고서는 글이 두서없이 난잡해 어긋나고 음조 또한 뒤죽박죽 차례가 없이 되고 말았는데, 하늘과 땅의 모습과 해와 달의 광채는 그려낼 수 없음을 알면서도 뻔뻔하게 억지로 그 일을 함으로써 조칙의 뜻을 얼버무린 격이니 그 죄는 죽임을 당해도 마땅할 것입니다. 지금 비문이 이미 완성되었기에 삼가 청서해 봉한 뒤 올리니 극도로 부끄럽고 떨리는 마음 감당할 길 없습니다.

해제

　　원화 13년(818) 봄 형부시랑 재직 시에 어명을 받들어 지은 「평회서비(平淮西碑)」를 진상할 때 올린 표문. 작자는 회서 지방을 평정한 헌종의 공적이 당시에 위대한 쾌거라는 인식 위에서, 우선 제왕의 훌륭한 공적을 제대로 기록하고 후세에 널리 전하기 위해서는 마땅한 적임자를 찾아야 한다는 점을 『서경』과 『시경』의 사례를 논거로 들어 설파했다. 그런 뒤에 당시에 그 임무를 담당할 뛰어난 인물이 많음에도 불구하고 자신이 어명을 사양하지 않고 받들게 되었음을 겸손한 어조로 피력했다. 글 속에 담긴 의미와 언어 표현 모두 대단히 엄숙하다는 느낌이 물씬 풍긴다. 모곤(茅坤)은 이 글을 두고, 한유의 비문만 당시에 으뜸이었던 것이 아니라 표문 역시 장엄하다는 평을 한 바 있다. 이 글 속에서 언어 표현과 사적이 잘 어울려야 훌륭한 문장이 될 수 있다고 한 작자의 견해는 글쓰기의 일반적 원칙으로 삼을 만하다. 회서 평정과 관련한 자세한 내용은 「평회서비」(HS-239)와 「논회서사의장(論淮西事宜狀)」(HS-319)에 자세히 나와 있다.

원문 및 주석

臣某言：伏奉正月十四日勅牒, 以收復淮西, 羣臣請刻石紀功, 明示天下, 爲將來法式；陛下推勞臣下[1], 允其志願, 使臣撰平淮西碑文者。聞命震駭, 心識[2]顚倒, 非其所任, 爲愧爲恐, 經涉旬月, 不敢措手。

1 陛下推勞臣下(폐하추로신하)：헌종 황제가 회서 지방을 평정한 비문을 짓는 일을 직접 하지 않고 신하들에게 맡긴 것을 말한다.
2 心識(심식)：지각과 이성.

竊惟自古神聖之君, 旣立殊功異德卓絶之跡, 必有奇能博辯之士, 爲時而生, 持簡操筆, 從而寫之, 各有品章[3]條貫[4], 然後帝王之美, 巍巍[5]煌煌[6], 充滿天地。其載於書, 則堯舜二典[7], 夏之禹貢[8], 殷之盤庚[9], 周之五誥[10]。於詩, 則玄鳥、長發[11], 歸美[12]殷宗；清廟臣工[13]、小大二雅[14], 周王是歌。辭事相稱[15], 善幷美[16]具, 號以爲經, 列之學官[17], 置師弟子, 讀[18]而講之, 從始至今, 莫取指斥[19]。嚮使[20]撰次[21]不得其人, 文字曖昧[22], 雖有美實, 其誰觀之? 辭跡俱亡, 善惡惟一；然則茲事至大, 不可輕以屬人中謝[23]。

3 品章(품장)：규격과 격식.
4 條貫(조관)：일관된 조리. 조리가 관통함.
5 巍巍(외외)：우뚝 높이 솟은 모양.
6 煌煌(황황)：환하게 빛나는 모양.
7 堯舜二典(요순이전)：「요전(堯典)」과 「순전(舜典)」으로 『서경・우서(虞書)』의 편명.
8 禹貢(우공)：『서경・하서(夏書)』의 편명.
9 盤庚(반경)：『서경・상서(商書)』의 편명.

10 五誥(오고) : 「대고(大誥)」, 「강고(康誥)」, 「주고(酒誥)」, 「소고(召誥)」, 「낙고(洛誥)」로 『서경·주서(周書)』의 다섯 '고(誥)'.

11 玄鳥長發(현조장발) : 『시경·상송(商頌)』의 편명.

12 歸美(귀미) : 찬미하다. 칭찬하다.

13 淸廟臣工(청묘신공) : 『시경·주송(周頌)』의 편명.

14 小大二雅(소대이아) : 『시경』의 「소아(小雅)」와 「대아(大雅)」로 모두 주나라 왕조가 직접 통치하는 지역의 악가(樂歌)다.

15 辭事相稱(사사상칭) : 이 구절은 문장 표현이 순통하면서도 규범에 들어맞기를 추구한 한유의 산문 창작방법론과 관계되는 것으로, 글자의 용법과 어구의 배치가 표현하고자 하는 사실과 밀접하게 어울리는 데서 얻어질 수 있는 것이다.

16 善幷美(선병미) : 일의 동기와 과정이 선하고 결과도 아름다운 것을 말한다. 이는 공자가 『논어·팔일(八佾)』편에서 순(舜)임금의 음악인 소(韶)에 대해서는 "미의 극치를 이루고 또 선의 극치를 이루었다(盡美矣, 又盡善也)"라고 평가하고, 주(周)나라 무왕(武王)의 음악인 무(武)에 대해서는 "미의 극치는 이루었지만 선의 극치를 이루지는 못했다(盡美矣, 未盡善也)"라고 한 것과 연관 지어 풀이하는 것이 좋다고 생각된다. 이를 '선한 사적과 아름다운 문장'으로 풀이하는 견해도 있는데, 일리가 있기는 하지만 바로 앞 구절의 '辭事相稱'과 의미가 중복되는 동어반복의 흠이 있다.

17 學官(학관) : 유가 경전을 가르치고 익히게 하는 중국 고대의 국립 학교.

18 독(讀) : 소리 내어 읽다. 이를 '두'로 읽고 '구두(句讀)를 떼다'는 뜻으로 풀이하는 설도 있다.

19 指斥(지척) : 질책하다. 책망하다. 이러쿵저러쿵 입을 대다.

20 嚮使(향사) : 전에 만약 ~라면.

21 撰次(찬차) : 조리 있게 차례 지어 찬술하다.

22 曖昧(애매) : 불분명하다. 불명확하다.

23 中謝(중사) : 옛날에 신하가 임금에게 올리는 표문에 "진실로 황공해 머리를 조아리고 또 조아립니다(誠惶誠恐, 頓首頓首)" 등과 같은 상투적 표현을 많이 썼는데, 후대에 문집을 편집해 인쇄할 때 이런 표현을 생략하고, '中謝'라는 두 글자를 대신 덧붙이기도 했다.

伏惟唐至陛下, 再登太平, 劃刮²⁴羣姦, 掃灑²⁵疆土, 天之所覆²⁶, 莫不賓順²⁷。然而淮西之功, 尤爲俊偉²⁸, 碑石所刻, 動流億年;必得作者, 然後可盡能事。今詞學²⁹之英, 所在麻列³⁰;儒宗文師³¹, 磊落³²相望;外之則宰相公卿郎官博士, 內之則翰林禁密³³游談³⁴侍從之臣, 不可一二遽³⁵數:召而使之, 無有不可。至於臣者, 自知最爲淺陋, 顧貪恩待³⁶, 趨以就事, 叢雜³⁷乖戾³⁸, 律呂³⁹失次⁴⁰;乾坤之容, 日月之光, 知其不可繪畫, 强顏⁴¹爲之, 以塞詔旨,罪當誅死。其碑文今已撰成, 謹錄封進, 無任慙羞戰怖[42]之至。

---

24 劖刮(잔괄) : 깎아내다. 잘라 없애버리다.

25 掃灑(소쇄) : 먼지를 털고 물을 뿌리다. 깨끗하게 소제하다.

26 天之所覆(천지소부) : 하늘이 뒤덮고 있는 것. 하늘 아래 모든 것. 여기서는 온 천하 모든 사람들을 가리킨다.

27 賓順(빈순) : 복종해 귀순하다.

28 俊偉(준위) : 다른 어떤 것보다도 더 위대하다.

29 詞學(사학) : 사장(詞章)에 관한 학문. 문장학 내지 문학.

30 麻列(마열) : 삼대처럼 늘어서 있다.

31 儒宗文師(유종문사) : 유학(儒學) 대사(大師)와 문인 대가(大家).

32 磊落(뇌락) : 아주 많이 뒤섞여 있는 모양.

33 禁密(금밀) : 한림원이나 궁중에 있는 관서에서 문학으로 시중드는 신하를 가리 킨다. 왕중서(王仲舒) 신도비명(HS-244) 주석 79에서 풀이한 '禁近(금근)'과 같다.

34 游談(유담) : 한담하다. 황제의 말상대를 하다.

35 遽(거) : 갑자기. 한꺼번에.

36 顧貪恩待(고탐은대) : 황제의 은혜로운 대우를 탐하다. 황제의 은혜를 받아서는 안 될 사람이 잘못 받았다는 뜻으로 자기 겸양의 표현이다.

37 叢雜(총잡) : 두서없이 난잡하다. 이하 두 구절은 한유 자신이 쓴 「평회서비(平淮西碑)」(HS-239)가 역사적 사실 기술과 글의 음조 양면에서 모두 형편없다는 뜻으로 자기가 쓴 글을 겸손하게 낮추어 한 말이다.

38 乖戾(괴려) : 어긋나다. 체계가 없다.

39 律呂(율려) : 글의 음조. 글속에 쓰인 성조의 고저나 억양 등을 가리킨다.

40 失次(실차) : 차례가 없다. 글의 음조가 엉클어져 뒤죽박죽임을 말한다.

41 强顔(강안) : 뻔뻔하게 억지로 하다.

42 戰怖(전포) : 떨다. 전율하다.

HS-293 「한홍의 사례품에 대해 아뢰는 표문」

奏韓弘人事物表

위는 신이 일전에 은혜로우신 칙령을 받들어 회서(淮西) 평정 기념비 문을 짓고 나서 엎드려 성은에 따라 비문 탑본을 한홍(韓弘) 등에게 하사 한 것에 관한 일이온데, 지금 한홍이 비단 오백 필을 보내와 저에게 주 며 사례를 하려고 합니다마는, 신은 감히 수령하지 않고서 삼가 기록해 아뢰고 엎드려 폐하의 처분을 여쭙고자 합니다. 삼가 아뢰옵니다.

해제

원화 13년(818) 봄 형부시랑 재직 시에 어명을 받들어 「평회서비(平淮西

碑)」 탑본 1부를 한홍(韓弘)에게 보내었을 때 한홍이 감사의 뜻으로 물품을 보내온 것과 관련해 올린 표문. 「평회서비」(HS-239)에는 한홍의 공적에 대한 언급이 들어 있기 때문에, 한홍은 어명에 의해 하사된 이 비문의 부본을 받아들고 감격해 한유에게 비단 5백 필을 사례품으로 보냈다. 이에 작자는 그 사례품을 사사롭게 수령하지 않고 이 표문을 올려 조정에 의견을 구한 것이다. 한홍의 생애와 회서 지방 토벌전쟁에서 거둔 그의 공적에 대해서는 그의 신도비명(HS-245)과 「평회서비」(HS-239)를 참조하기 바란다.

원문 및 주석

右臣先奉恩敕撰平淮西碑文, 伏緣[1]聖恩以碑本[2]賜韓弘等 ; 今韓弘寄絹五百匹與臣充人事[3], 未敢受領, 謹錄奏聞, 伏聽進止。謹奏。

1　緣(연) : ∼로 말미암아. ∼에 근거해.
2　碑本(비본) : 비석에 새겨진 글의 탑본.
3　人事(인사) : 인사로 보낸 물품. 사례품. 예물. '人事物'로도 쓴다. 「사허수왕용남인사물장(謝許受王用男人事物狀)」(HS-289) 주석 5 참조.

 「한홍의 사례품 수령을 윤허해준 것에 대한 감사 보고서」
謝許受韓弘物狀

신 아무개 아룁니다. 오늘 환관 제오문숭(第五文嵩)이 신의 집에 건너 와 전하는 성지를 받들고 보니, 신에게 한홍(韓弘) 등이 비문 작성 관련 사례품으로 보내온 비단을 수령하도록 하신 것이었습니다. 은총이 일을 따라 신에게 미치고 영예로움이 총애하심과 함께 하나가 되니, 부끄럽 기도 하고 기쁘기도 하며 두렵기 그지없어 어떻게 말씀드려야 좋을지 모르겠습니다.

엎드려 생각건대 위로 성스러운 황제의 공적을 찬양하는 것은 신하 로서의 직무며, 아래로 그 은택이 여러 장군들에 베풀어지게 하는 것은 글이 지니고 있는 당연한 소임입니다. 폐하께서는 겸허함으로 광채가 더욱 밝게 드러나도록 처신하시고 부지런히 독려해 일을 담당하시며, 황제의 부절을 가지고 나가 공적을 세운 장군들에게 각각 비문 한 부씩 을 하사하시어 조정이 그들의 공로를 자세히 기록하고 있다는 것을 알리셨습니다. 한홍은 은혜로우신 하사를 영광스럽게 여기고는 마침내 신에게 비단을 보내왔는데, 신으로 말씀드리자면 무슨 일을 했기에 가만히 앉아서 후한 예물을 받을 수 있겠습니까? 은총은 폐하로부터 내려졌는데 그 이익은 신에게 돌아오게 되었기에, 부끄러운 마음으로 성은을 받들며 놀랍고 황공해 몸 둘 바를 모르겠습니다. 성은에 감사하며 부끄러움이 간절해 지극한 데 이름을 감당하지 못하겠습니다.

해제

　원화 13년(818) 봄 형부시랑 재직 시에 어명을 받들어 「평회서비(平淮西碑)」 탑본 1부를 한홍(韓弘)에게 보냈을 때, 한홍이 감사의 뜻으로 보내온 물품을 수령하도록 헌종 황제가 허락하자 이에 대한 감사의 표시로 올린 보고서. 작자 자신을 낮추고 모든 은덕을 황제에게 돌리는 뜻이 글의 도처에 흘러넘친다. 「주한홍인사물표(奏韓弘人事物表)」(HS-293)를 참조하기 바란다.

원문 및 주석

臣某言 : 今日品官第五文嵩[1]至臣宅, 奉宣聖旨, 令臣受領韓弘等所寄撰碑人事絹者。恩隨事至, 榮與幸幷, 懇抃[2]怵惕[3], 罔知所喩[4]。

1　第五文嵩(제오문숭) : 환관의 성명. ‘第五’는 중국에서 희귀한 복성(複姓)의 하나

다.

2 慙抃(참변) : 부끄럽기도 하고 기쁘기도 하다.

3 怵惕(출척) : 두렵기 그지없다. 몹시 두렵다.

4 喩(유) : 알리다. 말씀드리다. 설명하다.

伏以上贊聖功, 臣子之職; 下霑[5]輩帥, 文字所宜。陛下謙光[6]自居, 勸勵爲事, 各賜立功節將[7]碑文一通, 使知朝廷備錄勞效[8]。韓弘榮於寵賜, 遂寄縑帛與臣, 於臣何爲, 坐受厚貺[9]? 恩由上致, 利則臣歸, 慙戴[10]兢惶[11], 擧措無地 ; 無任感恩慙懇之至。

5 霑(점) : 은택이 미치다. 베풀어지다.

6 謙光(겸광) : 『역경·겸괘(謙卦)·단사(彖辭)』에 보이는 "겸손한 것은 높으면서 빛난다(謙, 尊而光)"라고 한 데서 나온 말로 높은 자리에 있는 사람이 겸허함으로 빛나는 미덕이 환하게 드러나도록 하는 것을 뜻한다.

7 節將(절장) : 부절을 가진 장군. 황제의 임명을 받고 야전에 투입된 장군.

8 勞效(노효) : 공로. 공적.

9 厚貺(후황) : 후한 하사. 극진한 예물.

10 慙戴(참대) : 부끄러운 마음으로 성은을 받들다.

11 兢惶(긍황) : 놀랍고 황공하다.

　　신 한유 아룁니다. 신이 엎드려 6월 8일자 칙령을 보았더니, 미친 자객들이 조정 중신들을 살해하고 다치게 하여 체포하는 중이지만 아직 잡아들이지 못했기에, 폐하께서는 비통해하며 놀라고 애도하심이 잠자리나 식사에까지 나타나고 있는 가운데, 특별히 조서를 내리시어 관련 법규와 기준을 분명히 세우게 하고서, 자객들을 잡아오는 자가 있으면 돈 1만관(貫)을 하사하고 또 덧붙여 파격적으로 관직까지 임명하겠다고 하셨습니다. 지금 암살 사건에 가담한 자객들 중에 4분의 3은 이미 체포했고, 그 나머지 두 사람은 아마도 걱정할 만한 것이 못됩니다. 종적을 추적해본 결과 그 일이 왕승종(王承宗)의 사주로 말미암은 것임을 알게 되었으므로 재차 분명한 칙령을 내리시어 왕승종과 조정과의 관계를 끊으시고, 또 왕사칙(王士則)과 왕사평(王士平) 등에게 관직을 주셨습니다. 6월 8일자 칙령은 집행되지 않은 것이 없습니다만, 단 하나 현상금만은 아직 하사되지 않아서 뭇사람들이 심정적으로 의혹을 품은 채 폐하의 의중을 가늠하기 어려워하고 있습니다. 듣기에 처음 현상금을 수레에 싣고 저잣거리에 가져다놓았을 때 저잣거리에는 구경꾼들이 매일 수만 명이나 몰려와서, 현상금 주변을 빙빙 돌며 쳐다보고는 한숨을 쉬며 탄식하다가 떠나갔다가는 다시 돌아오기를 날이 저물 때까지 되풀이했다고 합니다. 백성들이란 소인배라서 재물을 중시하고 도의를 경시하며 사리를 깊이 통달하고 있지 못하기 때문에, 단지 현상금을 지급하지 않는 것만을 보고 조정에서 그 돈이 아까워서 약속을 지키지 않는다고 여기고 있을 것입니다. 이 소문이 가까이로부터 멀리까지 전해져나가면 해명할 길조차 없어집니다. 게다가 현상금을 내건 것은 자객들을 체포하기 위한 것이고 지금 자객들은 이미 참형에 처해졌는데, 만약 체포해 들인 사람이 없다면 국가가 무슨 수로 저 자객들을 체포해 형법을 바로 세울 수 있었겠습니까? 또 왕승종을 어떻게 토벌해 조정과의 관계를 끊도록 할 수 있었겠습니까? 왕사칙과 왕사평에게는 또 어떻게 훌륭한 관직을 줄 수 있었겠습니까? 이 세 가지 일은 모두 자객들을 체포한 것으로 말미암았고 자객들을 체포한 것은 필시 그 일을 한 사람이 있었기 때문이거늘, 지금 와서 현상금을 지급하시지 않는 것은 실로 이해하기 어렵습니다. 비록 폐하의 심중에 홀로 살피신 바가 있어 마땅히 현상금을 내려주어서는 안 된다는 것을 분명히 알고 계신다고 하더라도, 천하 백성들과 아득히 먼 후대 사람들을 어떻게 대하려 하시는지요!

하물며 지금 오원제(吳元濟)와 왕승종은 아직 붙잡아 없애지 못했고, 하북도(河北道)와 하남도(河南道)의 땅은 여태껏 태반을 수복하지 못했으며, 농우도(隴右道)와 하서(河西) 지역은 모두 이민족의 수중에 넘어가 있는 상태입니다. 마땅히 대대적으로 규정이나 법령을 분명하게 정비하시고 신의가 말보다 앞서도록 하시고 나서, 폐하께서 호령하고 지휘하시어 공적이나 이익을 도모하셔야 할 것입니다. 하물며 폐하는 즉위하신 이래 지속적으로 위대한 공적을 세우셨으니, 양혜림(楊惠琳)을 참수하고 하주(夏州)를 수복하셨으며, 유개(劉闢)를 참수하고 검남(劍南)의 동천(東川)과 서천(西川)을 수복하셨으며, 이기(李錡)를 참수하고 강동(江東)을 수복하셨으며, 노종사(盧從史)를 포박해 들이고 택주(澤州)와 노주(潞州) 등 다섯 개 주를 수복하셨고, 위세와 은덕이 베풀어진 곳에는 병기의 칼날을 더럽히지 않고도 위주(魏州)와 박주(博州) 등 여섯 개 주를 수복하셨으며, 장무소(張茂昭)와 장음(張愔)을 불러들이어 역주(易州)·정주(定州)·서주(徐州)·사주(泗州)·호주(濠州) 등 다섯 개 주를 수복하셨습니다. 우리 당나라 건국 이후로 역대 황제들 중에 공덕이 폐하보다 더 높으셨던 분은 계시지 않았으니, 폐하의 공덕이 환하게 빛나고 우뚝 솟아 있어서 그 빛이 전후 시대를 두루 비추고 있다고 일컬을 만합니다. 이것은 하늘이 폐하께 신령하고 성스러우며 영명하고 용맹스러운 덕을 내려주어 대당(大唐) 중흥의 임금으로 삼으셨기 때문이며, 종묘에 모셔진 선조의 신령들이 보우하신 덕분입니다. 폐하께서 힘써 노력해 멈추지 않고 신의로 지켜나가신다면, 이민족의 수중에 넘어가 있는 옛 땅을 쉽게 수복하고 태평성대가 이르게 하는 것도 어렵지 않을 것이니, 마치 준족의 말을 타고 평탄한 길을 가는 것과 같아서 더디 가든 빨리 가든 앞으로 나아가든 뒤로 물러나든 간에 모두 마음먹은 대로 하실 수 있고, 가고자 하는 곳이 있다면 못 갈 곳이 없을 것입니다. 이런 때일수록 더더욱 사람들에게 신의를 보이셔야 할 것입니다. 공자께서는 신의를 지키고 먹을 것을 버리려고 했습니다. 사람은 먹을 것이 아니면 살 수 없는데도 불구하고 생명을 버리면서까지 신의를 지키고자 하는데, 하물며 까닭도 없이 신의를 가볍게 버리셔야 되겠는지요!

옛날 진(秦)나라 효공(孝公)은 상앙(商鞅)을 재상으로 등용해 국가를 부유하게 하고 군대를 강성하게 하고자 하여, 나라에 법령을 시행하고자 하나 백성들이 믿지 않을까봐 염려되어 길이가 세 길인 나무를 저자 남문에 세워놓고 그것을 북문으로 옮길 수 있는 자가 있으면 금 50냥을 주겠다며 사람을 모집했습니다. 어떤 사람이 그 나무를 옮기자 바로 그에게 금 50냥을 주었습니다. 그러자 진나라 사람들은 임금께서 말씀하시면 반드시 지킨다고 여겨서, 그로 인해 법령이 대대적으로 시행되어 나라는 부유해지고 군대는 강성해져서 천하에 대적할 자가 없게 되었습니다. 길이가 세 길인 나무는 옮기기가 어렵지 않으므로 옮겼다고 해서 무슨 공이 있는 것도 아니지만, 그럼에도 불구하고 효공이 바로 그 사람에게 약속한 금을 준 것은 자기가 한 말을 반드시 지킨다는 것을 내보이기 위해서였습니다.

그리고 옛날 주(周)나라 성왕(成王)이 아직 어렸을 적에 동생 숙우(叔虞)와 장난을 치다가 오동나무 잎을 잘라내어 규(珪)의 모양을 만들고는 말했습니다.

"진(晉) 땅을 너의 영지로 봉하노라."

그러자 신하 사일(史佚)이 길일을 택해 숙우를 후작(侯爵)으로 봉하도록 요청했습니다. 성왕이 말했습니다.

"나는 그와 장난을 했을 따름이오."

사일이 말했습니다.

"천자에게는 장난삼아 하는 말씀이란 없습니다. 천자가 말씀을 하시면 사관이 그것을 기록하고 예법에 따라 성사시키며 악장을 지어 노래합니다."

그리하여 성왕은 그대로 진 땅에 숙우를 봉했습니다.

또한 옛날 한(漢)나라 고조(高祖)는 황금 4만근을 내어 진평(陳平)에게 건네며 자기 마음대로 쓰도록 맡기고는 돈이 들어오고 나가는 것을 묻지 않고 항우(項羽)를 처치하도록 했습니다. 진평은 그 황금으로 초(楚)나라 내부를 이간질했고, 수 년 안에 한나라는 천하를 차지했습니다. 그리하여 논자들은 모두 한나라 고조는 이익에 깊이 통달한 사람이어서, 황금 4만근으로 천하를 손에 넣었다고들 했습니다. 이로써 보건대 예로부터 자기 말에 신뢰를 주지 않고 큰 공을 세운 경우는 있어본 적이 없고,

적은 재물조차 쓰지 않고 큰 이익을 거둔 경우도 있어본 적이 없었습니다.

신은 자객들을 고발한 사람들과 본래 갚아야 할 어떤 은혜나 의리도 없으므로 저들이 비록 현상금을 받는다고 하더라도 신과는 아무런 상관이 없습니다만, 번거롭게 함을 피하지 않고 해야 할 말을 성심껏 다 털어놓은 까닭은 폐하의 신의가 온 천하에 널리 행해지도록 하고픈 때문입니다. 엎드려 바라옵건대 신의 어리석고 식견이 부족하며 편벽되고 아둔한 죄를 용서하시고, 간절하고 지극히 정성스러운 마음을 거두어주시옵소서. 이는 온 천하의 행운이지 신 개인의 행운은 아닙니다. 삼가 표문을 받들어 아뢰오며 신 한유는 진실로 황공하옵니다.

해제

원화 10년(815) 6월 고공낭중·지제고 재직 시에 지은 표문. 이때 진주(鎭州)절도사 왕승종(王承宗)이 파견한 자객이 밤에 장안의 정안방(靖安坊)에 매복해 있다가 번진 토벌을 극력 주장해온 재상 무원형(武元衡)을 살해하고, 또 통화방(通化坊)에서 어사중승(御史中丞) 배도(裴度)의 머리 부분에 중상을 입힌 사건이 발생했다. 이 엄청난 사건이 온 도성을 발칵 뒤집어놓았지만, 주전파 사이에 동요가 일어나 범인 수사조차 제대로 진척되지 않고 있자 병부시랑(兵部侍郎) 허맹용(許孟容)이 헌종 황제에게 재상의 시신이 아직 길가에 방치되어 있는데도 범인을 잡으려 하지 않는 것은 조정의 수치라며 눈물로 호소해 수사에 착수하도록 했다. 이에 조정에서는 자객 체포를 위해 도성과 모든 도(道)에 칙령을 내려 자객을 체포하는 자에게 포상금 1만관(貫)과 5품의 관직을 하사하겠다고 공표했다. 이해 6월 경술일(庚戌日, 10일)에 신책장군(神策將軍) 왕사칙(王士則) 등이 자객들의 명단과 함께 이 소행이 왕승종의 사주에 의한 것임을 조정에 보고하자, 조정에서 장안(張晏) 등 여덟 사람을 체포해 국문했다. 경조윤(京兆尹) 배무(裴武)와 감찰어사(監察御史) 진중사(陳中師)의 국문 시에 장안 등은 무원형을 살해한 것이 자신들의 소행임을 자백했기 때문에, 무진일(戊辰日, 28일)에 장안 등 다섯 사람을 처형했다. 이상은 『구당서·헌종기』에 실린 본 사건 관련 기록의 개요다. 그런데 『구당서·여원응전(呂元膺傳)』에 의하면 원화 10년 7월에 동도유수(東都留守) 여원응이 낙양에 있는 이사도(李師道)의 저택에서 그의 부장 자가진(訾嘉珍)과 문찰(門察) 두 사람을 체포해 조사했더니 이들이 모두 무원형을 살해했다고 실토했다. 그렇다면 무원형을 살해하고 배도를 찌른 자객은 치청(淄靑)절도사 이사도가 보낸 자들이지 왕승종이 보낸 자들이 아니다. 당시 장안에는 이 사건을 둘러싼 사람들의 논쟁이 매우 시끌벅적했다고 하는바, 자객의 진위 여부에 대해 논란이 많았음을 알 수 있다.

　작자는 자객이 이미 체포되었음에도 불구하고 현상금이 지급되지 않고 있자 이 표문을 올려 칙령을 준수함으로써 천하에 조정의 신의를 알려야 한다는 주장을 피력했는데, 「여원응전」의 기록에 주목한다면 조정에서는 실제 범인이 아닌 사람을 체포해 처형한 사실을 인지하고 있었던 터인지라 왕사칙 등에게 현상금을 지급하지 않았을 가능성이 높다고 하겠다. 어찌되었든 작자는 이 표문을 통해 시종일관 번진 할거를 반대해온 자신의 입장을 재확인했다. 즉 번진이 창궐하던 당시에 그들 세력의 토벌을 주장한 조정 중신을 해친 자객들을 체포하고 현상금 지급 약속을 지키도록 요청한 것은 자신의 입장을 다시 한 번 분명하게 천명한 셈이 된다. 이 글은 관점이 명확하고 변론에 힘이 있으며, 고금의 실제 사례를 끌어와 논증을 했기 때문에 설득력도 있다. 언어 표현이 자연스럽고 막힘이 없으며 문장의 기세도 상당하다는 평을 받는다.

원문 및 주석

臣愈言：臣伏見六月八日敕, 以狂賊傷害宰臣[1], 擒捕未獲, 陛下悲傷震悼[2], 形於寢食, 特降詔書, 明立條格[3], 云有能捉獲賊者, 賜錢萬貫[4], 仍[5]加超授[6]。今下手[7]賊等, 四分之內, 已得其三；其餘兩人, 蓋不足計。根尋蹤跡, 知自承宗[8], 再降明詔, 絶其朝請[9]；又與王士則、士平等官[10]：八日之制, 無不行者；獨有賞錢, 尚未賜給, 羣情疑惑, 未測聖心。聞初載錢置市[11]之日, 市中觀者日數萬人, 巡繞[12]瞻視, 咨嗟[13]歎息, 既去復來, 以至日暮。百姓小人, 重財輕義, 不能深達事體[14], 但見不給其賞, 便以爲朝廷愛惜此錢, 不守言信。自近傳遠, 無由辯明。且出賞所以求賊, 今賊已誅斬, 若無人捉獲, 國家何因得此賊而正刑法也？承宗何故而賜誅絶[15]也？士則、士平何故與美官也？三事既因獲賊, 獲賊必有其人, 不給賞錢, 實亦難曉。假如聖心獨有所見, 審知[16]不合[17]加賞；其如天下百姓及後代久遠之人[18]哉！

---

1 宰臣(재신)：조정 중신. 여기서는 재상 무원형(武元衡)과 어사중승(御史中丞) 배도(裴度)를 가리킨다.

2 震悼(진도)：놀라고 애도하다.

3 條格(조격)：관련 법규와 기준.

4 貫(관)：돈꿰미. 엽전 천 문(文)을 꿴 꾸러미를 1관이라고 했다.

5 仍(잉)：재차. 또 다시.

6 超授(초수)：파격적으로 임명하다. 관례를 따르지 않고 등급을 넘어 관직을 주다. 자객들을 잡아들이기 위해 1만관의 현상금 외에 5품의 관직을 수여하겠다는 칙령이 내려진 것을 말한다.

7 下手(하수)：죄를 저지르다. 사람을 살해하다.

8 承宗(승종)：진주(鎭州)절도사 왕승종(王承宗).

9 朝請(조청)：외직이 있는 신하가 도성에 와서 황제를 알현하다. 본래 한(漢)나라 때의 법률에 의하면 제후가 봄에 황제를 알현하는 것을 '朝', 가을에 황제를 알현하는 것을 '請'이라고 했는데, 뒤에 널리 황제를 알현하는 것을 말했다.

10 與王士則士平等官(여왕사칙사평등관)：왕사칙(王士則)과 왕사평(王士平)은 왕무준(王武俊)의 아들로 성덕군(成德軍)절도사 왕사진(王士眞)의 동생이고 왕승종의 숙부다. 그리고 왕사칙은 왕사평의 이복형이다. 원화 4년(809) 왕사진 사후에 그의 아들 왕승종이 유후(留後)를 자처한 뒤 숙부들을 받아들이지 않으므

로 왕사칙은 도망쳐 수도 장안에 이르러 헌종으로부터 신책대장군(神策大將軍)
에 임명되었다. 무원형 살해 사건이 일어난 뒤 왕사칙은 왕승종이 장안(張晏)
등을 파견해 이 사건을 저지르게 했다고 고해 바쳐 조정에서 장안 등 여덟 사람
을 체포할 수 있었다. 장안 등이 처형된 뒤 왕사평에게는 좌금오위대장군(左金
吾衛大將軍)이 더해졌다. 본래 왕사평은 정원(貞元) 연간에 덕종의 딸 의양공주
(義陽公主)에게 장가들어 부마도위(駙馬都尉)가 되었다가 안주자사(安州刺史)
를 역임한 적이 있는 사람이다. 이 두 사람은『구당서』와『신당서』에 모두 전기
가 실려 있다.

11 市(시) : 저자. 상업 집결 지구. 당나라 때에 수도 장안에 동시(東市)와 서시(西
市)가 개설되어 있었다.

12 巡繞(순요) : 빙빙 돌다. '巡遶'로도 적는다.

13 咨嗟(자차) : 탄식하는 소리. 탄식하며 찬미하는 뜻의 감탄사.

14 事體(사체) : 사리. 도리.

15 誅絶(주절) : 토벌해 조정과의 관계를 끊다. 토벌한 뒤 조정에 황제를 알현하러
오는 예를 행하지 못하도록 조치하다.

16 審知(심지) : 분명히 알다. 명확히 알다.

17 合(합) : 마땅히.

18 人(인) : 바로 뒤에 '하(何)'자가 있어서 앞의 '如(여)'자와 어울려 '如 …… 何'의 용
법임이 분명하게 드러나는 판본도 있다.

況今元濟[19]、承宗, 尚未擒滅[20] ; 兩河之地[21], 太半未收 ; 隴右[22]、河西[23], 皆
沒戎狄[24] : 所宜大明約束[25], 使信在言前, 號令指麾, 以圖功利. 況自陛下
卽位已來, 繼有丕績[26] ; 斬楊惠琳[27], 收夏州 ; 斬劉闢[28], 收劍南東、西川,
斬李錡[29], 收江東 ; 縛盧從史[30], 收澤潞等五州 ; 威德所加[31], 兵不汙刃, 收
魏博等六州 ; 致張茂昭、張惜[32], 收易定徐泗濠等五州. 創業[33]已來, 列聖[34]
功德未有能高於陛下者, 可謂赫赫[35]巍巍[36], 光照前後矣. 此由天授陛下神
聖英武之德, 爲巨唐中興之君 ; 宗廟神靈, 所共祐助. 勉强不已, 守之以
信, 則故地不足[37]收, 而太平不難致 ; 如乘快馬行平路, 遲速進退, 自由其
心, 有所欲往, 無不可者. 於此之時, 特宜示人以信. 孔子欲存信去食[38] :
人非食不生, 尚欲捨生以存信 ; 況可無故而輕棄也!

19 元濟(원제) : 오원제(吳元濟). 자세한 사항은「평회서비(平淮西碑)」(HS-239) 참조.

20 擒滅(금멸) : 붙잡아 멸하다. 체포해 없애다.

21 兩河之地(양하지지) : 안사의 난 이후에 하북도(河北道)과 하남도(河南道)를 합
하여 '兩河'라고 불렀는데 당시 번진(藩鎭) 세력의 거점 지역이었다.『신당서·

번진전』에 열거된 8개 진(鎭)이 모두 이 지역에 있었다.

22 隴右(농우) : 당나라 현종 개원(開元) 이후에 천하를 15개 도로 나눈 것의 하나로 도청 소재지는 선주[鄯州 : 지금 청해성 낙도현(樂都縣)]에 있었고, 관할 지역이 지금 감숙성 농산(隴山) 서쪽, 신강성 우루무치(烏魯木齊) 동쪽, 청해성 동북부 지역이었다.

23 河西(하서) : 널리 황하 서쪽 지역을 가리켰으며 하우(河右)로도 불렀다. 관할 지역이 지금 섬서성과 감숙성 및 내몽고자치구의 일부 지역을 포괄한다.

24 沒戎狄(몰이적) : 안사의 난 이후에 농우도와 하서 지역은 맨 먼저 토번족(吐蕃族)이나 서역(西域) 여러 부족에게 점령되었다.

25 約束(약속) : 규정이나 법령.

26 丕績(비적) : 큰 공적.

27 斬楊惠琳(참양혜림) : 이하 두 구절은 「평회서비」(HS-239) 주석 17 참조.

28 斬劉闢(참유벽) : 이하 두 구절은 「평회서비」(HS-239) 주석 18 참조.

29 斬李錡(참이기) : 이하 두 구절은 「평회서비」(HS-239) 주석 19 참조.

30 縛盧從史(박노종사) : 이하 두 구절은 「평회서비」(HS-239) 주석 20 참조.

31 威德所加(위덕소가) : 이하 두 구절은 「평회서비」(HS-239) 주석 22 참조.

32 致張茂昭張愔(치장무소장음) : 이하 두 구절은 「평회서비」(HS-239) 주석 21 참조.

33 創業(창업) : 고조(高祖) 이연(李淵)이 당나라 왕조를 세운 것을 말한다.

34 列聖(열성) : 당나라 고조 이후의 여러 황제를 가리킨다.

35 赫赫(혁혁) : 환하게 빛나는 모양.

36 巍巍(외외) : 우뚝 높이 솟은 모양.

37 不足(부족) : 쉽다. 어렵지 않다. 바로 뒤 구절의 '不難'과 같은 뜻의 다른 표현이다.

38 孔子欲存信去食(공자욕존신거식) : 이 구절은 『논어・안연(顔淵)』편에 보이는 공자와 자공의 다음 대화, 즉 "자공이 정치에 대해 묻자 공자께서 '먹을 것을 넉넉하게 해주고, 군비도 풍족하게 해놓고, 백성들이 신뢰하도록 만들어야 한다'고 답하셨다. 자공이 '어쩔 수 없이 하나를 버려야 한다면 이 세 가지 중에서 어떤 것을 먼저 버려야 합니까?' 하고 묻자, 공자께서 '군비를 풍족하게 하는 것을 버려야 한다'고 하셨다. 자공이 또 '어쩔 수 없이 하나를 버려야 한다면 이 두 가지 중에서 어떤 것을 먼저 버려야 합니까?' 하고 묻자, 공자께서 '먹을 것을 넉넉하게 하는 것을 버려야 한다. 예로부터 사람은 죽기 마련이지만, 백성들이 신뢰하지 않으면 정치는 바로 설 수 없기 때문이다'고 답하셨다(子貢問政. 子曰 : '足食, 足兵, 民信之矣.' 子貢曰 : '必不得已而去, 於斯三者何先?' 曰 : '去兵.' 子貢曰 : '必不得已而去, 於斯二者何先?' 曰 : '去食. 自古皆有死, 民無信不立')"에 근거한 것이다.

昔秦孝公[39]用商鞅爲相, 欲富國强兵, 行令於國, 恐人不信, 立三丈之木於市南門, 募人有能徙置北門者與五十金. 有一人徙之, 輒與五十金. 秦人

以君言爲必信, 法令大行, 國富兵强, 無敵天下。三丈之木, 非難徙也, 徙
之非有功也 ; 孝公輒與之金者, 所以示其言之必信也。昔周成王⁴⁰尚小, 與
其弟叔虞爲戲, 削桐葉爲珪⁴¹, 曰 : "以晉封汝。" 其臣史佚因請擇日立叔虞
爲侯。成王曰 : "吾與之戲耳。" 史佚曰 : "天子無戲言。言之則史書之, 禮成
之, 樂歌之。" 於是遂封叔虞於晉。昔漢高祖⁴²出黃金四萬斤與陳平, 恣⁴³其
所爲, 不問出入, 令謀⁴⁴項羽。平用金間⁴⁵楚, 數年之間, 漢得天下。論者皆
言漢高祖深達於利, 能以金四萬斤致得天下。以此觀之 : 自古以來, 未有
不信其言而能有大功者 ; 亦未有不費少財而能收大利者也。

39　秦孝公(진효공) : 이하 12구절의 사적은 『사기・상군열전(商君列傳)』에 보인다.

40　周成王(주성왕) : 이하 14구절의 사적은 『사기・진세가(晉世家)』에 보인다. '晉'
　　은 지금 산서성 남부 지역을 근거지로 건국된 제후국이다.

41　珪(규) : 고대 제왕과 제후들이 조회나 제사 의식을 거행할 때 손에 든 옥으로
　　만든 기물로 윗부분은 둥글고 아래는 네모난 모양이었다. 봉작을 내릴 때 이것
　　을 하사해 신표로 삼기도 했다.

42　漢高祖(한고조) : 이하 일곱 구절의 사적은 『사기・진승상세가(陳丞相世家)』에
　　보인다. 진평(陳平)은 본래 진섭(陳涉)이 봉기를 일으켰을 때 항우(項羽)의 휘하
　　에서 신무군(信武軍)에 봉해져 있었으나, 뒤에 위무지(魏無知)의 천거로 유방
　　(劉邦)에게 귀의해 호군중위(護軍中尉)에 임명된 뒤 여러 차례 기발한 책략을
　　내어 그 공으로 곡역후(曲逆侯)에 봉해졌으며, 혜제(惠帝) 때에 좌승상(左丞相)
　　까지 올랐다.

43　恣(자) : 맡기다. 원하는 대로 하도록 하다. 좋을 대로 하게 하다.

44　謀(모) : (목숨을) 도모하다. 처치하다.

45　間(간) : 이간질하다. 이간시키다. 진평(陳平)이 황금으로 초(楚)나라 군대를 매
　　수해 항우 휘하의 지략가인 범증(范增)이나 전략과 용맹을 겸비한 장군 종리매
　　(鍾離眛) 등이 유방과 내통하고 있다는 유언비어를 날조해 유통시킴으로써 항
　　우가 그들을 의심하도록 한 것을 말한다.

臣於告賊之人⁴⁶, 本無恩義, 彼雖獲賞, 了不關⁴⁷臣 ; 所以區區⁴⁸盡言不避煩
黷⁴⁹者, 欲令陛下之信行於天下也。伏望恕臣愚陋僻戇⁵⁰之罪, 而收其懇款⁵¹
誠至⁵²之心 : 天下之幸, 非臣之幸也。謹奉表以聞, 臣愈誠惶誠恐。

46　告賊之人(고적지인) : 왕사칙과 왕사평. 『구당서・헌종기』에 의하면 원화 10년
　　(815) 6월 경술일(庚戌日, 10일)에 이들이 도적떼의 명단과 이 소행이 왕승종의
　　사주에 의한 것임을 조정에 보고하자 조정에서 장안 등 여덟 사람을 체포해 처

형했다.

47 了不關(요불관) : 전혀 관계가 없다. 아무런 상관이 없다.
48 區區(구구) : 성심껏. 정성을 다하는 모양.
49 煩黷(번독) : 번거롭게 함. 자주 폐를 끼침.
50 僻憃(벽송) : 편벽되고 아둔하다.
51 懇款(간관) : 진지하고 간절하다.
52 誠至(성지) : 지극히 정성스럽다. '至誠'과 마찬가지다.

論佛骨表

신 아무개 아뢰옵니다. 엎드려 생각건대 불교는 외국 오랑캐의 한 법술일 따름입니다. 후한(後漢) 시대에야 중국에 흘러 들어왔고 상고시대에는 있은 적이 없었습니다. 옛날에 황제(黃帝)께서는 재위 100년에 향년 110세였고, 소호(少昊)께서는 재위 80년에 향년 100세였으며, 전욱(顓頊)께서는 재위 79년에 향년 98세였고, 제곡(帝嚳)께서는 재위 70년에 향년 105세였으며, 요(堯)임금께서는 재위 98년에 향년 118세였고, 순(舜)임금과 우(禹)임금께서는 향년이 모두 100세였습니다. 그때에 천하는 태평했고 백성들은 편안하고 즐겁게 살며 장수를 누렸건만, 중국에 불교란 있지 않았습니다. 그 뒤에 은(殷)나라의 탕왕(湯王)께서도 향년이 100세였으며, 탕왕의 자손 태무(太戊)께서는 재위 75년이고 무정(武丁)께서는 재위 59년이었는데 역사서에서 그들의 향년이 얼마인지를 언급하지 않았으나 햇수를 미루어보건대 아마도 두 분 모두 100세보다 적지는 않았을 것입니다. 주(周)나라의 문왕(文王)께서는 향년이 97세이고, 무왕(武王)께서는 향년이 93세이며, 목왕(穆王)께서는 재위가 100년이셨습니다. 그때에도 불교가 아직 중국에 들어오지 않았으니, 불교를 신봉했기 때문에 그처럼 장수하게 된 것은 아닙니다. 한(漢)나라 명제(明帝) 때에 비로소 불교가 들어왔는데 명제께서 재위하신 것은 겨우 18년일 뿐이었으며, 그 뒤에는 나라의 동란과 멸망이 지속되어 국운이 길지를 못했습니다. 송(宋)·제(齊)·양(梁)·진(陳)·북위(北魏) 이후에는 점점 더 경건하게 불교를 신봉했으나 왕조의 지속 연한은 더욱 짧아졌습니다. 오직 양나라 무제(武帝)만은 재위 기간이 48년이었는데, 전후로 세 차례나 몸을 바쳐 불교도가 되어 종묘의 제사에 희생 재물을 쓰지 않고 하루에 한 끼 식사를 하면서 그마저도 채소와 과일만을 들었으나, 그 뒤에 결국은 후경(侯景)에게 내몰려 대성(臺城)에서 굶어죽고 나라도 얼마 못 가서 멸망하고 말았습니다. 이는 불교를 신봉해 복을 빌었다가 도리어 화를 당했던 것이오니, 이를 통해 보건대 불교는 섬길 만한 것이 못 됨을 알 수 있습니다.

고조(高祖)께서 수(隋)나라로부터 선양을 받아 황제의 자리에 오르신 뒤 바로 승려나 사찰을 없애려는 논의를 하셨습니다. 당시의 뭇 신하들은 재능과 식견이 원대하지 못했던 탓에 고대 성왕의 도리와 고금의 이치를 깊이 깨달아 고조 황제의 성스럽고 영명하신 의도를 밝게 드러내어 불교를 믿는 폐단을 바로잡을 줄을 몰랐기 때문에, 불교를 없애려는 그 일이 결국 중단되어 버린 것을 신은 항상 유감스럽게 여기고 있었습니다. 엎드려 생각건대 예성문무황제(睿聖文武皇帝) 폐하는 성스러움과 빼어나신 용모가 수천 수백 년 이래로 비견할 데가 없습니다. 즉위하신 초기에는 곧 사람들에게 도첩을 발급해 중이나 비구니와 도사나 여관(女冠)이 되도록 하는 것을 허락하지 않으시고 또 불교 사찰과 도교 사원의 건립도 허락하지 않으셨기에, 신은 항상 고조의 뜻이 반드시 폐하의 손에서 실행될 것이라 여겼는데 지금 설령 즉각 실행할 수 없을지언정 어찌 방임해 불교가 갈수록 더욱 흥성하게끔 할 수 있겠습니까? 지금 듣건대 폐하께서는 뭇 승려들에게 봉상부(鳳翔府)에 가서 부처의 사리를 봉안해오게 하고서 궁궐 문루(門樓)에 올라 관람하시고 궁궐 안으로 들고 들어오게 하시며, 또 여러 사찰에 명하시어 번갈아 돌아가며 맞아들여 공양하도록 하셨다고 합니다. 신은 비록 지극히 어리석으나 필시 폐하께서 불교에 미혹되어 이처럼 숭배하는 예식을 거행함으로써 복록이나 길상을 기원하신 것이 아니라, 단지 풍년이 들어 사람들이 즐거워하고 있기에 민심의 바람에 따라 도성에 사는 관리나 백성들에게 특이한 구경거리와 만지작거리며 즐길 놀이거리를 마련해주시려는 것뿐임을 잘 알고 있습니다. 이토록 성스럽고 영명하신 폐하께서 어찌 이러한 일을 신봉하실 리가 있겠습니까! 그러나 백성들은 무지몽매해 현혹되기 쉽고 깨우치기 어려운 법인지라, 만약 폐하께서 이와 같이 하시는 것을 보면 장차 폐하께서 진심으로 부처를 섬기신다고 여기면서 모두 다음과 같이 말할 것입니다.

"천자께서는 위대하신 성인이신데도 오히려 한 마음으로 공경하고 믿으시는데, 백성들이 뭐 그리 대단한 존재라고 몸뚱이와 목숨을 더 아껴야 한단 말인가!"

그러고는 정수리에 향을 불사르고 손가락에 기름을 부어 불에 태우며 수백 또는 수십 명씩 떼를 지어 몰려다니고, 옷을 벗어 주고 돈을 희사하기를 아침부터 저녁까지 하며, 서로 돌아가며 본받으면서 오직 뒤질세라 걱정하고, 노소를 불문하고 분주하게 뛰어다니느라 자신들이 해야 할 생업마저 내팽개치고 말 것이옵니다. 만약 당장 이런 일을 금하지 않으시고 부처사리가 여러 사찰을 돌아다니게 하신다면 필시 팔을 자르고 살점을 도려내어 공양을 하는 자도 나오게 될 텐지라, 교화를 해치고 풍속을 손상시켜 사방의 웃음거리가 될 것이니 이는 사소한 일이 아니옵니다.

대체로 부처는 본래 오랑캐 땅의 외국인으로 중국과는 언어가 통하지 않고 의복도 양식을 달리하며, 입으로는 고대 성왕들의 예법에 맞는 도리를 말하지 않았고, 몸에는 고대 성왕들의 예법에 맞는 의복을 입지 않았으며, 임금과 신하의 의리와 부모와 자식 간의 정리도 몰랐습니다. 만약 그가 지금도 살아 있어서 그 나라의 사명을 받들고 우리 도성으로 폐하를 알현하러 온다면, 폐하께서 그를 받아들여 영접하시되 그저 선정전(宣政殿)에서 한 차례 접견하시고 예빈원(禮賓院)에서 한 차례 연회를 베푸신 뒤 옷 한 벌을 하사하시어 국경까지 그를 호위해 내보내어 백성들을 현혹시키지 못하도록 하시면 그만일 따름일진대, 하물며 그의 몸은 죽은 지 이미 오래되어 말라 썩어버린 뼈가 더러운 찌꺼기로 남았거늘 어찌 궁궐 안으로 들이셔야 되겠나이까? 공자께서 "귀신을 공경하되 멀리하라"라고 하셨습니다. 옛날 제후들은 국내에서 조문의 예를 행할 때라도 오히려 무당이나 축관을 시켜 먼저 복숭아나무 막대기와 갈대이삭 빗자루로 상서롭지 못한 것을 쓸어 내버리게 한 뒤에야 조문을 했습니다. 지금 까닭도 없이 썩어빠진 더러운 물건을 가지고 와서 폐하께서 친히 임해 관람하시는데도 무당이나 축관을 앞세우지도 않고 복숭아나무 가지와 갈대이삭 빗자루를 쓰지도 않으며, 뭇 신하들이 그 그릇됨을 말하지 않고 어사도 그 과오를 거론하지 않으니 신은 실로 그것을 부끄럽게 여기나이다. 바라옵건대 이 부처사리를 담당 관리에게 건네주어 물이나 불속에 던져 넣게 하시어 영원히 그 뿌리를 자르시고 천하 사람들의 의혹됨을 없애며 후대 사람들의 현혹됨을 단절시키시어, 천하 사람들에게 위대한 성인께서 하시는 행위가 보통 사람들보다 수만 배 뛰어나다는 것을 알도록 해주십시오. 그렇게 하신다면 어찌 성대하지 않겠습니까! 어찌 통쾌하지 않겠습니까! 부처가 만약 영험이 있어 재앙을 부릴 수 있다면 모든 재앙은 마땅히 신의 몸에 내려야 할 터인즉, 하늘이 굽어 살피니 신은 원망하거나 후회하지 않습니다. 지극히 감개격분하고 간절한 성심을 견딜 수 없기에 삼가 표문(表文)을 받들어 아뢰나이다. 신 아무개는 진실로 황공하옵나이다.

해제

원화 14년(819) 정월 형부시랑 재직 시에 지은 표문. 당나라 수도 장안 서쪽의 봉상부(鳳翔府)에 있는 법문사(法門寺)라는 절에 호국진신탑(護國眞身塔)이 있었는데, 그 탑에 석가모니 부처의 손가락뼈 사리가 한 마디 봉안되어 있었다. 그 뼈는 30년에 한 번씩 신도들에게 공개되었는데 그해에는 백성들이 화평하고 풍년이 들었다고 한다. 원화 14년 정월은 바로 탑을 열어 사리를 공개하는 때라서 헌종(憲宗) 황제는 환관 두영기(杜英奇)에게 궁녀 30명을 데리고 꽃과 향을 들고 가서 부처사리를 맞아오게 한 뒤, 궁궐 안에 들여와 사흘을 머무르게 하고 장안 내의 여러 사찰을 돌아가며 공양을 하게 했다. 당시에 관리나 백성 할 것 없이 부처 사리를 맞이하는 광풍이 극에 달해 사신공양과 재산 헌납은 물론 생업을 포기하는 경우까지 발생했다. 헌종 황제도 예외는 아니었다. 이런 현상에 대해 조정에서 누구 하나 잘못을 거론하는 사람이 없자 한유가 감연히 나서서 이 글을 쓰게 된 것이다.

이 글은 불교 배척의 취지를 선명하게 담은 명문으로 천고에 널리 애독되고 있다. 한유 전후에 불교 배척 관련 내용을 다룬 글이 많았고, 이 글이 불교에 관한 이해의 깊이나 불교 배척의 이론적 설득력이 떨어짐에도 불구하고 주목받고 있는 이유는 크게 두 가지다. 첫째, 작자는 불교 세력이 한창 창궐하고 조정이나 민간 할 것 없이 불교를 애호하는 기풍이 크게 성행하던 때를 살면서도, 개인의 안위를 돌보지 않고 황제의 역린을 건드리면서까지 대담하게 간언을 함으로써 남다른 담력과 용기를 보여주고 있다는 점이다. 둘째, 유학을 옹호하는 버팀목으로서 불교를 배척하는 자신의 입장을 시종 견지하고 있다는 점이다. 이런 인격적 매력이 이론상의 부족함을 메우고도 남는다고 할 수 있다. 이 글의 표현상의 가장 두드러진 특징도 정의감에 기초한 자신감과 도도한 기세가 행간에 흘러넘치는 데 있다. 문장 첫머리의 문제 제기는 중화와 이적을 구분하는 전통적 견해일 뿐 이론적 근거는 찾아보기 힘들며, 뒤이어 나온 언급도 불교 유입 이전 성왕들의 태평성세와 불교를 믿고 나라를 망친 사례를 열거하고 있으니 이 또한 논리적 비약과 허점이 분명하게 드러난다. 다만 일련의 비슷한 구조나 리듬을 가진 어구를 배열해 단숨에 서술함으로써 논박할 틈을 주지 않는 기세를 조성하는데 성공하고 있다. 이처럼 기선을 제압해 유리한 위치를 선점하고 나서, 부처사리를 맞이하는 의식으로 필봉을 돌려 그 폐해를 조목조목 들추어냄으로써 불교 배척이 마땅히 취해야 할 조치임을 밝히고, 끝까지 아무 두려움 없이 투쟁할 것임을 결연하게 표명하고 있는 것이다. 황제에게 올리는 표문인 만큼 표면적으로는 황제를 감싸고 책임을 신하들에게 돌리고 있는 것처럼 보이지만, 그런 옹호 속에 헌종 황제의 잘못이 더욱 분명하게 드러나게 한 기교 또한 예사롭지 않다. 감탄이나 반어 및 비슷한 구조나 리듬을 가진 어구를 교대로 많이 써서 격앙강개한 심정을 더욱 잘 표현한 것도 눈여겨 볼 만하다.

1987년 섬서성 부풍현(扶風縣) 소재 법문사 탑 아래의 지하궁실에서 부처사리와 당나라 때의 정교하고 아름다운 각종 불교 관련 기물들이 대량으로 출토된 바 있어, 약 1,200년 전에 불교를 애호하는 헌종 황제와 불교 배척의 선봉장인 한유 사이에 벌어진 논쟁의 추억을 어렴풋이나마 되살려주었다.

원문 및 주석

臣某言[1]：伏以佛者夷狄[2]之一法耳。　自後漢時流入中國[3]，　上古未嘗有也。

昔者黃帝[4]在位百年，年百一十歲；少昊[5]在位八十年，年百歲；顓頊[6]在位七十九年，年九十八歲；帝嚳[7]在位七十年，年百五歲；帝堯[8]在位九十八年，年百一十八歲；帝舜[9]及[10]禹年皆百歲：此時天下太平，百姓安樂壽考[11]，然而中國未有佛也。其後殷湯[12]亦年百歲，湯孫太戊[13]在位七十五年，武丁[14]在位五十九年；書史不言其年壽所極[15]，推其年數，蓋亦俱不減百歲。周文王[16]年九十七歲，武王[17]年九十三歲，穆王[18]在位百年：此時佛法亦未入中國，非因事佛而致然也。漢明帝[19]時，始有佛法，明帝在位纔十八年耳；其後亂亡相繼，運祚[20]不長。宋齊梁陳元魏[21]已下，事佛漸謹，年代尤促。惟梁武帝[22]在位四十八年，前後三度捨身施佛[23]，宗廟之祭，不用牲牢[24]，晝日一食[25]，止於菜果，其後竟爲侯景[26]所逼，餓死臺城[27]，國亦尋滅。事佛求福，乃更得禍；由此觀之：佛不足事，亦可知矣！

1　臣某言(신모언)：표문의 첫머리에 쓰는 상투적 표현. '某'는 자기 겸양의 표현. 본래 '愈'로 되어 있던 것을 한유의 문인들이 편집하면서 스승의 이름을 피휘하기 위해 '某'로 바꾸었을 가능성도 있다.

2　夷狄(이적)：옛날에 중국인들이 변방의 외국 민족을 낮추어 부른 말로 여기서는 천축(天竺) 곧 지금의 인도를 가리킨다.

3　後漢時流入中國(후한시유입중국)：불교가 후한 명제(明帝) 때에 중국으로 전래되었다는 설은 전통적 견해인데 불교의 중국 전래와 관련해 다음과 같은 일화가 전해진다. 영평(永平) 7년(64)에 명제가 꿈에 키가 10자가 넘고 머리에 빛이 나는 황금으로 된 신선을 보고 다음날 뭇 신하들에게 물으니 박학다식한 태사(太史) 부의(傅毅)가 부처라고 하자, 명제는 채암(蔡愔) 등을 천축국에 파견해 부처의 법을 구해오게 했다. 그들 일행이 돌아올 때『사십이장경(四十二章經)』을 얻어 당시 천축국의 고승 가섭마등(迦葉摩騰)과 축법란(竺法蘭) 등과 함께 돌아왔는데, 불경과 불상 등을 백마에 실어왔기에 수도 낙양에 백마사(白馬寺)를 건립했다. 이 두 고승은 백마사에 주석(駐錫)하면서 범어(梵語)로 된『사십이장경』을 한문으로 번역했다. 양현지(楊衒之)의『낙양가람기(洛陽伽藍記)』에 "백마사는 한 명제 때 세운 것인데 불교가 중국에 들어온 시초다(白馬寺, 漢明帝所建也, 佛敎入中國之始)"라는 기록이 보인다. 백마사는 중국 최초의 불교 사찰로 후한 영평 11년(68)에 처음 건립되었다. 불교의 실제 중국 전래 시기는 이보다 빠른 전한(前漢) 말 서력기원이 시작하는 무렵이라는 것이 일반적 견해다.

4　黃帝(황제)：성이 공손씨(公孫氏)고 호가 헌원씨(軒轅氏)며, 중국인들에 의해 한족(漢族)의 시조이자 모든 문물제도의 기원으로 떠받들어지고 있다. 이하 11구절에 보이는 상고시대 제왕의 재위 기간이나 향년은『사기』의「오제본기(五帝本紀)」나「하본기(夏本紀)」및 관련 옛 주석서에서 인용한 서적 등에 보이는 것

으로 옛 사람들은 사실로 믿었지만 실은 전설일 뿐이다.

5 少昊(소호) : 황제의 아들로 전해지며 동이족(東夷族) 계통의 시조다.

6 顓頊(전욱) : 황제의 손자고 창의(昌意)의 아들로 전해지며 호가 고양씨(高陽氏)다.

7 帝嚳(제곡) : 황제의 증손자고 요임금의 부친으로 전해지며 호가 고신씨(高辛氏)다.

8 帝堯(제요) : '帝嚳'의 아들로 전해지며 호가 도당씨(陶唐氏)라 당요(唐堯)로 불린다.

9 帝舜(제순) : '顓頊'의 7대손으로 전해지며 호가 유우씨(有虞氏)라 우순(虞舜)으
   로 불린다.

10 禹(우) : 황제의 현손으로 전해지며, 성은 사(姒)고 하후씨(夏后氏)며 이름이 문
   명(文命)이고 우(禹)는 호였는데 후대에 대우(大禹)로 추존되었다.

11 壽考(수고) : 장수하다. '考'는 여기서 글자의 본뜻인 '나이가 많다'는 의미로 쓰였다.

12 殷湯(은탕) : '帝嚳(제곡)'의 아들 설(契)의 14대손으로 전해지며 성은 자(子)고 이
   름이 이(履) 또는 천을(天乙)이다. 하(夏)의 폭군 걸왕(桀王)을 몰아내고 상(商)
   나라를 건국했는데, 뒤에 반경(盤庚)이 은(殷)으로 천도해 나라 이름이 '殷'으로
   불렸다.

13 太戊(태무) : 탕왕의 5대손. 재위 기간에 은나라의 중흥을 이루었고 역사에서 중
   종(中宗)으로 칭해진다.

14 武丁(무정) : 탕왕의 11대손. 재위 기간에 부열(傅說)을 재상으로 등용해 다시 한
   번 은나라의 중흥을 이루었고 역사에서 고종(高宗)으로 칭해진다.

15 極(극) : 이르다.

16 周文王(주문왕) : '帝嚳'의 후예 기(弃)의 후손으로 전해지며 성명은 희창(姬昌)이다.

17 武王(무왕) : '周文王'의 둘째 아들로 성명은 희발(姬發)이며 은나라의 폭군 주왕
   (紂王)을 몰아내고 주나라를 건국했다.

18 穆王(목왕) : '周文王'의 5대손으로 성명은 희만(姬滿)이다. 좀 더 자세한 사항은
   「구주서언왕묘비(衢州徐偃王廟碑)」(HS-220) 주석 10 참조.

19 漢明帝(한명제) : 성명이 유장(劉莊, 28-75)이고 광무제(光武帝)의 넷째 아들로
   후한 제2대 황제에 등극해 18년간(58-75) 재위했다. 불교 전래와 관련한 사항은
   주석 3 참조.

20 運祚(운조) : 국운(國運). 나라의 연조(年祚).

21 宋齊梁陳元魏(송제양진원위) : 남조의 네 왕조와 북조의 한 왕조로 특히 남조의
   네 왕조는 나라의 연조가 매우 짧았다. 즉 '宋'은 8황제 60년(420-479), '齊'는 7황
   제 24년(479-502), '梁'은 6황제 56년(502-557), '陳'은 5황제 33년(557-589)에 불과
   했다. '元魏'는 역사에서 북위(北魏) 또는 후위(後魏)로 불리는데 선비족(鮮卑族)
   의 탁발씨(拓跋氏)가 북방에 세운 나라로 효문제(孝文帝)에 이르러 성을 원씨
   (元氏)로 바꾸었으며 14황제에 나라의 연조가 149년간(386-534) 지속했다.

22 梁武帝(양무제) : 성명이 소연(蕭衍, 464-549)이고 양나라를 건국한 뒤 48년간
   (502-549) 재위했으며 불교를 국교로 삼았다.

23 三度捨身施佛(삼도사신시불) : 세 차례 몸을 바쳐 불교도가 되다. 실제 양무제는
   대통(大通) 원년(527), 중대통(中大通) 원년(529), 중대동(中大同) 원년(546), 태청

(太淸) 원년 네 차례에 걸쳐 건강[建康 : 지금 강소성 남경시(南京市)]에 있는 동태사(同泰寺)의 종으로 자신을 보시한 바 있는데, 그때마다 아들과 대신들이 속량전(贖良錢)을 내고 환속해왔다.

24 牲牢(생뢰) : 제사 때 바치는 희생 제물. 통상 소(牛)·양(羊)·돼지(豬)를 사용했다.
25 晝日一食(주일일식) : 하루에 한 끼 식사를 하는 것으로 불교 계율에 정오를 넘기면 음식을 먹지 않았다.
26 侯景(후경) : 자가 경만(景萬)이고 회삭진[懷朔鎭 : 지금 내몽고 오랍특중기(烏拉特中旗)] 사람으로 원래 북위(北魏)의 장군으로 있다가 양나라에 투항해 하남왕(河南王)에 봉해졌는데, 뒤에 양나라와 북위가 화친을 맺자 불안한 마음에 반란을 일으켜 황제를 자칭했다가 결국 부하에게 피살되었다.
27 餓死臺城(아사대성) : 양무제가 후경의 반란군에 포위되어 대성에서 굶어죽은 일을 가리킨다. '臺城'은 본래 전국(戰國)시대 오(吳)나라 후원(後苑)의 성(城)으로 진송(晉宋) 이후에 궁궐의 누대(樓臺)가 되어 '臺城'으로 불리게 되었는데, 지금 남경시 현무호(玄武湖) 곁에 있었다.

高祖[28]始受隋禪[29], 則議除之[30]。當時羣臣[31]材識不遠, 不能深知先王之道、古今之宜, 推闡聖明[32], 以救斯弊, 其事遂止, 臣常恨[33]焉。伏惟睿聖文武皇帝[34]陛下, 神聖英武, 數千百年已來, 未有倫比[35]。卽位之初, 卽不許度[36]人爲僧尼道士, 又不許創立寺觀[37], 臣常以爲高祖之志必行於陛下之手, 今縱未能卽行, 豈可恣之[38]轉令盛也? 今聞陛下令羣僧迎佛骨於鳳翔[39], 御樓[40]以觀, 舁入大內[41], 又令諸寺遞[42]迎供養[43]。臣雖至愚, 必知陛下不惑於佛, 作此崇奉, 以祈福祥也 ; 直[44]以年豐人樂, 徇[45]人之心, 爲京都士庶[46]設詭異之觀[47], 戲翫之具耳。安有聖明若此, 而肯信此等事哉! 然百姓愚冥[48], 易惑難曉, 苟見陛下如此, 將謂眞心事佛 ; 皆云 : "天子大聖, 猶一心敬信 ; 百姓何人, 豈合[49]更惜身命!" 焚頂燒指[50], 百十爲羣 ; 解衣散錢[51], 自朝至暮 ; 轉相倣效, 惟恐後時[52] ; 老少奔波, 棄其業次[53]。若不卽加禁遏[54], 更歷諸寺, 必有斷臂臠身[55]以爲供養者 ; 傷風敗俗, 傳笑四方, 非細事也。

28 高祖(고조) : 당나라를 건국한 이연(李淵)의 묘호(廟號).
29 受隋禪(수수선) : 이연이 명분상으로 수나라 공제(恭帝)의 선양을 받아 황제를 칭하는 모양새를 취한 것을 말한다. '禪'은 황제의 자리를 자발적으로 다른 사람에게 물려주는 것을 가리킨다.
30 議除之(의제지) : 고조 무덕(武德) 7년(624)에 태사령(太史令) 부혁(傅奕)이 불교 폐지를 청원하는 상소를 올리자, 9년 4월에 조칙을 내려 승려나 비구니 및 도사

나 여관(女冠) 중에 부적격자를 가려 환속시키고, 불교 사찰과 도교 사원의 수를 줄이도록 한 것을 말한다. 다만 이런 조치는 제대로 시행되지 못하고 9년 5월에 고조가 붕어하자 유야무야되었다.

31 羣臣(군신) : 대신 배적(裵寂) 등을 가리킨다. 이들은 불교 폐지를 반대했다.

32 聖明(성명) : 성스러운 황제의 영명하신 뜻으로 불교를 없애려는 고조의 의도를 말한다.

33 恨(한) : 유감스럽게 여기다. '憾(감)'과 통한다.

34 睿聖文武皇帝(예성문무황제) : 원화 3년(808) 정월에 조정의 뭇 신하들이 헌종(憲宗)에게 올린 존호(尊號).

35 倫比(윤비) : 비기다. 비견하다. '倫'는 '類(류)' 또는 '輩(배)'의 뜻이다.

36 度(도) : 출가(出家) 의식(儀式)의 하나로 절에서 머리와 수염을 깎고 도첩(度牒)을 주어 승려로 삼는 것을 말한다. 체도(剃度)라고도 하는데 중생을 인도해 세속의 고해로부터 벗어나게 한다는 뜻을 지닌다.

37 寺觀(사관) : 불교 사찰과 도관(道觀) 곧 도교 사원.

38 恣之(자지) : 그것을 마음대로 하게 내버려두다. 즉 '불교를 방임하다'는 뜻이다.

39 鳳翔(봉상) : 봉상부(鳳翔府)로 부청 소재지가 옹현(雍縣) 곧 지금 섬서성 봉상현에 있었는데, 관할 지역인 지금 부풍현(扶風縣)에 법문사(法門寺)가 있었다.

40 御樓(어루) : 문루(門樓)에 오르다. '御'는 '황제가 어떤 곳으로 행차하다'는 뜻이고, '樓'는 궁전 정남쪽의 승천문루(承天門樓)를 가리킨다.

41 舁入大內(예입대내) : 궁궐 안으로 들고 들어오다. '大內'는 '궁궐 안'을 뜻한다.

42 遞(체) : 번갈아 돌아가다.

43 供養(공양) : 공양하다. 향과 등불과 음식 등을 바치며 정성을 나타내는 것을 말한다.

44 直(직) : 단지.

45 徇(순) : 따르다. 순종하다.

46 士庶(사서) : 관리와 백성.

47 詭異之觀(궤이지관) : 특이한 구경거리. 별난 볼거리.

48 愚冥(우명) : 어리석어 사리에 밝지 못하다. 우둔해 사리에 어둡다.

49 合(합) : 마땅히 ～해야 한다.

50 焚頂燒指(분정소지) : 향불로 정수리를 태우고 기름을 묻힌 헝겊을 손가락에 감고 불에 태우다. 불교에서 말하는 소신공양(燒身供養)의 일종으로 육신의 고통을 참는 것으로 부처에 대한 경건을 표시하는 것이다.

51 解衣散錢(해의산전) : 옷을 벗고 돈을 희사하다. 재물 보시를 말한다.

52 後時(후시) : 뒤떨어지다. 뒤지다.

53 業次(업차) : 직업. 생업.

54 禁遏(금알) : 금지하고 막다.

55 斷臂臠身(단비연신) : 팔을 자르고 살점을 도려내다. 이는 '焚頂燒指(분정소지)'하는 소신공양보다 한 단계 더 나아가 부처에 대한 경건을 표시하는 육신 공양

으로 심지어 목숨까지 바치는 경우도 있다.

夫佛[56]本夷狄之人, 與中國言語不通, 衣服殊製, 口不言先王之法言[57], 身不服先王之法服[58], 不知君臣之義, 父子之情。假如其身至今尙在, 奉其國命, 來朝京師, 陛下容而接之, 不過宣政[59]一見, 禮賓[60]一設, 賜衣一襲[61], 衛而出之於境, 不令惑衆也; 況其身死已久, 枯朽之骨, 凶穢之餘[62], 豈宜令入宮禁[63]? 孔子曰[64]: "敬鬼神而遠之。" 古之諸侯行弔[65]於其國, 尙令巫祝[66]先以桃茢[67]祓除[68]不祥, 然後進弔。今無故取朽穢之物, 親臨觀之, 巫祝不先, 桃茢不用, 羣臣不言其非, 御史不擧其失, 臣實恥之[69]。乞以此骨付之有司, 投諸水火, 永絶根本, 斷天下之疑, 絶後代之惑, 使天下之人知大聖人[70]之所作爲, 出於尋常[71]萬萬也: 豈不盛哉! 豈不快哉! 佛如有靈能作禍祟[72], 凡有殃咎[73], 宜加臣身; 上天鑒臨[74], 臣不怨悔。無任感激懇悃[75]之至, 謹奉表以聞。臣某誠惶誠恐。

56 佛(불): 석가모니(釋迦牟尼) 부처.
57 法言(법언): 유가(儒家)의 예법에 맞는 언론 곧 도리.
58 法服(법복): 유가의 예법에 맞는 의복. 이상 두 구절은 『효경(孝經)·경대부(卿大夫)』에 보이는 "고대 성왕의 예법에 맞는 의복이 아니면 감히 입지를 않고, 고대 성왕의 덕행이 아니면 감히 행하지를 않으며, 고대 성왕의 예법에 맞는 도리가 아니면 감히 말하지 않는다(非先王之法服不敢服, 非先王之德行不敢行, 非先王之法言不敢道)"에 근거한 것이다.
59 宣政(선정): 선정전(宣政殿) 곧 외국 사신 접견 장소. 당나라 제도에 외국이나 소수민족의 사신이 오면 대명궁(大明宮) 내의 선정전에서 접견했다.
60 禮賓(예빈): 예빈원(禮賓院) 곧 외국 사신 접대 부서. 당나라 제도에 외국이나 소수민족의 사신이 오면 모두 예빈원에서 연회를 베풀었다.
61 一襲(일습): 한 벌.
62 凶穢之餘(흉예지여): 흉하고 더러운 찌꺼기. '凶穢'는 죽은 사람의 유골을 가리키고, '餘'라고 한 것은 부처의 뼈 가운데 손가락뼈 한 마디만 남아 있었기 때문이다.
63 宮禁(궁금): 궁궐. 궁정.
64 孔子曰(공자왈): 인용문은 『논어·옹야(雍也)』편에 보인다.
65 行弔(행조): 조문의 예를 행하다. 문상하다.
66 巫祝(무축): 무당과 축관(祝官). 무당은 옛날에 사람을 대신해 귀신에게 복을 구하고 화를 없애주기를 비는 일을 직업으로 삼은 사람이었고, 축관은 제사를 지

낼 때 독축을 담당하는 사람이었다.

67 桃茢(도열) : 복숭아나무 막대기와 갈대이삭으로 만든 빗자루. 둘 다 옛날에 사악하고 부정한 것을 물리치는 도구로 쓰였다. 『예기·단궁하(檀弓下)』에 "임금이 신하의 상에 조문하러 갈 때 무당을 시켜 복숭아나무 막대기와 갈대이삭 빗자루와 창으로 호위하게 했는데, 산 사람은 죽은 사람의 흉악한 기운을 싫어하기 때문이었다(君臨臣喪, 以巫祝桃茢執戈, 惡之也)"라는 글귀가 보인다. 옛 사람들은 귀신이 복숭아나무를 무서워한다는 미신을 갖고 있었고, 갈대 빗자루도 불길한 기운을 쓸어낼 수 있다고 여겼다.

68 祓除(불제) : 제거하다. 없애다.

69 臣實恥之(신실치지) : 이 표현은 『논어·공야장(公冶長)』편의 "좌구명도 그것을 부끄럽게 여기고 나 역시 그것을 부끄럽게 여긴다(左丘明恥之, 丘亦恥之)"에서 근거한 것이다.

70 大聖人(대성인) : 여기서는 헌종(憲宗)을 가리킨다.

71 尋常(심상) : 보통 평범한 사람. 평범한 제왕으로 봐도 뜻이 통한다.

72 禍祟(화수) : 재앙. '祟'는 '귀신이 부리는 재앙'을 뜻한다.

73 殃咎(앙구) : 재앙이나 흉조.

74 鑒臨(감림) : 굽어 살피다.

75 懇悃(간곤) : 간절하고 정성스럽다.

 「조주자사로 부임한 뒤 성은에 감사해 올리는 표문」

潮州刺史謝上表

신 아무개 아뢰옵니다. 신은 경망스럽고 우직한 탓에 예의법도를 차리지 않고 표문을 올려 부처사리에 관한 일을 진술했는데, 말이 참으로 불경스럽기 짝이 없었으니 죄명을 바로 따져 죄를 물었다면 만 번 죽어도 오히려 가벼웠을 것입니다. 폐하께서는 신의 어리석은 충정을 가엾게 여기시고 신의 경솔하고 고지식함을 용서해주시며, 신이 한 말은 비록 죄를 물을 수 있겠지만 마음속에는 다른 저의가 없었다고 하시면서 특별히 형법 규정을 너그럽게 굽혀서 신을 조주자사(潮州刺史)로 삼으셨습니다. 법에 따른 처형을 사면해주셨을 뿐 아니라 봉록까지 받게 해주시어 성은이 망극함은 천지로도 헤아릴 길이 없사오니, 머리를 깨고 심장을 도려낸다고 한들 어찌 감사를 다할 수 있겠습니까! 신 아무개는 진실로 황공하기 그지없어 머리를 조아리고 또 조아립니다.

신은 정월 14일에 성은을 입고 조주자사에 임명되자 당일로 말을 달려 길에 올라 오령(五嶺)을 넘고 남해(南海)를 건너 수로와 육로 만 리 길을 지나 이달 25일에 조주에 부임해 인수인계를 마쳤습니다. 이곳 관리와 백성들과 만난 자리에서 다음과 같이 자세하게 일러 주었습니다.

"지금 조정은 잘 다스려져 태평한데다 신성하신 천자께서 위엄 있고 용감하며 자애롭고 인자하시어 억조창생을 자식처럼 양육하시면서 친소와 원근의 차별을 하지 않으시니, 비록 도성에서 만 리나 떨어진 오령 이남의 남해에 임한 외진 곳에 사는 백성이라고 하더라도 경기 지방이나 도성 안 사람들과 똑같이 대해주신다. 좋은 일이 있으면 반드시 들으시고 악한 일이 있으면 반드시 살피시며, 아침 일찍부터 정사를 보기 시작해 저녁 늦게야 마치면서 삼가 조심스럽고 부지런하게 온 천하천지 가운데 한 사람이라도 제자리를 찾지 못할까봐 걱정하시어, 그 때문에 자사를 파견해 백성들과 만나 그들의 고통과 어려움을 직접 물어보고 백성들에게 불편한 점이 있으면 조정에 보고할 수 있다고 하시었다. 나라의 법령과 조례가 완비되어 있고 태평성대를 누린 날이 오래되었기에, 지방 수령들이 조칙과 규정을 잘 받들어 집행하니 범법자가 거의 없고 설령 남만(南蠻)의 황량한 변방이라고 하더라도 평안하고 태평스럽지 않는 곳이 없다."

관리와 백성들은 신이 폐하의 성대한 은덕을 칭송하는 말을 듣고서는 북을 치고 춤을 추며 환호하지 않는 자가 없었기에, 신은 수고스럽게 별다른 조치를 취하지 않아도 조주는 무사태평합니다. 신 아무개는 진실로 황공하기 그지없어 머리를 조아리고 또 조아립니다.

신이 관할하는 조주는 광주도독부(廣州都督府)의 가장 동쪽 경계 지역에 있는데, 광주부에서 겨우 2천 리 떨어져 있다고 하지만 한 차례 오가는 데는 툭하면 한 달 이상이 소요됩니다. 바닷가 항구를 지나고 험한 물길을 따라 내려가다 보면 파도나 급류가 거세고 사나워 여정의 기한을 가늠하기 어렵고, 회오리바람이나 악어로 인한 재앙도 예측할 수 없으며, 조주 남쪽의 부근 경계 지방에는 바닷물이 용솟음쳐 솟아올라와 하늘에 맞닿을 듯하고, 독한 안개와 악한 기운이 아침저녁으로 발생하고는 합니다. 신은 어려서부터 병이 많아 이제 나이 겨우 쉰에 머리는 세고 치아는 다 빠져 이치로 보면 오래 살 수 없는데다가, 지은 죄가 지극히 무겁고 거처하는 데도 먼 변방의 환경이 극도로 열악한 곳인 탓에, 걱정과 두려움과 부끄러움과 가슴 조임으로 인해 죽을 날이 얼마 남지 않았습니다. 혈혈단신으로 홀로 서 있을 뿐 조정에 끌어줄 가까운 세력도 없이 남쪽 오랑캐의 땅에 살면서 도깨비들과 무리를 이루고 있으니, 만약 폐하께서 가엾게 여기고 염려해주지 않으신다면 대관절 누가 신을 위해 말이라도 한 마디 거들어주려고 하겠습니까?

신은 천성이 우둔하고 고루한 탓에 세상일에 대해 알지 못하는 것이 많지만, 다만 학문과 문장만은 몹시 애호해서 일찍이 하루라도 잠시도 그만둔 적이 없고 실제로 지금의 명사들로부터 칭송과 인정을 받고 있습니다. 신은 지금 세상에 유행하는 문장에 대해서는 다른 사람보다 뛰어난 것이 없습니다. 폐하의 공덕을 논술해 『시경』·『서경』과 서로 보완이 되게 하고, 노래나 시와 같은 악장을 지어 천지신명께 제사지내는 교외 사당과 조상신을 모신 종묘에 바치며, 태산(泰山)에서의 봉선(封禪) 의식을 기록해 백옥(白玉)으로 된 판에 새기고, 하늘과 짝할 만한 큰 미덕을 늘어 서술하고 전에 없었던 위대한 업적을 높이 드날린다면, 『시경』·『서경』과 같은 책에 엮어 넣어도 부끄러울 게 없고 천지 사이에 두어도 빠질 게 없을 것이오니, 비록 옛사람이 다시 살아나온다고 하더라도 신은 크게 양보할 생각이 없습니다.

엎드려 생각건대 위대한 우리 당나라가 천명을 받고 천하를 차지하고 있으니 사해 안 온 세상이 우리의 백성이나 속국이 아닌 것이 없으며 동서남북 사방의 영토가 각각 만 리에 달합니다. 천보(天寶) 이후로 정치가 조금 해이해지고 예악과 같은 인문의 교화가 돈독하지 못하며 무력에 의한 정벌도 굳세지 못하게 되자, 역심을 품은 신하와 간사한 노예의 무리들이 좀벌레처럼 깊숙이 숨고 바둑알처럼 빽빽이 깔려 있으면서 소란을 피우고 해를 끼치며 스스로를 방어하고, 겉으로는 순종하는 척하며 속으로는 조정을 배반하고, 아비가 죽으면 아들이 스스로 그 자리를 대신해 조부에서 손자에까지 세습하면서 마치 고대의 제후들이 자신의 영지를 제멋대로 점유하듯이 공물을 바치지도 조정에 내조해 배알을 하지 않은 지도 6~70년이나 되었습니다. 네 분의 성군께서 차례대로 대를 이어오시다가 폐하에까지 이르렀는데 폐하께서 즉위하신 이후로 몸소 직접 정사를 듣고 결단하시어, 천지가 뒤바뀌듯 천하의 대세를 전환시켜 나라의 관건이 되는 핵심 사안을 쥐락펴락하며 챙기시니 천둥같이 맹렬하고 바람처럼 빠르기도 하고 해와 달이 맑게 비치는 듯도 하며, 제왕의 군대가 깃발을 휘두르며 지나가는 곳마다 안정되고 조정에 귀순하지 않는 자가 없었기에 온 천지지간에 생식하고 번식하며 다스림이 지극한 경지에까지 이르렀습니다. 고조(高祖)께서 우리 당나라의 천하를 창건하셨으니 그 공이 매우 큽니다만 다스림은 아직 태평한 경지에 이르지 못했고, 태종(太宗)께서는 나라가 태평해졌지만 위대한 공적의 기틀은 모두 고조 때에 이미 마련되어 있었던 것입니다. 그러니 폐하께서 천보 연간 동란의 뒤를 잇고 번진세력에 대해 미봉적으로 대처해온 관행을 물려받고서도 6~70년 뒤에 번쩍 눈부실 정도로 떨쳐 일어나 천자의 자리에 앉아 진두지휘하시어 이처럼 드높은 치적을 이루신 것만은 못합니다. 마땅히 악장을 작곡하시어 천지신명에게 고하고, 동쪽으로 태산(泰山)을 순행해 저 높은 하늘에 공로를 아뢰시며, 현저한 공적을 빠짐없이 자세하게 기록해 폐하의 뜻대로 되었음을 소상하게 밝혀서 천추만대 영원토록 우리 폐하께서 이루신 공적에 감복하도록 해야 할 것입니다. 지금은 이른바 천재일우(千載一遇)로 만나기 어려운 아름다운 기회인데도, 신은 죄를 짓고 원한을 사서 스스로를 바닷가 섬에 갇히도록 하여 근심스럽고 한탄스러운 가운데 하루하루 죽음으로 다가가고 있으니, 끝내 폐하의 수하 관리들 틈에서든 노예나 측근들 사이에서든 변변치 못한 재주나마 바쳐서 생각과 정력을 남김없이 다 기울임으로써 속죄할 수도 없게 된지라, 평생토록 가슴에 고통을 품고 살다 죽어도 눈을 감지 못할 지경인데 멀리 폐하께서 계시는 북쪽 하늘을 바라보매 혼백이 그리로 날아가옵니다. 엎드려 생각건대 황제 폐하께서는 천지 부모와 같이 신을 애처로워하고 가련하게 여기실 텐지라, 성은에 감사하고 궁궐을 연모하는 충정이며 부끄러운 마음과 황공한 심사하며 간절하고 절박한 심정이 극에 달함을 감당하지 못하겠나이다. 삼가 표문을 첨부해 올려 성은에 사례하는 마음을 적어 폐하께 아뢰나이다.

해제

원화 14년(819) 3월 또는 4월 조주자사로 부임한 뒤 헌종 황제의 성은에 감사해 올린 표문. 작자는 황제의 노여움을 사서 유배된 터라 심리적으로 두려움에 휩싸여 있었을 뿐 아니라 도성에서 8천리나 떨어진 외진 바닷가에서 남방 특유의 풍토병(瘴氣) 때문에 생명의 위협을 느끼기도 했다. 이런 상태에서 표문을 올려 헌종 황제의 공덕을 칭송하고 자신의 과오를 뉘우치며 도성으로 가서 자신의 재능을 발휘할 수 있기를 바라는 심정을 피력했다. 이 글을 두고 역대 논자들의 평가는 양 극단으로 크게 갈라진다. 한 극단은 머리를 조아리고 꼬리를 흔들며 동정을 구하는 추태를 드러낸 것으로 혹평하며 황제에게 당당하게 자신의 생각을 설파한 「논불골표(論佛骨表)」(HS-296)와 비교할 때 천양지차가 있다고 보고, 심지어 편집할 때 이를 없애버리지 않고 문집에 남겨둔 것 자체가 잘못이라고 하는 관점이다. 다른 한 극단은 이 작품의 기조가 스스로의 상심을 말한 것일 뿐 동정을 구한 흔적이 결코 없다고 하고, 번진의 할거 국면을 종식시키는데 큰 공적을 세운 헌종의 역할이 '정관(貞觀)의 치(治)'에 비해서도 손색이 없으므로 헌종에 대한 작자의 칭송은 부끄러운 아첨이 전혀 아니라는 관점이다. 「논불골표」와 비교할 때 이 작품 속에 보이는 작자의 기백이 전혀 다른 것은 분명 사실이며, 봉선(封禪) 의식을 부추기고 황제의 뜻에 영합하기 위해 아부성의 언사를 쓴 것 또한 어렵지 않게 감지되는 게 사실이다. 이는 필시 작자의 입장이나 의식의 한계를 보여준다고 할 것이다. 다만 곤경에 처한 가운데서도 의기소침해하지 않고 적극적으로 세상을 위해 일하려는 불굴의 신념을 피력한 것은 응분의 평가를 받아야 하고, 천하의 대세를 분석하면서 번진 세력 정벌을 칭송한 것은 역사적으로도 진보적인 주장이라고 할 수 있다. 따라서 이 글은 한유의 사람됨과 복합적인 정신세계를 전면적이고 균형 있게 이해하고 평가하기 위해서 일독이 필요한 작품이다. 그리고 이 작품을 평가할 때 작자가 조주에서 자사로 근무한 7-8개월간의 짧은 시간 동안에 그곳에 남긴 큰 영향과 치적도 함께 고려할 필요가 있다고 생각된다.

이 글은 창작 수법적인 측면에서 수미가 잘 조응되고 자기 낮춤과 자신의 재능에 대한 자부심의 전환이 흔적을 남기지 않고 매우 자연스러우며, 대구와 압운과 같은 운문적 요소가 산문체의 리듬 속에 잘 무르녹아 있어서 가지런하면서도 유창한 리듬감을 효과적으로 표현하고 있기도 하다. 게다가 애절한 심정이 간절한 언어를 통해 절실하게 표현됨으로써 독자의 가슴에 와 닿고, 필력이 웅대하고 말투가 호방해 작품에 흐르는 기세 또한 드높다는 평가를 받는다.

원문 및 주석

臣某言 : 臣以狂妄[1]戇愚[2], 不識禮度[3], 上表陳佛骨事[4], 言涉不敬[5], 正名定罪, 萬死猶輕。陛下哀臣愚忠, 恕臣狂直, 謂臣言雖可罪, 心亦無他, 特屈刑章[6], 以臣爲潮州刺史。旣免刑誅[7], 又獲祿食, 聖恩弘大, 天地莫量 ; 破腦刳心[8], 豈足爲謝! 臣某誠惶誠恐, 頓首頓首。

1 　狂妄(광망) : 미쳐 도리에 어긋나다. 경망스럽다.
2 　戇愚(당우) : 우직하다. 고지식하다. 우매하다.
3 　禮度(예도) : 예법. 예의 법도.
4 　上表陳佛骨事(상표진불골사) : 「논불골표(論佛骨表)」(HS-296) 참조.
5 　不敬(불경) : 당률(唐律)에서 규정한 '십악(十惡)' 중에서 여섯 번째가 '대불경(大不敬)'인데 황제의 잘못을 지적하면서 신하의 예를 갖추지 않는 것이다.
6 　特屈刑章(특굴형장) : 특별히 형법 규정을 너그럽게 굽히다. 형법 규정을 바꾸면서까지 봐주다.
7 　免刑誅(면형주) : 한유가 부처사리의 궁궐 내 영입 등을 간언한 표문이 올라온 뒤 헌종 황제가 크게 노해 극형에 처하려고 했으나, 재상 배도(裴度) 등의 적극적인 구명운동 덕분에 겨우 죽음에서 면한 것을 말한다.
8 　破腦刳心(파뇌고심) : 머리를 깨고 심장을 도려내다. '목숨까지 기꺼이 내놓는다'는 뜻이다.

臣以正月十四日蒙恩除潮州刺史, 卽日奔馳上道[9], 經涉嶺海[10], 水陸萬里[11], 以今月[12]二十五日到州上訖[13]。與官吏百姓等相見, 具言朝廷治平, 天子神聖, 威武慈仁, 子養[14]億兆人庶[15], 無有親疎遠邇[16], 雖在萬里之外, 嶺海之陬[17], 待之一如畿甸[18]之間, 輦轂之下[19]。有善必聞, 有惡必見, 早朝晩罷[20], 兢兢業業[21], 惟恐四海之內, 天地之中, 一物[22]不得其所 : 故遣刺史面問[23]百姓疾苦, 苟有不便, 得以上陳[24]。國家憲章[25]完具, 爲治日久 ; 守令[26]承奉詔條[27], 違犯者鮮 ; 雖在蠻荒[28], 無不安泰。聞臣所稱聖德[29], 惟知鼓舞謹呼, 不勞施爲, 坐以無事。臣某誠惶誠恐, 頓首頓首。

9 　卽日奔馳上道(즉일분치상도) : 당나라 제도에 의하면 좌천 명령을 받은 관리 중에서 죄질이 무거운 자는 발령이 떨어진 당일 도성을 벗어나도록 되어 있었다.

10 嶺海(영해) : 오령(五嶺)과 남해(南海).

11 萬里(만리) : 개략적인 숫자로 말한 것이다. 『통전(通典)·주군(州郡)』의 기록에
    의하면 조주(潮州)는 수도 장안에서 7,667리 떨어져 거리에 있었으며, 호항(胡
    珦) 신도비(HS-237)에는 '八千里'로 되어 있다.

12 今月(금월) : 「악어문(鱷魚文)」(HS-272)의 창작 연대가 원화 14년(819) 4월 24일인
    점을 고려하면 '3월'이 마땅하지만, 한유가 부임 도중 광동성 경내의 낙창현(樂
    昌縣)에 도착해 그곳에 있는 창락(昌樂)이라는 급류를 지키는 관리와 대화하는
    형식으로 쓴 「낭리(瀧吏)」라는 시에 나오는 일련의 여정을 고려하면 3월 25일에
    임지에 도착하기는 거의 불가능하므로 '4월'로 보는 것이 무난하다. 이 경우에
    이 구절에 있는 '二十五日(이십오일)'의 '二(이)'자가 불필요하게 들어간 것으로
    보기도 있다.

13 上訖(상흘) : 부임 수속을 마치다. 당나라 때 관리가 부임해 인수인계를 마치고
    직인을 받아 업무를 보는 것을 '上'이라고 했다.

14 子養(자양) : 자식처럼 양육하다.

15 人庶(인서) : 백성. '庶人(서인)'과 같다.

16 遠邇(원이) : 원근(遠近).

17 陬(추) : 모퉁이. 외진 곳.

18 畿甸(기전) : 경기(京畿) 지방. 도성과 그 부근 지역.

19 輦轂之下(연곡지하) : 도성 안. '輦轂'은 '황제의 가마'를 가리킨다.

20 早朝晚罷(조조만파) : 아침 일찍부터 정사를 보기 시작해 저녁 늦게야 마치다.
    황제가 부지런히 정사를 돌보는 것을 나타낸다.

21 兢兢業業(긍긍업업) : 조심스럽고 부지런한 모양.

22 一物(일물) : 매 한 사람.

23 面問(면문) : 대면하고 물어보다.

24 上陳(상진) : 조정에 보고하다.

25 憲章(헌장) : 법령과 조례.

26 守令(수령) : 지방 장관. 주 자사(刺史)와 현령(縣令)을 가리킨다.

27 詔條(조조) : 조칙과 규정.

28 蠻荒(만황) : 남만(南蠻)의 황량한 변방.

29 聖德(성덕) : 성대한 덕. 황제의 은덕을 말한다.

臣所領州, 在廣府[30]極東界上, 去廣府雖云纔二千里, 然來往動[31]皆經月。
過海口, 下惡水[32]; 濤瀧[33]壯猛, 難計程期, 颶風[34]鱷魚, 患禍不測; 州南近
界, 漲海[35]連天; 毒霧瘴氛[36], 日夕發作。臣少多病, 年纔五十, 髮白齒落[37],
理不久長; 加以罪犯至重, 所處又極遠惡, 憂惶慚悸[38], 死亡無日。單立一
身, 朝無親黨[39], 居蠻夷之地, 與魑魅[40]爲羣, 苟非陛下哀而念之, 誰肯爲臣

言者?

30 廣府(광부) : 광주도독부(廣州都督府). 이는 무덕(武德) 4년(621)에 설치된 것으로 막부가 광주(지금 광동성 광주시)에 있었으며, 광주와 조주 등 14개 주를 관할한 중등(中等)의 도독부였다.

31 動(동) : 툭하면. 걸핏하면.

32 惡水(악수) : 험한 물길. 험악한 수로.

33 濤瀧(도랑) : 파도와 급류.

34 颶風(구풍) : 회오리바람. 여름에서 가을로 넘어가는 환절기에 중국 남방 해상에서 일어나 회오리치면서 북상하는 급격한 바람.

35 漲海(창해) : 바닷물이 용솟음쳐 솟아오르는 것을 형용한다.

36 瘴氛(장분) : 악한 기운. 열대 원시 삼림에서 동식물이 부패한 뒤에 생기는 지독한 기운으로 '장기(瘴氣)'라고도 한다.

37 髮白齒落(발백치락) : 한유는 노쇠함을 나타내기 위해 이런 표현을 30대 중반부터 썼다. 이를테면 35세 때 쓴 「제십이랑문(祭十二郎文)」(HS-188)에 "내 나이가 아직 마흔이 채 되지 않았는데도 눈은 침침해지고 머리카락은 희끗희끗해지며 치아도 흔들거린다. …… 나도 올해부터 희끗희끗하던 머리카락이 더러는 새하얗게 변하고, 흔들거리던 치아가 간혹 빠져나가 버렸다(吾年未四十, 而視茫茫, 而髮蒼蒼, 而齒牙動搖. …… 吾自今年來, 蒼蒼者或化而爲白矣, 動搖者或脫而落矣)"라고 한 글귀가 보인다.

38 憂惶慙悸(우황참계) : 걱정스럽고 두렵고 부끄럽고 가슴 조이다.

39 親黨(친당) : 가까운 세력. 친한 당파(黨派).

40 魑魅(이매) : 도깨비. 사람에게 해를 끼친다고 전해지는 산이나 못에 사는 요괴(妖怪). 여기서는 일반적인 귀신이나 요괴를 가리킨다.

臣受性[41]愚陋, 人事多所不通, 惟酷好學問文章, 未嘗一日暫廢, 實爲時輩[42]所見推許[43]。臣於當時之文[44], 亦未有過人者。至於論述陛下功德, 與詩書相表裏[45] ; 作爲歌詩[46], 薦之郊廟[47] ; 紀泰山之封[48], 鏤白玉之牒[49] ; 鋪張[50]對天之閎休[51], 揚厲[52]無前之偉蹟 ; 編之乎詩書之策[53]而無愧, 措之乎天地之間而無虧, 雖使古人復生, 臣亦未肯多讓!

41 受性(수성) : 타고난 본성. 천성.

42 時輩(시배) : 당시의 저명인사들. 당시의 명사들.

43 推許(추허) : 칭송하고 인정하다.

44 當時之文(당시지문) : 당시 세상에 유행하는 문체 곧 변체문(騈體文)을 가리킨다.

45 相表裏(상표리) : 서로 보완이 되다.

46 歌詩(가시) : 악장. 교묘(郊廟)의 제사에 쓸 악장.

47   郊廟(교묘) : 고대에 제왕이 천지신명에게 제사지내는 '교외 사당(郊宮)'과 조상에게 제사지내는 종묘(宗廟). 참고로 제왕이 하늘에 제사지낼 때는 남쪽 교외에서, 땅에 제사지낼 때는 북쪽 교외에서 거행했다.

48   紀泰山之封(기태산지봉) : 태산(泰山)에서의 봉선(封禪) 의식을 기록하다. 봉선은 고대에 제왕이 천지에 지낸 제사 의식으로 주로 '封'은 천자가 태산에 올라가 단을 쌓고 천신에게 제사지내며 자신들의 공을 고하는 것이고, '禪'은 태산 아래의 양보산(梁父山)에서 흙을 없애고 지신에게 제사지내는 것을 가리킨다. 고대에 제왕들이 태평성대나 하늘에서 상서로운 조짐을 내려줄 때 주로 거행한 대형 제사 의식이었다.

49   鏤白玉之牒(누백옥지첩) : 백옥(白玉)으로 된 판에 새기다. '玉牒'은 고대 제왕이 봉선이나 교묘의 제사 때에 사용한 문서였다.

50   鋪張(포장) : 늘어 서술하다.

51   閎休(굉휴) : 큰 미덕(美德).

52   揚厲(양려) : 높이 드날리다.

53   策(책) : 책(冊)과 통한다.

伏以大唐受命有天下, 四海之內, 莫不臣妾[54] ; 南北東西, 地各萬里。自天寶[55]之後, 政治少懈, 文致[56]未優, 武剋[57]不剛, 孽臣[58]姦隷[59], 蠹居棊處[60], 搖毒[61]自防, 外順內悖[62], 父死子代, 以祖以孫[63] ; 如古諸侯自擅[64]其地, 不貢不朝六七十年。四聖傳序[65]以至陛下, 陛下卽位以來, 躬親聽斷[66] ; 旋乾轉坤[67], 關機[68]闔開[69] ; 雷屬風飛[70], 日月清照 ; 天戈[71]所麾[72], 莫不寧順[73] ; 大宇之下[74], 生息[75]理極[76]。高祖創制天下, 其功大矣, 而治未太平[77]也 ; 太宗太平矣, 而大功所立, 咸在高祖之代 : 非如陛下承天寶之後, 接因循之餘[78], 六七十年之外, 赫然[79]興起, 南面指麾[80], 而致此巍巍[81]之治功也。宜定樂章[82], 以告神明[83], 東巡泰山[84], 奏功皇天, 具著顯庸[85], 明示得意, 使永永年代, 服我成烈[86], 當此之際, 所謂千載一時[87]不可逢之嘉會 ; 而臣負罪[88]嬰釁[89], 自拘海島, 戚戚[90]嗟嗟[91], 日與死迫, 曾不得奏薄伎[92]於從官[93]之內、隷御[94]之間, 窮思畢精[95], 以贖罪過, 懷痛窮天[96], 死不閉目, 瞻望宸極[97], 魂神飛去。伏惟皇帝陛下, 天地父母, 哀而憐之, 無任感恩戀闕[98]慙惶懇迫之至。謹附表[99]陳謝[100]以聞。

54   臣妾(신첩) : 원래 모두 노예로서 남자노예를 '臣', 여자노예를 '妾'이라고 했다. 후에 제왕이 통치하는 백성이나 제왕의 지배가 미치는 속국을 널리 가리킨다.

55 天寶(천보) : 742-755년간 사용된 현종(玄宗)의 연호로서 이하 네 구절은 현종 만
    년에 정치가 부패해 나라일이 날로 잘못되어 간 탓에 천보 14년(755)에 안사의
    난이 폭발한 것을 겨냥해 한 말이다.

56 文致(문치) : 예악(禮樂)과 같은 인문의 교화.

57 武剋(무극) : 무력에 의한 정벌.

58 孽臣(얼신) : 역심을 품은 신하.

59 姦隷(간예) : 간사한 노예. ‘교활한 부하’를 가리킨다.

60 蠹居棊處(두거기처) : 좀벌레처럼 깊숙이 숨고 바둑알처럼 빽빽이 깔려 있다. 좀
    벌레처럼 해악을 끼치는 무리들이 사방 도처에 흩어져 있는 것을 비유한다. ‘棊’
    는 ‘棋’와 같다.

61 搖毒(요독) : 소란을 피우며 해독을 퍼뜨리다.

62 內悖(내패) : 속으로 거스르다. 마음속으로 조정에 반역을 꾀하다.

63 以祖以孫(이조이손) : ‘以’는 뜻이 없는 어조사로 쓰였다.

64 自擅(자천) : 제멋대로 하다. 이하 두 구절은 각 지방의 번진(藩鎭)들이 자신들의
    근거지를 거점으로 제멋대로 행하면서 조정에 공물을 납부하지도 도성으로 황
    제를 알현하러 오지도 않은 지가 6, 70년이 되었음을 말한다. 안사의 난(755)에
    서 원화 14년(819)까지는 65년간이다.

65 四聖傳序(사성전서) : 숙종(肅宗) · 대종(代宗) · 덕종(德宗) · 순종(順宗)의 네 임
    금이 차례대로 대로 이어 황제에 즉위하다.

66 躬親聽斷(궁친청단) : 몸소 직접 정사를 듣고 결단하다.

67 旋乾轉坤(선건전곤) : 천지가 뒤바뀌듯 천하의 대세를 전환시키다.

68 關機(관기) : 관건. 나라의 관건이 되는 핵심 사안.

69 闔開(합개) : 닫았다 열었다 하다. 쥐락펴락하며 챙기다. ‘闔’은 ‘合’과 같다.

70 雷厲風飛(뇌려풍비) : 천둥같이 맹렬하고 바람처럼 빠르다. 일이나 정책 또는 법
    령 등의 집행이 과단성 있고 재빠르다.

71 天戈(천과) : 제왕의 군대.

72 所麾(소휘) : 깃발을 휘두르며 지나가는 곳. ‘麾’는 ‘揮(휘)’와 통한다.

73 寧順(순녕) : 안정되고 조정에 귀순하다.

74 大宇之下(대우지하) : 온 천지지간. ‘大宇’는 ‘하늘’을 뜻한다.

75 生息(생식) : 생식하고 번식하다.

76 理極(이극) : 다스림이 지극한 경지에까지 이르다.

77 治未太平(치미태평) : 고조가 당나라를 세운 뒤에도 왕세충(王世充 : ?-621) 등과
    같은 무리가 여전히 할거(割據)하고 있었던 것을 말한다. 이런 당나라 초기의
    할거 국면은 무덕 7년(624)에 이르러서야 종식되었다.

78 接因循之餘(접인순지여) : 번진세력에 대해 미봉적으로 대처해온 관행을 물려받
    다.

79 赫然(혁연) : 번쩍 눈부신 모양.

80 南面指麾(남면지휘) : 천자의 자리에 앉아 진두지휘하다.

81 巍巍(외외) : 우뚝 솟은 모양.

82 樂章(악장) : 음악의 가락에 맞추어 쓴 시(詩)나 사(詞).

83 神明(신명) : 천지간의 모든 신령의 총칭.

84 東巡泰山(동순태산) : 동쪽 태산으로 순행(巡行)해 봉선의 의식을 거행한 것을 말한다.

85 顯庸(현용) : 현저한 공적. '庸'은 '공로', '공적'을 뜻한다.

86 成烈(성렬) : 성취한 공적.

87 千載一時(천재일시) : 천재일우(千載一遇).

88 負罪(부죄) : 죄를 짓다. 죄책감을 느끼다.

89 嬰釁(영흔) : 원한을 사다. '嬰'은 '범하다', '노여움을 사다'는 뜻으로 '攖'과 같으며, '釁'은 '원한', '죄과'의 뜻으로 '釁(흔)'과 같다.

90 戚戚(척척) : 근심스러운 모양.

91 嗟嗟(차차) : 한탄스러운 모양.

92 薄伎(박기) : 변변치 못한 재주. 여기서는 '문장을 쓰는 기예' 곧 '글 솜씨'를 가리킨다.

93 從官(종관) : 수하 관리. 속관(屬官). 제왕의 측근 신하로 풀이하는 견해도 있다.

94 隸御(예어) : 노예나 측근.

95 窮思畢精(궁사필정) : 생각과 정력을 남김없이 다 기울이다.

96 窮天(궁천) : 한 평생. 필생.

97 宸極(신극) : 북극성으로 제왕이 사는 곳. 제왕 또는 조정을 가리킨다.

98 戀闕(연궐) : 궁궐을 그리워하다. 마음속으로 황제를 잊지 않고 있음을 비유한다.

99 附表(부표) : 「사허수왕용남인사물장(謝許受王用男人事物狀)」 주석 8 참조.

100 陳謝(진사) : 「사허수왕용남인사물장(謝許受王用男人事物狀)」 주석 9 참조.

賀冊尊號表

신 아무개 아뢰옵니다. 신이 엎드려 듣건대 재상과 공경대신 및 모든 벼슬아치 그리고 수도 부근의 백성들과 옛 친구 및 노인들이 모두 폐하께서 공적이 빼어나고 덕이 대단하신 덕분에 만물이 섭리대로 잘 자라 온 천하가 태평하게 되었다고 하며, 특별한 호칭을 더해 후세에 분명히 알리는 것이 마땅하다고 여겨서 더할 나위 없이 간절하게 청원하기를 여러 번 되풀이 했습니다. 폐하께서는 위로는 하늘의 계시를 생각하시고 아래로는 사람들의 뜻에 따르시어 가을의 초입 좋은 달 길한 때에 위대한 공적을 크게 떨쳐서 빛나는 칭호를 받으셨는데, 그러자 하늘과 사람들이 다 경하하고 해와 달도 빛을 드날렸으며 온 천하에 생명을 가진 모든 것들이 환호작약하며 춤추고 노래 부르고 있습니다. 신 아무개는 성심으로 기뻐하며 머리를 조아리고 또 조아립니다.

신이 듣기에 인의 도를 몸소 행해 사람의 우두머리에 서는 것을 '원

元)’이라고 하며, 감정이 밖으로 표현되어 나왔으되 예의와 법도에 들어 맞는 것을 ‘화(和)’라고 하며, 어떤 것에라도 통하지 않는 것이 없는 것을 ‘성(聖)’이라고 하며, 영묘하고 변화무궁한 것을 ‘신(神)’이라고 하며, 온 천하를 조직적으로 잘 계획해 질서를 세우는 것을 ‘문(文)’이라고 하며, 재앙이나 반란을 누르고 안정시키는 것을 ‘무(武)’라고 하며, 하늘에 앞서 행동해도 하늘이 어기지 않는 것을 ‘법천(法天)’이라 하며, 도가 천하에 널리 미치는 것을 ‘응도(應道)’라고 합니다. 엎드려 생각건대 ‘원화성문신무법천응도황제(元和聖文神武法天應道皇帝)’ 폐하께서는 억조창생을 자식처럼 기르시고 다친 사람 돌보듯 하시니 인의 도를 몸소 행해 사람의 우두머리에 서 계신다고 할 수 있으며, 기뻐하건 노여워하건 예법에 합당하고 형벌을 주건 포상을 하건 어긋남이 없으시니 감정이 밖으로 표현되어 나왔으되 절도에 맞는다고 할 수 있으며, 밝게 비치고 사사로움이 없으며 어두운 곳이건 숨은 곳이건 간에 다 통달하시니 어떤 것에라도 통하지 않는 것이 없다고 할 수 있으며, 명령을 내리면 구름처럼 널리 미치고 비와 같이 퍼져 뿌려지니 영묘하고 변화무궁하다고 할 수 있으며, 해와 달 그리고 별의 세 빛이 궤도대로 운행하고 풀이나 나무는 섭리대로 잘 성장하고 있으니 온 천하를 조직적으로 잘 계획해 질서를 세우고 있다고 할 수 있으며, 반도나 도적들을 제거하고 천하가 맑고 평안해졌으니 재앙이나 반란을 누르고 안정시키셨다고 할 수 있으며, 바람과 비가 때맞추어 오고 축복의 길조가 한꺼번에 몰려오니 하늘에 앞서 행동해도 하늘이 어기지 않는다고 할 수 있으며, 국내에는 굶거나 추위에 떠는 자가 없고 사방의 외국이 모두 조공을 바치러 오니 도가 천하에 널리 미치고 있다고 할 수 있습니다. 폐하께서는 온갖 미덕을 다 갖추고 있고 이름과 실상이 서로 부합하신지라 눈부시게 빛나고 우뚝 높이 솟아 계셔서 고금에 걸쳐 가장 뛰어나십니다. 지금이야말로 명당(明堂)과 벽옹(辟雍)에서의 행사를 논의하고 태산(泰山)과 양보산(梁父山)에 행하는 봉선의 의식을 책으로 엮으며, 하(夏)・은(殷)・주(周) 3대의 잃어버린 예를 수집하고, 역대 제왕들의 누락된 법전을 보완하고서, 때를 가늠하시어 여섯 마리 용이 끄는 마차를 타시고 예로써 동방의 제후를 순행하실 때입니다.

미천한 신은 운 좋게 성군이 다스리는 시대에 살면서도 형법에 저촉되는 일을 저질러 바다 끝 한 모퉁이에서 가까스로 생명을 부지하고 있으니 이제 죽을 날도 얼마 남지 않았는데, 폐하께서 계시는 북쪽 하늘을 바라보매 마음과 혼백이 그리로 날아 올라가지만 영구히 버려질 것이라는 슬픔만 있고 잘못을 후회하고 새 사람으로 거듭날 희망은 없어서, 새나 짐승과 함께 춤추고 이국인들과 더불어 마음대로 구경하며 그들과 벗이 되는 것조차 거의 불가능합니다. 쓰라린 심정을 입에 물고 아픈 고통을 가슴에 품고 있어 수치스럽기도 하고 참괴하기도 한지라, 성은에 감사하고 궁궐을 그리워하며 간절하고 머뭇거리는 심정이 극에 달함을 감당하지 못하고서 삼가 표문을 받들어 하례하는 말씀을 진술해 아뢰나이다.

해제

원화 14년(819) 7월 조주자사 재직 시에 헌종 황제의 존호를 하례해 올린 표문. 『구당서·헌종기』에 의하면 이해 가을 7월 신사일(辛巳日, 5일)에 여러 신하들이 헌종에게 '원화성문신무법천응도황제(元和聖文神武法天應道皇帝)'라는 존호를 지어 올리자, 헌종은 선정전(宣政殿)에서 존호가 적힌 책서(冊書)를 받고 단봉루(丹鳳樓)에 납시어 천하에 대사면령을 내렸다. 존호는 황제나 황후가 높여 부르는 칭호로 세상에 살아 있을 때 쓴 것이라는 점에서 사후에 붙여지는 시호(諡號)나 묘호(廟號)와 구별된다. 일찍이 한(漢)나라 애제(哀帝)에게 '성류태평(聖劉太平)'이라는 칭호가 있긴 했지만, 존호는 당나라 때부터 쓰이기 시작했다. 말하자면 중종(中宗)이 '응천신룡황제(應天神龍皇帝)'라 하고 현종(玄宗)이 '개원성문신무황제(開元聖文神武皇帝)'라 하는 존호를 본격적으로 사용한 뒤에 관례로 정착되었다. 존호는 황제의 연호가 바뀔 때 따라 바뀌는 것이 관례였고 외교나 예식 및 제사 등에 주로 쓰였으며, 고관으로부터 일반 백성들에 이르기까지 피휘하지 않고 누구나 부를 수 있었다. 우리나라와 일본에서도 왕들이 존호를 사용했다.

이 글은 먼저 헌종의 공덕으로 보아 존호를 받기에 합당하다는 점을 들어 여러 신하들이 헌종에게 존호를 지어 올린 점을 하례하고, 핵심 부분인 두 번째 단락에서는 『이아(爾雅)』와 『경전석문(經典釋文)』의 방식을 따라 존호에 쓰인 글자를 축자적으로 풀이했다. 그 가운데 '지위(之謂)'와 '가위(可謂)'를 각각 여덟 차례에 걸쳐 사용했고, '가위(可謂)'를 쓴 구절의 마지막에는 일률적으로 '의(矣)'자를 종결어기사로 써서 비슷한 구조나 리듬을 가진 어구를 늘어 씀으로써 문장의 기세가 끊이지 않고 이어지게 했다. 아울러 『서경』과 『역경』을 위시한 경전의 문구를 끌어온 것이 많아 글이 매우 전아하다.

원문 및 주석

臣某言: 臣伏聞宰相公卿百官及關輔[1]百姓耆耋[2]等, 以陛下功崇德鉅, 天成地平[3], 宜加號於殊常, 以昭示於來代, 陳請懇至, 于再于三。陛下仰稽乾符[4], 俯順人志, 乃以新秋首序, 令月吉辰, 發揚鴻休[5], 膺受[6]顯冊[7]; 天人合慶, 日月揚光, 環海[8]之間, 含生之類, 歡欣踊躍[9], 以歌以舞。臣某誠歡誠喜, 頓首頓首。

1 關輔(관보) : 관중(關中)과 삼보(三輔)로 도성과 경기 지역을 가리킨다. 관중은 중국문명의 요람지로 지금 섬서성 위수(渭水) 남쪽의 동관(潼關) 서쪽에서 보계시(寶鷄市) 보계협(寶鷄峽) 동쪽 지역에 해당하고, 삼보는 원래 경기 지역을 다스리는 세 관직을 합쳐 부른 말로 그 관할 지역을 가리키기도 하는데 널리 도성 부근 지역을 지칭한다.

2 耆耋(기질) : 노인. 늙은이. 예순 노인을 '耆', 일흔 또는 여든 노인을 '耋'이라고 한다.

3 天成地平(천성지평) : 만물이 섭리대로 잘 자라고 치수가 되어 땅이 잘 다스려지다. 만사가 순탄해 천하가 태평한 것을 말한다. 『서경·대우모(大禹謨)』에 '地平天成'이란 말로 나온다.

4 乾符(건부) : 하늘의 계시. 하늘의 상서로운 징조. 천문(天文)의 뜻이다.

5 鴻休(홍휴) : 위대한 공적. 홍업(鴻業). 대통(大統).

6 膺受(응수) : 받다. 받아들이다.

7 顯冊(현책) : 존호가 적힌 빛나는 책서(冊書)로 존호(尊號)를 가리킨다.

8 環海(환해) : 사해. 천하. '寰海(환해)'로 된 판본도 있다.

9 踊躍(용약) : 뛰다. 뛰어오르다.

臣聞體仁長人[10]之謂"元", 發而中節[11]之謂"和", 無所不通之謂"聖[12]", 妙而無方[13]之謂"神", 經緯天地[14]之謂"文", 戡定[15]禍亂之謂"武", 先天不違[16]之謂"法天", 道濟天下[17]之謂"應道"。伏惟元和聖文神武法天應道皇帝陛下, 子育[18]億兆, 視之如傷[19], 可謂體仁以長人矣 ; 喜怒以類[20], 刑賞不差, 可謂發而中節矣 ; 明照無私, 幽隱畢[21]達, 可謂無所不通矣 ; 發號出令, 雲行雨施[22], 可謂妙而無方矣 ; 三光[23]順軌[24], 草木遂長[25], 可謂經緯天地矣 ; 除剗[26]寇盜, 宇縣[27]清夷[28], 可謂戡定禍亂矣 ; 風雨以時, 祥瑞輻湊[29], 可謂先天而天不違矣 ; 國內無饑寒, 四夷皆朝貢, 可謂道濟天下矣 : 衆美備具, 名實相當[30], 赫赫巍巍[31], 超今冠古。方當議明堂[32]、辟雍[33]之事, 撰[34]泰山、梁父[35]之儀, 搜三代之逸禮, 補百王[36]之漏典[37], 時乘六龍[38], 肆觀東后[39]。

10 體仁長人(체인장인) : 인의 도를 몸소 행해 사람의 우두머리에 서다. 어진 마음을 본체로 삼아서 그것에 따라 실행하는 사람이 다른 사람을 다스릴 수 있는 어른의 위치에 설 수 있다. 『역경·건괘(乾卦)·문언전(文言傳)』에 "군자는 인의 도를 몸소 행함으로써 사람들의 우두머리가 될 수 있다(君子體仁, 足以長人)"라

는 글귀가 보인다.

11 發而中節(발이중절) : 감정이 밖으로 표현되어 나왔으되 예의와 법도에 들어맞
    는다.「중용」에 "희로애락의 감정이 밖으로 나타나지 않은 것을 '중'이라고 하고
    밖으로 표현되어 나왔으되 모두 예의와 법도에 들어맞는 것을 '화'라고 한다(喜
    怒哀樂之未發謂之中, 發而皆中節謂之和)"라는 글귀가 보인다.

12 聖(성) : 이하 네 구절의 '聖'·'文'·'神'·'武'는『서경·대우모』의 "임금님의 덕은
    널리 퍼져 성스럽고 신묘하며 무용이 있고 문아하셨다(帝德廣運, 乃聖乃神, 乃
    武乃文)"에 근거한 것이고, 각 글자에 대한 한유의 풀이는 공영달(孔穎達)의 주
    석을 따온 것이다.

13 無方(무방) : 변화무궁하다.

14 經緯天地(경위천지) : 온 천하를 조직적으로 잘 계획해 질서를 세우다. 이 말은
    본래『좌전·소공(昭公) 28년』에 보인다.

15 戡定(감정) : 이기고 안정시키다.

16 先天不違(선천불위) : 하늘에 앞서 행동하여도 하늘이 어기지 않는다.『역경·
    건괘·문언전』에 "대인은 …… 하늘에 앞서 행동을 하여도 하늘이 그를 어기지
    않고, 하늘의 뒤에서 일을 처리해도 하늘의 변화 법칙을 준수할 수 있다(夫大人
    者, …… 先天而天弗違, 後天而奉天時)"라는 글귀가 보인다.

17 道濟天下(도제천하) : 도가 천하에 널리 미치다. 도가 천하를 구제하다.『역경·
    계사전상(繫辭傳上)』에 보이는 말이다.

18 子育(자육) : 자식처럼 기르다.

19 視之如傷(시지여상) :『맹자·이루하(離婁下)』에 "문왕은 백성을 돌보기를 마치
    다친 사람 돌보듯이 했다(文王視民如傷)"라는 글귀가 보인다.

20 喜怒以類(희노이류) :『좌전·선공(宣公) 17년』에 보인다. '類'는 '예법'의 뜻으로
    '以類'는 '예법에 합당하게 하는 것'을 말한다.

21 畢(필) : 다. 모두.

22 雲行雨施(운행우시) : 은택이 널리 베풀어지는 것을 비유하는 말로『역경·건
    괘·단전(彖傳)』에 보인다.

23 三光(삼광) : 세 가지 빛으로 곧 해와 달 그리고 별. 일월성신(日月星辰).『장
    자·설검(說劍)』에 "위로 둥근 하늘을 본받아 세 가지 빛을 따른다(上法圓天以
    順三光)"라는 글귀가 있고,『백호통(白虎通)·봉공후(封公侯)』에 "하늘에 세 가
    지 빛이 있으니 해와 달 그리고 별이다(天有三光, 日月星)"라는 글귀가 보인다.

24 順軌(순궤) : 운행 궤도를 따르다. 궤도대로 운행하다.

25 遂長(수장) : 성장하다. 생장하다.『장자·마제(馬蹄)』에 "새나 짐승이 한 곳에
    무리를 짓고 초목이 섭리대로 성장한다(禽獸成羣, 草木遂長)"라는 글귀가 보인
    다.

26 除剗(제전) : 제거하다. 베어 없애다.

27 宇縣(우현) : 천하.『사기·진시황본기(秦始皇本紀)』에 "위대하도다! 온 천하가
    성스런 뜻을 따른다(大矣哉, 宇縣之中, 承順聖意)"라는 글귀가 보이는데, 배인

(裴駰)의 『사기집해(史記集解)』에 '宇'는 '우주(宇宙)'고 '縣'은 '적현(赤縣)'이라는 주석을 달았다. 고대 중국인들이 온 중국을 '구주(九州)의 적현' 또는 '신주(神州)'라고 불렀다.

28 淸夷(청이) : 맑고 평안하다. '夷'는 '平(평)'의 뜻이다.

29 輻湊(폭주) : 한꺼번에 몰려오다. 본래 '수레의 바퀴통에 바퀴살이 모이듯 한다'는 뜻으로 한곳으로 많이 몰려드는 것을 말한다.

30 名實相當(명실상당) : 명실상부하다. 이름과 실상이 서로 부합하다.

31 赫赫巍巍(혁혁외외) : 눈부시게 빛나고 우뚝 높이 솟아 있는 모양으로 헌종 황제의 미덕을 형용한 것이다.

32 明堂(명당) : 천하가 제후의 알현을 맞이하는 의식을 거행하는 곳.

33 辟雍(벽옹) : 본래 주(周)나라에서 천자가 설치한 대학을 일컫던 말이었는데, 후대에는 향음주(鄕飮酒)와 대사(大射) 및 제사 등의 예를 거행하는 곳으로 바뀌었다.

34 撰(찬) : 찬집하다. 저술하다. 뒤에 '集(집)'자가 들어 있는 판본도 있다.

35 泰山梁父(태산양보) : 이 구절은 태산(泰山)과 양보산(梁父山)에 행하는 봉선의 의식을 책으로 엮도록 하는 것을 말한다. 고대에 제왕이 태산에 올라 흙을 쌓아 제단을 만들고 하늘의 공에 보답하는 의식을 '봉(封)', 태산 기슭의 양보산에서 제단을 쌓아 땅의 공덕에 보답하는 것을 '선(禪)'이라고 했다.

36 百王(백왕) : 역대 제왕.

37 典(전) : 법전이나 제도.

38 時乘六龍(시승육룡) : 이는 본래 『역경·건괘·단전』에 보이는 "양기가 때에 맞춰 여섯 마리 용을 타고 하늘로 날아 올라가는 것과 같다(時乘六龍以御天)"라는 데서 나온 말인데, 여기서는 천자가 황제의 수레를 타고 천하를 순행하는 것을 말한다. '六龍'은 여섯 마리 말이 끄는 천자의 수레인데, 8척이 되는 말을 용이라고 불렀다.

39 肆覲東后(사근동후) : 이는 본래 『서경·순전(舜典)』에 보이는 "그해 2월에 동쪽을 순행하시어 태산에 이르러 시(柴) 제사를 지내고 산천을 돌아가며 차례대로 망(望)제사를 지낸 뒤에 마침내 동방의 제후들을 둘러보았다(歲二月, 東巡守, 至于岱宗, 柴. 望秩于山川, 肆覲東后)"라는 데서 나온 말인데, 여기서는 예에 따라 동방 여러 나라의 임금을 순행하는 것을 말한다.

微臣幸生聖代, 觸犯刑章[40], 假息[41]海隅, 死亡無日 ; 瞻望宸極[42], 心魂飛揚, 有永棄之悲, 無自新[43]之望 ; 曾不得與鳥獸率舞[44], 蠻夷縱觀[45]爲比[46] : 銜酸抱痛, 且恥且憨, 無任感恩戀闕[47]懇迫彷徨[48]之至, 謹奉表陳賀以聞。

40 刑章(형장) : 형법. 이 구절은 한유가 부처 사리에 관한 일로 상소했다가 헌종 황제를 모독한 죄를 지은 것을 말한다.

41 假息(가식) : 죽음에 임박해 헐떡거리며 숨을 겨우 부지하다는 것을 말한다. 가

까스로 살아가다. 간신히 생존을 유지하다.

42 宸極(신극) : 「조주자사사상표(潮州刺史謝上表)」(HS-297) 주석 97 참조.
43 自新(일신) : 지난날의 잘못을 후회하고 새 사람으로 거듭나다.
44 鳥獸率舞(조수솔무) : 새나 짐승과 함께 춤추다. 정치가 개명해 새나 짐승까지도
    감화를 받아 사람들과 함께 춤추는 대열에 끼어드는 것을 말한다.
45 蠻夷縱觀(만이종관) : 이국인들과 더불어 마음대로 구경하다. 정치가 개명해 사
    방의 소수민족들도 감화를 받아 함께 즐기는 것을 말한다.
46 比(비) : 벗. 친구. 같은 무리.
47 戀闕(연궐) : 「조주자사사상표」(HS-297) 주석 98 참조.

 「원주자사로 부임한 뒤 성은에 감사해 올리는 표문」

袁州刺史謝上表

신 아무개 아룁니다. 신이 작년 정월 상소문을 올려 부처사리에 관한 의견을 말씀드렸을 때, 전대 황제께서는 저의 우매하고 직설적인 행동에 크게 죄를 묻지 않으시고 형부시랑(刑部侍郞)에서 조주자사(潮州刺史)로 좌천시키셨습니다. 황송하게도 그해 7월 13일에 은혜로운 사면령이 당도해, 그해 10월 24일에 선례에 따라 정상 참작이 되어 원주자사(袁州刺史)에 전임되었습니다. 이번 달 8일에 임지에 도착해 부임 수속을 마쳤습니다. 신 아무개 진심으로 기쁨에 넘쳐 머리를 조아리고 또 조아립니다.

엎드려 생각건대 원주는 크기가 작고 토지가 협소하지만, 조세 납부가 제때에 이루어지고, 백성들은 평안하고 관리들은 성실하며, 마을에는 아무 일 없이 평화롭습니다. 미천한 신은 오직 폐하께서 더욱 새롭게 하시려는 은덕을 펴나가고 국가가 태평스러운 법규를 지키면서 농업과 양잠을 권장해 백성들이 게으르지 않도록 할 뿐입니다. 신은 매우 우매하고 견문이 좁은 자임에도 여러 차례에 걸쳐 조정의 발탁과 임용을 받아 중서성(中書省)에서 중서사인(中書舍人)으로 근무하고 상서성(尙書省)에서 형부시랑(刑部侍郎)으로 재직하는 등 빛나는 영예를 번거로울 정도로 많이 받았지만, 그것에 어울리는 공적이 보잘 것 없는데도 불구하고 또 지은 죄과를 사면하시고 지방의 한 주를 다스리도록 내려주셨습니다. 조정에서 베풀어주신 은덕은 크고 넓은데도 신의 신분이 미천하고 운명이 박복한 탓에 감사의 뜻을 표할 길이 없어, 그저 참괴하고 황송한 마음만 더해갈 뿐인지라 성은에 감읍해하며 지극히 부끄럽고 두려워함을 이기지 못하겠습니다. 삼가 군사 담당 부장 학태(郝泰)를 사자로 파견해 표문을 받들고 조정에 가서 감사의 뜻을 진술해 아뢰도록 하나이다.

해제

원화 15년(820) 봄에 원주자사로 부임한 뒤 황제의 성은에 감사해 올린 표문. 작자는 원화 14년 7월에 신하들이 헌종에게 존호를 지어 올린 것을 계기로 내려진 대사면령 덕분에 10월에 조주자사에서 원주자사로 전임하라는 발령장을 받았다. 작자가 언제 조주(潮州)를 출발했는지는 미상이지만 15년 윤정월 24일에 길주[吉州 : 지금 강서성 길안시(吉安市)]를 거쳐 2월경에 원주에 부임한 것으로 보인다. 원주(袁州)는 강남서도(江南西道) 소속으로 지금 강서성 의춘시(宜春市)에 해당한다. 이 글은 「조주자사사상표(潮州刺史謝上表)」(HS-297)와 달리 성은에 대한 감사의 표시만 있을 뿐 간절한 요청 사항이 들어 있지 않다. 이는 작자가 평소에 자신과 사

이가 나빴던 재상 황보박(皇甫鎛)이 자신의 조정 입성을 방해하는 발언을
헌종에게 한 사실을 알고 있었기 때문이다.

원문 및 주석

臣某言 : 臣以去年正月上疏論佛骨事[1], 先朝[2]恕臣愚直, 不加大罪[3], 自刑部
侍郎貶授潮州刺史。伏遇其年七月十三日恩赦至[4], 其年十月二十四日, 準
例量移[5], 改授袁州刺史。以今月[6]八日到任上訖[7]。臣某誠歡誠喜, 頓首頓
首。

1   去年正月上疏論佛骨事(거년정월상소론불골사) : 원화 14년(819) 정월 형부시랑
    재직 시에 지은 표문 「논불골표(論佛骨表)」(HS-296) 참조.
2   先朝(선조) : 전대 황제 곧 헌종(憲宗)을 말한다. 헌종이 원화 15년(820) 정월에
    붕어한 뒤 목종(穆宗)이 즉위했다.
3   大罪(대죄) : 대벽(大辟). 사죄(死罪). 사형(死刑).
4   其年七月十三日恩赦至(기년칠월십삼일은사지) : 원화 14년(819) 7월에 신하들이
    존호(尊號)를 지어 올리자 헌종이 천하에 대사면령을 내린 것을 말한다. 이에
    대한 자세한 설명은 「하책존호표(賀冊尊號表)」(HS-298) 해제 참조.
5   量移(양이) : 당송(唐宋) 때의 공문 용어로 관리가 먼 지방으로 좌천된 뒤 사면
    을 받고 서울에서 비교적 가까운 곳으로 전임되는 것을 말한다.
6   今月(금월) : 원화 15년 2월. 「여맹상서서(與孟尙書書)」(HS-110)의 첫 부분에 의
    하면 한유는 조주자사에서 원주자사로 부임하던 길에 원화 15년 윤정월 24일에
    길주(吉州 : 지금 강서성 길안시(吉安市))를 경유했으므로 원주에 부임한 '今月'
    은 2월이 된다.
7   上訖(상흘) : 「조주자사사상표(潮州刺史謝上表)」(HS-297) 주석 13 참조.

伏以州小地狹, 稅賦及時, 人安吏循, 閭里無事 ; 微臣惟當布陛下惟新[8]之
澤, 守國家承平之規, 勸以耕桑, 使無怠惰而已。臣以愚陋無堪, 累蒙朝廷
獎用[9], 掌誥西掖[10], 司刑南宮[11], 顯榮[12]頻煩, 稱效寂蔑[13] ; 又蒙赦其罪累[14],

授以方州¹⁵：德重恩弘, 身微命賤, 無階答謝, 惟積戰惶, 無任感恩慚惕¹⁶之
至。謹差軍事副將郝泰奉表陳謝以聞。

8   惟新(유신) : 더욱 새로워지다. 스스로 새로워지다.

9   獎用(장용) : 발탁과 임용.

10 掌誥西掖(장고서액) : 중서성(中書省)에서 황제의 칙령을 관장한 중서사인(中書
    舍人)으로 근무하다. 한유는 원화 11년(816)에 중서사인이 되었다. 중서성이 선
    정전(宣政殿)의 서쪽에 있었기 때문에 '西掖'으로 불렸다.

11 司刑南宮(사형남궁) : 상서성(尙書省)에서 형벌 관련 업무를 맡는 형부시랑(刑部
    侍郎)으로 재직하다. 한유는 원화 13년(818)에 형부시랑이 되었다. 상서성이 황
    성(皇城) 안에 있었는데 황성이 궁성(宮城)의 남쪽에 있었기 때문에 '南宮'으로
    불렸다.

12 顯榮(현영) : 빛나는 영예.

13 寂蔑(적멸) : 아무 소식이 없다. 아무 것도 없다.

14 罪累(죄루) : 죄과(罪過).

15 方州(방주) : 지방의 한 주 곧 원주(袁州)를 가리킨다. 은(殷)·주(周) 시대에 한
    지방의 제후를 방백(方伯)이라 불렀던 데서 연유해 뒤에 주군(州郡)이 '方州'로
    불렸다.

16 慚惕(참척) : 부끄러워하고 두려워하다.

 「황제 폐하의 즉위를 경하해 올리는 표문」

賀皇帝卽位表

신 아무개 아룁니다. 엎드려 듣건대 황제 폐하께서 윤정월 3일에 경건하게 전대 황제의 유언을 받들어 황제의 자리에 등극하시자, 천지간의 모든 신들이 영구히 귀의할 곳이 있고, 중국과 소수민족 할 것 없이 온 천하가 영구히 정사를 받을 곳이 있게 되어, 신령과 사람이 서로 경하하고 해와 달도 본 운행 궤도를 지키며 늘 밝게 빛나고 있습니다. 신 아무개 진실로 더할 나위 없이 기뻐하며 머리를 조아리고 또 조아립니다.

신이 듣기로는 제왕은 반드시 하늘에 의해 도움을 받고 사람들에 의해 위임이 되는 것이니, 위로는 하늘의 뜻에 부합하고 아래로는 사람의 뜻과 합치한 뒤에야 사해(四海)를 완전히 차지하고 만방에 군림하게 되는 것입니다. 엎드려 생각건대 황제 폐하께서는 역대 천자의 위대한 공적을 이어받고 중흥의 운세가 한창 번성하는 때를 만나셨습니다. 황태자로서 동궁에 게실 때부터 공경 귀족의 자녀들과 나란히 국자학(國子學)

에 들어가 배우시고, 효성스럽고 우애가 좋은 미덕은 실로 사방에 널리 알려졌으며, 영명하고 웅대하신 모습은 오래전부터 뭇사람들이 듣고 감동하게 했습니다. 막 황제의 자리를 이어받으시니 멀고 가까운 곳에서 모두 기쁨에 넘치지 않는 사람이 없었고, 칙령을 내리시면 노인이나 어린아이 가운데 더러는 감격해 눈물을 흘리며 우는 자들도 있습니다. 재주와 덕이 출중한 인재를 발탁해 등용하시고 간사한 자들을 내쳐 쫓아내시니, 비록 순임금이 '흉악한 악인 4명'을 제거하고 '재상 16명'을 발탁하셨다지만 폐하의 조치보다 더 낫다고 할 수 없을 것입니다. 천하 사람들이 고개를 들고 태평을 바라며 온 천하가 마음을 기울여 지극한 교화를 보고자 하니, 신 아무개 진실로 더할 나위 없이 기뻐하며 머리를 조아리고 또 조아립니다.

신이 듣기로는 예전에 요순임금께서는 '아아'라는 탄성으로 임금과 신하가 서로 훈계하게 함으로써 지극한 치세를 이끌어내셨고, 주(周)나라 문왕은 대낮에 식사할 틈도 없이 나라를 걱정하고 부지런히 일하며 만백성을 화평하게 하셨기 때문에, 그 은택이 무궁토록 전해지고 명성이 해와 달에 필적할 수 있었습니다. 엎드려 생각건대 황제 폐하께서 그 성군들을 모범으로 삼아 본받으시어 다복함이 영원할 수 있도록 하신다면, 천하의 커다란 행운이요 천하의 커다란 행운일 것입니다!

미천한 신은 지난날 간언을 올린 일로 인해 전대 황제로부터 처벌을 받아 지금 먼 지방의 자사로 근무하고 있기 때문에, 규정상의 제한으로 말미암아 궁정으로 달려가 직접 경하의 말씀을 드릴 수는 없지만 너무나 기쁜 나머지 뛰면서 춤을 추고 은혜에 감사하며 궁궐을 연모하는 마음을 감당할 수 없사옵니다. 삼가 표문을 받들어 아뢰나이다.

원화 15년(820) 원주자사 재직 시에 목종의 즉위를 경하해 올린 표문. 헌종(憲宗)이 이해 정월 경자일(庚子日, 26일)에 붕어하자 태자 이항(李恒)이 윤정월 병오일(丙午日, 3일)에 즉위했는데, 이분이 바로 당나라 12대 목종(穆宗, 795-824) 황제다. 목종은 헌종의 셋째 아들로 원화 7년(812)에 태자에 책봉되었으며, 등극한 뒤 정사에 별 뜻을 두지 않고 향락과 사냥 등의 놀이에 빠져 지내다가 재위 4년 만에 향년 29세를 일기로 요절했다. 이 글은 황제의 즉위를 축하하는 문장인 만큼 경전의 어구를 많이 끌어와 태자 시절 목종의 미덕과 등극 이후의 인사조치 등에 대한 칭송의 뜻을 차분하고 충실한 필치로 담아내었다.

원문 및 주석

臣某言：伏聞皇帝陛下以閏正月三日虔奉遺詔, 昭升大位[1]；天地神祇, 永有依歸；華夏蠻貊[2], 永有承事[3]；神人交慶, 日月貞明[4]。臣某誠歡誠喜, 頓首頓首。

1 　大位(대위)：황제의 자리.
2 　華夏蠻貊(화하만맥)：중원에서 주변 소수민족의 땅에 이르기까지 온 천하. '蠻貊'은 '蠻貉' 또는 '蠻貊'으로도 썼는데, 본래 '蠻'은 남방의 소수민족을, '貊'은 북방의 소수민족을 가리켰지만 후에 사방의 소수민족을 두루 지칭했다. 『서경·무성(武成)』에 "중원이든 남북 소수민족이든 따르고 말을 듣지 않는 곳이 없게 되었습니다(華夏蠻貊, 罔不率俾)"라는 글귀가 보인다.
3 　承事(승사)：정사를 이어받다.
4 　貞明(정명)：해와 달이 본래의 운행 규율을 고수하며 늘 밝게 빛나다. 『역경·

계사전하(繫辭傳下)』에 "해와 달의 도는 본래의 운행 규율을 지키며 늘 밝게 빛나는 것이다(日月之道, 貞明者也)"라는 글귀가 보인다.

臣聞王者必爲天所相[5], 爲人所歸, 上符天心, 下合人志, 然後奄有[6]四海, 以君萬邦. 伏惟皇帝陛下, 承列聖之丕績, 當中興之昌運；爰自主鬯[7]春宮[8], 齒胄[9]國學[10], 孝友之美, 實形四方；英偉之姿, 久動羣聽[11]。及初嗣位, 遐邇[12]莫不歡心；爰降詔書, 老幼或至垂泣。擧用俊乂[13], 流竄[14]姦邪, 雖虞舜之去"四凶[15]", 擧"十六相[16]", 不能過也。天下翹首以望太平, 天下傾心以觀至化[17], 臣某誠歡誠喜, 頓首頓首。

5　天所相(천소상) : 하늘이 도우다. 『좌전·소공(昭公) 4년』에 "진나라와 초나라는 오직 하늘이 도우는 바라 더불어 다툴 수 없다(晉楚唯天所相, 不可與爭)"라는 글귀가 보인다. 뒤에 "길한 사람은 하늘이 도운다(吉人天相)"라는 말로 많이 쓰였다.

6　奄有(엄유) : 전부 다 점유하다. 주로 영토 내지 강역을 가리키는 데 쓴다. 『시경·상송(商頌)·현조(玄鳥)』에 "널리 제후들에게 명하시어 모든 나라를 다 차지하고 다스리신다(方命厥后, 奄有九有)"라는 시구가 보인다.

7　主鬯(주창) : 종묘의 제사를 주관하는 것으로 뒤에 태자를 가리켰다. '鬯'은 고대 제사 때 쓴 '향기 나는 술'이다.

8　春宮(춘궁) : 동궁(東宮).

9　齒胄(치주) : 태자가 학교에 입학한 뒤 공경 대신의 자제들과 함께 나이에 따라 서열을 매기고, 천자의 아들이라고 해서 윗자리에 앉지 않는 것을 말한다.

10　國學(국학) : 당나라 때의 최고 학부인 국자학(國子學).

11　羣聽(군청) : 뭇사람들이 듣고 느끼는 것. 만인의 평판.

12　遐邇(하이) : 멀고 가까움. 즉 원근(遠近)의 뜻이다.

13　俊乂(준예) : 재주와 덕이 출중한 사람. '俊艾'로도 쓴다. 『서경·고요모(皋陶謨)』에 "모두 받아들여 널리 베풀면 아홉 가지 덕을 가진 사람들이 모두 섬기게 되어 재주와 덕이 출중한 사람들이 관청에 있게 되고 모든 관리들이 서로 배우며 일하게 될 것이다(翕受敷施, 九德咸事, 俊乂在官, 百僚師師)"라는 글귀가 보인다.

14　流竄(유찬) : 내치다. 내쫓다. 추방시키다.

15　四凶(사흉) : 본래 상고시대의 네 가지 흉측한 짐승인데 삼묘(三苗)·환두(驩兜)·공공(共工)·곤(鯀) 등 네 대악인(大惡人)의 화신이라고 한다. 이들은 권력자에게 반항하다가 피살되었는데, 사후에도 정신은 죽지 않고 살아 있어 도철(饕餮)·혼돈(渾沌)·궁기(窮奇)·도올(檮杌) 등의 악한 마귀로 불렸다고 전해진다.

16 十六相(십육상) : 상고시대 전설에서 고양씨(高陽氏)의 후손 팔개(八愷)와 고신 씨(高辛氏)의 후손 팔원(八元)으로 순임금이 요임금에게 추천한 16명의 현신들 인데, 모두 큰 공적을 세웠기 때문에 성씨가 하사되어 '十六族'으로도 불린다. '팔개(八愷)'는 '여덟 온화한 사람'이라는 뜻으로 창서(蒼舒)·퇴애(隤敳)·도인 (檮戭)·대림(大臨)·용강(龍降)·정견(庭堅)·중용(仲容)·숙달(叔達)을 가리키 며, '팔원(八元)'은 '여덟 착한 사람'이라는 뜻으로 백분(伯奮)·중감(仲堪)·숙헌 (叔獻)·계중(季仲)·백호(伯虎)·중웅(仲熊)·숙표(叔豹)·계리(季貍)를 가리킨 다.

17 至化(지화) : 지극히 아름다운 교화.

臣聞昔者堯舜以吁嗟[18]君臣相戒以致至治, 周文王以憂勤日中不食[19]以和萬 民, 故能澤流無窮, 名配日月。伏惟皇帝陛下, 儀[20]而象之, 以永多福, 天 下幸甚, 天下幸甚!

19 吁嗟(우차) : 찬미를 표하는 감탄사로 『서경』의 「요전(堯典)」과 「순전(舜典)」에 서 요순임금이 신하들에게 말할 때 이를 많이 사용한 것을 말한다. 또 『사기·오제본기(五帝本紀)』의 기록을 보면, 요임금이 신하들에게 말할 때 늘 '吁嗟'로 시작했음을 알 수 있다.

20 日中不食(일중불식) : 『서경·무일(無逸)』에 "문왕께서는 …… 아침부터 대낮을 거쳐 해가 지기까지 식사를 드실 틈이 없이 만백성을 모두 화평하게 하셨습니다(文王 …… 自朝至于日中昃, 不遑暇食, 用咸和萬民)"라는 글귀가 보인다.

21 儀(의) : 모범으로 삼다.

微臣往因言事[21], 得罪先朝, 守郡遠方, 拘限條制 ; 不獲奔走稱慶[22]闕庭, 無 任欣歡踊躍感恩戀闕[23]之至。謹奉表以聞。

21 言事(언사) : 고대에 임금에게 간언을 하거나 정사에 대한 의견을 피력하는 것을 뜻한다. 여기서는 한유가 헌종에게 부처사리를 궁궐내로 들여오는 의식을 반대 하는 상소를 올린 것을 가리킨다. 자세한 내용은 「논불골표(論佛骨表)」(HS-296) 참조.

22 稱慶(칭경) : 경하하는 말을 하다.

23 戀闕(연궐) : 「조주자사사상표」(HS-297) 주석 98 참조.

신 아무개 아룁니다. 엎드려 2월 5일자 칙령을 받들어보니 천하에 대사면령을 내린다는 내용으로 평상시의 일반사면으로는 용서받지 못한 자도 모두 죄를 면제해 주시어, 그들을 다시 시작하도록 하시고 스스로 새 출발을 할 수 있도록 해주셨습니다. 성은이 어두운 곳과 밝은 곳을 가리지 않고 두루 미치어 경사스러움이 사해에 가득 넘치고 있습니다. 신 아무개는 진실로 기뻐하며 머리를 조아리고 또 조아립니다.

신이 듣기로는 제왕이 필시 황제의 보위를 이어받은 처음에 하늘에서 특별한 은혜를 내리시는 까닭은 하늘과 땅의 덕을 본받고 해와 달과 밝기를 함께 하고자 하기 위함입니다. 엎드려 생각건대 황제 폐하께서는 계획을 조직적으로 세우시고 사려가 깊으시며 신성하고 지혜로우시어, 명령을 내리시면 구름처럼 널리 퍼지고 비처럼 두루 뿌려집니다. 폐하께서는 형벌이나 정치에 행여 잘못은 없는지 두려워하시고, 홀아비나 과부가 더더욱 곤궁해지는 것을 가엾이 여기시며, 일이란 오래될수록 더욱 폐해가 늘어난다는 점을 아시고, 법률이 잘못되면 사람들이 갈수록 더욱 간교해진다는 점을 염려하고 계십니다. 또 죄인들은 빠짐없이 다 용서해주시고, 이미 폐기된 법률제도나 관습은 모두 다시 일으켜 행하셨습니다. 그리하여 만백성을 기르시는 폐하의 은혜가 사해에 퍼져 있고 화평한 기운이 온 천하 팔방 끝까지 충만해 있습니다. 신 아무개 진실로 더할 나위 없이 기뻐하며 머리를 조아리고 또 조아립니다.

　미천한 신은 지난날 일을 논해 간언을 올린 것 때문에 바다 끝 모퉁이로 유배되었습니다만, 곧바로 조정의 은택을 입어 산속의 고을에서 죄를 기다리며 임무를 다하고 있었는데, 쫓겨나 있는 유배지를 미처 벗어나기도 전에 갑자기 넓고 큰 은혜를 받게 되어 평상시보다 배가 넘도록 펄쩍 뛰며 크게 기뻐하고 있습니다. 다만 관직의 일에 매이다 보니 관례에 따라 궁정으로 달려가 경하의 말씀을 드릴 수는 없지만, 너무나 기쁜 나머지 은혜에 감사하며 궁궐을 연모하는 마음을 감당할 수 없사옵니다. 삼가 표문을 받들어 경하하는 뜻을 표하며 아뢰나이다.

　　해제

　원화 15(820) 봄 원주자사 재직 시에 대사면령을 경하해 올린 표문. 목종이 이해 정월에 즉위한 뒤 2월 5일에 천하에 대사면령을 발포했는데, 그 글은 『전당문(全唐文)』 권66에 「등극덕음(登極德音)」이라는 제목으로 실려 있다. 이 글은 천자가 즉위한 뒤에 의례적으로 하는 대사면령을 경하하는 문장인 만큼 황제의 미덕과 마음 씀씀이 그리고 사면이 가져다주는 효과 등을 찬찬하고 자세한 필치로 담아내었다.

원문 및 주석

臣某言：伏奉二月五日制書, 大赦天下[1]；常赦所不原者[2], 咸蒙除罪, 與之更始[3], 令得自新[4]。恩浹[5]幽明, 慶溢寰海[6]。臣某誠歡誠喜, 頓首頓首。

1   大赦天下(대사천하)：새 황제의 등극이나 황궁에 중대한 경사가 있을 때 대량의 범법자를 널리 사면하는 것을 말한다. '大赦'는 사면의 일종으로 국가원수나 국가 최고 권력기관에서 일정한 범위 내의 모든 범법자를 일률적으로 사면하는 제도로 가장 광범위한 효력을 지녀 형벌 집행의 면제뿐 아니라 범죄 사실의 소멸까지를 포함한다.

2   常赦所不原者(상사소불원자)：통상적인 일반사면에서 용서되지 않는 사면의 예외 규정을 말한다.

3   更始(경시)：새롭게 시작하다. 다시 새로워지다. 『예기·삼년문(三年間)』에 "천지간에 있는 모든 만물 중에 다시 새로워지지 않는 것이 없다(其在天地之中者, 莫不更始)"라는 글귀가 보인다.

4   自新(자신)：스스로를 새롭게 하다. 『사기·효문본기(孝文本紀)』에 "부친의 형벌을 속죄해주어 스스로 새롭게 하도록 해주십시오(贖父刑罪, 使得自新)"라는 글귀가 보인다.

5   浹(협)：두루 미치다. 빠짐없이 퍼지다.

6   寰海(환해)：해내(海內). 전국(全國).

臣聞王者必於嗣位之始, 降非常之恩, 所以象德乾坤, 同明日月。伏惟皇帝陛下, 文思[7]聰明, 聖神睿哲, 發號出令, 雲行雨施[8]。懼刑政之或差[9], 憐鰥寡[10]之重困[11], 知事久之滋弊, 慮法訛之益姦。罪人悉原, 墜典[12]咸擧。生恩旣及於四海, 和氣遂充於八紘[13]。臣某誠歡誠喜, 頓首頓首。

7   文思(문사)：고대에 제왕을 칭송하는 경우에만 쓴 것으로 『서경·요전(堯典)』에서 요임금의 집무 모습을 형용해 "정무 처리에 신중하고 절제하시며 조직적으로 잘 계획하여 질서를 세우고 사려 깊고 통달하시며 태도가 온화하시다(欽明

文思安安)"라고 한 데 들어 있는 말이다. '文思'의 이런 풀이는 "온 천하를 조직적으로 잘 계획하여 질서를 세우는 것을 일러 '문'이라고 하고, 사려 깊고 사물에 통달해 명민한 것을 '사'라고 한다(經天緯地謂之文, 慮深通敏謂之思)"라고 한 정현(鄭玄)의 주석에 근거한 것이다. 「하책존호표(賀冊尊號表)」(HS-298) 주석 14의 '經緯天地' 참조.

8 　雲行雨施(운행우시) : 「하책존호표」(HS-298) 주석 22 참조.

9 　差(차) : 잘못되다. 어긋나다.

10 　鰥寡(환과) : 홀아비와 과부. 사회적 약자 계층을 가리킨다.

11 　重困(중곤) : 더욱 어려워지다. 곤궁함이 가중되다.

12 　隳典(추전) : 이미 폐기된 법률제도나 관습.

13 　八紘(팔굉) : 팔방의 지극히 먼 지방.

微臣往因論事¹⁴, 獲譴海隅¹⁵, 旋¹⁶沐朝獎¹⁷, 待罪¹⁸山郡¹⁹, 未離貶竄²⁰之地, 忽逢曠蕩²¹之恩, 踊躍欣歡, 實倍常品²²。限以官守, 不獲隨例稱慶闕廷, 無任感恩戀闕之至, 謹奉表陳賀以聞。

14 　論事(논사) : 한유가 헌종에게 부처사리를 궁궐내로 들여오는 의식을 반대하는 상소를 올린 것을 가리킨다. 자세한 내용은 「논불골표(論佛骨表)」(HS-296) 참조.

15 　海隅(해우) : 바다 한 모퉁이로 조주(潮州)를 가리킨다.

16 　旋(선) : 얼마 안 있어. 곧바로.

17 　朝獎(조장) : 조정의 장려. 조정의 은택.

18 　待罪(대죄) : 관리가 직무를 담당하는 것을 낮추어 하는 말로 언제든지 관직에서 물러나 문책을 받을 준비가 되어 있음을 뜻한다.

19 　山郡(산군) : 산속의 고을로 원주(袁州)를 가리킨다.

20 　貶竄(폄찬) : 유배되어 쫓겨나다.

21 　曠蕩(광탕) : 넓고 크다. 광대하다.

22 　常品(상품) : 평상시. 평소. 관례. 전례. '常格(상격)'과 같은 뜻이다.

신 아무개 아룁니다. 엎드려 받들어 보니 윤정월 27일에 황태후 마마께서 영광스럽게 아름다운 의식을 통해 궁중에서 책봉을 받으셨다는 것으로 기뻐하는 마음이 중궁전에서 피어나와 효로서 나라를 다스리고 백성을 교화하는 정치가 이윽고 온 세상에 다 나타났습니다. 신 아무개는 진실로 기뻐하며 머리를 조아리고 또 조아립니다.

황태후 마마께서는 일찍이 전대 황제를 내조해 지극히 아름다운 교화를 이루도록 보필하셨고 성명하신 천자를 낳아 대통을 계승하도록 하셨는데, 공손히 생각건대 황태후 마마의 아름다운 덕은 예전에 복희씨(伏義氏)의 모친 화서(華胥)가 황제(黃帝)의 계획을 돕고 문왕(文王)의 어머니가 주(周)나라의 도를 빛나게 한 것과 같은 향내 나는 명성에도 비견될 수 있는 것입니다. 황제 폐하께서는 만물이 생겨나는 동방에서 나와서 천명을 받으시고 의복을 늘어뜨린 채 인위적으로 하려 함이 없이 천하를 다스리시며 신하들의 뜻을 펼쳐나가시어 교화의 근원을 분명하게 해오셨는데, 예법에 맞게 황태후 마마의 책봉 의식을 높이 받드니 나라 안과 사방 주변이 다 함께 경하하고 있습니다. 신은 지금 지방의 한 고을에서 근무하고 있기에 관례에 따라 어전에서 경하의 말씀을 드릴 수가 없지만, 펄쩍 뛸 정도로 지극히 기뻐하는 마음을 감당할 수 없어 삼가 표문을 받들어 경하하는 뜻을 표하며 아뢰나이다.

해제

원화 15(820) 봄 원주자사 재직 시에 목종의 생모가 황태후에 책봉된 것을 경하해 올린 표문. 목종의 생모 곽씨(郭氏)는 헌종의 의안황후(懿安皇后)로 분양왕(汾陽王) 곽자의(郭子儀)의 손녀고 부마도위(駙馬都尉) 곽애(郭曖)의 딸인데, 『구당서·목종기』에 의하면 원화 15년 윤정월 27일에 황태후에 책봉되었다. 이 글은 황태후 책봉을 경하하는 문장인 만큼 아름다운 어구가 들어 있다는 평을 받는다.

원문 및 주석

臣某言：伏承閏正月二十七日, 皇太后光膺¹令典², 受冊³宮闈⁴, 歡心始自於內朝⁵, 孝理⁶遂形於寰海。臣某誠歡誠喜, 頓首頓首。

1　光膺(광응)：영광스럽게 받다.

2   令典(영전) : 아름다운 의식(儀式).

3   受冊(수책) : 당나라 제도에 의하면 황태후와 황후를 책봉할 때는 금박으로 된
     금책(金冊)과 금보(金寶)를 사용했다. 원화 15년 윤정월에 목종은 생모 곽귀비
     (郭貴妃)를 황태후로 책봉했는데, 황태후는 대중(大中) 2년(848)에 붕어했으며
     시호가 의안황후(懿安皇后)였다.

4   宮闈(궁위) : 제왕의 후궁.

5   內朝(내조) : 황후가 기거하는 중궁(中宮).

6   孝理(효리) : 효로써 나라를 다스리고 백성들을 교화하는 것을 말한다.

皇太后夙贊先皇, 弼成至化, 誕生明聖[7], 纘繼[8]鴻休[9], 華胥實贊於軒圖[10],
文母[11]有光於周道, 恭惟懿德, 克配前芳[12]。皇帝陛下出震[13]承乾[14], 垂衣[15]
御極[16], 式[17]展臣子之志, 以明敎化之源, 禮命[18]載崇, 華夷同慶。臣待罪外
郡[19], 不獲隨例稱賀闕廷, 無任踊躍欣歡之至, 謹奉表陳賀以聞。

7   明聖(명성) : 성명하신 천자. 곧 목종(穆宗)을 가리킨다.

8   纘繼(찬계) : 잇다. 계승하다.

9   鴻休(홍휴) : 대통(大統).

10   華胥實贊於軒圖(화서실찬어헌도) : 황보밀(皇甫謐)의 『제왕세기(帝王世紀)』에 의
     하면 '華胥'는 수인씨(燧人氏)의 시대에 뇌택(雷澤)에서 거인의 발자국을 밟은 뒤
     잉태해 포희(庖義) 곧 복희씨(伏羲氏)를 낳았다고 하고 복희 · 신농(神農) · 황제
     (黃帝)를 삼황(三皇)으로 간주했다. 이에 의하면 화서가 삼황의 시작인 복희씨를
     낳았으므로 헌원씨(軒轅氏)의 치세도 화서에서 비롯되었다는 이야기가 된다. '軒
     圖'는 헌원씨 곧 황제(黃帝)의 계획이다.

10   文母(문모) : 문왕(文王)의 어머니 태임(太任). 『열녀전(列女傳)』에 의하면 태임
     은 임신한 뒤 눈으로 나쁜 색깔을 보지 않고 귀로 음란한 소리를 듣지 않고 입
     으로 거만한 말을 하지 않고 태교를 하여 문왕을 낳았다고 한다. 『세본(世
     本)』에 의하면 문왕의 어머니는 태사(太姒)로 아들 10명을 잘 가르쳤다고 되어
     있다.

11   前芳(전대) : 전대의 향내 나는 명성. 여기서는 화서(華胥)와 태임(太任)의 명성
     을 가리킨다.

12   出震(출진) : 제왕이 등극하는 것을 가리킨다. 본래 '震'은 괘(卦)의 하나로 위치
     로는 동방이고 시절로는 춘분(春分)을 상징한다. 『역경 · 설괘전(說卦傳)』에 "주
     재자인 대자연은 진괘에서 만물이 생겨나도록 한다(帝出乎震)"라는 글귀가 보
     인다.

13   承乾(승건) : 천명을 받다.

14   垂衣(수의) : 인위적으로 하려 함이 없이 잘 다스리는 것을 비유한다. 『역경 · 괘
     사전하(繫辭傳下)』에 "황제와 요순임금은 의복을 늘어뜨린 채 인위적으로 하려

함이 없었지만 천하가 잘 다스려졌다(黃帝堯舜垂衣裳而天下治)"라는 글귀가 보인다.

15 御極(어극) : 본래 '등극하다'는 뜻인데, 여기서는 '천하를 다스리다'는 뜻으로 쓰였다.

16 式(식) : 뜻이 없는 어조사로 쓰였다.

17 禮命(예명) : 본래 신분에 따른 예법의 등급과 황제의 책명(策命)을 뜻하는 말인데, 여기서는 예법에 맞게 거행한 황태후 마마의 책봉 의식을 가리킨다.

18 外郡(외군) : 원주(袁州)를 가리킨다.

賀慶雲表

신 아무개 아룁니다. 신이 다스리는 원주(袁州)에서 이번 달 16일 신시(申時)에 경사스러운 구름이 서북쪽 하늘에 나타나더니 저녁 무렵이 되어서야 비로소 사라졌습니다. 저와 온 고을의 관리와 백성들 중에 그것을 보지 못한 사람이 아무도 없습니다. 다섯 가지 채색을 띠고 광채가 이루다 볼 수 없을 정도로 빛났는데, 안개도 아니고 구름도 아닌 것이 그 모양을 상세하게 서술할 수가 없을 정도고, 해를 둘러싼 채 아름다움을 더하고 창공을 떠다니며 수그러들지 않고서 모양의 변화가 무궁무진할 뿐더러 휘감기기도 하고 펼쳐지기도 하며 잠시도 가만히 있지 않았습니다. 이것이야말로 가장 경사스러운 징조로 실로 태평성대에 상응하는 것입니다. 신 아무개는 진실로 기뻐하며 머리를 조아리고 또 조아립니다.

삼가 생각건대 심약(沈約)의 『송서(宋書)』에 "오색의 경사스러운 구름은 태평성대에 응해 나타난다"라고 했고, 또 『효경원신계(孝經援神契)』에 의하면 "천하에 왕 노릇하는 사람의 덕이 산이나 구릉에까지 미치면 경사스러운 구름이 출현한다"라고 했습니다. 그래서 황제(黃帝)는 그것에 근거해 사물의 이름을 붙이고, 순임금은 그것으로 말미암아 노래를 지었습니다. 또 생각건대 여름 마지막 달인 6월은 오행에서 흙 기운이 왕성해 지배하는 때이고, 그날도 병술일(丙戌日)로 역시 흙 기운에 의해 주관되는 날이었는데, 서북방은 수도가 있는 곳이고 흙 기운은 국가의 덕이므로 경사스러운 징조가 수도의 방위에 출현한 것은 고대에도 그런 증거가 있었고 지금에도 효험이 인정받고 있습니다. 엎드려 생각건대 황제 폐하께서는 덕행이 천하 만물을 덮어주고 실어주는 천지와 부합하고 도의가 황제(黃帝)와 순임금처럼 빛나시어, 황제의 자리를 이어받으신 처음부터 경사스러운 징조가 계속해서 나타나서 태평성대의 징조가 이미 드러났으니 백성들이 인자하고 장수하는 경지로 올라가게 될 것입니다.

미천한 신은 지난날 전대 황제 때에 당시의 일을 논한 의견을 올린 것 때문에 죄를 얻어 유배지에 머물고 있는 중에, 범상치 않은 경사스런 징조를 목도한 뒤 좋아서 손뼉 치고 뛰면서 기뻐하고 다행스럽게 여기는 마음이 실로 세상 보통 사람들보다 배나 더 합니다. 모쪼록 엎드려 바라기로는 사관에게 명해 이것이 폐하의 성스러운 덕으로 말미암아 일어난 것임을 분명하게 드러내도록 하시옵소서. 멀리 궁궐을 바라보고 연모해 마음과 혼백이 모두 하늘 높이 날아올라 몹시 기쁜 나머지 저절로 손뼉치고 뛰면서 춤을 추고픈 심정을 감당하지 못하고, 삼가 아무개 관리를 파견해 표문을 받들어 경하의 말씀을 올리며 아뢰도록 하옵니다.

원화 15(820) 6월 원주자사 재직 시에 경사스러운 구름의 출현을 경하해 올린 표문. 이해 6월 16일에 원주의 서북쪽 하늘에 오후 3시에서 5시 사이에 경사스러운 구름이 떠올라 저녁 무렵까지 떠 있다가 사라진 것을 상서로운 징조로 여기고 경하한 글이다. 이 글의 마지막 문장 중의 '飛馳(비치)' 또는 '陳賀(진하)' 뒤에 "아울러 그림도 함께 받들어 올립니다(並圖奉進)"라는 구절이 든 판본도 있는 것으로 보아 작자가 경운도(慶雲圖)도 함께 그려서 올린 것으로 보인다. 작자는 천인감응(天人感應)을 믿는 입장에서 특별한 구름의 출현을 태평성대의 징조로 해석해 황제의 공덕을 칭송한 것이다. 이 때문에 작자는 조주(潮州)로 좌천되기 이전에 강직한 절개로 직언을 일삼던 태도는 온데간데없이 황제에게 아부하는 글을 많이 지었다는 비판을 받기도 한다. 실제 작자는 조주에서 「조주자사사상표(潮州刺史謝上表)」(HS-297)와 「하책존호표(賀冊尊號表)」(HS-298) 2편, 원주에서 이 글을 포함해 「원주자사사상표(袁州刺史謝上表)」(HS-299), 「하황제즉위표(賀皇帝卽位表)」(HS-300), 「하사표(賀赦表)」(HS-301), 「하책황태후표(賀冊皇太后表)」(HS-302) 등 5편의 감사 내지 경하의 표문을 올린 바 있다. 그렇기는 하지만 이 글에서 '五采五色(오채오색)' 이하 10구절로 된 문장은 형산(衡山)의 구름을 걷히게 할 정도의 힘이 있다는 호평을 받고 있다.

원문 및 주석

臣某言 : 臣所領州[1], 今月十六日申時[2]有慶雲見[3]於西北, 至暮方散。 臣及

擧州官吏百姓等無不見者。五采五色, 光華不可徧觀, 非煙非雲[4], 容狀詎[5]
能詳述 ; 抱日增麗, 浮空不收 ; 旣變化而無窮, 亦卷舒[6]而莫定 : 斯爲上瑞[7],
實應太平。臣某誠歡誠喜, 頓首頓首。

1 臣所領州(신소령주) : 원주(袁州)를 가리킨다.
2 今月十六日申時(금월십육일신시) : 6월 16일 병술일(丙戌日) 오후 3시에서 5시
  사이.
3 見(현) : 나타나다. 출현하다. '現'과 같다.
4 非煙非雲(비연비운) : 『사기·천관서(天官書)』에 "안개 같기도 하고 아닌 것 같
  기도 하며 구름 같기도 하고 아닌 것 같기도 한 것이 빽빽하고 어지럽게 뒤섞여
  있다가 듬성듬성 얽히고설켜 있는 것을 경운이라고 하는데 경운은 상서로운 기
  운이다(若煙非雲, 若雲非雲, 鬱鬱紛紛, 蕭索輪困, 是謂卿雲, 卿雲, 嘉氣也)"라는
  글귀가 보인다. '卿雲'은 '慶雲' 또는 '景雲'으로도 쓰며 '襢雲(선운)'이라고도 한
  다.
5 詎(거) : 아니다. '不(불)'과 통한다.
6 卷舒(권서) : 휘감기기도 하고 펼쳐지기도 하다.
7 上瑞(상서) : 상등의 상서로운 물건. 그 아래로 '次瑞(차서)'와 '하서(下瑞)'가 있
  다. 여기서는 가장 경사스런 징조를 뜻한다.

謹按 : 沈約[8]宋書[9]云 : "慶雲五色者, 太平之應。" 又據孝經援神契[10]曰 : "王
者德至山陵[11], 則慶雲出。" 故黃帝因之以紀事[12], 虞舜由之而作歌[13]。又按
季夏六月, 土王用事[14] ; 其日景戌[15], 亦主於土 ; 西北方者, 京師所在, 土爲
國家之德, 祥見京師之位, 旣徵於古, 又驗於今。伏惟皇帝陛下, 德合覆載[16],
道光軒虞[17] ; 嗣位之初, 禎祥[18]繼至, 昇平[19]之符旣兆, 仁壽之域以躋[20]。

8 沈約(심약) : 양(梁)나라 때의 문인으로 자가 휴문(休文)이고 오흥(吳興) 무강武
  康 : 지금 절강성 덕청현(德清縣) 무강진] 사람. 음률에 밝아 사성팔병설(四聲八
  病說)을 창안하기도 했다. 생몰년은 441-513년이다.
9 宋書(송서) : 인용문은 『송서』의 「부서지(符瑞志)」에 보인다.
10 孝經援神契(효경원신계) : 참위류(讖緯類) 서적으로 지금 전하지 않는다.
11 山陵(산릉) : 황제나 황후의 무덤을 가리킨다. 역도원(酈道元)의 『수경주(水經
   注)·위수(渭水)』에 "진나라에서는 천자의 무덤을 '산'이라고 했고, 한나라에서
   는 '능'이라고 했으므로 합쳐서 '산릉'이라고 했다(秦名天子冢曰山, 漢曰陵, 故通
   曰山陵也)"라는 글귀가 보인다. 이 구절은 목종의 효성을 말한 것으로 헌종이
   붕어한 지 얼마 되지 않았기 때문에 언급했다.
12 黃帝因之以紀事(황제인지이기사) : 『좌전·소공(昭公) 17년』에 황제가 운사(雲

師)를 구름의 이름으로 삼은 예가 보이고, 『사기·오제본기(五帝本紀)』의 『집해(集解)』에 춘관(春官)을 청운(靑雲), 하관(夏官)을 진운(縉雲), 추관(秋官)을 백운(白雲), 동관(冬官)을 흑운(黑雲), 중관(中官)을 황운(黃雲)으로 명명했다는 응소(應劭)의 주석이 있다.

13 虞舜由之而作歌(우순유지이작가) : 『상서대전(尙書大傳)』에 "뛰어난 준재들과 백관들이 서로 화창해 「경운가」를 노래 부르자, 이에 순임금이 창하기를 '상서로운 구름이 노을처럼 찬란하게 얽히고설켜 있고, 해와 달의 광채가 빛나고 또 빛나도다. ……'라고 했다(俊乂百工, 相和而歌卿雲, 帝乃倡之曰 : '卿雲爛兮, 糺縵縵兮! 日月光華, 旦復旦兮. ……')"라는 글귀가 보인다.

14 土王用事(토왕용사) : 토기(土氣) 곧 흙 기운이 왕성해 지배하다. '王'은 거성으로 읽어 '旺'과 통한다. '土王用事'는 줄여서 '土用'이라고도 한다. 이는 천지 만물이 화수목금토의 다섯 원소의 성질에 근원을 두고 5개 기(氣)의 소장(消長)에 따라 변한다는 오행설에 근거한 것으로 4계절에도 적용된다. 4계절은 4립(四立) 곧 입춘(立春)·입하(立夏)·입추(立秋)·입동(立冬)에서 시작하므로 4립의 각각 앞 18일간을 토(土)로 배당한다. 이렇게 하여 72일이 토에 해당하는데 72일은 1년의 약 1/5에 해당한다. 토왕용사에 태양은 각각 황도 위의 황경 27°, 117°, 207°, 297°의 위치에 온다. 오행설에서 유래한 것이지만, 태양 황경(黃經)에 기준을 둔 것이므로 계절 변화와 일치한다. 특히 겨울의 토왕용사는 혹한(酷寒)의 시기고, 여름의 토왕용사는 혹서(酷暑)의 시기에 해당한다.

15 景戌(경술) : 병술(丙戌). 당나라 세조(世祖)를 피휘해 병(丙)을 경(景)으로 바꾸었다.

16 覆載(부재) : 하늘이 덮어주고 땅이 실어준다는 것으로 천지를 가리킨다. 「위위상공양관표(爲韋相公讓官表)」(HS-281) 주석 19 참조.

17 軒虞(헌우) : 헌원씨(軒轅氏) 곧 황제(黃帝)와 우순(虞舜).

18 禎祥(정상) : 「중용(中庸)」에 "나라가 장차 흥성하려면 반드시 상서로운 징조가 나타난다(國家將興, 必有禎祥)"라는 글귀가 보인다.

19 昇平(승평) : 나라가 태평함. 태평성대를 가리킨다. 『한서·매복전(梅福傳)』에 "효무제로 하여금 그의 계책을 듣고 쓰게 한다면 태평성대를 이르게 할 수 있다(使孝武帝聽用其計, 升平可致)"라는 글귀가 있는데, 안사고(顔師古)의 주석에 장안(張晏)의 말을 인용해 "백성들에게 삼년분의 비축이 있는 것을 태평성대라고 한다(民有三年之儲曰升平)"라고 했다. '升平'은 '昇平'과 같다.

20 仁壽之域以躋(인수지역이제) : 『논어·옹야(雍也)』편에 "인자한 사람은 장수한다(仁者壽)"라는 구절이 있고, 『한서·왕길전(王吉傳)』에 "한 시대의 백성들을 몰아서 어질고 장수하는 경지로 올라가게 한다(毆一世之民, 躋之仁壽之域)"라는 글귀가 보인다.

微臣往在先朝, 以論事得罪, 身居貶黜之地, 目覩殊常之慶, 抃躍欣幸, 實

倍常情。伏乞宣付²¹史官, 以彰聖德所致。瞻戀闕廷, 心魂飛馳, 無任欣抃
踊躍之至, 謹差某官奉表陳賀以聞。

21　宣付(선부) : 황제의 칙령을 관리에게 교부해 처리하게 하는 것을 말한다.

HS-304 「장유소를 자신을 대신할 자로 천거하는 추천장」 국자감

擧張惟素自代狀 國子監

중산대부(中散大夫) · 수좌산기상시(守左散騎常侍) · 상주국(上柱國) · 사자금어대(賜紫金魚袋) 장유소(張惟素)

위는 신이 엎드려 건중(建中) 원년(780) 정월 5일의 칙령을 받들어 보고, 상참관(常參官)은 전임 발령을 받고 부임한 뒤 사흘 이내에 자신을 대신할 한 사람을 천거하라는 것에 관한 일입니다. 상기 관리는 문장과 학문 및 치적 모두 뭇사람들이 높이 평가하고 인정하는 자로 중앙 부서와 지방 관서를 두루 거치며 직무를 담당했으므로 자격과 경력은 이미 충분한데다 다른 사람들과 조화롭게 어울리되 이익에 따라 부화뇌동하지 않고 조용하지만 자신의 절조를 지니고 있으며, 타고난 성품이 돈후하고 겸양해 다른 사람을 훈도하기에 잘 어울립니다. 신이 그보다 못하므로 바로 저를 대신한 인물로 그를 추천합니다. 삼가 기록해 아뢰옵니다.

해제

원화 15년(820) 겨울 원주자사에서 국자좨주로 부름 받고 부임한 뒤 장유소(張惟素)를 자신을 대신할 적임자로 천거한 추천장. 장유소는 당시에 좌산기상시(左散騎常侍)로 있었으며, 장경 4년(824)에 공부시랑(工部侍郞)까지 올랐다가 죽었다. 『구당서』와 『신당서』에는 전기가 실려 있지 않다. 이 글은 매우 간결하지만 추천하는 인물의 기본적 자질과 경력 및 성품이 빠짐없이 적혀 있고, 후학의 교육을 총괄할 사람이 갖추어야 할 직무 연관성도 언급되어 있어 소략하다는 느낌은 들지 않는다. 작자는 이 글을 포함해 6편의 자대장(自代狀)을 남기고 있는데, 그것에 대해서는 「거전휘자대장(擧錢徽自代狀)」(HS-291) 해제를 참조하기 바란다.

원문 및 주석

中散大夫守左散騎常侍上柱國賜紫金魚袋張惟素

右伏準建中元年正月五日制[1]：常參官上[2]後三日，擧一人自代者。前件官文學[3]治行[4]，衆所推與[5]；累歷中外，資序[6]已深，和而不同[7]，靜而有守；敦厚退讓，可以訓人：臣所不如，輒擧自代。謹錄奏聞。

1　建中元年正月五日制(건중원년정월오일제)：「거전휘자대장(擧錢徽自代狀)」(HS-291) 주석 1 참조.
2　上(상)：부임하다.
3　文學(문학)：문장과 학문.
4　治行(치행)：치적. 정치적 행적.

5   推與(추여) : 높이 평가하고 인정하다.

6   資序(자서) : 자격과 경력.

7   和而不同(화이부동) :『논어・자로(子路)』편에 "군자는 다른 사람과 잘 어울려
     조화를 이루지만 이익에 따라 부화뇌동하지 않으며, 소인은 이익에 따라 부화
     뇌동하지만 다른 사람과 잘 어울려 조화를 이루지 못한다(君子和而不同, 小人
     同而不和)"라는 글귀가 보인다.

 「한태를 자신을 대신할 자로 천거하는 추천장」 원주

擧韓泰自代狀 袁州

사지절장주제군사(使持節漳州諸軍事)・수장주자사(守漳州刺史) 한태(韓泰)

　위는 신이 엎드려 건중(建中) 원년(780) 정월 5일의 칙령을 받들어 보고, 상참관(常參官)과 자사(刺史)는 전임 발령을 받고 부임해 인수인계를 마친 뒤 사흘 이내에 자신을 대신할 한 사람을 천거하라는 것에 관한 일입니다. 상기 관리는 문학에 뛰어나고 재능과 도량이 단정하고 돈후하며, 젊은 나이에 과거에 급제해 중앙 정부기관에서 관직도 거쳤습니다만, 지난날 범한 과오로 인해 지방관으로 좌천된 채 오늘에 이르기까지 15년이나 지났습니다. 장주(漳州)를 관할하는 자사(刺史)가 된 뒤로는 마음을 다해 다스리는 일에 전념했기에, 관리들은 그를 두려워해 감히 비행을 저지르려고 하지 않고 백성들도 편안하게 지내며 모두 저마다의 분수에 합당한 생업에 종사하고 있습니다. 신이 조주(潮州)에 있었을 때 그가 다스리는 고을과 경계를 접하고 있었는데, 신의 다스림은 그 사람에게 크게 미치지 못했습니다. 모쪼록 그를 임명해 신의 직무를 대신하도록 해주시기를 간절히 바라오며, 그렇게 하는 것이 틀림없이 공평하고 합당할 것으로 생각합니다. 삼가 기록해 아뢰옵니다.

해제

원화 15년(820) 2월 8일 조주자사에서 원주자사로 부임한 뒤에 원주자사의 신분으로 자신을 대신할 자로 한태(韓泰)를 지목한 추천장. 한태는 『구당서』와 『신당서』에 모두 전기가 실려 있는 인물로 자가 안평(安平)이고, 왕숙문(王叔文) 일파에 가담해 영정혁신(永貞革新)의 중추세력으로 활동하다가 실패한 뒤 유종원(柳宗元) 등과 함께 팔사마(八司馬)의 한 사람에 끼여 지방관으로 전전하고 말았다. 이 글 역시 매우 간결하지만 한태의 재능과 도량 및 관직 경력을 언급하고, 특히 한태가 젊은 시절 개혁 그룹에 가담했다가 조정에 풍파를 일으킨 사실도 회피하지 않고 거론하면서 그 사건을 전기로 오히려 지방관으로서의 직무 수행에 전념해 대단한 치적을 이루었다는 점을 부각시키고 있다. 이런 연유로 이 글은 자연스러움의 극치를 이루었다는 평가를 받기도 한다.

使持節¹漳州²諸軍事守漳州刺史韓泰

1 使持節(사지절) : 수당(隋唐) 때에 지방 군정(軍政) 장관인 자사(刺史)에게 부여
   된 이름뿐인 직함. 이를테면 주의 자사에게는 '使持節某州諸軍事'라는 직함이
   반드시 따라 다녔다. 『당회요(唐會要)』 권69에 의하면 무덕(武德) 원년(618) 6월
   7일에 제주총관(諸州總管)에게 '使持節', 자사에게 '持節'의 칭호를 더해주었다고
   하나 곧이곧대로 지켜진 것은 아닌 듯하다. 즉 이 글에서 보이듯이 자사에게도
   '使持節'의 칭호가 더해져 있다. 아무튼 '使持節'은 중급 이하의 관리를 죽일 수
   있는 권한을 지녀, 관직이 없는 사람을 죽일 수 있었던 다음 등급의 '持節'과 군
   령(軍令)을 어긴 자를 죽일 수 있었던 그 다음 등급의 '假節(가절)'과 구별된다.
2 漳州(장주) : 강남도 소속으로 주청 소재지가 용계(龍溪) 곧 지금 복건성 용해현
   (龍海縣) 서쪽에 있었다.

右伏準建中元年正月五日制 : 常參官及刺史授上訖, 三日內擧一人自代者。
前件官詞學³優長, 才器⁴端實⁵ ; 早登科第⁶, 亦更⁷臺省⁸ ; 往因過犯⁹, 貶黜
至今, 十五餘年。自領漳州, 悉心爲治, 官吏懲懼¹⁰, 不敢爲非¹¹ ; 百姓安
寧, 並得其所。臣在潮州之日, 與其州界相接, 臣之政事, 遠所不如。乞以
代臣, 庶爲允當。謹錄奏聞。

3 詞學(사학) : 사장(詞章)에 관한 학문. 문장학 내지 문학.
4 才器(재기) : 재능과 도량.
5 端實(단실) : 정직하고 성실하다. 단정하고 돈후하다.
6 무登科第(조등과제) : 한태는 정원(貞元) 11년(795)에 과거에 급제했는데, 다만
   출생연도가 미상이기 때문에 급제한 때의 정확한 나이를 알 수는 없다.
7 更(경) : 거치다. 경험하다.
8 臺省(대성) : 구체적으로는 어사대(御史臺)와 상서성(尙書省)·문하성(門下省)·
   중서성(中書省)의 삼성(三省)을 가리키지만, 일반적으로 중앙 정부기관을 널리
   지칭하기도 한다. 한태는 여러 차례 승진한 끝에 정원 연간에 호부낭중(戶部郎
   中)을 지냈다.
9 往因過犯(왕인과범) : 한태가 영정(永貞) 원년(805)에 당시 조야(朝野)를 뒤흔든
   소위 '이왕팔사마사건(二王八司馬事件)'에 연루되었던 일을 가리킨다. 한태는
   이 여파로 이해 11월에 건주사마(虔州司馬)로 유배되었다가 원화 10년(815) 3월
   에 다시 장주자사(漳州刺史)로 전입되는 등 지방관을 맴돌았을 뿐 중앙 정계로

복귀하지 못했다.

10 懲懼(징구) : 두려워하다.

11 爲非(위비) : 비행을 저지르다.

　신 아무개 아룁니다. 엎드려 정월 27일자 칙령을 받들어 보니 대행황제(大行皇帝)께서 갑작스럽게 천하를 버리고 돌아가셨다는 내용이었습니다. 신이 칙령을 받들고 나서 슬프고 당황스러운 나머지 한없이 큰 소리로 울부짖고 발을 구르며 몸부림쳤거늘, 엎드려 생각건대 폐하의 심정이야 어디 의탁할 곳이 있겠습니까! 대행황제께서는 공적이 온 세상에 미치고 인자하신 은혜가 동식물까지 윤택하게 하셨기 때문에, 붕어하신 날에 온 나라 백성들은 가슴이 무너져 내렸고 조정 안팎의 모든 신하들도 찢어지듯 비통함을 이기지 못했습니다. 엎드려 생각건대 폐하께서는 애통하심이 온 도성 안을 관통하시어 마음을 두실 데가 없을 터건만, 신은 먼 지방 고을을 다스리는 일에 매여서 있는 힘을 다해 위로드리지 못하고 멀리 궁정을 우러러 바라보고 슬퍼하며 연모할 뿐입니다. 삼가 표문을 받들어 위로의 말씀을 드리며 아뢰나이다.

해제

　원화 15년(820) 봄 원주자사 재직 시에 헌종황제의 붕어를 애도해 쓴 표문. 헌종은 원화 15년 정월 경자일(庚子日, 27일)에 대명궁(大明宮) 중화전(中和殿)에서 갑자기 붕어했는데, 환관 진홍지(陳洪志)에 의해 독살된 것이라고 한다. 이 글은 별다른 특징을 찾아보기 힘든 지극히 의례적인 문장에 불과한 것으로 보인다.

원문 및 주석

臣某言：伏奉正月二十七日詔書, 大行皇帝[1]奄棄[2]萬國。承詔哀惶, 號踊[3]無地[4]；伏惟聖情, 何可堪處！大行皇帝功濟寰區[5], 仁霑動植；奉諱[6]之日, 率土[7]崩心, 凡在臣子, 不勝殞裂[8]。伏惟陛下, 痛貫宸極[9], 聖情難居；臣拘守遠郡, 不獲匍匐[10]奉慰, 瞻望闕廷, 且悲且戀。謹奉表陳慰以聞。

1　大行皇帝(대행황제)：황제가 막 세상을 떠난 뒤 매장하기 전까지 부른 경칭. '大行'은 '영원히 떠나간다'는 뜻이다. 대행황제의 시호(諡號)와 묘호(廟號)가 내려지면 그것들을 정식 칭호로 삼았다.

2　奄棄(엄기)：갑자기 내버리다. 사망을 뜻한다. '永訣(영결)'·'永別(영별)'과 같은 뜻이다.

3　號踊(호용)：큰 소리로 울부짖으며 발을 동동 구르다. '號踴'으로도 쓴다.

4　無地(무지)：기쁨이나 황공함이나 놀라움이나 부끄러움 따위의 감정이 무한함을 형용한다. '至極(지극)'과 같은 뜻이다.

5　寰區(환구)：천하. 온 세상.

6　奉諱(봉휘)：거상(居喪)하다. 후에 주로 제왕이 죽은 뒤에 장례를 치르는 것을 말한다. 사람이 죽은 뒤에 졸곡(卒哭) 이전까지는 살아 계실 때와 같은 예를 다하고, 졸곡 뒤에 이름을 피휘한 데서 유래한 말이다.

7 　率土(솔토) : 온 천하. 사해 안. 『시경・소아(小雅)・북산(北山)』에 "모든 하늘 아래가 왕의 땅이 아닌 것이 없고, 모든 땅의 물가까지 왕의 신하가 아닌 자가 없다(溥天之下, 莫非王土, 率土之濱, 莫非王臣)"라는 시구가 보인다.

8 　殞裂(운렬) : 찢어지다. 지극히 비통함을 비유한다.

9 　宸極(신극) : 북극성이 있는 곳으로 여기서는 도성을 가리킨다.

10 　匍匐(포복) : 진력하다. 있는 힘을 다하다. 『시경・패풍(邶風)・곡풍(谷風)』에 "이웃집에 궂은 일이 생기면 있는 힘을 다해 도와준다네(凡民有喪, 匍匐救之)"라는 시구가 보이는데, 정현(鄭玄)의 『전(箋)』에서 '匍匐'은 '온 힘을 다하는 것'을 말한다고 했다.

HS-307 「장적을 천거하는 추천장」
擧薦張籍狀

등사랑(登仕郎)·수비서성교서랑(守祕書省校書郎) 장적(張籍)

상기 관리는 학문을 함에 있어 스승으로부터 전해지는 전통을 지키고 글쓰기에는 예스러운 풍격이 있으며, 말을 아끼고 조심스럽게 하며 고결하게 자신의 지조를 지키고 있습니다. 그 사람은 명성이 꽃처럼 빛나고 행실도 과실처럼 알차서 그 광채가 유림(儒林)을 비추고 있습니다. 신이 담당하고 있는 관서에 국자감박사 한 명의 결원이 보이고, 학생들이 그의 훈도를 따르고 있사오니, 모쪼록 바라기로는 폐하의 성은으로 그 사람을 특별히 이 관직에 임명하시어 성스러운 우리 왕조가 유학을 숭상하고 덕 있는 사람을 존중한다는 도가 밝게 드러나도록 해주시옵소서. 삼가 기록해 아뢰며 엎드려 폐하의 의견을 듣고자 하옵니다.

　장경 원년(821) 국자좨주 재직 시에 장적(張籍: 약 767-830)을 국자박사로 천거한 추천장. 장적은 이때 비서성교서랑으로 재직 중이었는데, 작자의 천거로 인해 이해에 국자박사에 오르고 그 이듬해에 상서성 수부원외랑(水部員外郞)으로 전임했다. 장적에 대해서는 「답장적서(答張籍書)」(HS-071)와 「중답장적서(重答張籍書)」(HS-072) 및 「장중승전후서(張中丞傳後敍)」(HS-040) 주석 3을 참조하기 바란다. 결원이 생긴 국자박사 자리에 학문과 글쓰기 능력 및 성격이나 행실로 보아 장적이 적임자임을 간결한 필치에 잘 담아낸 글로, 언급한 사항마다 치우치거나 과장됨이 없이 공정해 한 글자도 추천받는 자의 기호에 영합한 것이 없다는 평가를 받는다.

원문 및 주석

登仕郞守守祕書省校書郞張籍

右件官學有師法^1, 文^{2}多古風；沈黙靜退^3, 介然^{4}自守；聲華行實, 光映儒林。臣當司^{5}見闕國子監博士一員, 生徒藉其訓導；伏乞天恩, 特授此官, 以彰聖朝崇儒尙德之道。謹錄奏聞, 伏聽敕旨。

1　師法(사법): 스승이 전수한 학문과 기술. 『순자・수신(修身)』에 "스승이 전수한 법도를 옳다고 여기지 않고 자기 마음대로 행하기를 좋아하는 것은 비유하자면 맹인이 색깔을 분변하고 귀머거리가 소리를 분간하는 것과 같다(不是師法, 而好自用, 譬之是猶以盲辨色, 以聾辨聲也)"라는 글귀가 보인다.
2　文(문): 글쓰기. 여기서는 주로 시가(詩歌) 작품을 가리킨다.

3   靜退(정퇴) : 세상 욕심이 없이 조용하고 겸손해 명예나 이익을 다투지 않다.
4   介然(개연) : 정직하다. 강직하다. 고결하다.
5   當司(당사) : 본인이 담당하고 있는 관서. 본인이 재임하고 있는 관서.

 「존호의 헌상을 청원하는 표문」

請上尊號表

신 아무개 아룁니다. 제가 관장하고 있는 국자학(國子學)·태학(太學)·광문학(廣文學)·사문학(四門學) 및 서학(書學)·산학(算學)·율학(律學) 등 7개 학관(學館)의 학생 심주봉(沈周封) 등 600명의 의견서를 받아보니, 자신들은 비록 신분이 낮고 천하지만 모두 선발되어 학생으로 들어온 자들로 육경(六經)의 글을 읽고 고대 성왕의 도를 이수해 대략적이나마 지식을 습득하게 된 것은 모두 황제 폐하의 성은으로 말미암은 것이라고 했습니다. 지금 천자께서는 천지를 가지런히 정돈하시고 신성의 경지에 드나드시며, 무위자연의 치적을 이루기 위해 고심하시며, 우주의 원기가 모인 궁전에서 노닐거나 쉬시며, 조정안에는 별달리 도모하는 일이 없고 바깥 들판에는 전쟁이 벌어지지 않고 있으며, 가만히 앉은 채 기주(冀州)의 성덕군(成德軍)을 수복하시고 곧바로 또 유주(幽州)를 평정하셨으며, 석목(析木)과 천가(天街)의 별자리는 맑게 반짝이고 윤기가 나며, 기주의 북악(北嶽) 항산(恒山)과 유주의 의무려산(醫巫閭山)에도 그곳의 신령들이 제자리를 지키며 직무를 잘 받들고 있어서 영토는 천계(天界)에까지 걸쳐 있고 국경은 바다 저편까지 넘어서고 있습니다. 순임금 때의 12개 주(州)와 주(周)나라 때의 1,700여 국, 태장(太章)과 수해(豎亥)가 거닐고 우(禹)임금과 설(契)이 적어 놓은 경계 안에, 사방으로부터 수레의 바퀴통에 바퀴살이 모이듯 모여들어와 저마다 공물을 바치고 있습니다. 서방의 이민족 수장과 북방의 이민족 우두머리가 모두 위엄을 두려워하고 은덕에 부끄러워해, 거점을 잃어버리고 궁색하게 부산떨다가는 부락의 남은 사람들을 거두어 도망쳐서 원방으로 떠난 자도 있고, 양이나 말을 헌상하러 찾아와 행렬이 천리에 이어지고 있기도 합니다. 공적이 이와 같고 은덕 또한 저와 같습니다. 처음 황제의 자리를 이어받으셨을 때 맨 먼저 간사한 무리를 제거하시고, 자리에 따라 눈짓과 손짓으로 수월하게 적절한 지시를 하시니 때에 응해 태평하고 안정되어 있습니다. 천하의 홀아비와 과부들을 가엽게 여기시고 사해의 막혀 있는 기운을 푸셨으며, 좌로나 우로나 앞이든 뒤든 모두 준걸들이고 어진 자들이며, 크든 작든 재능 있는 사람들은 모두 저마다의 쓰임새를 다해 벌하거나 꾸짖는 일 없이 오로지 어진 덕으로 화합하도록 하셨습니다. 그로 말미암아 오곡은 매년 풍작을 이루고 있고 온갖 경사스러운 징조가 자주 출현해, 물·불·쇠·나무·흙·곡식의 여섯 가지 물자와, 덕을 바로 세우고 쓰임을 이롭게 하며 삶을 두텁게 하는 세 가지 일이 질서가 잡히고 노래로 불렀습니다. 옛날에 여와(女媧)는 흑룡(黑龍)을 죽여 기주(冀州)를 구했고 요임금은 구영(九嬰)을 처형해 대지를 안정시켰는데, 병기에 피를 묻히고 칼날을 망가뜨리고서야 겨우 그런 공적을 이루었으니 우리 임금님과 비교할 때 엄청난 차이가 나옵니다. 요임금은 재위 칠십여 년에 걸쳐 '아아'라는 탄성으로 임금과 신하가 서로 훈계하며 태평한 치세에 이르게 하셨고, 공자 같은 성인께서도 3년 지나야 치적을 이룰 수 있다고 스스로 말씀하셨건만, 지금 폐하께서는 황제의 자리를 승계하신 지 1년여 밖에 되지 않았는데도 이런 공덕을 이루셨으니

그 얼마나 빠른 것인지요! 역참을 통하는 것이 파발마나 사람이 달려
정령을 전달하는 것보다 빠르다는 것은 비유로써 충분하지 않습니다.
평범하지 않은 공적인데도 통상적인 칭호를 그대로 답습하고 옛 사람
들보다 뛰어난 미덕을 가지셨음에도 선조의 법도를 지키고 있다고 하
는 정도의 이름을 사리에 맞지 않게 쓰고 계시는데, 신하들의 진심이
결여되어 상달되지 않고 천자의 이름을 사람들이 칭하는 것이 사실과
도 잘 어울리지 않습니다. 이것은 또한 사대부들의 잘못입니다.

　학생들이 이렇게 말하는데 관직으로 스승이며 어른의 지위에 있으면
서 신이 어떻게 말씀드리지 않을 수 있겠습니까? 학생들이 진술하고 있
는 것을 생각해보니 의리에 부합한데다 하늘과 사람의 소망이 합치해
서로 모의하지도 않았는데 약속이나 한 듯이 같으니, 신의 우매함으로
은폐할 수 있는 것이 아니기에 바로 죽음을 무릅쓰고 아뢰올 따름입니
다. 모쪼록 엎드려 바라옵건대 성은을 베풀어 특별히 성심에서 우러나
온 신하들의 뜻을 윤허하시고, 고관들에게 명해 생각을 다 짜내 궁리를
한 뒤 경서에서 바른 뜻을 찾아내어 훌륭한 칭호를 정하게 하신 다음에
담당 부서에서 예를 갖추어 길일을 택해 공표하도록 하신다면, 천하의
더 없는 행운이요 천하의 더 없는 행복일 것이옵니다. 신 아무개 진실
로 황공할 따름입니다.

　　해제

　장경 원년(821) 국자좨주 재직 시에 목종황제에게 존호(尊號)의 헌상을
윤허해달라며 청원해 올린 표문. 장경 원년 4월에 재상들이 세 차례에

걸쳐 존호를 헌상하겠다는 표문을 올렸지만 목종은 계속 윤허하지 않고 있던 차에 작자가 이 글을 써서 재차 청원했던 것이다. 황제에게 존호를 지어 올리는 것은 당나라 때 유행한 누습으로 문인들이 이런 글을 짓게 될 경우 황제에게 아부하는 내용에서 벗어나기 어렵다. 이 글 또한 예외가 아니지만, 문장 자체는 매우 고고(高古)하고 전아하다.

원문 및 주석

臣某言：臣得所管國子、太學、廣文、四門，　及書、筭、律等七館學生沈周封等六百人狀，稱身雖賤微，然皆以選擇得備學生，讀六藝[1]之文，脩先王之道，粗有知識，皆由上恩。今天子整齊乾坤，出入神聖；經營[2]乎無爲[3]之業，游息[4]乎混元[5]之宮；不謀於廷，不戰於野；坐收冀部[6]，旋定幽都[7]；析木天街[8]，星宿清潤[9]；北嶽[10]醫閭[11]，神鬼受職[12]，地彌天區，界軼[13]海外。舜之十有二州[14]，周之千七百國[15]，章亥所步[16]，禹契所書[17]，四面輻輳[18]，各脩貢職[19]。西戎之首，北虜[20]之渠[21]，怛[22]威愧德，失據狼狽[23]，收其種落[24]，逃遁[25]遠去，來獻羊馬，千里不絶。功旣如此，德又如彼：爰初嗣位，首去姦嬖[26]，隨所顧指[27]，應時清寧。哀天下之鰥寡，釋四海之鬱結[28]；左右前後，莫匪俊良；小大之材，咸盡其用；無所誅詰[29]，一和以仁。由是五穀歲登[30]，百瑞時見[31]；六府三事[32]，惟序惟歌。昔者媧皇[33]殺黑龍以濟冀州，堯誅九嬰[34]以定下土，血兵[35]刑刃[36]，僅就厥功；以方[37]吾君，一何遠也。堯之在位七十餘載，戒飭咨嗟[38]，以致平治；孔子之聖，自云三年有成[39]；今自嗣位以來，歲有餘耳，臻此功德，其何捷哉！置郵傳命[40]，未足以諭[41]。以非常之功，襲尋常之號[42]；以冠古[43]之美，屈守文[44]之名；臣子之誠，闕而不奏；天號人稱，不滿事實：斯亦縉紳先生[45]之過也。

1 六藝(육예) : 여기서는 육경(六經)을 가리킨다.

2 經營(경영) : 애쓰다. 고심하다.

3 無爲(무위) : 무위자연. 자연법칙에 따르고 인위적인 작위를 하지 않다.

4 游息(유식) : 노닐고 휴식하다.

5 混元(혼원) : 천지의 원기. 우주의 원기.

6 坐收冀部(좌수기부) : 원화 15년(820) 10월 성덕군(成德軍)절도사 왕승종(王承宗) 사후에 동생 왕승원(王承元)이 진주(鎭州)·조주(趙州)·심주(深州)·기주(冀州)의 4주를 가지고 조정에 귀순한 것을 말한다. 성덕군은 지난 50여 년간 조정의 명에 따르지 않고 독자적인 행보를 취해왔는데, 이로써 당나라 조정은 가만히 앉아서 하루아침에 4주의 땅을 수복하게 되었다.

7 旋定幽都(선정유도) : 장경 원년(821) 2월에 유주(幽州)절도사 유총(劉總)이 사직하고 중이 되려고 함에 조정에서 이를 허락하고, 3월에 선무군(宣武軍)절도사 장홍정(張弘靖)을 유주대도독부장사(幽州大都督府長史)와 유주자사(幽州刺史)를 겸직하게 함으로써 관할 8개 주를 평정하게 된 것을 말한다.

8 析木天街(석목천가) : 별자리 이름으로 관할 분야(分野)가 '析木'은 유주(幽州), '天街'는 기주(冀州)에 해당한다.

9 星宿淸潤(성수청윤) : 별자리가 초롱초롱 반짝이는 것으로 그 별자리의 관할 분야인 유주와 기주가 평정된 일을 비유한다.

10 北嶽(북악) : 기주의 북악(北嶽) 항산(恒山). 운주(雲州)에 있으며 동남쪽으로 항주(恒州) 곧 진주(鎭州)와 접해 있다.

11 醫閭(의려) : 유주의 의무려산(醫巫閭山). 요동(遼東)에 있으며 동남쪽으로 유주와 접해 있다.

12 受職(수직) : 위에서 위임해 파견한 직무를 받아들이다.

13 軼(일) : 지나다. 넘어서다.

14 舜之十有二州(순지십유이주) : 『서경·순전(舜典)』에 "새로이 열두 주를 마련했다(肇十有二州)"라는 구절이 보이는데, 순임금은 우임금이 치수를 한 뒤에 천하의 땅을 9주로 나눈 것에 더하여 3개 주를 새로 설치한 것을 말한다. 우임금이 설치한 9주는 기주(冀州)·연주(兗州)·청주(靑州)·서주(徐州)·형주(荊州)·양주(揚州)·예주(豫州)·양주(梁州)·옹주(雍州)인데, 순임금은 기주에서 유주(幽州)·병주(幷州)를, 청주에서 영주(營州)를 떼어내어 12개 주로 만들었다.

15 周之千七百國(주지천칠백국) : 『한서·지리지(地理志)』에 "주나라의 제후가 1,700개 나라다(周諸侯千七百國)"라는 구절이 보인다.

16 章亥所步(장해소보) : 태장(太章)과 수해(竪亥)가 걸은 곳. 태장과 수해는 우임금의 신하로 잘 걷는 것으로 알려진 전설상의 인물. 『산해경(山海經)·해외동경(海外東經)』과 『회남자(淮南子)·추형훈(墜形訓)』 등에 태장과 수해가 걸었다는 곳과 거리가 적혀 있는데 저마다 출입이 있어 어느 것이 옳은지 단정하기 어렵다. 학의행(郝懿行)의 『산해경』 주석에서 유소(劉昭)의 『군국지(郡國志)』 주를 인용해 말한 내용에 의하면 태장은 동쪽 끝에서 서쪽 끝까지 2억 3만 3천 3백리

(里) 71보(步)를 걸었고, 수해는 남쪽 끝에서 북쪽 끝까지 2억 3만 3천 5백리 75보를 걸었다고 한다.

17 禹契所書(우설소서) : 『서경・우공(禹貢)』을 말한다. '契'은 상(商)나라의 시조며 순임금의 신하로 우임금을 도와 치수 사업에 공을 세운 뒤 상(商)에 봉해졌다고 한다.

18 輻輳(폭주) : 수레의 바퀴통에 바퀴살이 모이듯 한 곳으로 모여드는 것을 비유한다.

19 貢職(공직) : 공물. '貢賦(공부)'로 된 판본도 있다.

20 北虜(북로) : 원래 중원 땅을 도적질해간 북위(北魏)를 멸시하는 말이었는데, 여기서는 북방 소수민족을 가리킨다.

21 渠(거) : '渠長(거장)'으로 본래 하천을 관장하는 관직 이름이었는데, 뒤에 '도적의 우두머리'를 가리키는 뜻으로 쓰였다.

22 怛(달) : 두려워하다.

23 失據狼狽(실거낭패) : 거점을 잃어버리고 이러지도 못하고 저러지도 못하며 궁색해하다.

24 種落(종락) : 부락. 부락 사람들.

25 逃遁(도둔) : 도망쳐 숨다. 도망가다.

26 首去姦嬖(수거간폐) : 목종이 등극한 뒤 원화 15년 윤정월에 재상 황보박(皇甫鎛)을 애주사호(崖州司戶)로 유배시키고, 이도고(李道古)도 함께 내친 것을 말한다.

27 顧指(고지) : 눈짓으로 뜻을 내보이고 손가락으로 지시하다. 아주 손쉽게 하는 것을 비유한다.

28 鬱結(울결) : 땅의 기운이 꽉 막힌 채 통하지 않는 것을 말한다. 『장자・재유(在宥)』에 "하늘의 기운이 조화를 이루지 못하니 땅의 기운도 꽉 막혀 있다(天氣不和, 地氣鬱結)"라는 글귀가 보인다.

29 誅詰(주힐) : 벌하거나 꾸짖다.

30 歲登(세등) : 매년 풍작을 이루다.

31 時見(시현) : 자주 출현하다.

32 六府三事(육부삼사) : 『서경・대우모(大禹謨)』에 "여섯 가지 물자와 세 가지 일이 잘 다스려졌다(六府三事允治)"라는 글귀가 보이는데, 그 바로 앞에 "물・불・쇠・나무・흙・곡식을 잘 다스리고, 덕을 바로 세우고, 쓰임을 이롭게 하며, 삶을 두텁게 하는 것을 잘 조화시키십시오. 이 아홉 가지 일이 다 질서가 잡히거든 아홉 가지 질서를 노래로 부르게 하십시오(水火金木土穀惟修, 正德利用厚生惟和, 九功惟敍, 九敍惟歌)"라는 내용이 나온다.

33 媧皇(와황) : 이하 두 구절은 『회남자・본경(本經)』에 관련 내용이 보이는데, 여기서는 '媧皇'과 요임금이 무력으로 주살을 했기 때문에 공적이 제한적임을 말하고 있다. '媧皇'은 여와(女媧)를 가리킨다.

34 九嬰(구영) : 전설에서 사람에게 해를 끼치는 것으로 나오는 물과 불의 요괴.

35 血兵(혈병) : 병기에 피를 묻히다.

36 刓刃(완인) : 칼날이 닳아 마모되게 하다. 칼날을 망가뜨리다.

37 方(방) : 비견하다. 비교하다. '仿'과 같다.

38 戒飭咨嗟(계칙자차) : 「하황제즉위표(賀皇帝卽位表)」(HS-300) 주석 19 참조.

39 三年有成(삼년유성) : 이상 두 구절과 관련해 『논어·자로(子路)』편에 "만약 나를 써주는 사람이 있다면 일 년이면 그런대로 괜찮아질 것이고, 삼 년이면 업적을 이룰 수 있을 것이다(苟有用我者, 期月而已可也, 三年有成)"라는 공자의 말이 기록되어 있다.

40 置郵傳命(치우전명) : 『맹자·공손추상(公孫丑上)』에 "덕치가 퍼져나가는 것은 파발마나 사람이 달려 정령을 전달하는 것보다 빠르다(德之流行, 速於置郵而傳命)"라는 공자의 말이 인용되어 있다. '置'와 '郵'는 모두 역참(驛站)의 뜻인데, 세분하면 말이 끄는 수레를 이용해서 전달하는 역참 제도가 '置'고, 사람이 걷거나 달려서 전달하는 제도가 '郵'다.

41 諭(유) : 비유하다. '喩'와 통한다.

42 尋常之號(심상지호) : 통상적인 호칭 곧 '황제'로 부르는 것을 말한다.

43 冠古(관고) : 예전이나 예전 사람을 능가하다.

44 守文(수문) : 본래 문왕(文王)의 법도를 준수하는 것을 말했는데, 뒤에 고대 성왕(聖王)의 법도를 따르는 것을 널리 가리켰다. 이 구절은 재상들이 세 차례에 걸쳐 존호를 헌상하겠다는 표문을 올렸음에도 불구하고 목종이 윤허하지 않고, 고대 성왕의 전례를 따르며 누차 사양한 것을 말한다.

45 縉紳先生(진신선생) : 사대부를 가리킨다.

謂臣官居師長, 不言謂何? 考其所陳, 中於義理, 天人合願, 不謀而同 ; 非臣之愚所敢隱蔽, 輒冒死而聞. 伏乞天恩, 特允誠志, 令公卿大夫得竭思慮, 取正於經, 以定大號, 有司備禮擇日以頒, 天下幸甚, 天下幸甚! 臣某誠惶誠恐.

舉韋顗自代狀 尙書兵部

중산대부(中散大夫)・수대리소경(守大理少卿)・효기위(驍騎尉) 위의(韋顗)

위는 신이 엎드려 건중(建中) 원년(780) 정월 5일의 칙령을 받들어 보고, 상참관(常參官)은 전임 발령을 받고 부임한 뒤 사흘 이내에 자신을 대신할 한 사람을 천거하라는 것에 관한 일입니다. 상기 관리는 학문과 식견이 해박하고 통달해 있으며 재능과 도량도 크고 깊은데다가 조정에서 올바른 길을 따라 살아온 사람으로 떠받들어지고 세상 사람들로부터도 청렴한 절조를 가진 인물로 추앙되고 있으며, 관리들의 반열에서 유명해져서 15여 년이 지났어도 평탄하거나 위급한 경우에 관계없이 화평한 심기를 일관되게 유지해오며 풍채와 품격이 갈수록 훌륭하건만, 대리소경(大理少卿)이라는 차관에 머물러 있어서 뭇사람들의 여망에 부응하지 않습니다. 상서성(尙書省)은 정치의 근본이고 시랑(侍郎)은 중요한 관직인 만큼, 미덕을 숭상하는 자를 천거하려고 한다면 위의가 그 자리에 꼭 적합합니다. 모쪼록 신에게 내려진 임명을 거두어들이시어 다른 관리들의 비방의 목소리가 그쳐지게 하시기를 바라오며 삼가 기록해 올립니다. 삼가 아뢰옵니다.

해제

　장경 원년(821) 7월 국자좨주에서 병부시랑으로 전임되었을 때 자신을 대신할 인물로 위의(韋顗)를 천거한 추천장. 위의는 자가 주인(周仁)이고 경조(京兆) 만년(萬年) 사람으로 당시에 대리소경(大理少卿)으로 재직 중이었고, 그 뒤에 어사중승(御史中丞)과 호부시랑(戸部侍郎)·이부시랑(吏部侍郎) 등의 관직을 역임했으며 『구당서』와 『구당서』에 모두 전기가 실려 있다. 이 글은 온화하고 차분한 필치로 위의의 학문과 식견, 재능과 도량, 조정과 세상 사람들의 평가, 15년간 관직생활을 하면서 평상심을 유지해온 인품 등을 들어 자신을 대신할 적임자로 천거하고 있다.

원문 및 주석

中散大夫守大理少卿驍騎尉韋顗

右伏準建中元年正月五日制, 常參官上後三日, 擧一人自代者。前件官學

識該達[1], 器量[2]宏深, 朝推直道[3], 代[4]仰淸節, 顯映班序[5], 十五年餘, 夷險[6]
一致, 風猷[7]益茂 ; 屈居少列[8], 未副[9]羣情[10]。文昌[11]政本, 侍郞官重, 尚德之
擧, 顗宜當之。乞迴臣所授, 庶弭[12]官謗, 謹錄奏聞。謹奏。

---

1   該達(해달) : 박통(博通)하다. 해박하고 통달하다. 넓으면서도 깊이가 있다.
2   器量(기량) : 재능과 도량(度量). 도량.
3   直道(직도) : 『논어·위영공(衛靈公)』편에 "이 사람들이란 하(夏)·은(殷)·주(周)
    삼대의 올바른 길을 따라 행동해온 사람들이다(斯民也, 三代之所以直道而行也)"
    라는 글귀가 보인다.
4   代(대) : '世(세)'로 여기서는 세상 사람들을 가리킨다. 당나라 태종(太宗)의 이름
    '世民'을 피휘한 결과다.
5   班序(반서) : 반열과 순서. 여기서는 관료 사회와 그 속에서의 서열을 가리킨다.
6   夷險(이험) : 평탄하거나 위급하다. '夷'는 '平(평)'의 뜻이다.
7   風猷(풍유) : 사람의 풍채와 품격.
8   少列(소열) : 대리소경(大理少卿)을 말한다. 소경(少卿)은 대리시(大理寺)의 부장
    관 곧 차관이다.
9   副(부) : 부합하다. 들어맞다.
10 羣情(군정) : 뭇사람들의 여망. 많은 사람들의 공통적인 심정.
11 文昌(문창) : 상서성(尙書省)을 말한다. 측천무후 광택(光宅) 이후에 상서성을 문
    창대(文昌臺)로 이름을 바꾸었다.
12 弭(미) : 그치다. 그치게 하다. 중지시키다.

HS-310 「공규의 사직을 논하는 의견서」

論孔戣致仕狀

아무 관직의 아무개

신은 위의 공규(孔戣)와 함께 상서성(尙書省)에서 관직생활을 하며 여러 차례 만난 적이 있습니다. 공규는 사람됨이 절조를 지킴에 있어 청결한 마음으로 애를 쓰고, 일을 논의함에 있어서도 치우침이 없이 공정합니다. 지금 나이가 막 일흔이 되었습니다만, 체력이며 눈과 귀가 노쇠했다고는 느껴지지 않습니다. 나라 걱정에 자신의 가정도 잊은 채 마음씀씀이가 매우 깊고 원대합니다. 소위 조정의 연세가 지긋하고 덕망 높은 노신(老臣)이라고 할 만한 자입니다. 신은 공규가 상소문을 올려 관직에서 은퇴하기를 요청했다는 사실을 알고서 그를 만나러 갔더니만, 그가 신에게 이미 성상(聖上)의 윤허를 받았다고 했습니다. 엎드려 생각건대 폐하께서는 현인을 우대하고 노인을 존경해 받들고 계시는 터에 공규가 계속해 세 편의 상소문을 올리자 그 말에 간절한 진심이 담겨 있는 것을 보시고는 그 뜻을 받아들이지 않기가 어려우시어 마침내 그대로 윤허하셨을 것으로 여겨집니다. 이것이야말로 진실로 폐하의 지극하신 어진 덕입니다만, 지금 조정에 공규와 같은 인물은 서너 명밖에 되지 않기 때문에 실로 국가를 위해 애석해하지 않을 수 없사옵니다!

예로부터 본조(本朝)에 이르기까지의 전례에 의하면 나이가 여든이나 아흔이 되더라도 눈과 귀나 정신이 흐릿하거나 오락가락하지 않고 게다가 자문을 구할 상대가 되어 직무를 맡길 수 있는 자라면, 비록 관직의 은퇴를 청원한다고 하더라도 간절하게 신신당부해 만류하고 봉록이나 관직의 등급을 우대해 은퇴를 허락하지 않음으로써 군주가 어진 인재를 구하기에 갈망하고 노인을 공경한다고 하는 도리를 밝게 드러내지 않음이 없었습니다. 『예기』에서 "대부는 나이 일흔에 관직에서 은퇴하는데, 만약 조정에서 사직을 허락하지 않을 때는 반드시 사방침과 지팡이와 앉아서 타는 마차를 하사한다"라고 했습니다. 일흔 나이에 은퇴를 요청하는 것은 신하로서의 통상적인 예의입니다만, 만약 덕이 뛰어나고 기력이 아직 왕성하다면 군주가 우대해 만류할 수도 있는 것이지 나이가 일흔을 지났다고 해서 누구든지 다 일률적으로 은퇴를 윤허해야 할 것까지는 없습니다. 『시경』에 "비록 나이 많고 덕망 있는 노신은 없더라도 아직 법도는 남아 있다"라고 했습니다. 이는 나이 많고 덕망 있는 노신이 법도보다도 더 중요함을 말한 것으로 애석해하며 만류하지 않으면 안 되는 것입니다.

지금 공규는 다행히 병이 없고 오직 연령상 은퇴해야 할 나이가 되었기 때문에 예에 따라 은퇴를 요청한 것뿐입니다. 폐하가 만약 받아들여 윤허하시지 않더라도 도의를 손상시키지 않을 뿐 아니라 도리어 어진 인재를 구하기에 갈망해하신다는 좋은 평판을 얻게 될 것입니다. 게다가 상서좌승(尚書左丞)의 직무 또한 지극히 한가롭고 간단합니다만, 만약 공규가 그렇더라도 여전히 번다하고 중요한 임무라고 하는 것을 구실로 삼는다면, 본디 별도로 관직은 높되 직무는 적은 직책으로 맡기시면 될 것입니다. 지금 중앙의 조정이나 지방의 신하 중에 공규보다 연장이면서 아직도 은퇴하지 못한 자가 있사온데, 유독 공규만 어떤 인물이기에 그의 소청이 받아들여진 것이옵니까? 그러하오나 다른 사람들은 모두 관직으로 나아가기를 바라는데 공규만이 은퇴를 요청했다고 한다면, 그것이야말로 더더욱 존중받을 만할 것입니다.

신이 담당하고 있는 관직은 일이 없으면 감히 일부러 폐하를 대면하고 아뢰기를 요청하지 않습니다. 폐하의 두터운 성은을 입고 있기 때문에 진실로 생각하는 의견이 있어 말씀드리지 않을 수 없습니다. 모쪼록 엎드려 성은을 내려 특별히 살피시고 가납해주시기록 앙청하옵나이다.

해제

장경 3년(823) 4월 이부시랑 재직 시에 공규(孔戣)의 관직 은퇴에 대해 논한 의견서. 이해 공규는 상서좌승(尙書左丞)으로 있으면서 나이가 일흔이 된 까닭에 세 차례에 걸쳐 관직에서 은퇴할 것을 요청해 목종이 이를 수용한 상태였다. 70세에 정계에서 은퇴하는 것은 당나라 때의 관례였지만, 작자는 공규와 같이 가정도 잊고 나라를 걱정하는 연로한 신하가 조정에 몇 되지 않고, 공규의 건강 상태가 아직 양호하다는 두 가지점을 들어 은퇴 수용 의사를 번복하도록 청원하는 의견을 피력했는데, 나라를 위해 인재를 아끼는 작자의 일관된 뜻이 잘 나타나 있다. 이 글은 사실의 논술이 분명하고 옛 일을 증거로 끌어와 제시함으로써 설득력을 얻고 있다. 글 속에 쓰인 언어도 예스럽고 질박하며 퍽 자연스럽다.

작자는 공규와 시종 친밀한 관계를 유지했는데 원화 15년(820) 원주자사 재직 시에 공규의 청을 받고 남해신(南海神을) 모신 사당 중수 기념 비문(HS-240)을 써준 바 있고, 장경 4년에 공규가 세상을 떠나자 묘지명(HS-252)을 써주기도 했다. 공규에 대한 자세한 사항은 두 글의 해제를 참고하기 바란다.

원문 및 주석

某官某

右臣與孔戣同在南省¹爲官, 數²得相見。戣爲人守節淸苦, 議論平正。今年纔七十, 筋力耳目, 未覺衰老。憂國忘家, 用意深遠。所謂朝之耆德³老成人者。臣知戣上疏求致仕⁴, 故往看戣, 戣爲臣言, 已蒙聖主允許。伏以陛下優賢尙齒⁵, 見戣頻上三疏, 言詞懇到⁶, 重違其意⁷, 遂卽許之。此誠陛下仁德之至 ; 然如戣輩在朝, 不過三數人, 實可爲國愛惜!

1　南省(남성) : 상서성의 별칭. 상서성은 궁정의 남쪽에 있었기 때문에 '南省' 또는 '남부(南府)'로 불렸다.
2　數(삭) : 여러 차례. 자주.
3　耆德(기덕) : 나이가 지긋하고 덕망이 높아 뭇사람들의 두터운 신망을 받는 사람을 가리킨다. 『서경·이훈(伊訓)』에 "감히 성인의 말씀을 모욕하고 충성되고 정직한 것을 거스르며 나이가 지긋하고 덕망 있는 사람을 멀리하고 미련하고 유치한 사람들을 가까이하는 이가 있다면 이를 어지러운 바람이라고 부르는 것이다(敢有侮聖言, 逆忠直, 遠耆德, 比頑童, 時謂亂風)"라는 글귀가 보인다.
4　致仕(치사) : 관직에서 물러나다. 나이가 많아 벼슬을 사양하고 물러나는 것을

말한다.

5 尙齒(상치) : 연령을 존중하다. 노인을 존경해 받들다. 『맹자·공손추하(公孫丑
   下)』에 "천하에 존귀한 것으로 공인되는 것이 세 가지 있으니 작위가 하나요,
   연령이 하나요, 도덕이 하나입니다(天下有達尊者三 : 爵一, 齒一, 德一)"라는 글
   귀가 보인다.

6 懇到(간도) : 지극히 간절하다. '懇倒'로도 쓰며, '懇至(간지)'와 같은 뜻이다.

7 重違其意(중위기의) : 그의 뜻에 반해 억지로 복종하도록 하기 어렵다. 현대에서
   도 사자성어로 쓰이는데, '重'은 '어렵다'는 '難(난)'의 뜻이다.

自古以來及聖朝⁸故事⁹ : 年雖八九十, 但視聽心慮¹⁰苟未昏錯¹¹, 尚可顧問
委以事者, 雖求退罷, 無不殷勤¹²留止, 優以祿秩¹³, 不聽其去, 以明人君貪
賢¹⁴敬老之道也。禮¹⁵ : "大夫七十而致事¹⁶, 若不得謝¹⁷, 則必賜之几杖¹⁸安
車¹⁹。" 七十求退, 人臣之常禮 ; 若有德及氣力尚壯, 則君優而留之, 不必年
過七十盡許致事也。詩²⁰曰 : "雖無老成人²¹, 尚有典刑²²。" 此言老成人重於
典刑, 不可不惜而留也。

8 聖朝(성조) : 본조(本朝). 자기 나라의 조정을 높여 부른 말로 당(唐)나라를 가리
   킨다.

9 故事(고사) : 전례. 선례. 기존 관례.

10 心慮(심려) : 생각. 정신. 이성적 판단력을 말한다.

11 昏錯(혼착) : 지각이나 이성이 명확하지 않거나 뒤죽박죽 엉망이다. 정신이 오락
    가락하다.

12 殷勤(은근) : 간절하게 신신당부하다.

13 祿秩(녹질) : 봉록과 관직의 등급.

14 貪賢(탐현) : 어진 인재를 갈구하다. 현명한 인재를 구하기에 갈급해하다.

15 禮(예) : 인용문은 『예기·곡례상(曲禮上)』에 보인다.

16 致事(치사) : 주석 4의 '致仕'와 같다. '致仕'로 된 판본도 있으나 『예기』 원문에는
    '致事'로 되어 있다.

17 謝(사) : 듣다. 받아들이다. 수용하다.

18 几杖(궤장) : 사방침(四方枕)과 지팡이. '几'는 '案几(안궤)'인데 여기서는 사방침
    곧 '팔꿈치를 괴고 비스듬히 기대어 앉게 된 네모난 베개'를 가리킨다.

19 安車(안거) : 한 필의 말이 끌고 사람이 앉는 칸이 마련된 마차로 주로 노인이나
    부녀자가 타는 용도로 쓰였다.

20 詩(시) : 인용 시구는 『시경·대아(大雅)·탕(蕩)』에 들어 있다.

21 老成人(노성인) : 본래 '나이가 많고 덕이 있는 사람'을 뜻하는데, 주희(朱熹)의
    『시집전(詩集傳)』에서 이를 '구신(舊臣)'으로 주석한 뒤로 특히 '노신(老臣)'의 뜻

으로도 많이 쓰였다.

22 典刑(전형) : 법도. 본보기. '典型'과 같다.

今猷幸無疾疹[23], 但以年當致事, 據禮求退。陛下若不聽許, 亦無傷於義,
而有貪賢之美。況左丞職事, 亦極淸簡, 若猷尚以繁要[24]爲辭[25], 自可別授
秩崇而務少者。今中外之臣, 有年過於猷尚未得退, 猷獨何人, 得遂其願?
然人皆求進, 猷獨求退, 尤可賢重[26]。

23 疾疹(질진) : 질병.
24 繁要(번요) : 번잡하고 중요하다.
25 辭(사) : 핑계. 구실. 이유.
26 賢重(현중) : 존중하다. '敬重(경중)'과 같은 뜻이다.

臣所領官, 無事不敢請對[27]。蒙陛下厚恩, 苟有所見, 不敢不言。伏望聖恩,
特垂察納[28]。

27 請對(청대) : 옛날에 관리가 직접 대면해 황제가 묻는 물음에 답할 기회를 요청
하다.
28 察納(찰납) : 살피고 가납(嘉納)하다. 살피고 받아들이다.

擧馬摠自代狀 京兆府

은청광록대부(銀靑光祿大夫)·검교상서우복야(檢校尙書右僕射) 겸 호부상
서(戶部尙書) 마총(馬摠)

위는 신이 엎드려 건중(建中) 원년(780) 정월 5일의 칙령을 받들어 보니,
상참관(常參官)은 전임 발령을 받고 부임한 뒤 사흘 이내에 자신을 대신
할 한 사람을 천거하라는 것에 관한 일입니다. 엎드려 생각건대 근자에
들어와 경조윤(京兆尹)은 사람의 임용이 조금은 경솔해 그 때문에 저잣거
리에는 도둑이 끊이지 않고, 교외에는 피폐하고 허약한 백성들이 많이
있습니다. 상기 관리는 문무겸전한 자질을 갖추고 관용을 베풀 때와 용
맹스럽게 할 때를 적절하게 가릴 줄 알았으며, 여러 차례 절도사의 자
리를 역임하면서 어느 곳에서든 공적과 유능함을 나타내었습니다. 만약
그로써 신을 대신하신다면 실로 지당하실 것이옵니다. 삼가 기록해 올
립니다. 삼가 아뢰옵니다.

해제

    장경 3년(823) 6월 이부시랑에서 경조윤 겸 어사대부로 전임되었을 때 자신을 대신할 인물로 마총(馬摠)을 천거한 추천장. 당시 마총은 검교상서우복야(檢校尙書右僕射) 겸 호부상서(戶部尙書)로 재직 중이었는데, 마총에 대해서는 「제마복야문(祭馬僕射文)」(HS-183)과 그 글의 해제를 참조하기 바란다. 문무겸전한 마총이 자신을 대신해 경조윤을 담당하기에 적임자임을 매우 간결하게 말했다. 간결하게 핵심을 찔러 번거로움이 전혀 없다는 평을 받기에 충분하다고 여겨진다.

원문 및 주석

銀靑光祿大夫檢校尙書右僕射兼戶部尙書馬摠

右伏準建中元年正月五日制, 常參官上後三日, 擧一人自代者。伏以近者京尹用人稍輕, 所以市井之間, 盜賊未斷；郊野之外, 疲瘵[1]尙多。前件官文武兼資, 寬猛得所, 累更方鎭[2], 皆有功能。若以代臣, 寬爲至當。謹錄奏聞, 謹奏。

---

1   疲瘵(피채)：본래 '피곤해 병들다'는 뜻인데, 여기서는 '곤궁해 피폐하고 허약해진 백성'을 가리킨다.

2   累更方鎭(누경방진)：원화에서 장경 초까지 마총은 영남동도(嶺南東道)·회서(淮西)·충무군(忠武軍)·천평군(天平軍) 등의 절도사를 역임했다.

신 아무개 아룁니다. 신이 듣기로 성인의 덕은 천지와 통해 성심이 마음속에서 우러나오면 일이 밖에서 응한다고 했는데, 본시 그런 말을 들어보기는 했습니다만 지금이야말로 그것이 진실임을 보았습니다. 신은 진실로 기뻐하며 머리를 조아리고 또 조아립니다.

엎드려 생각해 보니 음력 6월 늦여름 이후로 비가 내리지 않았습니다. 신은 직무로써 수도 지역을 다스리고 있었기 때문에 실로 자주 기우제를 지냈습니다만, 푸른 하늘은 쨍쨍 맑고 가뭄은 갈수록 한층 더 심해졌습니다. 폐하께서 뭇 백성들을 가엽게 여기시어 산천에 제사지내 기원하시려고 하는 차에 환관이 막 궁궐 문을 나오자마자 먹구름이 벌써 사방 들판에 자욱하게 드리워지더니 용의 신이 그 직무를 다해 천둥소리와 함께 비가 때맞추어 내려서, 아름다운 곡물이 싹을 틔우고 뿌리와 잎에 기름지게 윤기가 흐르며, 줄기를 뻗치는 것도 이삭을 맺는 것도 시기를 놓치지 않게 되어, 백성들은 화평하고 농사는 풍년이 드니 이보다 더 경사스러운 일은 없습니다.

미천한 신은 다행스럽게도 폐하의 총애를 받아 중요한 임무를 맡고 있던 차에 특별히 경사스러운 징조를 볼 수가 있게 되어, 좋은 결과에 환호작약하며 기뻐하는 것이 평상시보다 배나 더합니다. 뛰면서 춤을 추고픈 심정이 지극함을 감당하지 못하고 삼가 표문을 받들어 경하를 드리며 아뢰나이다.

해제

장경 3년(823) 여름과 가을 사이 경조윤 재직 시에 오랜 가뭄 끝에 내린 단비를 경하해 올린 표문. 작자는 이해 늦여름 이후 관할 수도 지역에 가뭄이 지속되어 농작물이 타들어가자, 비를 내려달라고 간곡히 기원한 「제죽림신문(祭竹林神文)」(HS-181)과 「곡강제용문(曲江祭龍文)」(HS-182)이라는 기우제 관련 문장을 짓기도 했다. 이 글은 명(明)나라 태조(太祖) 홍무(洪武) 6년(1373) 6월에 표전(表箋)의 문장을 지을 때 부허(浮虛)한 사륙문(四六文)을 쓰지 못하도록 금하는 칙령을 내리면서 유종원(柳宗元)의 「대유공작사임표(代柳公綽謝任表)」와 함께 법도로 삼으라고 예시한 것으로도 유명하다. 이수광(李晬光, 1563-1628)의 『지봉유설(芝峯類說)·문장부(文章部)』에서도 이 점을 거론하고 있는 것으로 보아, 대명(對明) 외교문서의 작성을 소홀히 다룰 수 없었던 조선시대 식자층에게 이 글은 표문 작성의 본보기로 애독되었을 것임에 틀림없다. 실제 『태조실록(太祖實錄)』 권10의 태조 5년(1396) 7월 19일조에 기록되어 있듯이, 조선 건국 직후 정도전(鄭道

傳, 1337-1398)의 표문이 명나라 태조의 비위를 거슬러서 소환의 엄명이
떨어진 사례까지 있었다.

원문 및 주석

臣某言：臣聞聖人之德, 與天地通 ; 誠發於中, 事應於外。始聞其語, 今見
其眞。臣誠歡誠喜, 頓首頓首。

伏以季夏[1]以來, 雨澤[2]不降。臣職司京邑, 祈禱實頻[3] ; 青天湛然[4], 旱氣轉
甚。陛下憫茲黎庶[5], 有事[6]山川。中使繞出於九門[7], 陰雲已垂於四野, 龍神
效職[8], 雷雨應期, 嘉穀[9]舊典, 根葉肥潤, 抽莖展穗, 不失時宜, 人和年豐,
莫大之慶。

1　季夏(계하) : 늦여름. 음력 6월.
2　雨澤(우택) : 비. 우로(雨露). 『예기・예기(禮器)』에 "이런 까닭에 천시의 우로에
　　대해 지혜로운 사람들은 모두 열심히 이야기합니다(是故天時雨澤, 君子達亹亹
　　焉)"라는 글귀가 보인다.
3　祈禱實頻(기도실빈) : 한유가 장경 3년(823)에 경조윤으로서 「제죽림신문(祭竹林
　　神文)」(HS-181)과 「곡강제용문(曲江祭龍文)」(HS-182)이라는 기우제 관련 문장을
　　쓴 것을 말한다.
4　湛然(잠연) : 투명하게 맑은 모양.
5　黎庶(여서) : 뭇 백성. 서민 대중. 민초.
6　有事(유사) : 황제가 직접 나서서 신에게 기우제를 지내는 일이 있을 것임을 말
　　한다.
7　九門(구문) : 궁궐을 가리킨다. 고대 궁궐 건축제도에 의하면 천자는 9개의 문을
　　설치했다.
8　效職(효직) : 직책을 다하다. 직무를 위해 있는 힘을 다하다.
9　嘉穀(가곡) : 본래 '粟(속)' 곧 '조'를 가리켰으나 오곡(五穀)의 총칭으로 널리 쓰
　　였다. 『서경・여형(呂刑)』에 "후직(后稷)은 백성들에게 파종하는 것을 가르쳐
　　힘써 오곡을 심게 했다(稷降播種, 農殖嘉穀)"라는 글귀가 보인다.

微臣幸蒙寵任[10], 獲覩殊祥, 慶抃[11]歡呼, 倍於常品。無任踴躍之至, 謹奉
表陳賀以聞。

10   寵任(총임) : 총애를 받아 중용(重用)되다.
11   慶抃(경변) : 좋은 결과에 기뻐하다. 뜻밖의 결과에 좋아하다. '慶忭'으로도 쓴다.

HS-313 「일식이 일어나지 않은 것을 경하하는 표장」

賀太陽不虧狀

사천대(司天臺)에서 이번 달 1일에는 태양의 일식이 일어나지 않았다고 한 상주

위는 사천대에서 오늘 진시(辰時)와 묘시(卯時) 사이에 의당 태양의 일식 현상이 일어날 것이라고 상주한 데에 관한 것입니다. 폐하께서 천명을 경외하고 극기하면서 스스로를 수양하시어 성심이 마음속에서 우러나왔기에 재앙이 위에서 사라져서 묘시에서 사시(巳時)까지 일어나야 했던 일식이 일어나지 않았던 것입니다. 비록 검은 구름을 사이에 두고 있었지만, 순식간에 바로 한층 더 밝게 빛나서 평상시의 태양과 비교해 이상이 있는 것으로 느껴지지 않았습니다. 하늘마저도 어기지 않으니 이것보다 더 큰 경사가 어디에 있겠습니까? 신은 관직으로 과분하게도 경조윤(京兆尹)을 맡고 있던 차에 직접 좀처럼 없는 경사스러운 징조를 보고 나니, 마음으로부터의 기쁨과 감격은 실로 평상시보다 배나 더합

니다. 삼가 표장을 받들어 경하하며 아뢰나이다.

해제

장경 3년(823) 10월 경조윤 재직 시에 일식 현상이 일어나지 않은 것을 경하해 올린 표장(表狀). 이해 10월 초하루는 달이 태양과 지구의 사이에 놓이는 때이므로 '일휴(日虧)' 곧 일식(日食)이 일어날 것이라는 사천대의 예보가 있었지만, 실제 일식이 일어나지 않자 작자가 이를 황제의 덕으로 칭송하며 경하한 것이다. 제목의 '狀'이 '表'로 된 판본도 있는데, 작품 성격상 표문에 더 가깝다. 남송(南宋)의 황진(黃震, 1213-1280)은 송나라 때의 전대 현인들은 이런 글을 짓지 않았다며 비판한 바 있다.

원문 및 주석

司天臺[1]奏今月一日太陽不虧

1   司天臺(사천대) : 천문과 역법을 관장하던 당나라 때의 정부 기관.

右司天臺奏 : 今日辰卯間[2]太陽合虧。陛下敬畏天命, 克己脩身, 誠發於中, 災銷於上, 自卯及巳[3], 當虧不虧。雖隔陰雲, 轉更明朗, 比於常日, 不覺有殊。天且不違, 慶孰爲大? 臣官忝京尹, 親覩殊祥[4], 欣感之誠, 實倍常品。謹奉狀賀以聞。

2   辰卯間(진묘간) : 진시(辰時)와 묘시(卯時) 사이로 대략 오전 8시 무렵이다. 묘시
     는 오전 5시에서 7시이고, 진시는 7시에서 9시다.
3   巳(사) : 오전 9시에서 11시.
4   殊祥(수상) : 보통과 다른 상서로운 징조.

擧張正甫自代狀 尙書兵部

통의대부(通議大夫)·수우산기상시(守右散騎常侍)·상주국(上柱國)·남양
현개국자(南陽縣開國子)·식읍오백호(食邑五百戶)·사자금어대(賜紫金魚袋) 장
정보(張正甫)

위는 신이 성은을 입어 상서성 병부시랑에 임명된 뒤 엎드려 건중(建
中) 원년(780) 정월 5일의 칙령을 받들어 보니, 상참관(常參官)은 전임 발령
을 받고 부임한 뒤 사흘 이내에 자신을 대신할 한 사람을 천거하라는
것에 관한 일입니다. 상기 관리는 바르고 곧은 성품을 타고났고 굳세고
의연한 모습을 지니고 있는데다가, 악을 증오하기는 원수를 대하는 듯
하고 선을 보기는 마치 굶주리고 목이 마른 것 같이 절실해하며, 중앙
조정과 지방의 관직을 두루 역임해 반짝반짝 빛나는 명성을 거두었으
며, 연령은 비록 많지만 기력은 더욱 강건하며, 빈곤한 생활을 달게 여
기고 절조를 지키기 위해 애써서 천지신명에게도 부끄러워하는 점이

없습니다. 그러니 옛날의 연세 지긋하고 덕망 있는 사람이요, 조정의 큰 덕을 지닌 신하라고 할 수 있을 것입니다. 오랫동안 일정한 직무가 없는 지위에 있었으니 실로 마땅한 장소는 아닙니다. 모쪼록 신의 직무를 대신해 뭇사람들의 여망에 부응할 수 있기를 앙망합니다.

해제

장경 3년(823) 10월 경조윤에서 병부시랑으로 전임되었을 때 자신을 대신할 인물로 장정보(張正甫)를 천거한 추천장. 장정보는 자가 천방(踐方)으로 장경 연간에 동주자사(同州刺史)에서 좌산기상시(左散騎常侍)로 전임했으며, 장경 5년에 이부상서(吏部尙書)를 끝으로 관직에서 은퇴했다.『구당서』에 전기가 실려 있다. 이 글은 장정보의 성품과 풍채, 선악을 대하는 태도, 관직 경험과 생활 방식 및 지조 등을 들어 작자를 대신할 적임자임을 간결하고 깔끔한 필치 속에 잘 담아내었다.

원문 및 주석

通議大夫守右散騎常侍[1]上柱國南陽縣開國子食邑五百戶賜紫金魚袋張正甫

1   右散騎常侍(우산기상시) : 『구당서』의 전기에는 '좌산기상시'로 되어 있다.

右臣蒙恩除尙書兵部侍郞,   伏準建中元年正月五日制,   常參官上後三日,擧一人自代者。前件官禀正直之性, 懷剛毅之姿；嫉惡如仇讎, 見善若饑渴[2]；備更[3]內外, 灼有名聲；年齒雖高, 氣力逾勵；甘貧苦節, 不愧神明：可謂古之老成, 朝之碩德。久處散地[4], 實非所宜。乞以代臣, 以副公望。

2 　若饑渴(약기갈)：마치 굶주리고 목이 마른 것 같이 요구 따위가 매우 절박한 것을 말한다. 지금 '如飢似渴(여기사갈)'이라는 사자성어로 널리 쓰인다.

3 　備更(비경)：갖추어 거치다. 두루 역임하다.

4 　散地(산지)：한산한 자리로 '한산관(閑散官)' 곧 이름만 있고 실제 직무가 없는 관직을 가리킨다.

袁州申使狀

관찰사청에서 주(州)로 이첩된 통첩

　위는 이달 2일 이후로 공식적인 통첩을 받들 때마다 통첩의 끝에 '따라서 이첩한다'는 '고첩(故牒)' 두 글자가 모두 '삼가 이첩한다'는 '근첩(謹牒)'으로 되어 있어, 평상시와 달라진 데 관한 일입니다. 처음에는 감히 이 일을 진술해 논할 것 없이 잘못 쓴 것쯤으로 생각하고 있었습니다. 지금까지 몇 번이나 통첩을 받들고 보니 전후의 통첩이 모두 같기에, 저 한유는 지극히 떨리고 두려운 심정을 이길 수가 없었습니다. 모쪼록 엎드려 인자하신 은혜로 특별히 분부하시어 통상적인 양식대로 고쳐 쓰게 하셔서 하급관리의 심정이 편안하게 해주시기를 앙망합니다.

해제

　원화 15년(820) 원주자사 재직 시에 관할 상관인 강서(江西)관찰사 왕중서(王中舒)에게 상신한 의견서.『위본(魏本)』에 실린 번여림(樊汝霖)의 주석에 의하면 왕우칭(王禹偁)이 정위(丁謂)에게 보낸 편지에 왕중서가 강서관찰사로 있으면서 관할 자사들에게 보내는 통첩문의 말미에 자신을 낮추어 '근첩(謹牒)'이라고 쓰자, 수하 원주자사인 작자가 편지를 보내 예전 관례대로 쓰도록 간곡하게 요청했다는 기록이 보인다. 관찰사가 관할 자사들에게 통첩을 보낼 때는 글의 끝부분에 '고첩(故牒)'으로 쓰는 것이 관례였다. 왕중서의 입장에서는 작자와 친밀한 관계였기 때문에 상사라는 형식에 얽매이지 않고 한유를 대한 셈이다. 작자는 왕중서와의 관계 속에서 「연희정기(燕喜亭記)」(HS-043)와 「신수등왕각기(新修滕王閣記)」(HS-047)를 써준 바 있고, 왕중서 사후에 신도비명(HS-244)과 묘지명(HS-253)도 써주었다. 왕중서에 대해서는 이들 글의 해제 등을 참조하기 바란다.

원문 및 주석

使司牒州牒

右自今月二日後, 每奉公牒, 牒尾"故牒"字皆爲"謹牒"字, 有異於常。初不敢陳論[1], 以爲錯誤。今旣頻奉文牒, 前後並同, 在愈不勝戰懼之至。伏乞仁恩, 特令政就[2]常式, 以安下情[3]。

1   陳論(진론) : 일을 진술해 논하다.
2   改就(개취) : 원래대로 고치다.
3   下情(하정) : 하급 관리 또는 뭇사람의 상황이나 심정.

HS-316 「국자감에서 새로 교관을 지명하는 것에 대한 의견서」

國子監論新注學官牒

　　국자감에서 이번에 새로 교관을 지명하는 등의 통첩에 답변 드리오니, 올해 사면의 글에 국자좨주(國子祭酒)에 위임해 경학에 뛰어나 학생을 훈도할 만한 실력이 있는 자를 선발해서 교관에 임명한다고 하는 것에 의거해 말씀드립니다. 근년에 이부(吏部)에서 지명해 온 자는 대부분 관직 경력에 따르고 기예나 재능을 살피지 않아서, 학생들에게 스스로 면려하도록 하지 못하는 지경에 이르고 있습니다. 모쪼록 엎드려 경서나 그 주석에 전문적으로 정통하거나 각종 서적이나 역사서를 두루 섭렵했거나 진사과나 오경과 등 각종 과거고시에 급제한 자가 아니라면, 전례에 비추어 정하지 말아 주시기를 청합니다. 새롭게 임명된 교관은 부임하는 날 반드시 자세하게 심사하고 나서 정식으로 취임하도록 함으로써, 우리 조정이 유학자를 높이 받들고 학문을 숭상하는 뜻에 부합하도록 해야 할 것입니다. 의견서를 상세히 기록해 이부에 이첩하고 또 감독관에게도 이첩합니다. 삼가 통첩합니다.

해제

　원화 15년(820) 겨울 국자좨주 재직 시에 국자감 내의 교수 요원 임명과 관련한 의견을 피력해 이부(吏部)에 보낸 통첩(通牒). 이고(李翶)의 「한공행장(韓公行狀)」에 의하면 작자는 국자좨주로 있으면서 유생(儒生)들을 교관으로 임명하도록 건의한 뒤, 날마다 그들로 하여금 모여서 경전을 강의하도록 하고 학생들도 분주하게 그 강의를 들으러 다니도록 하자 모두들 "한공께서 국자좨주로 오신 뒤에 국자감이 적막하지 않게 되었다(韓公來爲祭酒, 國子監不寂寞矣)"며 기뻐했다고 한다. 이 글은 작자가 국자좨주로 있을 때 학풍 쇄신을 위해 시도한 국자감의 정비 사업의 일환으로 쓴 것이다. '牒'은 '이(移)'와 함께 동등한 지위의 관청에서 주고받는 공문의 일종이라는 점에서, 상부기관에서 하부기관에 내려지는 공문인 '부(符)'·'격(檄)'이나 하부기관에서 상부기관에 올리는 '장(狀)'과 구별된다.

　작자가 같은 해에 쓴 「처주공자묘비(處州孔子廟碑)」(HS-241)를 통해서도 알 수 있듯이 당나라 때에 유학의 기풍이 그다지 성행하지는 못했다. 이런 현상은 당시의 최고학부인 국자감도 예외는 아니어서 학생 수 부족 현상이 심각한 수준이었다고 한다. 이 글은 작자가 국자감의 최고 수장인 총장으로서 학생을 가르칠 교수 요원을 이부에서 관직 경력에 따라 지명하는 것은 학풍의 진작을 위해 불가하다는 입장을 간결 명료하고 근엄한 필치로 담아내었다.

원문 및 주석

國子監應今新注學官[1]等牒, 準今年赦文, 委國子祭酒選擇有經藝[2]堪訓導生徒者, 以充學官。近年吏部所注, 多循資敍[3], 不考藝能 ; 至令生徒不自勸勵。伏請非專通經傳, 博涉墳史[4], 及進士五經[5]諸色登科人, 不以比擬[6]。其新受官, 上[7]日必加研試[8], 然後放上[9], 以副聖朝崇儒尙學之意。具狀牒上吏部, 仍牒監者。謹牒。

1　注學官(주학관) : 교관을 지명하다. '學官'은 고대에 '가르치는 일을 담당하는 관리'나 '학교의 교관'을 가리키고, '注官'은 '자격과 경력을 심사해 직무와 직위를 확정하다'는 뜻이다.
2　經藝(경예) : 경학(經學).
3　資敍(자서) : 규정된 등급이나 순서에 따라 관직을 수여하는 것을 말한다.
4　墳史(분사) : 전적(典籍)과 역사서.
5　五經(오경) : 명경과(明經科)의 한 종류.
6　比擬(비의) : 전례에 비추어 단정하다.
7　上(상) : 당나라 때 관리가 부임해 인수인계를 마치고 직인을 받아 업무를 보는 것을 말했다.
8　硏試(연시) : 자세하게 심사하다.
9　放上(방상) : 정식으로 최종 임명하다. '放'은 조정에서 관리를 임명하거나 중앙 정부의 관리를 지방관으로 전임시키는 것을 가리킨다.

 「황가 도적의 반란 조치에 관한 의견서」

黃家賊事宜狀

하나. 신은 작년 영남(嶺南) 지방의 자사(刺史)로 좌천되었는데, 신이 맡은 조주(潮州)는 비록 황가(黃家) 도적과 인접하고는 있지 않았습니다만 오고가는 나그네들과 영남 지방의 일을 잘 알고 있는 자들을 만났더니, 그들은 그곳의 일에 대해 대단히 정확하고 자세하게 이야기해주었습니다. 그 도적들은 모두 이료족(夷僚族)으로 거주할 만한 성곽도 없이 살아갑니다. 험한 산에 의지해 살면서 동굴주인이라고 자칭합니다. 의복이며 언어가 모두 중원의 백성들과 같지 않습니다. 평소에는 각자 저마다의 생계를 도모하며 살다가 긴급한 일이 생기면 한데 모여 서로 보호합니다. 근년에 옹관경략사(邕管經略使)가 대부분 그 일을 감당할 만한 적임자가 아니었기 때문에, 덕으로 백성들을 어루만지며 품어주지도 못하고 위엄으로 그들을 단속하거나 통제하지도 못하면서 그들의 권익을 침해하고 못살게 굴거나 포박해 잡아들이기만 하여 원망을 품도록 만들었습니다. 소수민족의 습성이란 동요하기 쉽고 안정되기 어려운 법이라 마침내 주(州)나 현(縣)을 공격해 약탈하고 양민을 침범해 그들에게 난폭한 짓을 했는데, 더러는 사사로운 복수를 하는 경우도 있고 더러는 자그마한 이익을 탐하는 경우도 있었지만, 때로는 함께 모였다가 때로는 뿔뿔이 흩어지므로 결국은 큰일을 이룰 수가 없었습니다. 근년에 저들을 토벌하러 나선 것은 원래 배행립(裴行立)과 양민(陽旻)으로부터 시작되었습니다. 이 두 사람은 본디 먼 앞일을 생각하거나 깊이 가늠해 보는 일 없이, 공적을 바라고 포상을 요구할 요량이나 하고 있었습니다. 또 도적들이 한데 모여 있지 않았을 때의 상태를 보았기 때문에, 저들의 세력이 약하므로 금방 격파할 수 있을 것으로 여기고는 오로지 뒤질까봐 염려하며 앞 다투어 토벌할 계략을 헌상했던 것입니다. 조정에서는 저 두 사람을 믿고는 마침내 그들의 주청대로 윤허해주었습니다. 토벌을 위해 무력을 행사한 지 벌써 2년이 지났는데, 전후로 죽였거나 포로로 잡았다고 보고해온 숫자가 누계로 1-2만 명을 밑돌지 않습니다. 만약 그 보고들이 모두 허위가 아니었다면 도적들은 벌써 다 발본색원되었을 것입니다. 그런데 지금까지도 도적들이 여전하니 이는 분명 조정을 기만한 것임을 잘 알 수 있습니다. 옹주(邕州)와 용주(容州)의 두 관내는 이 때문에 피폐해져 살상당하거나 병들거나 하여 열 집 중에 아홉 집은 비어 있어서 백성들이 이구동성으로 원망하고 한탄해하고 있습니다. 양민과 배행립이 연이어 죽었습니다만, 이는 실로 스스로 공적과 포상을 얻고자 무력충돌의 계기를 만들어내었기 때문에 사람과 신이 함께 미워해 그런 재앙을 초래하게 했던 것입니다. 양민과 배행립의 일은 이미 지나 간 것이 되었습니다만, 지금 임용한 엄공소(嚴公素)라고 하는 자도 백성들을 어루만지며 통어할 만한 인재가 아닌지라 달리 계획을 세우지 못하고 전례를 답습해 또다시 토벌할 것을 주청하고 있습니다. 이런 식으로 계속해 나간다면 신은 영남도(嶺南道) 전체가 평온해질 날이 없을까봐 두렵습니다.

하나. 전에 옹주와 용주의 두 관내를 통합해 하나의 도(道)로 만든 것
은 너무나 사리에 적합한 조치였습니다. 하지만 옹주는 도적들과 너무
가깝고 용주는 아주 멀리 떨어져 있습니다. 그 경략사를 만약 옹주에
둔다면 도적들과 강 언덕을 사이에 두고 서로 마주하게 되어, 군대가
주둔한 곳에 물자와 병력이 완비될 터인즉 한편으로는 저들이 경솔하
게 침범해오지 못할 것이고, 다른 한편으로는 상황에 따라 편한 대로
저들을 통제하기가 쉬울 것입니다. 지금처럼 용주에 둔다면 옹주에는
병사와 전마(戰馬)가 반드시 줄어들게 될 테니, 도적들은 옹주의 세력이
약해진 것을 보고 간악한 마음을 쉽게 품을 것입니다. 모쪼록 엎드려
청하옵건대 경략사를 옹주로 옮기시고, 용주에는 자사만을 두시는 것이
실로 지당한 방편일 것입니다.

하나. 근년에 징발해 보내온 각 도의 남방 토벌 병사나 전마는 통례
적으로 모두 현지 산천의 지리에 익숙하지 않고 풍토나 음식에도 적응
하지 못하는데, 멀리 타향에 오래 머무르던 중에 전염병 등의 병에 걸
려 죽거나 다치거나 하고 있습니다. 신이 남방에서 돌아오던 길에 들은
바에 의하면 강남서도(江南西道)에서 징발해 보낸 자가 도합 4백 명이었
는데 1년이 채 지나지 않아 그중에 살아남은 자는 1백 명도 되지 않는
다고 했습니다. 악주(岳州)와 악주(鄂州)에서 징발해 보낸 자는 도합 3백
명이었는데, 그중에 살아남은 자는 겨우 4분의 1에 불과하다고 했습니
다. 보충하는 대로 계속 그만큼 더 죽어나가니, 징발할 때마다 배나 더
어려워지고 있습니다. 만약 옹주와 용주에 명해 인근 지역에서 모병해
천 명을 보충한 뒤 각 도에서 현재 분담하고 있는 출정병사의 인원수에
따른 식량이나 지급품을 떼어내 와서 균등하게 융통해 모병한 자들에
게 지급한다면, 비용은 더 늘어나지 않을뿐더러 병사들도 모두 익숙해
할 것입니다. 이렇게 하면 장기적으로 지키게 할 수 있으므로 타지에서
파견되어 온 군대와 달라서 수비한다면 위세가 있을 것이고, 공격한다

면 유리해질 것입니다.

　하나. 남방을 토벌한 뒤로 도적의 무리들도 몹시 큰 손상을 입었습니다. 저들의 정서를 유심히 들여다보면 전쟁에 대한 염증과 고통이 필시 깊을 것입니다. 대체로 영남 지방은 사람은 적고 땅은 넓은 곳인데다가, 도적들이 살고 있는 곳은 한층 더 황량한 벽지입니다. 만약 저들을 남김없이 다 죽이고 저들의 땅을 다 점유한다고 하더라도, 국가 재정에 별로 이익이 될 것도 없습니다. 관대하게 용서하고 잘 구슬려서 저들을 금수 보듯이 하여, 쳐들어오면 막아 방어하고 도망가면 뒤쫓지 않더라도 조정의 위세에 뭐 달리 누가 될 것이 없습니다. 신의 어리석은 생각으로는 만약 연호를 고치는 것과 같은 국가의 큰 경사가 있을 때, 저들의 죄를 사면하고 조정의 낭관(郎官)이나 어사(御史) 한 사람을 파견해 직접 현지로 가서 폐하의 칙령을 선포해 깨우치게 하신다면, 저들도 틀림없이 정세를 살피고 항복하면서 환호하며 명을 따를 것입니다. 그러고 나서 재능과 위엄과 신망을 갖추고서 영남의 사정에 밝은 자를 선발해 경략사로 삼으시어 일처리를 합당하게 하신다면, 자연스럽게 침략하거나 모반을 꾀하는 일은 영원히 사라질 것입니다.

　해제

　원화 15년(820) 겨울 국자좨주 재직 시에 황가(黃家) 도적의 반란 사건 처리와 관련해 조정에 올린 건의서. 황가는 황씨(黃氏) 일족을 우두머리로 한 황동만(黃峒蠻)으로 중국 서남방 소수민족이다. 정원 11년(795)에 황동만의 수령 황소경(黃少卿)이 옹주(邕州)와 관주(管州) 등지를 공격해오자

현지 경략사인 손공기(孫公器)가 영남(嶺南)의 군대를 동원해 토벌하기를 요청했지만, 덕종은 그 건의를 받아들이지 않고 환관을 보내 위무했으나 받아들여지지 않았다. 그 이후로 황동족의 소란은 끊이지 않아 원화 연간에 황승경(黃承慶)·황소도(黃少度)·황창관(黃昌瓘) 등의 반란이 이어졌다. 이 글에 언급되어 있듯이 그런 와중에 계관관찰사(桂管觀察使) 배행립(裴行立)과 용관경략사(容管經略使) 양민(陽旻)이 조정의 윤허 하에 토벌에 나섰지만 별다른 실효를 거두지 못하고 있었다. 원화 15년 9월에 원주자사에서 국자좨주로 중앙 정계에 복귀한 작자는 이해 겨울 용관경략사유후(容管經略使留後) 엄공소(嚴公素)가 다시 조정에 황동족 토벌을 상주한 사실을 알고 이 글을 쓰게 된 것이다. 작자는 영남 지방에 근무한 경력이 있기 때문에 현지의 사정을 조금은 알고 있었던 터인지라, 황동족에 대한 실제적 이해를 바탕으로 해당 지역에 파견된 인물들의 잘못된 정치가 반란의 빌미를 제공했다는 점 곧 "관가에서 핍박을 하면 백성들은 반란을 하기 마련(官逼民反)"이라는 점을 반란의 실제 원인으로 거론했다. 그리고 또 관할 지방관들이 반란한 도적을 토벌한다는 명분하에 실은 "공적을 바라고 포상을 요구할(邀功求賞)" 요량을 하고 있음도 서슴없이 지적했다. 이 밖에 옹주(邕州)와 용주(容州)의 통합은 합당한 조치였지만 통합한 도의 경략사는 옹주로 옮기는 것이 지당하며, 토벌 군대의 징발을 현지에서 조달하는 것이 여러 가지 면에서 절대 유리하다는 점 등의 구체적인 전략을 제시하기도 했다. 마지막으로 토벌 전쟁보다는 적임자를 선발 파견해 위무함으로써 포용하는 것이 국가의 장래와 백성의 생계에 도움이 될 것이라는 점도 피력했는데, 이는 제갈량(諸葛亮)이 북벌을 앞두고 남방의 맹획(孟獲)을 칠종칠금(七縱七擒)함으로써 심복하게 한 전략을 연상하게 한다. 번진과 같은 군벌의 할거에는 정면으로 맞서서 싸우도록 주장한 작자가 먼 변방의 소요는 무력대응보다는 포용정책이 유리하다는 입장을 밝힌 것도 작자가 지닌 사고의 유연성을 보여주는 흥미로운 대목이라 할 것이다.

이 글은 형세 분석이 분명하고 철저하며 제시한 방안들도 현실에 적용 가능한 것이라는 점이 우선 돋보인다. 문장 또한 조리정연하고 논술에 근거가 분명하며, 언어 구사가 솔직 대담한 점도 눈에 띈다.

황가 도적의 반란 토벌과 관련해 『유종원집(柳宗元集)』 권39에 실려 있는 「위배중승주옹관황가적사의장(爲裵中丞奏邕管黃家賊事宜狀)」, 「위배중승벌황적전첩(爲裵中丞伐黃賊轉牒)」, 「위배중승상배상걸토황적장(爲裵中丞上裵相乞討黃賊狀)」 등을 참고할 만하다.

원문 및 주석

一 : 臣去年貶嶺外刺史[1], 其州雖與黃家賊[2]不相鄰接, 然見往來過客。幷諳知[3]嶺外事人, 所說至精至熟。其賊並是夷僚[4], 亦無城郭可居。依山傍險, 自稱洞主[5]。衣服言語, 都不似人[6]。尋常[7]亦各營生, 急則屯聚相保。比[8]緣邕管[9]經略使多不得人, 德旣不能綏懷[10], 威又不能臨制[11], 侵欺[12]虜縛[13], 以致怨恨。蠻夷之性, 易動難安, 遂至攻劫州縣, 侵暴平人, 或復私讎, 或貪小利, 或聚或散, 終亦不能爲事[14]。近者征討, 本起於裵行立[15]、陽旻[16]。此兩入者, 本無遠慮深謀[17], 意在邀功[18]求賞, 亦緣見賊未屯聚之時, 將謂單弱, 立可摧破, 爭獻謀計, 惟恐後時。朝廷信之, 遂允其請。自用兵已來, 已經二年, 前後所奏殺獲, 計不下一二萬人。儻[19]皆非虛, 賊已尋盡[20]。至今賊猶依舊, 足明欺罔朝廷。邕容[21]兩管因此凋弊, 殺傷疾患, 十室九空, 百姓怨嗟, 如出一口。陽旻、行立, 相繼身亡[22], 實由自邀功賞, 造作兵端, 人神共嫉, 以致殃咎。陽旻、行立事旣已往, 今所用嚴公素[23]者, 亦非撫御[24]之才, 不能別立規模[25], 依前還請攻討。如此不已, 臣恐嶺南一道, 未有寧息之時。

1 嶺外刺史(영외자사) : 조주(潮州)자사를 가리킨다. '嶺外'는 영남(嶺南) 곧 중국의
  오령(五嶺) 이남 지역으로 행정 구역상으로는 영남도(嶺南道)다.

2 黃家賊(황가적) : 『신당서·남만전(南蠻傳)』에 실려 있는 서원만(西原蠻)으로 광
  주(廣州)와 용주(容州)의 남쪽, 옹주(邕州)와 계주(桂州) 서쪽에 거주한 소수민
  족의 하나다. 천보(天寶) 이후로 황씨의 세력이 강해졌으며 정원(貞元) 연간에
  황씨로 수령이 된 자로 황소경(黃少卿)·황소고(黃少高)·황소도(黃少度) 등이
  있었는데, 여러 차례 관군과 전쟁을 하여 관군이 쉽게 격파하지 못했다.

3 諳知(암지) : 잘 알다. 숙지하다.

4 夷僚(이료) : 중국 고대 영남(嶺南)과 운남(雲南)·귀주(貴州) 일대에 거주한 소
  수민족의 범칭으로 백월(百越)의 한 지파였다. 당나라 때 광서(廣西) 지역에 거
  주한 '夷僚'의 일족들을 서원만(西原蠻) 또는 황동만(黃峒蠻)으로 불렀다.

5 洞主(동주) : 산속 동굴에 살았기 때문에 이렇게 부르기도 했다.

6 人(인) : 태종 이세민(李世民)을 피휘해 '民'을 '人'으로 썼다.

7 尋常(심상) : 평소. 평상시.

8 比(비) : 근자. 근년.

9 邕管經略使(옹관경략사) : 고종(高宗) 영휘(永徽, 650-655) 연간에 영남도를 광주
  (廣州)·계주(桂州)·용주(容州)·옹주(邕州)·교주(交州)의 5개 도독부(都督府)
  로 나누고 광부(廣府)의 도독이 총괄하도록 했다가, 그 뒤에 도독의 호칭이 여
  러 차례 변해 광부는 영남절도사, 계(桂)·용(容)·옹(邕) 3부는 경략사 또는 관
  찰사로 바뀌었다. '邕'은 옹주로 주청 소재지가 지금 광서장족자치구 남녕시(南
  寧市)에 있었고, '管'은 당나라 때 영남도에 설치한 특별 행정구역이다.

10 綏懷(수회) : 어루만지며 품어주다.

11 臨制(임제) : 단속하고 통제하다.

12 侵欺(침기) : 침해하고 업신여기다. 침해하고 못살게 굴다.

13 虜縛(노박) : 포박해 잡아들이다.

14 爲事(위사) : 성사시키다. 일을 이루다.

15 裴行立(배행립) : 원화 말에 계관관찰사(桂管觀察使)·안남도호(安南都護)를 역
   임했으며 『신당서』에 전기가 실려 있다. 계관관찰사는 계관경략사(桂管經略使)
   로도 불렸다. 공규(孔戣) 묘지명(HS-252) 주석 37 참조.

16 陽旻(양민) : 원화 말에 용관경략사(容管經略使)를 역임했으며 『신당서』에 전기
   가 실려 있다. 공규(孔戣) 묘지명(HS-252) 주석 37 참조.

17 遠慮深謀(원려심모) : 가의(賈誼)의 「과진론(過秦論)」에서 나오는 사자성어 '深謀
   遠慮'의 순서를 바꾸어 쓴 것이다.

18 邀功(요공) : 공적을 바라다.

19 儻(당) : 만약.

20 尋盡(심진) : 다 찾아내다. 다 수색해내다. 발본색원하다.

21 容(용) : 용주로 주청 소재지가 지금 광서장족자치구 북류시(北流市)에 있었다.

22 相繼身亡(상계신망) : 원화 15년 7월에 양민이 죽었고, 2월에 배행립은 안남도호

가 되어 부임하던 중 해문(海門)에서 객사했다.

23   今所用嚴公素(금소용엄공소) : 양민 사후에 엄공소를 용관경략사유후(容管經略使留後)로 삼은 것을 말한다.
24   撫御(무어) : 어루만지고 통어하다. 편안하게 안정시키고 거느려 제어하다.
25   規模(규모) : 계획.

一 : 昨者併邕容兩管爲一道[26], 深合事宜。然邕州與賊逼近, 容州則甚懸隔。其經略使若置在邕州, 與賊隔江對岸, 兵鎭所處, 物力必全 : 一則不敢輕有侵犯 ; 一則易爲逐便[27]控制, 今置在容州, 則邕州兵馬必少。賊見勢弱, 易生姦心。伏請移經略使於邕州, 其容州但置刺史, 實爲至便。

26   併邕容兩管爲一道(병옹용양관위일도) : 원화 15년 2월에 옹주와 용주 두 고을을 통합한 뒤 옹관경략사를 없애고 용관경략사 양민이 겸하도록 한 것을 말한다.
27   逐便(축편) : 내친 김에. ～하는 김에.

一 : 比者所發諸道南討兵馬, 例皆不諳山川, 不伏水土, 遠鄕羈旅[28], 疾疫殺傷。臣自南來, 見說江西[29]所發共四百人, 曾未一年, 其所存者, 數不滿百。岳鄂[30]所發都三百人, 其所存者, 四分纔一。續添續死, 每發倍難。若令於邕容側近召募添置千人, 便割[31]諸道見供行營[32]人數糧賜[33], 均融充給[34], 所費旣不增加, 而兵士又皆便習[35]。長有守備, 不同客軍, 守則有威, 攻則有利。

28   羈旅(기려) : 타지에 오래 머무르다.
29   江西(강서) : 강남서도(江南西道)의 약칭으로 지금 강서성 일대에 해당한다.
30   岳鄂(악악) : 악주(岳州)와 악주(鄂州) 두 고을로 주청 소재지가 각각 지금 호남성 악양시(岳陽市)와 호북성 무창시(武昌市)에 있었다.
31   割(할) : 떼어내 취하다.
32   行營(행영) : 군대가 출정했을 때 설치한 지휘기관의 소재지.
33   糧賜(양사) : 양식과 병장기 등의 지급품.
34   充給(충급) : 공급하다.
35   便習(편습) : 익숙하다.

一 : 自南討已來, 賊徒亦甚傷損。察其情理[36], 厭苦必深。大抵嶺南人稀地廣, 賊之所處, 又更荒僻。假如盡殺其人, 盡得其地, 在於國計, 不爲有益。

容貸³⁷羈縻³⁸, 比之禽獸, 來則捍禦³⁹, 去則不追, 亦未虧損⁴⁰朝廷事勢。以
臣之愚, 若因改元⁴¹大慶, 赦其罪戾⁴², 遣一郎官御史, 親往宣諭⁴³, 必望風⁴⁴
降伏, 謹呼聽命。仍爲擇選有材用⁴⁵威信諳嶺南事者爲經略使, 處理得宜,
自然永無侵叛之事。

36 情理(정리) : 정서. 기분이나 생각.

37 容貸(용대) : 용서하다. 관대하게 받아들이다.

38 羈縻(기미) : 잘 구슬리다. 본래 '羈'는 '말의 굴레'고 '縻'는 '소의 고삐'인데, 잘 구
슬려서 통제할 수 있는 범위 내에 끌어들여 놓음으로써 딴 마음을 품지 못하도
록 하는 것을 뜻한다. 이는 중국의 역대 왕조에서 소수민족을 통치하던 외교술
이었는데, 군사적 수단과 정치적 압력으로 통제하는 한편 경제적이고 물질적인
이익을 제공해 회유하기도 하는 것으로 현대식으로 말하면 채찍과 당근을 겸하
는 방식이었다.

39 捍禦(한어) : 막다. 방어하다.

40 虧損(휴손) : 손상시키다. 누를 끼치다.

41 改元(개원) : 연호를 바꾸다. 한(漢)나라 무제(武帝)가 황제의 자리에 오르면서
건원(建元)을 연호로 삼았는데, 그 이후로 새로운 황제가 즉위할 때마다 그 이
듬해부터 새 연호를 제정해서 해를 표기하는데 사용했다. 후에 대대로 답습해
'改元'이라 불렀는데, 나라의 큰 경사로 여기고 통상적으로 대사면을 단행했다.
목종은 원화 15년 정월에 즉위한 뒤 그 이듬해에 연호를 장경(長慶)으로 바꾸었
는데, 한유의 이 글이 올라갔을 때는 아직 연호를 바꾸기 이전이었다.

42 罪戾(죄려) : 죄. 죄과.

43 宣諭(선유) : 칙령을 선포해 깨우치다.

44 望風(망풍) : 정세를 살피다.

45 材用(재용) : 재능.

도처에 인질로 잡혀 있는 양민의 자녀들에 관해

위는 법률에 따르면 양민의 자녀는 인질로 잡아 노비로 혹사시키는 것을 불허한다는 것에 관한 일입니다. 신은 지난날 원주자사를 담당하고 있었을 때, 고을 영내를 점검해 7백 31명이 모두 양민의 자녀임을 발견했습니다. 법률에 따라 그들이 노동한 품삯을 계산해 그 돈으로 빚을 변제하고 한꺼번에 방면해 본가로 돌려보냈습니다. 그 일의 자초지종을 고찰해보니 더러는 홍수나 한발로 농사가 제대로 되지 않은 때문이기도 하고 더러는 관가나 개인에게 체납된 부채 때문이기도 했는데, 그로 말미암아 자녀를 인질로 잡아가는 것이 차츰 풍습이 되어 있었다는 것입니다. 이름은 각자 다릅니다만 노비와 다를 것이 없이 채찍을 맞으며 혹사당하다가 죽어서야 비로소 그쳐졌습니다. 이는 법률 조문에 어긋날 뿐만 아니라 실로 정치의 도리를 손상시키는 것입니다. 원주는 지극히 작은 땅임에도 불구하고 7백여 명에 달했으니, 천하의 모든 고을에는 그 수가 분명 적지 않을 것입니다. 지금 나라의 큰 경사를 기회로 모쪼록 엎드려 바라옵건대 관할 부서에 명하시어 다시 한 번 과거의 법령을 되살려 일률적으로 방면하도록 하십시오. 그러고 나서 현지의 고위 관리에게 명하시어 엄정하게 점검하도록 하시고, 만약 은폐하거나 누락시키는 자가 있을 경우 반드시 법에 따라 처벌을 무겁게 하도록 하신다면, 온 천하의 창생들 중에 누가 폐하의 성스러운 덕에 감사해하지 않겠사옵니까? 위는 앞에 제시한 건에 대해서 전술한대로 삼가 자세히 아뢴 것입니다. 모쪼록 엎드려 폐하의 칙령을 듣고자 하옵니다.

해제

　　원화 15년(820) 겨울 국자좨주 재직 시에 노비로 전락한 양민의 자녀를 방면해 본가로 돌려보내도록 조정에 요청한 건의서. 당나라 때에 양민의 자녀가 담보로 잡혀가 노비로 전락한 경우는 전국 도처에 다 있었으며, 특히 영남(嶺南) 지방과 도성에서 멀리 떨어진 변방일수록 이런 현상이 더욱 심했다. 작자의 「유자후묘지명(柳子厚墓誌銘)」(HS-246)에도 보이듯이 유종원(柳宗元)이 유주(柳州)에서 노비로 전락한 양민의 자녀를 해방시킨 숫자가 한 해 동안에 무려 1천 명에 달했다는 것은 그 좋은 사례다. 작자는 원주자사 재직 시의 경험에 근거해 이런 건의를 하게 되었는데, 국자좨주의 본 업무는 아니지만 유학을 공부한 사람으로서 백성들을 사랑하는 마음에서 가정을 파괴하는 당시의 사회문제를 혁파하도록 요청한 것이다. 이 글에서 작자는 이런 현상이 분명한 법률 위반 행위일 뿐만 아니라 정치의 근본을 심각하게 손상시키는 폐해라는 인식

하에, 원주에서의 사례를 들어 그것이 발생한 원인을 규명함은 물론 해결방안까지 제시했다.

원문 및 주석

應所在[1]典帖[2]良人男女[3]等狀

1   所在(소재) : 도처.
2   典帖(전첩) : 사람을 담보로 잡아 노비로 삼아 채무를 상환하는 것을 말한다. '典貼'으로도 적는다.
3   男女(남녀) : 자녀.

右準律[4]不許典帖良人男女作奴婢驅使。臣往任袁州刺史日, 檢責[5]州界內, 得七百三十一人, 並是良人男女。準律計傭折直[6], 一時方免。原其本末, 或因水旱不熟, 或因公私債負, 遂相典帖, 漸以成風。名目雖殊, 奴婢不別, 鞭笞[7]役使, 至死乃休。旣乖律文, 實虧政理[8]。袁州至小, 尚有七百餘人 ; 天下諸州, 其數固當不少。今因大慶[9], 伏乞令有司重擧[10]舊章[11], 一皆方免。仍勒[12]長吏[13]嚴加檢責, 餘有隱漏[14], 必重科懲[15] ; 則四海蒼生, 孰不感荷[16]聖德。右前件如前謹具奏聞。伏聽敕旨。

4   律(율) : 당나라의 법률. 『당률소의(唐律疏議)』에 인신의 납치와 매매 등에 관한 규정이 적혀 있는데 그것에 따라 관련 내용을 보면 다음과 같다. 권20의 「약인매략인(略人賣略人)」조에 "책략을 써서 사람을 납치하거나 납치한 사람을 팔아넘겨 노비로 삼는 자는 모두 교수형에 처한다(諸略人·賣略人爲奴婢者, 絞)"라고 했고, 권25의 「망인양인위노비(妄認良人爲奴婢)」조에 "함부로 양민을 노비·부곡·처첩의 자손으로 여기는 자는 모두 사람을 납치하는 것에 준해 죄를 논하되 한 등급을 감한다(諸妄認良人爲奴婢·部曲·妻妾子孫者, 以略人論, 減一等)"라고 했으며, 권26의 「양인위노비질채(良人爲奴婢質債)」조에 "함부로 양민을 노비로 삼아 채무의 담보로 삼는 자는 모두 각각 팔아넘기는 죄에서 세 등급을 감해 처벌하고, 또 그 노동한 품삯을 계산해 채무를 충당하게 했다(諸妄以良

人爲奴婢, 用質債者, 各減自相賣罪三等, 仍計傭以當債直)”라는 내용이 보인다.

5 檢責(검책) : 검사하다. 점검하다.

6 計傭折直(계용절치) : 노비로 잡혀 있는 기간 동안 노동한 품삯을 계산해 그 돈으로 채무를 변제하다.

7 鞭笞(편태) : 채찍질하다. 죄인 다루듯이 채찍으로 때리다.

8 政理(정리) : 정치의 도리.

9 大慶(대경) : 원화(元和) 16년(821) 정월에 장경(長慶)으로 연호를 바꾼 것을 말한다.

10 重擧(중거) : 다시 되살리다.

11 舊章(구장) : 과거의 법령.

12 勒(늑) : 강제하다. 명령하다.

13 長吏(장리) : 상대적으로 지위가 높은 관리. 여기서는 지방의 고위 관리를 가리키는 것으로 여겨진다.

14 隱漏(은루) : 은폐하거나 누락시키다.

15 科懲(과징) : 법에 따라 처벌하다. 의법 조치하다.

16 感荷(감하) : 고맙게 여기다. 감사해하다.

HS-319 「회서의 일처리에 대해 논하는 의견서」

論淮西事宜狀

위에 제시한 사안에 대해 신은 엎드려 생각하옵건대, 회서(淮西)의 세 개 주(州)에서는 오소양(吳少陽)의 병이 위중해진 뒤 작년 봄과 여름 이래로 오늘의 일을 꾸며온 것으로 보입니다. 관직 자리에 있는 자들은 계책을 상의하고 도모하며 백성들을 안무하고 돌보느라 수고를 했고, 명령을 받들어 복무중인 군인들은 병장기를 정비해 방어할 준비를 해왔습니다. 그러나 황금이며 비단이며 양식이며 가축들은 상으로 지급하는 통에 다 소진되었습니다. 병기를 든 병졸들이 사방으로 침범하고 약탈을 자행했고, 농부와 베 짜는 부녀자들은 어린 아이를 손에 잡고 그들 뒤를 따라다니며 군량을 날랐는데, 비록 때로는 침범과 약탈로 더러 얻은 것이 있긴 했지만 힘도 다하고 몸도 지쳐 치룬 만큼 대가를 보상받지는 못했습니다. 또 듣자하니 말을 매우 많이 길렀는데 반년 전부터는 모두 마구간 안에 들여 놓고 있다고 합니다. 이는 비유하자면 누군가가 비록 열 사람을 합친 만큼 힘이 세다고 하더라도 아침부터 저녁까지 늘 크게 소리 지르며 뛰어다닌다면, 처음에는 두렵게 느껴지지만 그 위세가 오래 가지 못하고 필시 제풀에 시들어버리고 마는 것과 같습니다. 그 사람의 힘이 쇠하는 틈을 노린다면 삼척동자라도 그를 제압해 죽게 할 수 있을 것인데, 하물며 저 세 개 주가 쇠잔해 시들고 극도로 곤궁해진 뒤에 천하가 전 역량을 기울인들 무슨 소용이겠습니까? 저들이 격파당해 패망하는 것은 머지않아 바로 기대할 수 있을 테지만, 아직 알 수 없는 것은 폐하께서 결단을 내리시느냐 결단을 못 내리시느냐는 것뿐입니다. 일반적으로 말해서 병사가 많다고 해서 반드시 승리하기에는 부족하며, 반드시 승리하는 군대는 그 비결이 필시 빨리 몰아쳐 싸우는 데 있습니다. 병사가 많아도 빨리 몰아쳐 싸우지 못하면 소요 경비가 필시 많이 듭니다. 대체로 쌍방의 경계 지점에 있는 전쟁터에서 날마다 서로 간에 공격하고 약탈을 하다보면 필시 사상자가 발생하기 마련입니다. 도적들과 가까이에 있는 주(州)나 현(縣)에서는 온갖 명목으로 요역(徭役)을 징발해 농부와 베 짜는 부녀자들이 편안하게 생업에 종사할 수 없습니다. 간혹 조그마한 홍수나 가뭄이라도 만나게 될 때면 백성들은 근심하고 고통스럽게 됩니다. 이런 때에 조정의 신하들이 저마다 달리 주장해 폐하의 의견수렴을 혼란스럽게 하고 있는데, 폐하께서 본뜻을 굳건하게 견지하지 못하고 중도에 그만두신다면 위신이 상하게 되고 경비도 축내게 되어 그 폐해가 필시 클 것입니다. 그러므로 우선 마음속으로 결단을 내리시고 본 사안의 선후본말을 상세하게 헤아리시어, 의혹스러운 지경에 빠지는 경우가 없어야 비로소 공적을 이루기를 도모할 수 있을 것입니다. 통솔하는 사람이 앞에서 있는 힘을 다해 실행하고, 계획을 짜는 일에 참여하는 자들이 마음을 다해 뒤에서 떠받들어 행해서 안과 밖이 서로 호응해야 공적이 이루어집니다. 옛날에 은(殷)나라 고종(高宗)은 위대한 성군이었습니다. 천자의 위엄으로 배반한 나라들을 정벌해 3년이 지나서야 정복을 했지만 더디다고 여기지 않았습니다. 공적을 세우는 데 뜻이 있었고 소요 경비를 계산에 두지 않았던 때문입니다. 옛 서적에 이르기를 "결단을 내린 뒤에 실행에 옮기면 귀신마저도 피해간다"라고 했습니다. 머뭇거리기만 하고 결단을 내리지 못하고서 여태껏 일을 이룬 경우는 있어 본 적이 없습니다. 신은 아무 재주나 덕이 없으면서도 과분하게 은총을 입어 황제의 칙령을 관장하는 일을 맡고 있는데, 지위가 폐하와 가깝고 직무도 중대해 일반 관리들과는 다른지라 매번 어리석은 성심을 다해 나라 정치에 보탬이 되고자 합니다. 이에 반도들을 평정하는 일의 안배나 처리에 대해 조목별로 하나하나 서술하면 다음과 같습니다.

하나. 각 도(道)에서 징발해 보낸 병사가 각기 2천 명 내지 3천 명 밖에 되지 않아 위세가 볼품없고 병력이 약하며 타지로 원정 가서 머물고 있는 탓에 반란군들의 사정에 대해 자세히 알지 못하기 때문에, 적의 동정을 멀리서 바라보기만 해도 겁이 나고 두려운 나머지 편히 전진하기가 어렵습니다. 소재지의 장수들은 그들이 타지에서 온 군대라는 이유로 어려운 곳이 있으면 그들을 앞장서서 가도록 하고 조금도 우대하거나 보살펴주지 않습니다. 각박하게 대하고 또 고생스럽게 부려먹다가 간혹 부대의 대오를 나누어 재편성할 때면 그들을 각각 다른 지휘관들 밑으로 예속시켜버리는 통에, 사병들과 본래의 장수들이 하루아침에 서로 흩어지게 되어 외롭고 겁에 질려 공을 세우기가 어렵습니다. 또 본래 소속 군대에서 제각각 소요 비용을 대어 파병해야 하는데, 길이 아득히 멀어서 수고로움과 경비가 배가됩니다. 그리하여 사병들에게는 출정의 행군을 해야 하는 수고로움이 있고, 고향에 남은 사람들은 이별을 그리워하는 마음을 품고 있습니다. 지금 듣기로는 진주(陳州)·허주(許州)·안주(安州)·당주(唐州)·여주(汝州)·수주(壽州) 등에서는 반란군들과 경계를 마주하고 있기 때문에, 그곳 촌락의 백성들은 모두 병기를 가지고 있어서 웬만한 침범과 약탈은 스스로 방어할 수 있으며, 전투에도 익숙하고 적의 내막도 잘 알고 있다고 합니다. 저들은 현지 주민들이라

본시 고향 마을을 애호하고 아끼는 마음에 최근에는 관가에서 아무런 분부가 없었음에도 불구하고 자발적으로 의복과 양식을 비축하고 공동으로 무리를 모아 지키면서 반란군에 대비하고 있는 것입니다. 만약 명령을 내려 저들을 불러 모병한다면 즉각적으로 군대를 조직할 수 있을 것이고, 만약 병력을 증강시키고자 한다면 저들 중에서 충분히 취해 올 수 있으며, 반도들이 평정된 뒤에는 저들을 농사짓도록 되돌려 보내기도 쉬울 것입니다. 엎드려 청하옵건대 각 도에서 먼저 정벌군사령부로 징발해 보내온 사람들은 모두 이첩해 본래의 도로 돌려보내도록 하고, 정벌군사령부로 징발해 보내왔던 인원수대로 무기나 활과 화살 중에서 한 가지 이상을 모두 정벌군사령부로 보내어 현지에서 불러 모병한 사람들에게 지급하도록 하십시오. 사병의 수가 충분해지고 나서 저들을 조련시킨다면 석 달 뒤에는 각 도에서 파병되어온 외지의 군대를 모두 없앨 수 있을 터인즉, 이는 먼 지역의 사람들을 징발해오는 것과 비교할 때 이익과 손해가 현격하게 차이날 것입니다.

하나. 역적들을 둘러싸고 있는 주나 현의 성루나 울타리 등에 각각 병사와 전마를 배치해두고 있는데, 총수량은 비록 많지만 개별 곳곳마다 배치한 병사나 전마는 지극히 적고 또 서로 간에 너무 멀리 떨어져 있어 상호 원조하거나 호응하기가 어렵습니다. 그리하여 여러 차례 공격과 약탈을 당해 손실과 사상자가 발생하기도 했습니다. 지금 만약 네 개 도(道)로 나누고 각 도마다 3만 명씩 배치한 뒤 군사적인 요해처를 택해 한곳에 집결시켜 주둔해둔다면, 위엄 있는 기세를 지니도록 하여 일이 돌아가는 형세를 살펴 헤아리면서 유리한 시기를 틈타 이로움을 좇을 수 있을 것입니다. 그러다가 진격해 들어갈 수 있다면 네 개 도에서 모두 한꺼번에 출병해 역적들로 하여금 낭패스럽고 놀라 당황하도록 만들어 앞뒤로 서로 구하거나 도와주지 못하게 할 수 있을 것이며, 만약 진격해 들어갈 수 없다면 참호를 깊이 파고 보루를 높이 쌓고 난 뒤

편안하게 쉬면서 적들이 힘들게 쳐들어오기를 기다릴 수 있을 터인즉 자연히 여러 곳에 방어 진지를 많이 구축할 필요가 없게 될 것입니다. 반도들과 마주하고 있는 작은 현(縣)들은 그곳 백성들을 형세가 유리한 곳으로 거두어들이고 나서, 임시 현을 설치해 그들을 주관해 다스림으로써 뿔뿔이 흩어지지 않도록 하면 됩니다.

하나. 채주의 사병들은 오원제로부터 협박을 받아 마지못해 어쩔 수 없는 상황에서 천자의 군대와 교전을 하고 있습니다. 저들의 근본을 따져보면 모두가 이 나라 백성들입니다. 나아가든 물러나든 모두 죽는 길 밖에 없으니 진실로 너무 불쌍합니다. 각 도의 군대에 분명하게 칙령을 내리시어 이런 도리를 숙지하도록 해야 마땅할 것입니다. 전투에 임할 때에는 본디 적군을 섬멸하겠다는 마음가짐을 가져야 하겠지만, 적군의 형세가 이미 궁색하게 되어 악행을 저지를 수 없게 된 자들에게는 모름지기 지나치게 살육을 해서는 안 될 것입니다. 폐하의 성스러운 덕으로 깨우친 다음 그들을 방면해 고향으로 돌아가게 해주어, 흉악한 패역의 마음을 녹여 없애고 생명을 보전할 행운을 베풀어주신다면 그들은 자연스레 서로 연이어 반역을 포기하고 조정에 귀순할 것입니다.

하나.『논어』에서 이르기를 "너무 빨리 이루고자 하면 달성하지 못하고, 작은 이익을 탐하면 큰일을 이룰 수 없다"라고 했습니다. 근래에 정벌 전쟁에 별다른 효과가 나타나지 않는데 모두 너무 빨리 승리하고자 하기 때문이니, 담당 부서에는 소요 경비를 계산하면서 구차하게 기존 관례를 답습하기만 일삼아 조금이라도 뜻대로 되지 않으면 바로 정벌의 중지를 요청합니다. 하북(河北)과 회서(淮西) 등지의 절도사들은 이전에 유사한 사례의 형세를 보아 조정에서 자기들과 오래 대치하지 않을 것임을 알고 있기에, 힘을 합쳐 악전고투를 해서 요행히 한 차례의 승리라도 건지게 되면 바로 조정에서 은혜로운 사면을 내려주기를 바랍

니다. 조정 내에는 지극한 충정으로 나라를 걱정하는 사람이 없어 국가
의 위엄을 손상시키는 따위는 애석하게 여기지 않고, 그들의 요청이 있
으면 바로 정벌 전쟁의 중지를 건의했으니 지난날 번진 반역의 일로 인
한 우환이 모두 이와 같았습니다. 신의 어리석은 생각으로는 회서는 세
개 주로 이루어진 작은 땅이고 오원제 또한 매우 용렬하고 우매한 자니,
폐하께서 성명하고 위풍당당하신 자질로 사해(四海)와 구주(九州)의 역량
을 동원해 저 보잘것없는 도적을 제거하신다면 그 일이 어려울지 쉬울
지는 알 수 있을 것입니다. 태산으로 계란을 누르는 격이라는 비유로도
부족하다 할 것입니다.

하나. 전쟁에서의 승리와 패배는 실제 상과 벌에 달려 있습니다. 상
을 후하게 내리면 청렴한 전사(戰士)의 마음도 움직이게 할 수 있고, 벌
을 엄하게 하면 흉악한 사람의 혼백마저 달아나게 할 수 있어서 일을
성사시킬 수 있습니다. 소요 경비를 너무 아까워해 형벌의 집행을 꺼려
해서도 안 될 것입니다.

하나. 치청(淄靑)과 항기(恆冀) 두 도의 절도사는 채주의 오원제와 의기
가 대략 투합한바, 지금 오원제를 토벌한다는 소식을 듣게 되면 인정상
필시 그를 원조할 마음을 품게 될 것입니다. 그러나 둘 다 용렬하고 유
약한 자들이라 자신들을 지키는 것조차 여유가 없습니다. 필시 실속 없
이 큰소리치거나 허세를 부릴 가능성은 있겠지만, 군대를 나누어 자신
들의 경계 밖으로 내보내 공공연히 악행을 저지르는 짓은 분명 감히 하
지 못할 것입니다. 마땅히 특별 칙령을 내리시어 다음과 같이 고하십시
오.
"채주는 오소성(吳少誠) 이후로 세습해 절도사가 되었지만 약간의 공
로가 있기는 했다. 오소양(吳少陽)이 죽은 뒤에 짐 또한 본래 오원제에게
절도사 자리를 물려주려고 했다. 다만 그의 나이가 어려서 정사를 제대

로 다스리지 못할까봐 걱정이 되어 바로 처리하기에 편하지 않았다. 그
가 좀 백성들을 다스리고 안무할 수 있기를 기다렸다가 그에게 절도사
자리를 승계하도록 허락할 참이었다. 그런데 지금 갑자기 미쳐 날뛰며
침범하고 약탈하면서 조정의 명령을 받아들이지 않기 때문에 마지못해
어쩔 수 없이 이번 토벌을 하게 되었다. 치정과 항주(恆州) 및 범양(范陽)
등과 같은 도의 경우는 너희들의 조부와 부친이 제각기 공적을 세웠기
에 세습해 황제가 임명하는 절도사의 부절을 받아온 지가 이미 오래 되
었으므로 짐은 반드시 너희들의 땅을 이익으로 여겨 경솔하게 바꾸지
는 않을 테니 각자 마땅히 안심하도록 하라. 만약 함부로 의심하고 두
려워한 나머지 감히 서로 선동한다면, 짐은 즉시 오원제를 사면해 그의
죄를 묻지 않고 군대를 돌려 너희들을 토벌할 것이다.”
　그러면 저들은 자연스레 간담이 떨어질듯 놀라 감히 함부로 딴 소리
를 못할 것입니다.

　앞서 서술한 견해를 삼가 기록해 황제께 아뢰며, 엎드려 하늘같은 은
혜로 특별히 살펴보시고 채택해주시기를 간구하옵니다. 삼가 아룁니다.

해제

　원화 10년(815) 고공낭중·지제고 재직 시에 회서(淮西) 지방의 토벌을
주장하며 그 방안을 제시해 올린 의견서. 원화 9년에 회서의 창의군(彰義
軍)절도사 오소양(吳少陽) 사후에 그의 아들 오원제(吳元濟)가 조정의 명을
거역하고 절도사 자리를 세습하려고 함에 헌종(憲宗)이 이를 토벌하려고
하던 중에, 원화 10년 6월에 진주(鎭州)절도사 왕승종(王承宗)과 치청(淄靑)

절도사 이사도(李師道) 등의 사주에 의한 것으로 보이는 재상 살해 사건이 발생해 번진 세력의 기세가 등등해지는 국면이 조성되었다. 그러자 대다수 조정의 신하들이 이 문제에 대해 극도의 몸조심을 하는 가운데, 작자가 나서서 단호한 어조로 회서의 반도들을 무력으로 토벌할 것을 주청하며 이 글을 써서 올린 것이다. 이 글은 우선 당시의 형세와 관련해 사실에 입각한 상세한 분석을 통해, 천하의 역량으로 회서의 세 주를 정벌하는 것은 황제의 결단만 서면 매우 쉬운 일임을 천명했다. 이어서 진압군대의 충원에 있어 타지의 군대를 끌어오기보다는 현지의 실정을 잘 아는 주민들을 모병하는 것이 유리할 것이고, 반군을 토벌하는 군대의 역량을 집중시키는 것이 필요하며, 채주(蔡州) 지역 사병들을 무자비하게 살육하지 말 것과 토벌 전쟁을 너무 조급하게 접근해 속전속결로 마무리 지으려고 하지 말 것 등을 주장하고, 치청(淄靑)과 항기(恆冀) 등 인근 절도사들에게 칙령을 내려 경거망동하지 말 것을 경고하는 따위의 구체적인 방법을 제시했다. 이런 전략은 현지 사정에 어두운 서생의 막연한 주장이 아니라 절실하게 실행할 수 있는 조치들로 원화 12년(817)에 있었던 회서 정벌 전쟁을 통해 그 실효성이 입증되었다. 이 글은 충분한 논거의 제시와 세밀한 분석을 통해 번진 할거를 반대하는 작자 자신의 정치적 소신을 명확한 어조로 설파해 상당한 설득력을 갖추었다는 평가를 받는다.

회서 지방 반란군의 평정에 대한 언급은 「평회서비(平淮西碑)」(HS-239)와 「진찬평회서비문표(進撰平淮西碑文表)」(HS-292) 및 「여악주유중승서(與鄂州柳中丞書)」(HS-116) 등을 참조하기 바란다.

右臣伏以淮西三州[1]之地, 自少陽疾病[2], 去年春夏已來, 圖爲今日之事。有
職位者[3], 勞於計慮撫循[4] ; 奉所役者[5], 修其器械防守。金帛[6]糧畜, 耗於賞
給。執兵之卒, 四向侵掠[7], 農夫織婦, 攜持幼弱, 餉[8]於其後 ; 雖時侵掠小
有所得, 力盡筋疲, 不償其費。又聞畜馬甚多, 自半年已來, 皆上槽櫪[9]。譬
如有人, 雖有十夫之力, 自朝及夕, 常自大呼跳躍, 初雖可畏, 其勢不久,
必自委頓[10]。乘其力衰, 三尺童子可使制其死命[11] ; 況以三小州殘弊[12]困劇[13]
之餘, 而當天下之全力? 其破敗[14]可立而待也 ; 然所未可知者, 在陛下斷與
不斷[15]耳。夫兵多不足以必勝[16] ; 必勝之師, 必在速戰。兵多而戰不速, 則
所費必廣。兩界之間, 疆場[17]之上, 日相攻劫, 必有殺傷。近賊州縣, 徵役
百端, 農夫織婦, 不得安業。或時小遇水旱, 百姓愁苦。當此之時, 則人人
異議[18]以惑陛下之聽, 陛下持之不堅, 半塗而罷, 傷威損費[19], 爲弊必深。
所以要先決於心, 詳度[20]本末, 事至不惑, 然[21]可圖功。爲統帥者, 盡力行
之於前 ; 而參謀議者, 盡心奉之於後 : 內外相應, 其功乃成。昔者殷高宗[22]
大聖之主也。以天子之威, 伐背叛之國, 三年乃剋[23], 不以爲遲。志在立功,
不計所費。傳[24]曰 : "斷而後行, 鬼神避之。" 遲疑[25]不斷, 未有能成其事者
也。臣謬承恩寵, 獲掌綸誥[26], 地親職重, 不同庶寮[27], 輒竭愚誠, 以效裨補[28]。
謹條次[29]平賊事宜[30]一一如後 :

1　淮西三州(회서삼주) : 창의군(彰義軍) 소속 회남서도(淮南西道)절도사 관할 하의
　　신주(申州)·광주(光州)·채주(蔡州)의 세 고을로 각각 지금 하남성 신양현(信
　　陽縣)·황천현(潢川縣)·여남현(汝南縣)에 있었다.

2　自少陽疾病(자소양질병) : 『신당서·헌종기』에 의하면 회서 창의군(彰義軍)절도
　　사 오소양(吳少陽)이 원화 9년(814) 윤8월 병진일(丙辰日, 12일)에 병사했으니,
　　그의 질병이 위중한 때는 다음 구절에 보이는 대로 그해 봄여름 무렵이다. '疾'
　　이 '병'이고 '病'은 '병이 위중하다'는 뜻이다. 오소양 사후에 그의 아들 오원제(吳
　　元濟)가 부친의 죽음을 숨긴 채 알리지 않고 유후(留後)를 자칭하며 인근 여러
　　주를 침범하고 약탈했다. 그런데 실제 이들이 회서 지방을 근거지로 반역을 꾀
　　한 것은 이미 오래되어 오소양의 죽음 때부터 시작한 것은 아니다.

3   有職位者(유직위자) : 회서 지방의 문관(文官)들을 가리킨다.

4   撫循(무순) : 안무하고 돌보다.

5   奉所役者(봉소역자) : 회서 지방의 무장(武將)들을 가리킨다.

6   金帛(금백) : 황금과 비단. 돈과 재물을 두루 가리킨다.

7   侵掠(침략) : 침범하고 약탈하다.

8   餉(향) : 군량을 나르다. 양식을 수송하다. 음식물을 공급하다.

9   槽櫪(조력) : 마구간. 말구유와 마판으로 말을 기르는 곳인 마구간을 가리킨다.
     이 구절에서 말이 마구간에 들어가 있는 것은 전시(戰時)임을 뜻한다. 평상시에
     말은 들에 방목된다.

10   委頓(위돈) : 피곤하다. 시들다. 녹초가 되다.

11   死命(사명) : 반드시 죽게 될 운명.

12   殘弊(잔폐) : 쇠잔해 시들다.

13   困劇(곤극) : 극도로 곤궁해지다.

14   破敗(파패) : 파멸되어 패망하다.

15   斷與不斷(단여부단) : 결단을 내림과 결단을 내리지 못함. 「평회서비(平淮西碑)」
     (HS-239)에 "무릇 이 채주에서의 성공은 오직 천자의 결단에 의해서 이루어진
     일(凡此蔡功, 惟斷乃成)"이라는 평가가 보인다.

16   兵多不足以必勝(병다부족이필승) : 『한집거정(韓集擧正)』과 조본(潮本)에서는 이
     하 두 구절이 "병사의 수요가 많지 않으면 승리하기에는 부족하며, 승리하는 군
     대(兵不多, 則不足以取勝, 取勝之師)"로 되어 있다. 이렇게 해도 뜻이 통한다.

17   疆場(강역) : 전장(戰場). 전쟁터. 본래 '변방' 내지 '경계선'의 뜻으로 『시경·소
     아(小雅)·신남산(信南山)』에 "밭 가운데엔 움막이 있고, 밭 경계선 안에는 참외
     가 있다(中田有廬, 疆場有瓜)"라는 시구가 보인다.

18   人人異議(인인이의) : 「평회서비」(HS-239)의 기록에 의하면 헌종이 회서 토벌 전
     쟁과 관련해 조정의 신하들에게 자문을 한 결과 무원형(武元衡)과 배도(裴度)
     등 한두 신하를 제외하고는 모두 반대했다고 한다. 당시 재상 이봉길(李逢吉)과
     위관지(韋貫之), 한림학사 전휘(錢徽)와 소면(蕭俛) 등이 토벌을 반대한 주화파
     의 대표 인물들이었다.

19   傷威損費(상위손비) : 위신을 상하게 하고 경비를 축내다. 황제의 위신을 손상시
     키고 국가의 재정을 낭비하는 것을 말한다.

20   詳度(상탁) : 상세하게 헤아리다.

21   然(연) : '乃'와 통한다. '비로소', '곧'의 뜻이다. 이 글의 뒤에 나오는 "然可集事
     (연가집사)"와 "然擬許承繼(연의허승계)"의 '然'도 같은 용법이다.

22   殷高宗(은고종) : 이름이 무정(武丁)이고 반경(盤庚)의 동생 소을(小乙)의 아들로
     소년 시절에 민간에서 생활한 적이 있는 것으로 전해지며, 즉위한 뒤에 부열(傅
     說)과 감반(甘盤)을 대신으로 등용해 서북방의 강국으로 험윤(玁狁) 부락의 하
     나인 귀방(鬼方)을 토벌하고 은(殷)나라의 통치를 공고히 한 임금이다. 재위 기
     간이 59년(B.C. 1238-B.C. 1180)에 달했다.

23 　三年乃克(삼년내극) :『역경·기제(旣濟)』의 구삼(九三) 효사(爻辭)에 "은나라 고
　　종이 귀방을 토벌해 삼년을 지속한 끝에 승리를 거두었다(殷高宗伐鬼方, 三年
　　克之)"라는 글귀가 보인다.
24 　傳(전) : 옛 서적. 고서(古書). 인용문은『사기·이사열전(李斯列傳)』에 조고(趙
　　高)가 한 말로 적혀 있다. 다만『사기』원문에는 '後行(후행)'이 '敢行(감행)'으로
　　되어 있다.
25 　遲疑(지의) : 머뭇거리기만 하고 결단을 내리지 못하다.
26 　綸誥(윤고) : 칙령. 황제가 발하는 문서.
27 　庶寮(서료) : 일반 관리. 백관(百官). '庶僚'로 쓰기도 한다.
28 　裨補(비보) : 보탬이 되다.
29 　條次(조차) : 조목별로 서술하다.
30 　事宜(사의) : 일의 안배와 처리.

一 : 諸道發兵或三二千人, 勢力單弱 ; 羈旅[31]異鄕, 與賊不相諳委[32] ; 望風[33]
懾懼[34], 難便前進。所在將帥, 以其客兵[35], 難處使先, 不存優恤[36]。待之旣
薄, 使之又苦, 或被分割隊伍, 隷屬諸頭[37], 士卒本將, 一朝相失, 心孤意
怯, 難以有功。又其本軍各須資遣[38], 道路遼遠, 勞費倍多。士卒有征行之
艱, 閭里懷離別之思。今聞陳、許、安、唐、汝、壽[39]等州與賊界連接處, 村落
百姓, 悉有兵器, 小小俘劫[40], 皆能自防, 習於戰鬪, 識賊深淺。旣是土人
護惜[41]鄕里, 比來未有處分[42], 猶願自備衣糧, 共相保聚[43], 以備寇賊。若令
召募, 立可成軍 ; 若要添兵, 自可取足 ; 賊平之後, 易使歸農。伏請諸道先
所追[44]到行營[45]者, 悉令却牒[46]歸本道, 據行營所追人額器械弓矢, 一物已
上, 悉送行營, 充給[47]所召募人。兵數旣足, 加之敎練, 三數月後, 諸道客
軍一切可罷 ; 比之徵發遠人, 利害懸隔。

31 　羈旅(기려) : 객지에서 머물다.
32 　諳委(암위) : 사정에 대해 자세히 알다. '委'는 자세한 내막. 유공작(柳公綽)에게
　　보낸 두 번째 편지(HS-117)에 "대체로 먼 곳에서 군사들을 징발해 원정을 가게
　　되면 …… 반란군들의 사정에 대해 자세히 알지 못하면 적과 만났을 때 두렵고
　　놀라서 그들이 공을 세우기가 어렵습니다(夫遠徵軍士 …… 與賊不相諳委, 臨敵
　　恐駭, 難以有功)"라는 이와 비슷한 글귀가 보인다.
33 　望風(망풍) : 소문을 듣다. 동정이나 기세를 보다.
34 　懾懼(섭구) : 겁이 나고 두렵다.
35 　客兵(객병) : 외지에서 조달해온 군대.

36 優恤(우휼) : 우대하고 보살펴주다.

37 諸頭(제두) : 당나라 때 군대 지휘관의 이름. 아문도장(牙門都將)의 별칭으로 도
    두(都頭)라고도 했다.

38 資遣(자견) : 소요 경비를 대어 파병하다.

39 陳許安唐汝壽(진허안당여수) : 진주(陳州)·허주(許州)·안주(安州)·당주(唐
    州)·여주(汝州)·수주(壽州). 주청 소재지가 각각 지금 하남성 회양현(淮陽縣),
    하남성 허창시(許昌市), 호북성 안륙현(安陸縣), 하남성 비양현(泌陽縣), 안휘성
    수현(壽縣)에 있었다.

40 俘劫(부겁) : 침범과 약탈.

41 護惜(호석) : 애호하고 아끼다.

42 處分(처분) : 분부. 명령.

43 保聚(보취) : 무리를 모아 지키다.

44 追(추) : 징발해 보내다.

45 行營(행영) : 출정 나갔을 때의 군영. 여기서는 회서 지방 정벌군사령부를 가리
    킨다.

46 却牒(각첩) : 문서를 돌려보내다. 관련 문서를 본래 소속 군대로 이송하다.

47 充給(충급) : 지급하다. 공급하다.

一 : 繞逆賊州縣堡柵[48]等各置兵馬, 都數[49]雖多, 每處則至少 ; 又相去闊遠[50],
難相應接[51] : 所以數[52]被攻劫[53], 致有損傷。今若分爲四道, 每道各置三萬
人, 擇要害地屯聚[54]一處, 使有隱然[55]之望, 審量[56]事勢, 乘時逐利[57]。可入
則四道一時俱發, 使其狼狽驚惶, 首尾不相救濟 ; 若未可入, 則深壁高壘[58],
以逸待勞 : 自然不要諸處多置防備。臨賊小縣, 可收百姓於便地[59], 作行縣[60]
以主領[61]之, 使免散失。

48 堡柵(보책) : 성루와 울타리.

49 都數(도수) : 총수량. 전체 수량.

50 闊遠(활원) : 아득히 멀다. 까마득하다.

51 應接(응접) : 원조하고 호응하다.

52 數(삭) : 자주. 여러 차례.

53 攻劫(공겁) : 공격하고 약탈하다.

54 屯聚(둔취) : 집결시켜 주둔하다.

55 隱然(은연) : 위엄 있는 모양.

56 審量(심량) : 살펴 헤아리다.

57 乘時逐利(승시축리) : 유리한 시기를 틈타 이로움을 좇다. 기회를 틈타 승리를
    취하다.

58 深壁高壘(심벽고루) : 참호를 깊이 파고 보루를 높이 쌓다. 견고한 방어진지를
   구축하다.
59 便地(편지) : 형세가 유리한 곳.
60 行縣(행현) : 임시 현성(縣城).
61 主領(주령) : 주관하고 영도하다.

一 : 蔡州士卒, 爲元濟迫脅[62], 勢不得已, 遂與王師交戰。原其本根, 皆是
國家百姓。進退皆死, 誠可閔傷[63]。宜明敕諸軍, 使深知此意。當戰鬪之
際, 固當以盡敵[64]爲心 ; 若形勢已窮, 不能爲惡者, 不須過有殺戮。喩以聖
德[65], 放之使歸, 銷其兇悖[66]之心, 貸[67]以生全[68]之幸, 自然相率棄逆歸順。

62 迫脅(박협) : 협박하다.
63 閔傷(민상) : 불쌍하게 여기다. 긍휼히 여기다.
64 盡敵(진적) : 적군을 섬멸하다. 적들을 다 죽이다.
65 聖德(성덕) : 천자의 덕을 가리킨다.
66 兇悖(흉패) : 흉악하고 패역하다.
67 貸(대) : 베풀어주다. 주다.
68 生全(생전) : 생명을 보전하다.

一 : 論語[69]曰 : "欲速則不達, 見小利則大事不成。" 比來征討無功 : 皆由欲
其速捷 ; 有司計筭所費, 苟務因循[70], 小不如意, 卽求休罷[71]。河北、淮西[72]
等見承前事勢[73], 知國家必不與之持久, 併力苦戰, 幸其一勝, 卽希冀恩赦[74]。
朝廷無至忠憂國之人, 不惜傷損威重, 因其有請, 便議罷兵 : 往日之事患皆
然也。臣愚以爲淮西三小州之地, 元濟又甚庸愚 ; 而陛下以聖明英武之姿,
用四海九州之力, 除此小寇, 難易[75]可知。太山壓卵[76], 未足爲喩。

69 論語(논어) : 인용문은 『논어・자로(子路)』편에 보인다.
70 因循(인순) : 기존 관례를 답습하다. 전례를 따르다.
71 休罷(휴파) : 정벌 전쟁을 그만두다.
72 河北淮西(하북회서) : 하북도와 회남서도 등지의 절도사. 여기서 하북은 성덕군
   (成德軍)절도사 왕승종(王承宗), 회서는 오원제를 가리킨다.
73 承前事勢(승전사세) : 이전에 유사한 사례의 형세. 전임절도사를 직접 승계하는
   전례를 가리킨다.
74 恩赦(은사) : 조정의 사면.
75 難易(난이) : 어려움과 쉬움. 편의복사(偏義複詞)로 보고 '쉬움'으로 풀이해도 뜻

이 통한다.

76 太山壓卵(태산압란) : 절대적인 우세로 손쉽게 상대방을 압도하는 것을 비유한
    다. '太山'은 '泰山'이다.

一 : 兵之勝負, 實在賞罰。賞厚可令廉士動心, 罰重可令凶人喪魄, 然可集
事[77]。不可愛惜所費, 憚[78]於行刑。

77 集事(집사) : 성사시키다. 성공하다.
78 憚(탄) : 꺼리다. 두려워하다.

一 : 淄青[79]、恆冀[80]兩道, 與蔡州氣類[81]略同 ; 今聞討伐元濟, 人情必有救助
之意。然皆闇弱[82], 自保無暇。虛張聲勢, 則必有之 ; 至於分兵出界, 公然
爲惡, 亦必不敢。宜特下詔云 : 蔡州自吳少誠[83]已來, 相承爲節度使, 亦微
有功效。少陽之歿, 朕亦本擬與元濟。恐其年少未能理事[84], 所以未便處置[85]。
待其稍能緝綏[86], 然擬許其承繼。今忽自爲狂勃侵掠[87], 不受朝命, 事不得
已, 所以有此討伐。至如淄青、恆州、范陽[88]等道, 祖父各有功業, 相承命節[89],
年歲已久, 朕必不利其土地, 輕有改易, 各宜自安。如妄自疑懼, 敢相扇動,
朕卽赦元濟不問, 迴軍討之。自然破膽[90], 不敢妄有異說。

79 淄青(치청) : 치청절도사 이사도(李師道)를 가리킨다. 치청절도사는 평로(平盧)
    절도사라고도 부르며 막부가 청주[青州 : 지금 산동성 익도현(益都縣)]에 있었다.
    치청절도사의 관할 지역이 치주 · 청주 · 등주(登州) · 내주(萊州) · 제주(濟州) ·
    체주(棣州) 등이었다.
80 恆冀(항기) : 항기절도사 왕승종(王承宗)을 가리킨다. 항기절도사는 성덕군(成德
    軍)절도사라고도 부르며 막부가 항주[恆州 : 지금 하북성 정정현(正定縣)]에 있었
    다. 성덕군절도사의 관할 지역이 항주 · 기주 · 심주(深州) · 조주(趙州) 등이었다.
81 氣類(기류) : 의기투합하는 사람. 『역경 · 건괘(乾卦) · 문언전(文言傳)』에 "같은
    소리가 서로 호응하고 같은 기운이 서로 구해 …… 각각 그 종류별로 서로 따르
    는 것이다(同聲相應, 同氣相求, …… 則各從其類也)"에서 유래한 단어다.
82 闇弱(암약) : 용렬하고 유약하다.
83 吳少誠(오소성) : 유주(幽州) 노현[潞縣 : 지금 하북성 통현(通縣)] 사람으로 이희
    열(李希烈) 사후에 실권을 장악해 뒤에 회서절도사에 정식 임명되었다. 후에 회
    서절도사 자리가 그의 동생 오소양(吳少陽)과 오소양의 아들 오원제(吳元濟)로
    세습되기에 이르렀다.
84 理事(이사) : 사무를 처리하다. 정사를 처리하다.

85   處置(처치) : 안배하다. 처리하다.
86   緝綏(집수) : 다스리고 안무하다.
87   狂勃侵掠(광발침략) : 미쳐 날뛰며 침범하고 약탈하다.
88   范陽(범양) : 범양절도사 유총(劉總)을 가리킨다.
89   命節(명절) : 황제가 수여하는 부절(符節).
90   破膽(파담) : 간담이 떨어지다. 몹시 놀라다.

以前件謹錄奏聞, 伏乞天恩, 特賜裁擇[91]。謹奏。

91   裁擇(재택) : 살펴보고 채택하다. 가늠해보고 선택하다.

 「소금 관련 법안 개정건을 논하는 의견서」

論變鹽法事宜狀

장평숙(張平叔)이 상주한 소금 관련 법안 개정 조목

위는 소금 관련 법안을 개정이 정확하고 상세하게 논의해야 할 중대 사안이기 때문에 신 등에게 칙령을 받들어 각자 이해득실과 가부에 관한 의견을 진술해 상주하라는 것에 관한 일입니다. 장평숙이 상주한 법안 개정 조항을 신이 처음부터 끝까지 상세하게 검토해본 결과 아마도 시행해서는 안 될 것으로 사료됩니다. 장평숙이 상주한 본래 조목에 따라 조목조목 이해득실을 분석하면 다음과 같습니다.

하나. 장평숙이 주(州)나 부(府)에서 사람을 파견해 관가의 소금을 직접 내다 팔아 그 대금으로 베나 비단의 시장 실제 물가를 헤아려 사들이도록 하고, 중앙 행정을 담당하는 중추기관의 유관 부서에서 전례에 준해 지불하고 사용하면 자연스레 배 이상의 이익을 보게 될 것이라고 요청했습니다. 신이 지금 모든 곳에 사는 백성들의 형편을 헤아려보니 가난한 사람은 많고 부유한 사람은 적기에, 도시에 사는 사람들을 제외하면 현금으로 소금을 사는 사람은 열에 두셋도 되지 않습니다. 대부분이 갖가지 잡다한 물건이나 곡물로 물물교환을 해갑니다. 소금 가게 상인들은 자기에게 이익이 돌아온다면 어떤 물건이라도 받지 않는 것이 없으며, 더러는 몇 되나 몇 말씩 소금을 외상으로 주었다가 곡물이 익을 때 상환하도록 약조하기도 합니다. 이런 방식으로 도움을 받으면 쌍방이 모두 이롭고 편리합니다. 지금 주(州)나 현(縣)의 하급관리에게 점포에 앉아 직접 팔게 하면, 그로 인한 이익은 그 관리와 상관이 없지만 죄는 있으면 직접 책임져야 합니다. 현금이든 베나 비단 같은 방직물이나 온갖 잡다한 물건이든 받지 못하게 되면, 관가의 이익을 축낼까봐 두려워해 필시 감히 내다 팔려고 하지 않을 것입니다. 이대로 법안을 개정해 시행하게 되면 백성들 중에 가난한 사람들은 소금을 사 먹을 방법이 없게 될 것입니다. 이익을 얻으려다 얻지 못하고 원망은 매우 많이 받게 될 테며, 자연적으로 그간 소금 판매로 얻어오던 이익마저도 앉아서 잃게 될 것입니다. 이른바 "이익이 배가 될 것이다"라는 말을 신은 이해할 수 없습니다.

하나. 장평숙이 또 주나 현에서 멀리 떨어진 곳에 있는 향촌에는 판매직 말단관리를 시켜 소금을 가지고 가서 팔도록 하여, 백성들에게 소금이 떨어지는 일이 없도록 하라고 요청했습니다. 신이 생각하기로 멀리 떨어진 곳에 있는 향촌은 더러는 세 가구나 다섯 가구가 산골짜기에 살고 있는 경우도 있기 때문에 하급관리에게 소금을 가지고 가가호호 찾아가게 할 수 없으니, 많이 가지고 가면 가져간 물건을 다 팔 수 없을 것이고 적게 가지고 가면 들어오는 돈이 많지 않아서 오가는 여정을 따져볼 때 자기 식대조차 충당하기에도 부족합니다. 근자에 상인들은 더러는 자신이 몇 말이나 몇 섬씩 등에 짊어지고 가서 백성들과 물물교환

을 하는데 공정가격 이상으로 받기를 바라서 두세 푼의 이윤을 남기기
도 하지만, 판매직 말단관리가 관가에서 부리는 사람인 탓에 향촌에 찾
아가서는 필시 백성들에게 접대를 요구하는 것과는 비교도 되지 않습
니다. 이익은 지극히 적고 폐단이 많습니다. 이 점이 또 시행할 수 없는
이유입니다.

하나. 장평숙이 이 업무는 지극히 중요하므로 모름지기 조정의 재상
에게 염철사(鹽鐵使)의 직책을 맡겨야 한다고 했습니다. 신이 생각하기로
그 법안이 시행할 만하다면 그 일을 재상에게 맡기지 않아도 될 것이고,
시행할 만하지 못하다면 비록 재상에게 맡기더라도 이로울 게 없을 것
입니다. 게다가 재상이란 모든 벼슬아치들을 규찰하고 그 치적의 등급
을 매기는 존재인데, 만약 직접 소금에 관한 일을 맡는다면 비록 과실
이 생긴다고 하더라도 누구를 보내 그 잘못을 들추어내겠습니까? 이 점
이 또 시행할 수 없는 이유입니다.

하나. 장평숙이 또 개정 법안이 시행되면 소금 업무 담당부서 판매직
말단관리의 봉록이 없어지거나 줄어들어서 매년 10만 관(貫)의 돈을 거
두어들일 수 있다고 했습니다. 신이 생각하기로 개정 법안이 시행되면
그에 따른 폐단이 사사건건 생겨나 그간 소금 판매로 얻어오던 이익마
저 올리지 못할까봐 염려가 되는데, 어찌 다시 더 많은 여분의 이윤을
바랄 수 있겠습니까?

하나. 장평숙이 부(府)나 현(縣)에서 소금을 직접 내다팔게 한 뒤 급량
비 조로 매달 경조윤(京兆尹)에게 10만 전을 더해주고 경조부(京兆府)의 사
록(司錄)과 관할 두 현령(縣令)에게는 매달 5만 전을 더해주며, 그 밖에 관
찰사(觀察使)와 각 주의 자사(刺史) 및 현령과 녹사참군(錄事參軍)에게는 매
달 많게는 5천 전, 적게는 3천 전을 지급하고자 했습니다. 신이 지금 이

것만 계산해보아도 소요되는 돈이 이미 엄청난데 나머지 관리직 하급 관리와 순찰담당 인력, 수송담당 인부, 판매직 인력 등의 봉록은 아예 이 액수에 포함되어 있지도 않습니다. 지급되어야 할 돈을 통계해보니 매년 10만 관 아래로 내려가지는 않았습니다. 이익은 보이지 않고 소요 경비만 엄청납니다. 장평숙이 또 소금 업무 담당부서의 각종 판매직 말단관리의 봉록이 없어지거나 줄어들어 대략 매년 도합 10만 관의 돈을 줄일 수 있다고 했습니다. 지금 개정 법안을 계산해보니 그 또한 경비가 10만 관에 그치지 않습니다. 10만 관을 줄이려고 10만 관을 써야 하니 잃는 것과 얻는 것을 계산해보면 남는 이윤이라고는 한 푼도 없습니다. 장평숙이 또 소금 판매액의 많고 적음으로 자사나 현령의 근무성적을 매겨 판매대금이 많은 자에게는 일상적인 관례에 구애됨이 없이 승진시키고 소금 관련 세금 징수액을 못 채우면 법규에 따라 문책하도록 요청했습니다. 자사와 현령이라는 직분은 백성들의 근심을 나누는 데 있는데, 지금 단지 소금 관련 이익의 많고 적음으로 승진이나 좌천의 기준으로 삼고 그들의 치적은 고려하지 않는다면, 요순임금 시절 3년간의 근무 성적을 심사해 우매한 관리는 좌천시키고 현명한 관리는 승진시킨 뜻에 맞지 않습니다.

하나. 장평숙이 소금 가격을 근당 30문(文)으로 하고, 2백 리마다 근당 2문씩 올려 받아 운반비로 충당하되 거리의 멀고 가까움과 길의 험하고 평탄함을 헤아려 6문까지 더 받을 수 있도록 하며, 그래도 부족한 운반비는 관가에서 대 주도록 하자고 요청했습니다. 명목상으로는 근당 30문이지만 실상은 이미 36문입니다. 현재의 소금 가격은 도성이 근당 40문이고 여러 주에서는 이 가격에 미치지 못합니다. 개정 법안을 시행한 뒤에는 단지 몇 문밖에 차이가 나지 않으므로 백성들에게는 별로 이익될 것이 없습니다. 운반비로 5문을 쓴 경우는 관가에서 2문을 대 주고, 10문을 쓴 경우는 관가에서 4문을 대 줍니다. 그렇게 되면 소금 한 근을 관가에서 내다 팔고 얻는 돈이 명목상으로는 30문이지만 실상은 근당 많아야 28문, 적으면 26문이니, 남는 것으로 모자라는 것을 보충하면 근당 관가에 들어오는 돈은 26문이나 27문에 불과합니다. 백성들의 입장에서 쌀 때 남는 돈으로 비쌀 때 모자라는 돈을 보충한다면 평균 근당 34문의 돈을 지불하게 됩니다. 그렇다면 관가와 개인 사이에 늘 근당 7문에서 8문의 유실분이 생기는 셈입니다. 이익이 아래로 백성에게 미치지도 않고 위로 관가로 돌아가지도 않는데, 누적된 액수가 지극히 많아지게 되면 한꺼번에 계산할 수도 없을 터인즉 이로써 말하건대 개정 법안은 유익한 것이 못 됩니다. 장평숙이 또 각 소금 생산지의 주나 현에 명해 농한기에 모두 수레와 소를 불러 모아 소금을 운송해 도창(都倉)으로 들여놓도록 하되, 빠지는 자가 있게 해서는 안 된다고 요청했습니다. 주나 현에서 돈을 내어 수레와 소를 임대하려고 할 경우 필시 진정으로 그 일을 바라는 백성은 없을 것입니다. 사정상 모름지기 관가에서 백성들에게 강제적으로 노역을 할당하고 운반비도 지급해야 하며, 백성들이 수레를 몰고 와서 소금을 실을 때 말단관리들은 미리 아무런 검사도 하지 않다가 수레가 다 모인 뒤에야 비로소 소금을 실을 수 있도록 하며, 감독부서에 수납을 요청할 때에도 또 순서를 기다려야 하는데 문지기에게 뇌물을 쓰지 않으면 모두 붙잡혀 있어야 하며, 창고에 소금을 들여놓을 때에도 별도로 선물을 건네야 합니다. 대체로 관에서 돈을 내어 임대하는 일은 모두 이와 같지 않은 것이 없습니다. 백성들은 차라리 개인을 위해 짐을 실어주고 5문의 돈을 받을지언정 관가를 위해 짐을 실어주고 10문의 돈을 받으려고 하지 않습니다. 관가에서 돈을 내어 임대하지 않으면 소금을 실어 나를 수 없고, 관가에서 돈을 내어 임대하면 그 해가 백성에게 미치니 이 점이 또 시행할 수 없는 이유입니다.

하나. 장평숙은 소금 관련 업무를 없애거나 줄여서 말단관리의 봉록을 거둬들이면 한 해에 10만 관을 얻을 수 있다고 했습니다. 지금 또 기왕에 순원(巡院)이 있으니 일이 한가한지 바쁜지를 헤아려 소금 수납 창고에 관리를 남겨두어 중요한 곳을 지키는 일을 담당하도록 하며, 인원수를 적게 배치하고 봉록과 물품을 후하게 주어 엄하게 지키도록 하되 만약 유실되거나 사사로이 내다파는 등의 일이 발생하면 모두 법에 따라 처분하도록 요청했습니다. 장평숙이 관장하고 있는 소금 관련 업무에서 말단관리의 인원수가 얼마나 됩니까? 사정을 헤아려 유임한 외에 봉록을 절감해 거둬들이는 돈이 한 해에 10만 관이나 될 수 있다고 하는데, 이 또한 이치에 닿지 않습니다. 근래에 중요한 곳을 지키는 인원수가 지극히 많은데도 불구하고 유실되거나 사사로이 내다파는 폐단이 있는데, 지금 또 배치 인원수를 줄이면서 사사로이 유통되는 소금을 없앨 수 있다고 하니 이 또한 이치로 보아 불가한 일입니다.

하나. 장평숙이 개정 법안이 시행된 뒤에는 연도별 수지는 반드시 남는 것이 있을 테지만 하루하루의 비용은 아마 부족할 수도 있으며, 1년 동안에는 또 소금 관련 세금 징수액으로 문책하지 않는다면 그 뒤에는 반드시 이익이 몇 배나 더 많아질 것이라고 했습니다. 이 또한 불가한 일입니다. 지금 국가의 재정이 늘 부족하다고 하는 판인데 만약 한 해 동안 형편이 어려워 소금 관련 세금 징수가 빠지게 되면 그 피해가 너무 심해질 테며, 비록 이듬해에 많아질 것이라고 하지만 어떻게 사전에 미리 보장할 수 있겠습니까? 이 또한 관가나 개인의 재물 비축이 아직 적은 때에 시행할 수 있는 것이 아닙니다.

하나. 장평숙이 또 이곳저곳 떠돌아다니며 간사하고 교활한 자들은 갈수록 더 부유해지고, 대대로 한 곳에 뿌리내리고 가업을 지키며 사는 사람들은 날로 가난해져간다고 했습니다. 만약 관가에서 직접 소금을 내다팔게 되면 빈부귀천이나 사농공상 및 도사나 여관(女冠)과 중이나 비구니를 불문하고 심지어 직업 없이 한가로이 빈둥거리며 게으름피우는 사람들까지도 각자가 소비하는 분량에 따라 관가에 대금을 다 내며, 아울러 여러 도(道)의 군인들과 관찰사나 절도사 등 여러 파견 고위관리의 가족이나 친척들은 서로 간에 집이나 경작지를 허위로 소유하면서 지금껏 세금이라고는 내본 적이 없지만, 만약 관가에서 직접 소금을 내다팔면 이런 무리들을 한 사람도 빠뜨리는 일이 없을 것이라고 했습니다. 신이 생각하기로 이런 여러 부류의 사람들은 관가에서 아직 직접 소금을 내다팔지 않았을 적에도 여태껏 소금을 사서 먹었던바, 관가에서 직접 소금을 내다파는 뒤에야 소금을 먹을 리는 없습니다. 만약 관가에서 직접 소금을 내다팔지 않으면 이런 사람들이 소금을 사서 먹지 않고, 관가에서 직접 소금을 내다팔아야 소금을 사서 먹는다면 진실로 장평숙이 한 말과 같게 될 것입니다. 만약 관가에서 직접 소금을 내다팔든 직접 내다팔지 않든 간에 늘 소금을 사서 먹는다면, 지금 관가에서 직접 내다판다고 해서 역시 이익 될 것이 없습니다. 이른바 하나는 알고 둘은 알지 못하며 가까운 곳은 보고 먼 곳은 보지 못하는 격입니다. 국가에서 소금을 전매해 상인에게 다 팔아넘기고 상인이 국가로부터 다 사들여 백성들에게 판다면, 천하의 백성들이 빈부귀천 할 것 없이 모두 관가에 돈을 내는 것이 되니, 국가에 직접 돈을 건네주어야만 비로소 관가에 돈을 내는 것이라고 할 필요는 없습니다.

하나. 장평숙이 처음 양세법(兩稅法)을 막 제정했을 때 비단 한 필의 가격이 3천 전(錢)이었으나 지금은 비단 한 필의 가격이 8백 전이라고 했습니다. 백성들이 빈곤하므로 더러는 먼저 당시 조나 밀의 가격으로 소금을 가져갔다가 수확한 뒤에 그 빚을 다 상환하고 또 관가에 세금까지 내고나면 곡식 한 톨도 남지 않는다고 했습니다. 만약 관가에서 소금을 내다팔게 되면 다섯 식구의 한 가구가 먹는 소금의 값이 10전에 불과하므로 날마다 납부하고 핍박받아 쫓기는 수고를 당할 일도 없어 필시 빚을 진 채 야반도주할 염려는 사라질 것이라고 했습니다. 신이 생각하기로 백성들이 곤궁하고 피폐한 것이 오로지 소금 가격이 비싼 때문만은 아닐 것입니다. 지금 관가에서 직접 소금을 내다팔려고 하는 것과 예전처럼 상인들이 전매하도록 하는 경우를 비교할 때 소금 가격의 차이는 별로 나지 않습니다. 다섯 식구 한 가구에서 먹는 소금을 통계해볼 때, 장평숙의 계산에 따라 하루에 10전을 기준으로 하면 한 달에 3백전을 쓰게 될 것인데, 이는 사흘에 소금 한 근을 먹는 셈이므로 한 달이면 대략 열 근이 됩니다. 개정 법안에 따른 실제 가격을 예전 법에 따른 근당 가격과 비교해보면 3전이나 4전의 차이도 나지 않습니다. 다섯 식구 한 가구를 통계해볼 때 장평숙이 약조한 방법에 따라 계산하더라도 원래 가격보다 싸봤자 하루에 1전, 한 달에 30전이고, 다섯 식구가 되지 않는 가구의 경우는 그 차이가 더욱 적으니, 개정 법안으로 바꾸어 시행한다고 하더라도 백성들이 여전히 곤궁해 유랑하게 되는 것을 면할 수는 없습니다. 당초에 세법을 제정했을 때는 비단 한 필에 3천전이었으나 지금은 8백 전에 불과합니다. 설령 소금 관련 법안만 개정한다고 해서 비단 가격이 덩달아 올라가지는 않을 것입니다. 다섯 식구의 가구에서 소금 관련 법안이 개정됨으로 인해 하루에 1전의 이익을 본다고 하더라도, 어떻게 빚지는 것을 면할 수 있을 것이며 수확할 때 징수당하거나 독촉을 받지 않는다고 해서 관가에 세금을 내고 난 뒤에 남는 것이 있을 수 있겠습니까? 신의 소견으로는 백성들이 곤궁하고 피폐해진 지 이미 오래되었지만, 일을 만들어 괴롭히지 않으면 자연적으로 차츰 부유해질 것이니, 소금 관련 법안을 개정하는데 달려 있지 않습니다. 지금 비단이 한 필에 8백 전인데도 백성들 중에 추워도 옷을 입지 못하는 자가 많거늘, 만약 한 필의 가격이 3천 전이라면 옷을 입지 못하는 자가 필시 더욱 많아질 것입니다. 게다가 비단 가격의 고저는 소금 가격과는 아무런 관계가 없으니, 이로써 말하건대 소금 관련 법안은 개정할 필요가 없습니다.

하나. 장평숙이 매 주(州)에서 소금을 내다파는 양이 적지 않은데 장
리(長史) 중에는 친히 공무에 힘쓰지 않는 이가 더러 있어서 말단관리가
터무니없이 꾸민 말로 "이 주의 경계지역에는 소금을 사려는 사람이 없
습니다"라고 한다고 하니, 바로 청하기를 청렴하고 힘 있는 순관(巡官)을
파견해 해당 지역의 실제 가구 수를 점검하게 한 뒤에 인구수를 근거로
하여 정착민 조직을 만들어 서로 감독하고 보증하도록 한 다음 1년분
소금을 지급하고 사계절에 걸쳐 소금 값을 납부하도록 하자고 했습니
다. 인구는 많은데도 소금을 적게 판 경우나 소금을 팔고 받은 돈을 늦
게 납입하는 경우에는 관찰사의 현재 직무를 정지시키고 직책이 없는
산관(散官)으로 전임시키도록 요청했습니다. 그리고 자사 이하는 상급
보좌관으로 좌천시키고 기타 나머지 관리들은 원 곳으로 내치라고 했
습니다. 장평숙은 본래 관가에서 직접 소금을 내다팔아 백성들의 생활
을 넉넉하게 해주어 백성들이 소생할 수 있도록 함으로써 유랑하는 것
을 면하게 해주기 위해 그렇게 요청했던 것입니다. 지금 실제 호구에
따라 정착민 조직을 만들어 서로 감독하고 보증하도록 한 다음 소금을
지급하고 계절에 따라 소금 값을 납부하도록 하는 것은 이른바 백성들
을 괴롭히고 곤경에 빠지게 할 터인즉 본래의 의도가 아닐 것입니다.
백성들 중 가난한 집에서는 소금을 먹는 양이 지극히 적으며 더러는 걸
핏하면 한 달 동안 소금 없이 싱겁게 먹는 경우도 있는바, 만약 인구수
에 근거해 소금을 지급하고 철따라 값을 징수한다면 소금을 사용했든
사용하지 않았든 간에 모두 대금을 납부해야 합니다. 소금 판 대금을
늦게 납입하거나 관련 법 조항을 어기면 관찰사 이하 모든 관리는 제각
각 죄를 묻고 견책을 하라고 했습니다. 그러면 관리들은 죄를 받을까
두려워 필시 백성들에게 엄한 형벌을 적용하려고 할 것이니, 신은 이로
인해 모든 지역이 불안해지고 백성들도 유랑민으로 전락하지 않을까
두렵습니다. 이 점이 또 시행할 수 없는 중대한 이유입니다.

하나. 장평숙이 상인들이 소금을 관가에 납품한 뒤에 여러 군대의 사령관과 관찰사나 절도사 등 여러 파견 고위관리들에게 접근해 엽관 행각을 못하도록 하고, 돈을 관리하거나 점포를 지키거나 장원의 큰 맷돌을 간수하는 따위의 일을 관장해 불법적으로 권세가의 비호를 받지 못하도록 제한하자고 요청했습니다. 각 지역의 관리들에게 명해 엄하게 방비하고 사찰하도록 하고 만약 어기는 자가 있으면 마땅히 모든 재산을 다 관가에 귀속시키도록 하며 또 문서를 부(府)나 현(縣)에 이송해 말단관리로 충당하게 하라고 요청했습니다. 신이 생각하기로 소금상인들이 소금을 매입해 국가 대신 소금을 내다파는 일을 부자간에 대를 이어하며 앉아서 많은 이익을 보고 있으니, 이는 일반 백성들에 비해 실제 상대적으로 넉넉한 편이기는 합니다. 그런데 지금 저들의 생업을 빼앗고 또 할 일을 찾거나 다른 사람을 대신해 돈을 관리하거나 점포를 지키거나 장원의 큰 맷돌을 간수하는 따위의 일조차 못하도록 금하려고 하니, 무슨 죄를 지었기에 하루아침에 저들을 곤궁한 지경으로 몰아넣는지 모르겠습니다! 만약 이를 시행한다면 부유한 상인들과 대규모의 장사치들이 필시 원한을 품고 더러는 귀중한 보물을 사들인 뒤에 조정에 순종하지 않는 지역으로 도망가서 모반을 하려는 도적떼들을 경제적으로 도울 수도 있습니다. 이 점 또한 살피지 않을 수 없는 것입니다.

하나. 장평숙이 이 개정 법안을 시행한 뒤에 장안에 설치된 동시(東市)와 서시(西市)의 군인들이나 부유한 상인과 대규모의 장사치들이 더러는 관가에 뇌물을 바치기도 하고 길을 가로막고 약탈을 하거나 소란을 피우는 수도 있을 것이라고 했습니다. 그러면 말단관리들에게 명해 엄하게 잡아들이고, 만약 그런 짓거리를 하는 두목을 잡으면 그 자리에서 때려죽이도록 할 것이며, 연명으로 고소장을 올리거나 군중을 끌어 모으는 사람은 등짝에 곤장 스무 대씩 치도록 요청했습니다. 군대 감독관이나 직업 군인의 가구를 점검해 은닉했거나 누락시킨 소금이 있으면 모두 부(府)나 현(縣)의 관례에 준해 심리하고 판결함과 동시에 고발을 한 말단관리들에게 상을 내리자고 했습니다. 이 조목이 만약 결과적으로 실행에 옮겨진다면 민심을 크게 잃을 뿐만 아니라 원근 각지를 뒤흔들게 될 것입니다. 소금 내다팔아 얻는 이익이 얼마일지는 알지 못하겠으나, 사람을 해치고 정치를 좀먹을 텐지라 그 폐해는 실로 어마어마할 것이옵니다!

이상 앞에서 서술한 의견서는 이번 달 9일의 칙령에서 신 등에게 각자 이해득실을 진술해보라고 하신 명을 받들어 올리는 것입니다. 삼가 기록해 상주하오며 엎드려 폐하의 뜻을 듣고자 하옵니다.

해제

장경 2년(822) 봄과 여름 사이 병부시랑 재직 시에 칙령을 받들어 소금 전매 관련 법안 개정건을 두고 올린 의견서. 이해 4월에 호부시랑(戶部侍郎) 장평숙(張平叔)이 부국강병책의 일환으로 소금을 관가에서 직접 판매할 것을 주청해 그 이해득실을 18가지 조목으로 써서 상소했다. 목종이 칙령을 내려 조정의 관리들에게 장평숙이 발의한 개정 법안에 대해 상세하게 논의하도록 하자, 작자가 이 글을 올려 조목조목 반박한 것이다. 이 글에는 장평숙이 올린 18개 조목 중에서 16개에 대한 논박이 들어 있는데, 작자와 중서사인(中書舍人) 위처후(韋處厚) 등이 힘껏 반대했기 때문에 장평숙의 개정 법안은 시행되지 않고 폐기되었다. 이 글은 장평숙의 주장을 두고 사회현실의 견지에서 접근해 백성들에게 이롭지 않고 국가에도 무익할 뿐만 아니라, 관리와 백성들에게 번거로움만 더하고 심지어 사회불안마저 초래할 수 있다며 일일이 논박하고 있다. 논리 전개의 측면에서 소금 관련 법안을 개정하는 경우와 현행대로 두는 경우를 비교해 이해득실을 논했는데, 실사구시의 태도로 섬세하고 정확한 수치 계산을 하고 있을 뿐 아니라 백성들의 편의사항까지 충분히 고려해 매우 설득력이 있다. 한유의 문집 중에 경제에 관한 문장은 극히 드문데, 이 글은 집중적으로 경제문제를 다루고 있어 그의 경제사상의 일면을 알 수 있는 중요한 자료다. 조리정연하고 견실한 논의를 통해 황당무계한 장평숙의 주장을 힐난하면서도 언어표현이 알기 쉽고 속되거나 잡다하지 않다는 평을 받는다.

원문 및 주석

張平叔所奏鹽法條件[1]

1   條件(조건) : 조항. 조목.

右奉敕將變鹽法, 事貴精詳, 宜令臣等各陳利害可否聞奏者。平叔所上變法條件, 臣終始詳度[2], 恐不可施行。各隨本條[3]分析利害如後：

2   詳度(상탁) : 상세하게 따지다. 상세하게 헤아리다.
3   本條(본조) : 장평숙이 상주한 조목.

一件 : 平叔請令州府差人自糶[4]官鹽, 收實估[5]匹段[6], 省司[7]準舊例支用[8], 自然獲利一倍已上者。臣今通計所在百姓, 貧多富少, 除城郭外, 有見錢[9]糶[10]鹽者, 十無二三。多用雜物及米穀博易[11]。鹽商利歸於己, 無物不取, 或從賒貸[12]升斗, 約以時熟[13]塡還[14]。用此取濟[15], 兩得利便。今令州縣人吏[16]坐鋪自糴, 利不關己, 罪則加身。不得見錢及頭段物[17], 恐失官利, 必不敢糴。變法之後, 百姓貧者無從得鹽而食矣。求利未得, 歛怨[18]已多, 自然坐失鹽利常數。所云"獲利一倍", 臣所未見。

4 糴官鹽(조관염) : 관가의 소금을 내다팔다. 관가의 식염을 판매하다. '官鹽'은 옛날에 관가에서 생산 또는 판매를 하거나 관가에 세금을 낸 뒤에 판매하는 합법적인 식염을 말한다.
5 實估(실고) : 시장의 실제 물가.
6 匹段(필단) : 본래 베나 비단을 재는 단위로 후에 널리 '베나 비단 따위의 방직물'을 가리키는 뜻으로 쓰였다.
7 省司(성사) : 중앙 행정을 담당하는 중추기관의 유관 부서.
8 支用(지용) : 지불하고 사용하다.
9 見錢(현금) : 현금. '見'은 '現'과 같다.
10 糴(적) : 사들이다. 사다.
11 博易(박역) : 교역하다. 무역하다.
12 賒貸(사대) : 외상으로 주다. 외상으로 거래하다.
13 時熟(시숙) : 때맞춰 익다.
14 塡還(전환) : 상환하다.
15 取濟(취제) : 재물이나 힘으로 해주는 도움을 받다.
16 人吏(인리) : 관리. 여기서는 '하급관리'를 뜻하는 것으로 여겨진다.
17 頭段物(두단물) : 베나 비단 같은 방직물 및 온갖 잡다한 물건.
18 歛怨(염원) : 원망을 받다. 원한을 사다.
19 常數(상수) : 일정한 수나 통상적인 숫자. 여기서는 현행대로 소금을 판매할 때 생기는 일정한 수입 액수를 가리킨다.

一件 : 平叔又請鄉村去州縣遠處, 令所由[20]將鹽就村糴易, 不得令百姓闕鹽者。臣以爲鄉村遠處, 或三家五家, 山谷居住, 不可令人吏將鹽家至戶到, 多將則糴貨不盡, 少將則得錢無多, 計其往來, 自充糧食不足。比來[21]商人或自負擔[22]斗石, 往與百姓博易, 所冀[23]平價[24]之上, 利得三錢兩錢；不比所由爲官所使, 到村之後, 必索百姓供應。所利至少, 爲弊則多。此又不可行者也。

20 所由(소유) : 관직 이름으로 '所由官(소유관)'의 준말이며, 당나라 때 보통 부(府)나 주현(州縣) 소속 각 부서의 하급 말단관리를 가리켰다. 사무 처리 과정에 있어 반드시 이들의 손을 경유했기 때문에 이런 이름이 붙여졌다.
21 比來(비래) : 근래에. 근자에.

22　負擔(부담) : 등에 지다. 짊어지다. '擔'은 '擔'과 통한다.

23　冀(기) : 바라다. 희망하다.

24　平價(평가) : 조금 낮게 통제된 물가. 동일한 물건의 다양한 가격대 중에서 상대적으로 조금 낮은 물가.

一件 : 平叔云 : 所務至重, 須令廟堂²⁵宰相充使²⁶。臣以爲若法可行, 不假令宰相充使 ; 若不可行, 雖宰相爲使, 無益也。又宰相者, 所以臨察²⁷百司²⁸, 考其殿最²⁹ ; 若自爲使, 縱有敗闕³⁰, 遣誰擧³¹之? 此又不可者也。

25　廟堂(묘당) : 본래 태묘(太廟)의 명당(明堂)으로 옛날에 제왕이 제사를 지내거나 정사를 의논하던 곳이었는데, 뒤에 널리 '조정'을 가리키는 뜻으로 쓰였다.

26　充使(충사) : 소금 관련 업무를 담당하는 염철사(鹽鐵使)에 충당하다. 염철사의 직책을 맡기다. 당나라 때에는 염철사를 두어 소금의 생산이나 판매 및 광산업 등의 세금을 징수하게 했다.

27　臨察(임찰) : 직접 임해 살피다. 규찰하다.

28　百司(백사) : 백관. 모든 벼슬아치.

29　考其殿最(고기전최) : 벼슬아치의 인사고과를 하다. 옛날에 치적(治積)이나 전공(戰功)을 매겨서 하등을 '殿', 상등을 '最'라고 했는데, 뒤에 널리 '등급의 우열이나 상하'를 가리키는 뜻으로 쓰였다.

30　敗闕(패궐) : 과실. 과오.

31　擧(거) : 죄상이나 잘못 따위를 들추어내다.

一件 : 平叔又云 : 法行之後, 停減鹽司³²所由糧課³³, 年可收錢十萬貫。臣以爲變法之後, 弊隨事生, 尚恐不登常數, 安得更望贏利³⁴?

32　鹽司(염사) : 소금 업무 담당부서.

33　糧課(양과) : 본래는 세금을 뜻하는 말이었으나 여기서는 급량비와 수당 따위의 봉록을 가리킨다.

34　贏利(영리) : 본전을 제하고 얻은 여분의 이윤.

一件 : 平叔欲令府縣糶鹽, 每月更加京兆尹料錢³⁵百千, 司錄³⁶及兩縣令³⁷每月各加五十千, 其餘觀察及諸州刺史縣令錄事參軍多至每月五十千, 少至五千三千者。臣今計此用錢已多, 其餘官典³⁸及巡察³⁹手力⁴⁰所由等糧課, 仍不在此數。通計所給, 每歲不下十萬貫。未見其利, 所費已廣。平叔又云停鹽司諸色⁴¹所由糧課, 約每歲合減得十萬貫錢。今臣計其新法, 亦用

十萬不啻[42]。減得十萬, 却用十萬, 所亡所得, 一無贏餘[43]也。平叔又請以
糶鹽多少爲刺史縣令殿最, 多者遷轉[44]不拘常例；如闕課利[45], 依條科[46]責
者。刺史縣令職在分憂[47], 今惟以鹽利多少爲之升黜, 不復考其治行[48], 非
唐虞三載考績黜陟幽明[49]之義也。

35 料錢(요전) : 당송(唐宋) 때의 제도로 관리의 봉록 외에 때때로 식자재 또는 그
    것에 상응하는 현금으로 지급한 수당을 말한다.
36 司錄(사록) : 경조윤 아래에 둔 사록참군(司錄參軍).
37 兩縣令(양현령) : 당나라 때 경조부 관할 하에 있었던 만년현(萬年縣)과 장안현
    (長安縣)의 행정장관.
38 官典(관전) : 관리직 하급관리.
39 巡察(순찰) : 순찰담당 인력.
40 手力(수력) : 수송담당 인부.
41 諸色(제색) : 각종. 온갖 종류.
42 不啻(불시) : ~에 그치지 않는다.
43 贏餘(영여) : 여분. 잉여.
44 遷轉(천전) : 승진시키다.
45 課利(과리) : 정액 세금. 액수가 정해져 있는 세금 징수액.
46 條科(조과) : 법규. 조례.
47 分憂(분우) : 근심을 나누다. 우환거리를 나누거나 해소시켜 곤경에서 벗어나게
    해주다.
48 治行(치행) : 치적(治績).
49 唐虞三載考績黜陟幽明(당우삼재고적출척유명) : 요순임금 재위 시에 3년에 한
    차례씩 관리들의 근무성적을 심사해 우매한 관리는 좌천시키고 현명한 관리는
    승진시킨 것을 말한다. 『서경·순전(舜典)』에 "삼년마다 근무성적을 심사하시
    고 세 차례 심사해 우매한 관리는 내치고 현명한 관리는 승진시켰다(三載考績,
    三考黜陟幽明)"라는 글귀가 보인다.

一件 : 平叔請定鹽價每斤三十文；又每二百里每斤價加收二文, 以充脚價[50]；
量地遠近險易加至六文；脚價不足, 官與出。名爲每斤三十文, 其實已三
十六文也。今鹽價京師每斤四十, 諸州則不登此。變法之後, 秖[51]校[52]數文,
於百姓未有厚利也。脚價用五文者官與出二文, 用十文者官與出四文 : 是
鹽一斤, 官糶得錢名爲三十, 其實斤多得二十八, 少得二十六文, 折長補短[53],
每斤收錢不過二十六七。百姓折長補短, 每斤用錢三十四。則是公私之間

每斤常失七八文也。下不及百姓, 上不歸官家, 積數至多, 不可遽筭, 以此言之, 不爲有益。平叔又請令所在⁵⁴及農隙時, 幷召車牛, 般⁵⁵鹽送納都倉⁵⁶, 不得令有闕絶⁵⁷者。州縣和雇⁵⁸車牛, 百姓必無情願⁵⁹。事須差配⁶⁰, 然付腳錢 ; 百姓將車載鹽, 所由先皆無檢, 齊集之後, 始得載鹽 ; 及至院監⁶¹請受, 又須待其輪次, 不用門戶⁶², 皆被停留 ; 輸納之時, 人事⁶³又別 : 凡是和雇無不皆然。百姓寧爲私家載物取錢五文, 不爲官家載物取十文錢也。不和雇則無可載鹽, 和雇則害及百姓, 此又不可也。

50   腳價(각가) : 운반비. 수송비. '腳錢(각전)'이라고도 한다. '腳'은 '脚'과 같다.

51   秖(지) : 단지. 다만.

52   校(교) : 비교하다. 여기서는 비교의 결과 서로 간에 차이가 나는 것을 말한다.

53   折長補短(절장보단) : 남는 것을 취해 부족한 것을 보충하다. 여분의 것으로 부족분을 메우다.

54   所在(소재) : 도처. 각지. 여기서는 소금 생산지의 각 주나 현을 가리킨다.

55   般(반) : 운반하다. 옮기다. '搬'과 같다.

56   都倉(도창) : 조정에서 설치한 소금 저장 창고.

57   闕絶(궐절) : 빠지다. 누락되다.

58   和雇(화고) : 관가에서 돈을 내어 노동력 따위를 고용하다.

59   情願(정원) : 진심으로 바라다. 진정으로 원하다.

60   差配(차배) : 옛날에 관가에서 백성들에게 노역이나 세금을 할당하는 것을 말한다.

61   院監(원감) : 소금 업무를 주관하는 관청.

62   門戶(문호) : 문지기에게 뇌물로 건네는 재물. 통과세.

63   人事(인사) : 선물. 다른 사람에게 건네는 예물.

一件 : 平叔稱停減鹽務, 所由收其糧課, 一歲尚得十萬貫文。今又稱旣有巡院⁶⁴, 請量閒劇⁶⁵留官吏於倉場⁶⁶, 勾當⁶⁷要害守捉⁶⁸ ; 少置人數, 優恤⁶⁹糧料⁷⁰, 嚴加把捉⁷¹ ; 如有漏失私糶等, 並準條處分者。平叔所管鹽務, 所由人數有幾? 量留之外, 收其糧課, 一歲尚得十萬貫 : 此又不近理也。比來要害守捉, 人數至多, 尚有漏失私糶之弊 ; 今又減置人數, 謂能私鹽斷絶 : 此又於理不可也。

64   巡院(순원) : 대종(代宗) 때 재상 유안(劉晏)이 각 도(道)에 설치한 관청으로 소금의 사사로운 유통을 금하고 그것을 어긴 죄인을 체포하는 일을 전담했다.

65 量閒劇(양한극) : 한가한지 바쁜지를 헤아리다.

66 倉場(창장) : 소금 수납 장소. 소금 수납 창고.

67 勾當(구당) : 당나라 때의 숙어로 '주관하다', '처리하다', '해결하다'는 뜻이다.

68 守捉(수착) : 지키어 막다. 방위하다. 수비하다.

69 優恤(우휼) : 많이 구제하다. 여기서는 '후하게 주다', '많이 주다'는 뜻이다.

70 糧料(양료) : 당송(唐宋)시대에 관리에게 지급한 봉록과 기타 보급품. '料'는 봉록
    이외에 별도로 지급한 물품.

71 把捉(파착) : 지키다. 주석 68의 '守捉(수착)'과 같은 뜻이다.

一件 : 平叔云 : 變法之後,　歲計必有所餘,　日用還恐不足 ; 謂⁷²一年已來,
且未責以課利, 後必數倍校多者。此又不可。方今國用常言不足, 若一歲
頓闕⁷³課利, 爲害已深 ; 雖云明年校多, 豈可懸保⁷⁴? 此又非公私蓄積尚少
之時可行者也。

72 謂(위) : 『위본(魏本)』에 '請(청)'자로 되어 있는데 의미가 더욱 분명해지므로 '請'
    자로 보고 옮겼다.

73 頓闕(돈결) : 형편이 매우 어려워 모자라다. 곤궁해 부족하다.

74 懸保(현보) : 사전에 미리 보장하다.

一件 : 平叔又云 : 浮寄⁷⁵奸猾者轉富, 土著守業⁷⁶者日貧。若官自糶鹽, 不
問貴賤貧富、士農工商、道士僧尼, 幷兼游惰⁷⁷, 因其所食, 盡輸官錢 ; 幷諸
道軍諸使家口親族, 遞相影占⁷⁸, 不曾輸稅, 若官自糶鹽, 此輩無一人遺漏
者。臣以此數色人等, 官未自糶鹽之時, 從來糴鹽而食, 不待官自糶然後
食鹽也。若官不自糶鹽, 此色人等不糴鹽而食 ; 官自糶鹽, 卽糴而食之 :
則信如平叔所言矣。若官自糶與不自糶, 皆常糴鹽而食 : 則今官自糶, 亦
無利也。所謂知其一而不知其二, 見其近而不見其遠也。國家榷鹽⁷⁹, 糶與
商人 ; 商人納榷⁸⁰, 糶與百姓 : 則是天下百姓無貧富貴賤皆已輸錢於官矣 ;
不必與國家交手付錢, 然後爲輸錢於官也。

75 浮寄(부기) : 이곳저곳 떠돌아다니다.

76 土著守業(토착수업) : 대대로 한곳에 뿌리내리고 가업을 지키며 살다.

77 游惰(유타) : 일정한 직업 없이 한가로이 빈둥거리며 게으름피우다.

78 影占(영점) : 유령 명의를 써서 집이나 경작지를 허위로 소유함으로써 부역이나
    세금을 탈루하는 것을 말한다.

79　榷鹽(각염) : 나라에서 소금의 생산과 판매를 독점하다.
80　納榷(납각) : 납품을 받아 전매하다. 상인이 국가로부터 소금을 매입해 독점 판
　　매하는 것을 말한다.

一件 : 平叔云 : 初定兩稅[81]時, 絹一匹直[82]錢三千, 今絹一匹直錢八百。百
姓貧虛[83], 或先取粟麥價, 及至收穫, 悉以還債, 又充官稅, 顆粒不殘[84]。若
官中糶鹽, 一家五口, 所食鹽價, 不過十錢, 隨日而輸, 不勞驅遣[85], 則必無
擧債[86]逃亡之患者。臣以爲百姓困弊, 不皆爲鹽價貴也。今官自糶鹽, 與依
舊令商人糶, 其價貴賤, 所校無多。通計一家五口所食之鹽, 平叔所計, 一
日以十錢爲率[87], 一月當用錢三百 ; 是則三日食鹽一斤, 一月率[88]當十斤。
新法實價, 與舊每斤不校三四錢以下。通計五口之家, 以平叔所約之法計
之 : 賤於舊價, 日校一錢, 月校三十, 不滿五口之家, 所校更少 ; 然則改用
新法, 百姓亦未免窮困流散也。初定稅時, 一匹絹三千, 今只八百。假如特[89]
變鹽法, 絹價亦未肯貴。五口之家, 因變鹽法日得一錢之利, 豈能便免作
債, 收穫之時, 不被徵索[90], 輸官稅後有贏餘也? 以臣所見, 百姓困弊日
久 ; 不以事擾[91]之, 自然漸裕 : 不在變鹽法也。今絹一匹八百, 百姓尙多寒
無衣者 : 若使匹直三千, 則無衣者必更衆多。況絹之貴賤, 皆不緣鹽法, 以
此言之, 鹽法未要變也。

81　兩稅(양세) : 양세법. 당나라 덕종(德宗) 건중(建中) 원년(780)에 양염(楊炎)의 제
　　의로 시행한 조세법. 중국은 수당 때에 자급자족적인 소농경제(小農經濟)를 기
　　반으로 하는 균전제(均田制)와 그에 따른 조용조법(租庸調法)이 토지와 조세제
　　도의 근간을 이루었으나, 당나라 중기에 이르러 상품경제가 발전하고 대토지
　　소유자가 증가해 농민층은 가진 자와 못 가진 자로 분해되는 등 사회는 급격히
　　변화했다. 따라서 이런 사회구조의 변화에 적용될 수 없게 된 조용조법을 폐지
　　해서 신설한 것이 양세법이다. 양세법이라는 명칭은 6월과 11월의 두 계절에 세
　　금을 징수한 데서 유래했는데, 명(明)나라가 일조편법(一條鞭法)을 실시할 때까
　　지 중국 역대 세법의 원칙이 되었다.
82　直(치) : 값. 가격. 값나가다. 가치가 있다.
83　貧虛(빈허) : 빈곤하다.
84　殘(잔) : 남다.
85　驅遣(구견) : 쫓겨나다. 핍박당하다.
86　擧債(거채) : 돈을 빌리다. 빚을 내다.

87 率(율) : 기준. 비율.

88 率(솔) : 대략. 개략적으로.

89 特(특) : 단지. 다만.

90 徵索(징색) : 징수당하거나 독촉을 받다.

91 擾(요) : 괴롭히다. 어지럽게 하다.

一件:平叔云:每州糶鹽不少,長吏⁹²或有不親公事,所由浮詞⁹³云:“當界無人糶鹽。”臣卽請差清强⁹⁴巡官⁹⁵檢責⁹⁶所在實戶,據口團保⁹⁷,給一年鹽,使其四季輸納⁹⁸鹽價。口多糶少,及鹽價遲違⁹⁹,請停觀察使見任¹⁰⁰,改散慢官¹⁰¹。其刺史已下,貶與上佐¹⁰²;其餘官貶遠處者。平叔本請官自糶鹽以寬百姓,令其蘇息,免更流亡。今令責實戶口團保給鹽,令其隨季輸納鹽價,所謂擾而困之,非前意¹⁰³也。百姓貧家食鹽至少,或有淡食¹⁰⁴動¹⁰⁵經旬月¹⁰⁶;若據口給鹽,依時徵價,辦與不辦,並須納錢。遲違及違條件,觀察使已下各加罪譴¹⁰⁷。官吏畏罪,必用威刑,臣恐因此所在不安,百姓轉致流散。此又不可之大者也。

92 長吏(장리) : 본래 직위가 비교적 높은 장관을 뜻하는데, 여기서는 주(州)에서 소금 판매 업무를 주관하는 장관을 가리킨다.

93 浮詞(부사) : 터무니없이 꾸며낸 말.

94 淸强(청강) : 청렴하고 힘이 있다. 청렴하고 유능하다.

95 巡官(순관) : 관직 이름. 당나라 때 절도사(節度使) · 관찰사(觀察使) · 단련사(團練使) · 방어사(防禦使) 등의 속관으로 판관(判官)과 추관(推官)의 다음 자리에 해당했다.

96 檢責(검책) : 검사하다. 점검하다.

97 團保(단보) : 정착민 조직을 만들어 서로 감독하고 보증하도록 하다.

98 輸納(수납) : 납부하다.

99 遲違(지위) : 끌다. 미루다.

100 見任(현임) : 현재의 직무. ‘見’은 ‘現’과 같다.

101 散慢官(산만관) : 산관(散官) 또는 한산관(閑散官)이라고도 하는데, 관직명은 있지만 고정된 직무가 없는 관직으로 직사관(職事官)과 구별된다. 당나라 때에 문산관(文散官)과 무산관(武散官)이 있었다.

102 上佐(상좌) : 상급 보좌관. 주(州)나 현(縣)의 장관 아래에 있는 관리의 총칭.

103 前意(전의) : 본래의 뜻. 본래의 의도.

104 淡食(담식) : 소금 없이 싱겁게 먹다.

105 動(동) : 걸핏하면. 매번.

106　旬月(순월) : 한 달. '열흘에서 한 달' 또는 '십 개월'이라는 뜻도 있으나 문맥상
　　　여기서는 '한 달'을 뜻한다.
107　罪譴(죄견) : 죄와 견책.

一件 : 平叔請限商人鹽納官後, 不得輒於諸軍諸使覓職, 掌把錢[108]捉店[109]、
看守莊磑[110], 以求影庇[111]。請令所在官吏嚴加防察[112], 如有違犯, 應有資
財, 並令納官；仍牒送[113]府縣充所由者。臣以爲鹽商納榷, 爲官糶鹽, 子父
相承, 坐受厚利, 比之百姓, 實則校優[114]。今旣奪其業, 又禁不得求覓職事,
及爲人把錢捉店、看守莊磑：不知何罪, 一朝窮蹙[115]之也！若必行此, 則富
商大賈必生怨恨；或收市[116]重寶, 逃入反側之地[117], 以資[118]寇盜[119]。此又
不可不慮者。

108　把錢(파전) : 돈을 관리하다.
109　捉店(착점) : 점포를 지키다.
110　莊磑(장애) : 귀족 장원의 맷돌. '磑'는 공수반(公輸班)이 고안한 것으로 전해지는
　　　데, 물살이 센 곳에 설치해 돌림으로써 곡식 따위를 가는 용구로 사용했다. 다
　　　만 때로는 권세가들이 물살이 센 곳에 이를 설치해 사용함으로써 농토의 관개
　　　를 방해하는 부작용을 낳기도 했다.
111　影庇(영비) : 비호하다. 감싸다. 호적이나 토지 및 재산 따위를 권세가의 집에 허
　　　위로 올려놓음으로써 요역이나 세금을 탈루하는 것을 말한다.
112　防察(방찰) : 감찰하고 금지하다. 방비하고 사찰하다.
113　牒送(첩송) : 이첩하다. 문서로 송부하다.
114　校優(교우) : 비교해볼 때 상대적으로 넉넉하다.
115　窮蹙(궁축) : 곤궁하다. 곤경에 빠지다.
116　收市(수시) : 사들이다. 거두어 구입하다.
117　反側之地(반측지지) : 순종하지 않는 지역. 불안정한 땅. 당나라 조정에 귀순하
　　　지 않은 번진(藩鎭) 세력의 근거지를 가리킨다.
118　資(자) : 밑천이 되다. 경제적으로 지원하다.
119　寇盜(구도) : 도적떼. 당나라 조정에 반기를 든 모반 세력.

一件 : 平叔云 : 行此策後, 兩市[120]軍人[121], 富商大賈, 或行財賄[122], 邀截[123]
喧訴[124]。請令所由切加收捉[125]。如獲頭首[126], 所在決殺[127]；連狀[128]聚衆人
等, 各決脊杖[129]二十。檢責軍司[130]軍戶[131], 鹽如有隱漏, 並準府縣例科決[132],
幷賞所由告人者。此一件若果行之, 不惟大失人心, 兼亦驚動遠近。不知

糶鹽所獲幾何, 而害人蠹政¹³³, 其弊實甚!

120 兩市(양시) : 당나라 때에 수도 장안의 상업 집결 지구에 개설한 동시(東市)와
　　서시(西市)를 말한다.
121 軍人(군인) : 한유가 살던 시대에 절도사 부하들의 군기(軍紀)가 매우 문란해 명
　　목상으로는 군적에 올려놓고 군인이라고 하면서 실제로는 저잣거리에서 장사
　　를 하거나 부녀자를 겁탈하는 등 온갖 패행을 일삼는 경우가 비일비재했다.
　　「상유수정상공계(上留守鄭相公啓)」(HS-082)에 그 일단의 기록이 보이니 참고하
　　기 바란다.
122 行財賄(행재회) : 뇌물을 주다. 뇌물을 건네다. '行'은 '주다'는 뜻이다.
123 邀截(요절) : 길을 가로막고 약탈을 하다. 가로막고 습격하다.
124 喧訴(훤소) : 시끌벅적하게 말하다. 번잡하게 하소연하다. 여기서는 '소란을 피우
　　다'는 뜻에 가깝다.
125 收捉(수착) : 잡아들이다. 체포하다.
126 頭首(두수) : 두목. 우두머리.
127 決殺(결살) : 때려죽이다. 타살하다. '범인을 때려죽이다'는 경우에 주로 쓴다.
128 連狀(연장) : 연명으로 고소장을 올리다.
129 脊杖(척장) : 옛날에 등짝에 가한 장형(杖刑).
130 軍司(군사) : 관직 이름. 군대 감독관.
131 軍戶(군호) : 대대로 종군하거나 군무에 충당된 가구.
132 科決(과결) : 심리해 판결하다. '科'가 여기서는 '옥사를 심리하다', '형벌의 판결
　　을 내리다'는 뜻으로 쓰였다.
133 蠹政(두정) : 정치를 좀먹다.

右前件狀, 奉今月九日敕, 令臣等各陳利害者。謹錄奏聞, 伏聽敕旨。

해설

1. 한유의 생애와 그의 성취

　한유(韓愈, 768-824)는 중국 중당(中唐) 때의 사상가요 정치가인 동시에 위대한 산문 작가이며 특색 있는 시인으로, 사상계·정계·문단 등 다방면에서 걸출한 족적을 남긴 인물이다. 자(字)가 퇴지(退之)고 하내(河內) 하양(河陽)[1] 사람인데, 군망(郡望)[2]을 중시한 당시 관습의 영향을 받아 창

---

[1]　지금 하남성(河南省) 맹주시(孟州市)에 해당한다.

[2]　'군망(郡望)'은 '행정구역'인 '군(郡)'과 '명문망족(名門望族)'을 뜻하는 '망(望)'이 결합된 말로 성(姓) 위에 가문이 유래한 본거지의 지명을 붙여 써서 어떤 지역 내의 명문가를 가리켰는데, 당나라는 육조(六朝) 시기 귀족사회를 거친 뒤에 세워진 왕조인 관계로 그 영향을 받아 자신의 선조를 미화하기 위해 명문가를 자칭하는 풍조가 만연했다. 이를테면 당나라 왕실이 당시의 대표적 명문가인 농서이씨(隴西李氏)를 자칭한 것은 대표적 사례고, 이백(李白, 701-762)과 두보(杜甫, 712-770) 등을 위시한 많은 문인들도 예외가 아니었다.

려(昌黎)[3] 사람이라고 자칭한 관계로 '한퇴지(韓退之)' 또는 '한창려(韓昌黎)'
로 불린다.

　그는 3세(770) 때 부친을 여의고 맏형 한회(韓會, 738-780)와 형수 정씨(鄭
氏) 밑에서 양육되었다. 그가 태어난 지 두 달이 채 못 되어 세상을 떠난
것으로 알려진 어머니의 출신과 존재에 관해서는 여러 설이 분분하지
만 명확하게 밝혀진 것은 거의 없다. 13세(780) 때 한회가 유배지에서 소
주자사(韶州刺史)[4] 재직 중에 병사하자 그는 형수와 함께 형의 유해를 고
향의 선영으로 운구해와 장사지낸 뒤, 그 이듬해 14세(781) 때 중원(中原)
지역에 발발한 병란을 피해 형수를 따라 한씨(韓氏)의 장원이 있었던 강
남(江南)의 선성(宣城)[5]으로 이주해 살았다. 그곳에서의 어려운 생활 가운
데서도 5년 여 기간 동안 글공부와 문장 연마에 전념해 7세 때에 일정
수준에 도달한 그의 책읽기와 13세 때 이미 능했던 글쓰기[6]가 이때의
고학을 통해 한층 성숙한 단계로 올라섰다.

　그는 19세(786) 때 수도 장안(長安)[7]으로 올라가 독고급(獨孤及, 725-777)과
양숙(梁肅, 753-793) 등을 사사하며 시험 준비에 열중하면서, 당시 지식인
의 최고 출세 관문이었던 진사과(進士科) 고시의 문을 두드렸다. 24세(792)
때 4수 끝에 예부(禮部) 주관의 진사시(進士試)를 통과해 관리가 될 수 있
는 자격증인 진사가 되기는 했지만, 실제 관직을 배치하는 이부(吏部) 관
할의 전형인 박학굉사과(博學宏辭科)에는 3차례에 걸쳐 응시하고도 결국

3　　지금 중국 하북성(河北省) 동편 발해만 연안에 위치한 창려현(昌黎縣)에 해당한다.

4　　소주(韶州)의 주청 소재지는 지금 광동성(廣東省) 소관시(韶關市) 곡강구(曲江區)에
　　　있었다.

5　　선성(宣城)은 지금 안휘성(安徽省) 선주시(宣州市) 선성현에 해당하는데 남북조 시대
　　　문화의 중심지였던 강남 지역 중에서도 문학과 문화가 꽃핀 거점 지역의 하나로, 남
　　　조(南朝)의 유명 시인 사조(謝朓, 464-499)와 훗날 사조를 흠모한 이백이 활약했던 곳
　　　이기도 했다.

6　　이는 봉상절도사 형군아(邢君牙) 상서에게 보낸 편지인 「여봉상형상서서(與鳳翔邢尙
　　　書書)」에서 한유 자신이 "生七歲而讀書, 十三而能文"이라고 한 데서 나온 것이다.

7　　지금 섬서성(陝西省) 서안시(西安市)에 해당한다.

통과하지 못했다. 그러던 중 당시 재상들에게 자신을 추천하며 관직을 구하기 위해 기울인 노력도 별다른 호응을 얻지 못하고 수포로 돌아갔다. 이에 부득이 당시 관료사회에 발을 들여 놓기 위한 또 하나의 출로를 택해, 동진(董晉, 723-799)과 장건봉(張建封, 735-800) 등 지방 절도사(節度使)의 막료 보좌관인 관찰추관(觀察推官)과 절도추관(節度推官)을 거쳐 35세(802) 때 비로소 국자감(國子監) 사문박사(四門博士)라는 교수직으로 중앙 정계에 첫발을 내디딜 수 있었다. 박사 재임 기간부터 스승을 자임하며 문학청년들을 적극 추천해 '한문제자(韓門弟子)'로 양성하기 시작했다. 그 이듬해 36세(803) 때 품계는 낮지만 상당한 권한을 가지고 지방을 순회하며 지방관의 비리를 단속하는 임무를 주로 담당하는 감찰어사(監察御史)에 발탁되었다. 하지만 얼마 지나지 않아 관중(關中) 지방에 큰 가뭄이 들자 백성들의 고통을 덜어주기 위해 조세의 탕감과 면제를 주장하는 상소를 올렸다가 권세가의 미움을 사서 양산현령(陽山縣令)[8]으로 좌천되었다. 38세(805) 때 사면을 받아 상경하던 중에 강릉부(江陵府)[9] 법조참군(法曹參軍)을 거쳐 그 이듬해에 임시 국자박사(國子博士)로서 중앙 정계에 복귀했다. 그 후 약 10년 동안 정식 국자박사, 형부(刑部) 도관원외랑(都官員外郎), 예부(禮部) 사부원외랑(祠部員外郎), 하남현령(河南縣令), 병부(兵部) 직방원외랑(職方員外郎), 형부 비부낭중(比部郎中) 겸 사관수찬(史館修撰), 사관수찬 겸 고공낭중(考功郎中), 이부(吏部) 고공낭중 겸 지제고(知制誥), 중서성(中書省) 중서사인(中書舍人), 태자우서자(太子右庶子) 등의 실무 부서를 두루 거치면서 비교적 순탄한 관직 생활을 했다. 50세(817) 때에는 배도(裴度, 765-839)의 행군사마(行軍司馬)로서 회서(淮西)[10] 지방의 채주(蔡州)[11]를 본거지로 반란을 일으킨 오원제(吳元濟, 783-817)를 토벌하는 데 공을 세우고

---

8   양산(陽山)은 지금 광동성 서북부에 동일한 이름으로 소재하고 있는 현이다.

9   지금 호북성(湖北省) 형주시(荊州市)에 해당한다.

10   당나라 때 회남서도(淮南西道)의 약칭으로 지금 회하(淮河) 상류의 안휘성과 호북성(湖北省)의 일부 장강(長江) 북부 및 하남성의 동남부 지역에 해당한다.

11   지금 하남성 여남현(汝南縣)에 해당한다.

형부시랑(刑部侍郎)에 발탁되기에 이르렀다. 형부시랑은 지금 법무부 차관에 해당하는 것으로 그가 여태까지 역임한 관직 중에서 가장 높은 자리였다.

그러나 이렇게 출세 가도를 달리던 그의 인생행로에 급제동이 걸리는 일생일대의 최대 시련이 닥쳐왔다. 즉 52세(819) 때 헌종(憲宗)이 궁궐에 부처의 손가락뼈 사리를 맞아들이는 의식을 거행하려는 것에 극력 반대하는 상소를 올렸다가, 황제의 역린(逆鱗)을 건드려 조주자사(潮州刺史)로 좌천되는 좌절을 겪게 된 것이다. 유학의 도를 신봉하고 불교를 배척하는 입장을 견지해온 그로서는 황제가 앞장서서 불교를 떠받드는 행위를 그냥 보고 있을 수는 없었던 터였다. 헌종의 격노로 극형에 처해질 위기에 직면했지만 재상 배도와 최군(崔羣, 772-832) 등의 적극적인 탄원과 구명운동 덕분에 겨우 목숨을 건지고 약 8천 리 유배의 길을 자초했던 것이다. 임지에 도착한 뒤 헌종에게 사죄의 상소를 올리고 재직하다가 그해 10월에 사면을 받고 원주자사(袁州刺史)[12]를 거쳐 그 이듬해에 국자감 총장인 국자좨주(國子祭酒)로 수도 장안에 복귀했다. 54세(821) 때 병부시랑(兵部侍郎)으로 전임했다가, 그 이듬해 헌종 황제의 칙사로 당시 당나라 왕조의 두통거리였던 군벌 세력인 성덕군절도사(成德軍節度使) 왕정주(王庭湊, ?-834)를 찾아가 건곤일척(乾坤一擲)의 담판을 성공시킨 공으로 관리 임면권을 행사하는 이부시랑(吏部侍郎)으로 승진했다. 56세(823) 때 장안의 행정과 사법 업무를 총괄하는 경조윤(京兆尹) 겸 어사대부(御史大夫)에 올랐다가 그 후 병부시랑과 이부시랑을 오간 뒤에, 그 이듬해 목종(穆宗) 장경(長慶) 4년(824) 12월 2일에 57세를 일기로 장안의 정안리(靖安里) 자택에서 영면했다. 만년에 차관급인 이부시랑에 재직한 연유로 '한이부(韓吏部)'로 불리고, 시호가 '문(文)'인 관계로 '한문공(韓文公)'으로도 불린다. 사후에 예부상서(禮部尚書)에 추증되었고, 훗날 북송(北宋)

---

12   원주(袁州)의 주청 소재지는 지금 강서성(江西省) 의춘시(宜春市)에 있었다.

신종(神宗) 원풍(元豐) 7년(1084)에 '창려백(昌黎伯)'으로 추존되기에 이르렀다.

　한유는 사상면에서 위진남북조(魏晉南北朝)를 거치면서 불교와 도교에 떠밀려 위축된 유학을 중흥시키는 데 선구자적인 공을 세웠고 정치적으로는 보수적 성향이 강했다. 그의 숭유배불론(崇儒排佛論)은 그것이 지닌 사회 경제적 의미가 높이 평가받기도 하지만, 불교에 대한 배척이 철저하지 못하고 유학과 불교에 대한 이해의 깊이 또한 피상적이었다는 비판도 받고 있다. 그리고 정치면에 있어서도 국가와 백성을 위해 일한 문신(文臣)이요 대담한 용기와 지략을 겸비한 무장(武將)으로 치켜세워지는가 하면, 군자다운 풍모를 지니지 못하고 시종 관직을 구하기에 급급했을 뿐 이렇다 할 공적을 남기지 못한 인물로 평가 절하되기도 한다. 다만 번진(藩鎭)이 발호하는 국가 위기 상황에서 군벌 세력의 지방 분할 점거를 극력 반대하는 동시에 실제 토벌전쟁에 가담해 공을 세웠고 당시의 정치적 폐단을 공격하는 데 매우 용감했으며, 지방관으로 재직할 때 백성들을 위해 수많은 치적으로 남겼다는 점은 주목을 받아 마땅하다. 특히 지금 광동성 조주시(潮州市) 지역에서 지방장관으로 재직한 때에는 8개월 정도밖에 되지 않는 짧은 재임 기간에도 불구하고 괄목한 만한 치적을 일구어 냈다. 그리하여 지금도 그곳에는 한산(韓山)·한강(韓江)·창려로(昌黎路)·창려구치(昌黎舊治)·한산사범학원(韓山師範學院) 등과 같은 산과 강 및 거리와 대학의 이름, 한문공사(韓文公祠)와 같은 문화유적 등 유형(有形)의 '한유현상(韓愈現狀)'이 남아 있다. 그뿐만 아니라 그는 자신의 목숨과 정치적 생명이 걸린 인생 최대의 시련기에도 국가 사회의 미래와 백성의 생계를 위해 기꺼이 한 몸을 던져, 당시로는 도성에서 약 8천 리나 떨어진 궁벽한 바닷가를 비루하다 여기지 않고 스승을 초치해 학교를 열고, 악어의 창궐을 물리쳐 민초의 재앙을 없애며, 농사와 양잠에 관심을 기울이고, 억울한 노비를 석방하는 등의 일을 솔선수범해 수행했다. 이로 말미암아 그곳 사람들은 불요불굴(不撓不屈)한 고귀한 기개와 의지를 '한유정신(韓愈精神)'이라는 말로 칭송하며 약 1,200년

해설　329

이 지난 지금도 식지 않는 열기로 그를 추앙하고 있다.

산문 방면에서 그는 육조(六朝) 이래 문단을 풍미해온 변문(騈文)의 폐단을 통렬하게 지적하고, 선진(先秦)과 양한(兩漢) 이전의 고문 전통을 회복할 것을 힘써 주장했다. 이에 유종원(柳宗元, 773-819)을 위시해 뜻을 같이하는 수많은 동조자들과 제자들을 진두지휘해 이른바 당대(唐代) '고문운동(古文運動)'으로 불리는 문화·사상·사회운동을 성공적으로 주도했기에, 소식(蘇軾, 1037-1101)으로부터 "문은 팔대의 쇠미함을 일으켜 세우고, 도는 천하 사람들이 불교와 도교에 빠져 있는 데서 건져 올렸다(文起八代之衰, 道濟天下之溺)"[13]라는 평가를 받기까지 했다. 산문 이론에 있어 문장의 전문성과 독립성을 중시한 기초 위에서 문장의 내용인 '도(道)'와 형식인 '문(文)'의 합일을 기조로 하는 문도(文道) 관계론을 주창하고 창작 수양과 방법에 걸치는 체계적 주장을 전개했으며, 특히 문체 개혁에 주목할 만한 견해를 피력해 진부함을 거부하고 참신하면서도 어법 규범에 합치하는 새로운 고문의 표준을 제시함으로써, 중국 산문의 건강한 고전적 모델을 회복하는 데 크게 기여했다. 그는 자신의 문학창작 속에서 이런 주장을 몸소 실천해 기세가 분방하고 변화가 다양한 각종 체재의 명문장을 남김으로써 문단에서 '백대문종(百代文宗)' 내지 '태산북두(泰山北斗)'로 추앙되었다.

시가(詩歌) 방면에서도 창조 정신을 발휘해 신기하고 웅건한 풍격의 독창적인 일가의 경지를 이룩했다. 그는 산문 혁신을 제창하는 동시에 시가에서도 전위적인 변혁을 주장해 당시 일군의 작가들에게서 보이는 평범하고 용렬한 시풍을 바로잡는 데 주력했다. 이런 실험적 탐색과 시도로 시의 영역을 확대해 이백(李白, 701-762)과 두보(杜甫, 712-770)에 의해

---

13 이 글귀는 북송(北宋) 철종(哲宗) 원우(元祐) 7년(1092) 3월에 조주지주(潮州知州) 왕척(王滌)이 한유의 사당을 중건할 때 당시의 대문호 소식(蘇軾)에게 부탁해 받은 비문인 「조주한문공묘비(潮州韓文公廟碑)」에 나오는 것이다. 여기서 '팔대(八代)'는 동한(東漢)·위(魏)·진(晉)·송(宋)·제(齊)·양(梁)·진(陳)·수(隋)의 여덟 왕조를 가리킨다.

이미 최고의 경지에 이른 당시(唐詩)의 세계에 새로운 창작의 가능성을 열어 놓았다.

2. 한유 산문의 분류[14]

중국에서 '산문(散文)'이란 용어는 크게 보아서 '행문(行文)의 방식'과 '문학의 한 갈래'라는 두 가지 차원의 함의를 공유한다. 산문의 하위분류 문제도 이와 밀접한 관련을 맺고 있다. 행문의 방식을 의미하는 중국 자생적인 용어 개념 하에서 산문의 분류는 '문장 체재의 변석'이라는 범위를 거의 벗어나지 않는데, 이는 중국 역대의 전통적인 문집의 편집 방식을 통해 쉽게 확인할 수 있다. 그리고 문학의 한 갈래라는 근대적인 용어 개념 하에서는 산문의 하위분류가 5분법, 4분법, 3분법, 2분법 등 다양한 양상을 보인다. 부덕민(傅德岷) 교수는 이들 제 분류 방식과 관련해 ① 역사산문, 묘사산문, 연설산문, 교훈산문, 기간(期刊)산문으로 나눈 5분법, ② 기사(記事 : 정적·공간적 묘사)산문, 서사(敍事 : 동적·시간적 묘사)산문, 서정(抒情)산문, 의론(議論)산문으로 나눈 4분법, ③ 기서(記敍)산문, 서정산문, 의론산문으로 나눈 3분법, ④ 서사산문, 서정산문으로 나눈 2분법 따위의 대표적 견해들을 적시해 소개한 뒤, 자신은 서정성 산문(서정문), 기서성 산문, 의론성 산문, 시적(詩的) 산문의 4가지로 분류한다는 뜻을 천명하고 있다.

이들은 각기 분류의 가지 수에 있어 약간의 차이가 난다. 그중에서

---

14 이 부분은 역자의 「한유(韓愈) 산문(散文)의 분석적(分析的) 연구(研究)」(서울대 박사 논문, 1992.2) 제2장 제1절을 정리한 것으로 번거로움을 피하기 위해 주석은 대부분 생략했다.

첫 번째인 5분법의 경우는 기준이 일정하지 않는 점이 보이기도 하지만, 대체로 표현 방식에 따른 분류로서 내용과의 관련성을 염두에 두고 있음을 알 수 있다. 다시 말해서 이들은 문학 작품 속에 이야기된 내용이 어떠한 방법으로 서술되었는가의 표현 방식 문제와 긴밀하게 연관되어 있는 것이다. 물론 중국의 전통적인 문집의 분류에 있어서도 내용을 고려해 편찬한 경우가 전혀 없지는 않다. 즉 극소수이긴 하지만 총집의 경우를 살펴보면 당나라 때 구양순(歐陽詢, 557-641)의 『예문유취(藝文類聚)』는 작품의 제재 내지 주제에 따라 각종 양식의 시문을 분류하고 있으며, 근대 사람 장상(張相, 1877-1945)의 『고금문종(古今文綜)』은 문장 체재에 따라 분류한 뒤에 다시 작품의 제재·주제·작법 등에 의거해 세분하고 있다. 다만 이들은 분류의 세목이 지나치게 번다하고, 어떤 부류로의 귀속도 작품의 제목 등 외현적 요소에 주로 의거한 탓으로 개괄적 이해를 위한 분석의 기초로서의 분류의 참 기능을 다했다고 보기는 어렵다. 그런데 이 번다함의 문제는 근래 방조신(方祖燊, 1929-) 교수가 산문의 내용은 인(人)·사(事)·정(情)·경(景)·물(物)·이(理)의 6부류를 벗어나지 않는다고 한 견해로 어느 정도 극복될 수 있을 것으로 보이는데, 다만 아직 이를 활용한 실제 분석의 예는 확인되지 않고 있다.

그리고 여기서 하나 더 언급해야 할 것은 산문 분류의 문제와 관련한 진필상(陳必祥)의 입장이다. 그는 옛사람들의 문장 분류가 대체로 언어 특징, 문장 내용, 표현 형식, 응용 범위 등 4가지 기준에 의해서 진행되어 왔으나, 이 기준들이 평면적으로 뒤섞여 적용된 탓에 분류 자체가 통일성을 확보하지 못하고 혼란스럽고 산만한 양상을 고스란히 드러내고 있음을 지적한 뒤 층차적 분류법을 제시했다. 즉 그는 산문 분류에 있어 각 층차 안에서는 통일된 기준이 적용되어야 한다는 입장에서, 문장을 표현 수법과 응용 범위가 결합된 원칙에 따라 기서성 산문, 설리성 산문, 실용성 산문의 3류로 대별하고, 다시 각종 문체를 내용과 표현 형식에 따라 이들 각류에 층차적으로 하위분류해 귀속시키고 있다. 진필상의 이러한 입장은 산문 분류와 관련해 매우 참신한 시도로 받아들여지지만, 그 근본 취지가 여전히 문장 체재를 단위로 하여 그것들을 층차적으로 귀속 배열시키려는 데 국한되어 있다는 점이 그 한계로 지적될 수 있을 것이다.

한유의 산문에 대한 분류도 종래 전통적인 문장 체재상의 변석이 주를 이루어 왔는데, 근자에 들어와 중국 대륙의 학자들에 의해 작품 내용의 표현 방식에 따른 새로운 분류 모형이 제시되고 있다.

1) 문장 체재상의 분류

한유의 문집은 그의 사후에 문인이요 사위인 이한(李漢)이 편집한 것이다. 이한의 「창려선생집서(昌黎先生集序)」를 보면 말미에 한유 시문의 체재가 문집의 편찬 동기 및 작품의 편수와 함께 다음과 같이 적혀 있다.

장경(長慶) 4년(824) 겨울에 선생님께서 돌아가셨다. 문하생인 농서(隴西) 사람 이한은 외람되게도 선생님의 인정을 가장 두텁고 가깝게 받았기 때문에, 남겨 놓으신 글을 거두어 모아 잃어버리거나 빠뜨린 것이 없도록 하였다. 부(賦) 4편, 고시(古詩) 210수, 연구(聯句) 11수, 율시(律詩) 160수, 잡저(雜著) 65편, 서(書)·계(啓)·서(序) 96편, 애사(哀詞)·제문(祭文) 39편, 비지(碑誌) 76편, 필(筆)·연(硯)·악어문(鱷魚文) 3편, 표(表)·장(狀) 52편 도합 700편을 얻었는데, 목록을 합쳐 41권으로 『창려선생집(昌黎先生集)』이라 이름 붙여 세상에 전한다.

長慶四年冬, 先生歿. 門人隴西李漢辱知最厚且親, 遂收拾遺文, 無所失墜. 得賦四·古詩二百一十·聯句十一·律詩一百六十·雜著六十五·書啓序九十六·哀詞祭文三十九·碑誌七十六·筆硯鱷魚文三·表狀五十二, 總七百, 幷目錄合爲四十一卷, 目爲昌黎先生集, 傳於代.

이한의 편집 방식은 전목(錢穆, 1895-1990)으로부터 두 가지 중요한 지적을 받았다. 첫째, 배열이 부(賦)·시(詩)·문(文)의 순서로 되어 있어『문선(文選)』의 예를 답습했다는 점에서 고문을 창도한 한유의 뜻에 맞지 않는다는 지적이다. 이는 이한이 해당 서문의 벽두에서 "문장은 도를 꿰는 그릇이다(文者, 貫道之器也)"고 한 점과 연관 지어 생각할 때 결정적인 오류라 아니할 수 없다. 문학에 대한 관념은 바뀌었으되, 문집의 편집 방식은 타도의 대상이었던 육조의 형식주의 문학 기풍을 대표하는『문선』을 그대로 따르는 모순을 범하고 있는 것이다.

둘째, '잡저류(雜著類)'가 번잡해 체계가 없다는 지적이다. 전목이 이 점에 대해서는 별다른 자세한 언급을 하지 않았으나, 「원도(原道)」 따위의 대표적 논변문이 이 부류에 함께 뒤섞여 있는 점을 못마땅하게 생각한 것으로 보인다. 이 두 번째 문제점의 핵심은 이미 '잡저'가 있는데다 또 '잡문(雜文)'이란 부류가 설정되어 있다는 점에 있다. 따라서 '잡저'에 10여 종의 각기 다른 체재들이 뒤섞여 있는 판에다 그것과 성격상 구분이 모호한 '잡문'이 별도로 설정될 이유가 없으며 예하 4편의 작품들 간에 아무런 공통점이 없다는 지적은 문제의 핵심을 꼬집었다고 하겠다. 사실 '잡문'이란 말이 이한의 서문에는 나타나지 않지만 본문 속에 엄연히 들어 있으므로, 이는 체재에 따른 분류의 통일성이라는 측면에서 서로 부합하지 않는다고 할 수 있다.

이한의 편집은 이 두 가지 이외에 각 부류의 배열 순서에도 별다른 통일적인 규칙이 발견되지 않으며, '표(表)'와 '장(狀)'의 제목이 뒤섞인 것이 더러 있고 비지류(碑誌類)에 제목과 '명(銘)'의 유무가 맞지 않는 경우도 보이는 바 초기 편집의 미숙한 면모를 드러내고 있음이 사실이다. 이처럼 분류에 있어 본문 속에는 각 체재별로 흩어져 있긴 하나, 서문에서 시가를 제외한 산문을 '부', '잡저', '서·계·서', '애사·제문', '비·지', '필·연·악어문', '표·장'의 7부류로 묶고자 한 시도는 의미 있다고 생각된다. 특히 비판의 표적이 된 '잡저'와 '잡문'도 표면에 드러난 체재 이름을 그대로 따르지 않고 개괄적인 명칭을 붙이고자 한 노력은 인정되며, 양자의 구분에도 나름대로의 의도가 숨어 있는 것으로 보인다. 즉 전자는 유학의 도를 정면으로 내세우고 옹호한 문장이 위주인 반면에, 후자는 '붓(筆)'·'벼루(硯)'·'악어(鱷魚)' 따위의 특수 제재에 대한 유희적 작품들이라는 점에서 구분한 것이 아닌가 생각된다.

중국의 전통적인 문장 체재 분류의 대세는 송대(宋代)에서 명대(明代)까지는 번다함으로 치닫다가 청말(淸末)·근대(近代)로 오면서 궤도 수정을 하여 점차 간결해지는 경향을 보여 주고 있다. 말하자면 양대(梁代)의 『문심조룡(文心雕龍)』과 『문선』에 의해 본격화된 문장 체재 분류가 명대까지는 세분의 극단을 추구해 오눌(吳訥, 1372-1457)의 『문장변체(文章辨體)』는 59류, 하복징(賀復徵)의 『문장변체휘선(文章辨體彙選)』은 132류, 서사증(徐師曾, 1516-1580)의 『문체명변(文體明辨)』은 127류의 체재를 설정하고 있다. 반면에 청대 이후 이런 경향은 수정되어 요내(姚鼐, 1731-1815)의 『고문사유찬(古文辭類纂)』에서 13류로 모아지고, 다시 증국번(曾國藩, 1811-1872)의 『경사백가잡초(經史百家雜鈔)』에 의해 3문(門) 11류(類)로 압축되고 있는 것이다.

한유 산문의 체재 분류 문제와 관련해 가장 주목할 업적은 이장우(李章佑) 교수의 「한창려문체연구(韓昌黎文體研究)」라 생각된다. 이 논문은 한유의 산문 작품 360편을 9류(類) 50체(體)[15]로 나눈 뒤, 각 체재의 특징과 원류를 체계적으로 정리하고 개별 작품의 간단한 내용을 덧붙이고 있다. 이 논문은 분류의 구도에 있어 범주의 논리적 계통을 세우고, 분류의 귀속 방식에 있어 작품의 제목에만 의거하지 않고 적절한 재배치를 시도하고 있다. 이로써 각 하위 체재의 미분에 충실하면서도 번다한 나

---

[15] 9류는 논설류(論說類), 문대류(問對類), 잡기류(雜記類), 찬명류(贊銘類)(이상 雜著로 묶여져 있음), 서기류(書記類), 서류(序類), 비지류(碑誌類), 애제류(哀祭類), 부류(賦類)며, 체(體)의 경우는 이장우 교수가 50체라고 했으나 역자의 조사에 의하면 53체로 확인되었다.

열에 그치지 않고 유형화 작업을 가미함으로써 개괄적 이해의 단서를
제공하고 있다. 또한 외톨박이 「송풍백(訟風伯)」과 「애직증이군방별(愛直
贈李君房別)」을 각기 '부(賦)'류와 '서(序)'류에 귀속시켰으며, '의(議)'의 경
우에 그것을 용법에 따라 '사의(私議)'와 '주의(奏議)'로 구분해 각기 '논설
류'와 '서기류(書記類)'에 포함시키고, '제문'의 경우 특히 명칭에 구애되
지 않고 작품의 내용과 관련해 '축문(祝文)'·'조문(弔文)'·'책문(責文)'을
분리시켜 「제전횡묘문(祭田橫墓文)」 같은 것은 '조문'에 들여 놓고 있다.
다만 이 논문도 체재 명칭 자체에 이끌려 배치상의 문제점을 드러낸 경
우도 없지 않으니, '서류(序類)'의 '시서(詩序)' 5편은 논리상 '서'라는 이름
에 구애되지 말고 '잡기류(雜記類)'에 포함되는 것이 더 타당할 터다. 그
리고 '잡기류'의 '기(記)'체를 다시 '비기(碑記)'·'각기(閣記)'·'잡기(雜記)'
의 3목(目)으로 세분한 논리에 의거한다면, '비지류'도 9체로까지 나열할
것이 아니라 '비문(碑文)'·'묘지(墓誌)'·'행장(行狀)'의 3체로 묶고 세목을
각기 그 하위에 귀속시키는 것이 더 타당하지 않았을까 생각된다.

　문장 체재의 분류가 번다함에서 간결함의 추세로 발전된 사실은 유
형화 작업이 동반되었음을 의미한다. 그런데 이러한 유형화 작업은 필
연적으로 전통적인 문장 체재의 울타리를 뛰어넘는 경향을 보이고 있
다. 이를테면 요내의 『고문사류찬』에서 「백이송(伯夷頌)」을 논변류로,
「여여주노낭중논천후희장(與汝州盧郎中論薦侯喜狀)」을 서세류(書說類)로 넣
고, 이장우 교수의 논문에서 「진학해」를 위시한 '해(解)'체를 '잡저' 예하
의 문대류(問對類)로 귀속시킨 것은 그 대표적 예라고 할 수 있다. 실제
「진학해」는 '부'체 작품인 양웅(揚雄)의 「해조(解嘲)」를 본떴다는 점에서,
『고문사류찬』에서도 사부류(辭賦類)에 포함시키고 있다.

　따라서 문장 체재의 세분은 개별 문체의 특징과 원류를 밝히는 데 있
어서는 일정한 가치가 있지만, 그것을 논리적으로 유형화함으로써 작품
의 내용이나 형식을 총체적으로 이해하는 단계에 이르는 데 결정적인 기
여를 하지는 못하는 것으로 생각된다. 이런 맥락에서 서사증이 『문체명

변』의 「문장강령(文章綱領)·총론」에서 명대 사람 진홍모(陳洪謨, 1476-1527)
의 말을 인용해 문장의 체재를 바르게 하는 것이 '내용(意)' 및 '기세(氣)'
와 '수사(辭)'에 선행되어야 한다고 한 점은 문장의 창작에 있어 고려해
야 할 문제의 선후를 언급한 것일 뿐, 문장의 체재가 내용이나 형식을
이해하는 기준이라고 한 것으로 보이지는 않는다.

2) 표현 방식상의 분류

바로 앞에서 문장 체재 분류의 대세가 표면적 명칭에만 의거하지 않
고 내용과의 관련성을 점차 더 고려해오는 경향을 보여주며, 그것의 세
분이 내용이나 형식의 총체적 이해에 관건적 작용을 하는 것은 아니라
는 사실을 살펴보았다. 그렇다면 이런 목적을 달성하기 위해서는 과연
어떠한 분류가 필요한가?

이 점과 관련해 담가건(譚家健) 교수는 고전산문의 분류에 있어 전통
적으로 세분화된 문장 체재에 집착해서는 각종 문체의 내용과 형식상
의 특징을 설명해낼 수가 없다는 인식 하에, 내용을 위주로 하고 형식
을 보조로 하는 새로운 원칙이 필요하다면서 '기사(記事)'·'사경(寫景)'·
'서정(抒情)'·'설리(說理)'의 4류로 구분할 것을 주장했다.[16] 그의 견해에
의하면, 기사류(記事類 : 記敍散文)는 인물·사건·사회활동·생활정황의 기
록을 주요 내용으로 하는 『사기(史記)』와 『한서(漢書)』의 몇몇 기전(紀傳)

---

[16] 담가건 교수는 문장 체재를 분류의 의거로 삼을 수 없는 이유를 두 가지 제시했다.
첫째, '기(記)'·'서(序)'·'전(傳)' 등의 문장 체재는 시대에 따라 그 성격이 변화해,
'기'의 경우 당대(唐代) 이전에는 기사(記事)와 사경(寫景)에 주로 쓰였으나 송대(宋
代)에 이르러서는 서정과 설리도 가능해져 소순(蘇洵)의 「목가산기(木假山記)」 같은
것은 전편이 모두 의론이라는 것이다. 둘째, '논(論)'과 '설(說)', '서(書)'와 '계(啓)',
'표(表)'·'소(疏)'와 '주의(奏議)' 따위는 이름이 다른 것 외에 아무런 실질적인 차이
가 없다는 것이다.

등 일부분의 역사전기와 당송 이후의 부분적인 인물전기·비지·필기 등을 가리키고, 사경류(寫景類)는 산천초목(山川草木)과 원림옥우(園林屋宇) 등의 자연경물을 묘사한 산수유기(山水遊記)를 말하며, 서정류(抒情類:抒情散文)는 개인감정의 토로를 위주로 하는 제문(祭文)·서(序)·수필(隨筆) 등을 포함하고, 설리류(說理類:議論散文)는 어떠한 이론·사상·관점의 논술 내지 천발을 위주로 하는 정치평론과 역사평론 및 대부분의 잡문과 소품 등을 말한다. 그리고 최근에 나온 문학이론 관련 개설서들은 산문의 하위분류 문제에 있어, 내용의 주된 표현 방식에 따라 의론·서사·서정의 3류로 나눈 것이 지배적이다. 물론 이들 개설서의 관점은 주로 현대산문을 겨냥해 그 분류의 문제를 논의한 것이긴 하나, 담가건 교수의 견해도 제시되어 있는 만큼 고전산문의 경우에도 적용 가능하리라 생각된다. 여기서 3분법과 4분법의 차이는 '사경류(寫景類)'의 독립 여부에 있다. 그런데 '사경' 중에서 자연경물의 객관적 기술에 치중한 것은 서사, 서정성이 강하게 깃든 것은 서정의 범주에 귀속시킬 수 있는데다 한유 산문의 경우 사경의 비중이 매우 낮은 편이므로 여기서는 3분법을 채택하기로 한다.

이러한 입장은 입언(立言)과 기사(記事)라는 중국산문의 양대 전통 위에 현대적인 서정(抒情)의 영역을 가미한 것이다. 의론과 서사의 방식은 각기 입언과 기사에 대응되는 것으로 일찍부터 논자들의 지속적인 주목을 받아 왔다. 이를테면 송대 진덕수(眞德秀, 1178-1235)가 『문장정종(文章正宗)』에서 '의론'과 '서사'를 '사령(辭令)'과 함께 산문 분류의 3문(門)으로 등장시켰고, 근년에 들어와 오가와 다마키(小川環樹, 1910-1993) 교수가 중국산문의 여러 양상을 논하면서 의론문과 서사문의 두 부류로 대별한 것이 그 대표적 예라고 할 수 있다. 다만 이들에는 서정산문의 존재에 대한 인식의 진전이 보이지 않으므로, 여기서는 산문 분류와 관련한 현대적 견해를 수용해 서정을 산문의 표현 방식의 하나로 독립 설정한 것이다.

　그런데 여기서 하나 첨언할 것은 이 세 부류로 분류하는 것이 절대적인 기준으로서의 의미를 지니지는 않는다는 점이다. 실제 작품 중에는 둘 이상의 내용을 겸비하고 있는 것이 적지 않아, 분류에 있어 어느 한 곳에 귀속시키기 어려운 경우가 많이 생길 수 있다. 다만 담가건 교수의 지적대로 분류의 목적이 각종 문체 사이에 넘나들 수 없는 명확한 경계를 긋는 데 있지 않고, 작품의 사상 내용과 예술 특색을 더욱 잘 이해하는 데 도움이 되고자 함에 있음을 상기할 필요가 있다.

　근래에 한유의 산문을 놓고 그 내용을 3류로 분류한 시도적 작업이 나와 있어 주목을 끈다. 유경로(劉耕路)는 한유의 산문을 의론문·기서문·서정문의 3류로 나누어 소개했고, 전중련(錢仲聯, 1908-2003)도 그것을 논설문·서사문·서정문의 3류로 구분해 간략한 설명을 붙인 바 있다. 이 두 경우가 용어 사용에 있어 미세한 차이를 보여 주지만 실제 분류의 취지는 일치하므로 동일시해도 무방할 것이다. 그리고 이들의 작업은 모두 소개의 성질을 띠고 있어 매우 소략하나마 창시적 시도라는 점에서 그 의의를 지닌다고 여겨진다. 이제 한유의 산문을 의론·서사·서정의 3류로 나누어 해당 작품을 문장 체재별로 나열하고, 각각의 주된 내용 범주와 특징 등에 대해 개략적으로 살펴보고자 한다.

(1) 의론산문 : 138편(38.1%)

① 論說類　27/27

原　5/5 :「原道」,「原性」,「原毁」,「原人」,「原鬼」

本　1/1 :「本政」

論　3/3 :「爭臣論」,「省試顏子不貳過論」,「三器論」

說　2/2 :「師說」,「貓相乳」

辯　1/1 :「諱辯」

策問　13/13 :「進士策問」13首

議(私議) 2/2 : 「改葬服議」, 「范蠡招大夫種議」

② 問對類 8/8

解 4/4 : 「獲麟解」, 「進學解」, 「通解」, 「擇言解」

釋 1/1 : 「釋言」

難 1/1 : 「行難」

對問 1/1 : 「對禹問」

對 1/1 : 「鄠人對」

③ 雜記類 9/31

題 1/2 : 「題哀辭後」

讀 4/4 : 「讀荀」, 「讀鶡冠子」, 「讀儀禮」, 「讀墨子」

雜說 4/4 : 「雜說」 4首

④ 贊銘類 3/15

頌 2/3 : 「伯夷頌」, 「子産不毀鄉校頌」

戒 1/1 : 「守戒」

⑤ 書記類 68/115

書 42/58 : 「與李秘書論小功不稅書」, 「答張籍書」, 「重答張籍書」, 「賀徐州張僕射
白兎書」, 「上兵部李侍郎書」, 「答尉遲生書」, 「上襄陽于相公書」, 「上宰相書」,
「後十九日復上書」, 「後二十九日復上書」, 「答崔立之書」, 「答李翊書」, 「重答翊
書」, 「代張籍與李浙東書」, 「答李秀才書」, 「答陳生書」, 「上張僕射書」, 「答胡生
書」, 「與于襄陽書」, 「答馮宿書」, 「與衛中行書」, 「上張僕射第二書」, 「與馮宿論
文書」, 「與祠部陸員外書」, 「與鳳翔邢尚書書」, 「爲人求薦書」, 「應科目時與人書」,
「答劉正夫書」, 「答殷侍御書」, 「答陳商書」, 「與孟尚書書」, 「答呂醫山人書」,
「答元侍御書」, 「與鄭相公書」, 「與鄂州柳中丞書」 2首, 「京尹不臺參答友人書」,
「上賈滑州書」, 「與少室李拾遺書」, 「答劉秀才論史書」, 「答侯生問論語書」, 「上
張徐州薦薛公達書」

啓 1/3 :「上留守鄭相公啓」

狀 12/31 :「與汝州盧郎中論薦侯喜狀」, 「論今年權停擧選狀」, 「御史臺上論天旱人
饑狀」, 「請復國子監生徒狀」, 「復讎狀」, 「錢重物輕狀」, 「論孔戣致仕狀」, 「袁州
申使狀」, 「黃家賊事宜狀」, 「應所在典帖良人男女等狀」, 「論淮西事宜狀」, 「論
變鹽法事宜狀」

牒 2/2 :「國子監論新注學官牒」, 「潮州請置鄕校牒」

表 7/18 :「爲韋相公讓官表」, 「爲裴相公讓官表」, 「進撰平淮西碑文表」, 「論捕賊行
賞表」, 「論佛骨表」, 「賀冊尊號表」, 「請上尊號表」

制 1/1 :「除崔群戶部侍郎制」

議(奏議) 3/3 :「省試學生代齋郎議」, 「禘祫議」, 「請遷玄宗廟議」

⑥ 序類 16/40

贈序 13/34 :「送孟東野序」, 「送許郢州序」, 「送齊暭下第序」, 「送陳密序」, 「送牛堪
序」, 「贈崔復州序」, 「送浮屠文暢師序」, 「送廖道士序」, 「送陳秀才彤序」, 「送王
(塤)秀才序」, 「送高閑上人序」, 「送溫處士赴河陽軍序」, 「送浮屠令縱西遊序」

詩序 2/5 :「荊潭唱和詩序」, 「韋侍講盛山十二詩序」

贈辭 1/1 :「愛直贈李君房別」

⑦ 碑誌類 3/77

神廟碑 1/4 :「黃陵廟碑」

先廟碑 1/4 :「衢州徐偃王廟碑」

墓誌銘 1/52 :「故太學博士李君墓誌銘」

⑧ 哀祭類 2/41

責文 2/2 :「鱷魚文」, 「送窮文」

⑨ 賦類 2/6

律賦 1/1 :「明水賦」

訟 1/1 :「訟風伯」

의론산문은 서사산문과 함께 한유 산문의 양대 근간을 이루는 부류인데, 34종에 달하는 다양한 문체를 포함하고 있다는 점이 그 주된 특징으로 꼽을 수 있다. 논설류와 문대류가 의론의 범주에 들어가는 것은 당연한 일이지만, 기타 부류에도 광범위하게 의론이 개입되어 있는 점은 우선 문체 발전의 의미와 관련해 주목할 사실이라고 생각된다. 즉 서기류와 서류에는 다량의 의론이 들어 있으며, 극소수이긴 하지만 찬명류와 비지류에도 의론성의 문장이 눈에 띈다. 서기류는 작품 수가 의론산문의 절반가량이나 되는데, 그중에서 '서(書)'체는 현실 정치와 숭유억불의 주장에서부터 문학이론에 이르기까지 다양한 내용을 다루고 있으며, 공문 성질의 '표(表)'와 '장(狀)'체도 서사와 서정류의 그것과는 달리 '양관표(讓官表)'와 '존호표(尊號表)'를 제외하면 현실과 밀접한 관련이 있는 정치적 견해를 담고 있다. 서류(주로 '贈序')는 한유 산문에 있어 독보적 성취의 하나로 손꼽히는데, 이별에 임해 '위안'·'권면'·'석별' 등의 감정을 토로하는 것 이외에도 정치적 견해와 문학 주장을 피력해 의론의 영역을 열어 놓고 있다. 찬명류는 해당 문체의 격식을 벗어난 의론체 문장으로, 이를테면 「백이송(伯夷頌)」은 운문으로 된 일반적인 '송(頌)'체와는 달리 산문으로 된 의론이며, 「수계(守戒)」는 이미 '잠계(箴戒)'의 영역을 벗어나 '책(策)'문에 근접했다. 비지류의 경우 「황릉묘비(黃陵廟碑)」는 '이비(二妃)'가 상군(湘君 : 娥皇)과 상부인(湘夫人 : 女英)임을 확인함으로써 그것을 둘러싸고 생겨난 세 가지 견해의 허망함을 논한 변박성(辨駁性) 의론이며, 「구주서언왕묘비(衢州徐偃王廟碑)」는 서언왕(徐偃王)의 사적 자체보다는 인정(仁政)을 베푼 까닭에 나라는 망해도 제사를 받는다는 이치를 피력했고, 「고태학박사이군묘지명(故太學博士李君墓誌銘)」은 무덤 속 주인인 이우(李于)의 사적을 극소화시키고 당시 유명 인사 7인의 금단(金丹) 복용 행위를 예로 들어 복약(服藥) 반대의 견해를 천명했다. 애제류의 경우 「악어문(鱷魚文)」은 토적(討賊) 격문(檄文)의 형식 속에 애민의 사상을 담고 있으며, 「송궁문(送窮文)」은 네 단계의 대화를 통해 "군자는 본래 곤궁하기 마련이다(君子固窮)”는 도리를 반복 천명한 잡문이다.[17] 그리고 논설류도 ‘원(原)’체의 경우는 한유에 의해 비로소 단편(單篇) 산문의 영역으로 들어오게 된 것으로, 거기에 문학 산문의 영역을 확대했다는 의미도 함께 부여할 수 있다. 이들은 모두 한유 산문의 의론적 특성을 드러내는 유력한 예증이라 하겠다.

의론산문은 중국 산문의 전통의 하나인 입언(立言)에서 연원하는 것으로, 정치·경제·사회·문화 등에서 일상생활에 이르기까지 다방면의 여러 문제 속에 담긴 이치의 천명을 주로 한다. 그러나 그것은 풍부한 감정을 기저로 하고 구체적인 사례를 통해 비유적인 의미의 전달을 중시한다는 점에서, 냉정한 태도로 사리를 따져나가는 무미건조한 학술 논문과 구별된다. 이런 맥락에서 한유의 의론산문은 기념비적인 지위를 점한다고 보인다. 손창무(孫昌武) 교수는 한유 의론산문의 창작 기교를 논하면서 웅변적 논리, 형상적 표현, 충만한 감정, 이 세 가지를 들어 중국산문의 의론 예술 기교를 높은 수준으로 끌어 올렸다는 평가를 내린 바 있다. 이는 사상가라기보다는 문학가로서의 한유를 확인시켜 주는 대목인데, 그의 의론산문은 치밀하고 깊이 있는 이론의 전개보다 작자의 주관적 감정이 깔린 형상적이고 웅변적인 논리에 의거한 기세의 드셈으로 더 유명하다. 특히 의론산문에 감정 개입의 요소가 강한 탓에 「송궁문」의 경우와 같이 그 귀속 여부에 혼선을 빚기도 하는데, 이는 한유 산문의 문학성과 관련해 매우 중요한 자질의 하나라고 생각된다. 따라서 그 내용도 관료 문인으로서의 정치적 열정이 담긴 정치평론이 대다수를 차지하고, 철학논문이라고 부를 수 있는 글은 ‘오원(五原)’ 중의 「원성(原性)」·「원인(原人)」·「원귀(原鬼)」 정도에 불과하다.

---

17 전중련(錢仲聯) 교수가 「송궁문」을 사회 현상을 풍자한 잡문으로 보고 논설문에 포함시킨데 반해, 유경로(劉耕路)는 이를 한유가 자신의 불평을 토로한 특수 형식의 서정문이라고 했다. 이 글의 이면에 작자의 마음속에 가득 찬 불평이 숨어 있는 것은 사실이나, 그 주제적 내용은 어디까지나 “군자는 본래 곤궁하기 마련이다”는 도리를 천명했다는 점에서 여기서는 전중련의 견해를 좇아 의론산문으로 보았다.

(2) 서사산문 : 143편(39.5%)

① 雜記類 22/31

記 8/8 :「汴州東西水門記」,「燕喜亭記」,「徐泗豪三州節度掌書記廳石記」,「畫記」,
　　　「藍田縣丞廳壁記」,「新修滕王閣記」,「河南府同官記」,「記宜城驛」

後記 1/1 :「科斗書後記」

傳 4/4 :「圬者王承福傳」,「太學生何蕃傳」,「毛穎傳」,「下邳侯革華傳」

後敍 1/1 :「張中丞傳後敍」

題 1/2 :「題李生壁」

題名 7/7 :「長安慈恩塔題名」,「洛北惠林寺題名」,「謁少室李渤題名」,「福先塔寺
　　　題名」,「嵩山天封宮題名」,「迊杜兼題名」,「華嶽題名」

② 贊銘類 7/15

頌 1/3 :「河中府連理木頌」

贊 4/4 :「後漢三賢贊」3首,「高君畫贊」

銘 2/2 :「瘞硯銘」,「高君仙硯銘」

③ 書記類 25/115

書 2/58 :「上李尙書書」,「與袁相公書」

狀 15/31 :「進順宗皇帝實錄(表)狀」,「爲宰相賀白龜狀」,「冬薦官殷侑狀」,「進王用
　　　碑文狀」,「薦樊宗師狀」,「擧錢徽自代狀」,「謝許受韓弘物狀」,「擧張惟素自代
　　　狀」,「擧韓泰自代狀」,「擧薦張籍狀」,「擧韋顗自代狀」,「擧馬摠自代狀」,「賀太
　　　陽不虧狀」,「擧張正甫自代狀」,「奏汴州得嘉禾嘉瓜狀」

表 8/18 :「爲宰相賀雲表」,「進順宗皇帝實錄表(狀)」,「奏韓弘人事物表」,「賀皇帝
　　　卽位表」,「賀赦表」,「賀冊皇太后表」,「賀慶雲表」,「賀雨表」

④ 序類 14/40

贈序 11/34 :「送幽州李端公序」,「送張道士序」,「送殷員外序」,「送楊少尹序」,「送
　　　權秀才序」,「送湖南李正字序」,「送石處士序」,「送鄭尙書序」,「送水陸運使韓

侍御歸所治序」,「送鄭十校理序」,「送汴州監軍俱文珍序」

詩序 3/5 :「郾州谿堂詩」,「上巳日燕太學請彈琴詩序」,「石鼎聯句詩序」

⑤ 碑誌類 74/77(의론산문 3편을 제외한 전부)

紀功碑 1/1 :「平淮西碑」

神廟碑 3/4 :「南海神廟碑」,「處州孔子廟碑」,「柳州羅池廟碑」

先廟碑 3/4 :「烏氏廟碑銘」,「魏博節度觀察使沂國公先廟碑銘」,「袁氏先廟碑」

墓碑(神道碑) 10/10 : 나열 생략

墓碣銘 2/2 :「唐河中府法曹張君墓碣銘」,「清河郡公房公墓碣銘」

墓誌銘 51/52 : 나열 생략

壙銘 1/1 :「女挐壙銘」

殯表 1/1 :「施州房使君鄭夫人殯表」

行狀 2/2 :「贈太傅董公行狀」,「唐故贈絳州刺史馬府君行狀」

⑥ 哀祭類 1/41

祭文 1/24 :「祭張給事文」

　　서사산문은 한유의 산문 작품 가운데서 가장 많은 양을 차지하는 부분이다. 그런데 비지문이 그 반수 이상을 차지하고 해당 문체의 작품수를 고려할 때 잡기류가 그 다음으로 비중이 높은데, 이들 두 부류는 한유의 서사산문을 평가함에 있어 양과 질의 양면에서 핵심적인 지위에 있다. 비지류는 의론산문의 영역으로 분류한 세 편의 작품을 제외하고도,「처주공자묘비(處州孔子廟碑)」와「유자후묘지명(柳子厚墓誌銘)」두 편은 의론 개입의 요소가 특히 강하다. 다만 전자는 앞 단락에 공자가 덕으로 말미암아 항구적인 제사를 받는다는 의론이 들어 있긴 하나, 처주자사 이번(李繁)이 공자묘(孔子廟)를 새로 세우고 제자와 후대 유생들을 배향한 뒤 정성스레 제사를 올리고 강학을 하여 문풍을 진작한 선정의 서술이 위주다. 후자도 유종원의 인격론・운명론・가치론・의지론 등에 대한 일단의 의론이 들어 있으나 그의 우의·문장·치적에 대한 서술이 주가 됨으로 서사의 영역을 벗어나지는 않는다. 잡기류는 별다른 내용 없이 함께 유람한 사람의 관직이나 이름과 자(字) 및 유람의 여정·일자·사유 등을 간략하게 평면적으로 기록한 글에 불과한 제명(題名)을 제외하면 모두 특징적인 작품들이다. 이들은 크게 보아서 '전(傳)'과 '후서(後敍)'에는 의론의 성분이 들어 있고, '기(記)'에는 서정성이 짙게 깔려 있다. 이를테면 「오자왕승복전(圬者王承福傳)」은 역사전기체가 아니라 선진(先秦) 제자백가(諸子百家)의 뜻을 계승했다는 평가를 받듯이 의론성이 특히 강하고, 「모영전(毛穎傳)」은 우언전기의 형식을 취하고 있으며, 「장중승전후서(張中丞傳後敍)」는 서사와 의론이 완전히 결합한 글이라는 평가를 받는다. '기(記)'체에도 의론의 성분이 든 것이 없진 않지만, 「화기(畵記)」와 「남전현승청벽기(藍田縣丞廳壁記)」에서 확인되듯 감개의 정회가 기탁된 것으로 더 유명하다. 이런 예들은 의론·서사·서정이 융합된 글에서 우수작이 많다는 사실을 반영하므로, 한유가 하나의 격식에 고착되지 않고 다양한 표현 방식을 활용했다는 예증이 된다. 한유의 잡기류에는 동시대의 유종원과 비교해서 유기(遊記)가 두드러지지 않는 점이 특이하다고 할 수 있다. 이는 현실 정치 일선의 삶에 충실하고 분주한 그의 생애 및 현실 참여 의식이 강렬한 그의 정신세계와 관련이 있는 것으로 보인다. 그는 인간의 문제에 직접적인 관심이 있어 산문 작품에서도 사람이 중심인 증서류가 돋보이는 작가로, 유종원이 인간 세상을 떠나 멀리 귀양살이 하면서 자연의 아름답고 조화로운 모습을 묘사하고 그 속에 자신의 정회를 깃들인 유기를 많이 쓴 것과 좋은 대조를 이룬다.

잡기류에 귀속되는 것이 마땅한 시서(詩序)인 「운주계당시병서(鄆州谿堂詩并序)」, 「상사일연태학청탄금시서(上巳日燕太學請彈琴詩序)」, 「석정연구시서(石鼎聯句詩序)」 세 편은 시의 내용에 대한 개괄은 전혀 보이지 않고 각기 시를 지어 찬송하지 않을 수 없는 마총(馬摠)의 공적, 국자감의 관리와 교사 36명이 국자좨주(國子祭酒)의 대청에서 연회한 일, 도사 헌원미명(軒轅彌明)이 후희(侯喜)와 유사복(劉師服)과 함께 「석정연구시」를 지은 일을 서술하고 있다. '증서(贈序)'는 대부분 이별에 임해 떠나가는 사람의 인품이나 사적 및 전송한 일 따위를 적은 것이 위주다. 애제류 중에서 「제장급사문(祭張給事文)」 1편은 질녀 사위이자 친한 벗인 장철(張徹)의 영전에 바친 제문인데, 글의 전문이 모두 그의 선조의 공적과 그의 사적을 기술하고 말미에 가서 자기와의 관계를 적은 뒤 "이내 슬픔을 아무도 모르리(莫知我哀)"라고 한 것에 불과하므로 서사에 귀속시켰다. 그리고 찬명류는 왕충(王充, 27-100)·왕부(王符, 76-157)·중장통(仲長統)의 특징적 면모를 부각시켜 기술한 「후한삼현찬(後漢三賢贊)」 세 편을 제외하면 별 내용과 특성이 없는 것들이다. 서기류는 해당 부류의 총 작품에 비해 수도 적을 뿐더러 공덕의 찬양이나 의례적인 공문이 대부분이어서 별다른 가치를 발견할 수 없다. 이들은 산문 장르에 대한 연구가 심화되어 문학과 비문학을 가르는 기준이 마련될 때 가장 먼저 문학 산문의 밖으로 내놓을 수 있는 부분이라 생각된다.

　서사산문은 입언(立言)과 함께 중국 산문의 양대 전통의 하나인 기사(記事)에서 연원한다. 기사는 본래 문학과 역사의 분가가 이루어지기 이전에 이미 틀이 잡힌 것으로 사실의 기록을 그 생명으로 한다. 따라서 이는 본질적으로 서사산문과 역사와의 관계 문제를 야기하는데, 한유의 작품 중에서 이와 관련해 주된 논의의 대상이 될 수 있는 것이 바로 비지류와 잡기류다. 그의 비지문은 당시 사람 유차(劉叉)로부터 청대(淸代) 고염무(顧炎武, 1613-1682)에 이르기까지 무덤 속 주인에게 아부했다는 비난을 받기도 했으나, 근래의 몇몇 연구들에 의해 그 부당한 평가는 불식된 것으로 보인다. 즉 문체적 특성으로 인해 인물의 사적을 기술함에 있어 악보다는 선을 드러내어 후세에 전하는 속성을 갖고 있지만, 그의 비지문은 "아름다운 점은 칭송하고 악한 점은 들추어내지 않는(稱美不稱惡)" 상례를 깨고 선과 악을 가리지 않고 있는 그대로 쓰고 근거 없이 찬미하지 않는 실록의 정신을 견지한 작품도 적지 않다. 이를테면 이허중(李虛中)·위중립(衛中立)·이도고(李道古)의 묘지명은 모두 금단(金丹)의 불사약을 제조 복용한 그들의 우매한 행위를 거리낌 없이 직서하고 있으며, 「양양노승묘지명(襄陽盧丞墓誌銘)」은 노행간(盧行簡)이 부모의 명(銘)을 부탁한 사실만 그대로 적고 있을 뿐 구체적 사적에 대한 찬사는 한마디도 보이지 않는다. 이런 맥락에서 한유의 비지문에 나타난 인물의 전기적 사실에 대한 기록은 상당한 신빙성을 확보하므로, 역사의 결루와 소략 내지 오류를 보완 수정할 수 있는 사료적 가치도 지닌다고 하겠다.[18] 물론 그렇다고 해서 그의 모든 서사산문이 사실에 충실하다고 할 수는 없다. 이를테면 「상이상서서(上李尙書書)」, 「송정상서서(送鄭尙書序)」, 「송변주감군구문진서(送汴州監軍俱文珍序)」 등은 권세가 이실(李實)과 정권(鄭權) 및 환관 구문진(俱文珍)을 찬양한 내용이라는 점에서 근거 없고 충실하지 못하다는 비판을 받고 있다. 다만 소수의 응대 문자에 지나친 의미 부여를 할 필요는 없다고 본다.

그런데 그의 서사산문이 사료적 가치를 지니면서도 역사와 다른 점은 무엇인가? 이는 크게 말해서 작품 대상의 범위와 예술 기교에서 찾을 수 있다. 먼저 그 대상에서 역사의 조성에 관계하지 못한 범인의 전기도 인생의 진실된 의미를 담으며 감동적으로 형상화될 때는 서사산문의 훌륭한 소재가 될 수 있다. 그의 서사산문 속에는 12살 때 요절한 넷째 딸 나(挐)와 일찍이 고아가 된 자신을 정성껏 양육해준 유모의 생애를 그린 글인 「여나광명(女挐壙銘)」과 「유모묘명(乳母墓銘)」뿐만 아니라, 사회 기층의 지극히 평범한 인물인 미장이 왕승복의 전기인 「오자왕승복전(圬者王承福傳)」도 들어 있다. 이밖에 소재의 범위가 역사적 대사건에

---

18 한유의 비지문에 나타난 무덤 속 주인 66명 중에서 『구당서(舊唐書)』와 『신당서(新唐書)』에 전기가 있는 사람이 29인, 없는 사람이 37인이다. 근래에 들어와 사학자들의 관심이 정사(正史)의 범위를 넘어 비지문 쪽으로 쏠리고 있는 것도 그 사료적 가치와 무관하지 않다고 생각된다.

제한되지 않고 인간 주변의 소소한 사건, 자연경물, 기물로까지 확대되어 있다. 다음으로 그의 서사산문은 서술의 문학이 실재 경험의 서술에 충실해야 한다는 기본 정신에 투철하면서도 예술 기교면에서 성숙된 면모를 보여준다. 즉 그것은 본질적으로 연보나 연표 따위와 같이 연대기적 사실의 객관적이고 평면적인 기술에 그치지 않고, 작자 나름의 취사선택과 예술적 구성을 가미함은 물론 세밀하고 핍진한 묘사를 통해 구체적 형상을 창조하는 단계에 이르고 있다. 이를테면 「석정연구시서(石鼎聯句詩序)」, 「시대리평사왕군묘지명(試大理評事王君墓誌銘)」, 「모영전(毛穎傳)」 등은 이런 면에서 대표적인 작품들로 전기소설(傳奇小說)의 필법까지 활용하고 있으며, 특히 묘지명은 각양각색이어서 매 작품마다 구성이 다르다는 찬사까지 받고 있다.

(3) 서정산문 : 81편(22.4%)

① **書記類** 24/115

書 14/58 : 「與孟東野書」, 「答竇秀才書」, 「答楊子書」, 「答侯繼書」, 「與李翺書」, 「與崔羣書」, 「與陳給事書」, 「答渝州李使君書」, 「答魏博田僕射書」, 「與華州李尙書書」, 「上考功崔虞部書」, 「與大顚師書」 3首

啓 2/3 : 「上鄭尙書相公啓」, 「皇帝卽位賀宰相啓」

狀 4/31 : 「謝許受王用男人事物狀」, 「皇帝卽位賀諸道狀」, 「皇帝卽位降敎賀觀察使狀」, 「潮州謝孔大夫狀」

疏 1/1 : 「憲宗崩慰諸道疏」

表 3/18 : 「潮州刺史謝上表」, 「袁州刺史謝上表」, 「慰國哀表」

② **贊銘類** 5/15

箴 5/5 : 「五箴」 5首

③ **序類** 10/40

贈序 10/34：「送陸歙州詩序」，「送竇從事序」，「送李愿歸盤谷序」，「送董邵南序」，
　　　「贈張童子序」，「送楊支使序」，「送何堅序」，「送王秀才(含)序」，「送孟秀才
　　　序」，「送區冊序」

④ 哀祭類 38/41

祭文 23/24：「祭張給事文」1편을 제외한 전부로 나열 생략

哀辭 2/2：「歐陽生哀辭」，「獨孤申叔哀辭」

祝文 11/11：「潮州祭神文」5首，「袁州祭神文」3首，「祭湘君夫人文」，「祭竹林神
　　　文」，「曲江祭龍文」

弔文 2/2：「祭田橫墓文」，「弔武侍御所畫佛文」

⑤ 賦類 4/6

古賦 4/4：「感二鳥賦」，「復志賦」，「閔己賦」，「別知賦」

　서정산문은 '서(書)'·'계(啓)'나 '장(狀)'·'소(疏)'·'표(表)', '잠(箴)', '증
서(贈序)', '부(賦)'체를 제외하면 애제류에 집중되어 있는데, 문체의 다양
성이나 작품 수로 보아 한유의 산문 가운데서 가장 빈약한 편이다. 그
러나 이는 매우 피상적인 관찰에 불과하다. 중국 산문이 시가와 달리
입언과 기사가 주를 이루어 온 사실을 감안할 때 총 작품수의 1/4에 육
박하는 양이 결코 적다고 할 수 없으며, 의론과 서사의 행간에 서정성
이 깃든 작품이 눈에 띄게 많은 점도 함께 고려할 필요가 있을 것이다.
'서(書)'와 '증서'에는 현실에 대한 불만과 우정 및 권면의 정을 담은 서
정산문의 우수작이 적지 않고, 애제류에는 죽은 사람의 생전의 사적과
함께 절절한 애통의 정이 들어 있다. 그리고 「오잠(五箴)」은 내용과 형식
양면에서 일반적인 잠언명문(箴言銘文)의 격식을 돌파한 것으로 평가되
듯 자계(自戒) 속에 불합리한 사회에 대한 격분의 정을 담고 있으며, '부'
류는 「이소(離騷)」의 뜻을 계승한 '고부(古賦)'로 현실 불만과 이별의 정이
들어 있다. 다만 서기류의 '장(狀)'·'소(疏)'·'표(表)'는 한유가 조주자사

로 좌천된 자신에게 매월 별도로 오천 전(錢)을 보조해주겠다는 공대부
(孔大夫)의 호의를 받을 수 없다는 심사를 토로한 「조주사공대부장(潮州謝
孔大夫狀)」, 헌종 황제에 대한 속죄와 충정 및 감은을 읊은 「조주자사사
상표(潮州刺史謝上表)」와 「원주자사사상표(袁州刺史謝上表)」를 제외하면 모
두 내용 없는 의례적인 공문에 불과하다. 여기서 「조주자사사상표」는
그의 인품에 대한 시비를 불러일으키기도 했으나, 전제 왕권 시대에서
죽음의 위협에 직면한 상황임을 감안할 때 이해되지 않는 것은 아니다.
 한유는 인성론에 있어 성(性)과 함께 정(情)의 존재를 중시했고, 명도(明
道)를 책무로 여겨 세상일에 적극적이고 진취적인 세계관을 지닌 관계
로 시비 문제에 있어 강렬한 애증을 지녔으며 열정적이고 민감한 정신
기질의 소유자라는 평가를 받고 있다. 그리고 그는 작가의 창작수양 공
부의 하나로 진실된 현실 생활의 체득을 통해서 내심에 창작의 격정을
배양해야 한다는 견해를 피력했다. 그는 실제 삶에 있어서도 순탄치 못
한 성장 과정과 파란 많은 벼슬길을 헤쳐 나왔으므로, 현실생활의 체험
을 통해서 느낀 감개도 범상하지 않다고 할 수 있다. 이런 제 요인들은
모두 그의 서정산문이 진실성과 심도를 지니도록 하는 동인으로 작용
했다. 다만 그의 서정산문 중에서 광범위한 사회 모순, 중대한 정치 투
쟁, 민간의 질곡과 기아 등을 다룬 작품은 비교적 적은 편이며, 있다고
하더라도 대부분 이지의 관찰이지 정서적으로 그다지 통절하지 않다고
한 평가는 적절한 지적으로 보인다.

3. 중국에서의 한유 평가[19]

한유는 사상계·정계·문단의 다방면에서 뚜렷한 발자취를 남긴 인물이기 때문에, 그에 대한 연구도 그가 살던 동시대부터 오늘날에 이르기까지 거의 1200년에 달하는 장기간에 걸쳐 다양한 각도에서 시도되어 왔다. 이런 장기간에 걸친 한유에 대한 연구 중에서 그 대체적 방향을 결정해준다고 할 수 있는 당대(唐代)에서 청대(淸代)까지의 연구 성과는 오문치(吳文治) 교수의 「한유연구술평(韓愈研究述評)」[20]이란 글에 일목요연하게 정리되어 있다. 이 글은 오문치 교수가 역대 평론자의 시문집(詩文集)·시화(詩話)·필기(筆記)·사서(史書)·유서(類書) 등을 광범하게 통관해 『한유자료휘편(韓愈資料彙編)』이란 방대한 자료집을 편찬한 뒤, 역대의 한유 연구에 대한 기본 관점을 종합적으로 정리하고 거기에 간략한 평가를 덧붙인 것인데, 사상·정치·산문·시가 네 방면으로 나누어 논술되어 있다. 여기서는 그 글을 참고해 청대까지의 한유 연구의 개요를 간략히 정리하고자 한다.

첫째, 그의 사상에 관한 연구는 숭유배불론, 철학사상, 인성론 등에 걸쳐 있는데 역대 평론자들의 옹호와 반대의 견해가 현저하게 갈라지고 있다. 즉 숭유배불의 적극적 의의에 대한 긍정적 입장이 있는가 하면, 배불의 불철저성 및 유학과 불교 이해의 천박성을 비판하는 논조도 매우 강하다. 그리고 천형인화(天刑人禍)의 철학사상과 성삼품설(性三品說)의 인성론에 대해서도 찬반의 입장이 갈라지고 있으나 부정론이 우세하다.

19 　이 부분은 역자의 「한유(韓愈) 산문(散文)의 분석적(分析的) 연구(研究)」(서울대 박사 논문, 1992.2) 제1장 제2절을 요약 정리한 것이다.

20 　이글은 본래 『소주대학학보(蘇州大學學報)』1982년 제2기에 발표된 것인데, 뒤에 오문치 교수가 편찬한 『한유자료휘편(韓愈資料彙編)』(北京 : 中華書局, 1983.9)의 「전언(前言)」에도 실려 있다.

둘째, 그의 정치 방면에 관한 연구도 역대 논자들의 의견 분기가 비교적 많이 나는 부분이다. 즉 옹호론자들이 그를 위국위민(爲國爲民)의 문신(文臣)이요 대담한 용기와 지략을 지닌 무장(武將)으로 추켜세운 반면에, 비판론자들은 군자다운 풍모를 지니지 못하고 시종 관직을 구하기에 급급했을 뿐 이렇다고 할 만한 실제적 공적을 남기지 못한 인물로 폄훼하고 있다. 오문치 교수는 한유가 정치면에서 유종원이 참가한 영정혁신(永貞革新)을 비판한 것으로 보아 보수적인 일면을 지닌 것은 사실이지만, 그렇지 않는 적극적인 면모도 있으므로 양극단을 피한 객관적 연구가 필요하다는 지적을 덧붙이고 있다.

셋째, 그의 산문 방면의 성취에 대해서는 역대 대부분의 평론자들이 이구동성으로 최고의 찬사를 보내고 있다. 그는 이 분야에 관한 한 당대 고문운동을 주도해 산문 이론의 건립과 창작 실천면에서 모두 독창적인 성취를 이룩한 기념비적 인물로 칭송되고 있다. 물론 그의 문(文)과 도(道)의 관계에 대한 견해 중에서 부정적이거나 회의적인 태도를 보인 일군의 논자들도 있어, 유학의 도에 대한 천박한 이해와 문장 공부를 통한 유도(儒道)의 전도된 학문 방법을 비판하기도 했다. 그러나 오문치 교수는 이런 비판에 대해 도학자적 편협한 안목에서 나온 부당한 요구라는 평가를 내리고 있다. 그리고 오문치 교수는 한유 산문의 특징과 관련해 문장의 '기세(氣勢)' 문제를 거론한 평론자들의 견해를 주로 소개하고, 이런 높은 성취를 이루게 된 원인으로 전대 사람들에 대한 광범위한 학습과 그것을 자기 것으로 소화해 독창의 경지를 열었다는 관점을 집중 거론하고 있다.

넷째, 그의 시는 중당 시단에 독특한 기치를 세웠다는 평가를 받고 있다. 그는 산문 혁신을 제창하는 동시에 시가 혁신에도 주력해 '대력 십재자(大曆十才子)'의 평범하고 용렬한 시풍(詩風)을 바로잡았는데, 특히 고체시(古體詩)에 있어서 시가의 언어·풍격·구성·기교 등 다방면에 걸친 탐색으로 시의 영역을 확대해 이백과 두보와는 현저히 구별되는 시 창작의 새로운 노선을 열었다. 다만 그의 이런 전위적인 시가 혁신이 극도로 새로운 변화를 추구해 '이문위시(以文爲詩)' 곧 산문의 방식으로 시를 짓고 재주와 학문을 시 속에 늘어놓고 의론을 좋아하며 난삽하고 기괴한 표현을 추구하는 바람직하지 못한 기풍을 초래하기도 하여 역대 논자들의 비판을 받기도 했다. 다시 말해 한유의 시는 기존의 시가 영역을 확대했다는 측면에서는 긍정을 받고 있지만, 지나치게 새로운 변화를 추구하는 기풍을 조성했다는 점은 부정적으로 평가되고 있다.

역대의 한유에 대한 평가는 크게 보아서 북송대(北宋代)부터 이미 형성된 문장가를 위주로 한 '한유 존숭(尊韓)'과 성리학자들이 주축이 된 '한유 폄하(貶韓)'의 두 갈래가 엄존해온 것이 사실이지만, 청대까지는 '존한'의 긍정론이 우세해 동시대의 산문가로 그와 병칭된 유종원에 비해 비교 우위를 점한 것이 대체적인 경향이라고 할 수 있다.

그러나 이런 경향은 우선 아편전쟁을 기점으로 서양 문물의 유입과 함께 민주주의 혁명 시기의 신사상에 심취한 중국의 근대 자산 계급에 의해 중국 봉건 사회의 정통 사상인 유학의 권위가 무너지면서부터 커다란 동요가 일어나기 시작했다. 1895년에 발표된 엄복(嚴復, 1852-1921)의 「벽한(辟韓)」이란 글은 한유의 역사적 진보성을 폄하하는 그 당시의 정서를 대표한다. 이런 '한유 폄하'의 물결은 1949년 대륙에 중공(中共) 정권이 수립되면서 문학의 가치 기준을 사회의 진보 발전에 대한 기여 여부에 두고, 문인을 보수와 혁신의 양대 구도로 단순화해 도식적으로 구분하면서 또 다른 양상으로 이어졌으며, 문화대혁명(文化大革命) 기간에는 그 극점에 도달했다. 따라서 이 시기에는 '한류(韓柳)' 곧 한유와 유종원에 대한 평가가 완전히 역전되었는데, 1949년 이후 30여 년 간의 '양류억한(揚柳抑韓)' 곧 유종원을 높이고 한유를 억누르는 주된 경향은 노검(路劍)의 「중화인민공화국 건국 이후 한유와 유종원 평가 논쟁에 대한 간략한 소개(建國以來韓柳評價論爭簡介)」라는 글에 잘 나타나 있다. 노검은 1954년에 발표된 사학자 진인각(陳寅恪, 1890-1969)의 「논한유(論韓愈)」를 기점으로 진인각(陳寅恪) 대 황운미(黃雲眉, 189-1977), 왕운생(王芸生, 1901-1980) 대 오맹복(吳孟復), 범문란(范文瀾, 1893-1969) 대 장사쇠(章士釗, 1881-1973), 곽예형(郭預衡, 1920-2010)·왕중용(王仲鏞, 1915-1997)·유지점(劉知漸) 대 오세창(吳世昌, 1908-1986)에 이르기까지 4차에 걸쳐 지속된 논쟁을 정치사상과 철학사상, 도통(道統)의 건립과 불교와 도교 배척, 문학, 고문운동, 한유와 유종원의 관계와 비교 등에 걸쳐 다섯 가지 항목으로 나누어 간명하게 소개하고 있다. 이때에 한유는 대지주와 세습귀족 지주의 이익을 옹호하고 시종 구세력과 타협한 입장에 선 정치적으로는 보수파, 사상적으로는 유심주의자로 지목되어 난도질을 당했다.

그러나 1976년 모택동(毛澤東, 1893-1976)의 사망과 함께 문혁(文革)이 종언을 고하는 것에 발맞추어 한유에 대한 재평가 작업이 뒤따랐다. 1978년에 발표된 진광숭(陳光崇, 1918-2009)의 「한유 평가에 관한 몇 가지 문제(關於評價韓愈的幾個問題)」[21]는 한유에게 씌워진 부당한 죄목을 비판하고 그의 복권을 꾀한 선도적 작업이다. 이는 1980년대에 들어와 한유 평가에 있어 정치적 간섭과 선전에서 벗어난 자유로운 연구가 가능한 토대를 마련했다는 점에서 의의 있는 것으로 생각된다. 이런 맥락에서 1985년 7월 29일에 한유가 지방장관으로 재직하며 치적을 쌓은 조주(潮州)에서 성립된 '조주한유연구회(潮州韓愈研究會)'와, 그 이듬해 11월 30일에서 12월 3일까지 4일간 산두대학(汕頭大學)에서 개최된 '한유 학술 연구 토론회'는 이런 경향을 반영하는 매우 고무적인 모임으로 파악된다. 특히 후자의 연구 토론회에서는 한유의 중국 역사상의 지위와 작용을 중심으로 그의 정치사상, 철학사상, 문예사상, 문학성취, 시가창작, 한어(漢語)의 발전에 대한 공헌 및 조주(潮州)에서의 사적, 본관 및 출신지의 고증

---

21 이는 1978년 1월 19일자 『광명일보(光明日報)』에 게재된 짤막한 글로 「유가와 법가의 투쟁에 나타난 한 가지 속임수를 폭로한다(揭穿所謂儒法鬪爭中的一個騙局)」라는 부제가 달려 있는데, 개혁 반대(反對改革), 복고의 뒷걸음질(復古倒退), 분열 조장(製造分裂), 측근인사 임용(任人唯親), 유가 존중과 법가 반대(尊儒反法) 등의 다섯 가지 문제에 대한 오도된 논점이 비판되어 있다.

등 다방면에 걸쳐 참신한 견해가 제기되어[22], 한유 연구의 수준을 크게 향상시킨 것으로 보인다. 그 후 한유 국제 학술 연구 토론회는 그의 고향과 지방관 재임 지역에서 여러 차례 개최되어 한유에 대한 많은 연구 논문이 발표되었다. 역자는 1992년 4월 한유의 고향인 맹주시(孟州市)에서 열린 학회에 참가했고, 2009년 9월 조주시(潮州市)에서 개최된 학회에 참가해 논문을 발표한 바 있다.

4. 한국에서의 한유 평가[23]

우리나라에서 한유는 일찍이 한자문화권의 여타 국가에 비견될 수 없을 정도의 남다른 비중으로 존숭되었다. 그리하여 그의 시문이 고려 초·중엽 무렵부터 도입되어 읽히기 시작했고, 더욱이 조선 시대에 들어와서는 그의 숭유배불(崇儒排佛)의 사상 기조와 충군보국(忠君報國)의 처세 방식이 왕조의 치국 이념과 부합해 독자적인 추앙의 확고한 지위를 차지했다. 그 결과 우리나라의 지식인들은 그의 다방면의 성취에 대해 시문 도입의 초기부터 큰 관심을 보여 고려와 조선에 걸쳐 다양한 각도에서 평가를 시도해왔다. 이와 같이 거의 1000여 년에 달하는 장기간에

22　본 연구 토론회는 미국·프랑스·일본·싱가포르·홍콩 등지에서 온 15인을 포함한 73명의 전문 학자들이 모여 60여 편의 논문을 발표한 주목할 만한 국제 행사로, 거기에서 제출된 모든 논문의 요지가 산두대학 중문과에서 엮은 『한유연구자료휘편(韓愈硏究資料匯編)』(1986.10)에 실려 있다고 하나 역자는 구해보지 못했다. 다만 토론회의 조직위원회에서 엮은 『한유연구논문집(韓愈硏究論文集)』(廣州 : 廣東人民出版社, 1988.10)에 수록되어 있는 35편의 논문을 통해서 그 대략을 알 수 있었다.

23　이 부분은 역자의 「한국(韓國)에서의 한유(韓愈) 평가(評價)에 관(關)한 연구(硏究)」(『중어중문학(中語中文學)』 제17집, 1995)라는 논문에서 한유 평가 관련 내용을 옮겨온 것인데 번거로움을 피하기 위해 주석은 대부분 생략했다.

걸친 한국에서의 한유 평가는 평론자들의 각종 시문집·시화·필기·역사서·백과사전 등에 기록되어 남아 전해오고 있다. 여기서는 이들 자료를 중심으로 우리 선현들이 한유에 대해 가한 평가를 유학자, 문장가, 시인의 세 가지 각도에서 살펴보고자 한다.

1) 유학자로서의 한유

한유는 「원도(原道)」를 위시한 몇 편의 글에서 스스로가 맹자(孟子, B.C. 372-B.C. 289) 이후 끊어진 유학의 도통을 계승한 자임을 일관되게 언급했다. 이수광(李睟光, 1563-1628)은 「원도」에서 "맹가(孟軻)가 죽은 뒤에는 제대로 전승되지 못했으며", "순황(荀況)과 양웅(揚雄)은 그 도리를 가려내긴 했으나 정밀하지 못했다"고 한 말에 대해 정이(程頤, 1033-1107)가 식견 있는 주장이라고 말한 것에 근거해 다음과 같이 논평했다.

> 나는 말한다. 퇴지는 맹자를 높여서 "그의 공로가 결코 우임금 아래에 있지 않다"고 여기고, 또 말하기를 "성인의 도를 보려고 한다면 반드시 맹자로부터 시작해야 한다"고 했는데, 이는 창려가 홀로 터득한 견해다. 그런데도 선유(先儒)들이 일찍이 이 점을 집어내어 칭찬하지 않은 것은 무슨 까닭인가?
>
> 余謂退之推存孟氏, 以爲功不在禹下, 又曰求觀聖人之道, 必自孟子始, 此乃昌黎獨得之見, 而先儒不曾拈出而許之, 何歟?

이수광은 성인 공자(孔子, B.C. 551-B.C. 479)의 도를 파악하기 위해서는 맹자의 관건적 역할에 대한 의미 부여가 중요하다는 한유의 선구자적 안목을 높이 사고, 선유(先儒)들이 이 점을 제대로 집어내지 못한 데 대해 의아해 하고 있다. 이익(李瀷, 1681-1763)도 정주(程朱) 이전에 『맹자』의 존재 가치를 알아본 인물로 한유를 꼽았다. 유학의 계통을 바로 세우는 작업은 침체의 늪에 빠져 있는 유학의 부흥을 위해 선행되어야 할 인식 기초다. 이런 점에서 유학 도통의 전승자를 자임한 한유는 유학자로서의 기본적인 안목과 자질을 갖추었다는 해석이 가능할 것이다. 그리고 김평묵(金平默, 1819-1888)도 "유학의 도를 보위하고 사악한 도를 그치게 했으니 일편단심이라 도가 그로 말미암아 전해지게 되었다(衛道息邪, 片片赤心, 道由我傳)"고 하여 유학의 도가 침체의 늪에 빠진 것은 상대적으로 사악한 도의 창궐 때문이라는 진단 하에, 한유가 불교를 위시한 이단 배척에 칼날을 세운 것은 유도(儒道)의 부흥을 위해 적절한 방법이라고 평가했다.

이덕무(李德懋, 1741-1793)는 한유를 탁연히 시속의 습속에서 높이 빼어나 뭇사람들이 조소하고 꾸짖어도 조금도 머리를 낮추지 않고 세태에 굴하지 않은 인물로 평가하고, 또 충분한 근거를 제시하지는 않았지만 한유에게 당나라의 동중서(董仲舒, B.C. 179-B.C. 104)라는 칭호를 부여했으며, 홍만종(洪萬宗, 1643-1725)은 문장과 이학(理學)이 둘이 아니라 심오한 경지에 이르면 '일체(一體)'라는 인식에서 한유를 김종직(金宗直, 1431-1492)·이황(李滉, 1501-1570) 등과 함께 '문장을 통해 도를 깨우치는(因文悟道)' 수준에 이르렀다고 하여 명유(名儒)에 손색이 없다고 했다. 그리고 이진상(李震相, 1818-1886)이 "「원도」 등 여러 편의 글은 도를 본 안목이 높아 문장과 학업이 다 호걸스런 선비라네(原道諸篇見道高, 文章學業儘人豪)"라고 하여 한유를 문장과 학문을 겸비한 유학자로 평가하고 있는 것도 동일한 취지의 견해라 하겠다.

이밖에 호칭 문제에 있어서도 유학자로서의 한유의 위상을 인정하는 사례가 눈에 띈다. 퇴계(退溪) 선생이 유희춘(柳希春, 1513-1577)에게 '한유(韓愈)'라는 이름 대신에 '창려(昌黎)'로 쓰기를 권유하고, 이덕무도 성현의 이름을 함부로 부르는 경박한 세태를 꼬집으면서 자신은 한유를 '고인(高人)' 내지 '학사(學士)'로 보고 '퇴지(退之)'라 불렀다고 한 것이 그 예다. 그리고 이익(李瀷)은 한퇴지(韓退之)가 '대유(大儒)'로서 성인 공자의 이름을 부른 것은 불경죄에 속한다고 비판했는데, 그의 말속에는 한유를 대유학자로 보는 전제가 깔려 있다.

한편 유학자로서의 한유의 위상 평가와 관련해 제한을 가한 언급도 적지 않음을 주목할 필요가 있다. 첫째, 한유의 유학자로서의 학문이 유도의 본질 문제를 다루지 못했다는 지적이 있다. 허목(許穆, 1595-1682)은 "한유는 쇠미하고 어지러운 말세에 나서 도덕과 인의를 말하면서 맹자의 순정함을 계승한 것으로 자임하고 주공과 공자의 학술을 즐겨 일컫은 사람이지만, 성인의 마음을 터득했다고 할 수 있는 것은 아니다(韓愈氏生衰亂之末, 言道德仁義, 自任以繼孟氏之醇, 樂稱周公孔子之術者, 而以爲得聖人之心則未也)"고 하여 유도 계승자로서의 한유의 성취를 인정하면서도, 그가 유도의 핵심을 파악하는 단계에까지 이르지는 못했다는 꼬리표를 붙인 바 있다.

나아가 조경(趙絅, 1586-1669)은 통신부사(通信副使)로 일본에 갔을 때 불교가 성행하는 그곳에서 유학자의 학문을 기뻐하고 정이(程頤)와 주희(朱熹, 1130-1200)를 숭상하는 임도춘(林道春, 1583-1657)이라는 사람의 태도를 칭찬한 뒤, 그가 유학의 근본 경지에 이르지는 못했음을 일깨워주면서 다음과 같이 말했다.

한퇴지는 유학이 끊어진 뒤에 나서 「원도」 한 편을 지어 진한(秦漢)의 여러 유학자들이 미처 말하지 못한 바를 말했으니 그 공은 위대하다. 그러나 선유들은 그가 치지·격물을 말하지 않은 때문에 두서가 없는 학문이라고 여겼다.
韓退之生於絶學之後, 作原道一篇, 道秦漢諸儒之所未道, 其功大矣. 而先儒以不言致知格物, 以爲無頭之學.

조경은 선유들의 지적에 근거해 한유의 학문에는 유학의 본질 문제의 하나인 '격물치지(格物致知)'에 관한 언급이 보이지 않아 두서가 없는 학문이라는 평가를 면치 못했다는 뜻을 피력한 것이다. 이익도 이고(李

翔, ?-844)의 「복성서(復性書)」 3편이 '격물치지'를 해석한 것은 크게 어긋나 있긴 하지만 정이·주희 이전에 유일하게 『대학(大學)』과 『중용(中庸)』의 취지를 발휘한 것으로 「원도」에 비하면 두서가 있는 글이라고 하여, 한유의 유학을 둘러싼 논의에 그 핵심 문제가 결여되어 있음을 간접적으로 드러낸 바 있다. 한유를 당나라의 동중서라고 일컬은 바 있는 이덕무도 주희의 「중용서(中庸序)」는 한유 등이 도저히 미칠 수 없는 수준이라고 추켜세워, 상대적으로 한유 유학의 깊이를 인정하는 데에 제한을 가하기도 했다. 정약용(丁若鏞, 1762-1836)은 인성의 문제를 다룬 한유의 '성삼품설(性三品說)'도 논리가로서는 끌어올 수 없는 『좌전(左傳)』의 근거 없이 떠도는 설에 의거해 세운 잘못된 견해로, 후대에 큰 해독을 끼쳤다는 평가를 내리며 통렬하게 비판했다.

둘째, 한유가 유도의 부흥을 위해 시도한 불교 배척의 논리가 피상적인 수준에 그쳤다는 지적이 적지 않다. 김만중(金萬重, 1637-1692)은 한유의 「논불골표(論佛骨表)」에서 오로지 '화복(禍福)'의 문제로 벽불(闢佛)의 논지를 전개하고 있는 것은 입론 자체부터가 잘못이라고 했으며, 이익은 이단이라고 무조건 배척하는 것은 부당하다는 전제하에 「원도」편의 불교 배척이 지엽에 흐르고 말았음을 다음과 같이 말하고 있다.

한퇴지가 「원도」를 지어 불교와 도교를 배척했는데, 그의 말에 "농사짓는 집은 하나인데 곡식을 먹는 집은 여섯이고, 공업과 장사의 경우에 모두 그러하다"고 했는데, 이는 지엽에 지나지 않는 것 같다. 세상이 쇠미하고 정사는 어지러워짐에 편안히 앉아 먹는 이도 있고 위세로 협박해 뺏는 이도 있나니, 농사에 종사하는 백성들이 정착해 살지 못하게 하고 생업에 힘쓸 수 없도록 하고 또 자기들이 노력해 얻은 소출을 스스로 먹지 못하게 하는 것이 불교와 도교와 무슨 관계가 있는가? 애석하도다! 퇴지의 견해는 통론이 되지 못한다.

韓退之作原道, 以斥佛老, 其言曰 : "農家一而食粟之家六, 工商皆然," 此似枝葉. 世衰政亂, 安坐而食, 威劫而奪, 使南畝之民, 不得奠居, 不得用力, 又不得自食其力之所出, 與佛老何干? 惜乎退之之說, 不得爲通論.

　　이익은 백성들이 곤궁하게 되는 것은 당세의 정치가 잘못된 탓이지 이단만의 폐단은 결코 아니므로 그의 배불론은 지엽일 뿐, 통론이 되지 못했다고 했던 것이다.

　　한유의 배불론이 피상적인 수준에 그친 관계로 당시 승려들에게 별 영향을 주지 못했다는 주장도 있다. 허균(許筠, 1569-1618)은 한유가 불교 서적을 제대로 읽지 않은 탓에 불교 배척이 변죽만 울리는 수준이라서 승려들이 꺾이지 않았다고 했다. 이덕무는 한유가 불송(佛頌)이나 신선기(神仙記) 같은 글을 쓰지 않은 것은 유학자다운 학력을 소지한 증거라고 하면서도, 불교에 대한 이해의 수준이 천박해 그 정미한 이치를 몰랐으므로 승려들의 입장에서 그의 배불은 별로 화낼 것이 없다는 견해를 피력했음을 소개한 바 있다.

　　셋째, 유학자로서의 형상에 다소의 결함 요인이 있다는 의론도 눈에 띈다. 세종대왕은 공적이 있다고 신하가 관작(官爵)을 자청하는 문제와 관련해, 한유가 도학을 전한 명철한 선비로서 재상에게 관작을 구했음을 예로 들어 그의 유학자로서의 지조에 부정적이라는 평가를 암시한 바 있다. 거유 이이(李珥, 1536-1584)는 「문책(文策)」의 '대(對)'에서 한(漢)나라 이후 위로는 '훌륭한 정치(善治)'가 실종되고 아래로는 '참된 선비(眞儒)'가 없는 상태에서 유학자라고 이름 하는 이들이 한갓 문장에만 뜻을 두어 사문(斯文)의 피폐함이 극에 이르렀다고 진단하면서, 그간에 그나마 공맹(孔孟)을 높이고 이단을 억누른 인물로 동중서·양웅·한유·구양수 등을 거론한 뒤 한유에 대해 다음과 같이 논평하고 있다.

　　퇴지의 문장이 팔대(八代)의 쇠미함을 일으켜 세운 것은……옳지만, 그러나……퇴지는 스스로를 지키는 것이 굳세지 못해 춥고 배고프고 곤궁함을 이기지 못하고 다른 사람에게 울부짖었다.

율곡(栗谷) 선생은 한유가 유도의 제창을 통해 문장의 쇠미한 국면을 만회하는 방면에서 거둔 선구적 노력과 성취를 높이 평가하면서도, 자기를 지키는데 확고하지 못해 유학자로서의 품위 유지에 흠집을 내었다는 점을 지적했다. 이익도 한유와 유종원의 관계 내지 우열을 몇 가지 측면에서 논하면서 유종원이 궁벽한 처지에 놓여서도 원망하지 않는 군자다운 풍모를 잃지 않았음을 말해 은연중에 곤궁을 호소한 한유의 태도를 꼬집은 바 있다. 김만중도 부처 사리 반대 상소 사건으로 한유가 조주자사로 유배된 뒤 얼마 안 있어 풀이 꺾여 사죄의 상소를 올렸으니 그의 정서가 말단의 단계에 머무른 결과라고 평가했다.

요컨대 한유가 오랜 침체의 늪에 빠져 있는 유도의 부흥을 위해 선구에 서서 세속의 구설수에 연연하지 않고 제창한 공적은 인정되지만, 유도의 본질 문제에 대한 논의의 결여, 배불의 피상성과 불철저성 등으로 학문적 깊이를 갖추지 못하고 유학자로서의 형상에도 부정적 요인이 많다는 평가를 받고 있다. 이는 한유의 유학자로서의 소임과 한계를 객관적으로 공정하게 평가한 것으로 생각된다.

2) 문장가로서의 한유

고려와 조선 양대를 거쳐 우리나라의 다수 선현들에 의해 한유는 문장가로서 최고 경지에 이르렀다는 평가를 받아 왔다. 일찍이 고려 시대에 이미 임춘(林椿)으로부터 한유의 문장은 안진경(顔眞卿, 709-784)의 서도(書道) 및 두보의 시와 함께 각기 해당 방면의 최고 경지라는 찬사를 받았다. 조선 때 윤자영(尹子榮)은 내 아들의 이학은 주자(朱子)와 같고 내

사위의 문장은 한유와 같다고 했고, 김안국(金安國, 1478-1543)은 김구(金絿, 1488-1534)를 평하면서 왕희지(王羲之, 303-361)의 서도와 한퇴지의 문장이라고 했으며, 선조(宣祖)는 노수신(盧守愼, 1515-1590)의 대책문(對策文)을 읽고 '한류문장(韓柳文章)', '정주의론(程朱議論)'이라고 하여 문장으로서의 최고 수준을 모두 한유에 두고 있다. 그리고 영조(英祖) 때 문형(文衡)을 지낸 서명응(徐命膺, 1716-1787)은 한유의 시와 문을 모두 '시문의 경전'이라고까지 추켜세우기도 했다. 이제 한유가 문장가로서 이러한 평가를 받게 되는 근거가 어디에 있는지를 다음의 몇 가지 측면에서 검토해보자.

(1) 고문의 부흥과 도문일치(道文一致)

이수광은 "당나라의 문체는 창려에 이르러 비로소 변해 예스럽게 되었다. …… 위진(魏晉) 이후로 모두 이어 내려가며 짝을 맞추는 문장을 지었는데 당나라 한유에 이르러 이 버릇을 쓸어 없애버렸다(唐之文體, 至昌黎, 始變而古矣. …… 魏晉以後, 皆做屬對文字, 至唐韓昌黎, 掃去此習)"고 하여 문체 혁신 및 고문 부흥과 관련한 한유의 공적을 부각시키고 있다. 김택영(金澤榮, 1850-1927)도 박지원(朴趾源, 1737-1805)의 문장 성취를 평하면서 한유에 대해 다음과 같이 언급했다.

> 한창려는 육조(六朝) 시대의 비단결 같이 아름다운 문장을 변화시켜 그것을 예스러운 데로 되돌려 놓았으니, 호걸스런 선비로 시대에 얽매이지 않는 사람은 이미 종종 있었다.
> 韓昌黎變六代綺麗之文, 而反之于古, 豪傑之士之不囿於時代者, 已往往有之矣.

위의 글에서 한유는 시대의 기풍에 구애되지 않고 독자적 행보와 성취를 이룬 '호걸지사(豪傑之士)'로서 위진남북조 이래로 문단을 풍미한 기려(綺麗)한 변려문(騈儷文)을 변화시켜 고문체(古文體)로 되돌려 놓은, 이른바 고문 부흥에 결정적인 기여를 한 인물로 평가되고 있다. 그리고 홍석주(洪奭周, 1774-1842)도 명대(明代) 하경명(何景明, 1483-1521)이 "고문의 법도가 한유에서 망했다(古文之法, 亡于韓)"고 한 데 대해 "하씨는 진한을 모방하는 것을 고문으로 여기고서 헐뜯음이 창려에 미쳤는데, 분수를 알지 못한다고 할 수 있겠다(何氏以模擬秦漢爲古文, 而詆及昌黎, 可爲不知量矣)"고 지적해 진한파(秦漢派)의 문호에 닫힌 편견이라고 일축함으로써 한유의 고문 성취를 인정한 바 있다.

그런데 허목(許穆)은 한유와 유종원이 가장 옛글에 가까워 나이 60세가 되도록 만 몇 천 번이나 탐독했다고 하면서도, 한유의 고문 성취에 대해서는 다음과 같이 제한적인 평가를 내리고 있다.

> 반고(班固) 이후는 대체로 벌써 쇠퇴하고 수준이 낮아져서 논할 만한 것이 못된다. 오직 한유와 유종원이 서한(西漢)의 말단을 계승했으나, 예스러운 기풍은 양웅(楊雄)에 미치지 못했다.
>
> 班固以下, 盖已衰下, 不足論也. 惟韓柳氏繼西漢之末, 而古氣不及楊雄.

한유가 비록 동한(東漢) 반고(班固, 32-92) 이후 쇠미의 길을 걸은 일탈된 문장을 떨쳐버리고 서한(西漢)의 말단적인 기풍이나마 계승하려는 시도를 했지만 '고기(古氣)'가 양웅(楊雄, B.C. 53-A.D. 18)에도 미치지 못한다는 것이다. 그렇다면 허목은 어떠한 견지에서 이러한 평가를 내렸을까? 다음의 두 글을 보면 그의 입장이 분명하게 드러난다.

> 그 뒤에 이를테면 사마천·사마상여·양웅·유향·한유의 무리는 모두 문장이 더욱 두드러진 이들이라 할 수 있으나 모두 성인의 마음을 체득하지 못했고, 이로 말미암아 도덕과 문장의 거리가 비단 만 리만 되는 것이 아니다.
>
> 其後如司馬遷·相如·楊雄·劉向·韓愈之倫, 皆可謂文章之尤著者也. 皆未得聖人之心, 自此, 道德之與文章相去, 不啻萬里.

그러나 진한(秦漢) 이래로 성인의 도가 전해지지 않았으니, 문학하는 무리가 웅장한 수사로만 치달리면서 "도는 오로지 여기에 있다"고 하며 도를 구하되 그 마음을 구하지 아니했으니 한 마디의 말이라도 도에 근접하기를 바라기는 또 어려웠소 이 몇 사람의 문장은 모두 『육경』에 어긋나서 그 폐단이 이와 같은데, 후세 사람들의 문장은 또 이 몇 사람을 배워서 한 것이니 도와 거리가 더욱 멀어지는 것도 당연하오

然秦漢以來, 聖人之道不傳, 文學之徒, 馳騖雄詞, 以爲道專在是, 求其道而不求其心, 望一言之幾乎道, 亦難矣. 此數子之文章, 皆失於六經, 而其弊如此, 後世之文, 又學數子而爲之, 宜其去道愈遠也.

허목은 조선 성리학의 한계성을 비판하고 원시유학(原始儒學)으로 관심을 돌려 『육경(六經)』 중심의 학풍을 조성한 근기남인학파(近畿南人學派)의 비조로, '삼대(三代)의 고문' 곧 『육경(六經)』을 문장의 고전적 모델로 간주하는 입장에서 진한(秦漢) 이후의 문장을 모두 문과 도가 분리된 것으로 여기고, '제가(諸家)'를 모두 웅장한 수사에만 치중할 뿐 '성인의 도' 나아가 '성인의 마음'을 터득하지 못해 '문(文)' 일변도로 치우친 문장가들로 치부하고 있다. 이 가운데 한유의 문장 역시 『육경』이라는 고전적 모델에서 벗어나 문장의 수식에만 치우친 일탈된 것으로 간주했다. 허목의 학맥을 계승한 정약용도 한유의 산문을 포함한 당송고문(唐宋古文)에 대해 "화려하기는 하되 내실이 없고 기이하기는 하되 바르지 못하다. …… 안으로는 몸을 닦고 어버이를 섬길 수 없으며, 밖으로는 임금을 바르게 인도하고 백성을 다스릴 수 없다. …… 이것은 우리 도의 뿌리를 갉아먹는 벌레다(華而無實, 奇而不正. …… 內之不可以修身而事親, 外之不可以致君而牧民. …… 此其爲吾道之蟊蟘也)"라고 하여, 수기치인(修己治人)하는 유가의 도를 구현하는 것과는 거리가 먼 화려하고 기이함을 추구한 문장일 뿐이라고 잘라 말하고 있다. 그리고 근세의 한학자 하겸진(河謙鎭, 1870-1948)도 "문장의 도는 이치가 뛰어나면 뜻이 다하게 되고 뜻이 다하

면 수사가 성대하게 된다. 이를테면 동중서·한유·구양수 등의 무리들
은 의도적으로 글 짓는 데에 뜻을 두어 이치가 뛰어나지 못하다(文之爲
道, 理勝則義盡, 義盡則辭盛, 若董韓歐若干輩有意於爲文而理不勝也)”고 한 평가도
같은 맥락에서 이해된다.

　이들은 모두 학문과 문장이 일치되어야 한다는 ‘도문일치론(道文一致
論)’의 기본적 입장에서, 문장은 도를 담는 그릇으로 학문의 내적 축적
위에서 자연스럽게 흘러나오는 것일 뿐이라고 이해해『육경』이외의
것은 문장으로 인정하지 않는 문학론을 견지한 논자들이다. 이들이 이
러한 입장에서 한유의 고문 성취를 비판한 것은 매우 당연한 귀결로 받
아들여진다. 사실 한유는 불교의 창궐과 변려문의 만연을 반대하면서
유도의 제창과 고문의 부흥을 선도했지만, ‘도(道)’ 일변도로 흐르거나
삼대의『육경』또는 진한의 문장으로 되돌아가기를 추구하지는 않았다.
허목을 위시한 이들의 주장에서도 언급되었듯이 한유는 “의도적으로
글 짓는 데에 뜻을 둔(有意於爲文)” “문장이 더욱 두드러진 사람(文章之尤著
者)”인 것이다.

(2) 한유 산문의 성취 및 특징

　한유의 산문 문장은 일찍이 우리 선현들의 문장 학습 내지 창작의 모
범으로 간주되었다. 그러면 우리 선현들은 자신의 학습과 창작의 모범
으로 삼은 한유 산문의 성취 내지 특징에 대해 어떠한 평가를 내리고
있는가?

　첫째, 한유 산문은 문장 체재면에서 많은 성취를 이루었다. 먼저 이
덕무는 한유가 ‘발(跋)’체의 연원인 ‘독(讀□)’·‘제(題)□후(後)’라는 체재를
창시한 이로 보고 있는데, 이는 매우 적절한 견해라 생각된다. 한유에게
는「독순(讀荀)」·「독할관자(讀鶡冠子)」·「독의례(讀儀禮)」·「독묵자(讀墨子)」와
「제애사후(題哀辭後)」라는 문장이 있는 바, 오늘날의 문체론자들에 의해

서도 이 방면의 창시의 공이 인정되고 있다. 그리고 이수광은 중국의 대표적 문인들 중에서 각 장르별 묘수를 들면서 한유는 유종원과 함께 '잡저(雜著)'체의 대가로 평가했다. '잡저'체에는 '오원(五原)'을 위시한 한유의 대표적 의론 문장이 들어 있는 만큼, 이 역시 적절한 평가라 여겨진다. 또한 '잡문(雜文)'체에 속하는 특수한 문체의 「송궁문(送窮文)」은 양웅의 「축빈부(逐貧賦)」를 모방했으면서도 그것을 능가한 작품으로 간주되고 있다.

그런데 한유에게 있어 문장 체재와 관련해 가장 많이 거론되는 것은 '비지(碑誌)'류의 문장이다. 이익은 한유 묘지명(墓誌銘)의 성취와 관련해 다음과 같이 말하고 있다.

> 당나라 때에 묘지명을 지은 자가 많았으나 한퇴지 만한 이는 아무도 없었다. 아마도 문장은 반드시 전해지리라고 여겼기 때문에 사람들에 대해 오직 후세에 전해지기를 바랄 뿐 명망에 차는지는 따지지 않았다. …… 지금 사람들은 수사만 옛사람에 미치지 못할 뿐 아니라 반드시 자신을 굽혀 무덤 속 주인의 뜻에 맞추려고 하여 움츠러드는 것이 마치 멍에 씌어진 망아지와 같아 이 때문에 문장에 또 기이함이 없다.
>
> 唐世多銘墓者, 莫如韓退之, 盖以文章必傳, 故人惟要其垂後, 不計滿望. 今人不但文詞之不及古, 必將委曲副主人之意, 局束若轅下駒, 所以文又無奇.

이익은 한유가 묘지명을 지으면서 결코 무덤 속 주인의 명망이나 의도에 좌우되지 않고 자기 나름으로 후세에 전하고자 하는 내용을 기탄없이 써서 상투에 빠지지 않았다는 취지를 피력하면서, 당시 사람들이 구차하게 무덤 속 주인의 뜻에 영합해 이런 글을 쓰는 태도를 신랄하게 꼬집고 있다. 이익은 여기에서 한유의 묘지명 중에서 무덤 속에 묻힌 주인의 현명하거나 그렇지 못한 것과 관계없는 내용을 적은 작품 몇 편과, 사실 서술에 있어 왕적(王適)이 과거고시 합격 사령서를 위조해 속임

수 결혼을 하고 그 결과 장인 후고(侯高)가 발광해 물에 빠져 자살하는 일 따위를 숨기지 않고 기록한 글[24]을 그 예로 들고 있다. 우리는 이를 통해 한유에게 "아름다운 점은 칭송하고 악한 점은 들추어내지 않는(稱美不稱惡)" 속성을 지닌 묘지명이라는 실용적인 문장 체재를 문학성이 농후한 기발한 문학 작품으로 전환시킨 공이 있다는 평가를 확인할 수 있을 것이다. 홍석주도 한유의 비지문에 대해 그 문체의 속성상 "무덤 속 주인에게 아첨했다(諛墓)"는 비난이 없지 않지만, '직필(直筆)'이 많아 "사실을 가리키고 서술한 것에 범상한 논의가 드물다(指事敍實, 罕爲泛論)"며 이 방면의 독특한 성취를 부각시키고 있다.

김창협(金昌協, 1651-1708)은 '비지(碑誌)'와 '사전(史傳)' 곧 '역사 전기'의 문체를 비교하면서 한유의 비문에 대해 다음과 같이 평가하고 있다.

> 비지와 역사 전기는 문장 체재가 대략 같지만, 역사 전기는 오히려 널리 갖추어져 넉넉함을 위주로 하고 비지의 경우는 한결같이 간결하고 근엄함을 주로 한다. 그러므로 한유의 비문은 사실을 서술한 것이 『사기』와 『한서』와는 크게 다르니, 문장이 스스로 다를 뿐만 아니라 그 체재 또한 마땅히 그러하다.
>
> 碑誌與史傳, 文體略同, 而史傳猶以該瞻爲主, 至於碑誌, 則一主於簡嚴, 故韓碑敍事, 與史漢大不同, 不獨文章自別, 亦其體當然也.

일반적으로 비지는 인물의 전기 사실을 서술함에 있어 그 소재를 취사선택해 매우 간결하고 근엄한 문체를 취한다는 점이 역사 전기에 비해 달라진 면모다. 한유의 비문은 역사 전기에서 연원했지만 문장 자체뿐 아니라 체재면에서도 역사 전기의 대표격인 『사기(史記)』와 『한서(漢書)』와 사뭇 달라져, 이 방면에서도 새로운 성취를 이루었다는 평가를 받고 있는 것이다. 김창협은 이어서 한유의 비문을 구양수(歐陽修, 1007-1072)

24　「시대리평사왕군묘지명(試大理評事王君墓誌銘)」 참조

의 그것과 비교해 '직서(直敍)'가 많으며 특히 자구(字句) 다지기에 있어 그 특이한 면모가 있다고 했다.

이와 같은 성취를 이룬 한유의 비지문에 대해 성대중(成大中, 1732-1812)은 『서경(書經)』의 '전(典)·모(謨)' 이래 주공(周公)이 예(禮)를 제정한 글, 공자가 도(道)를 논한 글, 사마천(司馬遷, B.C. 145-B.C. 87)의 기사문(紀事文), 소식(蘇軾)의 책론(策論)과 함께 '해와 달이나 장강과 황하(日月江河)'와 같이 빛나고 웅장한 '다섯 가지 변화한 문체(五變之文體)'의 하나로 높이 평가하고 있다. 심경호(沈慶昊) 교수도 조선의 비지류는 한유의 문장을 모범으로 한 것이 대부분이라고 하여 이 방면에서 한유 산문이 차지하는 위상을 다시 한 번 부각시킨 바 있다.

이밖에 한유가 '이문위시(以文爲詩)'했다는 것이 일반론이지만, '이시위문(以詩爲文)' 곧 시의 방식으로 산문을 지은 경우도 있다는 지적이 있어 이채롭다. 이수광이 "그대는 오늘에 이르도록 광채를 발하고 있네(夫子至今有耿光)"라는 문구를 들어 한유 산문의 이러한 특징을 거론했다. 이는 「제전횡묘문(祭田橫墓文)」에 나오는 글귀인데, 통상 운문체로 이루어지는 제문의 '명(銘)'에 들어 있긴 하지만 칠언(七言) 시구(詩句)로 손색이 없는 바 한유 산문의 시적 요소를 설명하기에 좋은 자료라 하겠다. 실제 한유 산문에는 「송이원귀반곡서(送李愿歸盤谷序)」 등과 같이 시적 특징이 돋보이는 작품이 더러 있으므로, 이 역시 한유가 문장 체재 방면에서 거둔 성취의 일단으로 풀이할 수 있을 것이다.

둘째, 한유 산문은 독특한 일가의 풍격 특징을 이루었다. 한유가 한유답게 된 까닭은 물론 허균이 말한 대로 전대의 글을 답습하지 않고 스스로 일가를 이룬 데 기인한다. 실제 한유는 그의 문장 학습과 창작의 공부를 담은 「답이익서(答李翊書)」에서 '진부하고 상투적인 표현(陳言)'의 제거에 일생의 노력을 경주했음을 피력한 바 있다. 이러한 필생의 노력이 축적되어 한유는 나름의 일가 풍격을 이루었을 것이다.

우선 한유 산문은 문장의 기세가 뛰어나다는 평가를 받는다. 성대중은 "기세로 수사를 다스리지 못하면 수사가 비록 공교하더라도 글이 기운차지 못한다(氣不足以濟辭, 則辭雖巧, 不昌)"는 견지에서, 한유의 문장이 지극히 공교하면서도 그것이 밖으로 드러나지 않는 까닭은 기세가 드세기 때문이며 바로 이것이 소식(蘇軾)보다 우월한 점임을 밝힌 바 있다. 홍석주도 한유가 문장의 우두머리로 추앙되는 까닭을 "이치가 뛰어나고 수사가 통달하면서 기세로 창성한(理勝辭達, 而昌之以氣)" 때문이라고 했다. 김창협이 "한유의 문장은 고무적이라서 그것을 읽으면 사람으로 하여금 기운이 솟아나게 한다(韓文鼓舞, 讀之使人氣作)"고 하고, 조긍섭(曺兢燮, 1873-1933)이 "한유의 문장을 읽으면 불과 한두 번 만에 정신과 기운이 탁 트이고 왕성해져 마치 외울 수 있을 것 같다(讀韓文, 不過一再, 神氣暢旺, 若可背誦)"고 한 평가는 모두 한유 산문이 기세가 드센 특징을 지녔음을 독서 경험을 통해 체득한 근거 위에서 나온 말이라 하겠다.

다음으로 한유 산문의 일가(一家) 풍격에 대해 김만중은 「팔가문평(八家文評)」에서 다음과 같이 형상적으로 표현하고 있다.

> 한창려는 무왕(武王)이 산처럼 우뚝 솟아 있고 상보(尙父 : 姜太公)가 매처럼 높이 날아오르니 온갖 신이 직책을 받고 모든 나라가 바람을 따르는 것과 같기도 하고, 또 용을 따라 하늘에 오름에 구릉과 골짜기를 잠기게 하고 해와 달에 다가가는 것과 같기도 하다.
> 韓昌黎如武王山立, 尙父鷹揚, 百神受職, 萬國趨風; 又如應龍升天, 汨陵谷而薄日月.

이는 한유 산문의 웅장혼후(雄壯渾厚)하고 변화무상한 풍격 특징을 잘 형용한 것으로 보인다. 한유 산문은 이러한 풍격적 특징 때문에 우리 선조들이 학습 내지 창작의 모범으로 삼았음에도 불구하고, 실제 바로 배우기는 쉽지 않다는 평가를 받기도 한다. 김택영은 자기의 스승 이건창(李建昌, 1852-1898)의 고문 성취를 평하는 글에서 고문을 배우고 창작함

에 있어 한유와 소식을 배워 이루지 못할 바에는 왕안석(王安石, 1021-1086)
과 증공(曾鞏, 1019-1083)을 배워 이루는 것이 낫다는 이건창의 지론에 동
조하며, 한유의 문장은 웅걸횡일(雄傑橫逸)하기 때문에 배우기 매우 어렵
다는 뜻을 다음과 같이 피력했다.

> 대체로 고문의 학이 있은 이래로 온 천하 사람들이 다 "나는 한문공을 배운
> 다"고 하나 나는 한문공을 배운 이를 드물게 보았다. …… 대저 두 분(한유와 소
> 식)은 문장이 웅걸횡일(雄傑橫逸)해 고금에 우뚝 서니 누군들 흠모하지 않으리
> 오마는 그 배우기 어려움이 저들과 같다. 한유와 소식을 배워서 이루지 못하기
> 보다는 차라리 왕안석과 증공을 배워서 이루는 게 낫다는 것이 공께서 평소 글
> 을 하는 취지를 스스로 밝힌 바이니, 내가 귀에 깨닫고 마음에 젖어든 까닭이다.
> 蓋自有古文之學以來, 天下皆曰 : "吾學韓文公", 而吾鮮見有學之者矣. …… 夫二
> 公文章之雄傑橫逸, 屹立古今, 孰不慕之, 而其難學者如彼. 則與其爲韓蘇而無成,
> 毋寧爲王曾而成, 此公平日所自明其爲文之旨, 而余之所以醒於耳而釀於心者也.

최립(崔岦, 1539-1612)은 구양수의 글이 한유보다 낫다고 하는 주장의 근
거가 무엇이냐고 하는 윤근수(尹根壽, 1537-1616)의 물음에 "확실히 그러합
니다. 한유의 글은 변화무상하나 구양수가 오로지 한 가지 문체만을 써
서 자연스러운 것에는 미치지 못합니다(固然. 韓之千變萬化, 不及歐公專用一體
爲自然)"라고 대답하고 있다. 이 역시 한유 산문이 변화무상한 풍격 특징
을 지녔기 때문에 배우기 어렵다는 사실을 시사하는 말이라 하겠다.
다만 한유 산문은 비지 네댓 편과 '다져지고 깎여서(煉削)' 기이함을
드러낸 「진학해(進學解)」·「송궁문(送窮文)」·「제우부장원외문(祭虞部張員外
文)」을 제외하면 모두 명백해 알기 쉽다는 주장도 없지 않다. 이는 물론
문장에 대한 논자의 입장이나 견해 차이에서 나온 결과겠지만, 한유의
풍격 특징에 대한 통론으로 받아들이기는 어렵다고 하겠다.

(3) 한문(韓文)의 결함(缺陷)

한유는 문장의 태산북두(泰山北斗)로 백대문종(百代文宗)으로 추앙되는 대문장가이지만 그의 산문 작품에도 결함이 없지는 않다. 우선 한유가 산문의 여러 체재에 능한 것으로 평가되고 있지만, 사필(史筆)에는 손색이 많다는 지적이 있다. 이와 관련해 이수광이 역사 서술에는 '별다른 재주(別才)'가 있다고 하며 『순종실록(順宗實錄)』은 한유의 문장으로 씌어졌지만, 『사기』와 『한서』에 비해 현격하게 뒤떨어진다는 평가를 내렸다. 안정복(安鼎福, 1712-1791)도 『순종실록』은 "자세히 써야 할 곳과 간결하게 써야 할 곳이 적당하지 않고 서사에 있어 취사선택이 서투르다(繁簡不當, 敍事拙於取舍)"고 하여 좀 더 구체적으로 그 결함을 지적했다.

다음으로 문장 체재 중에서 한유가 특히 능한 것으로 알려진 비지문에도 다소의 하자가 보인다는 평가가 있다. 이덕무가 "퇴지의 비지는 기이하고 가파른데 마음을 써서 너무 근육과 뼈대를 노출시켰다(退之碑誌, 用意於奇峭, 而太露筋骨者)"고 하여, 한유의 비지문이 기이하고 가파른 산처럼 글의 골자가 너무 드러나 함축미가 떨어진다는 지적을 했다. 이는 한유의 비지문 전반에 대한 평가인데 많은 논자들에 의해 거론된 사항은 아니다.

실제 한유의 비지문의 결함에 대해서는 국부적인 차원에서 논의한 것이 대부분이다. 김만중은 한유의 「전중시어사이군묘지명(殿中侍御史李君墓誌銘)」에서 무덤 속 주인 이허중(李虛中)의 신통한 점치는 솜씨를 백에 한둘도 실수가 없었다고 한 것에 대해 가소로울 정도의 '지나친 찬사(溢美)'라고 비판했다. 이는 본 작품의 경우 무덤 속 주인의 사적에 대한 한유의 평가가 지나치게 과장되고 주관에 흘렀다는 지적이다. 김창협(金昌協)은 한유의 비문에 대해 다음과 같이 평가하고 있다.

한유의 비문은 체격이 본래 극도로 간결하고 근엄해 본받을 만하지만, 그 자구에 또한 때때로 너무 생경하고 갈라지며 기이하고 편벽한 곳이 있다. 이를테면 「조성왕비」는 전편이 다 그러하므로 후인들이 마땅히 배울 바가 아니다.

韓碑體格固極簡嚴可法, 而其句字亦時有太生割奇癖處, 如曹成王碑, 通篇皆然, 要非後人所當學.

앞에서 한유 산문의 성취를 논하면서 살펴보았듯이 김창협은 문체의 간결하고 엄정함과 자구 다지기의 특이함을 들어 한유의 비지문을 높이 평가한 적이 있다. 그러나 그는 자구가 지나치게 '생소하고 기이한(生割奇癖)' 것은 배울 바가 못 된다고 하면서 그 대표적인 예로 「조성왕비(曹成王碑)」를 꼽은 것이다. 이와 유사한 지적은 적지 않게 찾아볼 수 있다. 대표적인 일례로 홍석주는 이치를 주로 하지 않고 수사를 다듬는 데 치중해 별다른 고심 없이 자구의 조탁으로만 흐른 작품으로 「조성왕비」와 「정요선생묘지명(貞曜先生墓誌銘)」을 들고 이런 부류의 비지문은 내버리고 읽지 않아도 된다고 극언하기까지 했다.

3) 시인으로서의 한유

한유의 시는 문장에 비해 뒤떨어진다는 것이 통론이다. 일찍이 이색(李穡, 1328-1396)이 한유는 송대의 증공·소식과 함께 문장에 능한 사람으로 천하에 알려졌지만, 시도(詩道)에 있어서만은 마음에 차지 않는 점이 있음을 지적한 바 있다. 반면 이익(李瀷)은 한유 시의 높은 성취에도 불구하고 좋아하지 않는 이가 있음을 지적함과 동시에 사견에 의거해 함부로 시의 '깊고 낮음(深淺)'을 논단하는 태도를 비판한 바 있다. 그러면 우리 선현들은 한유 시의 성취에 대해 어떠한 평가를 내리고 있는지 살펴보자.

(1) 시체(詩體) 변혁상의 공적

이수광은 한유 시에 7언이 모두 '평성(平聲)' 또는 '측성(仄聲)'으로 된
변체(變體)의 작품이 적지 않음을 지적하고, 나아가 7언의 구법(句法)과
압운(押韻) 문제에 있어 한유 시의 특징을 다음과 같이 언급하고 있다.

> 7언시는 '상사자(上四字)'·'하삼자(下三字)'로 한 구절을 이룬다. 그런데 한창
> 려의 시에는 "수욕회(雖欲悔)/설불가문(舌不可捫)"(비록 후회하고자 하나 혀를
> 억누를 수가 없네)이라고 했다. 또 "낙이부(落以斧) / 인이묵휘(引以纆徽), 차아도
> (嗟我道) / 불능자비(不能自肥)"(도끼를 떨어뜨려 놓고 큰 새끼로 끌어당기네, 아!
> 나의 도는 스스로를 살찌게 할 수 없네)라고 했다. 곧 변체 중에서도 변체니 아
> 마도 배울 만한 것이 못된다.
>
> 七言詩以上四下三成句, 而韓昌黎詩曰 : "雖欲悔舌不可捫", 又曰 : "落以斧引以
> 纆徽, 嗟我道不能自肥." 乃變體之變者, 恐不足學也.

> 한창려 시에는 험운(險韻)을 맞춘 것이 많아 거의 한 글자도 빼놓은 것이 없
> 으니 기이함을 보이기 위한 것이다. 오직 「원화성덕시(元和聖德詩)」에서는 어
> (語)·어(御)·우(麌)·우(遇)·가(哿)·개(箇)·마(馬)·마(禡)·유(有)·유(宥)의
> 운자를 뒤섞어 사용했고, 「차일족가석(此日足可惜)」시에서는 동(東)·동(冬)·강
> (江)·양(陽)·경(庚)·청(靑)의 운자를 흩어서 맞추었는데, 또한 마치 병가(兵家)
> 에서 기병(奇兵)을 쓴 것과 같으니 기습과 정공이 뒤섞여 나오는 것은 바로 기
> 이하게 하기 위한 것이다.
>
> 韓昌黎詩多押險韻, 殆不遺一字, 所以示奇也. 唯元和聖德詩雜用語御麌遇哿箇
> 馬禡有宥韻, 此日足可惜詩散押東冬江陽庚靑韻, 亦猶兵家用奇, 奇正雜出, 乃所以
> 奇.

이수광은 한유 시에 나타나는 평측상의 한 구절 일곱 글자 모두 평성

또는 측성, 구법상의 '상삼하사(上三下四)' 방식, 압운상의 험운자 사용과 여러 운의 통운(通韻)에 이르기까지 특이한 예를 적시하고, 이를 기이함을 내보이기 위한 변체로 풀이하고 있다. 이밖에도 그가 한유 시는 '이문위시(以文爲詩)'해 본색이 아니라는 옛 사람의 견해에 동조한 것도 시체의 전환과 관계되는 내용이라 하겠다. 이는 한유 이후에 당나라의 시체가 크게 변했다는 그의 인식과 궤를 같이하는 것으로, 한유 시가 중당 이후 당시(唐詩)의 변화에 있어서 한 전환점이 되었음을 지적한 견해라 할 것이다. 여기에서 변체니 본색이 아니니 따위의 용어를 쓰고 있는 것은, 한유가 당시체(唐詩體)의 변혁을 선도했다는 점을 확인해주는 말로 해석해도 무방할 것이다. 물론 이수광도 「금조(琴操)」시 같은 개별 작품에 대해서는 엄우(嚴羽)의 견해를 수용해 바로 본색이라고 한 예외도 없지 않다.

이덕무도 한유의 「고한(苦寒)」시에 차운해 시를 지었으나 압운에 기험(崎險)한 글자가 많아 지어놓아도 보잘것없다는 실토를 한 바 있다. 이는 압운을 함에 험운을 사용하는 것이 결코 쉬운 일이 아님을 시사하는 말이다.

(2) 한유 시의 특징

이식(李植, 1584-1647)은 시의 학습 단계에 있어 한유 시의 위상 문제와 관련해 다음과 같이 말하고 있다.

요즈음 시를 배우는 이들은 더러 한유 시를 바탕으로 삼고 두보 시를 전범으로 삼는데 이는 오산(五山 : 車天輅)과 동악(東岳 : 李安訥)이 가르친 바다. 석주(石洲 : 權韠)는 비록 종국에는 당나라의 율시를 배웠지만 처음에는 또 한유를 읽었고 최고죽(崔孤竹 : 慶昌)은 말년에 재주가 다하고 기운이 시들자 또 한유 시를 읽었다. 내가 비록 학식이 천박함에도 거의 한유를 읽으려 하지 않았지만,

이미 여러분들의 권유를 받아 한 차례 숙독해보니 그 율시와 절구가 본래 당시의 율격인지라 두보 시와 나란히 읽어도 무방했다.

近代學詩者, 或以韓詩爲基·杜詩爲範, 此五山東岳所敎也. 石洲雖終學唐律, 初亦讀韓, 崔孤竹末年, 才涸氣萎, 亦讀韓詩. 吾雖學淺, 殊不欲讀韓, 旣被諸公勸誘, 熟觀一遍, 其律絶, 固唐格也, 不妨與杜詩並看.

이식은 시 학습에 있어 두보 이전에 한유 시를 읽는 것이 단계적인 공부라는 인식 하에, 이수광과는 달리 한유의 율시와 절구를 '당격(唐格)'이라 보고 두보 시와 함께 읽을 만하다는 견해를 피력했다. 그는 또 같은 글에서 배율(排律)의 경우도 두보 이전에 한유를 기준으로 공부하는 것이 시 학습의 올바른 단계임을 말했다. 이는 한유 시가 근체시 전반에 걸쳐, 당나라 율시의 최고 성취라 할 수 있는 두보 이전에 학습 대상으로서의 가치가 있음을 천명한 견해라 하겠다.

여기서 또 최경창(崔慶昌, 1539-1583)의 경우를 들어, 재기(才氣)가 쇠진한 사람들이 특히 한유 시를 읽는 것이 유익하다고 한 대목에 주목할 필요가 있다. 이는 한유 시가 산문과 마찬가지로 기세가 뛰어남을 지적한 것이다. 이와 맥이 닿는 관점을 이익(李瀷)의 다음 언급에서 확인할 수 있다.

또 한퇴지 같은 필력도 왕왕 쓸데없고 저급한 말이 있지만, 자세히 그것을 살펴보면 퇴지가 미치지 못해서가 아니고 도리어 일부러 이와 같이 만들어 기맥을 늘어뜨림으로써 격앙 분발하기를 기다리는 것이다.

又如韓退之筆力, 往往有冗卑下乘之語, 然細詳之, 非退之之不及, 乃故爲此, 延綿氣脈, 以待激昂奮發.

이익은 한유 시에 간혹 군더더기처럼 쓸데없고 저급해 보이는 어휘로 짐짓 느슨하게 풀어 놓은 경우가 있는 것은 다음에 격앙 분발하기를 위해 의도적으로 기운을 비축한 것, 이른바 '축세(蓄勢)'라는 의미로 해석하고 있다. 이덕무가 "그(구양수)의 시는 한유를 배워 '기격(氣格)'을 위주로 했는데, 한유는 때때로 힘이 장사인 오(奡)를 밀칠 듯이 기세가 넘치는 구절이 있지만 구양수는 한결같이 유쾌한 데로 돌아가게 했다(其詩學韓愈, 而氣格爲主, 愈時出排奡之句, 修一歸之于敷愉)"고 한 것도 상대적으로 한유 시의 드센 기세를 부각시켜주는 견해라 할 것이다. 허권수 교수가 김육(金堉, 1580-1658)이 이백·두보·한유의 시격(詩格)을 병가(兵家)에 비겨 말하면서 한유 시를 신출귀몰하고 변화무상한 한신(韓信)의 군대에 비유한 것과 관련해, 억양의 변화가 두드러진 한유 시의 특징을 들추어낸 것도 같은 맥락에서 풀이할 수 있을 것이다.

다음으로 한유 시는 일찍부터 풍부한 고사(故事) 거리와 내용으로 말미암아 우리 선현들에 의해 높은 평가를 받아 왔다. 고려 중기에 유승단(兪升旦, 1168-1232)이 시의 고사 인용에 있어 제가의 문집을 배제하고, 한유 시를 『문선(文選)』·이백·두보·유종원과 함께 포함시킨 것은 널리 알려진 일이다. 그런데 이 점과 관련해 가장 대표적인 예는 「남산(南山)」시에 대한 평가에서 찾을 수 있다. 이익(李瀷)은 「남산」시에 대해 '초목(草木)'과 '금수(禽獸)'에 징험하고 '인심(人心)'·'세도(世道)'와 '문장(文章)'·'사조(詞藻)'에 미루어보아 각각의 온갖 모습이 갖추어져 있지 않은 것이 없다고 하며, 그 말미에서 "시가의 묘가 이에 이르러 지극해졌다. 대개 일생 동안 사물에 대해 오만을 부리는 본성이 다 드러났는데, 50개의 '혹(或)'자 가운데 사람의 온갖 모습이 다 갖추어져 있다(詩家之妙, 至斯極矣. 盖露盡一生傲物性, 五十箇或字中, 人之情狀備矣)"고 요약한 바 있다. 비록 이정구(李廷龜, 1564-1635)가 아들 이명한(李明漢, 1595-1645)의 경박한 재기를 꺾으려고 일부러 '번거롭고 방만한(繁重汗漫)' 「남산」시를 천 번 읽도록 한 뒤로, 후인들이 그 저의를 알지 못한 채 「남산」시의 다독을 시 학습의 비결로 삼게 되었다는 김만중의 지적이 있긴 하지만, 우리 선조들이 「남산」시를 즐겨 읽은 이면에는 이익이 평가한 대로 '없는 것이 없는(無

物不有’ 내용과 곡진한 묘사 기법에 대한 흠모가 깔려 있다고 생각된다.

요컨대 한 연구에 의하면 퇴계 선생도 한유의 시문을 탐독해 중국의 다른 어떠한 시인보다 한유로부터 가장 많은 시적 영감 내지 소재를 빌려와, 다양한 차용 방법 하에 많은 시 창작을 남겼다고 한다. 이는 우리 선현들이 시 학습 내지 창작에 있어 적극적으로 한유 시를 시적 영감 내지 소재로 활용했음을 입증해주는 한 증거라 하겠다.

이밖에 한유 시에는 ‘슬픔(悲)’이 많아 ‘소리 내어 슬피 우는(哭泣)’ 것이 360여 수의 작품 중에서 300수에 달한다는 지적도 있다. 다만 이것이 단순히 관용적으로 즐겨 쓴 글자에 대한 지적으로 끝나고, 그 의미에 대한 설명이 부가되어 있지 않아 아쉬움을 남기고 있다.

5. 한유 산문 국역의 의의 및 기여도

한유는 사상·정치·문학 등 다방면의 성취로 인해 중국에서뿐만 아니라 한자문화권의 한국·일본·월남 등에 이르기까지 범동아시아적인 영향을 끼쳤다. 특히 우리나라의 경우는 고려 초·중엽부터 그의 시문(詩文)이 전래되어 읽혀지기 시작했고, 더욱이 조선시대에 들어와서는 숭유배불(崇儒排佛)한 사상 기조와 충군보국(忠君報國)한 처세 방식이 왕조의 치국 이념과 부합해 독자적인 추앙을 받았다.

한유의 이러한 면모는 중국산문의 역사를 통해 가장 우수한 성취로 손꼽히는 그의 산문 작품에 가장 잘 구현되어 있다. 따라서 그의 산문에 대한 역주는 두보의 시가 조선시대에 국가적인 사업으로 두 차례에 걸쳐 언해될 정도로 추앙된 것에 버금가는 의의와 비중을 지닌다고 할 수 있다. 두보의 시와 한유의 산문 곧 ‘두시한문(杜詩韓文)’으로 불리며 고려와 조선 양대를 걸쳐 우리나라에 깊은 영향을 끼친 한유의 산문을 올바르게 이해하는 것은 우리의 전통 학술과 사회·문화를 깊이 있게 이해하고 연구하는 데 꼭 필요한 과업이다.

한유의 문집은 고려 후기 고종(高宗) 연간에 우리나라에서 최초로 간행되어 국내 독자층을 비약적으로 늘려가기 시작했고, 조선조에 들어와서는 세종대왕(世宗大王)의 명에 의해 한유 문집에 대한 주석을 종합적으로 정리 간행하는 일이 국가적 문화 창달 사업의 일환으로 진행되기도 했다. 특히 임진왜란 이후에는 훈련도감(訓鍊都監)에서 군비 조달의 일환으로 한유의 문집을 간행했을 정도로, 그의 문집은 베스트셀러로 자리매김했다. 또한 조선시대에 최립(崔岦, 1539-1612)과 윤근수(尹根壽, 1537-1616)에 의해 한유 산문에 대한 현토(懸吐) 작업이 이루어진 적이 있었다. 이는 본래 최립과 윤두수가 한유 산문의 미심쩍고 난해한 부분에 대해 의견을 교환한 것에 기초해, 윤근수에 의해 『정의집람(訂疑集覽)』(상·하)으로 정리되었다가 그의 『월정별집(月汀別集)』에 수록되어 전하는 「한문토석(韓文吐釋)」을 말한다. 상·하권으로 된 그 책에는 「원도(原道)」에서 「청천현종묘의(請遷玄宗廟議)」에 이르기까지 잡저(雜著)·서(書)·서(序)·비지(碑誌)에 속하는 도합 128편의 문장에 대한 현토가 들어 있다. '토석(吐釋)' 곧 '구결석의(口訣釋義)'는 번역은 아니지만 우리나라에서 유행한 세밀한 독서법이므로, 이는 우리 선조들이 한유 산문의 전후 맥락을 헤아리며 세밀한 책읽기를 했다는 사실을 알려주는 자료라 하겠다.

우리나라에서 일찍이 이런 비중을 가지고 인기리에 읽혀진 한유의 산문을 번역해 관련 전공자들은 물론 한문을 알지 못하는 세대에 읽을거리로 제공하는 것은 전통문화의 올바른 계승과 날로 그 중대성이 제고되고 있는 한중(韓中) 관계의 바람직한 정립을 위해서 매우 큰 학문적인 의의를 지닌다. 이를 위해서는 한글세대의 젊은 독자층과 학자들이 쉽게 이해할 수 있도록 읽기 쉽고 분명한 우리말로 충실히 번역될 필요가 있다. 한유의 산문 작품을 정확하고 유려한 우리말로 옮기고, 상세하고 알찬 주석을 덧붙이고자 하는 의도가 바로 여기에 있는 것이다. 그 번역은 단순히 원문을 우리말로 옮기는 차원을 넘어서서, 원전의 한 글자 한 글자의 의미와 쓰임 및 중요한 용어와 구절 등에 대한 상세한 풀이 내지 해설이 가미된 것이어야 한다. 아울러 각 작품의 창작 시기와 배경 및 의도, 내용이나 기법상의 특징 등을 간명하게 설명한 해제도 덧붙여 독자의 이해를 돕고자 했다.

『한유산문역주』의 출간으로 기대되는 학문적·사회적 기여도 및 연구결과의 교육현장에 대한 활용방안은 다음의 다섯 가지로 간추릴 수 있다.

첫째, 사마천(司馬遷) 이래 가장 우수한 산문 작가라는 한유의 산문문학 성취에 대한 보다 밀도 있고 전면적인 연구 작업의 기초 자료로 활용될 수 있다.

둘째, 이미 출간되어 있는 역주본 『유종원집』(오수형 외, 소명출판, 2009)과 함께 한유와 유종원 이외 여타 당송팔대가(唐宋八代家)의 산문 작품에 대한 역주와 진일보한 연구 의욕을 고취시키고, 나아가 그것을 바탕으로 하여 중국고전산문 전반에 대한 연구의 수준을 크게 끌어올릴 수 있다.

셋째, 한유가 사상가·정치가·문장가로서 다방면에 걸쳐 괄목할 성취를 이룬 인물이라는 점과 관련해 중국 철학 및 역사 연구자들이 한유의 문학 성취에 대한 포괄적 이해의 기초 위에서 해당 분야에 대한 좀 더 깊이 있는 연구를 진행시킬 수 있을 것이다.

넷째, 고려와 조선시대 학자들의 한유 작품에 대한 수용과 평가를 좀 더 효율적이고 깊이 있게 검토하는 기초가 되어, 한국과 중국 간에 이루어진 문화교류의 양상과 특징을 규명하는 데에 일조를 함으로써, 날로 그 필요성이 강조되고 있는 양국 간의 학술과 문화 및 정치와 경제 등 다방면에 걸친 교류의 역사적, 학문적 뿌리를 찾는 데 크게 기여할 수 있을 것이다.

다섯째, 대학원 석·박사 과정에서 '중국산문연구' 과목의 교재 또는

참고도서로 활용할 수 있을 것이며, 학부과정의 전공학생은 물론 일반
독자들에게도 중국 전통 사대부들의 정신세계와 고급문화를 들여다보
는 고급 읽을거리로 제공될 수 있을 것이다.

1세, 대종(代宗: 李豫) 대력(大曆) 3년(戊申, 768)
부친 한중경(韓仲卿)이 비서성(秘書省)에서 비서랑(秘書郎)으로 재직하던 때에 수도 장안(長安: 지금 섬서성(陝西省) 서안시(西安市)]에서 태어났음. 부친의 후실로 보이는 모친은 한유 생후 2개월이 채 못 되어 세상을 떠났거나 그 이듬해 개가한 것으로 추정되고 있음.

3세, 대종 대력 5년(庚戌, 770)
부친 한중경이 병사하자 고향 하양[河陽: 지금 하남성(河南省) 맹주시(孟州市)] 또는 낙양(洛陽: 지금 하남성 낙양시)으로 돌아와 맏형 한회(韓會)와 형수 정씨(鄭氏) 부인 및 유모 이정진(李正眞)의 슬하에서 양육되었음.

7세, 대종 대력 9년(甲寅, 774)
기거사인(起居舍人)에 임명된 한회를 따라 낙양에서 장안으로 이주한 것으로 보이며, 이때부터 본격적인 책읽기 공부를 시작했음.

10세, 대종 대력 12년(丁巳, 777)
3월에 재상 원재(元載)가 대종의 눈 밖에 나서 실각해 자살하자 그 일당에 속한 한회가 기거사인에서 영남도(嶺南道) 소주[韶州: 지금 광동성(廣東省) 소관시(韶關市) 곡강구(曲江區)]자사(刺史)로 좌천됨에 따라 맏형 가족과 함께 그곳으로 이주했음.

13세, 덕종(德宗: 李适) 건중(建中) 원년(庚申, 780)
한회가 임지에서 병사하자 형수와 함께 맏형의 유해를 선영으로 운구해와 장사지낸 뒤 고향 하양에서 생활하며 본격적인 글쓰기 공부를 시작했음.

14세, 덕종 건중 2년(辛酉, 781)
중원(中原) 지역에 병란이 발발함에 따라 형수와 함께 한씨(韓氏)의 장원(莊園)이 있던 강남(江南)의 선성[宣城: 지금 안휘성(安徽省) 선주시(宣州市) 선성현]으로 이주한 뒤, 당시 강남 지역 문화의 중심지이던 그곳에서 각고의 노력을 기울여 책읽기와 글쓰기 공부에 열중함으로써 제자백가(諸子百家)의 서적까지 두루 섭렵했음.

19세, 덕종 정원(貞元) 2년(丙寅, 786)
과거고시에 뜻을 두고 홀로 선성을 떠나 하중[河中 : 지금 산서성(山西省) 영제시(永濟市)]을 거쳐 장안에 도착했음.

20세, 덕종 정원 3년(丁卯, 787)
장안에서 진사과(進士科) 고시 공부를 하던 중 종형(從兄) 한엄(韓弇)의 연고로 북평왕(北平王) 마수(馬燧)를 뵙고 그의 도움을 받았음. 시어사(侍御史)로 있던 한엄이 토번(吐蕃)과의 화친조약을 맺기 위해 사절단의 일원으로 갔다가 일이 잘못되어 피살되었음.

21세, 덕종 정원 4년(戊辰, 788)
장안에서 처음 예부(禮部) 주관의 진시과에 응시했으나 낙방했음.

22세, 덕종 정원 5년(己巳, 789)
장안에서 두 번째 진시과에 응시했으나 역시 낙방했음.

23세, 덕종 정원 6년(庚午, 790)
장안을 떠나 하중을 거쳐 선성으로 갔다가 하양에 들른 뒤 겨울 무렵에 장안으로 돌아왔는데, 이해쯤 선성에서 노씨(盧氏) 부인과 결혼한 것으로 보임.

24세, 덕종 정원 7년(辛未, 791)
장안에서 세 번째 진시과에 응시했으나 역시 낙방했음.

25세, 덕종 정원 8년(壬申, 792)
4수만에 진시과에 급제했음.

26세, 덕종 정원 9년(癸酉, 793)
장안에서 처음 이부(吏部) 주관의 박학굉사과(博學宏辭科) 전형에 참가해 합격자 명단에 올랐으나 중서성(中書省)의 최종 천거에서 배제되었음.

27세, 덕종 정원 10년(甲戌, 794)
장안에서 두 번째 박학굉사과 전형에 참가했으나 역시 낙방하고 하양에 가서 성묘한 뒤 겨울에 장안으로 돌아왔음. 형수 정씨가 세상을 떠났고, 조카 한노성(韓老成)의 아들 한상(韓湘)이 태어났음.

28세, 덕종 정원 11년(乙亥, 795)
장안에서 세 번째 박학굉사과 전형에 참가했으나 역시 낙방하고 세 차례에 걸쳐 재
상에게 서신을 올려 구직운동을 했지만 그것마저 효과를 보지 못하자, 동관(潼關)
과 봉상(鳳翔 : 지금 섬서성 봉상현) 등지를 여행한 뒤 하양을 거쳐 낙양으로 갔음.

29세, 덕종 정원 12년(丙子, 796)
가을에 변주절도사(汴州節度使) 동진(董晋)의 부름을 받고 시비서성교서랑(試秘書
省校書郞)의 직함으로 선무군(宣武軍) 관찰추관(觀察推官)이 되어 변주(汴州 : 지금
하남성 개봉시(開封市)]에 부임해 정원 15년 2월까지 재직했음.

31세, 덕종 정원 14년(戊寅, 798)
변주에서 진사과 예비시험의 고시위원을 맡아 장적(張籍)을 합격자로 천거했음

32세, 덕종 정원 15년(己卯, 799)
2월에 동진이 병사하자 그의 영구(靈柩)를 따라 낙양으로 갔다가 변주에 군란이 발
발함에 서주(徐州 : 지금 강소성(江蘇省) 서주시]로 가서 무녕군절도사(武寧軍節度
使) 장건봉(張建封)에게 의지했음. 가을에 장건봉이 조정에 상주해 시협률랑(試協
律郞)의 직함으로 무녕군 절도추관(節度推官)이 되었으며, 겨울에 장건봉을 수행해
장안에 가서 덕종 황제에게 신년 하례를 했음.

33세, 덕종 정원 16년(庚辰, 800)
봄에 장안에서 서주로 돌아온 뒤 5월에 장건봉으로부터 해임 통보를 받고 낙양으
로 갔다가, 관직을 구하기 위해 겨울 무렵 장안에 도착했음.

34세, 덕종 정원 17년(辛巳, 801)
장안에서 관직을 얻지 못하자 3월에 낙양으로 가서 머무르다가 겨울에 다시 장안
으로 돌아왔음.

35세, 덕종 정원 18년(壬午, 802)
봄에 국자감(國子監) 사문박사(四門博士)에 임명되었으며, 낙양을 여행하고 화산
(華山)을 유람했음. 조카 한노성의 아들 한방(韓滂)이 태어났음.

36세, 덕종 정원 19년(癸未, 803)
7월에 감찰어사(監察御史)로 발탁되어 재직하던 중 12월에 경조윤(京兆尹) 이실(李

實)을 탄핵한 일 때문에 양산(陽山 : 지금 광동성 양산현)현령(縣令)으로 좌천되었음.

37세, 덕종 정원 20년(甲申, 804)
2월에 임지 양산에 도착했음.

38세, 순종(順宗) 이송(李誦) 정원 21년(乙酉, 805) / 영정(永貞) 원년
왕숙문(王叔文) 집단의 영정혁신(永貞革新) 실패 이후 헌종(憲宗)이 즉위함에 따라
여름과 가을 무렵에 사면을 받고 양산을 떠나 침주[郴州 : 지금 호남성(湖南省) 침현]
에서 명령을 기다리다가, 8월에 강릉부법조참군(江陵府法曹參軍)이 되어 9월 초 강
릉[江陵 : 지금 호북성(湖北省) 형주시(荊州市)]에 부임했음.

39세, 헌종(憲宗) 이순(李純) 원화(元和) 원년(丙戌, 806)
여름까지 강릉에 있다가 6월에 권지국자박사(權知國子博士)에 임명되어 장안으로
돌아왔음. 6월 14일에 종형 한급(韓岌)이 사망했음(57세).

40세, 헌종 이순 원화 2년(丁亥, 807)
늦여름에 국자박사(國子博士)로서 동도(東都) 낙양에서 근무했음. 종형 한유(韓愈)
가 사망했음.

41세, 헌종 이순 원화 3년(戊子, 808)
국자박사에 정식으로 임명되어 낙양에서 근무했음.

42세, 헌종 이순 원화 4년(己丑, 809)
6월 10일에 형부(刑部)의 도관원외랑(都官員外郎)으로 전임해 낙양에서 근무했는
데, 예부(禮部)의 사부원외랑(祠部員外郎)을 겸임했음.

43세, 헌종 이순 원화 5년(庚寅, 810)
겨울에 하남현령(河南縣令)으로 전임해 낙양에서 근무했음.

44세, 헌종 이순 원화 6년(辛卯, 811)
가을에 병부(丙部)의 직방원외랑(職方員外郎)에 임명되어 중앙 정계에 복귀해 장안
으로 돌아왔음. 3월 18일에 유모 이정진(李正眞)이 사망했음(64세).

45세, 헌종 이순 원화 7년(壬辰, 812)
2월 6일에 국자박사에 재차 임명되었음.

46세, 헌종 이순 원화 8년(癸巳, 813)
3월 12일에 형부의 비부낭중(比部郎中) 겸 사관수찬(史館修撰)으로 전임했음.

47세, 헌종 이순 원화 9년(甲午, 814)
11월 11일에 이부(吏部)의 고공낭중(考功郎中) 겸 사관수찬으로 전임했다가, 12월 15일에 고공낭중 겸 지제고(知制誥)에 임명되었음.

48세, 헌종 이순 원화 10년(乙未, 815)
고공낭중 겸 지제고로 장안에 있으면서 회서(淮西) 지방의 평정을 극력 주장했음. 자객의 손에 재상 무원형(武元衡)이 살해되고 배도(裴度)가 부상당하는 변고가 발생했음.

49세, 헌종 이순 원화 11년(丙申, 816)
정월 20일에 중서사인(中書舍人)으로 전임했다가 5월 18일에 태자우서자(太子右庶子)로 강등되었음. 종형 한유(韓愈)의 딸 한호(韓好)가 사망했음(27세).

50세, 헌종 이순 원화 12년(丁酉, 817)
7월 29일에 재상 배도의 행군사마(行軍司馬)가 되어 회서절도사(淮西節度使) 오원제(吳元濟)를 토벌하는 전쟁에 가담해 10월에 그의 반란을 평정하고, 그 공으로 12월 21일에 형부시랑(刑部侍郎)에 임명되었음.

51세, 헌종 이순 원화 13년(戊戌, 818)
형부시랑으로 장안에서 근무하던 중 4월에 상정예의사(詳定禮儀使)가 된 정여경(鄭餘慶)의 추천으로 그의 부사(副使)를 맡았음.

52세, 헌종 이순 원화 14년(己亥, 819)
정월 14일에 궁궐 내 부처 사리 영입 의식을 반대하는 상소문을 올린 연고로 조주[潮州 : 지금 광동성 조주시 조안현(潮安縣)]자사(刺史)로 좌천되었다가, 10월 24일에 원주[袁州 : 지금 강서성(江西省) 의춘시(宜春市)]자사로 전임했음. 조주자사로 좌천되어 가던 도중 2월 2일에 넷째 딸 한나(韓挐)가 사망했음(12세).

53세, 헌종 이순 원화 15년(庚子, 820)
윤정월 봄에 원주에 부임해 근무하다가 9월 22일에 국자좨주(國子祭酒)에 임명되어
세모에 장안으로 돌아왔음. 원주에 있을 때 종손자 한방(韓滂)이 사망했음(19세).

54세, 목종(穆宗) 이항(李恒) 장경(長慶) 원년(辛丑, 821)
7월 26일에 국자좨주에서 병부시랑(兵部侍郎)으로 승진했음.

55세, 목종 이항 장경 2년(壬寅, 822)
2월에 진주(鎭州 : 지금 하북성(河北省) 정정현(正定縣)]로 가서 성덕군절도사(成德
軍節度使) 왕정주(王庭湊)의 반란을 선무(宣撫)한 뒤, 그 공으로 9월 24일에 이부시
랑(吏部侍郎)으로 승진했음.

56세, 목종 이항 장경 3년(癸卯, 823)
6월에 경조윤(京兆尹) 겸 어사대부(御史大夫)로 전임했고, 10월 2일에 병부시랑이
되었다가 19일에 재차 이부시랑에 임명되었음. 종손자 한상(韓湘)이 진사과에 급제
했음.

57세, 목종 이항 장경 4년(甲辰, 824)
5월에 병세가 위독해지자 휴가를 내어 장안성(長安城) 남쪽의 한장(韓莊)에서 휴양
하다가, 8월에 휴가 기간 100일이 만료됨에 따라 이부시랑에서 면직되었음. 12월 2
일(丙子日)에 정안리(靖安里) 자택에서 세상을 떠났음. 사후에 예부상서(禮部尚書)
에 추증되고 문(文)이라는 시호를 받았으며, 이듬해 5월 3일(丙午日)에 하양의 선영
에 안장되었음. 아들 한창(韓昶)이 진사과에 급제했음.

번역문 제목